SALMAN RUSHDIE

Shalimar
der Narr

ROMAN

Aus dem Englischen
von Bernhard Robben

 **PENGUIN** VERLAG

Die Originalausgabe erschien 2005
unter dem Titel *Shalimar the Clown*
bei Jonathan Cape, London.

Sollte diese Publikation Links auf Webseiten Dritter enthalten,
so übernehmen wir für deren Inhalte keine Haftung,
da wir uns diese nicht zu eigen machen, sondern lediglich
auf deren Stand zum Zeitpunkt der Erstveröffentlichung verweisen.

Penguin Random House Verlagsgruppe FSC® N001967

1. Auflage 2023
Genehmigte Taschenbuchausgabe
Copyright © 2005 by Salman Rushdie
All rights reserved.
Copyright © der deutschsprachigen Ausgabe 2012 bei btb Verlag
in der Verlagsgruppe Penguin Random House GmbH,
Neumarkter Straße 28, 81673 München
Alle Rechte an der Übersetzung ins Deutsche bei
Rowohlt Verlag GmbH, Hamburg.
Umschlaggestaltung: Favoritbüro nach einem Entwurf
von semper smile, München
Umschlagmotiv: © Allison Saltzman; Foto: © Marc Yankus
Druck und Bindung: GGP Media GmbH, Pößneck
Printed in Germany
ISBN 978-3-328-11118-4
www.penguin-verlag.de

In liebevoller Erinnerung
an meine kaschmirischen Großeltern
Dr. Ataullah und Amir un nissa Butt
(Babajan und Ammaji)

Auf einem Höllenfluss werde ich durch das Paradies gerudert:
Erlesener Geist, es ist Nacht.
Das Paddel ist ein Herz; es bricht die Wellen aus Porzellan …

… Ich bin alles, was du verloren hast. Du wirst mir nicht vergeben.
Meine Erinnerung kommt deiner Geschichte ins Gehege.
Es gibt nichts zu vergeben. Du wirst mir nicht vergeben.
Selbst vor mir verberge ich meinen Schmerz. Nur mir selbst
offenbare ich meinen Schmerz. Alles muss vergeben werden.
Du wirst mir nicht vergeben.
Hättest du mir doch nur irgendwie gehören können,
Was wäre nicht auf dieser Welt möglich gewesen?

Agha Shahid Ali
The Country without a Post Office

Zum Teufel beider Sippschaft!

Mercutio in: *Romeo und Julia*
William Shakespeare

＊＊＊＊＊＊＊＊＊＊＊＊＊＊＊＊＊＊＊＊

India

＊＊＊

MIT VIERUNDZWANZIG JAHREN schlief die Tochter des Botschafters in den warmen, ereignislosen Nächten schlecht. Sie wachte oft auf, und selbst wenn der Schlaf sie schließlich überkam, gab ihr Körper nur selten Ruhe, warf sich hin und her und schlug um sich, als versuchte er, sich von grausamen, unsichtbaren Handschellen zu befreien. Manchmal schrie sie ängstlich in einer ihr unbekannten Sprache. Das hatten ihr Männer nervös gestanden. Nicht, dass es vielen Männern erlaubt gewesen wäre, bei ihr zu sein, wenn sie schlief. Die Zahl der Beweise war folglich begrenzt, Übereinstimmungen gab es selten, doch zeichnete sich ein Muster ab. Sie klinge guttural, hieß es in einem Bericht, knacklautig, als spräche sie arabisch. Tausendundeine-Nacht-Arabisch, die Traumzunge Scheherazades, dachte sie. Ein anderer nannte ihre Worte science-fiction-haft, klingonisch, als räusperte sich jemand in einer fernen Galaxie. Wie die von einem Geist besessene Sigourney Weaver in *Ghostbusters*. Aus einer Forscherlaune heraus beschloss die Tochter des Botschafters eines Abends, ein Tonband neben ihrem Bett laufen zu lassen, doch die vertraute und zugleich fremde Totenkopfhässlichkeit der Stimme auf der Kassette erschreckte sie dermaßen, dass sie die Aufnahme löschte, ohne damit etwas Wichtiges zu zerstören. Die Wahrheit blieb auch weiterhin die Wahrheit.

Diese unruhigen Phasen des Schlafredens waren zum Glück sehr kurz, und sobald sie endeten, versank sie für eine Weile schwitzend und keuchend in traumloser Erschöpfung. Dann schreckte sie wieder hoch und war in ihrer Verwirrung davon überzeugt, dass sich ein Eindringling in ihrem Schlafzimmer befand. Doch es gab keinen Eindringling. Der Eindringling war eine Abwesenheit, ein Negativraum in der Dunkelheit. Sie hatte keine Mutter. Ihre Mutter war bei ihrer Geburt gestorben: So viel hatte ihr die Frau des Botschafters erzählt, und der Botschafter, ihr Vater, hatte es bestätigt. Ihre Mutter war eine Kaschmiri gewesen, und wie das Paradies, wie Kaschmir, war sie in einer Zeit vor aller Erinnerung verloren. (Jeder, der sie kannte, musste sich damit abfinden, dass die Worte «Kaschmir» und «Paradies» für sie identisch waren.) Sie erzitterte vor der Abwesenheit ihrer Mutter, einem leeren Wächterschatten in der Dunkelheit, und wartete auf das zweite Unheil, wartete, ohne zu wissen, worauf sie wartete. Kaum war ihr Vater gestorben – ihr genialer, kosmopolitischer Vater, ein Franko-Amerikaner («wie die Freiheitsstatue», hatte er gesagt), ihr geliebter, unausstehlicher, launischer Vater, dieser oft abwesende, unwiderstehliche Frauenheld –, schlief sie tief und fest, als hätte man sie von ihren Sünden freigesprochen, vielleicht sogar von den seinigen. Die Last der Sünde war weitergegeben worden. Sie glaubte nicht an Sünde.

Bis zum Tode ihres Vaters war sie daher keine Frau, mit der es sich leicht schlafen ließ, doch war sie eine Frau, mit der die Männer schlafen wollten. Sie hingegen fand männliches Begehren ermüdend, und der Drang ihres eigenen Begehrens blieb meist ungestillt. Die wenigen Liebhaber, die sie sich nahm, waren auf die eine oder andere Weise unbefriedigend, weshalb sie sich (als wollte sie das Thema damit beenden) bald für einen durchschnittlich hübschen Kerl entschied und seinen Heiratsantrag sogar ernsthaft in Erwägung zog. Doch dann wurde der Botschafter vor ihrer Haustür wie ein Halal-Hühnchen abgeschlachtet, verblutete an einer tiefen Halswunde, die ihm der Täter mit einem einzigen Hieb seiner Klinge beigebracht hatte. Am helllichten Tag! Was musste die Waffe geglitzert haben in der goldenen Morgensonne, diesem täglichen Segen oder auch täglichen Fluch dieser Stadt. Die Tochter des Ermordeten war eine Frau, die gutes Wetter hasste, doch die meiste Zeit des Jahres bot ihr die Stadt kaum etwas anderes, und sie musste sich mit langen, monotonen Monaten schattenlosen Sonnenscheins und trockener, schrundiger Hitze abfinden. An jenen seltenen Vormittagen jedoch, an denen sie aufwachte und der Himmel sich bedeckt zeigte, an denen eine Ahnung von Feuchtigkeit in der Luft hing, räkelte sie sich verschlafen in ihrem Bett, krümmte den Rücken und war für einen Moment froh, gar voller Hoffnung. Bis zum Mittag aber waren die Wolken unweigerlich fortgebrannt, und dann war es wieder da, dieses unehrliche Kinderzimmerblau des Himmels, das die Welt kindlich und rein aussehen ließ, und das grelle, unhöfliche Gestirn, das sie belästigte wie das zu laute Lachen eines Mannes in einem Restaurant.

In solch einer Stadt, so schien es, konnte es keine Grauzonen geben. Ohne alle Zweideutigkeit waren die Dinge, was sie waren, und nichts sonst, ihnen fehlten die Feinheiten von Nieselregen, Kälte und Schatten. Unter dem prüfenden Blick einer solchen Sonne blieb kein Platz, um sich zu verbergen. Überall waren die Menschen zur Schau gestellt, ihre spärlich bekleideten Körper glänzten im Sonnenlicht und erinnerten an Reklametafeln. Keine Geheimnisse, keine Tiefe, nur Oberfläche und Enthüllungen. Doch lernte man die Stadt erst kennen, entdeckte man, dass diese banale Klarheit einer Illusion gleichkam. Die Stadt war nichts als Verrat und Täuschung, eine sich rasant wandelnde, treibsandige Metropole, die ihre wahre Natur verbarg, die sich bedeckt hielt und trotz aller unübersehbaren Nacktheit verschwiegen gab. An einem solchen Ort brauchten selbst die Kräfte der Zerstörung nicht länger den Schutz der Dunkelheit. Sie brannten aus der morgendlichen Helligkeit heraus, blendeten das Auge und erdolchten die Menschen mit scharfem, tödlichem Licht.

Sie hieß India, Indien also. Und ihr gefiel der Name nicht.

Man hieß doch nicht Australien oder Uganda, Inguschetsien oder Peru. Mitte der sechziger Jahre war Max Ophuls, ihr Vater (Maximilian Ophuls, aufgewachsen im französischen Straßburg zu einer früheren Zeit dieser Welt), Amerikas beliebtester und später skandalträchtigster Botschafter in Indien gewesen, doch das war kein Grund; schließlich hießen Kinder nicht Herzegowina, Türkei oder Burundi, nur weil ihre Eltern diese Länder besucht und sich dort womöglich danebenbenommen hatten. Sie war im Osten gezeugt worden – unehelich gezeugt und mitten in jenen Proteststurm hineingeboren, der die Ehe ihres Vaters durcheinander wirbelte und zerstörte und seine diplomatische Karriere beendete –, doch wenn das eine ausreichende Entschuldigung sein sollte, wenn es in Ordnung wäre, einem den Geburtsort um den Hals zu hängen wie einen Albatros, wäre die Welt voll mit Männern und Frauen, die Euphrat, Pisgah, Iztaccihuatl oder Wooloomooloo hießen. Mist, aber in Amerika war diese Art der Namensgebung nicht unbekannt, was ihre Argumente ein wenig verwässerte und sie richtig wütend machte. Nevada Smith, Indiana Jones, Tennessee Williams, Tennessee Ernie Ford: Ihnen allen schleuderte sie mit gestrecktem Mittelfinger lautlose Flüche entgegen.

«India» klang für sie immer noch falsch, exotisch, kolonial, ein Name, der die Aneignung einer Realität andeutete, die ihr nicht gehören konnte; und sie beharrte darauf, dass er sowieso nicht zu ihr passte, dass sie sich nicht wie Indien fühlte, obwohl ihre Haut von satter, tiefdunkler Farbe war, das lange Haar schimmernd und schwarz. Sie wollte nicht riesig sein, nicht subkontinental, exzessiv, vulgär oder explosiv, übervölkert, alt, lärmend, mystisch oder irgendwie Dritte Welt. Ganz im Gegenteil. Sie gab sich diszipliniert, gepflegt, nuanciert, vergeistigt, ungläubig, verhalten und gelassen. Sie sprach mit englischem Akzent, tat nicht heißblütig, sondern kühl. Das war der Charakter, den sie wollte, den sie mit großer Entschlossenheit für sich geschaffen hatte. Und es war die einzige Seite ihrer selbst, die man in Amerika – ihren Vater und jene Liebhaber ausgenommen, die sie mit ihren nächtlichen Neigungen vertrieb – von ihr kannte. Was ihr Innenleben betraf, ihre von Gewalt geprägte englische Geschichte, den unterschlagenen Bericht über gestörtes Verhalten, die Jahre der Kriminalität, die verborgenen Geschehnisse ihrer kurzen, doch ereignisreichen Vergangenheit, so standen diese Dinge nicht zur Debatte und interessierten die breite Öffentlichkeit auch nicht (oder jedenfalls nicht mehr). Heutzutage hatte sie sich fest im Griff. Das Problemkind in ihr wurde durch ihre Freizeitbeschäftigungen sublimiert, durch die wöchentlichen Boxstunden in Jimmy Fishs Boxclub auf dem Santa Monica Boulevard, Ecke Vine Avenue, in dem bekanntermaßen auch Tyson und Laila Ali trainierten und wo die kalte Wut ihrer Schläge dafür sorgte, dass die männlichen Boxer ihr Training unterbrachen, um ihr zuzuschauen; durch die zweiwöchentlichen Stunden mit dem Doppelgänger eines Clouseau attackierenden Burt Kwouk, einem Meister in der Nahkampfkunst Wing Chun; durch die sonnengebleichte, schwarz ummauerte Einsamkeit von Saltzmans Schießstand Moving Target draußen bei Palms 29, mitten in der Wüste, und – das Allerbeste – durch den Unterricht im Bogenschießen in Downtown Los Angeles, unweit vom Elysian Park, dem Geburtsort der Stadt, wo ihre neue Begabung zu rigider Selbstbeherrschung, die sie erlernt hatte, um zu überleben, sich zu verteidigen, zum Angriff eingesetzt werden durfte. Wenn sie ihren goldenen, olympischen Anforderungen genügenden Bogen spannte, den Druck der Sehne an ihren Lippen spürte, gelegentlich den Pfeilschaft mit der Zungenspitze berührte, dann merkte sie, wie eine Erregung sie überkam, und sie fühlte, wie es heiß in ihr aufstieg, während die für diesen Schuss zugestandenen Sekunden der Null entgegentickten, bis sie den Pfeil endlich fliegen ließ, sein lautloses Gift entfesselte und den fernen dumpfen Aufschlag genoss, mit dem das Geschoss ins Ziel traf. Pfeil und Bogen waren ihre Lieblingswaffen.

Ihrer Beherrschung unterwarf sie auch die seltsamen Gesichte, den plötzlich so fremden Blick, der kam und ging. Wenn ihre hellen Augen Dinge anders sahen, machte ihr robuster Verstand die Veränderungen rückgängig. Bei diesen Turbulenzen verweilte sie nicht gern, sie redete auch nie über ihre Kindheit und behauptete, sich an ihre Träume nicht erinnern zu können.

An ihrem vierundzwanzigsten Geburtstag kam der Botschafter an ihre Tür. Er klingelte, und sie schaute von ihrem Balkon im vierten Stock hinab und sah ihn in der Hitze in seinem unmöglichen Seidenanzug wie einen französischen Sugardaddy warten. Noch hielt er Blumen in der Hand. «Man wird dich für meinen Lover halten», rief India zu Max hinunter, «für einen alten Knilch, der sich an kleinen Mädchen vergreift!» Sie brachte den Botschafter gern in Verlegenheit, und ihr gefiel es, wenn er die Stirn in gequälte Falten legte, die rechte Schulter zum Ohr hochzog, während die Hand sich hob, als wollte sie einen Schlag abwehren. Sie sah ihn, wie er durch das Prisma ihrer Liebe in alle Regenbogenfarben gebrochen wurde, sah ihn, wie er unter ihr auf dem Bürgersteig stand und in die Vergangenheit entwich, wie jeder Moment vor ihren Augen vorbeizog, auf immer verloren und nur im Weltall in der Gestalt flüchtiger Lichtstrahlen überdauernd. Das nämlich ist der Verlust, der Tod: eine Flucht in die luminöse Wellenform, in die unfassbare Geschwindigkeit von Lichtjahren und Sternweiten, die ewig sich ausdehnenden Entfernungen des Kosmos. Eines Tages würde am Rande des bekannten Universums ein unvorstellbares Geschöpf das Auge ans Teleskop pressen und Max Ophuls in einem Seidenanzug kommen sehen, Geburtstagsrosen in der Hand, auf immer vorangetragen von den Flutwellen des Lichts. Augenblick um Augenblick verließ er sie, wurde zum Botschafter einer solch unvorstellbar fernen Fremde. Sie schloss die Augen und schlug sie wieder auf. Nein, er war keine Milliarde Meilen weit fort in kreisenden Galaxien. Er war hier, wirklich und wahrhaftig, auf der Straße, in der sie wohnte.

Er fand seine Haltung wieder. Eine Frau im Jogginganzug bog

um die Ecke der Oakwood und trabte auf ihn zu, taxierte ihn, fällte, wie heutzutage üblich, ihr schnelles Urteil über Sex und Geld. Er war einer der Architekten der postmodernen Welt, ihrer internationalen Strukturen, ihrer anerkannten ökonomischen und diplomatischen Konventionen. Selbst in seinem fortgeschrittenen Alter war er noch ein beachtlicher Tennisspieler. Die Vorhand aus der Rückhandecke war seine Überraschungswaffe. Die drahtige Gestalt in langer, weißer Hose, kaum mehr als zehn Prozent Körperfett, konnte noch immer den Platz beherrschen. Er erinnerte an den früheren Champion Jean Borotra, jedenfalls jene wenigen Veteranen, die sich noch an Borotra erinnern konnten. Mit unverhohlenem europäischem Vergnügen starrte er auf die amerikanischen Brüste im Sport-BH der Joggerin. Und bot ihr aus dem enormen Geburtstagsstrauß eine einzelne Rose an, als sie an ihm vorbeilief. Sie nahm die Blume, doch dann sprintete sie davon, über seinen Charme, über die Nähe zu seiner forschen, knisternd kraftvollen Erotik ebenso erschrocken wie über sich selbst. Fünfzehn – null.

Mit der unverfrorenen Lüsternheit zahnloser Greisinnen starrte von den Balkonen des Mietshauses auch so manche Dame aus Mittel- und Osteuropa auf Max herab. Sein Eintreffen galt hier als der Höhepunkt dieses Monats, weshalb die Ladys in voller Stärke angetreten waren. Meist versammelten sie sich an den Straßenecken in kleinen Gruppen oder saßen zu zweit und zu dritt am winzigen Swimmingpool im Hof, tratschten und präsentierten sich schamlos in nicht allzu kleidsamer Bademode. Sie schliefen viel, und wenn sie nicht schliefen, dann jammerten sie. Sie hatten ihre Ehemänner begraben, mit denen sie vierzig, gar fünfzig Jahre eines unbeachteten Lebens verbracht hatten. Krumm und vornübergebeugt, beklagten die alten Frauen nun mit ausdruckslosen Mienen das rätselhafte Geschick, das sie hier stranden ließ, eine halbe Welt entfernt von ihren Herkunftsorten. Sie unterhielten sich in seltsamen Sprachen, die Georgisch, Kroatisch oder

Usbekisch sein mochten. Durch ihren Tod hatten ihre Gatten sie im Stich gelassen. Ihre Männer waren Säulen gewesen, die eingestürzt waren; sie hatten von ihnen verlangt, dass sie sich auf sie verließen, als sie ihre Frauen ihrer vertrauten Umgebung entrissen und in dieses schattenlose Lotusland voller obszön junger Menschen brachten, in dieses Kalifornien, in dem der Körper ein Tempel und Ignoranz eine Seligkeit war, um sich dann als unverlässlich zu erweisen, indem sie auf dem Golfplatz vornüberkippten oder mit dem Gesicht voran in eine Schale Nudelsuppe fielen, als wollten sie ihren Witwen zu diesem späten Zeitpunkt ihres Lebens die Unverlässlichkeit des Daseins im Allgemeinen und der Ehemänner im Besonderen offenbaren. Abends sangen die Witwen Lieder aus ihrer Kindheit im Baltikum, auf dem Balkan, in den weiten Steppen der Mongolei.

Auch die alten Männer der Gegend waren allein; manche hausten in verschrumpelten Körpersäcken, die allzu sehr unter der Schwerkraft litten, andere ließen sich gehen, ihre Wangen waren mit grauen Stoppeln bedeckt, die Unterhemden schmutzig, die Hose nicht zugeknöpft, während eine dritte Partei sich fesch anzog, gern mit Fliege und Baskenmütze. Diese piekfeinen Gentlemen bemühten sich immer wieder, die Witwen in Gespräche zu verstricken, doch der traurige Anblick der angeklatschten Haarreste unter den gelüpften Käppis, der gelbliche Glanz der falschen Zähne bewirkte, dass man ihre Mühen unweigerlich und verächtlich ignorierte. Für diese alten Beaus war Max Ophuls ein Affront, das Interesse der Damen an ihm eine Beleidigung. Sie hätten ihn umgebracht, wären sie dazu fähig und nicht zu sehr damit beschäftigt gewesen, sich gegen den eigenen Tod zu wehren.

India sah sie alle, die exhibitionistischen, wollüstigen Greisinnen, die flirtend auf den Veranden ihre Pirouetten drehten, die lauernden, gehässigen alten Männer. Die uralte russische Hauswartsfrau Olga Simeonowna, ein knollennasiger, jeansumhüllter Samowar von Frau, grüßte den Botschafter, als käme ein Staatsoberhaupt zu Besuch. Hätte es im Haus einen roten Teppich gegeben, sie hätte ihn für ihn ausgerollt.

«Lässt Sie warten, Herr Botschafter. Was will man machen, die jungen Leute! Ich sag ja nix, aber eine Tochter, das ist heutzutage viel schwieriger. Ich war nämlich selbst eine Tochter, für die der Papa war wie ein Gott. Kein Gedanke daran, ihn warten zu lassen. Aber ach, heute ist es schwer, Töchter aufzuziehen, und dann lassen sie einen einfach so im Stich. Ich, mein Herr, bin selbst Mutter gewesen, aber für mich sind sie jetzt tot, meine Mädchen. Ich spucke auf ihre vergessenen Namen. So sieht's aus.»

So sprach sie, während sie in der Hand eine knollige Kartoffel drehte. Überall in der Nachbarschaft, ihrer letzten, kannte man sie als Olga-Wolga, und ihren eigenen Auskünften zufolge war sie die einzige noch lebende Nachfahrin der legendären Kartoffelhexen von Astrachan, ganz ehrlich, eine echte Zauberin, die mit der sanften Nachhilfe des Kartoffelzaubers Liebe, Wohlstand oder Eiterbeulen hervorrufen konnte. An jenen fernen Orten und in lang vergangenen Zeiten hatten Menschen sie bewundert und gefürchtet, doch heute saß sie, dank der Liebe eines mittlerweile dahingeschiedenen Matrosen, in West-Hollywood fest, trug überdimensionierte Jeans-Overalls und auf dem Kopf einen feuerroten, weiß gepunkteten Schal, der ihr schütteres weißes Haar bedeckte. In der Hüfttasche steckten Schraubenschlüssel und Kreuzschlitzschraubenzieher. Damals konnte sie deine Katze verfluchen, dich fruchtbar machen oder deine Milch sauer werden lassen. Heute tauschte sie Glühbirnen aus, stierte in kaputte Backöfen und trieb monatlich die Miete ein.

«Was mich angeht, mein Herr», bestand sie darauf, den Botschafter wissen zu lassen, «lebe ich heutzutage nicht in dieser und nicht in der letzten Welt, nicht in Amerika und nicht in Astrachan. Aber auch nicht, das muss ich sagen, in dieser oder der nächsten Welt. Eine Frau wie ich, die lebt dazwischen. Irgendwo zwischen den Erinnerungen und dem Alltagskram. Zwischen gestern und morgen, im Land verlorener Glückseligkeit und Harmonie, dem Ort abhanden gekommener Ruhe. Das ist nun mal unser Schicksal. Früher habe ich gefunden, alles ist okay. Das finde ich heute nicht mehr. Seitdem kenne ich auch keine Angst mehr vor dem Tod.»

«Auch ich selbst bin Bürger dieses Landes, Madame», unterbrach er sie mit ernster Stimme. «Auch ich habe lang genug gelebt, um mir in ihm ein Wohnrecht zu erwerben.»

Sie war in Sichtweite des Kaspischen Meeres einige Meilen östlich vom Mündungsdelta der Wolga geboren. Was sie davon erzählte, wurde zur Geschichte des zwanzigsten Jahrhunderts, gefärbt von Kartoffelmagie. «Harte Zeiten, natürlich», sagte sie zu den alten Frauen auf ihren Balkonen, zu den alten Männern am Pool, zu India, wann immer und sooft sie das Mädchen zu packen bekam, und jetzt dem Botschafter Max Ophuls am vierundzwanzigsten Geburtstag seiner Tochter. «Armut, natürlich, auch Unterdrückung, Vertreibung, Soldaten, Knechtschaft; heutzutage die Kinder haben es leicht, sie wissen nix, aber Ihnen seh ich an, Sie sind ein Mann von Bildung, der ordentlich herumgekommen ist. Vertreibung, natürlich, Überleben, man muss gewitzt sein wie eine Ratte. Hab ich nicht Recht? Natürlich war da auch ein Mann, der Traum vom Anderswo, eine Ehe, Kinder; sie bleiben nicht, ihr Leben gehört ihnen, sie nehmen es von dir und gehen. Krieg, natürlich, einen Mann verloren, fragen Sie mich nicht, was Kummer ist. Vertreibung, gewiss, Hunger, Betrug, Glück, ein neuer Mann, ein guter Mann, ein Seemann. Dann eine Reise über das Wasser, die Verlockungen des Westens, eine Reise über Land, zum zweiten Mal Witwe, Männer machen's nicht lang, Anwesende ausgeschlossen, sind eben nicht von Dauer. In meinem Leben die Männer waren wie Schuhe. Ich hatte zwei und habe sie beide abgenutzt. Und dann habe ich gelernt, wie man barfuß läuft, könnt man sagen. Aber nie habe ich die Männer gebeten, dass sie was möglich machen. Nein, darum hab ich sie nie gebeten. Was ich wollte, hab ich bekommen durch das, was ich wusste. Meine Kartoffelkunst, genau. Ob was zu essen, Kinder, Reisepapiere oder Arbeit. Meine Feinde haben verloren, und ich, ich hab glorreich triumphiert. Die Kartoffel ist mächtig, durch sie lässt sich alles erreichen. Aber jetzt kommt das Alter, und selbst die Kartoffel kann die Zeit nicht zurückdrehen. Wir kennen die Welt, stimmt's? Wir wissen, wie es ausgeht.»

Er schickte den Fahrer mit den Blumen nach oben und wartete unten auf India. Der neue Fahrer. Auf ihre achtsame, leidenschaftslose Art bemerkte India, dass er ein attraktiver, gar ein schöner Mann war, um die vierzig, in den Bewegungen so geschmeidig wie der unvergleichliche Max. Er hatte einen Gang, als liefe er auf einem Hochseil. Schmerz lag in seinem Gesicht, und er lächelte nicht, obwohl Lachfalten um die Augenwinkel lagen. Als er sie – unvermutet intensiv – musterte, traf sein Blick sie wie ein Stromschlag. Uniformen waren dem Botschafter nicht wichtig, und der Fahrer trug ein offenes weißes Hemd und Chinos, die Anti-Uniform der Sonnengesegneten in Amerika. In riesigen, bedauernswerten Herden strömten die Schönen in diese Stadt, um zu leiden, sich demütigen zu lassen und zu erleben, dass die mächtige Währung ihrer Schönheit entwertet wurde wie der russische Rubel, der argentinische Peso; um als Hotelpage zu arbeiten, als Bardame, als Müllmann oder als Zimmermädchen. Die Stadt war eine Klippe, und sie waren eine Herde kopflos dahinjagender Lemminge. Am Fuße der Klippe aber lag das Tal der zerbrochenen Puppen.

Mühsam wandte der Fahrer den Blick von ihr ab und schaute zu Boden. Er komme, erwiderte er stockend auf ihre Frage, aus Kaschmir. Ihr Herz tat einen Sprung. Ein Fahrer aus dem Paradies. Sein Haar war ein Gebirgsbach, Narzissen von den Ufern rauschender Flüsse und Pfingstrosen von den Gebirgswiesen wuchsen auf seiner Brust, lugten aus seinem offenen Kragen. Um ihn herum erscholl der raue Klang der *swarnai*. Nein, das war doch lächerlich. Und lächerlich war sie nicht, nie würde sie sich erlauben, in Phantastereien zu versinken. Diese Welt ist real. Die Welt ist, wie sie ist. Sie schloss die Augen und schlug sie wieder auf, und da war der Beweis, der Sieg der Normalität. Der deflorierte Fahrer wartete geduldig am Aufzug, hielt ihr die Tür auf. Sie neigte den Kopf, um ihm zu danken. Ihr fiel auf, dass seine geballten Hände zitterten. Die Tür schloss sich, und sie fuhren nach unten.

Der Name, auf den er hörte, der Name, den er auf ihre Nachfrage nannte, lautete Shalimar. Sein Englisch war nicht besonders gut, kaum hinreichend. Vermutlich hätte er den Ausdruck nicht mal verstanden – kaum hinreichend. Seine Augen waren blau, seine Haut heller als die ihre, das Haar grau mit einer letzten Spur blond. Sie musste seine Geschichte nicht hören, nicht heute. Ein andermal würde sie ihn vielleicht fragen, ob er blaue Kontaktlinsen trug, ob es seine natürliche Haarfarbe war, ob dies seinem persönlichen Stil entsprach oder ob er von ihrem Vater zu diesem Stil gedrängt worden war, hatte der doch sein Leben lang gewusst, wie man sich anderen aufdrängte, und das mit solchem Charme, dass jedermann seine Vorschläge stets für eigene Ideen gehalten hatte. Ihre verstorbene Mutter kam ebenfalls aus Kaschmir. So viel wusste sie immerhin über ihre Mutter, über die sie sonst so wenig wusste (aber allerhand vermutete). Ihr amerikanischer Vater hatte nie einen Führerschein gemacht, kaufte sich aber gern Autos. Daher die Fahrer. Sie kamen und gingen. Natürlich wollten sie berühmt werden. Einmal war der Botschafter ein, zwei Wochen lang von einer hinreißenden jungen Frau gefahren worden, die ihn verließ, um in Fernsehserien aufzutreten. Andere Fahrer erlangten als Tänzer in Musikvideos kurzzeitigen Ruhm. Mindestens zwei von ihnen, ein Mann und eine Frau, machten Karriere beim pornographischen Film, und dann und wann hatte India spätabends in irgendwelchen Hotelzimmern Bilder ihrer nackten Körper gesehen. In Hotelzimmern sah sie sich Pornos an.

Es half ihr einzuschlafen, wenn sie unterwegs war. Auch daheim sah sie sich Pornos an.

Shalimar aus Kaschmir begleitete sie nach unten. Hielt er sich legal im Land auf? Besaß er die nötigen Papiere? Hatte er einen Führerschein? Warum hatte man ihn eingestellt? War sein Penis groß, so groß, dass es sich lohnte, ihn sich spät abends im Hotel genauer anzuschauen? Ihr Vater hatte sie gefragt, was sie sich zum Geburtstag wünschte. Sie schaute den Fahrer an und wünschte sich kurz, eine jener Frauen zu sein, die ihm pornographische Fragen stellen konnten, gleich hier im Aufzug, nur Sekunden nach ihrer ersten Begegnung; eine, die diesem schönen Mann schmutzige Dinge sagte, weil sie wusste, dass er kaum ein Wort verstand und er das zustimmende Lächeln eines Angestellten aufsetzen würde, ohne zu wissen, was er bejahte. Ob er es gern im Arsch hatte? Sie wollte ihn lächeln sehen. Sie wusste nicht, was sie wollte. Sie wollte Dokumentarfilme drehen. Der Botschafter hätte wissen müssen, was sie sich wünschte, hätte sie nicht fragen sollen. Er hätte ihr einen Elefanten besorgen können, um über den Wilshire Boulevard zu reiten, hätte sie zum Fallschirmspringen einladen sollen, nach Angkor Wat, Macchu Picchu oder Kaschmir.

Sie war vierundzwanzig. Sie wollte Fakten, keine Träume. Wahre Gläubige, diese albtraumhaften Träumer, begrabschten den Leichnam von Ayatollah Khomeini, so wie sich einst andere wahre Gläubige in einem anderen Land, in Indien, dessen Namen sie trug, Stücke vom Leichnam des heiligen Franz Xaver abgebissen hatten. Ein Stück landete in Macao, ein anderes in Rom. Sie wollte Schatten, Chiaroscuro, Nuancen. Sie wollte hinter das Oberflächliche sehen, vorbei am Meniskus blendender Helligkeit, wollte das Hymen der Helligkeit durchstoßen und vordringen zur verborgenen, blutigen Wahrheit. Was nicht verborgen lag, was offen zutage trat, konnte nicht wahr sein. Sie wollte ihre Mutter. Sie wollte hören, wie ihr Vater von ihrer Mutter erzählte, wollte, dass er Briefe und Fotos zeigte, dass er ihr Neuigkeiten von der Toten brachte. Sie wollte, dass ihre verlorene Geschichte gefunden wurde. Sie wusste nicht, was sie wollte. Sie wollte zu Mittag essen.

Das Auto war eine Überraschung. Gewöhnlich bevorzugte Max große, klassische englische Wagen, doch dies hier war etwas völlig anderes, ein silberner Luxusflitzer mit Fledermaustüren, dasselbe futuristische Gefährt, mit dem man im Film in diesem Jahr in die Zukunft flog. Sich von einem Chauffeur in einem Sportwagen herumkutschieren zu lassen, dachte sie enttäuscht, war eines großen Mannes unwürdig.

«In dieser Rakete ist kein Platz für drei Leute», sagte sie laut. Der Botschafter drückte ihr die Schlüssel in die Hand, und der Wagen umschloss sie beide, protzig, potent, verlogen. Der gut aussehende Fahrer, Shalimar aus Kaschmir, blieb auf dem Bürgersteig stehen, vom Rückspiegel zu einem Insekt verkleinert, die Augen blitzende Schwerter. Er war ein Silberfischchen, eine Heuschrecke. Olga-Wolga, die Kartoffelhexe, stand neben ihm, und ihre in der Ferne schwindenden Körper sahen wie Ziffern aus. Zusammen ergaben sie die Zahl 10.

Im Aufzug hatte sie gespürt, dass der Fahrer sie berühren wollte, hatte sein schmerzliches Verlangen empfunden. Seltsam. Nein, seltsam war es nicht. Seltsam war nur, dass sein Verlangen kein sexuelles Verlangen zu sein schien. Sie sah sich in etwas Abstraktes verwandelt. Als hoffte er, wenn er die Hand nach ihr ausstreckte, jemand anderen zu fassen, über unbekannte Dimensionen trauriger Erinnerung und vergessener Ereignisse hinwegzureichen. Als wäre sie nur eine Stellvertreterin, ein Zeichen. Sie aber wollte die Art Frau sein, die einen Fahrer fragen konnte, wen er eigentlich berühren mochte, wenn er sie berühren wollte. Wer wird nicht von dir berührt, wenn du es dir bei mir untersagst? Fass mich an, wollte sie in sein verständnisloses Lächeln hinein sagen, ich bin dein Kanal, deine Kristallkugel. Wir können Sex in Aufzügen haben und nie ein Wort darüber verlieren. Sex in Transitbereichen, an Orten wie dem Aufzug, zwischen hier und dort. Sex in *Autos*. Bei Transitzonen denkt man gemeinhin an Sex. Wenn du mich vögelst, vögelst du sie, und wer sie auch ist oder war, ich will es nicht wissen. Ich werde gar nicht hier sein, bin nur der Kanal, das Medium. Und ansonsten vergiss es, du bist Angestellter meines Vaters. Es wird wie im *Letzten Tango* sein, natürlich ohne Butter. Sie sagte kein Wort zu dem sich verzehrenden Mann, der sowieso nichts verstanden hätte, falls er es nicht doch verstanden hätte, denn sie wusste wirklich nichts über seine sprachlichen Fähigkeiten, warum also stellte sie Vermutungen an, warum dachte sie sich das alles aus? Sie klang lächerlich. Sie ging aus dem Aufzug, ließ ihr Haar herab und trat nach draußen.

Dies war der letzte Tag, den sie mit ihrem Vater verbringen sollte. Wenn sie ihn das nächste Mal sah, würde es anders sein. Dies war das letzte Mal.

«Das ist für dich», sagte er, «das Auto; so eine Puritanerin kannst du nicht sein, dass du den Wagen nicht willst.» Weltraumzeit ist wie Butter, dachte sie, rasend schnell, und dieses Auto durchschneidet sie wie ein warmes Messer. Sie wollte den Wagen nicht. Sie wollte mehr fühlen, als sie empfand. Sie wollte, dass jemand sie schüttelte, ihr ins Gesicht schrie, sie schlug. Sie war wie betäubt, als wäre Troja schon gefallen. Dabei stand es gut um sie. Sie war vierundzwanzig. Es gab einen Mann, der sie heiraten wollte, und andere Männer, die das nicht wollten, die weniger wollten. Sie kannte das Thema ihres ersten Dokumentarfilms, und Geld war auch da, genug, um mit der Arbeit anzufangen. Und ihr Vater saß gleich neben ihr auf dem Beifahrersitz, während der DeLorean durch den Canyon sauste. Es war der erste Tag von etwas; es war der letzte Tag von etwas anderem.

Sie aßen im Canyon hoch oben in einem Waldhaus, saßen unter einer Reihe von Geweihen. Vater und Tochter, ähnlicher Appetit, gute Verbrennung, die Vorliebe für Fleisch, eine schlanke, stolze

Figur. Sie entschied sich für Wild, den beobachtenden Schädeln toter Hirsche zum Trotz.

«Na, du Tier, ich esse deinen Arsch.»

Das rief sie laut, um ihn zum Lächeln zu bringen. Er wählte ebenfalls Wild, doch aus Respekt, wie er sagte, um den abwesenden Leibern Bedeutung zu verleihen. «Das Fleisch, das wir verzehren, ist zwar nicht ihr Fleisch gewesen, doch es ist das Fleisch von ihresgleichen, durch das ihre verblichene Gestalt heraufbeschworen und geehrt werden mag.» Noch mehr Stellvertreter, dachte sie. Mein Körper im Aufzug, jetzt das Fleisch auf meinem Teller.

«Dein Fahrer macht mir zu schaffen», sagte sie. «Er sieht mich an, als wäre ich jemand anderes. Kannst du ihm vertrauen? Hast du ihn überprüfen lassen? Was ist das überhaupt für ein Name – Shalimar? Klingt wie ein Club in La Brea mit exotischen Tänzerinnen. Oder wie ein billiges Strandhotel, wie ein Trapezkünstler im Zirkus. Ach, bitte», sagte sie und hob ungeduldig eine Hand, ehe er sich herablassen konnte, ihr das Offensichtliche zu sagen, «erspare mir die Erklärung mit dem Garten.» Sie stellte sich das andere Shalimar vor, den großen Mogulgarten in Kaschmir, wie er in grünen, feuchten Terrassen zu einem glitzernden See abfiel, den sie nie gesehen hatte. Der Name bedeutete «Sitz der Freude». Sie schob den Unterkiefer vor. «Klingt für mich immer noch wie ein Schokoriegel. Außerdem, da wir gerade schon mal bei Namen sind, möchte ich dir endlich klipp und klar sagen, dass mein Name eine Last für mich ist, ein fremdes Land, das du mich auf den Schultern tragen lässt. Ich will einen anderen Namen und weiterhin so lieblich duften. Vielleicht nehme ich mir deinen», schloss sie, ehe er etwas erwidern konnte. «Max, Maxine, Maxie. Perfekt. Nenn mich von jetzt ab Maxie.»

Er schüttelte abwehrend den Kopf, aß sein Fleisch und begriff nicht, dass sie ihn in Wirklichkeit anflehte, nicht länger um den Sohn zu trauern, den er nie gehabt hatte, und jene altmodische

Traurigkeit aufzugeben, die ihn auf Schritt und Tritt begleitete und sie zugleich schmerzte und verletzte, denn wie konnten sich seine Schultern krümmen unter dem Gewicht des ungeborenen Sprösslings, der dort oben hockte und über sein Versagen lästerte, wie konnte er sich von diesem böswilligen Inkubus quälen lassen, da sie doch voller Liebe direkt vor ihm stand? War sie denn nicht sein lebendes Spiegelbild, war sie keine schönere, würdigere Kreatur als ein nicht vorhandener Junge? Der Ton ihrer Haut und die grünen Augen könnten von ihrer Mutter sein, die Brüste waren es bestimmt, doch nahezu alles andere, sagte sie sich, hatte sie vom Botschafter geerbt. Wenn sie redete, konnte sie das andere Erbteil nicht vernehmen, die anderen, unvertrauten Kadenzen; sie hörte nur die Stimme ihres Vaters, deren Eigenarten und Tonfall, ihr Auf und Ab. Wenn sie in den Spiegel schaute, verschmolz sie mit dem Schatten des Unbekannten und erkannte nur Max' Gesicht, seinen Körperbau, seine lässige Eleganz in Auftreten und Benehmen. Eine Wand ihres Schlafzimmers nahmen verspiegelte Schrankschiebetüren ein, und wenn sie auf dem Bett lag und ihren nackten Körper bewunderte, sich hin und her drehte, zum eigenen Entzücken die unterschiedlichsten Posen einnahm, regte sie oft der Gedanke auf, ja, erregte sie sogar, dass dies der Körper ihres Vaters sein könnte, wenn er denn eine Frau gewesen wäre. Das kräftige Kinn, der lang geschwungene Hals. Sie war eine groß gewachsene junge Frau, und ihre Größe war ebenfalls sein Geschenk, ihr zugeteilt in seinen Proportionen: der vergleichsweise kurze Oberkörper, die langen Beine. Die Skoliose, die leichte Krümmung ihrer Wirbelsäule, die ihren Kopf vorbeugte, wodurch sie etwas Falkenhaftes, Raubvogelhaftes bekam: Auch das war von ihm.

Nachdem er gestorben war, sah sie ihn weiterhin im Spiegel. Sie war der Geist ihres Vaters.

Die Sache mit dem Namen sprach sie nie wieder an. Durch sein Verhalten aber gab ihr der Botschafter zu verstehen, dass er ihr einen Gefallen tat, als er ihr peinliches Benehmen vergaß, dass er ihr durch Vergessen verzieh, so wie man einem urinierenden Baby verzeiht oder einem Teenager, der nach bestandenem Examen besoffen und kotzend nach Haus torkelt. Solche Vergebung war ärgerlich, doch fand sie sich damit ab und machte sich sein Verhalten zum Vorbild. Sie erwähnte nichts mehr, das sie wurmte oder wichtig war, weder die Jahre der Kindheit in England, als sie dank ihres Vaters die eigene Geschichte nicht kannte, noch die Frau, die nicht ihre Mutter war, jene zugeknöpfte Frau, die sie nach dem Skandal aufgezogen hatte, oder gar jene Frau, ihre Mutter, über die zu reden verboten gewesen war.

Sie beendeten das Mittagessen und gingen eine Weile in den Bergen spazieren, wanderten über den Himmel wie die Götter. Sie brauchten nicht zu reden. Die Welt redete. India war das Kind seiner alten Tage. Er war fast achtzig, zehn Jahre jünger als das verruchte Jahrhundert. Sie bewunderte, wie er ausschritt, ohne jede Andeutung von Schwäche. Er mochte ein Halunke sein, war auch oft genug ein Halunke gewesen, aber er besaß den Willen zur Selbstüberwindung, war davon besessen, von dieser inneren Kraft, die es Bergsteigern erlaubt, achttausend Meter hohe Gipfel ohne Sauerstoff zu erklimmen, oder Mönchen, sich durch Meditation in einen künstlichen Tiefschlaf zu versetzen, der unglaublich viele Monate lang anhält. Er ging wie ein Mann im besten Alter, als wäre er, sagen wir, fünfzig. Wenn die Hornisse des Todes irgendwo in der Nähe umherschwirrte, würde diese Demonstration zeittrotzender körperlicher Fitness ganz gewiss ihren Stachel hervorlocken. Bei Indias Geburt war er siebenundfünfzig Jahre alt gewesen. Er ging, als wäre er jünger geworden. Dieser Wille machte ihn für sie liebenswert, und denselben Willen fühlte sie wie ein Schwert in sich selbst ruhen, abwartend, von ihrem Körper umhüllt. Er war ein Halunke gewesen, solange sie sich erinnern konnte. Für die Vaterrolle war er nicht gemacht. Er war der Hohepriester des goldenen Zweiges, hauste in seinem verwunschenen Hain und wurde vergöttert, bis ihn sein Nachfolger ermordete. Doch um dieser Priester zu werden, hatte er seinen Vorgänger ermorden müssen. Vielleicht war sie selbst auch ein Halunke. Vielleicht war auch sie fähig, jemanden zu ermorden.

Seine Gutenachtgeschichten, die er zu jenen unvorhersehbaren Gelegenheiten erzählte, wenn er einmal an ihrem Kinderbett saß, waren eigentlich keine Geschichten. Sie waren eher Gleichnisse, wie sie Sun Tse, der Philosoph des Krieges, seinen Nachkommen dargelegt haben mochte. «Der Palast der Macht ist ein Labyrinth miteinander verbundener Säle», erzählte Max einmal der schläfrigen Kleinen. Sie stellte sich diesen Palast vor, ging ihm entgegen, halb träumend, halb wach. «Er hat keine Fenster», sagte Max, «und keine sichtbare Tür. Deine erste Aufgabe besteht darin, den Eingang zu finden. Hast du das Rätsel gelöst und gelangst du als Bittsteller in den ersten Vorraum der Macht, wirst du darin einen Mann mit dem Kopf eines Schakals antreffen, der dich wieder hinauszujagen versucht. Wenn du bleibst, wird er dich verschlingen. Kannst du dich an ihm vorbeimogeln, betrittst du den zweiten Raum, der diesmal von einem Mann mit dem Kopf eines tollwütigen Hundes bewacht wird, und in dem nächsten Raum wartet ein Mann mit dem Kopf eines hungrigen Bären und immer so weiter. Im vorletzten Raum ist dann ein Mann mit einem Fuchskopf. Dieser Mann wird nicht versuchen, dich vom letzten Raum fern zu halten, dem Saal der wahren Macht. Stattdessen wird er dich davon überzeugen wollen, dass du bereits am Ziel bist und dass er selbst der gesuchte Mann ist.

Wenn es dir gelingt, den Schwindel des Fuchsmannes zu durchschauen, und du an ihm vorbeigelangst, befindest du dich im Saal der Macht. Der Saal der Macht ist nicht sonderlich beeindruckend, und darin mustert dich der Mann der Macht über einen leeren Tisch hinweg. Er wirkt klein, unbedeutend und ängstlich, denn jetzt, da du all seine Wachen überwunden hast, muss er dir gewähren, was dein Herz begehrt. Auf dem Weg nach draußen jedoch sind der Fuchsmann, der Bärenmann, der Hundemann und der Schakalmann verschwunden. Stattdessen sind die Räume voll von halbmenschlichen fliegenden Monstern, geflügelten Menschen mit Vogelköpfen, Adlermännern und Geiermännern, Männertölpeln und Falkenmännern. Sie stürzen sich auf dich herab und wollen dir deinen Schatz entreißen. Mit ihren Klauen holen sie sich alle ein Stück davon zurück. Wie viel wirst du davon noch aus dem Palast der Macht herausbringen? Du schlägst nach den Vogelmännern, sie zerfetzen dir mit ihren glitzernden blauweißen Krallen den Rücken. Doch dann hast du es geschafft, du bist wieder draußen, blickst blinzelnd ins blendend helle Licht, drückst die armseligen, zerrissenen Überbleibsel an dich und musst jetzt die skeptische Menge – die neidische, ohnmächtige Menge – davon überzeugen, dass du mit allem zurückgekehrt bist, was du haben wolltest. Schaffst du das nicht, bist du für immer als Versager gebrandmarkt.

Solcherart ist das Wesen der Macht», erzählte er ihr, während sie in Schlaf versank, «und das sind die Fragen, die sie aufwirft. Der Mann, der beschließt, ihre Räume zu betreten, kann sich freuen, wenn er ihnen lebend wieder entrinnt. Die Antwort auf die Frage der Macht übrigens», fügte er wie einen nachträglichen Einfall hinzu, «lautet: Betritt das Labyrinth nicht als Bittsteller. Komme mit Fleisch und einem Schwert. Gib dem ersten Wächter das Fleisch, nach dem es ihn verlangt, denn er ist immer hungrig, dann schlag ihm den Kopf ab, während er frisst: Schwups! Biete danach seinen abgeschlagenen Kopf dem Wächter im nächsten Raum an, und wenn er ihn verschlingt, enthaupte auch ihn. Schwaps! *Et ainsi de suite.* Wenn der Mann der Macht sich jedoch bereit erklärt, deine Forderungen zu erfüllen, darfst du ihm den Kopf nicht abschlagen. Achte darauf, dass es nicht so weit kommt! Die Enthauptung eines Herrschers ist eine extreme Maßnahme, die kaum je nötig und nur selten ratsam ist. Sie gibt ein schlechtes Beispiel. Denk stattdessen daran, nicht nur um das

Gewünschte, sondern auch um einen Sack Fleisch zu bitten. Mit dem frischen Fleischvorrat lockst du dann die Vogelmänner in ihr Verhängnis. Runter mit den Köpfen! Schnipp, schnapp! Hack, hack, bis du frei bist. Freiheit ist kein Kaffeekränzchen, India. Freiheit ist Krieg.»

Noch immer suchten die Träume sie heim, wie sie schon ihr kindliches Ich heimgesucht hatten: Visionen von Schlachten und von Siegen. Im Schlaf warf und wand sie sich hin und her und führte den Krieg, den er in ihr gesät hatte. Dies war das Erbe, dessen sie sich sicher war, ihre Kriegerzukunft. Ihr Körper war sein Körper, ihr Verstand sein Verstand, ihr Excalibur-Geist, seinem gleich, ein aus dem Stein gezogenes Schwert. Er war durchaus imstande, ihr weder Geld noch Gut zu hinterlassen, durchaus imstande zu behaupten, ihre Enterbung sei das letzte Wertvolle, das er ihr zu geben habe, das Letzte, was er ihr beibringen könne und was sie lernen müsse. Sie wandte sich von den Gedanken an den Tod ab und schaute über die blauen Berge hinüber zum späten, orangeroten Nachmittagshimmel, der träge mit dem warmen, stillen Meer verschmolz. Eine kühle Brise verfing sich in ihrem Haar. 1769 hatte der Franziskaner Fray Juan Crespi irgendwo dort unten eine Süßwasserquelle entdeckt und sie Santa Monica genannt, da sie ihn an die Tränen erinnerte, die die Mutter des heiligen Augustinus vergoss, als ihr Sohn sich von der christlichen Kirche lossagte. Augustinus kehrte natürlich in den Schoß der Kirche zurück, doch in Kalifornien fließen noch immer die Tränen der heiligen Monica. India hatte für Religionen nur Verachtung übrig, war doch ihre Verachtung einer der vielen Belege dafür, dass sie nicht Indien war. Religion war dumm, aber religiöse Geschichten rührten sie, und das fand sie verwirrend. Hätte ihre tote Mutter wie eine Heilige um sie geweint, wenn sie von ihrer Gottlosigkeit gehört hätte?

Auf Madagaskar zog man die Toten regelmäßig aus ihren Gräbern und tanzte mit ihnen die ganze Nacht. In Australien und

Japan gab es Menschen, denen die Toten jede Verehrung wert waren, die ihre Vorfahren für geheiligte Wesen hielten. Überall auf der Welt gab es einige Tote, über die geforscht wurde, an die man sich erinnerte, und das waren die besten Toten, jene, die am wenigsten tot schienen, die im Gedächtnis der Welt fortlebten. Nicht so gefeierte, nicht so bevorzugte Tote waren es zufrieden, in einigen wenigen liebenden (oder auch hassenden) Herzen am Leben gehalten zu werden, und sei es auch nur in einer einzigen menschlichen Brust, in deren gegebenen Grenzen sie lachen und schwatzen konnten, sich lieben, sich gut oder schlecht benehmen, Hitchcock-Filme ansehen und Urlaub in Spanien machen, sich peinlich kleiden, Gartenarbeit genießen, widersprüchliche Ansichten vertreten, unverzeihliche Verbrechen begehen und ihren Kindern erzählen, dass sie sie mehr liebten als das Leben. Indias Mutter jedoch war auf die schlimmste und toteste Weise tot. Der Botschafter hatte die Erinnerung an sie unter einer Pyramide des Schweigens begraben. India wollte ihn über sie ausfragen, wollte nichts sehnlicher, sooft sie sich trafen, und in jedem Augenblick, den sie gemeinsam verbrachten. Der Wunsch saß wie ein Speer in ihrem Bauch. Doch nie brachte sie es über sich. Die tödlich tote Frau, zu der ihre Mutter geworden war, verschwand im Schweigen des Botschafters, wurde davon ausgelöscht. Sie war tot wie Stein, von der ägyptischen Grabkammer seines Schweigens ummauert, beerdigt mit ihren Einfällen, ihren Eigenarten und allem, was ihr ein kleines Maß an Unsterblichkeit ermöglicht hätte. India könnte ihren Vater für diese Verweigerung hassen, doch dann hätte sie niemanden mehr gehabt, den sie lieben konnte.

Sie sahen die Sonne durch die herrlich schmutzige Luft im Pazifik versinken, und der Botschafter murmelte lautlos Verse vor sich hin. Zwar war er den größten Teil seines Lebens Amerikaner gewesen, doch Stärkung suchte er noch immer in französischen Gedichten.

Homme libre, toujours tu chériras la mer! La mer est ton miroir …
Nachdem er ihr Leben gerettet hatte, wurde ihre Lektüre von
ihm festgelegt, und inzwischen wusste sie, was er sie hatte wissen
lassen wollen. Sie wusste: *Du freier Mensch, du liebst das Meer voll
Kraft/dein Spiegel ist's. In seiner Wellen Mauer,/Die hoch sich türmt,
wogt deiner Seele Schauer.* Also dachte auch er an den Tod. Sie ver-
galt ihm Baudelaire mit Baudelaire. *Le ciel est triste et beau comme
un grand reposoir;/ Le soleil s'est noyé dans son sang qui se fige.* Und
noch einmal: *Le soleil s'est noyé dans son sang qui se fige … Ton souve-
nir en moi luit comme un ostensoir!* Der Himmel, ernst und schön,
wie ein großes, ein großes Was, irgendeine Art Altar. Die Sonne
versinkt in ihrem gerinnenden Blut. Die Sonne versinkt in ihrem
gerinnenden Blut. Die Erinnerung an dich leuchtet in mir wie ein,
verdammt, *ostensoir*. Ach ja, richtig, wie eine Monstranz. Noch
eine religiöse Metapher. Neue Bilder müssen her. Bilder für eine
gottlose Welt. Bis die Sprache der Unreligion mit diesem heiligen
Zeugs nicht gleichgezogen hat, bis es nicht genügend Lyrik und
eine ausreichende Ikonographie der Gottlosigkeit gibt, werden
diese heiligen Echos nie verstummen und ihre zweifelhafte Macht
behalten, selbst über sie.

Sie sagte es ihm noch einmal auf Englisch: «Die Erinnerung an
dich leuchtet in mir.»

«Lass uns heimfahren», murmelte er und küsste sie auf die
Wange. «Es wird kühl, und wir wollen es nicht übertreiben. Ich
bin jetzt ein alter Mann.»

Es war das erste Mal, dass sie ihn seine Gebrechlichkeit erwähnen hörte, ihres Wissens überhaupt das erste Mal, dass er die
Macht der Zeit anerkannte. Und warum hatte er sie spontan geküsst, obwohl dazu doch keine Notwendigkeit bestand? Auch das
ein Hinweis auf seine Schwäche, eine Fehleinschätzung, genau
wie sein Geschenk, dieses vulgäre Auto. Ein Anzeichen nachlas-
sender Kontrolle. Sie waren es längst nicht mehr gewohnt, einander ihre Zuneigung anders zu zeigen als auf höchst beiläufige

Weise, bewiesen sich ihre Liebe durch völlige Zurückhaltung, wie die Samurai.

«Meine Zeit wird fortgeschwemmt», sagte der Botschafter. «Nichts bleibt.» Er hatte das beschleunigte Ende des Kalten Krieges vorausgesehen, den Einsturz des Kartenhauses Sowjetunion. Er wusste, dass die Mauer fallen würde, dass man die Vereinigung Deutschlands nicht aufhalten konnte, die mehr oder weniger über Nacht passieren würde. Er hatte die Invasion Westeuropas durch die begeisterten, arbeitshungrigen Ossis in ihren Trabbis vorausgesehen, ebenso Ceauşescus mussolinihaftes Ende und die elegischen Präsidentschaften der Schriftsteller Václav Havel und Arpad Goncz. Von anderen, weniger angenehmen Möglichkeiten wollte er hingegen nichts wissen. Er redete sich ein, die globalen Strukturen, die er mitgeschaffen hatte, die Kanäle von Einfluss, Geld und Macht, die multinationalen Konglomerate, die Handelsorganisationen, das Rahmenwerk von Gesetz und Kooperation, dessen Aufgabe es gewesen war, mit einem heißen Krieg fertig zu werden, der zu einem kalten Krieg geworden war, all dies, redete er sich ein, würde noch in einer Zukunft funktionieren, die jenseits dessen lag, was er vorhersehen konnte. India spürte in ihm die verzweifelte Hoffnung darauf, dass seine Zeit glücklich zu Ende gehen würde und dass die neue Welt, die darauf folgte, besser wäre als jene, die mit ihm starb. Europa, frei von sowjetischer Bedrohung, und Amerika, frei von dem Zwang zu permanenter Kampfbereitschaft, würden diese Welt in Freundschaft erbauen, eine Welt ohne Mauern, ein grenzenloses, neu gefundenes Land unbegrenzter Möglichkeiten. Dann wäre es auf der Uhr des Jüngsten Tages nicht mehr sieben Sekunden vor Mitternacht. Die aufstrebenden Wirtschaftsmächte Indien, Brasilien und ein weltoffeneres China würden die neuen Machtzentren sein, ein Gegengewicht zur amerikanischen Hegemonie, die er als Internationalist stets missbilligt hatte. Als sie ihn diesem utopischen Trugbild anheim fallen sah, dem Mythos vom verbesserungsfähigen Menschen, wusste India, dass er nicht mehr lang zu leben hatte. Er erinnerte sie an einen Seiltänzer, der das Gleichgewicht zu halten versuchte, obwohl er kein Seil mehr unter den Füßen hatte.

Die Last des Unvermeidlichen drückte sie nieder, als hätte sich die Schwerkraft der Erde plötzlich vervielfacht. In ihren jüngeren Jahren hatten sie sich oft berührt. Er konnte an jeder Stelle ihres Körpers, auf der Hand, der Wange oder dem Rücken, mit seinem Mund einen Vogel aufstöbern und ihn zum Singen bringen. Durch den magischen Druck seiner Lippen brach unter ihrer Haut Vogelzwitschern hervor, stieg jubilierend in die Lüfte auf. Noch im Alter von acht Jahren konnte sie ihn wie den Everest besteigen. Und auf seinen Knien hatte sie die Geschichte des Himalaja gelernt, die Geschichte der gigantischen Proto-Kontinente, hatte von dem Augenblick gehört, als Indien sich vom Gondwanaland löste und über die Proto-Meere auf Laurasia zu bewegte. Sie schloss die Augen und sah die gewaltige Kollision, die mächtige Gebirge zum Himmel hinaufpresste. Er lehrte sie eine Lektion über die Zeit, über die Langsamkeit der Erde: *Die Kollision findet immer noch statt.* Wenn also er der Himalaja war, wenn auch er selbst durch die Kollision großer Kräfte entstanden war, durch einen Zusammenprall der Welten, dann war er auch immer noch am Wachsen. Dann fand die Kollision immer noch in ihm statt. Er war der gebirgige Vater und sie seine Bergsteigerin. Er nahm ihre Hand, und sie stieg an ihm hinauf, bis sie auf seinen Schultern saß, ihr Schoß in seinem Nacken. Er küsste ihren Bauch, und sie schlug einen Purzelbaum rückwärts auf den Boden. Eines Tages sagte er dann, Schluss damit. Sie wollte weinen, beherrschte sich aber. Die Kindheit war vorbei? Na gut, war sie eben vorbei. Mit kindischen Dingen würde sie sich nicht mehr abgeben.

Der Freeway war leer, so schockierend leer, als ginge die Welt unter, und während sie über die Asphaltwüste dahinglitten, be-

gann der Botschafter erneut, geschwätzig zu erzählen, die Worte
strömten ihm aus dem Mund wie endloser Verkehr, beinahe, als
müsste er für die fehlenden Autos aufkommen. Geschwätzigkeit
fiel Max Ophuls leicht, doch war sie eine seiner vielen Methoden
des Verbergens, und nie verbarg er sich besser als dann, wenn er
am offensten zu sein schien. Die meiste Zeit seines Lebens war
er jemand gewesen, der vergrub, ein Mann mit Geheimnissen, zu
dessen Aufgaben es zählte, die Geheimnisse anderer Leute auf-
zudecken, die eigenen jedoch zu schützen, und wenn er freiwillig
oder gezwungenermaßen das Wort ergriff, gehörte seit langem
das Paradoxon zu seinen bevorzugten Täuschungsmitteln. Sie
fuhren so rasch über den leeren Freeway dahin, dass sie stillzu-
stehen schienen, der Ozean zu ihrer Rechten, während links die
Stadt aufglitzerte, und über diese Stadt beschloss Max zu erzählen, da er wusste, dass er wie ein Amateur schon zu viel über sich
gesagt, schon zu viel von sich gezeigt hatte. Also hob er zu einem
Lob über die Stadt an, pries sie wegen ebenjener Eigenschaften,
die gemeinhin für ihren größten Nachteil gehalten wurden. Er
bekannte, es enorm zu bewundern, dass die Stadt keinen Brenn-
punkt habe. Die Idee eines Zentrums war in seinen Augen überholt, oligarchisch, ein arroganter Anachronismus. An derlei zu
glauben hieße, einen Großteil des Lebens an die Peripherie zu
verbannen, es zu marginalisieren und dadurch zu entwerten. Die
dezentrale, promiskuitive Wucherung dieses gigantischen, wir-
bellosen Klumpens, dieser Qualle aus Licht und Beton, mache sie
zur wahrhaft demokratischen Stadt der Zukunft. Während India
ihren Weg über die verlassenen Freeways suchte, lobte ihr Vater
die bizarre Anatomie der Stadt, die von vielen solcher Arterien
gespeist und genährt wurde, in denen das Blut stockte oder strömte, ohne dass sie ein Herz brauchte, um es durch seine Adern zu
pumpen. Dass sie eine verkappte Wüste war, ließ ihn den Genius
des Menschen loben, seine Fähigkeit, die Erde mit seinen Phantasien zu formen, Wasser in die Wildnis zu bringen und die Leere

zu füllen; doch die Wüste räche sich an der Haut ihrer Eroberer, trockne sie aus, grabe Falten und Furchen in sie ein, erteile diesen triumphierenden Sterblichen die heilsame Lektion, dass kein Sieg absolut war, dass der Kampf zwischen den Erdlingen und der Erde niemals zugunsten einer Seite entschieden werden konnte, sondern in alle Ewigkeit hin und her wogte. Am meisten behagte ihm, dass sie eine verborgene Stadt war, eine Stadt der Fremden. In der Verbotenen Stadt des chinesischen Kaisers hatte das Privileg, unerkannt bleiben zu dürfen, allein den Mitgliedern der kaiserlichen Familie zugestanden. In dieser prächtigen Festung jedoch war Heimlichkeit für alle Ankömmlinge frei zu haben. Die moderne Obsession für Intimität, dafür, anderen sein Innerstes zu offenbaren, war nicht nach Max' Geschmack. Eine offene Stadt glich einer nackten Hure, die einladend auf dem Rücken lag, um sich ihrem Freier hinzugeben, während dieser verschleierte, rätselhafte Ort, diese erotische Kapitale obskurer Kniffe und Tricks genau wusste, wie sie unsere metropolitischen Gelüste wecken und steigern konnte.

Sie war solche Monologe gewohnt, seine Fugen über dieses und jenes, gewöhnt auch an seine nur halb ernst gemeinten Absonderlichkeiten. Doch diesmal schien sein Lobgesang eine Grenze zu überschreiten und ihn von ihr fort ins Schattenhafte zu führen. Wenn er behauptete, die mächtigen Banden der Stadt wegen der erregenden Beiläufigkeit ihrer Gewalt zu bewundern, die Sprayer für ihre rätselhaften, flüchtigen Graffiti, wenn er die erhabene Wucht der Erdbeben pries, jene Zurechtweisung, die Erdrutsche den eitlen Menschen erteilten, wenn er ohne erkennbare Ironie amerikanisches Junkfood lobte und poetisch die neue Banalität der Diät-Cola verklärte, wenn er die Einkaufszentren wegen ihrer Neonreklame rühmte und die Ladenketten wegen ihrer Allgegenwärtigkeit, wenn er es ablehnte, die Ware in den Frischemärkten zu kritisieren, die köstlich aussehenden Äpfel, die wie Wattebällchen schmeckten, die Bananen aus Pappe, die geruchlosen Blumen, die er Symbole des unvermeidlichen Triumphs der Illusion über die Realität nannte, jener einen, höchst offenkundigen Wahrheit über die Geschichte der menschlichen Rasse, wenn er, der in seinem öffentlichen (nicht in seinem privaten) Leben selbst ein Vorbild an Tugendhaftigkeit gewesen war, bekannte, einen städtischen Beamten insgeheim wegen der extravaganten Kühnheit seiner Korruption zu bewundern, und – sich widersprechend – einen zweiten Beamten zynisch wegen der hinterhältigen, jahrzehntelangen Raffinesse seiner Vergehen lobte, dann begriff India, dass er mitten im hohen Alter, dessen Folgen er heroisch sogar vor ihr verborgen hatte, den Zugang zur Freude verlor und dass ihn sein Versagen von innen verzehrte, die Fähigkeit zu Unterscheidungen und moralischen Urteilen schwächte, und dass er, sollte sich dies so weiterentwickeln, bald nicht mehr in der Lage sein würde, auch nur die geringste Entscheidung zu treffen; Speisekarten in Restaurants würden zu Rätseln werden, und selbst die Wahl, am Morgen aufzustehen oder die Tagesstunden im Bett zu verbringen, wäre ihm dann zu viel. Und wenn ihn erst die letzte Wahl verblüffte, die Wahl zwischen atmen und nicht mehr atmen, dann würde er gewiss sterben.

«Ich habe mir immer gewünscht, dass du eine gute Meinung von mir hast», sagte sie, um ihn zum Schweigen zu bringen, «aber wenn ich sie mit dem ganzen Mist teilen muss, weiß ich nicht mehr, ob mir noch daran gelegen ist.»

Sie kehrten zum Mietshaus zurück, vor dem der Fahrer noch immer mit funkelnden Augen wartete und genau dort stand, wo India ihn zuletzt gesehen hatte, als hätte er sich den ganzen Tag nicht von der Stelle gerührt. Blumen wuchsen aus dem betonierten Bürgersteig zu seinen Füßen, und seine Hände und Kleider waren rot von Blut. Was? Wie bitte? Sie blinzelte, kniff die Augen zusammen, und natürlich stimmte nichts davon, blumenlos war er, fleckenlos und wartete geduldig, wie es einem guten Angestellten anstand. Außerdem war er während ihrer Abwesenheit fleißig gewesen, hatte sich zum Woodrow Wilson Drive aufgemacht und den Bentley des Botschafters geholt. Sieh doch, da stand er, in voller Lebensgröße. Warum hatte sie den nicht gleich entdeckt? Warum überfielen sie solche Augenblicke, seit wann litt sie unter diesem halluzinatorischen Fluch? Hatte sie Olga Simeonowna verärgert und einen Kartoffelzauber auf sich gezogen, der zum ersten Mal vor Jahrhunderten im Flussdelta der Wolga angewandt worden war, als noch Kobolde die Erde bevölkerten? Doch auch an Kartoffelmagie glaubte sie nicht. Sie war übermüdet, sonst nichts. Es würde sich schon alles wieder finden, wenn sie nur eine Nacht lang durchschlafen konnte. Sie versprach sich eine Tablette am Abend. Sie versprach sich ein sauberes, ordentliches Leben. Sie versprach sich Leichtigkeit, ein Ende aller Unruhe. Sie versprach, mit den eintönigen Tröstungen des Alltäglichen zufrieden zu sein.

«Wo hast du ihn aufgetrieben, deinen Mogul-Gärtner?», fragte sie ihren Vater, der ihr nicht zuzuhören schien. «Shalimar», drängte sie. «Der Fahrer mit dem unechten Namen, dem kläglichen Englisch. Hat er die schriftliche Prüfung bestanden?»

Der Botschafter machte eine abfällige Handbewegung. «Um den brauchst du dir keine Sorgen zu machen», sagte er, woraufhin sie sich erst recht Sorgen zu machen begann. «Herzlichen Glückwunsch zum Geburtstag», setzte er noch hinzu und beendete damit das Thema. *«Un bisou.»*

Nach dem Meuchelmord sah India fern, und Gorbatschow stieg in Moskau aus einem Flugzeug, hatte den kommunistischen Putschversuch überstanden. Er sah mitgenommen aus, unscharf, an den Rändern verwaschen, wie ein vom Regen fleckiges Aquarellbild. Jemand fragte ihn, ob er plane, die kommunistische Partei abzuschaffen, und an seiner schockierten Reaktion, der Verwirrung und Unentschlossenheit erkannte sie seine Schwäche. Die Partei war Gorbatschows Wiege gewesen, sein Leben. Und jetzt erwartete man von ihm, sie abzuschaffen? Nein, rief sein ganzer Körper, zitternd, verschwommen, wie könnte ich, das werde ich nicht; und in diesem Augenblick wurde er unwichtig, Geschichte rauschte an ihm vorbei, er wurde zu einem mittellosen Tramper am Rande des Freeways, den er selbst in glorreichen Tagen erbaut hatte, und sah den rasenden Autos hinterher, den Jelzins, die an ihm vorbei der Zukunft entgegenbrausten. Auch für den Mann der Macht kann der Palast der Macht ein trügerischer Ort sein. Am Ende musste auch er sich den Weg nach draußen erkämpfen, vorbei an den Vogelmännern, die sich auf ihn stürzten. Mit leeren Händen tauchte er auf, und die Menge, die grausame Menge, verlachte ihn. Gorbatschow sieht wie Moses aus, dachte sie, der Prophet, der das Gelobte Land nicht betreten darf. Und in diesem Augenblick glich er ihrem Vater, als der den Sonnenuntergang betrachtet hatte.

An einem anderen Tag, einem jener zeitlosen Tage nach Max' Ermordung, hatte sie eine weitere Vision. In Südafrika spazierte ein Mann aus dem Gefängnis, nachdem man ihn ein Leben lang vor den Blicken der Öffentlichkeit versteckt hatte. Niemand wusste genau, wie dieser Lazarus eigentlich aussah. Das einzige je in der Presse veröffentlichte Foto war Jahrzehnte zuvor aufgenommen worden. Und der Mann auf dem Foto sah schwergewichtig aus, ein wütender Bulle, ein Mike-Tyson-Klon. Ein heißblütiger Revolutionär. Doch dieser Mann hier war hoch und schlank gewachsen, und er schritt mit sanfter Anmut aus. Als sie die Silhouette sah, lang und schlaksig wie ein Spielberg-Alien, der im Schein der Jupiterlampen der Freiheit entgegenging, da wusste sie, dass sie ihren von den Toten auferstandenen Vater vor sich hatte. Gefühle überkamen sie, doch Wiederauferstehungen gibt es nicht, wirklich nicht, und es war auch nicht ihr Vater. Als die Scheinwerfer nicht mehr in das Kameraobjektiv leuchteten, begriff India, dass sie eine Allegorie der Zukunft sah, jener Zukunft, die sich ihr Vater nicht mehr hatte vorstellen wollen. Mandela, vom Hitzkopf zum Friedensapostel gewandelt, und neben ihm die verruchte Winnie. Tugend und Untugend Seite an Seite; gemeinsam gingen der Gesegnete und die Korrupte auf die Kameras zu, Hand in Hand und verliebt.

In der Hauptstadt der milliardenschweren Film-, Fernseh- und Musikindustrie ging Max Ophuls nie ins Kino. Er verabscheute Spielfilme wie Lustspiele im Fernsehen, besaß keine Stereoanlage und sagte frohgemut das Ende dieser temporären Perversionen voraus, deren Anhänger, so prophezeite er, sie in Kürze aufgeben würden zugunsten der unendlich überlegenen Faszination einer jeden Livevorstellung mit ihrer Unmittelbarkeit, ihrer Spontaneität und Kontinuität und der erregenden Kraft der körperlichen Präsenz des Schauspielers. Trotz dieser melancholisch-puristischen Haltung stieg der Botschafter häufig herab von seinem Elfenbeinturm an der Gipfelstraße, die nach jenem Präsidenten benannt war, der über dem Traum von einem Bund vereinter Nationen gestorben war, und betrat wie der Assyrer in dem Gedicht, der einem Wolf gleich in die Schafherde fuhr, unter dem Deckmantel der Nacht das Penthouse eines der besten Hotels der Stadt, in dem er eine angemietete Suite hatte. Es wurde weithin angenommen, dass viele Damen mit einer großartigen Karriere in dem verachteten Gewerbe dort bei ihm zu Gast waren. Wenn sie ihn fragten, warum er sich weigere, ihre Filme anzuschauen, erwiderte er hingebungsvoll, stattdessen genieße er die erregende Kraft ihrer körperlichen Präsenz, und nichts, was sie auf der Leinwand trieben, könne dem gleichkommen, was sie mit solcher Unmittelbarkeit, Spontaneität, Kontinuität und Gegenwart in diesem berühmten Hotel vollbrächten.

Am Tag vor Max' Tod zeigte sich das erste schlechte Omen in Gestalt eines Malheurs mit einer indischen Filmschauspielerin. Anfangs hatte Max nicht einmal gewusst, dass sie Schauspielerin war, dieses Mädchen mit einer Haut wie verbrannte Erde, dem wohl verhüllten Körper und der unterwürfigen Art einer Adeptin, die in die Fußstapfen eines großen *rishi* tritt. In der Lobby des großen Hotels folgte sie ihm Tag für Tag, bis er schließlich nach ihrem Anliegen fragte und sie ihm im leisen Ton des großen Fans, des Herzensfans, gestand, sie sei in sein Anziehungsfeld geraten, so wie der Planet Venus in eine Umlaufbahn um die Sonne gesogen worden war, und verlange nichts weiter, als ihn in respektvoller Entfernung eine Weile, vielleicht ihr Leben lang, umkreisen zu dürfen. Der Name – Zainab Azam – sagte ihm nichts, doch in seinem Alter war ihm nicht danach, einem derart hübschen geschenkten Gaul ins Maul zu schauen. In seiner Suite sprach sie nach dem ersten Liebesspiel plötzlich mit detaillierter Kenntnis und grenzenloser Bewunderung von seiner längst vergangenen Zeit als Botschafter in Indien. Damals hatte er den Satz geprägt: *Indien ist ein sinnvolles Chaos*, den man jetzt in jeder Zitatensammlung finden könne und der beinahe wöchentlich von der ein oder anderen Gestalt des öffentlichen Lebens in Indien benutzt werde, doch immer mit Stolz. Sie nannte ihn den Rudyard Kipling der Botschafter, den einzigen Gesandten unter den Botschaftern in all den Jahren, der Indien wahrhaft verstanden habe, und sie sei seine Belohnung für dieses Verständnis. Sie bat ihn um nichts, wies alle Geschenke zurück, verschwand einen Großteil jedes Tages unerreichbar in ihrer eigenen Dimension, kehrte aber stets zurück, sittsam und zurückhaltend wie immer, bis sie sich auszog und zur Feuersbrunst wurde und er zu ihrem langsam, doch bereitwillig vergehenden Brennstoff. Was sie denn nur von einem alten verkommenen Subjekt wie ihm wolle, fragte er einmal in einem Anfall von Bescheidenheit angesichts ihrer schockierenden Schönheit. Ihre Antwort war ganz offensichtlich eine Lüge, und er konnte nur von Glück reden, dass sich seine Eitelkeit in Windeseile erholte und ihm ins Ohr flüsterte, er möge dies doch ergebenst als ungeschminkte Wahrheit hinnehmen.

«Lass mich dich verehren», sagte sie.

Sie erinnerte ihn an eine Frau, die für ihn seit über zwanzig Jahren tot war. Sie erinnerte ihn an seine Tochter. Zainab konnte höchstens zwei, drei Jahre älter als India sein, nur vier oder fünf Jahre älter als Indias Mutter bei ihrer letzten Begegnung. Max Ophuls ertappte sich dabei, wie er in einem müßigen Augenblick davon träumte, dass diese beiden jungen Frauen sich träfen und miteinander anfreundeten, seine Tochter und seine Bettgefährtin, doch wies er die Möglichkeit schaudernd vor Abscheu rasch wieder von sich. Zainab Azam war in seinem langen Leben die letzte Geliebte, und sie vögelte ihn, als wollte sie ihre vielen Vorgängerinnen auslöschen. Sie erzählte ihm nichts von sich selbst, und es schien ihr nichts auszumachen, dass er auch nichts von ihr wissen wollte. Dieser herrliche Zustand, den der Botschafter als nahezu ideal empfand, blieb unverändert bis zu dem Abend vor seinem letzten Tag und seiner kurzen, unbesonnenen Rückkehr ins Rampenlicht der Öffentlichkeit.

Niemand konnte in den Tagen nach seiner Ermordung die Frage beantworten, warum Max Ophuls nach den langen Jahren der Selbstverleugnung, die ihm die banalisierenden, aufreibenden Folgen der öffentlichen Aufmerksamkeit erspart hatten, plötzlich beschloss, sich im Fernsehen zu zeigen, um im blumigen Duktus einer untergehenden Zeit die Zerstörung des Paradieses anzuprangern. Spontan hatte er einen Bekannten angerufen, den gefeiertsten Talkshowmaster der Westküste, um ihn zu fragen, ob er nicht so bald wie möglich in seiner Sendung auftreten dürfe. Der große Medienstar war so erstaunt wie begeistert gewesen und gern bereit, ihm diesen Gefallen zu erweisen. Wegen seiner unglaublichen erzählerischen Begabung wollte er Max schon lange in seiner Show haben, hatte doch dessen geniale Art, Anekdoten zum Besten zu geben, den berühmten Fernsehmenschen schon einmal im Haus von Marlon Brando verzaubert – die Geschichte etwa, wie Orson Welles ein Restaurant betrat und durch die

Küche wieder verließ, um dort, während seine Freunde noch darüber staunten, dass er nichts als einen einfachen grünen Salat zu sich genommen hatte, seine wartende Limousine vom Personal mit Schachteln voller Windbeutel und Schokoladenkuchen füllen zu lassen; die Geschichte von Chaplins Weihnachtsessen für die Hispanos von Hollywood, bei dem Luis Buñuel ganz im Geiste des Surrealismus feierlich Chaplins Weihnachtsbaum abgeräumt hatte; die Story von einem Besuch bei Thomas Mann, der im Exil in Santa Monica mit dem Gehabe eines Mannes lebte, der sich selbst wie ein Kronjuwel schützte; die Geschichte von einer durchzechten Nacht mit William Faulkner, jene von Fitzgeralds traurigem Wandel zum Drehbuchautor Pat Hobby, diesem Hollywood-Schreiberling, oder die Geschichte von der höchst unwahrscheinlichen Liaison zwischen Warren Beatty und Susan Sontag, die angeblich zu einem nicht näher benannten Zeitpunkt auf einem Parkplatz vor dem In-N-Out Burgershop Ecke Sunset Boulevard und Orange Street stattgefunden hatte.

Als der Botschafter, ein Amateurhistoriker in Sachen Ortskunde, damals auch noch zu einem Bericht über das unterirdische Leben der geheimnisvollen Echsenmenschen angesetzt hatte, die mutmaßlich in den Tunneln unterhalb von Los Angeles hausten, war der Talkshowmaster längst von dem Gedanken besessen, das Talent dieses extrovertierten Eremiten vor der Kamera zu präsentieren, weshalb er ihn über die Jahre mit einer Beständigkeit verfolgt hatte, die schon fast an unerwiderte Liebe grenzte. Dass ein Mann, der das Kino verabscheute, sich zugleich als ein wandelndes Lexikon der Lokalgeschichten Hollywoods erwies, war erfreulich ungewöhnlich, dass aber die fragliche Person zudem ein so abwechslungsreiches Leben wie das von Max Ophuls geführt hatte – Max, der Held der Résistance, der Fürst der Philosophen, der milliardenschwere Drahtzieher hinter den Kulissen, der Weltenschöpfer! –, das machte ihn unwiderstehlich.

Die Talkshow wurde am späten Nachmittag aufgenommen,

doch lief sie nicht so, wie es der berühmte Moderator sich erhofft hatte. Seine Bitten, doch die höchst vergnüglichen Anekdoten zu wiederholen, schlug Max Ophuls ab, um stattdessen zu einer politischen Tirade über die so genannte Kaschmir-Frage anzusetzen, einem Monolog, dessen Vehemenz und völliger Mangel an Humor seinem Gastgeber stärkere Qualen bereitete, als er zu sagen vermocht hätte. Dass ausgerechnet Ophuls, dieser brillante, außerordentlich charmante Geschichtenerzähler, endlich aus dem Schatten ins erlösende, stärkende Licht der Fernsehkameras trat, um sich prompt in einen quotensenkenden, tagespolitischen Langweiler zu verwandeln, war unvorstellbar, unerträglich, und doch geschah es unmittelbar vor den plötzlich schläfrig zuklappenden Augen des Studiopublikums. Dem Talkshowmaster war, als müsste er zusehen, wie die eine Wirklichkeit, jene, in der er lebte, in einer unvermittelt von der anderen Seite der Welt kommenden Sturzflut ertrank, einer fremdländischen Sintflut, vor der seine geliebten Zuschauer ihrerseits davonströmten, um zu mitternächtlicher Stunde zum anderen Kanal zu wechseln, auf dem sein Erzrivale, dieser andere Talkshowmaster, ein hoch gewachsener knochiger Kerl aus New York mit großer Zahnlücke, in einem wahren Goldregen tanzen würde.

«Wir, die wir in diesen Luxus-Vorhöllen leben, diesen privilegierten Fegefeuern der Erde, haben uns von allen Gedanken an ein Paradies abgewandt», donnerte Max eine Reihe bombastischer Formulierungen in die Kamera, «doch lasst mich euch sagen, ich habe es gesehen und bin an seinen fischreichen Seen gewandelt. Wenn wir überhaupt an das Paradies denken, dann an Adams Sündenfall, an die Vertreibung der Eltern der Menschheit ins Land Nod, das östlich von Eden liegt. Doch ich bin nicht gekommen, um über den Sündenfall der Menschen zu reden, sondern über die Zerstörung des Paradieses. Denn in Kaschmir kommt das Paradies selbst zu Fall, der Himmel auf Erden wird in eine lebende Hölle verkehrt.» In der undiplomatischen Sprache eines

Feuer spuckenden Kanzelpredigers, die Welten vom vertuschenden Diktum eines Botschafters trennten und für alle, die ihn und seine gewohnt höfliche Wortwahl kannten, schockierend war, geiferte Max über Fanatismus und Bomben zu einer Zeit, da die Welt gerade voller Hoffnung war und kein Interesse an seinen Miesmachernachrichten hatte. Er beklagte das Ertränken blauäugiger Frauen und den Mord ihrer goldenen Kinder. Er verfluchte die grausamen Flammen, die sich einer fernen Holzstadt näherten. Er sprach selbst von der Tragödie der Pandits, der Brahmanen Kaschmirs, die von den Meuchelmördern des Islams aus ihrem Heimatland vertrieben wurden, von den Vergewaltigungen junger Mädchen, den in Brand gesetzten Vätern, lodernd wie Fanale, die den Untergang prophezeiten. Max Ophuls konnte nicht aufhören. Sobald er einmal angefangen hatte, wurde deutlich, dass sich eine große Flutwelle in ihm aufgetürmt hatte, die nicht aufzuhalten war. Über das Gesicht des gefeierten Talkshowmasters, in dessen Sendung diese Schmährede gehalten wurde und für den die Einwilligung des sagenhaft medienscheuen Botschafters Ophuls in ein Interview den Höhepunkt einer jahrzehntelangen Verfolgungsjagd bedeutet hatte, zog nun eine rote, cholerische Glut, die ebenso die Wut eines enttäuschten Liebhabers wie die Panik eines Entertainers verriet, der die Zukunft hören konnte, jenes vielfache Klicken, mit dem in ganz Amerika um Mitternacht die Kanäle gewechselt wurden.

Nachdem es Max' Moderator endlich gelungen war, den Monolog seines Gastes zu unterbrechen und das Interview zu beenden, zog er kurzzeitig Selbstmord oder Mord in Betracht, beging dann aber keine dieser Sünden und gab sich stattdessen mit der besten Rache des Fernsehens zufrieden. Er dankte Max für dessen faszinierende Ansichten, begleitete ihn zuvorkommend zum Ausgang und beaufsichtigte dann höchstpersönlich die Arbeit im Schneideraum, wo er dafür sorgte, dass die Aufnahme geschnitten, gekürzt und gewaltig zusammengestutzt wurde.

An jenem Abend sahen der Botschafter und Zainab Azam in Max' Hotel eine radikal gekürzte Fassung seines Paradies-Monologes, und vermutlich stimmte es, dass der Schnitt den Sinn des Gesagten verändert hatte, dass dieses zusammengestöpselte Überbleibsel die Gewichtung verschob und die Aussage des Botschafters verzerrte, doch wie dem auch sei, jedenfalls erhob sich, kaum war Max' Gesicht vom Bildschirm verschwunden, seine Geliebte ein letztes Mal in ihrem Leben von seinem Bett, bebend vor Zorn, von aller Verehrung wie von allem Verlangen kuriert. «Es hat mir rein gar nichts ausgemacht, dass du nichts über mich weißt», sagte sie, «schade bloß, dass du nicht über etwas schweigen konntest, auf das es wirklich ankommt.» Dann ließ sie eine Kanonade schmutziger Flüche vom Stapel, die ihr einen derartigen Respekt von Max Ophuls einbrachten, dass er sich die Erwähnung verkniff, wie seltsam es doch sei, dass jemand, der plötzlich behauptete, als aufgebrachte Muslimin zu sprechen, ein derart dreckiges Mundwerk haben könne; auch sagte er nichts davon, dass ihr Verhalten in den letzten Wochen nicht gerade hatte erkennen lassen, dass Fragen der Religion eine besonders große Rolle in ihrem Leben spielten. Ursache ihrer Wut, begriff er, war seine «Voreingenommenheit» für die Hindus, weshalb ihm die Erklärung, sein gleichermaßen vorhandenes und ebenso nachdrücklich vorgebrachtes Entsetzen über das Niedermetzeln unschuldiger Muslime sei von den rachsüchtigen Schneidwerkzeugen der Apparatschiks des Senders gelöscht worden, auch nicht nützen würde, denn in ihr war der religiöse Zorn aufgeflammt und ihre Leidenschaft von solch seltener Inbrunst, dass das Feuer unmöglich zu löschen war.

Dabei war ihm ihre wahre Identität, die sie so sorgsam vor ihm verborgen zu haben glaubte, längst bekannt, hatte er sie doch schon vor Wochen von dem Chauffeur erfahren, der auf den Namen Shalimar hörte. Drüben in Indien gab es zig Millionen Männer, die ihr rechtes Ohr oder einen kleinen Finger für fünf Minuten in Zainab Azams Gesellschaft hergegeben hätten. Sie war das heißeste Sternchen an jenem fernen Firmament, eine Sexgöttin, wie sie das indische Kino noch nicht erlebt hatte, weshalb sie ihr gestyltes Haus in Bombays Bezirk Pali Hill nicht ohne eine Phalanx von Bodyguards und einen Konvoi gepanzerter Limousinen verlassen konnte. In Amerika, wo damals noch niemand wusste, dass es überhaupt indische Filme gab, hatte sie die gesuchte Freiheit gefunden, und bei ihrer Affäre mit Max Ophuls schwelgte sie in der Anonymität, in seiner herrlichen Unkenntnis, weshalb Max ihr nie offenbarte, dass er alles wusste, was es zu wissen gab, auch die Sache mit ihrem gebrochenen Herzen, für das er nur ein zeitweiliges Trostpflaster bedeutete, und die Geschichte mit ihrem Schauspielerfreund, diesem Ganoven, der ihr das Herz so beiläufig gebrochen hatte, wie er amerikanische Oldtimer zu Schrott fuhr, Stutz Bearcats, Duesenbergs und Cords. Selbst jetzt, am Ende der Affäre, erlaubte ihr Max Ophuls in seiner Großzügigkeit, am Mantel der Verschwiegenheit festzuhalten, unter dessen Schutz sie sich in seinem Bett so vieles erlaubt hatte, was überaus angenehm gewesen war.

Er rief den Chauffeur und bat ihn, die Dame nach Hause zu fahren. Es ist gut möglich, dass dieser Anruf sein Schicksal besiegelte oder dass die Wut, die sich aus Zainab Azams Mund in die Ohren des Fahrers ergoss, noch beschleunigte, was sowieso geschehen wäre. Als sie nach dem Anschlag kurz unter dem Verdacht eines Verbrechens aus Leidenschaft stand, erinnerte sich der große Star an die letzten Worte des Burschen am Steuer. «Auf jeden O'Dwyer», hatte er in ausgezeichnetem Urdu gesagt, als sie aus dem Wagen stieg, «wartet ein Shaheed Udham Singh und auf jeden Trotzki ein Mercader.»

Da sie sich in der Schlammgrube ihres eigenen Zorns suhlte, hatte Zainab seine prahlerische Behauptung nicht ernst genommen; außerdem konnte sie mit dem Namen Mercader nichts anfangen. Der Tod Trotzkis gehörte nicht zu ihrem goldenen Geschichtenschatz, doch die Geschichte von dem Mann, der den imperialistischen Vizegouverneur ermordet hatte, weil das Massaker von Amritsar von ihm genehmigt worden war, die Geschichte also von Udham Singh, der nach England fuhr, zwanzig Jahre wartete und dann O'Dwyer auf einer öffentlichen Versammlung erschoss, die war ihr natürlich vertraut. Es kam Zainab gar nicht in den Sinn, dass der Fahrer es ernst meinen könnte. Männer versuchten doch immer, sich bei ihr einzuschmeicheln, und mag sein, vielleicht hatte sie wirklich etwas dergleichen gesagt, Max Ophuls einen Dreckskerl genannt und ihn sich tot gewünscht, aber das war nur so dahergeredet, sie war schließlich eine leidenschaftlichere Künstlerin, eine heißblütige Frau, und wie sollte eine Frau auch sonst über einen Mann reden, der sich ihrer Liebe als unwürdig erwiesen hatte? Sie selbst war zu keinem Mord fähig, sie war eine Frau des Friedens und außerdem, man möge doch bitte entschuldigen, auch ein Star, der Verantwortung gegenüber seiner Öffentlichkeit trage; eine Frau in ihrer Position müsse ein Beispiel abgeben. So herzerweichend war ihre Aussage, so rund und unschuldig die Augen, so heftig ihr schuldbewusstes Entsetzen bei dem Gedanken, der Mörder habe ihr sein Verbrechen noch vor der Tat gestanden, und dass sie, hätte sie nur auf sein Geständnis geachtet, ein menschliches Leben hätte retten können, auch wenn es nur das Leben eines menschlichen Wurms wie dieses Max Ophuls gewesen wäre, so offensichtlich ehrlich wurde diese Selbstkritik geäußert, dass die untersuchenden Beamten, harte, zynische Männer, immun selbst gegen die Launen amerikanischer Filmköniginnen, für den Rest ihres Lebens zu Zainabs treuen Fans wurden und einen beträchtlichen Teil ihrer Freizeit dafür opferten, Hindustani zu lernen und ihre Videos aufzuspüren, selbst die grässlichen frühen Filme, in denen sie, ehrlich gesagt, etwas pummelig aussah.

Zum zweiten Omen kam es am Morgen des Mordes, als Shalimar, der Fahrer, sich dem frühstückenden Max Ophuls näherte, ihm die Terminliste für den Tag und damit zugleich seine Kündigung überreichte. Die Fahrer des Botschafters blieben meist nur kurz und waren stets geneigt, zu neuen Abenteuern auf dem Gebiet der Pornographie oder der Frisierkunst aufzubrechen, sodass Max den Zyklus von Einstellung und Entlassung mit Gelassenheit zur Kenntnis nahm. Doch diesmal traf es ihn tief, auch wenn er sich bemühte, nichts davon zu zeigen. Er konzentrierte sich auf seine Termine und achtete darauf, dass das Kärtchen in seiner Hand nicht zitterte. Er kannte Shalimars wahren Namen. Er kannte das Dorf, aus dem er kam, und die Geschichte seines Lebens. Er kannte die intime Verbindung zwischen seiner eigenen skandalträchtigen Vergangenheit und diesem ernsten, unskandalösen Mann, der trotz der Falten in den Augenwinkeln, die von glücklicheren Zeiten sprachen, niemals lachte, diesem Mann mit dem Körper eines Athleten und dem Gesicht eines Tragöden, der mit der Zeit nicht nur sein Fahrer, sondern auch sein Hausdiener geworden war, ein stiller, doch äußerst fürsorglicher Leibdiener, der wusste, was Max brauchte, ehe Max es selbst wusste, die qualmende Zigarre etwa, während Max noch zum Humidor griff, die passenden Manschetten, die jeden Morgen neben genau dem richtigen Hemd lagen, die ideale Temperatur für sein Badewasser, und der den richtigen Augenblick zum Verschwinden ebenso kannte wie den korrekten Moment, wieder aufzutauchen. Der Botschafter fühlte sich in seine Straßburger Kindheit zurückversetzt, in die Jahre im Herrenhaus der Belle Époque nahe der heute zerstörten Synagoge, und er bemerkte mit Erstaunen, wie in diesem Mann aus einem fernen Bergdorf jene verloren geglaubten Bedienstetentraditionen wieder auflebten, die die behütete Vorkriegskultur des Elsass geprägt hatten.

Shalimars Bereitwilligkeit schien keine Grenzen zu kennen. Als der Botschafter ihn anfangs auf die Probe stellen wollte und erwähnte, er habe gehört, dass der Prince of Wales sich beim Urinieren den Penis von seinem Diener halten lasse, damit dieser für ihn den Strahl lenke, hatte der Mann, dessen wahrer Namen nicht

Shalimar lautete, den Kopf um wenige Zentimeter gesenkt und gemurmelt: «Ich täte es auch, wenn Ihr es wünscht.» Später, als geschehen war, was geschehen musste, wurde deutlich, dass der Mörder sich mit Absicht so nah wie ein Liebhaber an sein Opfer herangemacht hatte, dass er mit der zielgerichteten Disziplin eines großen Kriegers die eigene Persönlichkeit ausgelöscht hatte, um das wahre Gesicht seines Feindes zu studieren und dessen Stärken und Schwächen kennen zu lernen, als hätte diesen gemeinen Killer der Drang erfasst, so genau wie möglich jenes Leben zu kennen, das er so brutal auslöschen sollte. Vor Gericht hieß es, solch verabscheuungswürdiges Verhalten kennzeichne den Mörder als jemanden, der auf derart unmenschliche Weise kaltblütig, derart eiskalt berechnend, derart teuflisch seelenkrank sei, dass es unwahrscheinlich sei, ihn jemals wieder in die Gesellschaft zivilisierter Menschen entlassen zu können.

Trotz aller Bemühung zitterte die Terminliste in Max' Hand. Eine Zeit lang, in jenem Interregnum zwischen dem Skandal, der ihn den Botschafterposten in Indien gekostet hatte, und seiner Berufung auf jenen geheimen Quasi-Botschafterposten, von dem seine Tochter selbst nach seinem Tod noch nichts wusste, hatte Max Ophuls die Orientierung verloren. Die plötzliche Ziellosigkeit nach langen Jahren, in denen seine Tage in fünfzehnminütige Abschnitte eingeteilt gewesen waren, erschreckte und verwirrte ihn, bis seine Sekretärin eine Eingebung hatte und die kleinen, ihm so vertrauten Terminkarten wieder einführte, sie mit Aufgaben füllte und jeden Morgen vorlegte. Die Treffen mit Ministern und Industriekapitänen waren unweigerlich vorbei, auch die Zeit der Einladungen zu hochkarätigen Konferenzen und die Botschaftsempfänge für Staatsgäste, und das Programm war bescheidener geworden – acht Uhr: aufstehen, ins Bad gehen; acht Uhr zwanzig: Hund ausführen; acht Uhr dreißig: Zeitung lesen –, doch kehrte wieder eine Art Ordnung ein, und Max Ophuls klammerte sich mit äußerster Entschlossenheit an diesen kläglichen Rest und entriss sich langsam einer Depression, die ihn fast das Leben gekostet hätte. Seit diesem leichten Anfall von Geisteskrankheit sorgte Max Ophuls dafür, dass jeden Morgen eine kleine weiße Karte auf ihn wartete, jenes weiße Kärtchen, das ihm sagte, das Universum sei nicht dem Chaos verfallen, die Gesetze der Menschen und Natur gälten noch, das Leben habe Ziel und Sinn, und der Abgrund der Gesetzlosigkeit, der sich vor ihm aufgetan hatte, könne ihn nicht verschlingen.

Jetzt aber tat sich dieser Abgrund von neuem auf. Es war Shalimars Eintritt in Max' Leben gewesen, der Kaschmir in ihm wieder zum Leben erweckt hatte, der ihm dieses Paradies zurückbrachte, aus dem er vor vielen Jahren vertrieben worden war. Und in gewisser Weise war es auch Shalimar gewesen, oder vielmehr die ihnen einst gemeinsame Liebe, die Max auf den Weg zum Fernsehstudio gebracht hatte, um dort seine letzte Rede zu halten. Also war Shalimar schuld, dass er Zainab Azam verloren hatte. Und jetzt wollte Shalimar auch noch gehen. In einer Vision sah Max sein offenes Grab vor sich, ein rechteckiges schwarzes, in die Erde geschmiegtes Loch, leer wie sein Leben, und er spürte, wie die Dunkelheit an ihm Maß für das Leichentuch nahm. «Über diesen Unsinn reden wir später», sagte er und tat unbekümmert, obwohl mit einem Mal Entsetzen in ihm aufstieg wie bittere Galle. Er zerriss den Tagesplan. «Ich fahre zu India. Hol den verdammten Wagen.»

Als sie über den Laurel Canyon Boulevard fuhren, stieg wie bei einem Spezialeffekt im Kino der Himalaja mit wahnwitziger Geschwindigkeit um sie herum auf. Das war das dritte Omen. Im Gegensatz zu seiner Tochter und deren Mutter mangelte es Max Ophuls an der Gabe oder am Fluch des zweiten Gesichtes, weshalb er, als die weißen Achttausender-Riesen in den Himmel schossen und zweistöckige Wohnhäuser, frisierte Haustiere und exotische Pflanzen mit sich fortrissen, vor Angst zitterte. Wenn er Visionen hatte, dann bedeutete das Ärger, und zwar gewaltigen

Ärger, der nie lange auf sich warten ließ. Die mörderische Illusion des Himalaja hielt volle zehn Sekunden an, sodass der Bentley durch ein gespenstisches Eistal der fraglosen Vernichtung entgegenzuschlittern schien, doch wie im Traum tauchte dann eine Ampel aus dem Schnee auf, und von ihrem roten Leuchtstrahl gelenkt, kehrte die ganze Stadt unversehrt zurück. Max' Kehle fühlte sich rau und trocken an, als hätte er sich in der dünnen Luft Karakorums erkältet. Er zückte seinen silbernen Flachmann, genehmigte sich einen kräftigen Schluck brennenden Whiskys und rief seine Tochter an.

Es war Monate her, seit India ihn zuletzt gesehen hatte, aber sie machte ihm keinen Vorwurf. Solche Lücken waren nicht ungewöhnlich. Max Ophuls hatte ihr einmal das Leben gerettet, aber heutzutage war sein Familiensinn nur schwach ausgeprägt, und der Drang, mit dem eigenen Blut Verbindung aufzunehmen, machte sich bloß noch sporadisch bemerkbar und war leicht zu befriedigen. Am glücklichsten war er, wenn er in seine selbst geschaffenen Welten abtauchen oder auf Entdeckungsreise gehen konnte, wenn er sich etwa in diesen Jahren des Ruhestandes mit der Überarbeitung seines klassischen Buches über das Wesen der Macht befasste, das India in Form von Gutenachtgeschichten zu hören bekommen hatte, oder sich, wie in letzter Zeit, auf die absonderliche Suche – die seine Tochter zuerst als den Spleen eines alten Knaben abgetan hatte, der über zu viel Freizeit verfügte – nach dem sagenhaften Tunnelgeflecht der apokryphen Echsenmenschen von Los Angeles begab, deren unterirdisches Leben er einmal beim Abendessen mit dem berühmten Talkshowmaster heraufbeschworen hatte und das ihn veranlasste, in seinem edlen, von einem Chauffeur gelenkten Gefährt in einige recht heikle Bezirke zu fahren, vor deren bewaffneten Gangs sich er und Shalimar zumindest einmal gezwungen gesehen hatten mit hoher Geschwindigkeit Reißaus zu nehmen. Die Neugier des Botschafters war schon immer unersättlich gewesen, außerdem besaß er die ebenso beharrliche wie gefährliche Überzeugung, unzerstörbar zu sein, sodass er im Laufe der Echsenodyssee durch das südliche Los Angeles mit seinen Industriegebieten Shalimar einmal befohlen hatte, vor den Toren einer umkämpften Highschool zu halten, bei der zu gewissen Tageszeiten selbst so mancher Streifenwagen furchtsam Gas gab, um mit dem Fernstecher durch das heruntergekurbelte Fenster zu schauen und mit durchdringender Stimme zu verkünden, welcher der in sein Sichtfeld geratenden Jugendlichen im Knast enden und welcher aufs College gehen würde, bis sein Fahrer, der die Waffen bereits aus ihren Verstecken kommen sah – wie Haifische auftauchende Messerklingen, aus den Halftern gezogene Pistolenschnauzen –, beschloss, nicht mehr länger zu warten, das Gaspedal durchzutreten und zu verschwinden, bevor die üblen Burschen ihre Motorräder starten und sie zur Strecke bringen konnten.

Als India am Telefon die Stimme ihres Vaters hörte, merkte sie jedoch, dass ihr nicht der gewohnte, selbstgewisse Max Ophuls einen Besuch abstatten wollte, der wie Achilles bei der Geburt ins magische Wasser der Unzerstörbarkeit getaucht worden war. Seine Stimme klang heiser und kraftlos, als beuge sie sich nun doch noch unter dem Gewicht von Max' acht Jahrzehnten, und India hörte einen neuen Ton heraus, einen so unvermuteten Ton, dass sie einen Moment brauchte, um zu begreifen, dass es sich um Angst handelte. Und gerade an diesem Morgen war sie in Gedanken mit anderem beschäftigt. Ausgerechnet die Liebe verfolgte sie; dabei hatte sie ganz allgemein etwas dagegen, gejagt zu werden, erst recht, wenn es sich um die Liebe handelte. Sie setzte ihr in Gestalt des jungen Mannes aus der Nachbarwohnung zu, des sprichwörtlichen Jungen von nebenan, ein derart komischer Gedanke, dass er schon wieder liebenswert gewesen wäre, hätte sie nicht stählerne Mauern aus Plattenpanzer gegen alles errichtet, was liebenswert war. Sie hatte sich bereits damit abgefunden, umziehen zu müssen, um diesem unentrinnbaren klaustrophobischen

Anschlag zu entrinnen. Dabei konnte sie sich nicht mal an seinen Namen erinnern, obwohl er ihr oft gesagt hatte, er sei leicht zu merken, weil er sich reime. «Jack Flack», sagte er. «Siehst du? Den wirst du nie vergessen. Den kriegst du nicht mehr aus dem Kopf: Du musst im Bett an mich denken, im Bad, auf dem Freeway, im Lebensmittelgeschäft. Du kannst mich ebenso gut heiraten. Da führt kein Weg dran vorbei. Ich liebe dich. Sieh den Tatsachen ins Auge.»

Vermutlich war es falsch gewesen, mit ihm zu schlafen, aber auf die gewöhnliche Art maisgefütterter, weißer Jungen war er unleugbar attraktiv, und er hatte sie zu einem empfindlichen Zeitpunkt erwischt. Er war der perfektionierte Durchschnitt, das ins Extrem gesteigerte Gewöhnliche, der Junge von nebenan, zum platonischen Ideal eines Jungen von nebenan erhoben, mit dem Ergebnis, dass man ihn überall in der Stadt auf riesigen, der Idealisierung dienenden Plakatwänden sah, das flachsblonde Haar und seinen unschuldigen Blick, das Gesicht frei von Schmerz oder Geschichte, hier trug er ein Alligatorhemd, dort einen Stetson, beim dritten Mal Unterwäsche, und auf allen Wänden hatte er dieses supergewöhnlich attraktive, supergewöhnlich dämliche Lächeln, und sein Körper schimmerte wie der eines jungen Gottes, *le dieu moyen*, der gewöhnliche Gott der Gewöhnlichen, der weder geboren wurde noch aufgewachsen war, noch überhaupt irgendein Leben durchlitten hatte, sondern wie Minerva in Lebensgröße aus dem schmerzenden Schädel irgendeines gewöhnlichen Zeus entsprungen war.

In Amerika supergewöhnlich zu sein war eine Gabe, mit der sich eine Zukunft aufbauen ließ, und der Junge von nebenan lief die ersten Schritte auf dieser edelsteinbesetzten Startbahn und würde jeden Moment abheben und davonfliegen. Nein, begriff sie, sie würde doch nicht umziehen müssen. *Er* würde bald ausziehen, erst ins luxuriöse Fountain-Avenue-Apartment seiner glorreichen Gewöhnlichkeit, dann in die Los-Feliz-Villa, den Bel-Air-Palazzo, die Tausend-Morgen-Ranch in Colorado, die alle Superjungen von nebenan verdienten. «Wie heißt du noch mal?», fragte sie, nachdem sie miteinander geschlafen hatten, und die Frage amüsierte ihn auf seine supergewöhnliche Art. «Ha, ha, das ist gut!» Wäre Clark Kent nicht insgeheim Superman gewesen, dies hätte er sein können. «Jock Flock», erinnerte er sie, als er zu lachen aufhörte. «Der Name ist dir ins Gedächtnis eingebrannt. Er wiederholt sich unaufhörlich in deinem Kopf, eine Endlosschleife, ein Ohrwurm, den du nicht vergessen kannst. Er treibt dich in den Wahnsinn. Du sagst ihn dir unter der Dusche vor. Immer und immer wieder. Jake Flake, Jake Flake. Der Name ist stärker als dein Wille. Du hast keine Chance. Gib lieber gleich auf.»

Er wollte sie vom Fleck weg heiraten. «Die einzig vernünftige Art zu lieben ist die unverbindliche Liebe», warnte sie ihn und ging auf Abstand. «Worum du mich bittest, klingt mir ein bisschen zu verbindlich.» Wenn er sie nicht verstand, hatte er so eine Art, sie mit leerer, gönnerhafter Miene anzuschauen, die ihre hitzigsten Instinkte weckte. «Denk einfach drüber nach, okay?», forderte er sie auf. «Denk doch, Mrs. Jay Flay. Denk daran, wie gut dir der Klang dieser Worte gefällt. Du *liebst* sie einfach. Du kannst nicht dagegen an, wenn du darüber nachdenkst. Tu mir einen Gefallen. Unternimm nichts, ohne nachzudenken.» Und das von diesem prominenten Vertreter des gedankenlosen Lebens. Sie musste sich zusammenreißen, um ihm nicht ins hausbackene, hübsche Gesicht zu schlagen.

Seit Joe Flows Antrag lief sie wie in einem Nebel von Verärgerung und Verwirrung durch die Flure des Mietshauses und rannte prompt in die große, jeansverhüllte, eierförmige Gestalt der Hexe Olga Simeonowna. «Was ist, Honey?», fragte Olga barsch und befingerte die gewohnte Kartoffel. «Du siehst aus, als wäre dir deine Katze krepiert, dabei hast du gar keine Katze.» India rang sich ein Lächeln ab und schüttete in ihrer Bestürzung der russischen Hauswartsfrau das Herz aus. «Es ist der Junge von nebenan», gestand sie. Olga musterte sie verächtlich. «Diese Dus-selschwuchtel? Wie-heißt-er-gleich? Rick Flick?» India nickte. Wolga-Olga schlug den Kriegspfad ein. «Macht er dir Ärger, Ho-ney? Sag ein Wort, und er fliegt achtkant aus dem Haus auf sei-nem kleinen Arsch, der drüben in Riesengroß am Beverly Center prangt. Also ehrlich, Dickie, behalt ihn in der Hose, den will doch keiner sehen.»

India schüttelte den Kopf und gestand dann: «Er hat mir einen Antrag gemacht.» Olga zitterte am ganzen Körper, ein leichtes Erdbeben durchfuhr sie. «Im Ernst? Du und Nick? Nick und du? Okay, Mann, also ehrlich!» India merkte, wie sie innerlich gegen den ungläubigen Ton der Hauswartsfrau rebellierte. «*So* über-rascht brauchen Sie nun auch wieder nicht zu tun. Warum sollte mich nicht jemand heiraten wollen?» Olga legte ihren großen, blau geäderten Armschinken um Indias Schultern. «Nein, doch nicht deinetwegen, mein Täubchen. Ist bloß wegen diesem Mick! Bis heute war ich immer richtig total davon überzeugt, dass er schwül ist.» – «Schwül?» – «Klar doch, schwül. So wie alle hier. Rundum schwüle Gegend, mal wieder typisch mein Glück, nich? Der Mr. Softy von gegenüber nennt sich Eiscremekönig, lässt es direkt auf die Seiten von seinem Lieferwagen pinseln, aber was glaubt er denn, wen er damit an der Nase herumführen will, ka-piert? *Völlig* schwül. Schwüle Hundeausführer, schwüle Kellner in Cafés, schwüle Fitnessclubs, wo ein Mädchen wie du vorbeigeht und kein Kerl hinterherpfeift, schwüle hispanische Bauarbeiter, schwüle Elektriker und Klempner, schwüle Postboten, schwüle Mädchen Hand in Hand auf dem Bürgersteig und schwüle Jungs, liegen den ganzen Tag im Solarium am Pool, gehen dann nach oben und treiben es eklig wie die Köter, und ich soll so tun, als bekäme ich nichts davon mit. Perverse überall, bloß sagt man jetzt heiße Jungs und Mädels. Aber erklär mir, was ist so gut am Schwülsein? Was so lustig bitte an diesem Verbrechen gegen Got-tes Absichten?»

India hatte Kopfschmerzen. Die Schlaflosigkeit war immer noch ihr aufmerksamster, grausamster Liebhaber, der egoistisch nach ihr verlangte und sie nahm, sooft ihm danach war. Unbeschwertheit lag ihr heute fern. Ein Mann mittlerer Güte wollte sie heiraten, und irgendwas stimmte nicht mit der Stimme ihres Vaters am Telefon. Da hatte sie einfach keine Zeit für Olga Simeonownas gespielte Engstirnigkeit. Die russische Hauswartsfrau war so liberal, wie ihr Hintern breit war, und ihre tagtäglichen Tiraden waren in europäische Ironie getunkt. Insgeheim änderte sie in ihrer kleinen Wohnung angeblich die sexuelle Orientierung ihrer Nachbarn mit ihrem Kartoffelzauber, doch in Wahrheit interessierte es sie herzlich wenig, was hinter geschlossenen Türen passierte. Für Sex, ob nach Köter- oder Kurtisanenart, im Stil der Missionare oder der Missionierten, hatte sie nur hochherrschaftliche Gleichgültigkeit übrig. An der Liebe allerdings war sie auch weiterhin interessiert. «Sag ja, mein Püppchen. Klar doch, warum nicht, hast mindestens eine Zehn-Prozent-Chance, dass du glücklich wirst, pah! Ich kenn die Ehe noch, da war sie Gottes Sakrament, ein Versprechen, das man nicht brechen durfte, aber ich bin ein ausgestorbener russischer Dinosaurier. Was ist denn heute die Ehe? Eine Autovermietung? Danke, dass Sie sich für uns entschieden haben, wir kümmern uns um Sie, wir fahren Sie nach Hause, wenn Sie mit diesem Wagen fertig sind. Schließen Sie im Voraus möglichst viele Versicherungen ab, gegen Schaden und Verlust, was weiß ich, und das Risiko ist gleich null. Sie bauen einen Unfall? Sie brauchen nichts bezahlen. Nun los doch, Baby, wofür dich aufsparen? Glaspantoffeln stellen sie nicht mehr her. Die Fabrik wurde längst geschlossen. Und Prinzen machen sie auch nicht mehr. Die Romanows wurden in einem Keller erschossen, und Anastasia ist auch schon tot.»

Alles war heutzutage Teil von etwas anderem. Russland, Amerika, London, Kaschmir. Unser Leben, unsere Geschichten strömten ineinander, gehörten uns nicht mehr allein, waren nicht länger einzig und individuell. Das entwurzelte Volk. Es gab Kollisionen und Explosionen. Die Welt war kein ruhiger Ort mehr. India dachte an Housman in Shropshire: *Dies ist das Land verlorener Zufriedenheit.* Für den Dichter war die Vergangenheit das Glück. Sie war jenes andere Land, wo man Dinge anders tat. England, England, *eine Luft, die tötet.* Sie hatte selbst ihre Kindheit in England verlebt, doch war es in ihrer Erinnerung kein goldener Ort, sie kannte kein Gefühl eines besseren Zuvor. Sie meinte schon immer im entzauberten Danach gelebt zu haben. Mehr gab es nicht. Zufriedenheit, zufrieden gestellt, zufrieden, diese Wortabwandlungen waren die Namen ihrer Träume. Wenn er ihr einen solchen Traum anbieten konnte, ihr Freier, wäre das vielleicht ein größeres Geschenk als die Liebe. Sie kehrte zurück in ihre Wohnung, um über seinen Antrag nachzudenken. Verdammt, wie hieß er nochmal? Judd Flood?

Wieder ein schöner Tag. Die Straße, in der sie wohnte, baumbestanden und bürgerlich, schlenderte durch das lässige Licht, trödelte, ließ sich Zeit. Die größte Illusion der Stadt war die der Genügsamkeit, die von Raum, Zeit und Möglichkeit. Wie üblich stand auf der anderen Flurseite die Tür zu Mr. Khadaffy Andangs Wohnung offen, knapp einen halben Meter weit, und erlaubte einen Blick in den abgedunkelten Vorraum. Der philippinische Gentleman wohnte länger als alle anderen im Haus. Als India einmal spätabends von einem ihrer seltenen nächtlichen Stadtausflüge zurückkehrte, hatte sie ihn bei den Waschmaschinen überrascht und war erstaunt gewesen, ihn zu dieser frühmorgendlichen Stunde so herausgeputzt zu sehen: mit seidenem Morgenmantel, Zigarettenspitze, duftendem Aftershave und angeklatschtem, nach hinten gekämmtem Haar. Danach unterhielten sie sich hin und wieder, während ihre Wäsche gewaschen wurde. Er erzählte ihr von den Philippinen, von seiner Heimatprovinz Basilan, einem Wort, das «Eisenspur» bedeutet. Einst hat es dort einen sagenhaften Herrscher gegeben, sagte er, Sultan Kudarat, aber dann sind die Spanier gekommen und haben ihn gestürzt, und auch die Jesuiten kamen, genau wie nach der Entdeckung von Kalifornien. Er erzählte ihr von den Yakan-Hochzeiten, den Stelzenhäusern der Samal-Fischer und den wilden Enten von Malamawi. Es sei ein friedliches Land gewesen, sagte er, aber heute gebe es Ärger zwischen Muslimen und Christen, und davor sei er geflohen, er und seine Frau wollten nur ein gutes Leben führen, nur leider habe es das Schicksal anders mit ihm gemeint. Doch in Amerika sei das Leben trotzdem *la dolce vita*, nicht wahr, selbst für jene Menschen, für die das nicht galt. Er finde sich mit seinem Los ab, sagte er, und dann war die Wäsche fertig. India rührte dieser nette, schlurfende Gentleman, und sie freute sich auf die Gespräche mit ihm, erzählte ihm sogar etwas aus ihrem Leben, überwand ihre natürliche Zurückhaltung.

Manchmal lagen für ihn Modekataloge im Flur, doch wie Olga Simeonowna bestätigte, verließ er nur selten das Gebäude, um Grundnahrungsmittel und andere Vorräte einzukaufen. Seine Frau, die Frau, die er nach Amerika gebracht hatte auf der Suche nach einem guten Leben, war vor Jahren mit dem Repomann einer Kreditanstalt durchgebrannt. India stellte sich vor, wie sich Flüche in der musikalischen Sprache der Philippinen anhören mochten. Sie glaubte, sie klängen wie ein weicheres, fließenderes Japanisch, eine Sprache rollender, blumiger Schmähungen, fast wie Töne auf einem Holzblasinstrument. «Er hält sich bereit», vertraute Olga ihr an, «für den Fall, dass Mrs. Andang zurückkehrt. Deshalb die Politik der offenen Tür. Aber die kommt nicht wieder.» Der Repomann hatte Kumpel im Versicherungsgeschäft. «Jetzt ist sie rundumversorgt, vom ersten Dollar bis zur letzten Haarspitze. Krankenversicherung, Zahnversicherung, Haftpflicht, die hat nun die Sicherheiten, die ihr Mr. Andang nicht bieten konnte. Und in ihrem Alter bedeutet das was.» Trotzdem ließ Mr. Andang die Tür offen stehen. Die Stadt sang ihre Liebeslieder, machte ihm etwas vor, weckte in ihm falsche Hoffnungen.

Der Bentley des Botschafters bog in die Straße ein, in der an diesem Tag auf Indias Seite Parkbeschränkungen galten, da die Müllfahrzeuge kamen. Der Bürgersteig war breit. Indias Haus hatte eine Gegensprechanlage. All das verlangsamte die Ereignisse, vergrößerte das Angriffsfenster. Max Ophuls war das übliche Verfahren aus seiner geheimen Tätigkeit vertraut, einer Tätigkeit, die nicht näher benannt werden durfte, die es nicht gab, tatsächlich aber eben doch gab, nur dachte der Botschafter nicht an diese Regeln. Er dachte an seine Tochter und daran, wie sehr sie die gerade beendete Liaison mit der Frau missbilligt hätte, die nicht bloß wie sie selbst, sondern auch wie ihre Mutter aussah. Die übliche Vorgehensweise verlangte, dass Männer vorauseilten, um einen Parkplatz direkt vor dem Treffpunkt zu reservieren, und das Haus vor ihm betraten, um es zu sichern und die Tür offen zu halten. Die Profis auf diesem Gebiet wussten, dass das so genannte Objekt am leichtesten auf der Strecke von der Fahrzeugtür zur Tür des Gebäudes anzugreifen war, das es betreten wollte. Doch das Gefahrenniveau für Max Ophuls wurde in letzter Zeit nicht mehr sonderlich hoch eingeschätzt, das Risikoniveau war noch niedriger. Gefahr und Risiko waren keineswegs identisch. Die Bedrohung entsprach einem allgemeinen Gefahrenniveau, die Höhe des Risikos hing von der jeweiligen Aktivität ab, weshalb es passieren konnte, dass das Gefahrenniveau hoch, das Risiko für eine bestimmte Handlung – zum Beispiel den spontanen Einfall, die eigene Tochter zu besuchen – aber vernachlässigbar gering war. So etwas hatte früher einmal seine Bedeutung gehabt. Jetzt war er nur ein alter Mann, der einem Ammenmärchen über die im Untergrund lebenden Echsenmenschen nachging, ein sexuell nicht mehr aktives Individuum, dem kürzlich von seiner Geliebten der Laufpass gegeben worden war, ein Vater, der seinem Kind einen unangekündigten Besuch abstatten wollte. Das lag innerhalb der Sicherheitsparameter.

Wie alle Profis auf diesem Gebiet wusste Max, dass es etwas wie vollständige Sicherheit nicht gab. Die Videoaufnahme des Anschlags auf Präsident Reagan war das Material, mit dem sich dies am besten belegen ließ. Hier war der Präsident, der vom Gebäude zum Wagen eilte, dort die Stellungen der Mitglieder des Sicherheitsteams, alle ideal positioniert. Hier kam der Angreifer. Dies waren die Reaktionszeiten der beteiligten Beamten. Die Zeiten waren phantastisch, die Reaktionen der Beamten übertrafen alle Erwartungen. Der Präsident wurde nicht deswegen angeschossen, weil jemand einen Fehler begangen hatte. Es hatte keinen Fehler gegeben. Trotzdem war der Präsident angeschossen worden. POTUS getroffen. Der mächtigste Mensch der Welt, umgeben von der Sicherheitselite des Planeten, war auf dem Weg von der Tür des sicheren Gebäudes bis zur Tür des gepanzerten Wagens nicht geschützt. Bei der Sicherheit ging es um Prozente, und nichts war je hundert Prozent.

Und nichts auf Erden kann gegen den Insider schützen, den treuen Verräter, den Aufpasser, der zum Angreifer wird. Botschafter Max Ophuls ließ Shalimar, den Fahrer, die Wagentür öffnen, überquerte den Gehweg und gab den Sicherheitscode für die Wohnung seiner Tochter ein. Oben im Haus läutete die Gegensprechanlage. India hob ab und hörte die Stimme, die sie erst einmal zuvor in ihrem Leben gehört hatte, und zwar auf jenem Tonband, das sie an ihrem Bett mitlaufen ließ, um ihr Schlafreden, ihre Nachtsprache aufzunehmen. Als sie das gurgelnde, unverständliche, erstickende Geräusch hörte, erkannte sie die Stimme des Todes und lief los. Alles um sie herum verlangsamte sich, während sie lief, die Bewegungen der Bäume vor dem Fenster, die Laute der Menschen und Vögel, selbst ihre eigenen Bewegungen schienen ihr in Zeitlupe zu geschehen, während sie die träge Treppe hinabstürzte. Als sie zu der gläsernen Doppeltür zur Außenwelt kam, sah sie, was sie zu sehen erwartet hatte, einen riesigen Blutfleck auf der Scheibe, eine breite Blutspur bis zum Boden, und ihren Vater, den Botschafter Maximilian Ophuls, Kriegsheld und Mitglied der Ehrenlegion, reglos, in einer scharlachroten Lache. Seine Kehle war mit solcher Gewalt durchschnitten worden, dass die Tatwaffe, eines seiner eigenen Küchenmesser von Sabatier, das neben der Leiche fallen gelassen worden war, ihm fast den Kopf abgetrennt hatte.

Sie machte die Tür nicht auf. Das war nicht mehr ihr Vater, nur eine Schweinerei, die beseitigt werden musste. Wo war Olga? Jemand sollte der Hauswartsfrau Bescheid sagen. Es gab Arbeit für sie. Mit gemessenem Schritt, durchgedrücktem Rücken und in die Höhe gerecktem Kopf ließ India den Fahrstuhl kommen und trat ein. Drinnen stand sie da mit vor dem Bauch gefalteten Händen wie ein Kind, das ein Gedicht aufsagt. Sobald sie in der Wohnung war, zog sie die Tür hinter sich zu und schloss ab. In ihrem kleinen Vorraum stand unter einem runden Spiegel ein hölzerner Shaker-Stuhl, auf den sie sich setzte; die Hände waren noch gefaltet und ruhten jetzt in ihrem Schoß.

Sie wollte, dass der Lärm aufhörte, das dumme Gekreische der Sirenen. Dies hier war eine ruhige Gegend. Sie schloss die Augen. Das Telefon klingelte, aber das machte nichts. Dann klopfte es an die Tür, klopfte immer lauter, aber das machte auch nichts. Ein Küchenmesser gehörte in die Küche und hatte auf dem Gehweg nichts verloren. Eine Untersuchung wurde anberaumt. Das ging sie nichts an. Sie war bloß die Tochter. Sie war nur das uneheliche, aber einzige Kind. Sie wusste nicht mal, ob es ein Testament gab. Wichtig war nur, dass sie sitzen blieb. Wenn sie es schaffte, ein, zwei Jahre lang sitzen zu bleiben, würde alles wieder gut werden. Manchmal braucht es lange, bis die Freude zurückkehrt.

Es war ein bedeutender Tag. Ein Mann hatte ihr einen Heiratsantrag gemacht. Der Junge auf den Werbeplakaten wollte sie heiraten. Bald würde es einen Ring und das übliche Tamtam geben. Gerade war er von seinem auf ihren Balkon geklettert, stand jetzt vor der Glasschiebetür und rief: «Honey, Honey! Mach auf, Honey, ich bin's, Jim.» Das war Sache der Polizei. Sie hatte zu arbeiten. Wenn die Arbeit gut läuft, verleiht sie Perspektive, dann sieht man die Dinge, wie sie sind, Verzerrungen werden minimiert, die Fremdartigkeit schwindet. Der Fahrer hatte Blut an den Händen, große scharlachrote Flecken breiteten sich auf seinen Kleidern aus. Sie erinnerte sich, das gesehen zu haben, es ungesehen gemacht zu haben. Sie hätte ihren Vater retten können und hatte nichts getan. Dabei hatte es Vorzeichen gegeben. Sie hatte Blumen zu Shalimars Füßen gesehen, Blumen, die dort, wo er stand, aus dem Gehweg sprossen, ebenso auf seiner Brust, die aus seinem Hemd hervorbrachen. Es war nicht ihre Aufgabe, diese Dinge zu glauben, Dinge, die sie sah, wenn ihre Augen sie trogen. Es war nicht an ihr, ihren Vater zu retten. Sie musste nur völlig reglos sitzen bleiben, bis die Freude zurückkehrte.

Alouette, gentille alouette,
Alouette, je te plumerai.

Sie ritt auf den Schultern ihres Vaters, Gesicht ihm zugewandt, und sie sangen: *Et le cou! Et le cou! Et la tête! Et la tête! Alouette! Alouette! Oooh!* … und mit einem Purzelbaum rückwärts entfernte sie sich von ihm, purzelte davon, ihre Hände in seinen Händen, ihre Hände in seinen Händen, ihre Hände auf immer und niemals mehr in seinen Händen.

✳✳✳✳✳✳✳✳✳✳✳✳✳✳✳✳✳✳✳✳

Boonyi

***

DA WAR DIE ERDE, und da waren die Planeten. Die Erde war kein Planet. Die Planeten waren die Grabscher. Sie hießen so, weil sie die Erde fest im Griff hielten und ihr Schicksal nach ihrem Willen lenkten. Die Erde war nie wie sie. Die Erde war ihr Spielball. Die Erde wurde gegrabscht.

Es gab neun Grabscher im Kosmos: Surya, die Sonne, und Soma, den Mond; Budha, den Merkur, und Mangal, den Mars; Shukra, die Venus; Brihaspati, den Jupiter; Shani, den Saturn, sowie Rahu und Ketu, die beiden Schattenplaneten. Die Schattenplaneten gab es wirklich, ohne dass es sie wirklich gab. Sie waren Himmelskörper ohne Körper. Sie waren dort draußen, hatten aber keine physische Gestalt. Zudem waren sie die Drachenplaneten: die beiden Hälften eines zerteilten Drachen. Rahu war der Drachenkopf, Ketu der Drachenschwanz. Auch ein Drache war ein Geschöpf, das es wirklich gab, ohne dass es es wirklich gab. Einzig deshalb, weil unser Denken es wirklich werden ließ.

Bis er von den Schattenplaneten erfuhr, hatte Noman Sher Noman nie verstanden, was er von der Liebe halten und wie er die Folgen ihrer Anziehungskraft, des Gezeitenwechsels und der sittlichen Erkenntnis benennen sollte. In dem Augenblick aber, in dem er vom zwiegeteilten Drachen hörte, wurde ihm vieles klar. Auch Liebe und Hass waren Schattenplaneten, körperlos, doch gab es sie dort draußen, und sie zerrten an seinem Herzen und seiner Seele. Er war vierzehn Jahre alt und hatte sich zum ersten Mal verliebt, und dies im Dorf Pachigam, dort, wo die fahrenden

Schauspieler wohnten. Es war seine glorreiche Zeit. Die Lehrjahre waren vorüber, und er hatte seinen Künstlernamen angenommen. Er wollte Noman, das Kind, hinter sich lassen und sein neues erwachsenes Selbst sein. Er wollte den Vater stolz auf den Sohn machen, auf Shalimar den Narren. Seinen großen Vater Abdullah, den Dorfvorsteher, den *sarpanch*, der sie alle in seiner hohlen Hand hielt.

Es war Pyarelal Kaul, der Pandit, der ihn über das Grabschen aufklärte, und es war Bhoomi, die grünäugige Tochter des Pandits, die er liebte. Ihr Name bedeutete Erde, was ihn wohl zum Grabscher machte, dachte Noman, aber kosmologische Allegorien konnten nicht für alles herhalten, weshalb sie zum Beispiel auch nicht erklärten, warum Bhoomi so daran lag, ihrerseits nach ihm zu grabschen. Außer an Theatertagen, wenn Publikum in Hörweite war, nannte sie ihn niemals Shalimar, sondern gab jenem Namen den Vorzug, unter dem er geboren worden war, obwohl ihr selbst der eigene Name auch missfiel – «Mein Name ist Dreck», sagte sie, «Dreck und Sand und Stein, und ich weiß nicht, was noch.» Sie bat ihn, sie lieber «Boonyi» zu nennen. Das war die umgangssprachliche Bezeichnung für den himmlischen Chinarbaum der Kaschmiri. Noman ging hinauf in den Kiefernwald hinter dem Dorf und wisperte den Affen Boonyis Namen zu. Auf der blütenübersäten Wiese von Khelmarg, dort, wo er sie zum ersten Mal geküsst hatte, murmelte er auch den Wiedehopfen «Boonyi» vor. «Boonyi», erwiderten Vögel und Affen feierlich und ehrten seine Liebe.

Der Pandit war Witwer. Er und Bhoomi-die-Boonyi-hieß wohnten am Ende von Pachigam im zweitbesten Haus des Dorfes, einem Holzbau wie die übrigen Häuser, doch statt einem hatte es zwei Stockwerke (das beste Haus, in dem Noman wohnte, besaß einen dritten Stock, einen einzigen großen Raum, in dem der *panchayat* tagte und alle wichtigen Entscheidungen des Dorfes traf). Es gab sogar ein separates Küchenhaus und eine Toilettenhütte am Ende eines kurzen überdachten Ganges. Das Haus war dunkel, ein wenig schief und hatte ein Schrägdach aus Wellblech wie alle anderen Häuser, nur war es eben etwas größer. Es stand an einem geschwätzigen kleinen Fluss, dem Muskadoon, dessen Name «erfrischend» bedeutet und dessen Wasser süß schmeckte, doch zum Schwimmen war es zu kalt, eisig kalt, da es vom hohen ewigen Schnee herabstürzte, von dort, wo die Hindugottheiten mit barer Brust und nacktem Busen ihre täglichen Donner-und-Blitze-Spielchen trieben. Wegen der göttlichen Hitze in ihrem unvergänglichen Blut, erklärte Pandit Kaul, spürten die Götter die Kälte nicht. Und warum – wunderte sich Noman, wagte es aber nicht zu fragen – waren dann ihre Brustwarzen immer steif?

Pandit Kaul mochte seinen Namen auch nicht. Es gab schon zu viele Kauls im Tal. Für einen ungewöhnlichen Mann war es erniedrigend, einen so gewöhnlichen Nachnamen zu haben, daher überraschte es niemanden, als er verkündete, dass er Pandit Kaul-Toorpyni genannt werden wollte, Pandit Kaul vom Kalten Wasser. Das war zu lang und unpraktisch, also ließ er das verhasste Kaul gleich völlig weg. Doch Pandit Pyarelal Toorpoyn, also Pandit Liebster Kaltfluss, setzte sich auch nicht durch. Schließlich gab er auf und fand sich mit seinem Namensschicksal ab. Noman nannte den Pandit «Liebster Onkel», obwohl sie weder bluts- noch glaubensverwandt waren. Die Kaschmiri banden stärkere Bande. Nun war Boonyi das einzige Kind des Pandits, und als sich für sie und Noman der vierzehnte Geburtstag näherte, begriffen beide, dass sie bereits ihr ganzes Leben lang ineinander verliebt waren und dass es Zeit wurde, deshalb etwas zu unternehmen, auch wenn dies der gefährlichste Entschluss der Welt war.

Sie saßen am Muskadoon mit dem Pandit, der vom Kosmos schwadronierte, denn er war ein Mann, der gern redete, und so bot sich für die Liebenden Gelegenheit, zusammen zu sein, sich miteinander in der stummen, verstohlenen Sprache verbotener Gelüste zu unterhalten, während sie Pyarelal zuhörten, Boonyis

Vater, der so flink und flüssig daherschwatzte wie der in ihrem Rücken brabbelnde Strom. Nomans Finger reckten sich Boonyi entgegen, und ihre Hand sehnte sich nach seiner Hand. Sie waren mehrere Schritte voneinander getrennt, saßen auf glattem Fels am Fluss, badeten im gnadenlos klaren Sonnenlicht der Berge unter makellosem Himmel, der blau wie die Freude über ihnen schimmerte. Trotz der Entfernung zwischen ihnen waren ihre Finger unsichtbar ineinander verschlungen. Noman konnte fühlen, wie sich ihre Hand um seine schmiegte, die langen Nägel sich in seinen Ballen gruben, und als er einen Blick zu ihr hinüber wagte, erkannte er am Leuchten in ihren Augen, dass auch sie seine Hand spürte, die sie wärmte und ihre Fingerspitzen rieb, denn die Enden ihrer Gliedmaßen waren immer kalt, ihre Zehen, Finger und Ohrläppchen, die Knospen ihrer jungen Brüste, die Spitze ihrer griechischen Nase. Diese Stellen verlangten die Aufmerksamkeit seiner wärmenden Hand. Boonyi war die Erde, und die Erde war der Spielball, und er hatte sie gegrabscht und wollte ihr Schicksal durch seinen Willen lenken.

Wie so viele Männer, die sich rühmen, gegen spirituellen Schwindel, Hokuspokus und Scharlatanerie aller Art gefeit zu sein, hegte Boonyis Vater eine heimliche Vorliebe für das Fabulöse und Phantastische, und so war er von der Vorstellung zweier Schattenplaneten höchst fasziniert. Kurz gesagt, er stand gänzlich im Bann von Rahu und Ketu, deren Existenz sich nur durch jenen Einfluss beweisen ließ, den sie auf das alltägliche Leben der Menschen ausübten. Einstein hatte das Vorhandensein unsichtbarer Himmelskörper durch die Kraft ihrer das Licht beugenden Gravitationsfelder nachgewiesen, und «Liebster Onkel» konnte die Existenz der zwiegeteilten himmlischen Drachenhälften durch ihre Auswirkungen auf das menschliche Wohl und Wehe beweisen. «Sie rumoren in unserem Innersten!», rief er, und eine leise Erregung schwang in seiner Stimme mit. «Sie beherrschen unsere Gefühle und wecken Schmerz oder Lust. Sechs Instinkte gibt es», schob er dann ein, «die uns mit den materiellen Zielen des Leben verbinden, und das sind Kaam, die Leidenschaft; Krodh, der Zorn; Madh, das Berauschende, also Alkohol, Drogen et cetera; Moh, die Bindung; Lobh, die Gier; und Matsaya, die Eifersucht. Wollen wir ein gutes Leben führen, müssen wir sie beherrschen, oder sie beherrschen uns. Die Schattenplaneten wirken aus der Ferne und lenken unsere Gedanken auf unsere Instinkte. Rahu ist der Übertreiber, der Verstärker! Ketu ist der Hemmende, der Unterdrücker! Der Tanz der Schattenplaneten ist der Tanz der Widersacher in uns, der innere Kampf von Moral und sozialer Wahl.» Er wischte sich über die Stirn. «Nun gut», sagte er zu seiner Tochter, «lass uns essen.» Der Pandit war ein Mann mit einer fülligen Figur, der das Essen zu schätzen wusste. Pachigam war ein Dorf von Feinschmeckern.

Shalimar der Narr sah den beiden nach und focht gegen seine Füße an, die ihnen folgen wollten. Denn nicht nur die Schattenplaneten zerrten an seinen Gefühlen. Auch Boonyi wirkte auf ihn ein, übte in jeder Minute, Tag und Nacht, ihren Zauber aus, schob, zog, streichelte und nibbelte selbst dann an ihm, wenn sie sich am anderen Dorfende aufhielt. Boonyi Kaul, dunkel wie ein Geheimnis, hell wie das Glück, seine erste und einzige Liebe. Bhoomi vom kalten Wasser, große Küsserin, geschickte Koserin, fabelhafte Köchin und furchtlose Akrobatin. Shalimars Herz schlug heftig vor Freude, denn sein größter Wunsch sollte in Erfüllung gehen. Während des Pandits Monolog, in dieser lustvollen Stille, hatten sie beschlossen, dass der Augenblick gekommen war, ihre Liebe zu vollziehen, und mit einem Austausch wortloser Signale wurden forsch Ort und Stunde festgelegt. Jetzt war es an der Zeit, sich vorzubereiten.

Als Boonyi Kaul sich an diesem Abend das lange Haar für ihren Liebsten kämmte, dachte sie an die selige Sita in der Waldeinsiedelei bei Panchavati am Godavari-Fluss und an jene Jahre, in denen Fürst Ram fern von Ayodhya im Exil und auf Wanderschaft weilte. An einem schicksalhaften Tag nun begaben sich Ram und Lakshman auf Dämonenjagd. Sita blieb allein zurück, aber Lakshman hatte vor dem Eingang zur kleinen Einsiedelei einen Bannstrich in den Sand gezogen und davor gewarnt, ihn zu übertreten oder auch jemanden dazu aufzufordern. Der Strich war mit einem mächtigen Zauber belegt, der Sita vor allem Leid behüten sollte. Doch kaum war Lakshman fort, zeigte sich in Gestalt eines wandernden Bettelmönchs der Dämonenkönig Ravan, angetan mit zerlumptem, ockerfarbenem Tuch und hölzernen Sandalen, einen billigen Schirm unter dem Arm. Reden tat er jedoch nicht wie ein heiliger Bettler, denn er pries überschwänglich – und in dieser Reihenfolge – Sitas Haut, ihren Duft, ihre Augen, ihr Gesicht, ihr Haar, ihre Brüste und ihre Hüfte. Über die Beine sagte er nichts. Natürlich dürften sie seinem Blick verborgen gewesen sein, und auch wenn es einem großen *rakshasa* wie Ravan gewiss möglich gewesen wäre, durch den Stoff hindurchzuschauen, konnte er dies nicht zugeben, denn hätte er ihre untere Körperhälfte gepriesen, wäre sogleich seine geheime lüsterne Natur zum Vorschein gekommen. Boonyi Kauls beinahe vierzehn Jahre alten Beine waren längst lang und schlank. Sie wollte wissen, was es nun mit Sita Devis Beinen auf sich hatte, und es ärgerte sie, dass sie ihr nie beschrieben wurden.

Außerdem wollte sie wissen, ob Sita ihn trotz oder wegen seiner lüsternen, schmeichelhaften Rede aufgefordert hatte, ins Haus zu kommen und sich auszuruhen. Die Frage war von einiger Bedeutung, denn kaum hatte Sita den Fremden gebeten, den Bannstrich zu übertreten, war dessen Zauber gebrochen. Nur Augenblicke später nahm Ravan also seine wahre vielköpfige Gestalt an und trug Sita fort in sein Königreich Lanka, entführte die Edle gegen ihren Willen in einem fliegenden, von grünen Maultieren gezogenen Streitwagen. Der große Adler Jatayu, alt und blind, wollte sie retten, tötete die Maultiere in der Luft und ließ den Streitwagen zur Erde fallen, doch Ravan fing Sita in seinen Armen auf, sprang unversehrt zur Erde, und als Jatayu ihn angriff, hieb er dem Adler die Flügel ab.

An diesem epischen Konflikt konnte doch nicht bloß Sita schuld sein, dachte Boonyi Kaul. «Du bist für mich gestorben, Jatayu», rief sie. Und das stimmte. Wie aber konnte man die Verantwortung für all das, was auf die Entführung folgte – der Tod des Adlers, die landesweite Suche nach der verschwundenen Prinzessin, der große Krieg gegen Ravan, die Ströme von Blut und die Berge von Leichen – allein Rams verehrter Gattin in die Schuhe schieben? Welch seltsame Bedeutung würde dies der alten Geschichte verleihen: dass die Possen der Frauen den Zauber der Männer brachen? Dass Helden kämpfen und sterben mussten wegen jener Eitelkeit, die eine hübsche Frau wie eine Törin handeln ließ? Boonyi kam das nicht richtig vor. Sitas Würde, ihre Klugheit und moralische Stärke standen außer Frage und konnten auf solch banale Weise nicht abgetan werden. Also gab Boonyi der Geschichte eine andere Deutung. Wie sehr die Familie Sita auch zu schützen versuchte, sagte sie sich, es gab den Dämonenkönig (es würde ihn immer geben, und da er hoffnungslos in Sita vernarrt war, musste sie sich ihm früher oder später sowieso stellen). Dort draußen trieben sich folglich ebenso die Dämonen wie die Liebhaber einer Frau umher, und irgendwann war es mit ihrem behüteten Dasein nun mal vorbei. Da schien es besser, gleich mit Bannstrichen Schluss zu machen und sich dem Schicksal zu stellen. Striche im Sand waren ja ganz nett, aber sie konnten die Dinge schließlich doch bloß hinauszögern. Was geschehen musste, sollte auch geschehen dürfen, sonst konnte es niemals überwunden werden.

Und wer war nun dieser Junge, der Sohn des Dorfvorstehers, der neue tollpatschige Narrenprinz der Schaustellertruppe, Boonyis Liebhaber, den sie um Mitternacht auf der hohen Schafsweide oberhalb des Dorfes treffen wollte? War er ihr großer Held, war er ihr Dämonenkönig, war er gar beides? Würden sie einander glücklich machen, oder würden sie sich vernichten mit dem, was zu tun sie sich vorgenommen hatten? Waren sie weise oder töricht in ihrer Wahl gewesen? Schließlich hatte sie ihn fraglos gebeten, einen mächtigen Strich zu übertreten. Wie hübsch er doch war, sinnierte sie gerührt, wie komisch in seinen Narreteien, wie rein sein Gesang, wie graziös sein Tanz, auf dem Hochseil so schwerelos und dabei – das Beste von allem – von Natur so wunderbar sanft. Dies war kein Kriegerdämon! Er war der liebe Noman, der sich selbst Shalimar den Narren nannte, teils ihr zu Ehren, da sie beide vor fast vierzehn Jahren in derselben Nacht im Garten Shalimar zur Welt gekommen waren, teils ihrer Mutter zuliebe, denn sie war in jener Nacht der vielen Abgänge gestorben, als die Welt sich änderte. Sie liebte ihn, weil er auf seine Weise mit der Wahl des Namens ihre verstorbene Mutter ehrte und zugleich die unauflösliche Verbindung ihrer beider Geburt feierte. Sie liebte ihn, weil er keiner lebenden Seele ein Leid zufügen würde, er war dazu gar nicht fähig. Wie sollte er ihr also etwas antun, wenn er nicht einmal einer Fliege etwas zuleide tun konnte?

Ihr Haar war gekämmt, die Haut geölt. Rahu, der Verstärker, hatte auf Kaam, die Leidenschaft, eingewirkt, und Boonyis Körper pulsierte vor Verlangen. Vor zwei Jahren war sie eine Frau geworden – vorschnell wie immer, dachte sie, denn seit ihrer übereilten Geburt hatte sie vieles verfrüht getan –, und längst war sie stark genug für das, was kommen mochte. Durch mondlose Dunkelheit drang der Duft von Pfirsich- und Apfelblüten und ließ die Lider schwer werden. Sie saß auf dem Bett, lehnte den Kopf an die Fensterbank und schloss die Augen. Bald darauf kam die Mutter zu ihr, ganz wie Boonyi es erwartet hatte. Sie war bei ihrer Geburt gestorben, erschien ihr aber in den meisten Nächten im Traum, weihte sie in die Mysterien der Frauen sowie in die Geschichte der Familie ein und schenkte guten Rat und bedingungslose Liebe. Boonyi erzählte dem Vater nichts davon, da sie seine

Gefühle nicht verletzen wollte. Seit sie denken konnte, hatte der Pandit versucht, ihr sowohl Vater wie Mutter zu sein. Trotz seiner weltfremden Art behandelte er sie wie einen unermesslichen Schatz, wie eine erlesene Perle, die seine Frau ihm als Abschiedsgeschenk hinterlassen hatte. Von den Frauen im Dorf lernte er die Geheimnisse des Kinderaufziehens, und von Anfang an hatte er darauf bestanden, alles selbst zu machen, ihren Laufstall zu bauen, ihr den Popo zu putzen und des Nachts aufzustehen und für sie zu sorgen, sooft sie schrie, bis die Nachbarn ihn baten, doch ein wenig zu schlafen, und ihm rieten, er solle sich lieber helfen lassen, wenn er nicht wolle, dass das arme Mädchen ganz ohne Eltern heranwachse, die ihm eine Stütze sein könnten. Der Pandit gab nach, wenn auch nicht oft. Als sie älter wurde, brachte er ihr Lesen, Schreiben und Singen bei. Er sprang Seil mit ihr, ließ sie mit Kajal und Lippenstift experimentieren und sagte, was zu tun sei, wenn sie zu bluten beginne. Er hatte also sein Bestes gegeben, doch die Mutter eines Mädchens ist ihre Mutter, selbst wenn es sie nur in der körperlosen Gestalt eines Traums gab, ohne dass es sie wirklich gab, selbst wenn ihre Existenz nur durch die Wirkung auf jene eine Person zu beweisen war, bei der ihr noch daran gelegen war, das Schicksal zu lenken.

Die verstorbene Frau des Pandits war nach der Lotusblume Pamposh benannt worden, doch mochte sie, wie sie der schlummernden Tochter bekannte, den Spitznamen Giri lieber, Walnusskern also, den ihr Firdaus Begum, Abdullah Nomans gelbblonde Frau Firdaus Butt oder Firdaus Bhat, einmal zum Zeichen ihrer Freundschaft verliehen hatte. An einem Sommertag sammelten Firdaus und Giri Krokusse auf den Safranfeldern von Pachigam, als wie Hexenzauber aus heiterem, blauem Himmel ein Regenschauer auf sie niederging und sie bis auf die Knochen durchnässte. Die Frau des *sarpanch* war ein scharfzüngiges Weib und ließ den prasselnden Regen wissen, was sie von ihm hielt, aber Pamposh tanzte in dem Unwetter und rief vergnügt: «Beschimpf den Himmel nicht, wenn er uns Regen schenkt.»

Das war einfach zu viel für Firdaus. «Alle halten dich für eine Frohnatur, offen und friedfertig, aber mich täuschst du nicht», sagte sie Pamposh oder Giri, während sie beide triefend unter einem weit ausladenden Chinarbaum Schutz suchten. «Sicher, ich weiß, dass du gern und oft lächelst, dass du keinen Menschen je mit bösen Worten abfertigst, dass du jede Not mit Gleichmut erträgst. Ich dagegen, ich wache morgens auf und muss erst mal alles auf Vordermann bringen, muss die Leute wachrütteln. Ich will alles besser haben, will den Wirrwarr aufräumen, mit dem wir uns jeden Tag in diesem zermürbenden Leben herumschlagen, während du tust, als würdest du die Welt nehmen, wie sie ist, als wärest du zufrieden mit ihr und mit allem, was passiert. Aber weißt du was? Ich habe dich durchschaut. Ich verstehe deine kleine Engel-im-Paradies-Show. Sie ist klasse, keine Frage, aber das ist nur der äußere Schein, deine harte Walnussschale, innen drin steckt ein völlig anderes Mädchen, und ich schätze, du bist alles andere als zufrieden. Sicher, du bist die großzügigste Frau, die ich kenne. Ich brauche dieses oder jenes Kopftuch nur einmal zu erwähnen, schon drängst du es mir auf, selbst wenn es von deiner Urgroßmutter stammt, zu deiner Aussteuer gehört hat und ein hundertfünfzig Jahre altes Erbstück ist, doch insgeheim bist du trotz allem ein richtiger Geizhals.»

Es war die Art Rede, die eine Freundschaft zerstört oder aber zu ungeahnter Vertrautheit vorantreibt, und es war typisch für Firdaus, dass sie alles auf eine Karte setzte. «Ich glaube, ich selbst habe sie an diesem Tag auch durchschaut», erzählte Pamposh Kaul ihrer träumenden Tochter Boonyi, «und einen Blick auf die maßlos treue und liebevolle Frau erhascht, die sich hinter dem Gehabe eines rüden Drachens verbarg. Außerdem war sie vielleicht die einzige Frau im Dorf, die begreifen konnte, was ich sagen wollte.» Also vertraute Pamposh ihr die tiefsten Geheimnisse an und setzte Firdaus in Erstaunen. Wie jedermann sonst hatte die Frau des Stammesführers bis zu diesem Augenblick geglaubt, Pamposh sei die ideale Ehefrau für den Pandit, da sie mit beiden Beinen fest auf der Erde stand, während sein Kopf meist mitten in irgendeiner metaphysischen Wolke steckte und mal wieder einen kalten Schauer abbekam. Jetzt stellte Firdaus fest, dass Pamposh eine geheime Seite besaß, die weit phantastischer war als die ihres Mannes, dass ihre Träume viel radikaler und gefährlicher als alles waren, woran Firdaus trotz ihres Ehrgeizes, die Welt zu erschüttern, je gedacht hatte.

In Sachen Liebesspiel sind Kaschmirs Frauen nie verschüchterte Mauerblümchen gewesen, aber das, was Pamposh ihr nun anvertraute, brachte Firdaus' Ohren zum Glühen. Die Frau des *sarpanch* begriff, welches Wunder es war, dass der Pandit noch aus dem Bett steigen und umherlaufen konnte, so heftig war die sexuelle Leidenschaft ihrer Freundin. Pamposhs Verlangen nach den wilderen Varianten sexuellen Verhaltens machte Firdaus mit einer Anzahl neuer Gedanken vertraut, die sie ebenso entsetzten wie erregten, auch wenn sie fürchtete, dass sie, sollte sie versuchen, dergleichen in ihrem Schlafzimmer in die Tat umzusetzen, von Abdullah, für den Sex eine schlichte Befriedigung körperlicher Bedürfnisse war, weshalb man ihn nicht über die Gebühr in die Länge ziehen sollte, wie eine gemeine Hure auf die Straße geworfen werden würde. Und so fand sich Firdaus, obwohl sie einige Jahre älter war, in der ungewohnten Rolle der ehrfurchtsvoll staunenden, beeindruckten Schülerin wieder, die stammelnd wissen wollte, wie und warum denn diese oder jene Vorgehensweise die gewünschten Resultate erzielte. «Das ist einfach», erwiderte Pamposh. «Wenn ihr einander vertraut, kannst du alles machen, genau wie er, und glaub mir, es fühlt sich verdammt gut an.» Noch erstaunlicher an Pamposhs Offenbarungen aber war der Eindruck, dass sie sich nicht dem Verlangen ihres Mannes beugte, sondern es zu lenken schien. Als Pamposh dann vom unmittelbaren Sex zur Sexualpolitik überging und ihre umfassenden Vorstellungen zu erklären begann, ihre utopische Vision von der Emanzipation der Frauen, als sie von der Qual redete, die es für sie bedeute, in einer Gesellschaft zu leben, die mindestens hundert Jahre hinter jener herhinke, die ihr vorschwebe, hob Firdaus die Hand. «Es ist schlimm genug, dass du mir den Kopf mit diesem wirren Zeug füllst, das mir wochenlang Albträume bescheren wird», sagte sie. «Bring mich jetzt nicht mit neuen Ideen noch weiter durcheinander. Die Gegenwart ist schon zu viel für mich. Da kann ich nicht auch noch mit der Zukunft fertig werden.»

In den Träumen ihrer Tochter ließ sich Pamposh Kaul über all das aus, was Firdaus Noman nicht hören wollte, erzählte von einer Zukunft, die ihre Fesseln abstreifte und am Horizont wie ein gelobtes Land leuchtete, das sie nie betreten konnte, die Vision einer Freiheit, die ihr Leben lang an ihr nagte und ihren inneren Frieden zerstörte, auch wenn niemand etwas davon ahnte, da sie nie zu lächeln aufgehört, nie die täuschende Maske zufriedener Ruhe fallen gelassen hatte. «Eine Frau kann jede Wahl treffen, die sie zufrieden stellt, nur weil es sie zufrieden stellt, aber einen Mann zufrieden zu stellen, das kommt erst viel später und ist eine armselige zweite Wahl», sagte sie. «Wenn eine Frau das Herz auf dem rechten Fleck hat, dann ist es verdammt egal, was die Welt von ihr hält.» Das machte auf Boonyi großen Eindruck. «Du hast leicht reden», sagte sie ihrer Mutter. «Geister brauchen auch nicht in der echten Welt zu leben.»

«Ich bin kein Geist», erwiderte Pamposh. «Ich bin der Traum einer Mutter, wie du sie dir wünschst. Ich erzähle dir nur, was schon in deinem Herzen ist, was du bloß noch bestätigt haben willst.»

«Da hast du Recht», sagte Boonyi Kaul und reckte und räkelte sich. «Geh zu ihm», sagte ihre Mutter und verblasste.

Boonyi schlüpfte aus dem Haus und schlug den Weg nach Khelmarg ein, den bewaldeten Hügel hinauf zu jener Wiese, auf der
sie manchmal im Mondlicht Bogenschießen übte und unschuldige Bäume mit Pfeilen durchbohrte. Sie wusste mit dem Bogen
umzugehen, doch an diesem Abend stand ihr der Sinn nach anderem Sport. Es schien kein Mond. Vom indischen Soldatenlager
auf der anderen Feldseite schimmerten einige Lichter herüber,
blinkende Laternen, glimmende Zigaretten, doch selbst die Soldaten schliefen zumeist. Ihr Vater jedenfalls schlief tief und fest
und schnarchte wie ein Büffel. Sie trug ein dunkles Kopftuch und
einen langen, dunklen *phiran* über einem langen dunklen Hemd.
Die Luft war kühl, der weite Umhang aber warm genug. Unter
dem *phiran* ließ der kleine, mit glühenden Kohlen gefüllte *kangri*
lange Hitzefinger über ihren Bauch wandern. Sonstige Kleider
oder Unterwäsche trug sie nicht. Ihre bloßen Füße kannten den
Weg. Sie war ein Schatten auf der Suche nach einem Schatten.
Sie würden den Schatten finden, den sie suchte, und er würde sie
lieben und beschützen. «Ich werde dich in meiner hohlen Hand
halten», hatte er gesagt, «so wie mein Vater mich gehalten hat.»
Noman, auch bekannt als Shalimar der Narr, der hübscheste Junge der Welt.

In diesem Augenblick tat der hübscheste Junge der Welt, was
er immer tat, wenn er zur Ruhe kommen wollte und sich auf das
konzentrieren musste, worauf es wirklich ankam: Er kletterte auf
einen Baum. Bäume hatten sowohl in seiner beruflichen Ausbildung wie in seinem Seelenleben eine große Rolle gespielt. Eines
Abends, als Noman elf Jahre alt gewesen war, hatte ihn die Un-
gewissheit über das wahre Wesen des Universums nicht schlafen
lassen, ein Thema, über das sich seine Eltern derart spektakulär
streiten konnten, dass das gesamte Dorf vor ihrem Haus zusam-
menströmte, um zuzuhören und Stellung zu beziehen. Man stritt

sich darüber, wo genau das himmlische Paradies zu finden war und ob man es in der Zukunft mit einem Raumschiff erreichen könne, darüber, wie wahrscheinlich oder unwahrscheinlich es sei, dass es auf anderen Planeten ebenfalls Propheten und heilige Bücher gebe und ob es folglich lästerlich sei, die theoretische Existenz kleiner, grünhäutiger, glubschäugiger Propheten anzunehmen, die in den unverständlichen Sprachen der Marsmenschen oder der Wesen auf der erdabgewandten Seite des Mondes die Heilige Schrift empfingen. Noman konnte sich zwischen der modernen Aufgeschlossenheit seines Vaters und den okkulten Drohungen seiner Mutter nicht entscheiden, bei denen es meist um irgendeinen Schlangenzauber ging, weshalb er, obwohl sich draußen ein Unwetter zusammenbraute, durch die Hintertür flüchtete und zum Nachdenken auf den höchsten Chinarbaum im Bezirk Pachigam kletterte. Er war nicht so dumm, in dieser Nacht aufs Hochseil zu gehen. Wie irrsinnig klammerte er sich fest, während Wind und Regen um ihn herum Äste schüttelten oder zerbrachen. Das Universum ließ die Muskeln spielen und bewies, wie wenig es sich für die Diskussionen um seine Natur interessierte. Es war alles zugleich, Wissenschaft und Zauberei, war okkult und erforscht, und doch war das dem Universum ziemlich egal. Die Wucht des Unwetters wuchs. Er sah die Hände der Toten an seinem Gesicht vorüberstreifen, sah, wie sie aus ihren luftigen Gräbern nach ihm griffen. Der Wind heulte und wollte ihn töten, aber er schrie zurück und verfluchte den Wind, und so konnte ihm das Unwetter nichts anhaben. Als er Jahre später zum Mörder wurde, sagte er, es wäre besser gewesen, wenn er nicht überlebt hätte, die faulenden Zähne des Sturms hätten ihm lieber das Leben entreißen sollen.

Unmittelbar vor dem Dorf stand ein Hain uralter Chinarbäume, die sich graziös dem Himmel entgegenreckten. Zwischen zwei der ältesten Bäume war ein Seil gespannt, und darauf schlenderte Shalimar der Narr hin und her, um sich auf sein Stelldichein mit Boonyi einzustellen, schlug Saltos, drehte Pirouetten und tänzelte so schwerelos dahin, als laufe er durch die Luft. Er war neun Jahre alt gewesen, als er das Geheimnis erlernt hatte, durch die Luft zu gehen. Unter einer von Sonnenstrahlen durchbohrten Blätterkuppel hatte er sich auf dieser grünen Lichtung aus dem Griff des Vaters gelöst und war davongeflogen. Das Seil war auf diesem ersten Flug kaum einen halben Meter hoch über dem Boden gespannt gewesen, doch war seine Begeisterung so groß wie nur irgendwann später in seinem beruflichen Leben, wenn er von einem hohen Ast auf das Seil trat und sieben Meter unter sich seine Bewunderer klatschen und den Mund aufreißen sah. Ohne ein Wort wussten seine Füße, was zu tun war. Die Zehen krümmten sich um das Seil und griffen fest zu. «Halt das Seil nicht für eine Sicherheitsleine», hatte sein Vater gesagt. «Stell dir vor, es sei ein Pfad aus gepresster Luft. Oder stell dir Luft vor, die zum Seil werden will. Seil und Luft sind dasselbe. Wenn du das weißt, bist du zum Fliegen bereit. Das Seil wird sich auflösen, und du trittst hinaus in die Luft und weißt, dass sie dein Gewicht hält und dich tragen wird, wohin du möchtest.» Abdullah Sher Noman weihte seinen Sohn in ein Mysterium ein. Ein Seil konnte zu Luft, ein Junge zu einem Vogel werden. Die Metamorphose war das geheime Herz des Lebens.

Nach seinem ersten Gang über das Seil war Noman nicht mehr zu halten gewesen, und mit der Zeit wurde es immer höher gespannt, bis Noman zwischen den Wipfeln der Bäume hin und her flog. Er übte bei jedem Wetter und zu jeder Tages- und Nachtzeit, und sein Vater Abdullah hielt ihn nie davon ab, bremste ihn nie, selbst wenn Firdaus Begum, die Frau des großen Mannes und Nomans grimmige Mutter, damit drohte, sie beide zu verhexen und in Wasserschlangen zu verwandeln, falls dies nötig sei, um ihren Sohn vor seinem Vater in Schutz zu nehmen, diesem verdammten Narren, den es nicht kümmerte, ob Noman kopfüber zu Boden stürzte und wie ein Spiegel in tausend Stücke zerbrach. Schlangen spielten in Firdaus Begums Weltanschauung eine große Rolle und deshalb auch in der ihrer Familie. «Schlange zappelt, Welt wackelt», pflegte sie zu sagen, was heißen sollte, dass die großen Schlangen, die sich bis an die Wurzeln der Berge vorgegraben hatten, ein Erdbeben bewirkten, sobald sie sich bewegten. Firdaus kannte viele Schlangengeheimnisse. Unter dem frostigen Himalaja, behauptete sie, liege eine vergessene Stadt, in der die Schlangen Gold und Edelsteine horteten. «Schlangenglück kann man nicht kaufen», mahnte sie. Allgemein galt es als Segen, wenn eine Schlange im Haus war, ein Tier, dem man dankbar zu sein hatte, und zwar nicht allein deshalb, weil es Mäuse fraß. Natürlich sollte man trotzdem einen Stock holen und die Schlange aus Tür oder Fenster werfen, denn Glück war nichts, was man erzwingen durfte, doch sollte man mit Respekt vorgehen und nicht versuchen, ihr den Kopf zu zerquetschen. Schlangenschutz brauchte jedes Haus, und wenn man keine beschützende Schlange hatte, besorgte man sich lieber einen Malachit.

(Als Noman den Pandit zum ersten Mal von den Himmelsdrachen Rahu und Ketu schwärmen hörte, staunte er über die geheime Anziehung zwischen seinem geliebten Vater und seiner unnahbaren Mutter. Drachen, Echsen, Schlangen, das sich windende, schuppige Gewürm der Erde und des Himmels: Ihm war, als hätte die ganze Welt nur noch magische Monster im Kopf.)

Firdaus schielte auf dem rechten Auge, und man erzählte sich hinter ihrem Rücken, wer einmal unter schwerem Lid hervor von ihrem Seitenblick erfasst worden sei, der wisse, dass sie selbst zumindest teilweise eine Schlange sein müsse. Manchmal nahm Noman sogar an, es liege am Schlangeninteresse seiner Mutter, weshalb er an Bäumen und Seilen hinauf-, hinunter- oder entlanggleiten könne. Doch jetzt schlängelten sich all seine Gedanken nur um dieses Mädchen, um Boonyi, der er Glück bis ans Ende ihrer Tage bringen wollte. Die Worte Hindus und Muslime, sagte er sich, hatten in dieser Geschichte keinen Platz. Sie dienten im

Tal bloß zur Beschreibung, nicht zur Trennung. Die Fronten zwischen den Worten, ihre harten Kanten, waren verzerrt und verwischt, und so musste es auch sein. Dies war Kaschmir. Laut sagte er sich das vor und glaubte von ganzem Herzen daran, doch hatte er weder Vater noch Mutter von seinen Gefühlen für das Kind des Pandits erzählt. Dabei hielt er vor seinem Vater nur selten etwas verborgen – bei seiner Mutter war er schon immer stärker auf der Hut gewesen, da sie ihm auf eine Weise Angst machte, wie sein Vater es nicht tat –, und er hatte ein schlechtes Gewissen wegen des großen Geheimnisses, das er hier oben in den Bäumen für sich behielt. Doch niemand, nicht einmal die drei anderen Narren, die zugleich seine Brüder und seine besten Freunde waren, wussten, was er heute Abend vorhatte.

Auch Boonyi, deren erste und große Liebe dem Tanzen galt, konnte über ein Seil gehen, doch war und blieb es für sie nur ein Seil. Für den jungen Noman aber war es eine magische Welt. «Eines Tages werde ich wirklich abheben», hatte er ihr nach dem ersten Kuss erzählt. «Eines Tages brauche ich kein Seil mehr. Ich gehe einfach hinaus in die leere Luft und schwebe dort wie ein Kosmonaut ohne Raumanzug. Ich mache Handstand, stelle mich auf die Füße oder den Kopf, doch wird es nichts geben, auf dem ich stehe.» Diese völlige Gewissheit beeindruckte Boonyi, und obwohl sie wusste, dass er den verrücktesten Irrsinn redete, war sie sehr gerührt. «Was macht dich so sicher?», fragte sie ihn. «Mein Vater hat mich davon überzeugt», erwiderte er. «In seine hohle Hand geschmiegt, hat er mich aufgezogen, und meine Füße haben nie den Boden berührt.»

In der Hand seines Vaters ging es weder samtig noch weich zu wie etwa in der Hand eines wohlhabenden Mannes, sondern hart, zupackend und weise. Es war eine Hand, die sich in der Welt auskannte und nicht mit dem Wissen um die Unbilden geizte, die dort draußen warteten. Trotzdem war es eine starke Hand, die vor ebendiesen Unbilden schützen konnte. Solange Noman in ihrem Hauttal blieb, konnte ihn nichts erschüttern, und es gab nichts, wovor er sich fürchten musste. Sein Vater zog ihn in seiner hohlen Hand auf, weil er das kostbarste Juwel war, das Abdullah je besessen hatte, zumindest behauptete das der *sarpanch*, wenn Hameed, Mahmood und Anees, seine drei älteren Söhne, ihn gerade nicht hören konnten, denn ein Mann in seiner Position, ein Anführer, darf sich niemals vorwerfen lassen, jemanden zu begünstigen. Dennoch kannte Noman schon in Abdullahs Hand das Geheimnis seines Vaters, und er behielt es für sich. «Du bist mein Glücksbringer», sagte ihm Abdullah. «Mit dir an meiner Seite bin ich unbesiegbar.» Noman fühlte sich ebenfalls unbesiegbar, denn wenn er der magische Talisman seines Vaters war, dann war der Vater auch sein Talisman. «Die Liebe meines Vaters war die erste Stufe», erzählte er Boonyi. «Sie hat mich bis hinauf in die Wipfel getragen. Doch jetzt brauche ich deine Liebe, sie wird mich das Fliegen lehren.»

Es schien kein Mond. Die weiße Feuersbrunst der Galaxie erstrahlte quer über den Himmel. Die Vögel schliefen. Shalimar der Narr stieg den bewaldeten Hügel nach Khelmarg hinauf und hörte den Fluss rauschen. Er wünschte sich, die Welt verharre in ebendiesem Augenblick, in dem er voller Hoffnung und Sehnsucht war, jung und verliebt, in dem ihn noch niemand enttäuscht hatte und niemand, den er liebte, gestorben war. Was den Tod anging, so glaubte seine Mutter an ein irgendwie schlangenartiges Leben im Jenseits, doch für seinen Vater besaß die Ewigkeit Flügel. Als Noman noch ein kleiner, kaum sechs Jahre alter Junge gewesen war, hatte sein missmutiger Großvater Farooq sein langes, mürrisches Leben ungewohnt fröhlich beendet. «Wenigstens habe ich euch nicht mehr ständig um mich und muss mir keine Sorgen mehr machen, was ihr als Nächstes anstellt», sagte er. Für Farooq war es Liebe, wenn er nach Nomans jungen Wangen langte und sie so fest zwackte und kniff, wie er nur konnte.

«Babajan findet mich hässlich», beklagte sich Noman.

«Natürlich nicht», tröstete ihn sein Vater, kaum sonderlich überzeugend.

«Wenn er mich nicht so hässlich fände wie ein *bhoot*», schlussfolgerte Noman, «würde er mit seinen Klauen nicht ständig versuchen, mir die Haut vom Gesicht zu reißen.»

Trotz Großvaters Misshandlung von Nomans Physiognomie litt der Junge sehr bei seiner Beerdigung. Großvater Farooq wurde erstaunlich schnell begraben, nur sechs Stunden nach seinem Ableben übergab man ihn der Erde, doch war die Trauerzeit über die Maßen lang und ermüdend langweilig. Um Noman zu trösten und auf andere Gedanken zu bringen, erklärte ihm Abdullah, dass die Seelen der Familienmitglieder nach ihrem Tod in Vogelkörper schlüpften, um in Pachigam herumzufliegen und jene Lieder zu singen, die sie schon als Mensch gesungen hatten. Allerdings zwitscherten sie als Vögel mit der gleichen musikalischen Begabung, die sie auch in ihrer früheren Gestalt als Mensch bewiesen hatten, nicht mehr und nicht weniger. Noman glaubte ihm kein Wort. Ernst erwiderte sein Vater: «Lass mich sterben, und dann hör dich nach einem Wiedehopf mit einer Stimme wie einem kaputten Auspuff um. Wenn der krächzt und krakeelt, singe ich ‹Hab ich's nicht gesagt?›, mein Lieblingslied.» Abdullah lachte, und es stimmte, dass seine Stimme genau wie der kaputte Auspuff von seinem alten Truck klang, wenn er aber sang, klang es noch schlimmer, als wenn er lachte. Es stimmte auch, dass ‹Hab ich's nicht gesagt?› sein Lieblingslied war, denn er litt unter dem Fluch, zu viel zu wissen, gar unter dem doppelten Fluch, auch noch ständig darauf aufmerksam machen zu müssen, obwohl Firdaus Begum damit drohte, ihm einen Stein an den Schädel zu werfen.

«Du stirbst nicht», sagte Noman. «Nie und niemals.»

Er war noch klein gewesen, als sein Vater ihm sagte, dass er überall auf seinem Körper Vögel hervorlocken könne. Abdullah küsste Nomans Wange, den Bauch oder die Knie, und gleich konnte das Kind genau dort Vogelgesang hören, wo Abdullahs gespitzte Lippen seine Haut berührten. «Ich glaube, da ist ein Vöglein in deiner Achselhöhle», sagte er dann, und Noman wand sich vor Entzücken und wollte ihn bitten aufzuhören und zugleich doch nicht aufzuhören, während der Vater zu seinem Arm vordrang, und plötzlich, hast du nicht gesehen, erscholl auch aus Nomans Achselhöhle durchdringendes Gezwitscher. «Vielleicht», sagte sein Vater, als er sich drohend Nomans Gesicht näherte, «wollen ja auch einige Vögel durch deine Nase entkommen.»

Abdullah Sher Noman war tatsächlich ein Löwe, wie es bereits das ehrenwerte *sher* verriet, das er sich schließlich als Mittelnamen zulegte. Schon seit seiner Jugend hatten die Menschen in Pachigam behauptet, es gebe zwei Löwen in Kaschmir, und der eine sei natürlich Scheich Abdullah, Sher-e-Kaschmir persönlich, der unbezweifelte Anführer seines Volkes. Alle waren sich einig, dass Scheich Abdullah der wahre Fürst des Tales war, nicht dieser Dogra-Maharadscha, der auf den Hängen über Srinagar wohnte, dort oben in seinem Palast, dem späteren Hotel Oberoi. Der andere Löwe war Pachigams ureigener Dorfvorsteher, Abdullah Noman, den jedermann bewunderte und auf liebevolle, respektvolle Weise auch ein wenig fürchtete, da er nicht nur der Boss war, sondern auch eine enorme Bühnenpräsenz besaß, die ein so überwältigendes Heldentum, eine so kühne Wahrheitsliebe ausstrahlte, dass bei seinen Auftritten im Tal einige der unangenehmeren Zuschauer in seinem Publikum sogar schon vor dem Höhepunkt und Finale des Theaterstücks aufgesprungen waren und ungeahnte Verbrechen gestanden hatten.

Abdullah war nicht groß, aber er war stark, seine Arme so muskulös wie die eines Schmieds. Er hatte breite Schultern, üppiges Haar, und die indischen Soldaten behandelten ihn mit all dem Respekt, den sie aufbringen konnten. Er war ein hervorragender Theaterdirektor, ein Anführer seiner Schauspieltruppe, wo immer sie auch auftraten, und bei den Frauen sehr beliebt, doch Firdaus Begum war Löwin genug für ihn. «Er hat auch mir den Mittelnamen eines Löwen verliehen», schrieb viele Jahre später Shalimar der Mörder, «aber ich verdiene nicht, ihn zu tragen. Mein Leben wollte das eine werden, der Tod hat es in etwas anderes verwandelt. Für mich gibt es keinen hellen Himmel mehr, und eine dunkle Flucht hat sich aufgetan. Jetzt bin ich aus Dunkelheit geschaffen, ein Löwe aber ist aus Licht.» So schrieb er auf ein dünnes, liniertes Gefängnisblatt. Dann zerriss er das Papier in kleine Schnipsel.

Pachigam, der offizielle Name ihres Dorfes, hatte eigentlich keine Bedeutung, auch wenn einige der älteren Bewohner behaupteten, er sei eine neumodische Verballhornung von Panchigam, und das hieß Vogeldorf. Im Streit um die Frage, ob Vögel verwandelte menschliche Seelen seien, bedeutete dieses etymologische Gerücht gar nichts – oder alles, je nach Standpunkt. Als Shalimar der Narr auf der Wiese von Khelmarg die auf ihn wartende Boonyi Kaul fand, gehörte diese Frage für ihn jedenfalls nicht zu den Themen, die ihn vordringlich beschäftigten. In seinem Kopf tobte ein anderer Streit. Vor ihm stand, mit geölter Haut, duftende Wildblumen im sorgsam gekämmten, von einem Kopftuch unbedeckt auf die Schultern herabhängenden Haar, das Mädchen, das er liebte und das darauf wartete, durch ihn zur Frau zu werden, so wie er durch sie zum Mann werden würde. Verlangen stieg in ihm auf, doch regte sich auch eine Gegenkraft, mit der er nicht gerechnet hatte: Zurückhaltung. Die Schattendrachen kämpften um ihn, Rahu, der Übertreiber, und Ketu, der Hemmende, rangen um die Vorherrschaft über sein Herz.

Er schaute in Boonyis Augen und fand dort jene beredte Traumseligkeit, die ihm verriet, dass sie *charas* geraucht hatte, um sich für ihre Entjungferung Mut zu machen. Auch in den zarten, viel sagenden Bewegungen ihrer Lippen konnte er die rätselhafte Verlockung ihres Zustandes erkennen. «Boonyi, Boonyi», klagte er, «du legst mir die Last einer Verantwortung auf, von der ich nicht weiß, wie ich sie tragen soll. Pass auf, streicheln wir uns nur an fünf Stellen, küssen wir uns auf siebenerlei Weise und nehmen wir nur neun verschiedene Positionen ein, aber verlieren wir nicht den Kopf.» Zur Antwort warf Boonyi den *phiran* ab, streifte sich das Hemd über den Kopf und stand nackt bis auf jenen kleinen Feuertopf vor ihm, der unter ihrem Bauch hing und wärmte, was schon heiß war. «Behandle mich nicht wie ein Kind», stieß sie mit einer rauchigen Stimme hervor, die bewies, dass sie sich im Gebrauch der Droge nicht zurückgehalten hatte. «Glaubst du, ich habe mir all die Mühe bloß für ein kindisches Gerangel, für ein bisschen Lecken und Blasen gemacht?» Als er diese unvermutet derben Worte hörte, dachte sich Shalimar der Narr, dass sie wirklich ziemliche Angst vor dem gehabt haben musste, wozu sie bereit war, weshalb sie sich so aufgeputscht hatte. «Okay», sagte er, «lassen wir's», und der Konflikt in ihm wurde so mächtig, die beiden Hälften des Drachen wühlten sein Innerstes dermaßen auf, dass ihm körperlich schlecht wurde. Boonyi lachte bei diesem Anblick hysterisch auf. «Glaubst du, das kann mich abhalten?», keuchte sie zwischen einzelnen Lachschluchzern hervor und zog ihn auf sich herab. «Da musst du dich schon stärker anstrengen, Mister, wenn du dich hier rauswinden willst.»

Niemals hat Boonyi Kaul später einen Vorwurf gemacht oder gar ein Wort des Bedauerns über das geäußert, was sie auf der Wiese von Khelmarg tat, obwohl die Ereignisse dieser Nacht sie auf einen Weg brachten, der zu ihrem frühen Tod führte. Nie hat sie sich oder Shalimar dem Narren vorgehalten, was letztlich ihre Wahl war. Shalimar hatte sich in allem geirrt. Sie hatte kein *charas* geraucht, um sich ihrer Verantwortung zu entziehen, sondern um sicherzugehen, dass sie die Gelegenheit auch ergreifen würde; auch kannte sie keine Angst vor dem, was sie sich vorgenommen hatte. Der Kopf des Drachen hatte sie längst für sich gewonnen, der geisttötende Schwanz besaß keine Macht über sie.

«Mein Gott», sagte sie, als es vorbei war, «und das hast du nicht gewollt?»

«Verlass mich nicht», sagte er und rollte sich dabei vor Glückseligkeit keuchend auf den Rücken. «Verlass mich bloß nicht, oder ich werde dir nie verzeihen und mich rächen. Ich bringe dich um, und wenn du von einem anderen Mann Kinder bekommst, töte ich auch die Kinder.»

«Wie romantisch du bist», erwiderte sie sorglos. «Du sagst mir die süßesten Dinge.»

Ehe Shalimar der Narr und Boonyi geboren worden waren, hatte es die Dörfer der Schauspieler und die Dörfer der Köche gegeben. Dann änderten sich die Zeiten. Pachigams Darsteller jener als *bhand pather* oder Narrenstücke bekannten traditionellen Unterhaltungskunst waren noch immer die unbestrittenen Schauspielkönige des Tales, doch Abdullah das Genie – der junge Abdullah in seiner Blütezeit –, war es, der dafür sorgte, dass sie auch das Kochen lernten. Wenn es im Tal etwas zu feiern gab, sahen die Menschen gern ein wenig Theater, doch waren auch jene gefragt, die das legendäre *wazwaan* zubereiten konnten, das Bankett-mit-mindestens-sechsunddreißig-Gängen. Dank Abdullah konnten die Bewohner von Pachigam nun zum ersten Mal ein Komplettprogramm anbieten, das sowohl Stärkung für den Leib wie Erheiterung für die Seele bot, was zur Folge hatte, dass sie die Einkünfte der Festtage mit niemandem teilen mussten. Es gab andere Dörfer, die sich auf das Bankett-mit-mindestens-sechsunddreißig-Gängen spezialisiert hatten – am berühmtesten darunter war Shirmal, das nur anderthalb Meilen entfernt lag –, doch wies Abdullah darauf hin, dass es leichter sei, Rezepte zu studieren, als ein Publikum in der hohlen Hand zu halten.

Abdullahs Einführung eines völlig neuen Lebensstils im Dorf blieb nicht unwidersprochen. Firdaus Begum sagte, es sei ein verdammt idiotischer Plan, der das Dorf finanziell ruinieren werde. «Überleg doch mal, was wir allein alles kaufen müssen – die kupfernen *haandi*, die Grillspieße, die tragbaren *tandoori*-Öfen, und das ist erst der Anfang! Dann noch die Kosten für die Zutaten und fürs Üben», protestierte sie. «Gibt es, rein theoretisch», brüllte Abdullah an einem kalten Frühlingstag nachdenklich seine Frau an – er hatte längst verlernt, dass man die Stimme im Gespräch auch senken konnte –, «irgendeinen Grund, warum Schauspieler nicht in der Lage sein sollten, Gewürze zu rösten und Reis zu was anderem als klebrigem Brei zusammenzukochen?» Firdaus Begum ärgerte sich über seinen Ton. «Gibt es nach dieser Logik», keifte sie zurück, «eine brauchbare Erklärung dafür, warum die Sarus-Kraniche nicht auf dem Rücken fliegen?»

Doch sie gehörte mit ihrer ablehnenden Haltung der Minderzahl an, und als erste Anzeichen verrieten, dass die neue Taktik ein Erfolg zu werden versprach, wollte Shirmal, das Dorf der besten Köche, es Pachigam gleichtun, weshalb es versuchte, zum Essen auch Komödien aufzuführen, doch das Amateurtheater wurde ein Reinfall. Eines Abends kam es dann zwischen den beiden Rivalen zum Krieg. Die Männer von Shirmal überfielen Pachigam, um die großen Kessel zu stehlen und die Öfen zu zerschlagen, in denen die Wanderschauspieler *roghan josh*, *tabak maaz* und *gushtaba* anzurichten gelernt hatten, die edelsten Delikatessen der Gegend, doch die Männer von Pachigam sandten die jammernden Shirmali mit brummenden Schädeln wieder nach Hause. Nach diesem Krieg der Töpfe fand man sich stillschweigend damit ab, dass Pachigam an der Spitze der Unterhaltungsskala stand und andere Dörfer nur genommen wurden, wenn Pachigams Bankettköche und Darsteller von Narrengeschichten ausgebucht waren.

Obwohl ihr Dorf den Sieg davongetragen hatte, fand jedermann in Pachigam den Krieg der Töpfe ganz fürchterlich. Zwar hielt man die Nachbarn in Shirmal schon seit jeher für mehr als nur ein wenig seltsam, doch hatte sich niemand vorstellen können, dass so niedere Beweggründe wie Neid, Habgier und Bösartigkeit zu einem derart ungeheuerlichen Friedensbruch führen konnten, dass Kaschmiri über Kaschmiri herfielen. Firdaus Begums Freundin, die alterslose Stammesfrau und Prophetin Nazarébaddoor, eine Gujar, versank in untypische Schwermut. Eigentlich war sie eine überaus optimistische Seherin, zu der die Leute trotz des klammen Gestanks Unzucht treibenden Viehs in die moosüberdachte Waldhütte kamen, weil sie unweigerlich Glück versprach, Wohlstand, ein langes Leben und Erfolg. Nach dem Krieg der Töpfe aber verdüsterten sich ihre Prophezeiungen. «Dies ist der erste Kiesel, der die Lawine auslöst», sagte sie und schüttelte das zahnlose Haupt. Dann ging sie in ihre miefige kleine Hütte, zog ein Holzgitter vor den Eingang und entsagte von nun an der Kunst der Weissagung. Nazarébaddoor hatte ihren Namen – «Fort mit dem bösen Blick!» – einer alten Geschichte entnommen, in der eine wunderschöne Prinzessin den heldenhaften Prinzen Hatim Tai liebte und durch bloße Berührung böse Flüche abwehren konnte. Die naiveren Dorfbewohner ließ Nazarébaddoor in dem Glauben, sie selbst sei niemand anderes als jene legendäre Schönheit, der der Tod nichts anhaben könne, da ihn ihre magische Hand vor seinen Klauen bewahrte. «Wenn es die Menschen glücklich macht», gestand sie Firdaus einmal, «können sie mich von mir aus für die Königin von Saba halten.»

Ehrlich gesagt sah Nazarébaddoor ganz und gar nicht wie die Königin von Irgendwo aus. Mit ihrem lockeren Turban und einem einzigen, goldenen Vorderzahn glich sie eher einem gestrandeten Korsaren. In ihrer Jugend, sagte sie, sei sie mit einer wehenden Mähne rotbrauner Haare gesegnet gewesen, mit blitzenden weißen Zähnen und einem linken blauen Auge, doch konnte das kein Mensch aus dem Dorf bestätigen, da sich niemand daran zu erinnern vermochte, sie einmal jung gesehen zu haben. Ihr Mann hatte sie vor den Kopf gestoßen, als er starb, ohne es fertig gebracht zu haben, ihr auch nur einen einzigen Sohn zu hinterlassen, der sich in ihren alten Tagen um sie kümmern konnte, was sie für den Gipfel schlechter Manieren hielt und bewirkte, dass sie von Männern im Allgemeinen nicht viel hielt. «Sollte es für die menschliche Rasse eine Möglichkeit geben, sich ohne Männer fortzupflanzen», sagte Nazarébaddoor einmal, «gib mir Bescheid, denn dann können wir Frauen alles haben, was wir wollen, und alles loswerden, was wir nicht brauchen.» Als aber die Nachricht von der Möglichkeit künstlicher Befruchtung bis ins Tal vordrang, war sie längst über das gebärfähige Alter hinaus und hätte sich das Verfahren auch selbst dann nicht leisten können, wenn sie noch in der Blüte ihrer rotweißblauen Jugend gewesen wäre.

Sie machte das Beste aus ihrem Leben, hütete Vieh, rauchte ihre Pfeife und überlebte. Die Wahrsagerei war nur ein Nebenerwerb, der ein wenig Geld zusätzlich einbrachte, aber eigentlich fand Nazarébaddoor das Hellsehen nicht sonderlich wichtig. Wie bei jeder wahren Gujar galt ihre erste Liebe dem Kiefernwald, und keinen Spruch gab sie so oft von sich wie jenen, der auf Kaschmiri «*Un poshi teli, yeli vun poshi*» lautete und so viel wie «Erst der Wald, dann das Essen» bedeutete. Sie hielt sich für die Wächterin der Bäume und musste jeden Herbst erneut beschwichtigt werden, wenn die Dorfbewohner von Pachigam und Shirmal im Wald von Khel ihren Brennholzvorrat für den nahenden Winter aufstocken wollten. «Du willst doch nicht etwa, dass unsere Kinder erfrieren, oder?», flehten die Dorfbewohner sie an, woraufhin Nazarébaddoor letztlich zugeben musste, dass Kinder wichtiger sind als lebendes Holz. Also führte sie die Männer aus den Dörfern zu jenen Bäumen, die dem Tod am nächsten waren, und das waren die Einzigen, die sie ihnen zu fällen erlaubte. Die Dorfleute hielten sich daran, da sie Angst hatten, Nazarébaddoor könne sie verzaubern, die Ernte vereiteln und ihnen den Schüttelfrost oder die Beulenpest auf den Hals schicken.

Sie verdiente sich ihren Lebensunterhalt mit dem Verkauf von Büffelmilch und Käse, weshalb sie selbst und ihre Kleider ständig nach Milchprodukten und *ghee* rochen. Das verlieh ihr das Aroma einer alten Königin, die in Milch gebadet und von ihren Lakaien mit Butter eingerieben wurde, dabei war sie arm wie Bergdreck. Die Welt vor dem Wald fand sie unwirklich, und sie betrat sie nicht öfter als nötig. «Es war ein langer Weg von Gujria hierher», sagte sie gern, «und wenn man eine solch lange Reise gemacht hat, dann braucht man sich nicht mehr in der Gegend herumzutreiben.» Daran änderte auch die Tatsache nichts, dass diese Wanderung der Gujars von Gujria oder Georgien schon vor fünfzehnhundert Jahren stattgefunden hatte. Nazarébaddoor redete davon, als wäre es gestern gewesen und als hätte sie selbst Schritt für Schritt dieses großen Trecks zurückgelegt, vom Kaspischen Meer nach Zentralasien, Irak, Iran und Afghanistan und über den Khyber-Pass bis hinab zum indischen Subkontinent. Sie kannte die Namen aller Siedlungen, die im Iran, in Afghanistan, Turkmenistan, Pakistan und Indien gegründet worden waren – Gurjara, Gujrabad, Gujru, Gujrabas, Gujdar-Kotta, Gujargarh, Gujranwala und Gujarat. Und mit großer Trauer erzählte sie von der grässlichen Dürre, die Gujarat im sechsten Jahrhundert während der so genannten Gewöhnlichen Ära heimgesucht und ihre Vorfahren aus dem Wald von Gir vertrieben hatte, um sie zu den grünen Wäldern und Wiesen von Kaschmir zu führen. «War nicht so schlimm», erzählte sie Firdaus, «eine Tragödie hat Gutes hervorgebracht. Gujarat haben wir verloren, aber siehe da, dafür bekamen wir Kaschmir.»

Als junges Mädchen begann Firdaus Butt oder Bhat mit dem, was zu einer lebenslangen Gewohnheit werden sollte: Sie stieg von nun an regelmäßig die bewaldeten Hänge hinter Pachigam hinauf, um zu Nazarébaddoors Füßen zu sitzen, sich Geschichten aus dem unerschöpflichen Vorrat der Frau aus Gujarat anzuhören, salzigen, rosigen Tee zu trinken und jenen Kniff zu lernen, mit dem man den Geruchssinn abstellte, bis sie ihn wie ein Radio ausschalten konnte, um in der ungestörten Stille seiner Abwe-

senheit in den Klang von Nazarébaddoors hypnotischer Stimme
einzutauchen, ohne sich in ihren Träumereien von dem Gestank
nach Schafscheiße oder von Nazarébaddoors enormen und keineswegs seltenen Büffelfürzen unterbrechen zu lassen. Die Prophetin bekannte, sie habe etwa zu Beginn der Pubertät bemerkt,
dass sie kleine Katastrophen durch gute Neuigkeiten verhindern
konnte. Allerdings weigerte sie sich, den scheinbar offensichtlichen Zusammenhang mit der Menstruation herzustellen. «Wenn
es was mit dem Unsinn zu tun hätte, der den Frauen gesandt wurde, um ihnen das Leben zur Hölle zu machen, als ob die Welt
nicht ohnehin schlimm genug wäre», schimpfte sie, «dann hätte
es aufgehört, als meine Blutungen aufgehört haben, und das liegt
schon so lange zurück, dass es ziemlich unhöflich wäre, danach
auch nur zu fragen.»

Nazarébaddoor erinnerte sich, vor langer Zeit, als sie noch
ein kleines Kind gewesen war, in Begleitung ihres Vaters und aus
Gründen, die ihr inzwischen entfallen waren, in der Stadt gewesen
zu sein. Trotz der schönen Straßen von Srinagar mit ihren schiefen
Holzhäusern, aus deren oberen Stockwerken sich Frauen zueinander vorbeugen und den neuesten Klatsch, Wäsche, Obst oder
vielleicht sogar verstohlene Küsse austauschen konnten, trotz der
schimmernden Spiegel der Seen, des Zaubers der wie Messer darüber hin flitzenden kleinen Boote, war der jungen Nazarébaddoor
entsetzlich zumute gewesen. «So viele Menschen auf so engem
Raum», erklärte sie, «ich fand es beleidigend.» Plötzlich und für
sie völlig überraschend, da sie ein zufriedenes, sanftmütiges Kind
und keine Rebellin war, wurde der klaustrophobe Druck urbanen
Lebens einfach zu viel. Sie hob einen Stein von der Straße auf
und warf ihn mit aller Macht in Richtung des Glasfensters eines
Ladens, der *numdah*-Teppiche verkaufte. «Ich weiß nicht, warum
ich das getan habe», erklärte sie Firdaus Jahre später. «Die Stadt
kam mir wie eine Illusion vor, und der Stein bot eine Möglichkeit, sie verschwinden und den Wald wieder erscheinen zu lassen.

Vielleicht war das der Grund, aber sicher bin ich mir nicht. Wir sind uns selbst ein Rätsel und wissen nicht, warum wir etwas tun, warum wir uns verlieben, einen Mord begehen oder einen Stein in eine Glasscheibe werfen.»

Am besten gefiel der jungen Firdaus an Nazarébaddoor, dass sie mit dem Mädchen wie mit einer Erwachsenen redete und kein Blatt vor den Mund nahm. «Du meinst», fragte sie verwundert, «ich könnte jemandem eines Tages den Kopf abschneiden und gar nicht wissen, was ich gerade tue?» Nazarébaddoor furzte vernehmlich unter ihrem *phiran*. «Nur nicht so blutrünstig, mein Fräulein», ermahnte sie Firdaus. «Außerdem geht es gerade nicht um dich, sondern um einen Stein, der durch die Luft auf sein Ziel zu fliegt.»

Noch in dem Augenblick, in dem der Stein aus ihrer Hand flog, bedauerte die junge Nazarébaddoor, was sie getan hatte. Sie sah ihren Vater, der sie verblüfft anschaute, und zum ersten Mal in ihrem Leben versetzte sie sich in die Trance der Macht. Eine Art glückseliger Lethargie erfüllte sie, und ihr war, als würde die Welt fast zum Stillstand kommen. «Das Fenster zerbricht nicht! Es zerbricht nicht!», hörte sie sich mitten in dieser köstlichen Atempause rufen, und in jenem zeitlosen Moment, in dem die Welt verharrte, sah sie, wie der Stein ein wenig von seiner Flugbahn abwich, sodass, als die Bewegung wieder ins Universum zurückkehrte, ihr Geschoss gegen den hölzernen Fensterrahmen des *numdah*-Ladens prallte und harmlos zu Boden fiel.

Durch stetes Ausprobieren lernte sie danach Umfang und Grenzen ihrer Macht kennen. Im selben Jahr, in dem der Vorfall mit dem Stein passierte, blieb in Pachigam der Regen aus, und die Sorgen waren groß. Das Kind Nazarébaddoor hörte zwei Dorfbewohner auf ihrem Weg durch den Wald darüber reden. «Aber wird es Regen geben?», fragte der eine den anderen, und die herrliche Langsamkeit senkte sich erneut auf Nazarébaddoor herab. «Ja», sagte sie laut und erstaunte die beiden Männer. «Am

Mittwochnachmittag.» Und genauso war es auch; am Mittwoch nach dem Mittagessen regnete es.

Die Leute begannen, Nazarébaddoor mit jenem scheelen Blick nachzusehen, in dem sich Verdacht und Bewunderung mengten und den sie jenen vorbehielten, die die Zukunft voraussagen konnten. Immer breiter wurde der Pfad zu ihrer Hütte ausgetreten, Liebhaber fragten, ob die Angebetete ihre Gefühle erwiderte, Spieler wollten wissen, ob ihnen die Karten Glück brachten, es kamen die Neugierigen und die Zyniker, die Naiven und die Hartherzigen. Mehr als einmal riefen jene Dorfleute zur Hatz gegen sie auf, deren erste Reaktion auf das Ungewöhnliche darin bestand, es von der eigenen Haustür vertreiben zu wollen. Nazarébaddoors Rettung war ihre eigene Verschwiegenheit, ihre Weigerung, etwas zu sagen, wenn sie die Antwort nicht kannte, denn die visionäre Trägheit, die es ihr erlaubte, Zukünftiges in die gewünschte Richtung zu lenken, ließ sich nicht heraufbeschwören. Der Zustand überkam sie stets spontan, und ihr eigener Wille schien nur wenig Einfluss darauf zu haben. Erst wenn sie davon überzeugt war, dank ihrer Fähigkeit ein Happy End herbeiführen zu können, flüsterte sie dem Bittsteller die gute Neuigkeit ins Ohr.

Als sie zur Frau heranwuchs, begannen ihre Fähigkeiten, ihr Sorgen zu bereiten. Die Gabe, den Gang der Ereignisse positiv beeinflussen, den Lauf der Welt ändern zu können, wenn auch stets nur zum Besseren, hätte ihr ein Grund zur Freude sein sollen. Doch Nazarébaddoor war mit einem philosophischen Gemüt geschlagen, und so schien es unvermeidlich, dass sich selbst in der ihr angeborenen Frohnatur ein melancholischer Zug breit machte. Schwierige Fragen setzten ihr zu. War es immer gut, wenn man etwas verbesserte? Brauchte der Mensch nicht Schmerz und Leid, um daran zu lernen und zu wachsen? Wäre eine Welt, in der nur Gutes passierte, eine gute Welt, ein Paradies, oder wäre sie nicht vielmehr ein unerträglicher Ort, dessen Bewohner – frei von Gefahren, Versagen, Katastrophen und Elend – zu unerträglichen, eingebildeten, übermütigen Langweilern heranwachsen würden? Schadete sie den Menschen, indem sie ihnen half? Sollte sie ihre große Nase aus anderer Leute Angelegenheiten heraushalten und dem Schicksal seinen Lauf lassen? Sicher, Glück war etwas Strahlendes, Kostbares, und sie meinte, es zu fördern, doch war Unglück nicht ebenso wichtig? Tat sie Gottes Werk oder das des Teufels? Es gab keine Antworten auf solche Fragen, aber manchmal schienen ihr die Fragen selbst eine Art Antwort zu sein.

Trotz solcher Bedenken nutzte Nazarébaddoor auch weiterhin ihre Gabe, da sie glaubte, sie habe eine derartige Macht nur verliehen bekommen, um sie auch anzuwenden. Die Ängste allerdings blieben. Zwar zeigte sie sich stets von ihrer glücklichen, freimütigen, blähsüchtigen Seite, doch wuchs in ihr der Kummer, langsam, aber stetig. Ihre größte Furcht, die sie niemandem anvertraute, war die, dass alles Unglück, das sie vermeiden half, sich irgendwo sammelte, dass sie rücksichtslos Pachigams Vorrat an Glück aufbrauchte, während sich das Unglück wie Wasser hinter einem Damm sammelte, um eines Tages, wenn die Fluttore sich öffneten, jedermann in einem Strom des Elends zu ertränken. Deshalb machte ihr der Krieg der Töpfe so zu schaffen. Nazarébaddoors schlimmster Albtraum wurde wahr.

Ihre Freundschaft mit der viel jüngeren Firdaus war der Grund, warum Firdaus' schielendes Auge niemanden in Pachigam beunruhigte, was wiederum dazu führte, dass Abdullahs Frau nebenbei mit dem Verkauf schützender Amulette ein hübsches, kleines Sümmchen verdienen konnte, mit an Fäden aufgezogenen Chilibohnen und Zitronen, Augenschminke, Malachit, schwarzen Luftschlangen und den Hauern des grimmigen *sur*, des kaschmirischen Wildschweins, die tunlichst Kindern um den Hals gehängt werden sollten. An Hochzeitstagen schickte man nach Firdaus, damit sie die Augen des glücklichen Paares mit besonderem Kajal nachzog und den begütigenden Samen der weißen, auch als

Steppenraute bekannten Blume *isband* verbrannte. Während der Zeremonie sang Firdaus ihre Zauberlieder, oft im Duett mit Nazarébaddoor und einem Chor Eunuchen aus dem Dorf der singenden Kastraten:

> *Ho der Wildfang hat den netten jungen Mann gekriegt,*
> *Rette sie, Gott, vor dem bösen Blick.*

Nachdem sich Nazarébaddoor in ihrer Hütte eingesperrt hatte, aß und trank sie nichts mehr. Die mit Noman hochschwangere Firdaus brachte Wasser und Lebensmittel an ihre Tür und bat Nazarébaddoor, sie einzulassen. Das Gitter beiseite zu stoßen und sich den Eintritt zu erzwingen, wagte sie allerdings nicht, denn damit würde sie Unglück auf sich herabbeschwören. Die beiden Freundinnen setzten sich diesseits und jenseits ans dünne Holzgitter, berührten es fast mit den Lippen und begannen ihre letzte Unterhaltung. «Lebe», flehte Firdaus sie an, «sonst lässt du mich allein zurück in dieser beschissenen neuen Welt voller Wut und Kochtöpfe.» Sie hörte, wie Nazarébaddoor die andere Gitterseite küsste, als ob sie Abschied von ihrem Liebsten nähme. «Das Zeitalter der Prophezeiungen ist vorbei», flüsterte Nazarébaddoor, «denn was jetzt beginnt, ist so fürchterlich, dass kein Prophet dafür die Worte fände, es vorherzusagen.»

Firdaus verlor die Geduld. «Na schön, dann stirb, wenn du willst», stieß sie hervor und legte die Hände schützend über ihren gewölbten Bauch, «aber uns zu verfluchen, nur weil du deinen Abgang beschlossen hast, das ist wirklich schlechter Stil.»

Eine Zeit lang schien es, als ob Nazarébaddoors Fluch nicht in Erfüllung gehen würde. Pachigam war ein gesegnetes Dorf, und seine beiden großen Familien, die Nomans und die Kauls, hatten vom natürlichen Reichtum ihrer Gegend ein ordentliches Stück abbekommen. Pandit Pyarelal gehörte der Apfelhain, und Abdullah Noman nannte die Pfirsichbäume sein Eigen. Abdullah hatte die Honigbienen und Bergponys, der Pandit besaß die Safranfelder und die größeren Schaf- und Ziegenherden. In jenem Sommer war das Wetter freundlich, und schwer hingen die Früchte an den Bäumen, der Honig troff von den Waben, die Safranernte fiel reichlich aus, das Vieh setzte gut an, und die Zuchtstuten brachten ihre wertvollen Fohlen zur Welt. Für die Schauspieler gab es zahlreiche Engagements zur Aufführung der traditionellen Stücke. Besonders gern wurde die Bühnenfassung der Geschichte von Zain-ul-abidin verlangt, des schlicht als Budshah, «großer König» bekannten Monarchen des fünfzehnten Jahrhunderts. Dass die Beziehungen zum Nachbardorf Shirmal getrübt blieben, schien die einzig dunkle Wolke am Horizont. Zwar war Abdullah Noman davon überzeugt, dass sich sein Volk auch in Zukunft erfolgreich gegen Angriffe zu wehren wisse, doch machte es ihm zu schaffen, dass sich die Dörfer entfremdet hatten, auch wenn es seine eigene Idee gewesen war, das Bankett-Monopol der Shirmali zu brechen. Sein Vorstoß bereitete ihm kein schlechtes Gewissen. Die Welt drehte sich, und Geschäfte mussten sich anpassen, wenn sie bestehen wollten. Dennoch bekümmerte es ihn, dass seine Freundschaft mit Bombur Yambarzal, dem *waza*, dem Chefkoch der Shirmali, darunter gelitten hatte, und Firdaus mit ihrer scharfen Zunge machte es für ihn nur noch schlimmer. «Wer das Geschäft über die Freundschaft stellt, verärgert Gott», mahnte sie. «Uns ging es gut genug, aber die in Shirmal haben es schwerer; bekommen sie keine Aufträge mehr, andere Leute satt zu machen, dann müssen sie verhungern.»

In jenen Tagen litt Firdaus unter ihrer Schwangerschaft, und sie verbrachte viel Zeit mit Pamposh, der Frau des Pandits, auch Giri, Walnusskern genannt, die zwei Monate nach ihr schwanger geworden war, und da schwangeren Frauen alle Träume gestattet sind, malten sie sich die lebenslange Freundschaft ihrer ungeborenen Kinder aus. Diese angenehmen Phantasien bewirkten, dass Firdaus ihren Mann wegen seines Verhaltens gegenüber dem

Meisterkoch der Shirmali nur umso heftiger angriff. Pamposh dagegen setzte sich vorsichtig für Abdullah ein. Während die beiden Frauen auf der Veranda hinter Firdaus' Haus saßen und über die Safranfelder hinüber nach Shirmal sahen, wies Pamposh Kaul behutsam darauf hin, dass der Vorsteher des Nachbardorfes nun wirklich kein Mann war, den man so ohne weiteres gern haben konnte. «Abdullah war der Einzige von uns, der sich mit ihm angefreundet hat», sagte sie. «Versuch mal, jemanden zu mögen, der nur sich selbst mag – also ich finde, das zeigt, wie großherzig dein Mann ist. Und seit ihre Freundschaft in die Brüche ging, hat dieser große, fette *waza* keinen einzigen Kumpel mehr auf der Welt.»

Wie der Name schon andeutet, war Bombur Yambarzal teils schwarze Hummel, teils Narziss; er konnte zustechen, wenn er wollte, und war extrem eitel. Seine Kochkunst machte ihn zum Herrscher in Shirmals Hühnerhof, doch weil er wie ein Feldwebel herumstolzierte und immer wieder befahl, dass sämtliche Töpfe geschrubbt werden müssten, bis man sich darin spiegeln könne, konnte ihn selbst die eigene Küchenbrigade nicht ausstehen. Solange das Dorf Shirmal der unangefochtene Champion in der Ausrichtung des Banketts-mit-mindestens-sechsunddreißig-Gängen war und die Shirmali zu allen wichtigen Hochzeiten und Festen unermessliche Mengen Leckerbissen lieferten, gab Bombur Yambarzal den Ton an, und alle fanden sich mit seinen Hummelstichen und seinem Narzissmus ab. Doch sein Einfluss schwand, als das Einkommen des Dorfes sank und die Macht des neuen Mullahs Bulbul Fakh wuchs, wie noch zu sehen sein wird. Daran und an so manch anderem gab Yambarzal seinem einstigen Freund Abdullah Noman die Schuld.

Aus Bewunderung für seine großartigen Fähigkeiten als Koch und aus Respekt vor seiner Stellung als Stammesführer hatte sich Abdullah lange bemüht, eine herzliche Beziehung zu Bombur Yambarzal zu pflegen. Auf Abdullahs Anregung hin gingen die beiden Männer gelegentlich Bachforellen fischen, tranken abends dann und wann gemeinsam braunen Rum und unternahmen manche Bergwanderung. Abdullah hatte dabei einen Blick auf einen anderen, besseren Bombur hinter jener aufgeblasenen, eingebildeten Miene erhaschen können, die Yambarzal leider der Welt zuwandte: ein einsamer Mann, der sich dem Kochen, der einzigen Leidenschaft seines Lebens, mit beinahe religiöser Inbrunst widmete und der von anderen ebenjenes Maß an Hingabe verlangte, das er selbst seiner Arbeit entgegenbrachte, weshalb er permanent und lautstark jene Leichtigkeit beklagte, mit der seine Mitmenschen sich durch solche Nichtigkeiten wie Familie, Müdigkeit oder die Liebe von der ekstatischen Hingabe an die gastronomische Kunst ablenken ließen. «Wenn du nicht so hart gegen dich selbst wärest», hatte Abdullah ihm einmal gesagt, «würdest du es allen anderen bestimmt etwas leichter machen und eine zufriedenere Küchenmannschaft haben.» Bombur fuhr ihn zornig an: «Hier geht's nicht um Zufriedenheit, ich bin im Bankett-Geschäft.» Diese Bemerkung verriet den monomanischen Zug in der Persönlichkeit des *waza*, ein Charakteristikum übrigens, das er mit dem fanatischen Mullah Bulbul Fakh teilte, diesem Unruhestifter, dessen Träume zu den Albträumen der beiden Dörfer werden sollten.

Nach dem Krieg der Töpfe fanden die Beziehungen zwischen den beiden Dorfvorstehern ein bitteres Ende, bis Boten vom Maharadscha persönlich sowohl in Pachigam wie in Shirmal eintrafen und verlangten, dass beide Dörfer zur Unterstützung der Palastküche ihren Streit begruben und ihre Ressourcen vereinten, um Essen (und schauspielerische Unterhaltung) für ein großes Dassehra-Festivalbankett in den Shalimar-Gärten zu liefern, ein Fest, so groß, wie es das Tal seit der Zeit des Mogulkaisers Jehangir nicht mehr erlebt hatte. Firdaus Noman, auf die Nazarébaddoors prophetische Fähigkeiten ein wenig abfärbten, so wie man sich beim Anblick eines von Flöhen geplagten Hundes selbst zu kratzen beginnt, folgerte gleich, dass Ärger drohe und der Maharadscha dies auch wisse. «Er feiert, als gäbe es kein Morgen», erzählte sie Abdullah. «Lass uns hoffen, dass das nur für ihn und nicht auch für uns gilt.»

Am Dassehra-Morgen, am Ende der neun Navaratri-Nächte voller Lobgesänge auf Durga, wachte Pandit Pyarelal Kaul mit einem breiten Lächeln auf. «Was macht dich so glücklich?», fragte eine missmutige Pamposh. Ihr war an diesem Morgen von der Schwangerschaft übel, weshalb ihr der Sinn keineswegs nach guter Laune stand, vor allem, da ihr Mann nicht nur bei seinen Verrichtungen im kleinen Dorftempel, sondern auch daheim endlos Hymnen vor sich hin trällerte und damit ihren Schlaf störte. «Mir egal, wie viele Liebeslieder du der Göttin singst», setzte Pamposh mürrisch hinzu, «die einzige Frau in deinem Leben ist doch nur dieser große Ballon hier.» Aber selbst durch die griesgrämige Laune seiner Gattin ließ sich der Pandit die vergnügte Stimmung nicht verderben. «Denk doch nur», rief Pyarelal, «heute wird unser muslimisches Dorf im Dienste eines hinduistischen Maharadschas Essen auftragen und in einem Garten der Moguln, also einem muslimischen Garten, die Wiederkehr jenes Tages feiern, an dem Ram gegen Ravan marschierte, um Sita zu befreien. Außerdem werden zwei Stücke aufgeführt: unser traditionelles *Ram Leela* und *Budshah*, die Geschichte von einem muslimischen Sultan. Wer sind heute Abend die Hindus? Wer die Muslime? Hier in Kaschmir werden unsere Geschichten frohgemut Seite an Seite in einer Doppelveranstaltung zur Aufführung gebracht, wir essen aus denselben Töpfen, wir lachen über dieselben Witze. Wir feiern vergnügt die Herrschaft des guten Königs Zain-ul-abidin, und für unsere muslimischen Brüder und Schwestern ist das kein Problem! Die sehen alle gern, wie Sita vor dem Dämonenkönig gerettet wird. Außerdem gibt es ein Feuerwerk!» Riesige Strohpuppen, die Ravan, seinen Sohn Meghnath und seinen Bruder Kumbhkaran verkörperten, sollten in den Mauern von Shalimar Bagh aufgestellt werden, und Abdullah Noman würde als Ram –

ein muslimischer Schauspieler, der eine Hindu-Gottheit spiel-te – einen Pfeil auf Ravan abschießen, wonach man die Puppen vor einem großen Feuerwerk in Brand setzen wollte. «Schon gut, schon gut», brummte die skeptische Pamposh, «aber ich bin die aufgeblähte Kleine in der Ecke, die sich übergibt.»

Am anderen Ende von Pachigam wachte Firdaus Noman bei Morgengrauen auf und stellte fest, dass ihr gelbblondes Haar be-gonnen hatte, sich dunkel zu färben. Das Baby sollte bald kom-men, weshalb seltsame Säfte in ihren Adern flossen, und da sie voller Vorahnungen war, schien ihr der Schatten auf ihrem Haar nur ein weiteres böses Omen zu sein. Abdullah hatte gelernt, den Instinkten seiner Frau zu vertrauen, und ging so weit, sie zu fragen, ob Pachigams Schauspieltruppe und Küchenbrigade zu Hause bleiben und die vom Herrscher anberaumte Vorstellung sausen lassen sollte, doch sie schüttelte den Kopf. «Irgendwas Beschissenes beginnt, genau wie Nazarébaddoor vorhergesagt hat», antwortete sie und tätschelte ihren runden Bauch. «So viel steht fest, aber die Person, die es mir gerade kalt über den Rücken laufen lässt, ist immer noch hier drin.» Es war das einzige Mal, dass Firdaus je verriet, was das größte Geheimnis ihres Lebens werden sollte, ein Geheimnis, für das sie keine vernünftige Erklä-rung fand, weshalb es sie auch nicht verlangte, je wieder darüber zu reden: dass nämlich ihr Sohn, den jedermann liebte, sobald er geboren worden war, und der von Natur so freundlich, sanft und offen wie sonst kein Mensch in Pachigam sein sollte, ihr schon vor seiner Geburt eine Heidenangst einjagte.

«Kein Grund zur Sorge», beruhigte Abdullah sie, der sie miss-verstand. «Wir sind nur eine Nacht fort. Bleib mit den Jungen hier» – soll heißen, mit den beiden fünfjährigen Zwillingen Ha-meed und Mahmood und dem zweieinhalb Jahre alten Anees –, «Pamposh wartet bestimmt auch gern zusammen mit dir, bis wir zurückkommen …» – «Falls du glaubst, dass Giri Kaul und ich zu Hause bleiben und einen solchen Galaabend verpassen», unterbrach ihn Firdaus und wandte ihre Aufmerksamkeit wieder alltäglicheren Dingen zu, «dann seid ihr Männer noch dümmer, als ich dachte. Außerdem glaubst du doch selbst nicht, dass ich lieber in einem verlassenen Geisterdorf als bei den Dorffrauen bin, wenn das Baby kommt?» Wie alle Frauen von Pachigam hatte Firdaus eine ziemlich pragmatische Einstellung zum Kinderkriegen. Es ging nicht ohne Schmerzen ab, doch man gebar ohne viel Federlesens. Es ging auch nicht ohne Risiken, doch denen stellte man sich mit einem Achselzucken. Was nun den Zeitpunkt anging, so kam das Baby, wann es kommen wollte, und eine bevorstehende Niederkunft war noch lange kein Grund, irgendwelche Pläne zu ändern. «Außerdem», fügte sie abschließend hinzu, «wer anders als eine direkte Nachfahrin Iskanders des Großen könnte in einem Lustgarten der Moguln schon dafür sorgen, dass auch alles klappt?» Abdullah Noman wusste, dass es besser war, klein beizugeben, wenn Alexander der Große aufs Tapet kam. «Okay», sagte er, zuckte mit den Schultern und wandte sich ab, «wenn ihr beiden Watschelhennen bereit seid, notfalls hinterm Busch zu verschwinden, um eure Kinder wie Eier abzulegen, während die Granden sich an Hühnchen gütlich tun, gibt es dazu nichts mehr zu sagen.»

Firdaus Nomans alexandrinische Phantasien, die sie darauf beharren ließen, ihr blondes Haar und ihre blauen Augen seien ein königlich mazedonisches Erbe, hatten für die heftigsten Auseinandersetzungen mit ihrem Mann gesorgt, da er die Ansicht vertrat, fremde Eroberkönige seien eine Pestilenz, so unerwünscht wie Malaria, obwohl er als Schauspieler – ohne einzugestehen, dass sein Verhalten auch nur im Geringsten widersprüchlich war – durchaus Vergnügen an der Darstellung von aufstrebenden Herrschern der Vor-Mogulzeit und der Mogulkaiser von Kaschmir fand. «Ein König auf der Bühne ist eine Metapher, eine Fleisch gewordene Idee der Größe», sagte er und rückte den flachen Wollhut zurecht, den er jeden Tag wie eine Krone trug, «wohingegen ein König in einem Palast meist ein Säufer und Langweiler ist; und ein König auf dem Streitross» – bei diesem Seitenhieb zuckte Firdaus erwartungsgemäß zusammen – «ist unweigerlich eine Bedrohung für jede anständige Gesellschaft.» Hinsichtlich des gegenwärtigen Maharadschas von Kaschmir hatte Abdullah diplomatische Neutralität wahren können. «Im Augenblick ist es mir egal, ob er ein Maharadscha, ein Maharischi, eine Maha-Pimpinelle oder eine *mahaseer*-Forelle ist», sagte er den versammelten Dorfbewohnern vor dem Bankett im Shalimar Bagh. «Er ist unser Auftraggeber, und die Schauspieltruppe und *wazwaan*-Köche behandeln all ihre Auftraggeber wie Könige.»

Auf kleinen, kräftigen Bergponys war Firdaus' Familie zur Zeit ihres Großvaters nach Pachigam gekommen, die Jutesäcke gefüllt mit Goldstaub, den ihre Großeltern für jene Obstgärten und Weiden ausgaben, die sie, als einziges Kind, schließlich erbte und bei ihrer Heirat mit dem charismatischen *sarpanch* als Mitgift in die Ehe einbrachte. Vor dem Umzug hatte die Familie in den schönen (aber auch mit Banditen verseuchten) Peer-Rattan-Bergen östlich von Poonch gewohnt, in einem Dorf namens Buffliaz, benannt nach Alexanders des Großen legendärem Pferd Bucephalus, das der Sage zufolge vor Jahrhunderten an ebendiesem Ort verendet sein sollte. In jenem Bergdorf wurde, was Abdullah Noman nur zu genau wusste, Bucephalus noch immer als eine Art Halbgott verehrt, und es war dieses Buffliazi-Blut gewesen, das Firdaus ins Gesicht schoss, als ihr Gatte verächtlich von Streitrössern redete.

Man konnte Firdaus auch in Rage bringen, wenn man verächtlich von Riesenameisen sprach. Der Historiker Herodot hatte über Goldschürferameisen in Nordindien berichtet, und Alexanders Wissenschaftler hatten ihm geglaubt. Dabei waren sie eigentlich gar nicht besonders leichtgläubig, diese Wissenschaftler, auch wenn die Wissenschaft in jener Schwerter schwingenden Zeit primitiv gewesen sein mochte: So hatten sie etwa rasch die rassistische Legende der Griechen widerlegt (wie, frage man lieber nicht), der zufolge Inder schwarzen Samen hätten. Dennoch, sie glaubten nun mal ebenso an die Goldschürferameisen wie die Bewohner von Peer Rattan. Den Alten von Buffliaz zufolge war Alexander persönlich in die geheimnisvollen Berge gekommen, da er vernommen hatte, dass sich dort riesige, pelzige, ameisenähnliche Kreaturen finden ließen, die kleiner als Hunde, aber größer als Füchse, also etwa murmeltiergroß waren und beim Errichten ihrer Ameisenhaufen große Mengen goldschwerer Erde aufwühlten. Kaum hatte die griechische Armee – vielmehr deren Generäle – herausgefunden, dass es diese Goldgräberameisen tatsächlich gab, weigerten sich viele Soldaten, nach Hause zurückzukehren, und ließen sich lieber in der Gegend nieder, führten das Leben reicher Müßiggänger, gingen Mischehen ein und zeugten Kinder mit griechischer Nase, blauen oder grünen Augen und gelbblondem Haar, die häufig dunkelhaarigere Himalaja-Geschwister mit anders geformten Nasen hatten. Alexander hielt sich selbst lang genug in der Gegend auf, um seine Kriegstruhe aufzufüllen und einige uneheliche Kinder zu hinterlassen, auf die manch ein Stammbaum zurückging; Firdaus' zweitausend Jahre alter Vorfahr war für sie der erste Spross einer solchen Pflanze.

«Mein Volk, Iskanders Nachkommenschaft, kannte die genauen Fundstellen der schatzreichen Ameisenhügel», erzählte Firdaus ihrem heranwachsenden Sohn Noman, «doch die Goldvorräte nahmen im Laufe der Jahrhunderte ab. Als sie schließlich gänzlich zur Neige gingen, füllten wir unsere Jutesäcke mit den letzten Resten dieses merkwürdigen Vermögens, wanderten nach Pachigam aus und sahen uns dort bald gezwungen, als Schauspieler jene Edelleute vorzutäuschen, die wir einst gewesen waren.» Firdaus Noman war eine Pachigami der dritten Generation und die Frau des Dorfvorstehers, außerdem besaß sie trotz ihres schielenden Auges und der Geschichten von unterirdischen Ameisen und Schlangenstädten den Schutz von Nazarébaddoor, weshalb das Dorf zu vergessen bereit war, was zu Zeiten ihres Großvaters jeder gewusst hatte: dass man nämlich, wenn mitten in der Nacht ein Mr. Butt oder Mr. Bhat aus einer bekannten Banditengegend in die Stadt kommt, mit Geld um sich wirft, sich damit einen Platz in der Dorfgemeinschaft erkauft, aufrecht sitzend mit einem Gewehr im Schoß schläft und einen Namen benutzt, von dem jeder annimmt, dass es nicht sein eigener sein kann, da er nicht weiß, wie man ihn buchstabiert, dass man dann also an keine pelzigen, murmeltiergroßen, schatzsuchenden Ameisen glauben muss, um begreifen zu können, was Sache ist.

Mr. Butt oder Bhat bekam in Pachigam anfangs kaum den Mund auf. Er saß nur jede Nacht da und bewachte seine schlafende Frau und seinen Sohn, und tagsüber schienen ihm die Augen vor stummem Schmerz zerspringen zu wollen. Niemand wagte es, die offensichtlichen Fragen zu stellen, aber nach fünf, sechs Jahren kam er zur Ruhe und benahm sich, als könne ihn derjenige, der ihn verfolgte, nicht mehr finden. Nach zehn Jahren lächelte er zum ersten Mal. Vielleicht hatte sich der Bandenboss, der sich drüben in Buffliaz von ihm getrennt hatte, mit seiner neuen Macht abgefunden und hielt es daher für unnötig, mit seinem vertriebenen Rivalen abzurechnen. Vielleicht gab es wirklich riesige Goldgräberameisen, doch sie hatten den Dieb ziehen lassen. In den alten Geschichten hieß es nämlich, dass die Ameisen denjenigen verfolgten, der ihre Schätze stahl, und wehe den Männern oder Frauen, die nicht schnell oder weit genug liefen. Tod durch das Ameisenheer ist ein grausames Los. Da wäre es besser, man hängte sich selbst auf oder durchschnitte sich eigenhändig die wertlose Kehle. Mr. Butt oder Bhat hatte wahrscheinlich Angst davor, dass ihn die Ameisenarmee verfolgte, doch sein Glück hielt, vielleicht verlor man seine Spur, fand eine neue Hauptader oder hatte kein Interesse mehr an seinen wenigen armseligen Säcken mit unterirdischer Beute. Nach fünfzehn Jahren jedenfalls starben allmählich jene Leute, die sich noch an Mr. Butts oder Bhats Ankunft erinnerten, und als der alte Mann einundzwanzig Jahre nach seiner Ankunft in Pachigam seinen letzten Atemzug tat, genau wie alle anderen im Bett, weit fort von einem Gewehr, ließ man es gut sein und hörte auf, über die zwielichtige Vergangenheit der Familie zu lästern. Firdaus heiratete in eine gute Familie ein, und danach war das Thema Banditengold tabu, nur noch die Geschichte vom Ameisengold wurde erzählt. Wer an dieser Version zweifelte, bekam das spitze Ende von Firdaus' Zunge zu spüren, deren Peitschenhieben nur der *sarpanch* widerstehen konnte; und selbst er geriet so manches Mal unter den wilden verbalen Attacken ins Wanken. Als aber Firdaus am Tag des Shalimar-Banketts erwachte und sah, dass ihr Haar dunkel wurde, verriet sie in düsteren Andeutungen, dass sie ihren Sohn fürchte, der noch in jener Nacht auf lichterhellem Rasen geboren werden sollte. «Bei ihm läuft es mir kalt den Rücken runter», sagte sie vor und nach der Geburt zu sich, denn sie sah etwas in seinen frisch geöffneten Augen, ein goldenes Piratenglitzern, das ihr ankündigte, auch er würde in seinem gerade aufkeimenden Leben viel mit verlorenen Schätzen, Angst und Tod zu tun haben.

Am Eingang zu den Shalimar-Gärten, gleich neben dem herrlichen See, auf dessen Wellen Boote tanzten wie ein aufgeregtes, ungeduldig auf den Beginn der Vorstellung harrendes Publikum, unter den wispernden Chinarbäumen, den schwatzenden Pappeln und in der ewigen, stummen Gegenwart der gleichgültigen Berge, die sich mit gigantischem Kraftaufwand langsam, aber immer höher und höher hinauf in den jungfräulichen Himmel pressten, trieben die Bewohner von Pachigam die Tiere zusammen, die sie zum Schlachten hergebracht hatten, Hühner, Ziegen und Lämmer, deren Blut bald so reichlich fließen würde wie die viel gepriesenen Kaskaden des Gartens, und sie entluden ihre Ochsenkarren und schulterten ihre Fracht, Küchengeräte und Theaterrequisiten, Strohpuppen und Feuerwerksraketen, während, wie zu ihrer

Unterhaltung, ein winziger Demagoge auf einem leeren Ölfass stand und eine verblüffende Behauptung aufstellte, deren Bedeutung er noch mit einem leuchtend bunt bemalten Stock betonte, mit dem er heftig auf eine mächtige Trommel einschlug. «Es steht ein Baum im Paradies», schrie der kleine Mann, «der allen Bedürftigen Zuflucht und Nahrung gewährt. Ich bin schon lange der Ansicht, dass hier – gleich hier in unserem unvergleichlichen Paradies auf Erden, das wir, um in den Ohren von Fremden nicht allzu prahlerisch zu klingen, Kaschmir nennen! –, dass hier also ein Vetter dieses himmlischen *tooba*-Baumes steht. Der Sage nach wurde der genaue Standort des irdischen *tooba* den heiligen Männern des Kaisers Jehangir verraten, der daraufhin den Shalimar Bagh darum herum errichten ließ. Bis auf den heutigen Tag weiß niemand genau, wo dieser Baum eigentlich steht. Doch heute Abend wird die Wahrheit mit Hilfe meiner magischen Kräfte offenbart werden.» Er war ein dunkelhäutiges, glitzeräugiges Individuum mit einem tanzenden Schnauzbart, der über einem lächelnden Mund voll weißer Zähne sein eigenes gymnastisches Leben zu führen schien, doch auch mit Hilfe von Öltonne und absurd aufgetürmtem Turban war er kaum größer als ein ausgewachsener Mann, und Abdullah Noman kam es vor, als räche sich dieser Mann mit seinem Lebenswerk für seine tragische Körpergröße: Er hatte es nie ganz bis in diese Welt geschafft und wünschte sich daher nun, die Welt teilweise verschwinden zu lassen.

Firdaus blickte tiefer. «Er wirkt lächerlich, wenn er auf die Trommel schlägt und dabei so herumschreit», murmelte sie ihrem Gatten zu. «Aber schau ihn dir in den wenigen Augenblicken an, in denen er Ruhe gibt. Findest du nicht, dass er plötzlich wie ein Mann aussieht, der sich seiner Autorität gewiss ist, ruhig und furchtlos? Wenn er nur den Mund hielte, könnte er uns vielleicht davon überzeugen, dass er kein billiger Schwindler ist.»

«Ich bin der Siebte Sarkar», schrie der kleine Mann und schlug die Trommel. «Meine Damen und Herren! Vor sich sehen Sie in siebter Generation den Master Extraordinaire aller Illusion, Delusion und Konfusion – kurz, den Herrn von Zauberei und *jadoo* jeglicher Art! – und den einzigen Vertreter und Großmeister der ältesten Form aller Magie, bekannt als *indrajal*.» Woraufhin er so fest auf seine Trommel schlug, dass er auf dem Ölfass ins Schwanken geriet und die Zuschauer leider zu lachen anfingen. «Lacht, so laut ihr könnt», wetterte der Siebte Sarkar, «doch heute Abend, auf dem Höhepunkt des Festes, nach dem Bankett, dem Theaterstück, dem Tanz und dem Feuerwerk, werde ich den Shalimar Bagh für einen Zeitraum von mindestens drei Minuten verschwinden lassen, und dann – wenn der Standort des Paradiesbaumes offenbart wird, da nur ein Himmelsbaum gegen meinen Zauber gefeit ist, dann, ha!, dann werden wir ja sehen, wer als Letztes lacht!» Mit diesen Worten hüpfte er von seinem Ölfass, schlug die Trommel mit aller Macht und bahnte sich einen Weg durch die Menge amüsierter Pachigami.

Firdaus hielt ihn auf. «Wir wollen Ihnen nichts Böses», sagte sie. «Wir sind selbst Schausteller, und wenn Ihnen dieses Kunststück gelingt, applaudieren wir als Erste, am lautesten und am längsten.» Der Siebte Sarkar wirkte durch diese Worte höchst besänftigt, doch wollte er sich nichts anmerken lassen. «Glauben Sie etwa, ich hätte so was noch nicht geschafft?», schnaubte er verächtlich. «Bitte sehr! Lesen Sie! Staunen Sie!» Aus seinem Hemd zog er einen Stapel vergilbter Zeitungsausschnitte. Die Dorfbewohner drängten sich um ihn herum. *«Siebter Sarkar lässt fahrenden Zug verschwinden»*, las er stolz vor, und: *«Puff! Bombays Blumenbrunnen weggezaubert.»* Und dann der bedeutsamste Beleg: *«Tadsch Mahal unter magischem Bann unsichtbar.»*

Angesichts der Zeitungsartikel schlug die Stimmung um. Obwohl der kleine Mann inmitten der Menge kaum zu sehen war, hatte er beachtlich an Größe gewonnen. «Aber wie machen Sie das?», wollte Abdullah Noman ein wenig schroff von ihm wissen, hatte er doch mit seinem ungläubigen Lachen vorher alle anderen übertönt. «Ich meine, auf welcher Grundlage basiert Ihre Show? Eine Form von Massenhypnose?» Der Siebte Sarkar schüttelte vergnügt den Kopf. «Nein, nein. Hypnose spielt überhaupt keine Rolle. Ich bin einfach fähig, etwas vor Ihren Blicken zu verstecken. Es geht um nichts Übernatürliches, nichts Okkultes, meine Freunde! Das ist alles Wissenschaft, die Wissenschaft der vollkommenen Illusion und Gedankenkontrolle.» Viele Stimmen verlangten lauthals nach weiteren Einzelheiten, doch der Siebte Sarkar schlug die Trommel, um sie zum Schweigen zu bringen. «*Bas*! Genug! Soll ich etwa meine Geheimnisse auf offener Straße ausplaudern, bevor ich alle Welt in Erstaunen versetzt habe? Ich sage nur so viel: Mit meiner Willenskraft kann ich ein psychisches Gleichgewicht mit der Welt um mich herum herstellen, das meine Taten möglich macht. Was ist *indrajal*? Das ist die bühnenreife Repräsentation des Wunschtraums vom glücklichen Leben – denn wer glücklich ist, für den scheint nichts unmöglich. Doch gib Ruhe, meine Stimme, schwatz nicht weiter! Ich habe schon zu viel gesagt. Führt euer Stück auf, *bhand*-Volk! Und dann seht einem wahren Meister der Kunst bei seiner Arbeit zu.» *Wam! Wam!* Und so zog er davon, die Rasenterrassen hinauf. Pandit Pyarelal Kaul sagte zu seiner Frau: «Warte nur, bevor der Abend zu Ende geht, habe ich das Rätsel dieses närrischen Zaubertricks gelöst.» In der Tat begann eine Nacht düsterer Abwesenheiten, und Giri Kaul selbst würde zu jenen gehören, die fortgezaubert wurden.

Seit jenem Augenblick, in dem er den Garten betreten und hohe, goldene Blätterwehen durchschritten hatte, hegte Abdullah Noman böse Vorahnungen für dieses Fest. Es war ein außerordentlich kalter Oktoberabend. Schon fiel der erste Schnee. «Bis die Gäste in ihrer Abendgarderobe kommen, stecken wir mitten in einem Schneesturm, und die Luft vereist den Leuten die Lunge. Sind genug Kohlepfannen da, damit es die Gäste beim Essen warm haben? Und danach? Ein kaltes Publikum lässt sich nur schwer erwärmen. Das ist kein Wetter für eine Gartenparty.

Nicht mal *Ram Leela* und *Budshah* können ein Hindernis wie diesen Schnee überwinden.»

Doch dann schlug ihn der Garten in seinen Bann. Das Paradies war auch ein Garten – Gulistan, Jannat, Eden –, und hier vor ihm lag sein Ebenbild auf Erden. Er hatte die Mogulgärten von Kaschmir schon immer geliebt – Nishat, Chashma Shahi, vor allem aber Shalimar –, und mit dem heutigen Auftritt erfüllte sich für ihn ein lebenslanger Traum. Der jetzige Maharadscha war kein Mogulkaiser, doch dem konnte seine Phantasie leicht abhelfen, und wie er mitten auf der zentralen Terrasse stand und seinen Leute ihre Plätze zuwies, während die Theatertruppe zur höchsten Terrasse ging, um die Bühne für das Stück *Budshah* aufzubauen, während die Kochbrigade zu den Küchenzelten eilte und die endlose Arbeit des Hackens, Schneidens, Bratens und Kochens begann, schloss der *sarpanch* die Augen und beschwor den lang verstorbenen Schöpfer dieses Wunderlandes wogender Bäume, kaskadenförmiger Terrassen und der Wassermusik herauf, diesen gärtnerisch veranlagten Monarchen, für den die Erde die Geliebte und seine Gärten grüne Liebeslieder waren. Abdullah versank in eine Art Trance, die ihn in den toten König Jehangir, den Erdumschließer, zu verwandeln schien, und etwas Weibliches überkam seinen Körper, eine imperiale Lässigkeit, die träge Sinnlichkeit der Macht. Wo blieb sein Tragsessel, fragte er sich verträumt. In einem juwelenbesetzten Palankin sollte er auf den Schultern drahtiger, Seilsandalen tragender Männer in den Garten hinaufgebracht werden, wieso also ging er zu Fuß? «Wein», murmelte er mit unhörbarer Stimme. «Bringt mir süßen Wein und lasst aufspielen.»

Es gab Augenblicke, da machte Abdullahs Selbsthypnose seinen Mitschauspielern Angst. Wenn er diese Macht heraufbeschwor, konnte er – zumindest schien es so – die Toten in seinem lebenden Körper auferstehen lassen, ein Zauber, der weit beeindruckender, aber auch erschreckender war als jede Schauspielerei. Wie bei allen derartigen Vorfällen riefen die Schauspieler von Pachigam auch dieses Mal seine Frau Firdaus, damit sie ihn aus der Vergangenheit zurückholte. «Die Zeiten werden so düster», sagte er abwesend, «dass wir uns mit aller Kraft an helle Erinnerungen klammern müssen.» Es war der Kaiser, der sprach, der Kaiser auf seiner letzten Reise vor Hunderten von Jahren, sterbend auf dem Weg nach Kaschmir, dessen ersehnten Hafen, sein irdisches Paradies, die hymnischen Gärten mit Terrassen und Vögeln er nie mehr erreichen sollte. Firdaus begriff, dass die Zeit für ein sanftes Vorgehen verstrichen war, außerdem hatte sie ihm selbst Neuigkeiten zu überbringen. Mit rauem Griff packte sie ihren Gatten und rüttelte ihn. Sanftes Schneegestöber rieselte vom *chugha*-Mantel und aus seinem Bart herab. «Hast du was geraucht?», rief sie und redete absichtlich möglichst grob. «Dieser Garten hat eine große Wirkung auf kleine Leute. Sie fangen an, sich für Riesen zu halten.» Die Beleidigung zerriss Abdullahs Träumereien, und bekümmert trat er den Rückweg zur Banalität seines wachen Selbst an. Er war kein Kaiser, er war bloß eine Hilfskraft. Firdaus, die alles über ihn wusste, ehe er selbst es wusste, las seine Gedanken und lachte ihm ins Gesicht. Das verstärkte seine leidvolle Benommenheit und ließ die Wangen noch dunkler anlaufen. «Wenn du dich auf deine Rolle als König vorbereiten willst», fuhr sie sanfter fort, «denk an Zain-ul-abidin im ersten Stück. Denk an Fürst Ram in der zweiten Programmhälfte. Aber jetzt gilt es über wichtigere Leben nachzudenken. Giris Baby kommt vorzeitig, bestimmt nur, weil du es so gesagt hast.»

Allmählich bekam er wieder einen klaren Kopf. Überall um ihn herum ging es um Leben und Tod. *Mitte des fünfzehnten Jahrhunderts befiel den Sultan Zain-ul-abidin eine tödliche Krankheit, das heißt, eine giftige Eiterbeule wuchs auf seiner Brust, und er wäre gewiss daran gestorben, hätte sich nicht ein gelehrter Arzt seiner angenommen, ein Pandit mit Namen Shri Butt oder Bhat. Nachdem Dr. Butt oder Bhat den König von seiner Krankheit geheilt hatte, bat ihn Zain-ul-abidin, er möge ein kostbares Geschenk verlangen, denn hatte er dem König nicht das Leben zurückgegeben, das kostbarste aller Geschenke? «Ich brauche nichts für mich selbst», erwiderte Dr. Butt oder Bhat, «doch unter den letzten Königen, Sire, wurden meine Brüder endlos verfolgt, und sie brauchen ein Geschenk, das für sie mindestens so wertvoll ist wie das Leben.» Der König willigte ein, die Verfolgung der kaschmirischen Pandits auf der Stelle zu beenden. Außerdem kümmerte er sich darum, dass die ruinierten und verstreut lebenden Familien rehabilitiert wurden, und gestattete ihnen, zu predigen und ihre Religion ohne alle Einschränkung auszuüben. Er ließ ihre Tempel wieder aufbauen, ihre Schulen wieder öffnen, schaffte die erdrückenden Steuern ab, setzte ihre Bibliotheken wieder instand und hörte auf, ihre Kühe abschlachten zu lassen. Und es begann ein goldenes Zeitalter.*

Worte erwachten in ihm und stürzten wie eine kopflose Schafherde aus seinem Mund. «Pamposh, oje, oje! Pamposh – wo ist sie? – Was ist passiert? – Geht es ihr gut? – Das Baby, lebt es? – Wo ist Pyarelal? Der muss verrückt vor Sorge sein. – Mein Gott, habe ich dir nicht gesagt, ihr sollt zu Hause bleiben? – *Arré*, wie hat sie, wann hat sie, was sollen wir bloß tun?»

Seine Frau legte ihm die Hand auf die Lippen und höhnte so laut, dass es jedermann hören konnte: «Jetzt sehe sich einer meinen großen Mann an, der das ganze Dorf in seiner Hand hält», sagte sie. «Seht doch nur, wie ihn ein Baby verwandeln kann – in diesen verängstigten kleinen Jungen.» In völlig anderem Ton aber flüsterte sie dann, damit niemand sonst sie hören konnte: «Wir haben hinter den Küchenzelten mit einigen Laken einen Gebärplatz abgetrennt. Es sind genügend Frauen da, die tun, was nötig ist. Ich kann mit dem Baby helfen, die anderen haben ein Auge auf die Zwillinge und den kleinen Anees. Aber Giri geht es nicht besonders gut, und der Schneesturm macht es nicht besser. Auf der Gästeliste stehen die Namen einiger Ärzte, von denen manche in den nahe gelegenen Vierteln von Srinagar wohnen. Pyarelal ist deshalb in die Stadt gefahren, um einen von ihnen zu holen. Was getan werden kann, wird getan. Überlass das nur mir. Du hast momentan genügend andere Sorgen.»

Abdullah öffnete den Mund, und Firdaus sah die Worte «Hab ich es nicht gesagt?» auf seinen Lippen zittern. «Untersteh dich», kam sie ihm zuvor. «Denk nicht mal dran!»

Abdullah Noman war wieder er selbst. Ja, der Arzt würde kommen und Pamposh und das Baby retten. *Ein gelehrter Arzt nahm sich ihrer an, ein Pandit,* genau wie in *Budshah.* Doch in der Zwischenzeit mussten die Essenszubereitung beaufsichtigt und eine Doppelvorstellung vorbereitet werden. Abdullah hastete hierhin und dorthin, zeigte mit dem Finger auf dies und jenes, befahl und schlichtete Streitereien mit den uniformierten Sicherheitswachen des Maharadschas, mit dem Dienst- oder dem Küchenpersonal. Die Welt gewann ihre vertraute Gestalt zurück. Auf allen Terrassen des Gartens Shalimar wie auf beiden Seiten des zentralen Wasserfalls waren fröhlich bunte *shamiana*-Zelte errichtet worden, und Mitglieder des königlichen Haushaltes verteilten die Dogra – *dastarkhans,* die traditionellen, von Keilkissen umrandeten Bodentücher, auf denen man den Gästen, die gewöhnlich in Vierergruppen zusammensaßen, das Bankett servieren würde. Abdullah schien überall zugleich zu sein, um sich davon zu überzeugen, dass alles so war, wie es sein sollte. Schnee fiel in großen Federflocken, und es ließ sich nicht sagen, ob das ein Segen oder ein Fluch war.

In einem Zelt auf der untersten Terrasse trat ihm Bombur Yambarzal, der *waza* von Shirmal, mit einem ganz und gar nicht fröhlichen Gesicht in den Weg. Trotz der Aufforderung des Maharadschas, alle Rivalitäten beizulegen, war der *waza* kein Mann, der in Frieden mit seinem Nachbarn lebte. «Das ist die schlimmste Demütigung», fauchte er. «Uns – den unvergleichlichen *wazwaani,* von alters her Virtuosen des *pulao,* Meistern des *methi*-Huhns und Künstlern des *aab gosh!* –, uns hat man die Juniorterrassen zugewiesen, wohin nur die unbedeutendsten Gäste zum Essen kommen. Und ihr Emporkömmlinge – ihr Taschendiebe, ihr Ignoramusse, die ihr glaubt, ihr könntet ein solches Essen zubereiten, ohne von einem Koch beaufsichtigt zu werden, um von einem *vasta waza*, einem Küchenchef wie mir gar nicht erst zu reden! –, ihr seid uns vorgezogen worden. Die Beleidigung ist für jedermann offensichtlich und wird nicht vergessen werden. Ich kann mich nur damit trösten, dass auch so ein Pöbel wie ihr keinen Zugang zur höchsten Terrasse hat, da die Palastköche mit Streik gedroht haben, falls sie nicht die Tische der Oberen verköstigen dürfen. Und der Maharadscha hielt es offenbar für nötig, sich bei seinen Köchen einzuschleimen, während es ihm nichts ausmachte, das ganze Dorf Shirmal zu beleidigen.»

Abdullah Noman hielt seine Zunge im Zaum. Es stimmte, Pachigam sollte für den mittleren Rang auftragen, doch würde Abdullahs *bhand pather*-Truppe später am Abend die Geschichte von Zain-ul-abidin und anschließend die von *Ram Leela* direkt vor dem Maharadscha persönlich aufführen, mitsamt all ihren Höhepunkten, dem Feuerwerk und dem Verbrennen der Puppen. ‹Kein Grund, dem armen Bombur sein Pech auch noch unter die Nase zu reiben›, dachte er, während ihn einer seiner regelmäßigen Anfälle schuldbewussten Mitgefühls für den *waza* von Shirmal plagte. Er senkte vor Yambarzal auf eine Weise den Kopf, die fast entschuldigend oder doch zumindest ehrerbietig verstanden werden konnte, und ging seiner Wege, ohne scharfe Worte mit scharfen Worten zu vergelten oder auch nur zu ahnen, dass ihn kein festlicher Abend mit Theaterspiel erwartete, sondern einer der großen Wendepunkte seines Lebens sowie des Lebens all jener, die er liebte, eine Nacht, nach der nichts auf der Welt den gewohnten Gang gehen würde, Flüsse ihren Lauf änderten, die Sterne an ungewohnten Stellen am Himmel standen und die Sonne ebenso im Norden wie im Süden oder in sonst irgendeiner verdammten Richtung aufgehen konnte, denn alle Gewissheit war dahin, und die Dunkelheit begann und ließ Zeiten des

Schreckens aufziehen, die Abdullahs Zunge im Traum prophezeit hatte, ohne zuvor das Hirn zu Rate gezogen zu haben. Er ging seinen Aufgaben nach, stemmte sich gegen den Schnee an, trat mit derben Schuhen Schneewehen beiseite und war gerade auf dem Weg, den Fortschritt beim Aufbau der Bühne zu begutachten, als eine leicht ins Taumeln geratene Firdaus auf der höchsten Terrasse beim Teich zu ihm trat. Halt suchend klammerte sie sich an seinen Arm, und Fontänen schossen wie Ausrufezeichen in die Höhe, als wäre der Garten selbst über ihr verändertes Verhalten schockiert. Sie schien die Dinge weit weniger im Griff zu haben als zuvor, ihr Gesicht verriet Anspannung, und ihr schielendes Auge blickte unsicher an ihm vorbei. «Okay», sagte sie, zuckte zusammen, knirschte mit den Zähnen und brach in Schweiß aus, als eine heftige Wehe sie packte, «ich gebe es zu, die Lage ist ein wenig komplizierter, als wir dachten.»

Hinter schneebedeckten Büschen gebaren zwei Frauen ihre Kinder unter Aufsicht eines bekannten Arztes und Sufi-Philosophen, *khwaja* Abdul Hakim, eines Meisters sowohl der Kräuterkunde wie der Pharmakologie, der traditionellen wie der modernen, der östlichen wie der westlichen Medizin. Doch heute Abend waren seine Fertigkeiten von keinem Nutzen, das Leben kam von allein, und der Tod ließ sich nicht aufhalten. Ein Junge, ein Mädchen, eine problemlose Geburt, eine Tote. Firdaus Noman hatte eine rasche Geburt, spuckte Noman Noman aus wie einen Obstkern. «Da bist du also. Hast es wohl eilig, wie?», flüsterte sie dem Neugeborenen ins Ohr und versäumte so, ihn als Erstes den Namen Gottes hören zu lassen. «Dein Vater ist ein Mann von sich wandelnder Gestalt, der seine Zauberkunst Schauspielerei nennt, und die Desperado-Familie deiner Mutter ist auch ziemlich merkwürdig, außerdem ist heute Abend nichts normal; aber wachs du ganz normal heran, okay, und gib mir keinen Anlass, mich vor dir zu fürchten.» Dann schrie Giri auf, und man musste Firdaus zurückhalten, damit sie ihrer Freundin nicht zu Hilfe eilte. Die Frauen von Pachigam kümmerten sich um die lebende Mutter, wickelten und versorgten die zwei gesunden Kinder und bedeckten das Gesicht der Toten. Sie würden den Leichnam mit Blüten aus dem Garten bedecken, ihn im Laufe der Nacht auf einem Ochsenkarren nach Hause fahren und morgen in einem Sandelholzfeuer verbrennen. Was gab es dazu schon zu sagen? So etwas passiert. Nicht oft genug, um den Fortbestand der Art zu gefährden, die Statistiken fallen ständig besser aus, doch war man selbst an der Reihe, war man hundertprozentig tot. Es würde getrauert werden müssen, und man wollte trauern, solange es sich gehörte. Der Pandit und sein kleines Mädchen brauchten die Hilfe des Dorfes und würden sie bekommen. Das Dorf schloss sich um ihn wie eine Hand. Der Pandit würde weiterleben. Seine Tochter würde weiterleben. Das Leben ging weiter. Der Schnee schmolz, und Blumen würden wieder wachsen. Der Tod war nicht das Ende.

Zwar wurde Abdullah die Nachricht von der Geburt eines vierten Sohnes überbracht, doch musste er seinen Stolz auf die Vaterschaft für den Augenblick verschieben, da vor dem Eintreffen der Gäste noch so viel zu erledigen war; außerdem bereitete er sich schon auf die Rolle von Zain-ul-abidin vor und wurde zu jenem Sultan einer früheren Zeit, der für ihn all das verkörperte, was er an diesem Tal so sehr liebte, die Toleranz und die Vereinigung der Religionen. Im Gegensatz zu allen übrigen Brahmanen in Indien aßen die Pandits von Kaschmir Fleisch mit größtem Vergnügen. Vielleicht aus Neid auf die von den Pandits erwählten Götter weichten die kaschmirischen Muslime den strengen Monotheismus ihrer Religion auf, indem sie an den Schreinen im Tal zahlreiche Ortsheilige verehrten, die Pirs. Ein Kaschmiri zu sein, ein derart unvergleichliches Gottesgeschenk erhalten zu haben, hieß, das Gemeinsame weit stärker zu schätzen als das Trennende. Dafür war die Geschichte von Budshah Zain ein Gleichnis. Abdullah schloss die Augen und versenkte sich noch tiefer in seine

Lieblingsrolle. Folglich war er außerstande, seinen Freund, den Pandit, zu trösten, als Pamposh Kaul im blutigen Schlamassel der verfrühten Geburt ihrer Tochter starb.

Ein geflügelter Schatten flog mit ihrer Seele vom Garten auf. Pyarelal weinte unter den beleuchteten Bäumen, während ihn der Sufi-Philosoph umarmte und küsste und dabei selbst nicht weniger heftig weinte als er. «Die Frage des Todes», stieß der *khwaja* unter Tränen hervor, «nicht wahr, Panditji, die stellt sich doch jeden Tag. Wie viel Zeit uns noch bleibt, ob uns ein sanfter Tod erwartet, wie viel Arbeit wir noch erledigen können, welchen Reichtum des Lebens wir noch erfahren dürfen, wie viel vom Leben unserer Kinder wir noch zu sehen bekommen werden et cetera.» Unter normalen Umständen hätte es Pyarelal Kaul nur zu sehr gefreut, über Ontologie diskutieren zu können, ganz zu schweigen von den feineren Punkten des sufistischen und hinduistischen Mystizismus. Doch heute Abend war nichts normal. «Sie kennt jetzt die Antwort», erwiderte er, «und wie ist die Antwort doch bitter.» Der schluchzende *khwaja* streichelte das kummervolle Gesicht des Witwers. «Du hast eine schöne Tochter», sagte er mit halb erstickter Stimme. «Die Frage des Todes ist auch die Frage des Lebens, Panditji, und die Frage, wie wir leben sollen, ist auch eine Frage der Liebe. Das ist die Frage, die du weiterhin beantworten musst und auf die es doch keine andere Antwort gibt als jene, einfach weiterzumachen.» Mehr Worte wurden nicht gewechselt. Sie jammerten beide und heulten laut den Unheil drohenden, beinahe vollen Mond an. Ehe sich an dieser Stelle der Mogulgarten erstreckte, hatte es in dieser Gegend von Kojoten nur so gewimmelt. Und wie das Heulen von Kojoten klang das Weinen der beiden erwachsenen Männer.

Der Tod, so gegenwärtig wie keine andere Abwesenheit, war in den Garten eingedrungen, und von diesem Augenblick an vervielfachten sich die Abwesenheiten. Dämmerung setzte ein, und die festgesetzte Stunde brach an, aus den Küchen stiegen warme

Bankettdüfte auf, und trotz der Tragödie war alles zur rechten Zeit fertig. Doch wo blieben die Gäste? Es war kalt, gewiss, das mochte einige Leute abschrecken; die Ersten, die eintrafen, um Dassehra zu feiern, waren dick eingemummelt und sahen so gar nicht wie Leute aus, die einen vergnüglichen Abend verbringen wollten. Doch der erwartete Andrang blieb aus, und schlimmer noch, auch einige Mitglieder des königlichen Haushaltes begannen, sich heimlich davonzuschleichen, die Träger, die Wachen, selbst die Köche der höchsten Terrasse, die Köche des Maharadschas, die das Essen für seine persönliche Entourage zubereitet hatten.

Wie war das Fest zu retten? Abdullah Noman rannte im Garten herum und schrie Leute an, bekam aber nur wenige Antworten, mit denen er etwas anfangen konnte. In einem Mogulpavillon entdeckte er den Zauberer Sarkar mit in den Händen vergrabenem Kopf. «Eine Katastrophe», stöhnte der Siebte Sarkar. «Die Leute haben Angst, in diesem Schneesturm vor die Tür zu gehen – nach alldem, was mir zu Ohren gekommen ist, haben sie übrigens nicht nur vor dem Schneesturm Angst –, und so werden nur ein paar Dorfnarren Zeugen meiner größten Tat sein.»

Die grellen Farben der *shamiana*-Zelte leuchteten im Licht der großen Kohlepfannen, ihre bunten Bänder und fröhlichen Lichterketten schaukelten in den Bäumen, doch während der Abend in die Nacht überging, standen sie fast leer da und ragten gespenstisch aus dem Schnee auf. Von dem Geisterbankett leicht verstört, suchte Bombur Yambarzal den Rat Abdullahs. «Was meint der Zauberer, wenn er behauptet, es liege nicht allein am Schnee? Und wenn die Leute sich nicht hertrauen», fragte er beinahe schüchtern, und sein verändertes Verhalten mag als Hinweis darauf dienen, wie verunsichert er war, «ist es dann für uns noch sicher?» In Abdullahs Herzen tobte es bereits, die Freude über Nomans Geburt lag im Wettstreit mit dem Kummer über den Tod der lieblichen Pamposh. Er schüttelte verwirrt den Kopf. «Lass uns noch eine Weile warten», sagte er. «Wir beide sollten Leute nach Srinagar ausschicken, damit sie sich dort ein wenig umhören. Erst muss unsere Lage klarer werden.» Abdullah war nicht er selbst. Es würde an diesem Abend keine Aufführung von *Budshah* geben, weshalb er sich Mühe gab, den Schatten von Zain-ul-abidin abzuschütteln, der teilweise noch seine Seele verklebte. Das brachte ihn durcheinander. Zum zweiten Mal an diesem Tag musste er den Geist eines Königs exorzieren, und er war erschöpft.

In Abwesenheit der meisten Gäste drangen allerlei Gerüchte nach Shalimar Bagh, zum Schutz gegen die Elemente in Mantel und Kapuze eingehüllt. Sie füllten die leeren Plätze rund um die *dastarkhans*: billige Gerüchte aus der Gosse, aber auch jene tollen Gerüchte, die aristokratische Herkunft für sich beanspruchten – auf den Keilkissen räkelte sich eine wahrhaft soziale Hierarchie von Gerüchten, gezeugt vom Rätselhaften, das alles wie der Schneesturm einhüllte. Die Gerüchte waren verschleiert, schemenhaft, unklar, streitlustig und oft gehässig. Sie führten sich auf wie eine neue Spezies von Lebewesen und entwickelten sich entsprechend der von Darwin aufgestellten Gesetze, mutierten nach Belieben und waren jenem amoralischen Prozess der natürlichen Auslese unterworfen, der die Spreu vom Weizen trennt. Die stärksten Gerüchte überlebten und verschafften sich im allgemeinen Lärm Gehör, und aus dem Gezischel und Gemurmel dieser Überlebenden, der lautesten, nachhaltigsten, mächtigsten Gerüchte, schälte sich ein Wort immer deutlicher heraus, das Wort *kabaili*. Es war ein neues Wort, das nur wenigen Leuten im Shalimar Bagh vertraut war, doch machte es ihnen trotzdem Angst. «Eine Armee von *kabailis* aus Pakistan hat plündernd, vergewaltigend, brandschatzend und mordend die Grenze überquert», sagten die Gerüchte, «und nähert sich nun unserer Stadt.» Dann kam das düsterste aller Gerüchte und setzte sich auf den Sessel des Maharadschas. «Der Maharadscha ist fortgelaufen», sagte es, und Angst und Abscheu mengten sich in seiner Stimme, «weil er vom gekreuzigten Mann gehört hat.» Dieses Gerücht trat mit derartiger Autorität auf, dass es den entsetzten Bewohnern von Pachigam und Shirmal war, als nähme der gekreuzigte Mann an Ort und Stelle auf dem Rasen des Mogulgartens Gestalt an, fest an die weiße Erde genagelt, und der Schnee färbte sich rot von Blut. Der gekreuzigte Mann hieß Sopor und war ein einfacher Schäfer gewesen. An einer abgelegenen Kreuzung in der fernen Hügellandschaft des Nordens war die Horde der *kabailis* an ihm und seinen Schafen vorübergesprengt und wollte wissen, in welcher Richtung Srinagar lag. Sopor, der Schäfer, hob einen Arm und schickte die Eindringlinge bewusst in eine falsche Richtung. Als sie nach tagelanger vergeblicher Hatz begriffen, was er getan hatte, folgten sie ihrer Spur zurück, fanden ihn, kreuzigten ihn an der Weggabelung, an der er sie in die Irre geführt hatte, und ließen ihn eine Weile Gott um einen Tod anflehen, der für seine Bedürfnisse nicht rasch genug kommen konnte, und als sie seines Lärmens überdrüssig waren, schlugen sie ihm einen letzten Nagel durch die Kehle.

So vieles war in jenen Tagen neu, so vieles nur halb begriffen. Eben noch war «Pakistan» selbst nur ein Gerücht gewesen, ein Phantomwort, dem erst seit kurzen zwei Monaten ein reales Land zugeordnet werden konnte. Vielleicht aus diesem Grund – weil es die Grenze von der Schattenwelt der Gerüchte in die reale Welt überquert hatte – weckte die neue Nation die wildesten Leidenschaften unter den Gerüchten, die in den Shalimar Bagh schwärmten. «Pakistan hat das Recht auf seiner Seite», sagte ein Gerücht, «denn hier in Kaschmir wird ein muslimisches Volk von einem hinduistischen Herrscher daran gehindert, sich mit den Glaubensbrüdern zu einem neuen Staat zusammenzuschließen.» Ein zweites Gerücht brüllte zurück: «Wie kannst du von Recht reden, wenn Pakistan uns diese mörderische Bande auf den Hals hetzt? Weißt du nicht, dass die Führer Pakistans diesen Halsabschneiderstämmen gesagt haben, Kaschmir sei voller Gold, Teppiche und schöner Frauen? Zum Plündern und Vergewaltigen wurden sie hergeschickt, und die Ungläubigen sollen sie auch gleich umbringen, wenn sie schon mal dabei sind. So einem Land willst du angehören?» Ein drittes Gerücht gab dem Maharadscha die Schuld. «Seit Monaten schwankt er hin und her. Und er kann sich immer noch nicht entscheiden, wem er sich anschließen soll, Indien oder Pakistan, dabei war die Teilung schon vor zwei Monaten!» Ein viertes Gerücht warf ein: «Dieser Trottel! Scheich Abdullah hat er einsperren lassen, obwohl der sich aus aller Kommunalpolitik heraushält, dafür hört er jetzt auf diesen Mullah Moulvi Yusuf Shah, der offenbar zu Pakistan tendiert.» Dann lärmten viele Gerüchte durcheinander. «Fünfhunderttausend Pakistani greifen uns an, und die Anführer sind als Zivilisten getarnte Soldaten!» – «Sie sind nur zehn Meilen weit fort!» – «Fünf Meilen!» – «Zwei!» – «An der Grenze in Jammu wurden fünftausend Frauen vergewaltigt und ermordet.» – «Zwanzigtausend Hindus und Sikhs wurden abgeschlachtet!» – «In Muzaffarabad haben muslimische Soldaten gemeutert und ihre hinduistischen Kameraden samt den Offizieren getötet!» – «Brigadier Rajender Singh hat die Straße nach Srinagar drei Tage lang mit nur hundertfünfzig Leuten verteidigt, ein wahrer Held!» – «Ja, aber jetzt ist er tot, er wurde abgeschlachtet.» – «Stimmt überall seinen Kriegsruf an: *Hamla-awar khabardar, ham Kaschmiri hain tayyar!* Passt auf, Angreifer, wir Kaschmiri sind bereit!» – «Man hat Scheich Abdullah aus dem Gefängnis entlassen!» – «Der Maharadscha hat auf seinen Rat gehört und sich für Indien entschieden!» – «Die indische Armee kommt, um uns zu retten!» – «Wird sie rechtzeitig hier sein?» – «Der Maharadscha hat sein letztes Dassehra Durbar im Palast gefeiert und sich dann nach Jammu davongemacht!» – «Nach Bombay!» – «Nach Goa!» – «Nach London!» – «Nach New York!» – «Wenn er solchen Schiss hat, welche Chance haben wir da noch?» – «Lauft! Rettet euch! Lauft um euer Leben!»

Während sich im Garten Shalimar Panik ausbreitete, rannte

Abdullah Noman zu seiner Frau und seinen Söhnen auf dem abgeschirmten Entbindungsplatz, den Firdaus in einem Winkel des Bagh errichtet hatte. Er sah sie mit grimmigem Gesicht auf dem Boden sitzen und das Baby Noman stillen; neben ihr standen Pandit Pyarelal Kaul und *khwaja* Abdul Hakim mit gesenkten Köpfen an der Seite von Pamposhs Leiche. Pyarelal sang leise einen Lobgesang. Abdullah brachte einen Moment lang kein Wort über die Lippen. Er machte sich Vorwürfe wegen seiner Ignoranz. Nichts oder doch fast nichts hatte er von den Unruhen gewusst, in die sie hineingeraten waren. Er war der *sarpanch*, er hätte es wissen müssen. Wie konnte er sein Volk beschützen, wenn er nichts von den Gefahren wusste, die es bedrohten? Er hatte sein Amt nicht verdient. Er war keinen Deut besser als Yambarzal. Kleinliche Rivalitäten und stolze Selbstvergessenheit hatten sie beide geblendet, weshalb sie ihre Stämme in diesen schrecklichen Konflikt geführt hatten, statt sie daheim und in sicherer Entfernung zu lassen. Tränen rannen ihm aus den Augen. Er wusste, dass es Tränen der Schande und der Scham waren.

«Warum singst du Loblieder?» Firdaus' Stimme brachte ihn in die Gegenwart zurück. Wütend starrte sie Pyarelal an. «Wofür willst du Durga danken? Neun Tage lang hast du sie angebetet, und am zehnten nimmt sie dir dein Weib.» Der Pandit lauschte ihren Vorhaltungen ohne Groll. «Wenn man um das betet, was man sich auf der Welt am sehnlichsten wünscht», sagte er, «bekommt man das Gegenteil gleich mit. Mir wurde eine Frau gegeben, die ich wahrhaft geliebt habe und die mich geliebt hat. Das Gegenteil einer solchen Liebe ist der Schmerz um ihren Verlust. Diesen Schmerz jedoch kann ich heute nur fühlen, weil ich bis gestern diese Liebe kannte, und das ist gewiss etwas, wofür man wem auch immer danken sollte, der Göttin, dem Schicksal oder einfach nur meinem Glücksstern.» Firdaus wandte sich von ihm ab. «Vielleicht sind wir doch einfach zu verschieden», murmelte sie halblaut vor sich hin. *Khwaja* Abdul Hakim verabschiedete sich. «Ich glaube nicht, dass ich in Kaschmir bleibe», sagte er. «Ich will nicht zusehen, wie die Trauer das Schöne zerstört. Ich denke daran, mein Land der Universität zu spenden und nach Süden zu gehen. Nach Indien, immer nach Indien, nie nach Pakistan.» Firdaus hatte dem *khwaja* den Rücken zugekehrt. «Sie haben Glück», brummte sie, ohne sich umzudrehen und ihm Lebewohl zu sagen, «Ihnen bleibt wenigstens eine Wahl.»

Abdullah ließ sich den gewickelten Jungen geben. «Wir müssen aufbrechen», sagte er sanft zu Firdaus und Pyarelal. «Es kursieren Gerüchte, die alle Welt verrückt machen.» Den ganzen Tag lang, dachte er, hatte ich Könige und Fürsten im Kopf. Alexander, Zain-ul-abidin, Jehangir und Ram. Dabei ist es die Unentschlossenheit unseres eigenen Fürsten, die diesen Holocaust heraufbeschworen hat, und niemand vermag zu sagen, ob Indien, dieses neue, königlose Land, uns retten kann oder ob es langfristig überhaupt gut für uns wäre, von Indien gerettet zu werden.

Eine Trommel dröhnte durch die Nacht, lauter und lauter forderte sie Aufmerksamkeit. So mächtig war ihr Klang, dass die Leute wie erstarrt stehen blieben, die Gerüchte verstummten und alle sich nach ihr umdrehten. Sarkar, der Zauberer, dieser kleine Mann, marschierte über den Gartenhauptweg und hämmerte auf seine gewaltige *dhol* ein. Als schließlich aller Augen auf ihn gerichtet waren, hob er ein Megaphon an die Lippen und brüllte: «Scheiß drauf! Ich bin hergekommen, um etwas zu tun, und ich werde es auch tun! Der Zauber meiner Magie wird über die Hässlichkeit dieser Zeiten triumphieren. Beim siebten Schlag auf meine Trommel wird der Garten Shalimar verschwinden.» Er hieb auf die Trommel, ein-, zwei-, drei-, vier-, fünf-, sechsmal. Und genau wie er vorhergesagt hat, verschwand der Garten Shalimar beim siebten Schlag. Pechschwarze Dunkelheit breitete sich aus. Die Leute schrien auf.

Den Rest seines Lebens sollte der Siebte Sarkar die Geschichte dafür verfluchen, dass sie ihn um sein Verdienst für die unerhörte Tat brachte, einen ganzen Mogulgarten «vor den Blicken versteckt» zu haben, dabei glaubten die meisten Menschen, die sich an diesem Abend im Garten aufhielten, er hätte es geschafft, denn beim siebten Schlag auf seine Trommel wurde das Elektrizitätswerk bei Mohra von pakistanischen Freischärlern in die Luft gesprengt und ganz Srinagar und das umliegende Land in äußerste Dunkelheit gestürzt. Im nachtverhüllten Shalimar Bagh blieb der Standort des irdischen Exemplars des himmlischen *tooba*-Baumes auch weiterhin ein unentdecktes Geheimnis. Abdullah Noman aber machte die bizarre Erfahrung, mitzuerleben, wie eine Metapher zur Wirklichkeit wurde. Die Welt, wie er sie kannte, verschwand; diese blinde, tintenschwarze Nacht war unbestreitbar das Zeichen der Zeit.

Die verbleibenden Stunden der Nacht vergingen in einem rasenden Wirbel aus Geschrei und hastenden Schritten. Irgendwie gelang es Abdullah, seine Familie auf einem Ochsenkarren fortzuschicken, den Firdaus mit dem Leichnam ihrer Freundin und mit Pyarelal teilen musste, der neben der verblichenen Pamposh sein Töchterchen im Arm hielt und unaufhörlich Loblieder auf Durga sang. Durch einen glücklichen Zufall stieß Abdullah dann erneut auf Bombur Yambarzal. Bombur im Dunkeln war ein zitterndes Wrack, doch gelang es Abdullah, ihm wieder Mut zu machen. «Wir können unsere Sachen nicht hier lassen», redete er auf Yambarzal ein, «sonst sind unsere beiden Dörfer bald am Ende.» Irgendwie gelang es ihnen, eine genügende Anzahl von Dorfbewohnern zusammenzuholen, halb Shirmali, halb Pachigami, und dieser durcheinander gewürfelte Haufen half, die speziellen *wuri*-Öfen abzubauen, und schleppte viele Dutzend Töpfe voller Festtagsessen an den Straßenrand. Das tragbare Theater musste ebenfalls demontiert werden, also wurden die Requisiten für die Stücke in große Flechtkörbe gepackt und von den Terrassen hinunter an den See gebracht. Die ganze Nacht arbeiteten die Dorfbewohner von Shirmal und Pachigam Seite an Seite, und als am Ende dieser dunklen Nacht die Dämmerung über den Hügeln aufzog und der Garten wieder sichtbar wurde, umarmten sich der *waza* und der *sarpanch* und gelobten unzertrennliche Freundschaft und unvergängliche Liebe. Über allem aber gab es die Schattenplaneten Rahu und Ketu, ohne dass es sie wirklich gab, sie schoben und zogen, verstärkten und unterdrückten, schürten und erstickten, sie tanzten das moralische Ringen der Menschen und blieben doch unsichtbar am sich aufhellenden Himmel. Als die Schauspieler und Köche schließlich aus dem Shalimar Bagh fortzogen, ließen sie die riesigen Abbilder des Dämonenkönigs, seines Bruders und seines Sohnes zurück, alle randvoll mit unangezündetem Feuerwerk. Ravan, Kumbhakaran und Meghnath stierten finster über das bebende Tal hinweg, und es kümmerte sie nicht, ob dort Hindus oder Muslime wohnten. Die Zeit der Dämonen war gekommen.

***

«DAS UNGLÜCK, einen Sinn für Moral zu besitzen, ist das Verderben des Menschen», sinnierte Pandit Pyarelal Kaul an den Ufern des geschwätzigen Muskadoon. «Man bedenke nur das überlegene Glück der Tiere. Zu den wilden Geschöpfen Kaschmirs gehören, um nur einige wenige aufzuzählen: Ponz, der Affe; Potsolov, der Fuchs; Shal, der Schakal; Sur, das Wildschwein; Drin, das Murmeltier; Nyan und Sharpu, die Schafe; Kail, der Steinbock; Hiran, die Antilope; Kostura, das Moschustier; Suh, der Leopard; Haput, der Schwarzbär; Bota-khar, der Esel; Hangul, der Zwölfender-Barasingha-Hirsch, und Zomba, der Yak. Manche davon sind gefährlich, das stimmt, und viele sind zum Fürchten. Ponz ist eine Gefahr für Walnüsse. Potsolov ist schlau und eine Gefahr für Hühner. Shal kann Furcht erregend heulen, Sur ist eine Gefahr für die Ernte. Suh ist grausam und eine Gefahr für Hirsche. Haput ist eine Gefahr für die Schäfer. Der Esel dagegen ist ein Feigling und flieht vor jeder Gefahr, doch muss ihm als mildernder Umstand angerechnet werden, dass er ein Esel ist, so wie ein Schakal ein Schakal ist, ein Leopard ein Leopard und wie dem Wildschwein keine andere Wahl bleibt, als sich immerzu und hundertprozentig schweinisch zu benehmen. Sie kennen ihre Natur nicht und bestimmen sie auch nicht, vielmehr kennt die Natur sie und sie werden von ihr bestimmt. Es gibt keine Überraschungen im Tierreich. Nur der Charakter des Menschen ist wechselhaft und verdächtig. Da er das Gute kennt, kann allein der Mensch Böses tun. Einzig der Mensch trägt Masken. Nur der

Mensch kann von sich selbst enttäuscht sein. Erst wenn er den Dingen dieser Welt entsagt und sich von den Bedürftigkeiten des Körpers befreit ...»

Und so weiter. Wenn ihr Vater – ein Mann mit vielen Freunden, denn er liebte die Menschen, und mit zu vielen Doppelkinnen, denn er hegte eine unersättliche und perfektionistische Vorliebe für das Essen – die Schwächen der menschlichen Rasse beklagte und asketische Ratschläge zu ihrer Verbesserung erteilte, wusste Boonyi Kaul, dass er insgeheim seine Frau vermisste, von der er nie enttäuscht worden war, deren Überraschungen sein Herz erfüllt hatten und nach der sich sein Körper selbst nach vierzehn Jahren noch sehnte. In solchen Momenten wurde Boonyi meist besonders aufmerksam und versuchte, den Kummer ihres Vaters unter ihrer Liebe zu begraben, doch heute war sie nicht bei der Sache und konnte folglich die gehorsam liebende Tochter nicht spielen. Sie und ihr Noman, ihr geliebter Narr Shalimar, saßen auf den gewohnten Felsen, hörten ihrem Vater zu und berührten sich nicht, warfen sich nicht einmal Blicke zu und kämpften beide darum, das bekennende Lächeln zu unterdrücken, das sich immer wieder auf ihre Lippen schlich.

Es war der Morgen nach dem großen Ereignis auf der Wiese von Khelmarg. Wie berauscht von der Liebe zu ihrem Geliebten räkelte sich eine ungehemmt sinnliche Boonyi auf ihrem Fels, ihr sich aufbäumender Körper eine Provokation für jeden, der Augen hatte, um zu sehen. Ihr in Melancholie versunkener Vater bemerkte nur, dass sie ihrer Mutter noch stärker als gewöhnlich glich, begriff aber mit typischer Vaterdämlichkeit nicht, dass es an der Lust, an der erfüllten Lust lag, die ihre Hände über ihren Körper streichen ließ und sie als Frau willkommen hieß. Shalimar der Narr aber fand ihr Gebaren gleich doppelt verstörend, denn es erregte und erschreckte ihn. Er begann, mit den Händen hektische kleine, abwärts gerichtete Bewegungen zu machen, als wollte er sagen, treib es nicht zu weit, beruhige dich. Doch die unsichtbaren Fäden, die seine Fingerspitzen mit ihrem Körper verknüpften, schienen nicht richtig zu funktionieren. Je nachdrücklicher er die Hände nach unten presste, desto stärker krümmte sie den Rücken. Je drängender die Finger sie um Reglosigkeit anflehten, desto lüsterner wand sie sich. Als sie später allein im Übungshain waren und beide hoch über der Erde auf der bedenklichen Illusion eines einzigen Hochseils balancierten, fragte er: «Warum hast du nicht aufgehört, als ich dich darum bat?» Woraufhin sie grinsend antwortete: «Du wolltest doch gar nicht, dass ich aufhöre. Ich habe gespürt, wie du mich streichelst, mich drückst und herzt und so und wie du mich hart und immer härter nach unten presst; das hat mich einfach verrückt gemacht, was du auch ganz genau gewusst hast.»

Shalimar der Narr begriff, dass der Verlust der Jungfernschaft etwas Rücksichtsloses in Boonyi entfesselt hatte, eine wilde, trotzige Gleichgültigkeit, einen plötzlichen Exhibitionismus, der sich taumelnd dem Irrsinn näherte – denn so wie sie sich mit ihrer vollzogenen Liebe brüstete, konnte sie ihrer beider Leben zum Absturz bringen und sie beide am Boden zerschellen lassen. Darin lag eine gewisse Ironie, denn nichts bewunderte er an Boonyi so sehr wie ihre Waghalsigkeit. Er hatte sich vor allem deshalb in sie verliebt, weil sie keine Angst zu kennen schien, weil sie nach dem griff, was sie haben wollte, es sich nahm und nicht wusste, warum sie es nicht hätte bekommen sollen. Doch ebendieser Charakterzug hatte sich nun durch ihr Techtelmechtel verstärkt und gefährdete sie jetzt beide. Für Shalimar den Narren bestand der erste Trick auf dem Hochseil stets darin, sich seitwärts vorzubeugen und den Neigungswinkel so weit zu vergrößern, dass es aussah, als ob er fallen müsste, um sich dann mit allerlei Clownerien, gespielter Angst und vorgetäuschter Unbeholfenheit, aber auch mit einer der Schwerkraft trotzenden Kraft und Geschicklichkeit wieder aufzurichten. Boonyi hatte versucht, diesen Trick zu lernen, doch kichernd nach vielen windmühlenflügeligen Versuchen aufgegeben. «Das ist unmöglich», gestand sie. «Das Unmögliche aber wollen die Leute sehen.» Shalimar der Narr verbeugte sich auf dem Hochseil, als nehme er Applaus entgegen, und zitierte dabei seinen Vater. «Macht gleich zu Beginn der Show etwas Unmögliches», erzählte Abdullah Noman seiner Truppe gern. «Verschluckt ein Schwert, verknotet euch, trotzt der Schwerkraft. Macht etwas, wovon das Publikum weiß, dass es dergleichen nie zustande brächte, wie sehr es sich auch abmühte. Danach frisst es euch aus der Hand.»

Shalimar der Narr begriff mit wachsender Beunruhigung, dass es Zeiten gab, in denen sich die Gesetze des Theaters nicht so ohne weiteres auf das wahre Leben übertragen ließen. Im wahren Leben nämlich war Boonyi diejenige, die sich auf dem Hochseil vorbeugte, die schamlos ihren neuen Status als Liebhaberin und Geliebte zur Schau stellte und aller Konvention und Orthodoxie trotzte, dabei waren diese Kräfte im wahren Leben mindestens ebenso stark wie die Anziehung durch die Schwerkraft. «Flieg», sagte sie und lachte ihm ins besorgte Gesicht. «Hast du davon nicht immer geträumt, Mister Unmöglich? Ohne Seil über Luft zu gehen?» Sie führte ihn tiefer in den Wald und schlief noch einmal mit ihm, und eine Zeit lang war ihm egal, was passieren mochte. «Finde dich damit ab», flüsterte sie, «verheiratet oder nicht, du bist durch das Steintor gekommen.» Die Dichter schrieben, eine gute Frau gleiche einem Boonyi-Baum, einem schönen Chinar – *kenchen renye chai shihiji boonyi* –, doch in der Umgangssprache wurde daraus ein anderes Bild. Das Wort für Hauseingang lautete *braand*, für Stein *kany*. Weil es komischer klang, fügte man diese beiden Worte oft zusammen, wenn man auf die geliebte Braut anspielte: *braand-kany*, das Tor aus Stein. «Da können wir nur hoffen», dachte Shalimar der Narr, ohne es auszusprechen, «dass uns die Steine nicht auf den Kopf fallen.»

Shalimar der Narr war nicht der einzige Mann, dem Boonyi Kaul durch den Kopf schwirrte. Schon seit geraumer Zeit hatte Colonel Hammirdev Suryavans Kachhwaha von der indischen Armee ebenfalls ein Auge auf sie geworfen. Colonel Kachhwaha war gerade erst einunddreißig Jahre alt, nannte sich aber gern einen Rajputen der alten Schule, einen geistigen Nachfahren und – davon zumindest war er überzeugt – entfernten Blutsverwandten jener Kriegerfürsten der alten Rajas und Ranas der Suryavans und Kachhwaha, die sowohl den Moguln wie den Briten allerhand zu denken gegeben hatten, damals, in den ruhmreichen Tagen der Königreiche von Mewar und Marwar, als Rajputana von den zwei mächtigen Festungen Chittorgarh und Mehrangarh beherrscht wurde und Furcht einflößende, einarmige Legenden in die Schlachten zogen, um ihre Feinde mit Macheten zu halbieren, ihnen die Schädel mit Keulen einzuschlagen oder mit der Picke, einer langnasigen Axt mit grausamem, storchenähnlichem Schnabel, die Rüstung aufzuhacken. Dieser aus England zurückgekehrte Colonel H. S. Kachhwaha besaß jedenfalls einen prächtigen Rajputen-Schnauzbart, eine stolze Rajputen-Haltung, eine blaffende, englische Kommandostimme, und zudem war er jetzt auch noch kommandierender Offizier eines Heerlagers einige Meilen nordöstlich von Pachigam, jenes Lagers, das man wegen seiner bekannten Fähigkeit, sich auszudehnen, allgemein nur Elasticnagar nannte. Der Colonel verabscheute diese respektlose Bezeichnung aus tiefster Seele, da sie nach seiner gestrengen Auffassung ganz und gar nicht mit der Würde der bewaffneten Truppe verträglich war, weshalb er gleich nach seiner Ankunft vor einem Jahr darauf bestanden hatte, dass der offizielle Name des Lagers jederzeit und ausnahmslos von allen Personen zu verwenden sei, doch gab er auf, als er merkte, dass die meisten Soldaten unter seinem Kommando diese Bezeichnung längst vergessen hatten.

Der Colonel hatte auch einen von ihm bevorzugten Spitznamen: «Hammer», die Verballhornung von «Hammir». Ein guter Soldatenname. Wenn er allein war, übte er manchmal: «Hammer Kachhwaha.» – «Hammer der Name, hammerhart der Kern.» – «Colonel Hammer Kachhwaha, zu Ihren Diensten, Sir.» – «Ach, bitte, mein Lieber, nennen Sie mich doch einfach nur Hammer.» Aber dieser Versuch der Selbstbenennung scheiterte ebenso wie der Kampf gegen «Elasticnagar», denn sobald man seinen Nachnamen hörte, wurde er unweigerlich zu «Kachhwa Karnail» gekürzt, zu «Colonel Schildkröte» also. Folglich hieß er Colonel Schildkröte und musste sich nun entsprechende Metaphern der Selbstbeschreibung suchen. «Eile mit Weile, nicht wahr?», übte er, und: «Schildkröte der Name, aber verdammt hart der Panzer.» Doch irgendwie brachte er es nicht über sich zu sagen: «Mein Lieber, nennen Sie mich doch einfach Kröte» oder: «Meist nennt man mich Schildkröte, wissen Sie, aber Sie dürfen mich ruhig Schilli nennen.» Sein Schildkrötenschicksal verdüsterte eine Laune, die sein Vater ihm schon an seinem dreißigsten Geburtstag verdorben hatte, als der frisch ernannte Colonel vor Antritt seines Postens in Kaschmir auf Heimaturlaub in Jodhpur gewesen war. Sein Erzeuger galt als ebenjener alte Rajput, der sein Sohn so gern gewesen wäre, und zum Geburtstag bekam Hammirdev zwei Dutzend goldene Armreifen von ihm geschenkt. Damenschmuck? Hammir Kachhwaha war verwirrt. «Warum das, Sir?», fragte er, und der alte Mann schnaubte verächtlich, während er mit den Reifen in seiner Hand klimperte. «Wenn ein Rajputen-Krieger an seinem dreißigsten Geburtstag noch lebt», grunzte Nagabhat Suryavans Kachhwaha abfällig, «geben wir ihm Frauenschmuck, um unsere Enttäuschung und Überraschung kundzutun. Trag sie, bis du bewiesen hast, dass du sie nicht verdienst.» – «Indem ich sterbe, meint Ihr?», fragte der Sohn, um Erläuterung bittend. «Um Eure Gunst zu gewinnen, soll ich mich umbringen lassen?» Der Vater zuckte mit den Achseln. «Selbstverständlich», sagte er, vergaß dabei aber tunlichst zu erwähnen, warum er selbst keine Armreifen trug, und spie eine reichliche Menge Betelsaft in einen bereitstehenden Spucknapf.

Folglich war allgemein bekannt, dass Colonel Kachhwaha von Elasticnagar kein besonders glücklicher Mann war. Die Männer unter seinem Kommando fürchteten seine schurigelnde Stimme, und auch die Ortsansässigen hatten gelernt, ihn mit Vorsicht zu genießen. Während Elasticnagar wuchs – Soldaten strömten nach Norden ins Tal und brachten ihr lästiges Kriegsmaterial mit, Gewehre und Munition, schwere und leichte Artillerie, und so viele Lastkraftwagen, dass sie bald nur noch «Heuschrecken» genannt wurden –, wuchs auch der Bedarf an Land, und was Colonel Kachhwaha brauchte, requirierte er ohne Erklärung oder Entschuldigung. Wenn die Besitzer eines beschlagnahmten Feldes angesichts der geringen Entschädigung protestierten, lief sein Gesicht vor Wut rot an, und er schrie: «Wir sind hergekommen, um euch undankbare Brut zu beschützen. Wir sind hier, um euer Land zu retten – also kommt mir um Gottes willen nicht mit irgendeiner rührseligen Geschichte, wenn wir verdammt nochmal ein Stück davon brauchen.» Eine beeindruckende Logik, doch kam sie nicht immer gut an und schien letztlich auch nicht entscheidend. Der Colonel war ein unruhiger Geist, den das fortgesetzte Scheitern seines Verlangens, in der Schlacht zu sterben, zum Griesgram machte. Doch dann sah er Boonyi Kaul, und die Dinge änderten sich – zumindest hätten sie sich ändern können, hätte Boonyi ihn nicht rundheraus und voller Verachtung abgewiesen.

Elasticnagar war nicht beliebt, das wusste der Colonel, doch Unbeliebtheit war verboten. Laut Gesetz besaß die indische Militärpräsenz in Kaschmir die uneingeschränkte Unterstützung der Bevölkerung, und wer etwas anderes behauptete, verstieß gegen das Gesetz. Wer jedoch gegen das Gesetz verstieß, war kriminell, und Kriminelle durfte man nicht dulden, weshalb es richtig war, mit der ganzen Strenge des Gesetzes, beschlagenen Stiefeln und selbst *lathi*-Stöcken dagegen vorzugehen. Der Schlüssel zum Verständnis seiner Haltung war das Wort «integral» und dessen Ableitungen. Elasticnagar war integraler Bestandteil der indischen Bemühungen, und die indischen Bemühungen zielten darauf ab, die Integrität der Nation zu erhalten. Integrität war etwas Ehrenwertes, und ein Angriff auf die Integrität der Nation war ein Angriff auf ihre Ehre und konnte nicht geduldet werden. Deshalb musste man Elasticnagar ehren, alle anderen Ansichten waren unehrenhaft und folglich verboten. Kaschmir war ein integraler Bestandteil Indiens. Etwas Integres war ein Ganzes, und Indien war integer, Abspaltungen waren verboten. Abspaltungen sorgten für Brüche im Integren und wirkten daher nicht integrierend. Wer das nicht akzeptierte, dem mangelte es an Integrität, weshalb er damit implizit oder explizit die unhinterfragbare Integrität derjenigen hinterfragte, die es akzeptierten. Wer das nicht akzeptierte, favorisierte offen oder versteckt die Desintegration. Das war subversiv. Subversion führte zur Desintegration und konnte daher nicht geduldet werden, weshalb es rechtens war, sie auf das Schärfste zu verfolgen, egal, ob es sich um die offene oder um die verdeckte Form der Subversion handelte. Die gesetzlich vorgeschriebene und durchzusetzende Beliebtheit von Elasticnagar war daher schlicht und einfach eine Frage der Integrität, selbst wenn Elasticnagar in Wahrheit unbeliebt war. Sollten Wahrheit und Integrität in Konflikt geraten, war der Integrität Vorrang einzuräumen. Nicht einmal der Wahrheit durfte erlaubt werden, Unehre über die Nation zu bringen. Deshalb war Elasticnagar beliebt, auch wenn es nicht beliebt war. Das war doch nun wirklich nicht so schwer zu begreifen.

Colonel Kachhwaha hielt sich selbst für einen eher nachdenklichen Menschen. Er war berühmt für sein ungewöhnliches Gedächtnis und führte seine mnemotechnischen Fähigkeiten auch gern vor. So konnte er sich zweihundertsiebzehn beliebige Worte hintereinander merken und sogar sagen – falls man dies wissen wollte –, welches das vierundachtzigste oder das fünfundneunzigste Wort gewesen war, doch gab es noch allerhand ähnliche Fertigkeiten, die ebenfalls Eindruck in der Offiziersmesse machten und ihm eine Aura von Überlegenheit verliehen. Er besaß eine enzyklopädische Kenntnis der Militärgeschichte sowie unzähliger Einzelheiten berühmter Schlachten. Auf diese Fundgrube an Informationen war er überaus stolz und zufrieden mit der daraus folgenden, unwiderlegbaren Schlagkraft seiner Analysen. Das Problem mit dem sich anhäufenden Schutt dieser täglich wachsenden Erinnerungsmenge machte ihm noch nicht zu schaffen, obwohl er es ermüdend fand, sich an jeden Tag seines Lebens erinnern zu können, an jedes Gespräch, jeden schlechten Traum, jede Zigarette. Es gab Zeiten, da hoffte er auf Vergesslichkeit, so wie ein Verurteilter auf Gnade hofft. Es gab Zeiten, in denen er sich fragte, was für Langzeitfolgen dieses viele Erinnern haben mochte und ob es moralische Konsequenzen hätte. Doch er war Soldat. Solche Gedanken schüttelte er ab und setzte sein Tagewerk fort.

Er hielt sich auch für einen äußerst gefühlvollen Menschen, weshalb ihm die Undankbarkeit des Tales sehr zu schaffen machte. Vor vierzehn Jahren hatte die Armee auf Bitten des fliehenden Maharadschas und des Löwen von Kaschmir die *kabaili*-Eindringlinge zurückgedrängt, sie aber nicht gänzlich aus dem Gebiet Kaschmirs vertrieben und ihnen die Kontrolle über einige Hochgebirgsebenen im Norden gelassen, über Gilgit, Hunza und Baltistan. Es wäre leicht gewesen, die Teilung, die de facto aus dieser Entscheidung resultierte, einen Fehler zu nennen, wäre dies nicht verboten. Warum hatte die Armee ihren Vorstoß abgebrochen? Sie hatte ihn abgebrochen, weil sie beschlossen hatte, ihn abzubrechen; es war eine Entscheidung, die angesichts der aktuellen Lage vor Ort getroffen wurde, also war es die angemessene Entscheidung, die einzige Entscheidung, eine integre Entscheidung. Den Stammtischexperten fiel es natürlich leicht, diese

Entscheidung heute infrage zu stellen, aber sie waren nicht dabei gewesen, damals, vor Ort. Die Entscheidung war korrekt, da sie getroffen werden musste. Andere Entscheidungen, die man hätte treffen können, waren nicht getroffen worden und daher falsche Entscheidungen, Entscheidungen also, die man nicht hätte treffen sollen, die nicht zu treffen richtig gewesen war. Nun gab es de facto die Trennlinie, also musste sich auch daran gehalten werden, und die Frage, ob es sie geben sollte oder nicht, war keine Frage. Es lebten Kaschmiri auf beiden Seiten, die diese Linie mit Verachtung straften und die Berge überquerten, wie es ihnen in den Sinn kam. Diese Verachtung war ein Teil der kaschmirischen Undankbarkeit, denn sie zollte den Schwierigkeiten keinen Respekt, mit denen die Soldaten an dieser Trennlinie zu kämpfen hatten, der Not, die sie erleiden mussten, um diese Trennlinie verteidigen und aufrechterhalten zu können. Da oben waren Männer, die froren sich die Eier ab, und manche starben auch, starben vor Kälte oder starben, weil sie die Kugel eines pakistanischen Scharfschützen abbekommen hatten, starben, bevor ihnen die Väter goldene Armreifen schenken konnten, starben in Verteidigung einer Freiheitsidee. Wenn Menschen für einen litten, wenn sie für einen starben, dann sollte man sie respektieren, und es war respektlos, die Linie zu ignorieren, die sie verteidigten. Solch ein Benehmen vertrug sich nicht mit der Ehre der Armee, erst recht nicht mit der Frage der nationalen Sicherheit, und folglich war es verboten.

Es war möglich, dass viele Kaschmiri von Natur aus subversiv waren, dass sie es alle waren, nicht bloß die Muslime, sondern auch die Fleisch essenden Pandits, dass es ein Tal der Subversiven war. Sollte dies der Fall sein, wäre das nicht zu dulden, und es wäre rechtens, mit aller Macht gegen sie vorzugehen. Colonel Kachhwaha widersetzte sich dieser Schlussfolgerung, obwohl sie von ihm selbst kam, obwohl ihm der Gedankengang, der dazu geführt hatte, unvermeidlich, ja geradezu schön erschien. Er war ein sehr gefühlvoller Mensch, ein Mann, der Schönheit und Sanftmut zu schätzen wusste, der die Schönheit liebte und folglich große Liebe zu Kaschmir hegte, der sich doch zumindest wünschte, Liebe zu empfinden, oder der Liebe empfände, würde sie ihm nicht zu jeder Gelegenheit verwehrt, der ein wahrer und aufrichtiger Liebhaber wäre, würde seine Liebe nur erwidert.

Er war einsam. Inmitten der Schönheit versank er in Hässlichkeit. Wäre es nicht subversiv, wenn man behauptete, Elasticnagar sei ein Drecksloch, dann würde er sagen, es sei ein Drecksloch. Doch es konnte kein Drecksloch sein, da es Elasticnagar war und per Definition und qua Gesetz und so weiter und so weiter. Er verzog sich in einen Winkel seines Geistes, in eine kleine subversive Ecke, die es nicht gab, weil es sie nicht geben sollte, und er flüsterte hinter vorgehaltener Hand: Elasticnagar ist ein Drecksloch. Elasticnagar war Zäune, Stacheldraht, Sandsäcke und Latrinen. Es war Schuhwichse, Spucke, Zeltleinwand, Metall und der Geruch nach Samen in den Baracken. Es war ein Fleck auf einer schön ausgemalten Handschrift. Es war Müll auf einem gläsernen See. Es gab keine Frauen. Es gab keine Frauen. Die Männer wurden verrückt. Die Männer onanierten wie verrückt, und es kursierten Geschichten von verrückten Überfällen auf verrückte Dorfmädchen, und wenn sie die verrückten Bordelle in Srinagar aufsuchten, bebten die verrückten Holzhäuser vor ihrer wie verrückt explodierenden Lust. Inzwischen gab es viele Elasticnagars, und sie wurden immer größer, und manche lagen hoch oben in den Bergen, wo es nicht mal Ziegen zum Ficken gab, also durfte er sich nicht beklagen, selbst in der kleinen subversiven Ecke seines Hirns nicht, die es nicht gab, denn per Definition et cetera; er sollte stolz sein. Er war stolz. Er war ein Mann von integrer Ehre und von integrem Stolz, aber wo waren die gottverdammten Mädchen, warum traute sich keines an ihn heran, er war ein ungebundener Mann mit weizenheller Haut und aus guter Familie, für den die Hindu-Muslim-Frage persönlich kein Thema war, er war durch und durch Säkularist, außerdem musste ja nicht gleich die Rede vom Heiraten sein, die Frage stand nicht an, aber warum nicht ein bisschen Schmusen mit dem kommandierenden Offizier, warum nicht ein bisschen Streicheln oder auch nur ein gottverdammtes Küsschen für ihn?

Es war wie in den *Glorreichen Sieben*, als Horst Buchholz entdeckt, dass die Dorfbewohner ihre Frauen vor den zu ihrem Schutz angeheuerten Revolvermännern verstecken. Bloß waren hier keine Frauen versteckt. Sie blickten einfach nur durch dich hindurch mit ihren eisblauen Augen, ihren goldenen, ihren smaragdgrünen Augen, ihren Augen unirdischer Kreaturen. Sie glitten auf den Seen vorbei mit scharlachroten Kopftüchern, mit burgunderroten, kobaltblauen Tüchern, unter denen sie die dunkle, die gelbblonde Flamme ihrer Haare verbargen. Wie Raubvögel hockten sie im Bug ihrer kleinen Boote und ignorierten dich, als wärest du Plankton. Sie sahen dich nicht. Dich gab es nicht. Wie konnten sie auch nur daran denken, dich zu küssen, dich zu liebkosen, dich zu küssen, wenn es dich nicht mal gab? Du lebtest, zumindest kam es dir so vor, auf einem Schattenplaneten. Du warst das Geschöpf einer anderen Welt. Es gab dich, ohne dass es dich wirklich gab. Deine Existenz ließ sich nur durch die Auswirkung deines Handelns wahrnehmen. Die Frauen konnten Elasticnagar sehen – das war eine solche Auswirkung –, doch da sie es hässlich fanden, obwohl dies verboten war, nahmen sie an, dass die unsichtbaren Männer, die dort lebten, ebenfalls hässlich sein mussten.

Er war nicht hässlich. Er bellte Befehle wie ein englischer Feldwebel, blieb aber im Herzen Hindustani. Er war mit einunddreißig Jahren noch nicht verheiratet, doch sollten daraus keine Rückschlüsse gezogen werden. Viele Männer wollten nicht warten, aber er war fest dazu entschlossen. Die Männer unter seinem Kommando kapitulierten und gingen ins Bordell. Sie waren von schwächerem Kaliber. Er sparte seinen Samen auf, und der war heilig. Es verlangte Disziplin, im selbst abgesteckten Terrain zu bleiben und keine Spritztour über die eigenen Grenzen zu machen. Dieses Errichten innerer Dämme, innerer Deiche, wie der *bund* in Srinagar. Wenn er am Ufer des Jhelum über den *bund* ging, war ihm, als schritte er die Verteidigungsanlage seines Herzens ab.

Ihm war, als brächte ihn die Not zum Platzen, diese unheilige, unerfüllte Not, aber er platzte nicht. Er hielt sich zurück und verriet niemandem sein Geheimnis. Und dies war das Geheimnis, das er allem zuschrieb, was sich in ihm aufstaute, all dem Verdammten: *Seine Sinne veränderten sich.* Da war ein Fehler im System. Sie waren wie Treibsand. Bündelte man zu viele Kräfte an einer Front, machte man sich an einer anderen angreifbar. Sein Begehren hatte er gezügelt, aber jetzt spielten seine Sinne verrückt. Fast fehlten ihm die Worte, diese Täuschungen, diese Verwischungen zu beschreiben. Neuerdings sah er Klänge. Er hörte Farben. Er schmeckte Gefühle. Im Gespräch musste er aufpassen, dass er nicht fragte: «Woher kommt dieser rote Lärm?» Oder dass er nicht einem getarnten Laster befahl, mit dem Singen aufzuhören. Er war durcheinander. Alle hassten ihn. Das war verboten, hinderte aber niemanden daran. Die Leute sagten schlimme Dinge über die Armee, ihre Grausamkeit, ihre Habgier. Kein Mensch dachte noch an die *kabailis*. Man sah, was sich den Blicken darbot, und das sah wie eine Besatzungsarmee aus, die Lebensmittel verzehrte, Pferde beschlagnahmte, Land requirierte, Kinder schlug, und manchmal gab es auch Tote. Hass schmeckte bitter, wie Zyanid in Mandeln. Wer elf bittere Mandeln aß, der starb, hieß es. Er musste jeden Tag Hass essen und lebte immer noch. Doch in seinem Kopf drehte sich alles. Seine Sinne verliefen ineinander. Ihre Namen ergaben keinen Sinn mehr. Was war Hören? Was Schmecken? Er wusste es kaum noch. Er befehligte zwanzigtausend Mann und glaubte, die Farbe Gold klänge wie eine Bassposaune. Er brauchte Gedichte. Ein Dichter könnte ihm vielleicht sich selbst erklären, aber er war Soldat, und für Ghasele oder Oden war kein Platz. Wenn er seinen Männern erzählte, dass er Gedichte brauchte, hielten sie ihn für schwach. Er war nicht schwach. Er hatte sich im Griff.

Der Druck stieg. Wo war der Feind? Man gebe ihm einen Feind und lasse ihn kämpfen. Er brauchte einen Krieg.

Dann sah er Boonyi. Ihm kam es vor wie die Begegnung von Radha und Krishna, nur fuhr er in einem Armeejeep, war nicht blauhäutig, fühlte sich nicht gottgleich, und sie nahm seine Existenz kaum wahr. Doch von derlei Kleinigkeiten einmal abgesehen, war es genau so: lebensverändernd, weltverändernd, mythisch, religiös. Wie ein Gedicht sah sie aus. Eine khakifarbene Lärmwolke hüllte seinen Jeep ein. Wie Radha mit ihren milchhäutigen *gopis* war sie mit ihren Freundinnen zusammen, mit Himal, Gonwati und Zoon. Kachhwaha hatte seine Hausaufgaben gemacht. Zoon Misri war das Mädchen mit der Olivenhaut, das gern behauptete, von den Königinnen Ägyptens abzustammen, dabei war sie nur die Tochter des überdimensionierten Dorfzimmermanns, des hünenhaften Misri, und Himal und Gonwati waren die unmusikalischen Kinder von Shivshankar Sharga, der die schönste Singstimme des Dorfes besaß. Die vier Mädchen übten einen Tanz aus einem *bhand*-Stück. Sah aus, als spielten sie Milchmädchen, was perfekt wäre. Kachhwaha wusste nichts über das Tanzen, aber dieser Tanz war das reinste Parfüm und Boonyis Anblick smaragdfarben. Er war auf dem Weg zu einem Treffen mit dem *panchayat* von Pachigam, um über wichtige und schwierige Probleme in Sachen Ressourcen und Subversion zu reden, doch seine Not sprach zu ihm, und so befahl er dem Fahrer anzuhalten, und er stieg aus.

Die Tänzerinnen hielten inne und blickten ihn an. Er war verlegen. Er salutierte. Das war falsch. Das kam nicht gut an. Er bat, sie allein sprechen zu dürfen, doch klang seine Bitte wie ein gebellter Befehl, und ihre Freundinnen spritzten wie Glassplitter in alle Richtungen davon. Sie wandte sich ihm zu. Sie war Donner und Musik. Seine Stimme stank nach Hundescheiße. Er hatte kaum den Mund aufgetan, als sie seine Absicht erriet, ihn nackt sah. Unwillkürlich legten sich seine Hände vor sein Genital. Du bist der *afsar*, sagte sie, Kachhwa Karnail. Er lief rot an. Er wusste nicht, wie er seinem Herzen Ausdruck geben sollte. Der Offizier, ja, *bibi*. Der Offizier, der ... nach lebenslangem Warten ... Dämme bauen ... sich retten ... der sich sehnlichst wünscht. Der hofft ... der fieberhaft danach schmachtet ... Er sagte nichts, und sie warf verächtlich den Kopf in den Nacken. Sind Sie gekommen, um mich zu verhaften?, wollte sie wissen. Dann bin ich also eine Subversive, wie? Müssen Sie mir auf die Fußsohlen schlagen, mich mit Stromstößen foltern, mich vergewaltigen? Müssen die Menschen vor mir geschützt werden? Wollen Sie mir das anbieten? Schutz? Ihre Verachtung roch wie Frühlingsregen. Ihre Stimme schüttete sich wie Silber über ihn aus. Nein, *bibi*, so nicht, sagte er. Doch sie kannte schon die Wahrheit, sein aufkeimendes, hündisches Verlangen. Verpiss dich, sagte sie und floh in den Wald, den Bach entlang, egal wohin, nur fort von ihm, von dort, wo er stand, am Rand von Pachigam, während in ihm die Dämme seiner Seele brachen.

Wieder zurück in Elasticnagar, ließ er sich von seinem Ärger übermannen und stellte Pläne auf, wie er mit Macht über Pachigam herfallen wollte. Pachigam musste ihm für Boonyi Kauls beleidigendes Verhalten büßen, dafür, dass sie, gleichsam metaphorisch, ihrem Oberen ins Gesicht geschlagen hatte. In jenen Tagen begann die Befreiungsbewegung, und derartige Gedanken mussten durch strenge Präventivmaßnahmen im Keim erstickt werden. Kaschmir den Kaschmiri, was für eine hanebüchene Vorstellung. Dieses winzige, landumschlossene Tal mit kaum fünf Millionen Einwohnern wollte sein Schicksal selbst in die Hand nehmen. Wohin sollten solche Überlegungen führen? Wenn schon Kaschmir, warum dann nicht auch Assam den Assamesen, Nagaland den Nagas? Und wieso dort aufhören? Warum sollten nicht auch Städte und Dörfer ihre Unabhängigkeit erklären? Oder

Straßenzüge, gar einzelne Häuser? Warum verlangte man nicht Freiheit für das eigene Schlafzimmer oder nannte seine Toilette eine Republik? Warum blieb man nicht stehen, zog einen Kreis um die Füße und nannte das Ichistan? Pachigam war nicht anders als der Rest dieses hinterhältigen, heuchlerischen Tals. Es gab da Tendenzen, gegen die er zu lange allzu rücksichtsvoll vorgegangen war. Er hatte Hinweise: Verdächtige, Ziele. O ja. Er würde hart zuschlagen. Und er hatte einen verlässlichen Informanten im Dorf, einen raffinierten, rücksichtslosen, routinierten Spion, der fast jeden Morgen in Boonyi Kauls Haus frühstückte.

Pandit Gopinath Razdan, ein über die Maßen dünner Mann mit einer tiefen Furche zwischen den Augenbrauen, dem rot angelaufenen Zahnfleisch eines *paan*-Süchtigen und der Miene eines Mannes, der erwartet, unzufrieden mit so manchem zu sein, wohin er auch kommt, stand mit schmaler Goldrandbrille und verkniffenem Gesicht vor Boonyis Tür, einen Aktenkoffer voller Sanskrittexte und einen Brief von der Erziehungsbehörde in der Hand. Er trug westliche Kleider, eine billige Tweedjacke, deren Kragen er gegen den scharfen Wind aufgeschlagen hatte, sowie graue Hosen mit einem Kaffeefleck über dem rechten Knie. Er war ein junger Mann, vermutlich kaum älter als Colonel H. S. Kachhwaha, doch gab er sich Mühe, älter auszusehen. Die Lippen waren geschürzt, die Augen zusammengekniffen, und so lehnte er auf einem eingerollten Regenschirm, von dessen Speichen offenkundig mindestens eine gebrochen war. Boonyi konnte ihn auf Anhieb nicht leiden, und noch ehe er ihr das knochige Gesicht zudrehte, sagte sie: «Sie suchen bestimmt jemand anderen. Hier gibt es nichts für Sie.» Doch natürlich war da was für ihn.

«Alles in Ordnung, glaub mir», sagte Pandit Gopinath Razdan, wandte ruckartig den Kopf zur Seite und sonderte einen langen roten Schwall aus Spucke und Betelsaft ab; Hochnäsigkeit klang in seinem Ton an, obwohl er mit dem bizarren Akzent der Bewohner Srinagars sprach, die nicht nur die Endungen einiger Wörter, sondern gelegentlich auch gleich deren Mittelteil fortließen. *Al'sn O'nung, gla'b mir*. «Ich bin hier – *ich 'n hi'r* – auf persönliche Bitte deines guten Vaters.» Nach Zwiebeln und Knoblauch riechend, kam Pandit Pyarelal Kaul aus der Küche gestürzt. «Mein Vetter, mein lieber Vetter», sprudelte Pyarelal mit einem Seitenblick auf Boonyi hervor. «Ich habe dich frühestens nächste Woche erwartet. Ich fürchte, du hast meine Tochter völlig überrascht.» Gopinath schnüffelte missbilligend. «Wenn ich es nicht besser wüsste», sagte er mit seiner Grabesstimme, «würde ich glauben, du betreibst dahinten eine Muslimküche.» *Be'sr w'ste, M'limk'che*. Boonyi spürte, wie sie vor Lachen losprusten wollte, aber dann überkam sie heißer Zorn, und das Lachen war ihr vergangen.

Pyarelal gab Gopinath einen herzhaften Klaps auf den Rücken, was ihn, den Großstadtgecken, zusammenzucken, wenn nicht gar erschaudern ließ. «Ha, ha, mein Lieber», rief Boonyis Vater aus. «Hier in Pachigam sind wir alle von einem Schlag. Seit ich vom Kochfieber gepackt wurde, habe ich nach und nach die Pandit-Küche in die *wazwaan*-Küche eingeführt – eine radikale Veränderung, doch eine von großer symbolischer Bedeutung, wie du mir sicher bestätigen wirst! –, weshalb wir unseren Kunden jetzt zum Beispiel auch die knoblauchfreien *kabargah*-Rippchen anbieten, sogar Gerichte aus Asant und Molkequark gibt es! –, und zum Ausgleich dafür, dass sich alle bereitwillig auf meine Neuerungen eingelassen haben, fand ich es nur recht und billig, von nun an auch ein bisschen Zwiebeln und Knoblauch an mein Essen zu machen, so wie es unsere muslimischen Brüder mögen.» Ein leichtes Beben durchfuhr Gopinaths verkümmerte Gestalt. «Ich begreife», konstatierte er matt, «dass hier so manche Barriere – *s'm'nche Bar'ere* – gefallen ist. Vieles, werter Onkel, worüber jemand wie ich nachdenken – *n'chdn'kn* – muss.»

Boonyi hatte diesem Gespräch mit wachsendem Erstaunen und

zunehmender Ungeduld gelauscht. Jetzt platzte es aus ihr heraus: «*N'chdn'kn* will er, ja? Papa, wer ist denn der Kerl, der aus der Stadt zu uns kommt und gleich meint, über uns *n'chdn'kn* zu müssen?»

Wie sich herausstellte, war Gopinath der neue Lehrer. Aus Angst vor Boonyis Reaktion hatte Pyarelal vor ihr geheim gehalten, dass er die traditionelle Erzieherrolle des Pandits aufgeben und sich ganz dem Kochen widmen wollte. Im Laufe der Jahre war die Küche immer stärker ins Zentrum seines Lebens gerückt. In jener Küche, in der Pamposh einst regiert hatte, fühlte er sich mit ihrer dahingeschiedenen Schönheit verbunden, in seinen blubbernden Soßen vermischten sich ihre Seelen, und ihre einstige Freude fand Ausdruck in Fleisch und Gemüse. So viel wusste Boonyi immerhin: Kochen war seine Art, Pamposh am Leben zu erhalten. Wenn sie aßen, nahmen sie auch ihren Geist in sich auf. Was Boonyi jedoch nicht bemerkt hatte, da Kinder ihre Eltern nur als Eltern brauchen und ihren Träumen folglich weniger Aufmerksamkeit schenken, als sie vielleicht sollten, war die Tatsache, dass das Kochen inzwischen mehr als nur eine Therapie für Pyarelal geworden war. Die Küche setzte eine unvermutete Kreativität in ihm frei, und in diesem Dorf der Schauspieler, die das Kochen nur als Nebenerwerb erlernt hatten, verhalf ihm seine wachsende Meisterschaft zu einer neuen, wichtigen Rolle. Wenn Pachigami zu einer Hochzeit gingen, um das Bankett-mit-mindestens-sechsunddreißig-Gängen vorzubereiten, nahm der Pandit neuerdings eine führende Stellung ein. Sein mit Safran gewürztes *pulao* war ein Wunder, die *gushtaba*-Fleischbällchenmischung wurde geknetet, bis sie weich war wie eine Babywange. Hochzeitsgäste verlangten lauthals nach seinen *dum aloo*, dem Mandelhühnchen, dem nach Bockshornklee duftenden Frischkäse mit Tomaten, den Lotusstängeln in Bratensoße, dem *korma* mit rotem Chili und zum Abschluss Kardamomtee und der köstlichen Süße des *firni*. Frauen kamen zu ihm und fragten schüchtern nach seinen *wazwaan*-Rezepten, woraufhin der naive, stets hilfsbereite Kerl sie ihnen zu diktieren begann, bis seine Kochkollegen ihn anschrien und ihm den Mund verbaten. Seither gab er eine Standardantwort auf alle Geheimnisse seiner Küchenzauberei: «*Ghee*, meine Damen», sagte er grinsend. «Nichts ist besser. Verwenden Sie reichlich und nur das beste *asli-ghee*.»

Boonyi hatte natürlich über die wachsende Bedeutung ihres Vaters bei der Zubereitung des Banketts-mit-mindestens-sechsunddreißig-Gängen Bescheid gewusst, doch wäre sie nie auf den Gedanken gekommen, dass dies einen derart dramatischen Berufswechsel veranlassen könnte. So unvermutet aus dem Gleichgewicht gebracht, verlor sie nun vollends den Kopf. «Da dir das Unterrichten nicht mehr wichtig ist», fuhr sie den unglücklichen Pyarelal an, «ist es mir das Lernen auch nicht mehr. Wenn mein Vater, der große Philosoph, unbedingt *tandoori*-Koch werden will, dann werde ich vielleicht auch etwas anderes. Wer möchte schon deine Tochter sein? Lieber wäre ich die Frau von irgendwem anderen.»

Es war ihre Unbändigkeit, die da aus ihr sprach, dieses impulsive, unbeherrschte Wesen, das Shalimar der Narr fürchten gelernt hatte. Als sie Pyarelals Gesicht in sich zusammenfallen und Gopinath die Ohren spitzen sah, bedauerte sie gleich, den Mann zu verletzen, der sie seit dem Tag ihrer Geburt wie kein anderer Mensch geliebt hatte, und sich auch noch in der Gegenwart eines Fremden verplappert zu haben. Allerdings konnte sie nicht wissen, dass Pandit Gopinath Razdan, Pyarelals entfernter Vetter, ein Geheimagent war, den man mit dem Auftrag nach Pachigam geschickt hatte, in diesem Künstlerdorf gewisse subversive Elemente auszuhorchen – schließlich waren Künstler doch gleichsam von Natur aus subversiv. Er hatte Befehl, seine Erkenntnisse geheim und persönlich an Colonel H. S. Kachhwaha in Elasticnagar zu übermitteln, der sie nach Wert und Güte beurteilen und ein weiteres Vorgehen, soweit nötig, empfehlen würde. Niemand in Pachigam vermutete, dass Gopinath eine geheime Identität besaß, denn seine offenkundige Identität war bereits dermaßen schwer zu ertragen, dass man einfach nicht glauben konnte, darunter könne sich eine noch problematischere Persönlichkeit verbergen. Die Kinder, die er mit Härte und Strenge unterrichtete, also ganz anders als der fröhlich schwätzende Pyarelal, verpassten ihm den Spitznamen «Batta Rasashud». *Batta* ist ein anderes Wort für Pandit, und *rasashud* war ein extrem bitteres Kraut, das den Kindern verabreicht wurde, wenn sie an *aam* litten, an Spulwürmern also. Als er dahinter kam – denn Lehrer finden immer heraus, welche fiesen Namen man ihnen gibt –, verdüsterte sich seine Laune noch mehr. Er wohnte in einem Zimmer über dem Klassenraum, und nachts konnten die Dorfbewohner Flüche und ein lautes Krachen daraus hervordringen hören, weshalb viele annahmen, der wütende Pandit sei von einem Dämon besessen, der nachts aus seinem Körper fahre und wie ein gefangener Vogel im Zimmer umherflattere.

Pyarelal fühlte sich für seinen entfernten Vetter verantwortlich und glaubte in seiner Gutmütigkeit, etwas menschliche Gesellschaft und familiäres Beisammensein könnten das Gemüt dieses Mannes besänftigen. Boonyi war strikt dagegen. «Wenn die Milch mal sauer ist», behauptete sie, «schmeckt sie nie wieder süß.» Trotz ihrer Einwände aber versicherte Pyarelal Kaul seinem Vetter Gopinath, dass er an ihrem Tisch stets willkommen sei. Also musste Boonyi oft mit dem Spion zusammen frühstücken und zu Abend essen, was Gopinath zupass kam, war sie doch durch Colonel Kachhwahas Interesse zu einem wichtigen Thema in seinen regelmäßigen Berichten geworden. Da er allerdings ein ungewöhnliches Ausmaß an Zugang zu ihr genoss, war es wohl unvermeidlich und nur eine Frage der Zeit, bis auch der misslaunige Pandit sich in Boonyi Kaul verguckte. Sein *paan*-Verbrauch stieg dramatisch an, doch vermochte die Betelnusssucht diese neue, tiefere Abhängigkeit nicht zu kaschieren, die nach der Anwesenheit dieses vierzehnjährigen Mädchens in seinem Leben verlangte. In dem kleinen Schulgebäude, in dem er Kinder allen Alters in einem einzigen Raum unterrichtete, bemerkte er rasch, dass Boonyi Kaul eine träge Schülerin war, klug, aber faul, und dass ihre Gleichgültigkeit in Bildungsdingen teils eine bewusste, antiintellektuelle Reaktion darauf war, das Kind ihres gelehrten Vaters zu sein, teils ein Protest gegen Pyarelals Rückzug aus der Schule, vor allem aber die Folge der unreifen, zutiefst in ihrem hocherotischen Selbstbild verwurzelten Überzeugung, dass sie bereits alles wisse, was sie wissen müsse, um Männer so weit zu bringen, dass sie ihr jeden Wunsch erfüllten. Es war nicht schwer zu verstehen, warum ein sexuell derart selbstgewisses Kind die Leidenschaft des armen, verwirrten Colonel Schildkröte entfesselte, doch hielt Gopinath sich für einen Mann von härterem Kaliber. Die Schnelligkeit, mit der er dann ihrem Charme erlag, rief in seiner Brust denselben Widerwillen hervor, den er sonst gegenüber Kranken und Krüppeln empfand. Und angesichts ihrer unverkennbaren Zuneigung für Noman Sher Noman, der sich selbst Shalimar den Narren nannte, wurde dem Lehrer noch übler als durch sein eigenes Verlangen, das ihn zudem vom eigentlichen Zweck seines Aufenthalts in Pachigam abhielt, nämlich der geheimen Verfolgung von Shalimars Bruder, dem dritten Sohn von Abdullah und Firdaus. Gopinath stellte dieses Vorhaben vorläufig zurück und konzentrierte sich stattdessen auf den vierten und jüngsten Sohn des *sarpanch*, den er insgeheim zu vernichten beschloss.

Die ältesten Söhne von Abdullah und Firdaus Noman, die Zwillinge Hameed und Mahmood, waren mit ihren neunzehn Jahren sanfte, gesellige Komiker, deren einziges Interesse im Leben darin bestand, sich gegenseitig zum Lachen zu bringen. Folglich gab es für sie nichts Schöneres, als ganz in den komischen Geschichten des *bhand pather* aufzugehen, und sie verloren sich derart in ihrer Phantasiewelt, um sich burleske Versionen tollpatschiger Prinzen und täppischer Götter, feiger Riesen und verliebter Teufel auszudenken, dass die reale Welt allen Zauber für sie verlor, weshalb sie vielleicht die einzigen Kaschmiri waren, die gegen die natürliche Schönheit des Landes immun zu sein schienen. Anees, der dritte Junge, war mürrisch und in sich gekehrt, als erwartete er von seinem Leben nur wenig Gutes. Er führte die von ihm verlangten Clownerien mit unbewegt melancholischem Gesicht auf, worüber man im Publikum geteilter Meinung war. Bei den meisten löste sein kummervolles Gehabe eine unbändige Heiterkeit aus, doch fühlte sich eine Minderheit durch seine Trauer unvermutet an einer entlegenen Stelle berührt, wohin eine bloße Clownsgeschichte ihrer Meinung nach nicht vordringen durfte, dort nämlich, wo man die eigene Trauer über sein geplagtes Leben hütete, weshalb Anees sein Publikum verstörte und es erst wieder glücklich war, wenn er die Bühne verließ. Als sich sein siebzehnter Geburtstag näherte, begann Anees, wachsendes Geschick mit den Händen zu beweisen, wenn er etwa beiläufig wahre Miniaturwunderwerke an Papiergirlanden schuf und phantastische Kreaturen aus Silberpapier drehte, das er sich aus Zigarettenschachteln nahm. Er konnte auch Erstaunliches schnitzen, winzige Eulen mit durchbrochenen Leibern zum Beispiel, in denen man noch winzigere Eulen erkennen konnte. Und ebendieses Talent war es, das ihm die Aufmerksamkeit des Kommandanten der örtlichen Befreiungsfront einbrachte, weshalb Anees in einer sternenübersäten Nacht von zwei vermummten Kämpfern zu jenem bewaldeten Hügel gebracht wurde, auf dem Nazarébaddoors alte, leere Hütte vor sich hin faulte. Von einem Mann, den er nicht sehen konnte, wurde er gefragt, ob er lernen wolle, wie man Bomben baut. Sicher, erwiderte Anees achselzuckend. Das bedeutete doch wenigstens, dass sein melancholisches Leben vermutlich nur kurz sein würde. Er sagte das mit einem unglaublich langen, schwermütigen Gesicht, das den im Schatten stehenden Kommandanten unerklärlicherweise zu einem nur schlecht unterdrückten Lachen reizte.

Am Tag der Denunziation übte Boonyi mit ihren Freundinnen nachmittags einen Tanz an den Ufern des Muskadoon. «Sieh mal», sagte Zoon, die Tochter des Zimmermanns, und zeigte auf einen Felsvorsprung, von dem herab sie Gopinath beobachtete. «Wenn das nicht Meister Bitterkraut persönlich ist …» *Paan* kauend stieg der Spion vom Felsen herab und tappte dabei mit dem Regenschirm über den Stein. Plötzlich durchschaute Boonyi die Pose des verknöcherten Lehrers. «Das ist überhaupt kein griesgrämiger, kleiner Trottel, sondern ein höchst gefährlicher Mann», erkannte sie, aber es war schon zu spät. Gopinath hatte längst gesehen, was er sehen wollte. Auf Waldlichtungen und mondbeschienene Wiesen war er Shalimar dem Narren und Boonyi gefolgt. Ein Achtmillimeterfilm war belichtet, Fotos waren geknipst worden. Sie hatten seine Anwesenheit nie auch nur vermutet, nie seine Schritte gehört. Er dagegen hatte mehr als genug gesehen. Jetzt stand er vor Boonyi, spie Betelsaft aus und ließ die Maske fallen. Er straffte sich, die Stimme wurde kräftiger, und das Gesicht veränderte sich – die in Falten gezogene Stirn wurde glatt, und plötzlich sah es nicht mehr schmal und verkniffen, sondern ruhig und selbstbewusst aus, und er brauchte auch ganz offensichtlich keine Brille (weshalb er sie abnahm); er wirkte jünger, entschlossener, ein Mann, mit dem man rechnen musste und dem in die Quere zu kommen nicht ratsam zu sein schien. «Der Junge ist Abschaum – deiner nicht würdig», sagte er laut und deutlich. «Und die abscheulichen Dinge, die du mit ihm treibst, geziemen sich für kein anständiges Mädchen.» *N'cht w'dig, g'zim'n*. Wenigstens der Akzent war echt gewesen. Zoon, Gonwati und Himal erstarrten vor Neugier und Entsetzen. «Du bist jetzt bestimmt wütend auf mich», fuhr der Spion fort, «aber später, wenn wir verheiratet sind, wird es dich freuen, einen Mann von echtem Schrot und Korn und nicht so einen lüsternen Bengel an deiner Seite zu haben.» Ungläubig schüttelte das Mädchen den Kopf. «Was haben Sie getan?», fragte sie. «Ich habe der Sünde ein Ende gesetzt», erwiderte der Spion. Boonyis Gedanken rasten. Ihre Freundinnen rückten zu ihr auf, schmiegten sich treu an sie, bildeten einen Wall gegen den Angriff dieses Fremden. Die Katastrophe war nahe.

«In diesem Augenblick tritt der *panchayat* zu einer außerordentlichen Sitzung zusammen, um über die von mir vorgelegten Beweise zu beraten», sagte Gopinath. «Der *sarpanch*, dein Vater, und die anderen Räte werden bald über dein Schicksal entscheiden. Natürlich bist du entehrt, ist dein Gesicht geschwärzt, dein guter Name nur noch Dreck, aber daran bist du selbst schuld. Immerhin habe ich den Rat wissen lassen, dass ich bereit sei, deine Ehre zu retten, indem ich dich zur Frau nehme. Welche Wahl bleibt deinem Vater? Welch anderer Mann zeigte sich schon so großzügig gegenüber einem gefallenen Weib? Bereue jetzt und danke mir später, wenn du wieder ganz bei Sinnen bist. Mit deinem Liebhaber ist es natürlich aus und vorbei, der ist auf immer als Schuft und Feigling gebrandmarkt, doch für den habe ich nur ein Fingerschnippen übrig – genau wie du, wenn du erst einmal deinen unvermeidlichen Schicksalsweg betreten hast, dein Leben mit mir.»

B'reu' jetzt 'n dank' mi' spät'r. Es war ein bemerkenswerter Heiratsantrag, und nachdem er ihn gemacht hatte, wartete der verwandelte Gopinath nicht auf die Antwort seiner Angebeteten, sondern ging ein Stück am Muskadoon entlang, setzte sich etwa hundert Meter weit fort ans Ufer und tat, als könnte er kein Wässerchen trüben. In Wahrheit wusste er, dass er bei seinen Vorgesetzten in Teufels Küche kam, hatte er doch allen Pachigami seine Spionagetätigkeit verraten und sich gleichzeitig zum verhasstesten Mann im Dorf gemacht. Seine eigentlichen Absichten konnte er aufgeben, er würde sich sofort vom Lehrerposten und aus dem Dorf zurückziehen müssen, und es dürfte den Behörden schwer fallen, einen zweiten Agenten in eine Gemeinschaft einzuschleusen, die von nun an vor Verrätern und Spionen auf der Hut sein würde. Kurz, Gopinath hatte alles auf Boonyi gesetzt und war bereit, seine Geheimdienstkarriere für eine Ehefrau zu opfern, die seine Liebe nie erwidern würde, die ihn sogar dafür hassen musste, dass er sie zur Hure abgestempelt und ihre Träume von Liebe zerstört hatte. Er starrte in das eilig dahinströmende Wasser und sann über das Drama des Begehrens nach.

Rasch breitete sich eine unheilvolle Stimmung im Dorf aus. Niemand kümmerte sich um die menschenleeren Obstwiesen, Safran- und Reisfelder, da alle, die sonst dort arbeiteten, ihr Gerät niedergelegt hatten, um sich vor Nomans Haus zu versammeln, in dem der *panchayat* tagte. An diesem Nachmittag wurde in den Dorfküchen kein Essen gekocht. Kinder rannten barfuß umher und posaunten fröhlich irgendwelche haltlosen Gerüchte von Verbannung und Selbstmord in die Welt. Boonyi und ihre drei Freundinnen hockten zusammen, die Arme umeinander geschlungen, ein inwärts gewandter Elendskreis, aus dem unablässig lautes Wehklagen und bekümmerte Schluchzer aufstiegen. Selbst das Vieh ahnte, das irgendwas nicht stimmte; Ziegen und Kühe, Hunde und Gänse legten jene instinktive oder ahnungsvolle Unruhe an den Tag, wie sie gelegentlich Stunden vor einem Erdbeben auftritt. Bienen stachen den Imker mit ungewohnter Bösartigkeit. Es schien, als schimmerte selbst die Luft vor Sorge, und Donner hallte über den wolkenfreien Himmel. Ungelenk hüpfend und heftig keuchend, kam Firdaus Noman zu Boonyi gelaufen und verfluchte den Judas Gopinath, der still am Flussufer saß. «Karbunkel!», schrie sie. «Pferdefuß! Stinkender Hintern! Kleiner Penis! Vertrocknete *brinjal*!» Das Opfer ihres Zorns, der *zaharbad*, der *pedar*, der Eigentümer des übel riechenden *mandal*, der winzige *kuchur*, der *wangan hachi* drehte sich nicht um und zuckte nicht mal zusammen. «*Wattal-nath* Gopinath!», schrie Firdaus – was bösartiger, korrupter, nichtsnutziger Gopinath bedeutete –, und Boonyis Freundinnen lösten sich aus dem Kreis, um den Gesang aufzunehmen: «*Wattal-nath* Gopinath! *Wattal-nath* Gopinath! *Wattal-nath* Gopinath!» Durch das Dorf hallte der Schrei, von eifrigen Kindern weitergetragen, bis schließlich alle Bewohner, die sich zumeist vor dem Haus des *sarpanch* versammelt hatten, «*wattal-nath* Gopinath» schrien, «kleiner Penis, vertrocknete *brinjal*, Pferdefuß! *Wattal-nath* Gopinath, verschwinde!»

«Und du sollst auch verdammt sein», sagte Firdaus in eher normalem Ton zu Boonyi. «Komm her, du dummes, sexbesessenes Kind. Ich bringe dich zum Haus deines Vaters, und da bleibst du, bis getan ist, was getan werden muss, und dein Schicksal bekannt gegeben wird.» – «Wir kommen mit», riefen Zoon, Himal und Gonwati. Firdaus zuckte die Achseln. «Von mir aus, aber ich sperre euch vier Gören ins Zimmer ein.» Boonyi gab keine Widerworte und ging, begleitet von der zornigen Mutter ihres Liebsten, nach Hause. «Wo ist Noman?», fragte sie Firdaus kleinlaut. «Halt den Mund», erwiderte Firdaus laut. «Das geht dich nichts an.» Doch leise murmelnd fuhr sie fort: «Seine Brüder haben ihn hinauf zur Wiese Khelmarg gebracht, damit er dem Pandit Gopinath Razdan nicht den dicken Kopf abschneidet.» Erregter und sicherlich auch frecher, als es in ihrer Situation angemessen war, rief Boonyi: «Jedenfalls sollen sie mich bloß nicht zwingen, diese Schlange zu heiraten. Sobald der schläft, säbele ich ihm seinen *kuchur* ab und stopf ihm das Ding in seinen dreckigen kleinen Mund.» Firdaus schlug ihr hart ins Gesicht. «Du tust, was man dir sagt», fuhr sie Boonyi an. «Und das ist für das schmutzige Gerede, von dem ich kein Wort mehr hören will.» Angesichts Firdaus Nomans heller Wut wagten weder Boonyi noch eine ihrer Freundinnen, sie daran zu erinnern, wer denn an diesem Tag mit dem schmutzigen Gerede angefangen hatte.

Kaum waren sie in Boonyis Haus, gab Firdaus nicht länger vor, wütend zu sein, und setzte rosigen Salztee für die Mädchen auf. «Der Junge liebt dich», sagte sie zu Boonyi, «und darauf kommt es für mich an, auch wenn du dich wie ein ekliges Flittchen benommen hast.» Eine Stunde später klopfte ein Junge an die Tür, um ihnen zu sagen, dass der *panchayat* eine Entscheidung getroffen habe und man ihre Anwesenheit verlange. «Wir kommen mit», sagten Himal, Gonwati und Zoon erneut, und wieder hatte Firdaus nichts dagegen. Sie gingen zur Wohnung des *sarpanch* und traten vor die Eingangsstufen, auf denen sich die Mitglieder des *panchayat* mit ernsten Mienen versammelt hatten. Shalimar der Narr stand da, umgeben von seinen Brüdern, und Boonyis Herz pochte laut, als sie sein Gesicht sah. Auf seiner Stirn lag eine mörderische Düsternis, die sie nie zuvor an ihm gesehen hatte. Sie machte ihr Angst und ließ ihn, was Boonyi viel schlimmer fand, zum ersten Mal unattraktiv erscheinen. Sämtliche Bewohner hatten sich um dieses kleine Gruppenbild versammelt, und Stille senkte sich herab, als Firdaus mit Boonyi und ihren Freundinnen näher kam. Pandit Pyarelal Kaul stand neben Abdullah Noman, und kein Gesicht sah so grimmig aus wie das der beiden Väter. «Ich bin erledigt», dachte Boonyi. «Die liefern mich diesem Dreckskerl aus, der wie ein kalter Fisch am Ufer hockt und darauf wartet, mich auf einem Silbertablett serviert zu bekommen – mich, Boonyi Kaul, bei der er anders nie eine Chance gehabt hätte.»

Sie irrte sich. Abdullah Noman, der *sarpanch*, sprach als Erster, gefolgt von Pyarelal, und die drei übrigen Mitglieder des *panchayat*, der hünenhafte Zimmermann Misri, der Sänger Sharga und der klapprige alte Tanzlehrer Habib Joo, machten ebenfalls kurze Bemerkungen. Sie hatten ihr Urteil einstimmig gefällt. Die Liebenden waren Kinder, und man musste zu ihnen halten. Ihr Betragen verdiente schärfsten Tadel – sie hatten sich unzüchtig, unbesonnen und ungehörig benommen, waren eine Enttäuschung für die Eltern –, aber wie jedermann wusste, waren sie gute Kinder. Dann erwähnte Abdullah *kaschmiriyat*, den Glauben, dass es im Innersten der Kaschmiri-Kultur ein gemeinsames Band gebe, das stärker als alle Gegensätze sei. Die meisten *bhand*-Dörfer waren muslimische Dörfer, doch Pachigam war eine Mischung, Pandit-Familien gehörten dazu, die Kauls, die Misris sowie die langnasige Verwandtschaft des Baritons – *sharga* war ein Spitzname für jene, die mit einem längeren Riechorgan ausgestattet waren – und sogar eine Familie tanzender Juden. «Wir müssen daher nicht nur *kaschmiriyat* wahren, sondern auch unser Pachigami-Sein. Wir sind hier alle Brüdern und Schwestern», sagte Abdullah. «Es gibt kein Hindu-Muslim-Problem. Zwei Kaschmiri – zwei Pachigami –, zwei Jugendliche wollen heiraten, das ist alles. Eine Liebesheirat ist für beide Familien akzeptabel, also wird es eine Hochzeit geben, bei der sowohl die hinduistischen wie die muslimischen Bräuche zu beachten sind.» Als Pyarelal an die Reihe kam, fügte er noch hinzu: «Wer sich für die Liebe einsetzt, macht sich für das Beste in uns stark.» Die Menge jubelte, und über das Gesicht von Shalimar dem Narren zog ein breites Lächeln ungläubiger Freude. Firdaus ging zu Abdullah und flüsterte ihm zu: «Hättet ihr eine andere Entscheidung getroffen, hätte ich dich aus meinem Bett geworfen.» (Später am Abend, als sie im Dunkeln in ebendiesem Bett lagen, war sie in nachdenklicherer Stimmung. «Die Zeiten ändern sich», sagte sie leise. «Unsere Kinder sind nicht wie wir. In unserer Generation waren wir geradeheraus, beide Hände immer offen auf dem Tisch. Diese Kinder, die sind raffinierter, sie gleichen Schatten auf der Oberfläche, und darunter haben sie Geheimnisse, außerdem sind sie nicht immer, was sie zu sein scheinen, vielleicht nicht einmal immer, was sie zu sein glauben. Ich fürchte, so muss es wohl sein, denn sie leben in Zeiten, die trügerischer sind, als wir sie je gekannt haben.»)

Zwei Mitglieder des *panchayat*, der Zimmermann Misri und Sharga, der Bariton, die beiden größten und, mit dem *sarpanch*, die stärksten Männer in Pachigam, wurden zum Fluss gesandt, um Gopinath Razdan des Dorfes zu verweisen – aus Angst vor exzessiver Gewalt verbot *sarpanch* Abdullah seinen aufgebrachten Söhnen, sich an der Vertreibung zu beteiligen –, doch als das Zwei-Mann-Aufgebot den Muskadoon erreichte, war der Spion bereits verschwunden und wurde in Pachigam auch nie wieder gesehen. Eine Zeit lang fiel Gopinath Razdan beruflich zwar in Ungnade, doch erhielt er sechs Monate später neue Aufgaben im Dorf Pahalgam zugewiesen. Eines Morgens fand man ihn dann tot auf der nahen Bergwiese von Baisaran. Eine Art selbst gebastelte Bombe hatte ihm die Beine weggerissen, und der Kopf war mit einem einzigen Hieb vom Körper abgetrennt worden. Der Mord konnte nie aufgeklärt werden; man fand auch keine Spuren, die zum Dorf der Schauspieler führten. Schließlich verlief die Untersuchung im Sand, und der Fall kam offiziell zu den Akten. Colonel H. S. Kachhwaha hatte allerdings einen starken Verdacht, und sein Ärger wuchs. Erst war er von Boonyi Kaul beleidigt worden, und nun hatte ihm die gescheiterte Spionageaktion nicht mal den winzigsten Vorwand geliefert, um gegen Pachigam ‹hart zuschlagen› zu können, wie er es eigentlich geplant hatte. Die Farben seiner Welt verblassten weiter, und er merkte sich vor, dass das Dorf der Schauspieler auch in Zukunft mit besonderer Aufmerksamkeit zu beobachten sei, eine Entscheidung, die schwere mittel- und langfristige Folgen haben sollte.

Nach dem Verschwinden des Spions herrschte jedoch in Pachigam eine Zeit lang Festtagsstimmung. Pandit Pyarelal Kaul war bereit, seinen Lehrpflichten erneut nachzukommen und die doppelte Last von Bildung und Gastronomie so lange zu tragen, wie seine Kraft dazu ausreichte; und dann begannen die Vorbereitungen für Boonyis und Shalimars feierliche Eheschließung. Bald aber tauchten die ersten Hindernisse auf. Die Hochzeitsarrangements erwiesen sich im Einzelnen als weit schwieriger, als Abdullah es mit seiner Idee von einer idealistischen, multikonfessionellen Zeremonie vorhergesehen hatte. Ursache war die Ankunft der Familien. Aus Poonch, aus Baramulla, aus Sonamarg, aus Tangmarg, aus Chhamb, aus Aru, aus Uri, aus Udhampur, aus Kishtwar, aus Riasi und aus Jammu kamen die beiden Clans zusammen; Tanten, Vettern und Kusinen, Onkel, noch mehr Vettern und Kusinen, Großtanten, Großonkel, Neffen, Nichten, weitere

Vettern und Kusinen und angeheiratete Verwandte fielen in Pachigam ein, bis sämtliche Häuser im Dorf gleichsam aus den Nähten platzten und entferntere Verwandte unter Obstbäumen schlafen und hinsichtlich Regen und Schlangen auf ihr Glück vertrauen mussten. Fast alle Neuankömmlinge hatten genaue Vorstellungen vom Ablauf der Feierlichkeiten, und viele hegten nur offene Verachtung für den ökumenischen Plan des *sarpanch*. «Was, sie will nicht zum Islam übertreten?», riefen die Zweifler aus dem Lager des Bräutigams, und die Anhänger der Braut gaben zurück: «Was, es soll Fleisch zum Fest geben?» Überall im Dorf und auf den umgrenzenden Feldern und Wiesen stritt man sich. Nur in einem war man sich einig, dass nämlich die traditionelle muslimische Thap-Zeremonie unnötig sei, bei der sich das junge Paar an einem öffentlichen Ort trifft, um zu entscheiden, ob es tatsächlich den Ehebund eingehen will. «Die haben sich schon längst gethapt», sagte eine gehässige Tante mit spitzer Zunge, und Gelächter erscholl von gehässigen Onkeln, Vettern und Kusinen, Großtanten, Großonkeln, noch mehr Vettern und Kusinen und so weiter.

Dann stand die Frage der hinduistischen Livun-Feierlichkeiten an, in deren Verlauf die Häuser der beiden Familien – und darauf beharrten die Kauls – rituell gereinigt werden mussten. «Von mir aus können die Kauls ihr Götzenhaus säubern, wenn sie unbedingt wollen», sagte eine fanatische muslimische Oma, «unser Haus ist jedenfalls vollkommen rein.» Gegen die vielen *wazwaan*-Bankette hatte natürlich niemand etwas einzuwenden, und der Disput Vegetarier/Nichtvegetarier ließ sich relativ leicht dadurch lösen, dass sich Pandit Pyarelal Kaul trotz seiner ausgeprägten Vorliebe für Fleisch bereit erklärte, alle Spuren desselben aus seiner Küche zu verbannen, während die Nomans, die in ihrem Hinterhof einen neuen *wuri*-Lehmziegelofen errichtet hatten, täglich Gerichte anboten, die für wahrhafte Begeisterung bei den Karnivoren sorgten. Nach allerlei Gefeilsche einigte man sich darauf, dass separate Küchen beim eigentlichen Hochzeitsfest beides lieferten, Hühnchen zur Linken, Lotus zur Rechten, Ziegenfleisch auf der einen, Ziegenkäse auf der anderen Seite. Auch auf die Musik einigte man sich ohne große Auseinandersetzung. *Santoor*, *sarangi*, *rabab* und Harmonium waren schließlich keine konfessionellen Instrumente. Es wurden Sänger und Musiker aus Bachkot bestellt, denen man auftrug, abwechselnd Hindu-*bhajans* und Sufi-Hymnen zu singen.

Das Problem mit dem Brautkleid war da schon weit schwieriger zu lösen. «Wenn die *yenvool*, die Hochzeitsprozession, zum Haus der Braut kommt», sagte man aufseiten Boonyis, «erwarten wir natürlich, von der Braut in einer roten *lehenga* willkommen geheißen zu werden; und später, nachdem sie von den Frauen ihrer Familie gewaschen wurde, zieht sie einen *shalwar-kameez* an.» – «Völlig unmöglich», gaben die Kauls zurück. «Sie wird wie all unsere Bräute einen an Hals und Ärmelaufschlägen reich bestickten *phiran* tragen, auf dem Kopf die gestärkte, papierdünne *tarang* und um die Taille den breiten *haligandun*-Gürtel.» Aus dieser Sackgasse fanden sie drei Tage keinen Ausweg, bis Abdullah und Pyarelal schließlich erklärten, dass die Braut tatsächlich ihr traditionelles Gewand tragen würde, ebenso wie Shalimar. Also keinen Tweed-*pirhan* für ihn! Keinen Turban mit Pfauenfeder! Er sollte einen eleganten *sherwani* tragen und auf dem Kopf eine *karakuli topi*, und damit hatte es sich. Sobald die Kleiderfrage gelöst war, einigte man sich auch rasch auf die gemeinsame *mehndi*-Zeremonie. Dann kam man zum Ablauf der Hochzeit selbst, und an diesem Punkt stand die gesamte Entente cordiale kurz vor dem Ende. Für viele muslimische Ohren klangen die Vorstellungen der anderen Seite einfach unfassbar. Blast von mir aus in eine Seemuschel, riefen die islamischen Tanten, Großonkel, Vettern und Kusinen und so weiter, tauscht Muskatnussgeschenke aus, wenn ihr wollt, aber ein *purohit*, ein Priester, der *puja* vor Götzen feiert? Heiliges Feuer, heiliger Faden? Die frisch Vermählten wie Shiva und Parvati verehren? Eijeijei! So ein Götzenglauben kommt nicht infrage. Die Kauls zogen sich aufgebracht zurück. Alle Kommunikation zwischen den beiden Häusern wurde eingestellt. «Familien», seufzte Firdaus Noman verzweifelt, «sind der engstirnigste, unsinnigste Grund für alle Unzufriedenheit auf dieser Welt.»

An diesem Abend herrschte Vollmond. Pachigam war in zwei Lager geteilt, und viele Jahre dörflicher Harmonie schienen bedroht. Doch dann trat der Bariton Shivshankar Sharga auf die Straße und begann, einem spontanen Einfall folgend, Liebeslieder zu singen, Lieder über die Liebe der Götter zu den Menschen, der Menschen zu Gott, Lieder über die Liebe zwischen Vätern und Töchtern, Müttern und Söhnen, Liebe über erfüllte und unerwiderte Liebe, über höfische und leidenschaftliche, heilige und profane Liebe. Die Töchter Himal und Gonwati, dieses unmusikalische Duo, saßen zu seinen Füßen und hatten die strikte Anweisung erhalten, den Mund nicht aufzumachen, wie sehr ihnen die Musik auch zu Herzen gehen mochte. Als Sharga zu singen begann, litt das Dorf noch unter der Geißel der schlechten Laune, und Rufe wurden laut, die «Halt den Mund!» forderten, «Wir wollen schlafen», hieß es und: «Kein Mensch hat Lust auf diese blöden sentimentalen Lieder.» Doch nach und nach wirkte der Zauber seiner Stimme. Türen öffneten sich, Lichter gingen an, Schläfer kamen von den Feldern. Abdullah und Pyarelal trafen sich beim Sänger und umarmten sich. «Wir feiern zwei Hochzeitstage», sagte Abdullah. «Erst machen wir alles auf eure Weise, dann machen wir es so, wie wir es gewohnt sind.» Eine einzelne zänkische Tante keifte: «Warum zuerst wie die?» Doch ihrem Genörgel folgte rasch ein ersticktes Gurgeln, als der Ehemann ihr eine Hand über den lästerlichen Mund legte und sie ins Bett schickte.

Damit war alles geregelt. Auf dem Hinterhof, dort, wo er sie gleich nach ihrem Tod vergraben hatte, grub Pandit Pyarelal Kaul die Aluminiumschachtel mit dem Hochzeitsschmuck seiner Frau aus und brachte ihn zu Boonyi, die hellwach in ihrem Bett lag. «Hier ist alles, was von ihr blieb», sagte er zu Boonyi. «Die Juwelen in dieser Schachtel und das größere, strahlende Juwel in diesem Bett.» Er ließ die Schachtel auf der Matratze liegen, küsste seine Tochter auf die Wange und ging. Boonyi blieb hellwach, starrte aufgebracht an die nächtliche Zimmerdecke und wünschte sich, die Mauern des Hauses würden sich in Luft auflösen, damit sie selbst in den Himmel aufsteigen und entkommen konnte. Denn in ebenjenem Moment, in dem das Dorf beschlossen hatte, sie und Shalimar den Narren zu schützen und zu ihnen zu halten, indem es sie zur Heirat zwang und somit zu lebenslanger Haft verurteilte, wurde Boonyi von Klaustrophobie überwältigt und sah deutlich vor sich, was sie zuvor, da sie vermutlich zu sehr in Shalimar verliebt gewesen war, einfach nicht begriffen hatte: dass nämlich dieses Leben, das Eheleben, das Dorfleben, das Leben mit ihrem am Muskadoon schwatzenden Vater und ihren *gopi*-Tänze tanzenden Freundinnen, das Leben mit all den Menschen, unter denen sie bisher jeden einzelnen Tag verbracht hatte, bei weitem nicht genug für sie war, dass es nicht mal ansatzweise ihren Hunger befriedigen konnte, ihr gieriges Verlangen nach etwas, das sie noch nicht zu benennen vermochte, das aber, je älter sie wurde, durch die Unzulänglichkeit ihres Lebens nur noch härter und schmerzlicher zu ertragen sein würde.

Da wusste sie, dass sie alles täte, um aus Pachigam zu entkommen, dass sie jeden Tag damit verbrächte, auf ihre Chance zu warten. Und wenn sie kam, würde sie nicht zögern; schneller als das Schicksal würde sie sein, dieses flüchtige Phantom, denn fand man eine magische Kraft – eine Fee, einen Dschinn, ein einmaliges Glück – und hielt sie fest, dann erfüllte sich ein Herzenswunsch, und ihr Wunsch war: *Bring mich weg von hier, von meinem Vater, von diesem langsamen Tod und noch langsameren Leben, fort von Shalimar dem Narren.*

✳

Zwei Jahre später tauchte plötzlich im Dorf Shirmal ein hagerer Mann mit langem, struppigem Bart und schönen, fahlen Augen auf, die direkt durch diese Welt hindurch in die nächste zu schauen schienen; seine Haut war von der Farbe rostigen Eisens, und er trug einen langen, verschlissenen Wollmantel, einen locker gebundenen schwarzen Turban und seine sämtliche Habe in einem Bündel wie ein gemeiner Vagabund, als er von Höllenfeuer und Verdammnis zu predigen begann. Er sprach die Worte rau aus, wie ein Fremder, wie jemand, der das Sprechen nicht gewohnt ist. Als wären es Hautfetzen, schien er sich die Worte aus der Kehle zu reißen, was ihm sichtlich großen Schmerz bereitete. Wie alle Leute im Tal waren die Shirmali keine derartigen Feuerbrandprediger gewohnt, doch wegen der damals kursierenden Legende von den Eisernen Mullahs schenkten sie ihm Gehör.

Kaschmiri hatten eine Vorliebe für Heilige aller Art. Manche von ihnen pflegten Verbindungen zum Militär, Bibi Lalla zum Beispiel, auch Lalla Maji genannt, die im vierzehnten Jahrhundert Tochter des Kommandanten der Armeen Kaschmirs gewesen war. Und so manches Wunder wurde vollbracht. Die Geschichte, die man sich zu dieser Zeit gerade erzählte, hatte mit beidem zu tun, mit dem Militär und mit den Wundern. Militärisches Gerät jeglicher Form wurde von der indischen Armee ins Tal geschickt, und überall bildeten sich Schrottplätze, verschandelten die zuvor unberührte Schönheit des Tales und bildeten kleine Hügelketten aus defekten Auspuffanlagen, Waffen mit Ladehemmung und zerbrochenen Panzerketten. Durch die Gnade Gottes begann sich dann eines Tages, der Schrott zu regen. Er wurde lebendig und nahm menschliche Gestalt an. Die Männer, die wundersamerweise aus diesem rostenden Kriegsmaterial geboren wurden und ins Tal hinauszogen, um Rache und Rebellion zu predigen, waren Heilige einer völlig neuen Generation – die Eisernen Mullahs. Es hieß, wenn man es wage, an ihre Leiber zu klopfen, könne man einen hohlen, metallischen Widerhall hören. Da sie aus Waffenstahl bestanden, ließen sie sich nicht erschießen, doch zum Schwimmen waren sie zu schwer und gingen unter, wenn sie ins Wasser fielen. Ihr Atem war rauchig und heiß wie der Gummiabrieb von Reifen oder der Atem eines Drachen. Man hatte sie zu ehren, sie zu fürchten und ihnen zu gehorchen.

An jenem Tag in Shirmal war *vasta waza* Bombur Yambarzal der Einzige, der es wagte, die Tirade des bettelnden Predigers zu unterbrechen. Auf der Straße stellte er den seltsamen Fakir und verlangte von ihm Namen und Anliegen zu erfahren. «Mein Anliegen ist Gottes Anliegen», erwiderte der Kerl. In diesem ersten Gespräch zögerte der Neuankömmling, seinen Namen preiszugeben. Erst als Bombur nachbohrte, sagte er schließlich: «Nennt mich Bulbul Shah.» Bulbul Shah aber, das wusste sogar Bombur, war ein legendärer Heiliger, ein Sufi des Suhrawardy-Ordens, der im vierzehnten Jahrhundert (der Zeit Bibi Lallas) nach Kaschmir gekommen war. Er hieß Syed Sharafuddin Abdul Rehman und war nach dem Muezzin des Propheten als Bilal bekannt – ein Ehrentitel, der mit der Zeit zu «Bulbul», also Nachtigall, verkommen war. Seine Herkunft galt als umstritten. Womöglich kam er aus Tamkastan im alten Iran oder aus Bagdad, wahrscheinlich aber aus Turkestan; vielleicht war er vor den Mongolen geflohen, vielleicht auch nicht. Immerhin war es ihm gelungen, den ladakhischen Machthaber Rinchin oder Renchan oder Rencana zu bekehren, der 1320 den Thron von Kaschmir an sich gerissen hatte, und so jenen Prozess in Gang zu setzen, durch den Kaschmir zu einem muslimischen Staat wurde. Jedenfalls war er seit sechshundert Jahren tot und stand jetzt bestimmt nicht vor Yambarzal und roch nach Drachenatem.

«Das ist doch Unsinn», sagte Bombur dem Wanderer auf seine gewohnt überhebliche Art direkt ins Gesicht. «Fort mit Ihnen. Wir wollen keinen Ärger, und wie Sie sich da über die Strafen der

Hölle die Lunge aus dem Hals schreien, hört sich das ziemlich nach Ärger an.» – «Es gibt große Ungläubige», antwortete der Fremde gelassen, «die Gott und seinen Propheten leugnen, und dann gibt es kleine Ungläubige so wie Sie, in deren Bauch die Hitze des Glaubens lang abgekühlt ist, weshalb sie Toleranz mit Tugend verwechseln, Harmonie mit Frieden. Sie müssen mich schon töten, wenn ich verschwinden soll, die Entscheidung liegt bei Ihnen. Doch eines müssen Sie wissen: Ich bin der Blasebalg, der dieses Feuer aufs neue entfacht.»

«Natürlich bringen wir Sie nicht um», erwiderte Yambarzal verlegen. «Wofür halten Sie uns?» – «Für Schwächlinge», antwortete der Fremde mit seiner Furcht einflößenden Reibeisenstimme. Bombur lief rot an und rief der wachsenden Menge zu: «Gebt dem Bettler zu essen, dann macht er sich gewiss bald wieder auf den Weg.» Doch da sollte er sich täuschen. Die vermeintliche Reinkarnation von Bulbul Shah war gekommen, um zu bleiben, und viele Ohren wollten hören, was dieser Mann zu sagen hatte, denn wie zur Antwort auf Yambarzals letzte Bemerkung wickelte er seinen Turban vom Kopf, ballte die Rechte zur Faust und klopfte sich mit den Knöcheln fest auf die kahle Schädelkuppe. Alle Anwesenden hörten den harten metallischen Klang, und viele Frauen und mehrere Männer fielen spontan auf die Knie.

Danach gab es eine neue Macht in Shirmal. Ein Haus nach dem anderen gewährte dem Eisernen Mullah Unterkunft, und ein Jahr später hatte sich der Charakter des Dorfes verändert. Die Köche, in deren Herzen eine neue Leidenschaft loderte, taten sich zusammen, um dem flammenden Bulbul eine Moschee zu bauen. Der Eiserne Mullah sprach nie über seine Herkunft, sagte nie, in welchem Seminar zu Füßen welchen Meisters er seine Lehre empfangen hatte, noch verlor er überhaupt irgendein Wort über sein Leben vor dem Tag, an dem er nach Shirmal gekommen war, um alles auf immer zu verändern. Er gestattete den Dorfkindern sogar, ihn umzutaufen. Die kaschmirische Vorliebe für Spitznamen, im Einklang mit einem Hang zu gutmütiger Ehrlichkeit, führte dazu, dass die Kinder ihn wegen seines Schwefelgestanks bald «Bulbul Fakh» nannten, Bulbul mit dem schlechten Geruch. So wurde er zu Maulana Bulbul Fakh, und er nahm den Namen derart widerspruchslos an, als wäre er gerade erst auf die Welt gekommen, unschuldig und Furcht erregend zugleich, eigens für dieses Dorf geschaffen, und als sei es das Recht der Dorfbewohner, ihn nach Belieben zu benennen, so wie Eltern ihrem neugeborenen Kind einen Namen geben.

Seit sich Bombur Yambarzal und Abdullah Noman in der Nacht des Debakels im Shalimar Bagh umarmt hatten, waren die Beziehungen zwischen Shirmal und Pachigam wieder gut. Die gelegentlichen Angelausflüge wurden erneut aufgenommen, und zu jenen Gelegenheiten, bei denen ein entsprechend betuchter Kunde das extra große, das Super-*wazaan* verlangte, das Bankett-mit-höchstens-sechzig-Gängen, vereinten die Dörfer ihre Kräfte und arbeiteten zusammen. Für den Fall, dass sie auch weiterhin Beschäftigung als Vertreter des fahrenden Theaters suchten, erbot Abdullah sich sogar, einige seiner Leute zu schicken, um den Shirmali Schauspielunterricht zu geben, doch Yambarzal winkte ab und ließ sich sogar zu einer selbstkritischen Bemerkung herab. «Wir können nicht so tun, als wären wir, was wir nicht sind», sagte er, «also halten wir uns an das, was wir können.» Das Kompliment klang irgendwie zweischneidig, aber Abdullah beschloss, sich nichts daraus zu machen, zum einen, weil es ein schöner Tag war und die Fische anbissen, zum anderen, weil er begriffen hatte, dass Yambarzal sich auch nicht merkwürdiger oder egoistischer benahm als andere Künstler – so manch einen aus seiner Truppe eingeschlossen –, nur gelang es ihm unvergleichlich besser, in jedes erdenkliche Fettnäpfchen zu treten. Allerdings wurde Bombur mit den Jahren immer sanftmütiger. Letztens hatte er es sogar über sich gebracht, «euren neuen Pandit-*waza*» dafür zu loben, dass er «den guten Geschmack in Händen halte», was ein derart großes Kompliment war, dass Pyarelal, der Pandit, als Abdullah ihm davon erzählte, vor Stolz ein rotes Gesicht bekam.

In der Partybranche waren die beiden Dörfer immer noch Rivalen, weshalb eine gewisse Spannung blieb und gelegentlich auch scharfe Worte fielen. In den schlimmsten Momenten warf Bombur Yambarzal seinem Kollegen Abdullah Noman vor, einen Teil des *wazwaan*-Einkommens an sich gerissen zu haben, von dem nicht nur Shirmals, sondern auch Bomburs persönlicher Wohlstand abhing. «Gäbe es dieses Pachigam mit seinem Hindu-Koch nicht», flüsterte ihm die Stimme des Bösen ins Ohr, «wärest du wieder der unbestrittene *vasta waza*, was dich und nicht diesen Bulbul Fakh erneut zur Nummer eins in Shirmal erheben würde.» Die allgemein schwindende Zahl festlicher Gelegenheit machte Pachigam wie Shirmal schwer zu schaffen. Den Kaschmiri war dieser Tage einfach nicht nach Feiern zumute. Es gab Wochen, sogar Monate, da glaubte Abdullah, die Tage des *bhand pather* seien gezählt, niemand wolle die traditionellen Clownsgeschichten mehr sehen, und außerdem sei es unmöglich, mit jenen Lastwagen zu konkurrieren, die mit ihren Projektoren, Leinwänden und neuesten Filmrollen selbst in die entlegensten Städte und Dörfer fuhren. Bombur Yambarzal wiederum fand es Besorgnis erregend, dass sich die Vorliebe der Kaschmiri für eine gute Küche nicht auf die nächste Generation vererbt haben könnte. Doch obwohl die Pausen zwischen den einzelnen Vorstellungen länger wurden, gab es immer noch Buchungen für Pachigams *bhand*-Stücke, und was die Großcateringküche anging, so wurde auch sie immer wieder verlangt, denn selbst die indische Armee konnte die Familien nicht davon abbringen, Hochzeiten zu arrangieren, und gelegentlich kam es sogar zu Liebesheiraten; schließlich waren dies die sechziger Jahre. Dank des optimistischen Beharrens der menschlichen Rasse, auch in schlechten Zeiten unter die Haube kommen zu wollen, sowie der ungebrochenen Erwartung der Kaschmiri, dass Hochzeiten mit wochenlanger Völlerei größtmöglichen Ausmaßes zu feiern seien, brauchte noch niemand zu verhungern, der seine Brötchen mit dem Bankett-mit-mindestens-sechsunddreißig-Gängen verdiente. Und doch fanden achtzehn Monate nach dem Auftauchen des Eisernen Mullahs Bulbul Fakh über siebzehn Jahre mehr oder minder angenehmer Zusammenarbeit zwischen Shirmal und Parchigam ein abruptes und hässliches Ende.

Der Sommer des Jahres 1965 war eine schlechte Saison. Tief im Süden, im Rann von Kutch, war es zwischen Indien und Pakistan bereits kurz zu einer militärischen Auseinandersetzung gekommen, doch hieß es jetzt, in ganz Kaschmir drohe Krieg. Das Dröhnen der Konvois und der über den Himmel jagenden Jets war nicht zu überhören. Warnungen wurden ausgestoßen – *Jede Gewalttat wird einen überwältigenden Gegenschlag hervorrufen!* – und mit Warnungen beantwortet – *Übergriffe werden weder geduldet, noch werden sie Erfolg haben!* Ein Hämmern, ein Jaulen, eine dunkle Wolke hing in der Luft. Kinder auf den Spielplätzen bezogen Stellung, bedrohten sich, griffen an, verteidigten sich und flohen. Angst brachte in diesem Jahr die größte Ernte ein. Sie hing statt Äpfeln und Pfirsichen an den Bäumen, und die Bienen produzierten Angst statt Honig. Auf den Reisfeldern wuchs die Angst dicht unter der Oberfläche des seichten Wassers, und wie die gemeine Ackerwinde erstickte Angst die zarten Pflanzen auf den Safranfeldern. Angst verpestete die Flüsse, als breitete sich die Wasserhyazinthe flächendeckend aus, und Schafe und Ziegen auf den Bergwiesen starben ohne ersichtlichen Grund. Für Schauspieler und Köche wurde die Arbeit gleichermaßen knapp. Furcht tötete das Vieh wie eine Seuche.

Die neue, für Bulbul Fakh in Shirmal erbaute Moschee war eine schlichte Angelegenheit, das Dach aus Holz, die Wände aus gekalktem Lehm. Im hinteren Teil gab es zwei einfache, fensterlose Räume, in denen Bulbul Fakh wohnte. Dass Frauen an den Gebeten teilnehmen konnten, war nicht vorgesehen. Die auffälligste Attraktion der Moschee stand in ihrem Hauptraum, wo man Bulbul Fakh zu Ehren eine Furcht erregende Schrottkanzel errichtet hatte, mitsamt einer Reihe Lkw-Scheinwerfer, hörnerähnlich nach oben gebogenen Stoßstangen und einem zähnefletschenden Kühlergrill. Der Boden war auf eher traditionelle Weise mit *numdah*-Teppichen ausgelegt. An einem Freitag Ende August bestieg der Eiserne Mullah die unheilvolle Kanzel und verkündete seine eigene Kriegserklärung. «Es gibt den äußeren Feind», führte er mit rostbelegter Stimme aus, «und es gibt den in unserer Mitte verborgenen Feind.» Der innere Feind sei Pachigam, ein verkommenes Dorf, in dem trotz beachtlicher muslimischer Mehrheit nur ein einziger Anhänger des wahren Glaubens im *panchayat* sitze, wohingegen drei – drei! – Ratsherren zu den Götzenanbetern zählten und der fünfte gar ein Jude sei. Darüber hinaus habe man einen Hindu zum Chef-*waza* des *wazwaan* gemacht und verwende Molke bei der Essenszubereitung. Doch am schlimmsten – oh, welch unüberbietbarer, unwiderlegbarer Beweis für Pachigams moralische Verkommenheit! – sei die rückhaltlose Unterstützung für die liederliche, lüsterne, hurenhafte, ungöttliche, götzenhafte, bereits vier Jahre während Liaison zwischen Bhoomi, besser bekannt als Boonyi Kaul, und Noman Sher Noman alias Shalimar der Narr.

Colonel Kachhwaha in Elasticnagar hörte ziemlich bald von dieser Predigt. Eine solche Predigt war mehr als nur ungehörig, sie war geradezu ketzerisch. Solch eine Predigt verlangte die strengste Antwort: Gefangennahme, eine Haftstrafe von mindestens sieben Jahren. Colonal Kachhwaha war diese absurde Geschichte von den so genannten Eisernen Mullahs zu Ohren gekommen, doch die Kerle hatten einen Klaps auf den Hinterkopf verdient, metallisches Geräusch hin oder her. Dieser Fakh war kein wandelndes Wunder, sondern ein Mensch, der eine Lektion verdiente und etwas zurechtgestutzt werden musste. Er war ein propakistanisches Kommunistenschwein, dieser Fakh, und er wagte es, über Feinde im Innern zu predigen, wo er selbst doch die Verkörperung des Bösen war. Strengste Maßnahmen waren erforderlich, jawohl. Die eiserne Faust gegen einen eisernen Priester. Genau. Und dennoch, und dennoch ...

Hammirdev Kachhwaha im August des Jahres 1965 war ein anderer als jener sprachlose Trottel, dem Boonyi Kaul vor vier Jahren so unverschämt freche Widerworte gegeben hatte: Zum einen war er nun ein erfahrener Kommandant, der sich eifrig auf einen Krieg vorbereitete, zum anderen aber gab es da die schlimmer gewordenen sinnlichen wie mnemonischen Störungen. Sein Vater war gestorben, weshalb es der Sohn nicht länger für nötig hielt, seinerseits nun auch zu sterben, um dessen Zustimmung zu erlangen. An jenem Tag im Herbst 1963, als ihm die Nachricht von Nagabhat Kachhwahas Ableben überbracht wurde, streifte Colonel Schildkröte die goldenen Armreifen der Schmach ab, ließ sich von seinem Fahrer zum Bund in Srinagar bringen, wandte den großen Geschäften der Stadt – *Cheap John*, *Suffering Moses* und *Subhana the Worst* – den Rücken zu und schleuderte die blitzenden Ringe weit hinaus in das schlammig-braune Wasser des Jhelum. Er kam sich wie Sir Bedivere vor, der Excalibur dem See zurückgibt, nur waren die Armreifen kein Symbol der Stärke, sondern eines der Schwäche gewesen. Auch tauchte diesmal kein in weiße Seide gehüllter, geheimnisvoll wundersamer Arm auf, um sich zu nehmen, was geworfen ward. Lautlos regneten die Armreifen in den träge strömenden Fluss und versanken rasch. Hohe Pappeln wiegten sich leicht im Wind, und herbstrote Chinarblätter flatterten ihnen ein letztes Lebewohl zu. Colonel Kachhwaha salutierte kurz und knapp, machte eine zackige Kehrtwendung und marschierte in eine neuere, selbstsichere Zukunft.

Die Zahl der Männer unter seinem Kommando war gewachsen. Elasticnagar hatte sich so ausgeweitet, dass man anfing, es «Überdehntes Elasticnagar» zu nennen. Die Kriegstrommeln wurden gerührt, die Truppentransporter flogen nonstop hin und her; und die blitzäugigen *jawans* strömten ins Tal. Kachhwaha war einer der Hauptverantwortlichen für eine große, landesweite Operation, die mehrere hunderttausend Soldaten an die Front schickte. Jetzt hatte er selbst seinen Marschbefehl erhalten. Der Chef von Elasticnagar zog in den Krieg. Er würde den Feind mit Macht zerschmettern, und Überleben war gestattet. Eine Rückkehr als Kriegsheld war gestattet. Eine Rückkehr als dekorierter Kriegsheld, der daheim die Aufmerksamkeiten junger, aufgeregter Frauen genoss, war nicht nur gestattet, sondern aktiv anzustreben. Colonel Kachhwaha in Reithosen schlug sich erwartungsvoll die Reitgerte an den Oberschenkel. Seit dem Tod seines Vaters träumte er davon, im Triumph nach Hause zurückzukehren und freie Wahl unter den Frauen zu haben, den schönen Rajputen-Frauen mit ihren glitzernden, kajalschwarzen Augen, diesen tollen Jodhpuri-Frauen, die in Spiegelsälen auf ihn warteten und, in Wolken aus Spitze und Naturseide gehüllt, ihrem siegreichen Helden die Arme öffneten. Das waren Frauen seiner Art, Wüstenrosen, die einen Krieger zu schätzen wussten, ganz andere Frauen jedenfalls als diese dummen Mädchen aus Kaschmir. Anders als diese Boonyi zum Beispiel. In diesen Tagen gestattete er es sich nicht, an Boonyi zu denken, obwohl Berichte über ihre ungewöhnliche, nun ausgereifte Schönheit zu ihm vorgedrungen waren. Mit achtzehn musste sie voll erblüht sein, im ersten Glanz der Weiblichkeit, doch er erlaubte sich nicht, an sie zu denken. Seine Beherrschung war lobenswert. Er beglückwünschte sich. Trotz vieler Provokationen und ihrer Beleidigung seiner Ehre hatte er das Dorf der Bohemiens und verdächtigen Gestalten nie verfolgt, denn H.S. Kachhwaha mochte es nicht, wenn ihm nachgesagt werden konnte, er habe im Dienst einen persönlichen Rachefeldzug unternommen oder sein Verhalten sei auch nur in geringster Weise unangemessen gewesen. Er hatte gezeigt, dass er über diesen Dingen stand. Auf Disziplin kam es an, auf Würde. Boonyi war ein Nichts, jedenfalls nichts im Vergleich zu den wartenden Rajputen-Mädchen, auch wenn er deren

Namen nicht kannte, ihre Gesichter nie gesehen hatte, ihnen nur in seinen Träumen begegnet war. Diese Traumfrauen waren es, die er wollte. Jede von ihnen war zehnmal so viel wert wie Boonyi.

Er war ein Soldat, also ordnete er in Reih und Glied, räumte seine Störungen in eine Kiste in die Zimmerecke und funktionierte normal weiter. Wenn sie sich trotzdem ab und zu hervordrängten, war das bedauerlich, doch hatte sich die Truppe an seine Sinnesverwirrungen, seine seltsamen Beschreibungen gewöhnt. Die Offizierskameraden reagierten längst nicht mehr erstaunt, wenn er sagte, ihre Stimmen hätten einen strengen, zinnoberroten Ton, die Soldaten auf dem Exerzierplatz blieben stumm, wenn er ihnen dazu gratulierte, wie Jasminblüten zu duften, und die Köche in Elasticnagar wussten längst weise mit dem Kopf zu nicken, wenn er sagte, das Lamm-*korma* sei nicht spitz genug gewesen. Er hatte, könnte man sagen, die Situation so weit unter Kontrolle, nur das Problem mit der Erinnerung, der übermäßigen Erinnerung, das hatte er nicht im Griff. Der Berg der Erinnerungen wurde jeden Tag erdrückender, und es fiel ihm immer schwerer zu schlafen. Es gelang ihm einfach nicht, den Kakerlak zu vergessen, der vor sechs Monaten aus dem Duschabfluss gekrochen war, diesen oder jenen schlechten Traum oder eines der abertausend Blätter, die er in seinem militärischen Leben beim Kartenspiel auf der Hand gehabt hatte. Das Wetter der vergangenen Tage summierte sich in ihm, Namen und Gesichter suchten sich drängelnd Platz, und angesichts der Überlastung mit unvergessenen Worten und Taten riss er schreckensweit die Augen auf. Zeit linderte angeblich jeden Schmerz, doch im Verlauf der Monate verlor die Missbilligung seines verstorbenen Vaters nie an Schärfe. Er glaubte jetzt, dass die beiden Probleme, die beiden Fehler in seinem System, irgendwie zusammenhingen. Allerdings fragte er deswegen nie um medizinischen Rat, denn eine Diagnose psychischer Probleme, und fiele sie noch so gut aus, würde genügen, um ihn seines Kommandos zu entheben. Er konnte unmöglich als Spinner nach Hause zurückkehren. Dann war es aus mit den Traumfrauen. Und Erinnerung war kein Irrsinn, nicht wahr, selbst wenn die erinnerte Vergangenheit sich im Innern so hoch stapelte, dass man Angst hatte, die Akten des gestrigen Tages würden bereits im Weiß der Augen zu sehen sein. Erinnerung war eine Gabe. Sie war etwas Positives. In seinem Beruf war sie ein wahrer Schatz.

Und so – um zum eigentlichen Thema zurückzukehren – denunzierte dieser Mullah, dieser Bulbul Fakh, auf völlig unannehmbare Weise ein Nachbardorf wegen seiner Toleranz, wiegelte auf, stachelte zur Gewalt an und predigte einen hetzerischen Islam, der ausgesprochen unkaschmirisch und auch unindisch war. Nur hatte er nicht ganz Unrecht, wenn er dieses Flittchen und ihr Jüngelchen verdammte, dieses Pärchen, das jeder anständigen gesellschaftlichen und religiösen Konvention Hohn sprach und darin von Leuten, die es besser wissen sollten, auch noch unterstützt wurde, von Leuten, unter denen sich vermutlich eine ganze Reihe subversiver Elemente versteckte. Die Front-*wallahs* der Befreiungsbewegung waren eigentlich eher nationalistische Subversive als religiöse Fanatiker, und sie und die Eisernen Mullahs hatten nicht gerade viel füreinander übrig. Warum sich also nicht zurückhalten, he? Die eigenen Ressourcen waren schließlich nicht unerschöpflich, die Zeit drängte, man konnte nicht überall sein, und außerdem herrschte Krieg. Es ging also weniger darum, ein Auge zuzudrücken, als darum, Prioritäten zu setzen. Warum ließ er zwei subversive Gruppen nicht sich gegenseitig auslöschen und erlaubte der jungen Hure, jenen Sturmwind zu ernten, den sie mit ihren Missetaten gesät hatte? Wenn hinterher eine Säuberungsaktion fällig war, sollte die Distriktpolizei durchaus mit der Situation fertig werden können. Maulana Bulbul Fakhs Stündlein würde schon noch schlagen. Ja, ja. Das Beste war, nichts zu tun, eine wahrhaft staatsmännische Entscheidung.

Colonel Hammirdev Kachhwaha legte in seinem Büro die Beine auf den Tisch, schloss die Augen und überließ sich eine Weile dem inneren Wirbel, tauchte sein Bewusstsein in den Sinnesozean und hörte wie ein Junge, der eine Muschel ans Ohr hält, dem unaufhörlichen Gebrabbel der Vergangenheit zu.

※

Seit dem Tod der Prophetin Nazarébaddoor waren fast achtzehn Jahre vergangen, doch hinderte sie das nicht daran, sich, falls nötig, in die dörflichen Angelegenheiten einzumischen. Zahlreiche Bewohner berichteten von ihren Besuchen, die meist in ihren Träumen stattfanden und sie gewöhnlich warnten («Verheirate deine Tochter nicht mit diesem Jungen – seine Vettern im Norden sind die reinsten Zwerge», empfahl sie einem dösenden Ziegenhirten auf einem Hügel bei Anantnag) oder aber ihnen guten Rat gaben («Schnapp dir das Mädchen für deinen Jungen, bevor es jemand anderes tut, denn ihr Erstgeborener ist ausersehen, ein großer Heiliger zu werden» legte sie einem Bootsmann nahe, der auf dem See Gandarbal in seinem *shikara* schlief, vor Schreck auffuhr und aus dem Boot fiel). Im Tode wirkte Nazarébaddoor fröhlicher als in den letzten Tagen ihres Lebens, und jenen, die sie in ihren Visionen gesehen hatten, gestand sie, dass der Tod ihr zusagte.

«Die Arbeitszeit ist besser», sagte sie, «und man braucht sich wegen der Tiere keine Sorgen zu machen.»

Doch als sie Bombur Yambarzal erschien, war die alte Schwermut wieder da. Der rundliche *waza* erwachte in der Dunkelheit, sah, wie sich ihr Gesicht mit dem einzelnen Zahn zu ihm vorbeugte, und spürte den kalten Hauch des Todes auf seinen Wangen. «Wenn du nicht auf die Schnelle was unternimmst», sagte sie, «wird Bulbul Fakhs Bürgerkrieg eure beiden Dörfer vernichten.» Dann zog sie sich zurück, verschmolz mit dem Dunkel, und Bombur erwachte aufs Neue, allein im Bett und schweißgebadet.

Einige Sekunden später hörte er, wie der Maulana zum *azaan* die Stimme hob. Diesmal war der Gebetsruf zur Morgendämmerung auch ein Ruf zu den Waffen.

Wo immer man Informationen zensiert, wird das Gerücht als alternative Nachrichtenquelle geschätzt, und Gerüchten zufolge rief die große Schar der Eisernen Mullahs die Kaschmiri an diesem Tag zu den Waffen, auf dass sie sich erhöben und das Land von den ausländischen indischen Truppen und zugleich von allen Pandits befreiten. Doch Bombur Yambarzal hatte von solchen Gerüchten nichts gehört. Für ihn war das keine nationale, sondern eine persönliche Angelegenheit. Er rollte sich aus dem Bett und rannte los, schwabbelnd, schnaufend, keuchend und schwitzend, hinüber zu den Hauptküchen des Dorfes, in denen das *wazwaan* zubereitet wurde. Dort gürtete er sich für die Schlacht. Kaum war er bereit und zu Atem gekommen, eilte er mit entschiedenerem Schritt über Shirmals Hauptstraße zur Moschee am anderen Ende des Dorfes. Sein Gang hätte durchaus königlich genannt werden können, nur war dies ein König mit Küchenmessern und Hackebeilchen im Gürtel, Kessel und Kochtöpfe wie eine Rüstung um den Leib geschnürt, eine große Pfanne auf dem Kopf. Das Blut frisch geschlachteter Hühnchen tropfte an ihm herab, er hatte es sich über Gesicht und Hände und auch über sämtliche Küchenutensilien geschmiert und noch einen kleinen, ledernen Weinschlauch voll Blut mitgebracht, um sicherzugehen, dass sich die Wirkung nicht allzu früh verlor. Er sah zugleich Furcht erregend und lächerlich aus, und die Frauen und Kinder des Dorfes, die gespannt darauf warteten, dass die Männer aus der Moschee kamen, um ihre Entscheidung über einen Angriff auf Pachigam zu verkünden, begannen gleichzeitig zu lachen und zu weinen, da sie nicht wussten, welche Reaktion angemessen war. Bombur Yambarzal reckte sich stolz und führte hoch erhobenen Hauptes die Parade erstaunter Frauen und Kinder zur Tür der Moschee an.

Kaum angekommen, zog er, als wären es Schwerter, zwei große Metalllöffel aus dem Gürtel, schlug damit an die Rüstung und machte einen Krach, der Tote hätte wieder auferstehen lassen können, wären die Toten nicht lieber friedlich unter der Erde liegen geblieben und hätten es vorgezogen, diesen Höllenlärm zu ignorieren. Mit Fanatismus in den Augen strömten die Männer von Shirmal aus der Moschee, in ihrem Gefolge ein arg verstörter Maulana Bulbul Fakh. «Schaut mich an», schrie der *waza* Bombur Yambarzal. «Solch dickköpfige, komische, blutrünstige Trottel wollt ihr unbedingt werden.»

Noch Jahre später sprachen Shirmals Männer von Bombur Yambarzals großartiger und ungewöhnlich selbstloser Tat. Indem er die ihnen vertraute Welt der Töpfe und Pfannen in ein Abbild des Schreckens verwandelte, indem er seine eigene so hoch geschätzte Würde, seinen Stolz, opferte, indem er sie mit der Waffe seiner selbst beleidigte, rüttelte er sie aus ihrem eigenartigen Wachschlaf auf und brach den mächtigen hypnotischen Bann, mit dem der raue, verführerische Zungenschlag Bulbul Fakhs sie belegt hatte. Nein, sie würden sich nicht gegen ihre Nachbarn erheben, sagten sie, sie würden sich selbst treu bleiben, und die einzigen Lebewesen, die sie schlachten wollten, sei Vieh, für jene Tische gedacht, an denen die Menschen Augenblicke der Freude feiern wollten. Als Bulbul Fakh sah, dass er verloren hatte, dass seine messerscharfe Klarheit durch Yambarzals verwirrende Schöpfung einer komischen Groteske abgestumpft worden war, ging er wortlos in seine Wohnräume und kehrte mit nichts mehr als jenem Lumpenbündel zurück, das er am Tag seiner Ankunft in Shirmal getragen hatte. «Ihr Querschädel seid für mich noch nicht bereit», sagte er. «Doch der Krieg, der jetzt beginnt, wird lange dauern und notwendig sein, denn die Feinde heißen Gottlosigkeit, Unmoral und das Böse. Dank des korrupten Herzens der Menschen im Allgemeinen und der ungläubigen *kafirs* im Besonderen ist es ein Krieg, der nicht leicht zu Ende gebracht werden kann. Wenn sich eure Herzen für mich geöffnet haben, dann komme ich vielleicht noch einmal wieder.»

Bombur Yambarzal hatte nie geheiratet, und da er bereits über fünfzig war, rechnete er auch nicht mehr damit, noch eine Braut zu finden. Doch in den Augen und Gesichtern einiger Matronen, die ihm nachsahen, wie er klappernd und tropfend in die Küchen ging, um seine lächerliche Rüstung der Rechtschaffenheit und des Friedens abzulegen, sah er, was er nie zuvor in den Augen und Gesichtern von Frauen entdeckt hatte, nämlich Zuneigung. Hasina Karim, die Witwe eines kürzlich verstorbenen Unter-*waza*, die wegen ihres rötlich gefärbten Haars allgemein nur unter dem Namen «Harud», also «Herbst», bekannt war, eine attraktive Frau mit zwei erwachsenen, sich um ihre materiellen Bedürfnisse kümmernden Söhnen, die aber niemanden hatte, um den freien Platz in ihrem Bett zu füllen, begleitete ihn ohne ein Wort und half ihm, die Töpfe und Pfannen abzuschnallen und das Blut von seiner Haut zu waschen. Als sie fertig waren, versuchte Bombur Yambarzal zum ersten Mal in seinem Leben, jemandem vom anderen Geschlecht zu schmeicheln. «Harud ist ein unpassender Name für dich», brachte er heraus und wollte dann sagen: «Du solltest Sonth heißen, denn du siehst jung wie der Frühling aus.» Doch Übereifer machte seinen Mund närrisch, und zu seiner großen Verlegenheit sagte er stattdessen *sonf*. «Denn du siehst jung wie Anissamen aus» ist nun wirklich eine ziemlich idiotische Bemerkung. Peinlich berührt, lief er knallrot an. «Es gefällt mir, dass du ungeschickt mit Komplimenten bist», tröstete sie ihn und strich über seine Hand. «Ich traue Männern nicht, denen die Worte allzu glatt über die Lippen kommen.»

Trotz der kühnen Tat des *waza* kam es an diesem Tag zu einer Tragödie. Außer Bulbul Fakh wusste niemand, dass drei junge Männer, die zauselbärtigen Gegroo-Brüder Aurangzeb, Alauddin und Abulkalam, ein Trio verbitterter, nichtsnutziger junger Ratten, denen Bombur bei Banketten höchstens den Abwasch anvertraute, aus dem Hinterausgang der Moschee geschlüpft und auf der Suche nach Ärger in Richtung Pachigam gezogen waren, wobei sie sich unterwegs Mut aus einer Flasche mit braunem Rum antranken, was Bulbul Fakh gewiss nicht gebilligt hätte. Im Schutz der Dunkelheit schlichen sie spätnachts zurück nach Shirmal und schlossen sich in die leere Moschee ein. Gerade rechtzeitig, denn noch vor Anbruch der Dämmerung ritt die mächtige Gestalt des Hünen Misri, des Zimmermanns, auf einem Pferd nach Shirmal, Äxte im Gürtel und Gewehre über der Schulter. «Gegroos!», brüllte er, als er ins Dorf galoppierte und alle noch schlafenden Bewohner weckte. «Ihr wart bei meiner Tochter, nun müsst ihr zu eurem Gott.»

Zoon Misri war vergewaltigt worden. Sie wollte auf der Wiese von Khelmarg Blumen pflücken, als es passierte. Man zerrte sie vom Hügelpfad in den Wald, presste sie auf rauem Boden nieder und fiel über sie her, doch obwohl ihr ein Sack über den Kopf gestülpt wurde, konnte sie die drei Angreifer an ihren nasalen, winselnden Stimmen identifizieren, die ohne jeden Zweifel den Gegroos gehörten und trotz ihrer Trunkenheit problemlos zu erkennen waren. «Wenn wir die gotteslästerliche Hure schon nicht selbst haben können», hörte sie Aurangzeb sagen, «muss eben ihre hübscheste Freundin herhalten.» – «Genau», pflichtete ihm Alauddin bei, «die war sich immer zu fein, um solche wie uns auch nur anzusehen.» Und Abulkalam, der Jüngste, fügte hinzu: «Tja, Zoon, aber jetzt sehen *wir dich* an.» Nach der Vergewaltigung rannten ihre Peiniger kichernd davon. Zoon fand die Kraft, zerschlagen und mit zerrissenen Kleidern nach Pachigam hinunterzugehen, wo sie Boonyi, Gonwati und Himal in erschreckend gleichmütigem Ton alle Einzelheiten berichtete, doch traute sie sich nicht, ihrem Vater (die Mutter war vor Jahren verstorben) davon zu erzählen. Und obwohl ihre Freundinnen sie trösteten, sie badeten und ihr sagten, sie habe keinen Grund, sich zu schämen, sagte Zoon, sie könne sich nicht vorstellen, mit denen in ihr weiterzuleben, mit der Erinnerung daran, wie sie in sie eingedrungen waren, mit ihrem Samen. Boonyi, auf der das schreckliche Gefühl lastete, dass Zoon an ihrer Stelle litt, dass die Wunden, die man ihrer Freundin zugefügt hatte, eigentlich für sie gedacht gewesen waren, erzählte dem Zimmermann schließlich, was vorgefallen war. Der Hüne Misri tat wenig, ihr diese Last zu erleichtern. Während er sein Pferd sattelte, sagte er: «Ihr drei haltet sie am Leben. Dafür seid ihr verantwortlich, hört ihr? Wenn sie stirbt, will ich von euch den Grund dafür wissen.» Dann verschwand er in die Nacht, so schnell ihn sein Pferd tragen konnte.

Kaum waren die drei Gegroo-Brüder wieder nüchtern, sahen sie ein, dass ihr Leben durch die begangene Dummheit plötzlich nichts mehr wert war und ihnen nur die Hoffnung blieb, so lange Asyl in der Moschee zu suchen, bis Armee oder Polizei auftauchte und Zoons Vater davon abhielt, sie zu kreuzigen, in Stücke zu hacken oder was immer er sonst für eine Rache planen mochte. Der Hüne Misri hatte tatsächlich allerhand üble Dinge für die drei Gegroos im Sinn, und als er den sich versammelnden Shirmali mitteilte, welches Verbrechen die rattenköpfigen Brüder begangen hatten, brachte es auch niemand über sich, ihn davon abzuhalten. Allerdings war man der Ansicht, dass der Zimmermann die Heiligkeit der Moschee nicht verletzen dürfe. Also band der Hüne Misri sein Pferd an einen Baum und rief den Brüdern Gegroo zu: «Ich warte, bis ihr rauskommt, und sollte es zwanzig Jahre dauern.»

Aurangzeb, der älteste Gegroo, markierte den Mutigen. «Wir sind drei gegen einen und außerdem schwer bewaffnet», schrie er zurück. «Pass lieber auf dich auf.» – «Wenn ihr einer nach dem anderen kommt», sinnierte der Hüne Misri, «verarbeite ich euch zu Kebab. Kommt ihr alle zusammen, könnt ihr sicher sein, dass ich zwei von euch erwische, ehe ihr mich kriegt, und ihr wisst nicht, welche zwei das sein werden.» – «Außerdem», fügte Bombur Yambarzal wütend hinzu, «seid ihr nicht drei gegen einen, sondern ihr drei kleinen Schisser habt es mit jedem körperlich gesunden Mann in dieser Gegend zu tun.» Um eine Flucht zu verhindern, hatten die Männer von Shirmal das Gebäude umzingelt. Nach einigen Stunden kam ein Militärjeep, und die Polizisten warnten die Dorfbewohner, dass Gewalt nicht gestattet sei, eine Warnung, die alle in den Wind schlugen. «Außerdem», schrie Bombur den entsetzten Gegroos zu, «bringen wir euch weder zu essen noch zu trinken. Mal sehen, wie lange ihr das aushaltet.»

Der Himmel schrie auf, als unsichtbare Kampfflugzeuge weiße Streifen ins Blau kratzten. Es kam zur Schlacht an der Grenze bei Uri und Chhamb, dort, wo Colonel Kachhwaha sich seine ersten Sporen verdiente, ohne etwas von der Belagerung in Shirmal zu ahnen. Der Krieg zwischen Indien und Pakistan hatte begonnen. Er dauerte fünfundzwanzig Tage. Während jeder Minute dieser Zeit – die kurzen Momente ausgenommen, in denen er hinter einem nahen Busch seine Notdurft verrichtete – hockte der Hüne Misri wie ein Fels vor der Tür zu Bulbul Fakhs Moschee, den Sattel an seiner Seite. Essen wurde ihm aus Shirmals Küchen gebracht, und ein netter, junger *syce* aus dem Dorf bewegte und fütterte das Pferd und stellte es unter. Ein steter Besucherstrom aus Pachigam brachte dem Zimmermann Neuigkeiten von Zoon, die bei den Nomans wohnte, sich ruhig und fügsam verhielt und sogar schon ein- oder zweimal gelächelt hatte. Die Männer von Shirmal setzten sich abwechselnd zu dem Hünen, und selbst die Polizei legte Schichten ein. Allmählich wurden die aus der Moschee dringenden Stimmen leiser. Die Gegroos hatten gedroht, geklagt, geschmeichelt, geweint, geflucht und sich gestritten, hatten gebettelt und um Vergebung gefleht, doch sie hatten sich nicht ein einziges Mal blicken lassen.

Nach fünfundzwanzig Tagen schrie der Himmel nicht mehr auf. «Frieden», sagte Bombur Yambarzal zu Hasina Karim, doch es war ein blutbefleckter Friede; der stumme Himmel über Shirmal glich dem Tod. «Ob sie noch leben? Was meinst du?», fragte Bombur den Hünen Misri, und der Zimmermann erhob sich langsam, schwankend vor Erschöpfung wie ein Soldat, der aus dem Krieg heimkehrt. «Sie waren schon immer saft- und kraftlose Schweinebacken», sagte er und wusste, dass er den Nachruf auf die Gegroos sprach. «Wie Ratten in der Falle sind sie krepiert.»

Der Hüne sorgte dafür, dass alle Ausgänge des fensterlosen Baus mit einem Vorhängeschloss versperrt wurden, ehe er seinen Wachtposten aufgab und die Schlüssel mitnahm. Die Militärpolizei – der müde Offizier vom Dienst in seinem staubigen Jeep – protestierte matt. «Fahren Sie heim», sagte der Hüne. «Hier wurde kein Verbrechen begangen.» – «Und wenn sie noch leben?», wollte der Offizier wissen. «Dann», erwiderte der Hüne, «brauchen sie nur zu klopfen.» Doch ein solches Klopfen wurde nie gehört. Die kleine Moschee am Ende des Dorfes blieb verschlossen und ungenutzt. Die großen Ereignisse eines einzigen, machtvollen Tages, der Sieg Bombur Yambarzals mit seinen Kochtöpfen über Bulbul Fakh sowie das Verbrechen der Brüder Gegroo und ihr Entschluss, sich bis zum Tode in diesem Gebäude zu verschanzen, hatte die Moschee irgendwie aus dem Bewusstsein der Dorfbewohner verdrängt, fast so, als wäre sie buchstäblich von ihren Häusern fortgerückt worden. Die Wildnis ergriff wieder Besitz von ihr. Bäume marschierten aus dem Wald und nahmen sie ein, Schlingpflanzen und Dornbüsche umschlossen und beschützten sie. Sie verschwand aus dem Blick wie ein Schloss unter einem Märchenfluch, bis das hölzerne Dach schließlich verrottete und einbrach, die Türriegel verrosteten und die billigen Vorhängeschlösser abfielen; selbst die Erinnerung an die Brüder Gegroo verschwand und ließ nur einen mächtigen Aberglauben zurück, der es niemanden wagen ließ, einen Fuß an jenen Ort zu setzen, an dem die Brüder vor Hunger und Feigheit gestorben waren, und so sollte es bis zu jenem Tag bleiben, an dem sie von den Toten zurückkehrten. Allerdings waren es bis dahin noch mehr als zwanzig Jahre, und so lange lebte Zoon Misri still vor sich hin und wurde langsam wieder sie selbst, auch wenn eine gewisse Leichtigkeit auf immer verschwunden blieb. Niemand hielt je um ihre Hand an. So war es nun mal. Keiner wusste es zu erklären, und keiner konnte es ändern. Allerdings verstand auch niemand, dass Zoon nur am Leben blieb, weil ihr das Verschwinden der Brüder Gegroo in ihr verschwundenes Grab erlaubte, sich einzureden, dass es sie nie gegeben hatte und dass sie niemals getan hatten, was ihr angetan worden war. Der Tag ihrer Wiederkehr von den Toten war für Zoon der letzte Tag ihres Lebens.

Als er 1965 aus dem Krieg nach Elasticnagar zurückkehrte, war Colonel Hammirdev Kachhwaha aufs Neue ein anderer Mensch. Der Tod seines Vaters hatte ihn kurzzeitig aus dem Gefängnis unerfüllter Erwartungen befreit, doch nahm ihn das Erlebnis des Krieges erneut gefangen, und aus diesem Verlies sollte er sich nie mehr befreien können. Die Kampfhandlungen waren für Colonel Schildkröte eine Enttäuschung gewesen. Der Krieg, dessen oberster Zweck eine noble Eindeutigkeit von Sieg oder Niederlage war und der Klarheit schaffen sollte, wo keine existierte, hatte nichts gelöst. Ruhm hatte es nur wenig gegeben, dafür viel sinnloses Sterben. Keine Seite hatte ihre territorialen Ansprüche durchsetzen oder mehr als nur einen winzigen Zipfel Land für sich gewinnen können. Als der Friede kam, war es schlimmer als vor der fünfundzwanzigtägigen Schlacht. Dieser Friede brachte größeren Hass, größere Verbitterung, tiefere gegenseitige Verachtung. Für Colonel Kachhwaha jedoch gab es keinen Frieden, da der Krieg in seinem Gedächtnis endlos weitertobte, jeder Augenblick wiederholte sich in jedem Augenblick eines jeden Tages, die blaugrüne Feuchtigkeit der Schützengräben, der Golfball der Angst in der Kehle, an dem er zu ersticken drohte, explodierende Bomben wie tödliche Palmwedel am Himmel, die bitteren Grimassen vorbeizischender Kugeln, das Schillern der Wunden und

Verstümmelungen, die Weißglut des Todes. Kaum war er wieder in Elasticnagar, zog er sich in sein Quartier zurück und ließ die Jalousien herab, aber der Krieg wollte nicht aufhören, die grelle Zeitlupe wütender Zweikämpfe, bei denen die gläserne Zerbrechlichkeit seines eigenen erbärmlichen, stinkenden Lebens jeden Augenblick durch dieses Bajonett, jenes Messer, diese Granate, jenes schreiende, schwarz beschmierte Gesicht zerstört werden konnte, bei dem diese Knöcheldrehung, jenes Hüftschwenken, dieses Kopfducken, jener Armstoß die Dunkelheit herbeirufen konnte, die aus den Klüften der zerrissenen Erde aufstieg, jene Dunkelheit, die an den Körpern der Soldaten züngelte, ihre Kräfte fortleckte, ihre Beine, ihre Hoffnung, ihre Beine, diese zerschmelzenden farblosen Beine. Er musste in Dunkelheit sitzen, in seiner eigenen, sanften Dunkelheit, damit diese andere Dunkelheit nicht kommen konnte. In der Dunkelheit sitzen und auf immer im Krieg sein.

Die Soldaten waren gereizt. Sie zählten ihre Toten, versorgten die Verwundeten, und die Hochspannung des Krieges summte in ihren Adern. Sie hatten einen Krieg für Menschen gefochten, die undankbar waren, die es nicht verdienten, dass man für sie kämpfte. Ein feindliches Phantasiebild breitete sich unter der Mehrheit im Tal aus, ein Traum vom idyllischen Leben auf der anderen Seite, im religiösen Staat. Man konnte das den Leuten nicht erklären. Man konnte ihnen die Maßnahmen nicht begreiflich machen, die man im Frieden wie im Krieg für sie ergriff. So war es Nicht-Kaschmiri hier beispielsweise verboten, Land zu besitzen. Dieses vernünftige Gesetz gab es auf der anderen Seite nicht, weshalb sich dort viele Leute ansiedelten, denen die kaschmirische Kultur fremd war. Wilde Bergleute, Fanatiker, Ausländer machten sich da breit. Hier beschützte das Gesetz die Bürger gegen solche Elemente, aber die Bürger blieben undankbar und verlangten auch weiterhin Selbstbestimmung. Scheich Abdullah hatte es aufs Neue verkündet: Kaschmir den Kaschmiri. Überall sah man diesen idiotischen Slogan, auf Wände gepinselt, an Telegraphen-masten geklebt, wie Rauch hing er in der Luft. Vielleicht hatte der Feind den richtigen Einfall gehabt. Die Bevölkerung passte nicht hierher. Eine neue Bevölkerung musste gefunden werden. Das Tal sollte von allen Bewohnern gesäubert und mit anderen Menschen wieder aufgefüllt werden, mit welchen, die dankbar dafür waren, hier sein zu dürfen, die dankbar dafür waren, dass man sie verteidigte. Colonel Kachhwaha schloss die Augen. Der Krieg explodierte auf den Bildschirmen seiner Augen, Formen verschmolzen und verschwammen, die Farben verdunkelten sich, bis die Welt nur noch schwarz in schwarz war.

Anweisungen der Armee gehorchend, ließ er in den Dörfern Routinekontrollen durchführen. Doch muss gesagt werden, dass es selbst bei Routinekontrollen zu gelegentlichen Versehen kommen kann. Und so stieg die Zahl der Gewalttaten versehent-lich an. Es ging die Rede von versehentlichen Schüssen, verse-hentlichen Schlägen, dem versehentlichen Gebrauch von Elek-troschockern, ein, zwei versehentlichen Toten. In Shirmal, wo Bulbul Fakh gewirkt hatte, waren alle verdächtig. Es gab lange Verhöre, und diese Sitzungen zeichneten sich nicht durch allzu große Sanftmut der Verhörspezialisten aus. In Pachigam gab es auch Probleme, doch rechnete man dem Dorf die drei Pandits im *panchayat* hoch an. Abdullah Noman, der jahrelang das Dorf in seiner hohlen Hand gehalten hatte, sah sich plötzlich mit der ungewohnten Situation konfrontiert, auf Pyarelal Kaul, den Hü-nen Misri und Shivshankar Sharga angewiesen zu sein, damit sie ein gutes Wort für ihn und seine Familie einlegten. Die Nomans standen auf der Liste. Die schamlose Mischehe zwischen Abdul-lahs jüngstem Sohn und Boonyi Kaul wurde in höchsten Kreisen missbilligt. Außerdem war Anees Noman verschwunden. Fir-daus sagte den Soldaten, er besuche Verwandte im Norden, doch glaubte man ihrer Erklärung nicht. Anees Nomans Name stand auf einer anderen Liste.

Boonyi Kaul Noman und Shalimar der Narr wohnten bei Abdullah und Firdaus. In der Nacht, in der Anees das Haus verließ, gerieten die Brüder in einen bitteren Streit. Gegen Ende der Auseinandersetzung sagte Anees: «Dein Problem ist diese Ehe, die lässt dich einfach nicht mehr klar sehen.» Boonyi und Shalimar hatten keine Kinder, weil Boonyi behauptete, noch zu jung für eine Familie zu sein. Und Anees versäumte in seiner letzten Bemerkung nicht, darauf hinzuweisen, dass sie sich damit doch ziemlich verdächtig benehme. Ihm war klar, dass er zu viel gesagt hatte, und so öffnete er die Hintertür und verschwand in der Dunkelheit. «Er sollte besser draußen bleiben», sagte Shalimar der Narr zu niemand Bestimmtem. «Hier drinnen ist es für ihn nicht mehr sicher.» Als später alle im Bett lagen, redeten Abdullah und Firdaus Noman über ihre Enttäuschung. Bis jetzt hatten sie geglaubt, der geliebten Kaschmirayat sei am besten mit irgendeiner Form von Verbindung zu Indien gedient, denn in Indien wurde gerührt, dieses und jenes vermischt, Hindus und Muslime, viele Götter und ein Gott. Aber die Stimmung hatte sich geändert. Die Verbindung von Boonyi, der Tochter ihres Freundes, und Shalimar dem Narren, ihrem eigenen geliebten Jungen, die sie der Welt als ein Zeichen vorgehalten hatten, wirkte nun wie ein unangemessen optimistisches Symbol, und der Eifer, mit dem sie sich dafür einsetzten, glich längst einem letzten Rückzugsgefecht. «Es wächst auseinander, was zusammengehört», sagte Firdaus. «Jetzt weiß ich, warum Nazarébaddoor sich vor der Zukunft fürchtete und sie nicht mehr erleben wollte.» Schlaflos starrten sie an die Zimmerdecke und fürchteten um ihre Söhne.

Am anderen Ende des Dorfes lag in jener selben Nacht Pandit Pyarelal Kaul wach in seinem leeren Haus am Muskadoon und trauerte ebenso, hatte ebensolche Angst. Doch als der Blitz in Pachigam einschlug, waren es keine Hindu-Muslim-Probleme, die das Gewitter verursachten. Das Problem wurde auch nicht durch den wachsenden Irrsinn von Colonel Schildkröte heraufbeschworen, von der latenten Gefahr der Eisernen Mullahs, der Blindheit Indiens, den Routinekontrollen oder dem Halbmondschatten Pakistans. Der Winter brach an, als es geschah. Die Bäume waren schon fast kahl, die Nächte wurden länger, und es blies ein kalter Wind. Viele Dorffrauen holten die Winterarbeit hervor und begannen gewissenhaft, Kopftücher zu besticken. Und dann, gerade als die *bhands* von Pachigam ihre Requisiten und Kostüme bis zum nächsten Frühjahr forträumen wollten, kam ein Bote von der Regierung in Srinagar, um ihnen zu melden, dass es in diesem Jahr noch eine Vorstellung geben sollte.

Mr. Maximilian Ophuls, der amerikanische Botschafter, kam nach Kaschmir, ein gelehrter Gentleman, der offenbar ein lebhaftes Interesse an allen Aspekten der kaschmirischen Kultur hegte. Er würde mit seinem Gefolge im Jagdschloss der Regierung in Dachigam wohnen, einem geräumigen Sommerhaus unterhalb eines steilen Berges, über dessen Hänge die *barasingha* wie Könige stolzierten (allerdings dürften diese Hirsche ihr mächtiges Geweih zu dieser Jahreszeit bereits abgestoßen haben, um sich wie alle Welt auf den Winter vorzubereiten). Botschafter Ophuls' persönlicher Berater, Mr. Edgar Wood, hatte eigens um einen festlichen Abend gebeten, an dem das Bankett-mit-höchstens-sechzig-Gängen aufgetragen werden sollte; ein *santoor*-Spieler aus Srinagar würde traditionelle kaschmirische Weisen spielen und die wichtigsten Autoren des Landes Abschnitte aus der mystischen Lyrik von Lal Ded sowie aus eigenen, zeitgenössischen Gedichten rezitieren; ein Geschichtenerzähler würde Ausgewähltes aus der riesigen kaschmirischen Geschichtensammlung *Katha-sarit-sagar* vortragen, gegen die die *Geschichten aus Tausendundeiner Nacht* kurz wie eine Novelle wirkten, und auf besondere Bitte sollten die berühmten *bhands* von Pachigam eine Aufführung geben. Der Krieg hatte Pachigams Verdienst arg geschmälert, und dieser späte Auftrag kam einem wahren Segen gleich. Abdullah beschloss, eine Auswahl von Szenen aus dem gesamten Repertoire der Truppe anzubieten, darunter verhängnisvollerweise auch die Tanznummer aus *Anar-kali*, einem neuen Stück, das die Truppe nach dem ungeheuren Erfolg des Films *Mughal-e-Azam* verfasst hatte und in dem es um die Liebesgeschichte zwischen dem Kronprinzen Salim und dem einfachen, doch unwiderstehlichen *nautch*-Mädchen Anarkali ging. Prinz Salim war in Kaschmir nicht nur deshalb beliebt, weil er der Sohn des Großmoguls Akbar war, sondern auch, weil er, kaum hatte er die Nachfolge seines Vaters als Herrscher Jehangir angetreten, deutlich machte, dass Kaschmir seine zweite Anarkali war, seine andere große Liebe. Die Rolle der schönen Anarka-li würde wie gewöhnlich Pachigams beste Tänzerin spielen, also Boonyi Kaul Noman. Kaum hatte Abdullah Noman seine Ent-scheidung verkündet, waren die Würfel gefallen. Die unsichtba-ren Planeten richteten ihre volle Aufmerksamkeit auf Pachigam. Der nahende Skandal flüsterte und wisperte wie der Monsunwind in den Chinarbäumen, doch die Blätter regten sich nicht.

Als Boonyi zum ersten Mal in Maximilian Ophuls' Augen blick-te, verbeugte sie sich, während er ihr frenetisch Beifall spendete und sie dabei so durchdringend ansah, als wollte er ihr direkt ins Herz schauen. In diesem Moment wusste sie, dass sie gefunden hatte, wonach sie suchte. «Ich habe mir geschworen, dass ich die Gelegenheit beim Schopfe packe, sobald sie sich bietet», sagte sie sich, «und jetzt ist sie da, starrt mir ins Gesicht und klatscht wie verrückt.»

❋ ❋ ❋ ❋ ❋ ❋ ❋ ❋ ❋ ❋ ❋ ❋ ❋ ❋ ❋ ❋ ❋

Max

***

IN STRASSBURG, einem Ort mit alten, charmanten Stadt-
vierteln und hübschen Gärten, unweit vom charmanten Parc des
Contades, gleich um die Ecke der alten Synagoge in jener Straße,
die einst Rue du Grand Rabbin René Hirschler hieß, im Herzen
einer netten, vornehmen Gegend, die von reizenden und charmanten Leuten bewohnt wurde, stand die weitläufige und – ganz
recht – unbestreitbar charmante Villa, ein *petit palais* der Belle
Époque, in der Botschafter Maximilian Ophuls, berühmt für das,
was ein Journalist einmal ein «gefährliches, wenn nicht gar le-
bensbedrohliches Maß» an Charme nannte, in einer hochkulti-
vierten Familie von Aschkenasim aufwuchs. Max Ophuls selbst
stimmte der neidvollen Einschätzung des Leitartiklers durchaus
zu. «Als Straßburger», erzählte er gern, «lernte man auf die harte
Tour, wie trügerisch jeder Charme sein kann.»

Als Lyndon B. Johnson ihn fast zwei Jahre nach der Ermordung Kennedys als Nachfolger von John Kenneth Galbraith zum
indischen Botschafter ernannte, ging Max Ophuls so weit, zu behaupten – er sprach bei einem Bankett, das ihm zu Ehren gleich
nach seiner Akkreditierung vom Philosophen und Staatspräsi-
denten Sarvepalli Radhakrishnan in dessen Residenz veranstaltet
wurde –, er hoffe, da er aus dem Elsass stamme, Indien ein wenig
verstehen zu können, denn jener Teil der Welt, in dem er aufgewachsen war, sei ebenfalls viele Jahrhunderte lang von wechselnden Grenzen geprägt und verändert worden, von Aufständen und
Umwälzungen, Flucht und Rückkehr, Eroberung und Rücker-

oberung, vom Römischen Reich, dem die Alemannen folgten, den Alemannen, denen die Hunnen Attilas folgten, nach den Hunnen dann erneut den Alemannen und nach den Alemannen den Franken. Noch ehe in der Zeitrechnung die Jahreszahl vierstellig geworden war, hatte Straßburg erst zu Lothringen gehört, dann zu Deutschland, war von namenlosen Ungarn zerstört und von Sachsen unter Otto wieder aufgebaut worden. Reformation und Revolution lagen den Bürgern im Blut, das Gegenreformatoren und Reaktionäre in seinen charmanten Straßen vergossen hatten. Nach dem Dreißigjährigen Krieg darbte das Deutsche Reich, und die Franzosen waren an der Reihe. Die Französisierung des Elsass, die unter Ludwig XIV. begann, führte 1871 zur Entfranzösisierung, nachdem die Preußen im brutalen Winter des Jahres 1870 die Stadt ausgehungert und niedergebrannt hatten. Es setzte die Germanisierung ein, doch kaum vierzig Jahre später folgte die Entgermanisierung. Dann kam Hitler und mit ihm Gauleiter Robert Wagner, und Geschichte hörte auf, theoretisch und verstaubt zu sein, und wurde wieder persönlich, und sie stank. Neue Ortsnamen prägten sich der Geschichte Straßburgs und auch der seiner Familie ein: Schirmeck, Struthof. Das Konzentrationslager, das Vernichtungslager. «Wir wissen, was es heißt, einer alten Zivilisation anzugehören», sagte Botschafter Ophuls, «und auch wir haben unser Maß an Gemetzel und Blutvergießen erduldet. Unsere großen Politiker, unsere Mütter und selbst unsere Kinder sind uns genommen worden.» Er senkte den Kopf, einen Moment lang unfähig, noch etwas zu sagen, und Staatspräsident Radhakrishnan fasste nach seiner Hand. Alle waren plötzlich sehr ergriffen.

«Verliert ein Mensch seinen Traum, eine Familie ihr Heim, ein Volk seine Rechte, eine Frau ihr Leben», fuhr Botschafter Maximilian Ophuls fort, sobald er wieder sprechen konnte, «verlieren wir all unsere Freiheiten, die eines jeden einzelnen Lebens, eines jeden Heims, einer jeden Hoffnung. Tragödien sind immer einmalig und gehen doch uns alle an. Was einem von uns genommen wird, wird uns allen genommen.» Nur wenige Leute schenkten damals diesen viel zu allgemeinen Ansichten Beachtung, was aber in Erinnerung blieb, das war der Händedruck. Diese wenigen Sekunden direkten menschlichen Kontaktes bewirkten, dass man in Max Ophuls einen Freund Indiens sah, den man noch überschwänglicher an den nationalen Busen drückte als seinen bewunderten Vorgänger. Von jenem Augenblick an stieg Max' Popularität in ungeahnte Höhen, und als im Laufe der Zeit deutlich wurde, dass er ein großer Bewunderer von beinahe allem Indischen war, wurde daraus fast so etwas wie Liebe. Das war auch der Grund, weshalb später der Skandal so heftig über ihn hereinbrach wie ein fürchterlicher Sturm. Die Nation war von Max Ophuls nicht nur enttäuscht, sie fühlte sich im Stich gelassen. Wie eine verschmähte Geliebte richtete sich Indien gegen diesen charmanten Kerl von einem Botschafter, um ihn in seine charmanten Einzelteile zu zerbrechen. Nach Max Ophuls' Abberufung hatte Chester Bowles, der viele Jahre lang die Aufmerksamkeit der amerikanischen Politik von Pakistan auf Indien zu lenken versuchte, einen deutlich schwereren Stand.

Wie den meisten Menschen seiner Heimat war Max Ophuls von klein auf beigebracht worden, Paris zu misstrauen. Anya Ophuls und Max senior, seine Eltern, besaßen dort eine Wohnung in der Avenue Foch 8, nutzten sie aber recht selten, meist nur, wenn das Geschäft die unwillkommene Fahrt in den Westen nötig machte, und stets kehrten sie baldmöglichst wieder heim, die Brauen in schnöder Verachtung hochgezogen. Nach seinem Studium an der Universität Straßburg, das er in Wirtschaftswissenschaften und Internationaler Politik mit Auszeichnungen abschloss, hatte Max junior einige Jahre in Paris verbracht und wäre der Stadt in dieser Zeit beinahe verfallen. Er ergänzte seine Ausbildung um ein Jurastudium, erwarb sich den Ruf eines Dandys und Ladykillers, entwickelte eine Vorliebe für Spazierstock und

Gamaschen, bewies ein erstaunliches Geschick als Hobbymaler und kreierte Dalís und Magrittes von solch subtiler Brillanz, das selbst der Kunsthändler Julien Levy auf seine Bilder hereinfiel, als er nach einer im *Coupole* durchzechten Nacht in Max' Atelier stand. «Was vergeudest du deine Zeit mit Jura und Geld, wenn du dein Leben als Kunstfälscher verbringen könntest?», rief Levy, kaum hatte man ihn über seinen Irrtum aufgeklärt. Er war der Liebhaber von Frida Kahlo und Galerist des magischen Realisten Tschelitschew, außerdem trieb ihn in jenen Tagen die helle Wut um, da man seinen Plan abgelehnt hatte, mitten auf dem Gelände der New Yorker Weltausstellung einen surrealistischen Pavillon in Form eines Riesenauges zu bauen. «Das sind keine Fälschungen», erklärte Max Ophuls, «weil es dazu keine Originale gibt.» Levy verstummte und sah sich die Bilder genauer an. «Es gibt nur eines, was mit denen nicht stimmt», sagte er. «Ich bringe in den nächsten Tagen die Maler vorbei, damit sie die Bilder signieren, und dann sind sie perfekt.» Max Ophuls fühlte sich geschmeichelt, wusste jedoch, dass die Kunst nicht seine Welt war. Damit hatte er Recht, was aber seine künftige Mitgliedschaft in der Welt der Fälscher anging, sollte er sich irren. Die Geschichte, sein eigentliches Metier, seine wahre Berufung, der er das ganze Leben widmen sollte, würde sein Talent als Fälscher eine Weile mehr schätzen als all seine anderen Fähigkeiten.

Paris war ebenfalls nicht seine Welt. Kurz nach Levys Besuch lehnte er zur allgemeinen Verblüffung das Angebot einer Teilhabe in einer der berühmtesten Anwaltskanzleien der Stadt ab und verkündete, er wolle nach Hause zurückkehren und mit seinem Vater zusammenarbeiten. Die Ablehnung sei ebenso grotesk gewesen wie das Angebot selbst, behaupteten seine perplexen Pariser Freunde, die mit seinen neidischen Konkurrenten darin übereinstimmten, dass er erstens viel zu jung für eine so große Ehre und zweitens offenbar viel zu dumm oder – schlimmer noch – zu provinziell war, um das Angebot anzunehmen. Er fuhr nach Straßburg, wo er seine Zeit aufteilte zwischen der Arbeit als Assistenzprofessor für Wirtschaftswissenschaften an der Universität – der Vizekanzler und große Astronom André-Louis Danjon war von ihm «mächtig beeindruckt» und nannte ihn «einen viel versprechenden Mann, einen der kommenden Leute» – und der Mitarbeit in der Druckerei seines kränkelnden Vaters, der an der Schwindsucht litt. Die Katastrophe, die über Europa hereinbrach, machte dieser Welt innerhalb eines Jahres ein Ende.

Jahrzehnte waren seit jener Zeit vergangen, doch Paris blieb als Abfolge flackernder Bilder im amerikanisierten Gedächtnis des Botschafters haften. Die Stadt war gegenwärtig in der Art, wie er eine Zigarette hielt, in ihrem Rauch, der langsam über einen vergoldeten Spiegel trieb. Paris war seine Faust, die auf einen Caféhaustisch hämmerte, um einem politischen oder philosophischen Argument Nachdruck zu verleihen; ein Glas Cognac neben dem morgendlichen Kaffee und einer lauwarmen Brioche. Diese unschuldige und doch so gar nicht unschuldige Stadt war eine Prostituierte, ein Gigolo, war raffinierte Untreue an schuldig-unschuldigen Nachmittagen. Sie war zu schön und protzte mit ihrer Schönheit, als bettelte sie flehentlich darum, verunstaltet zu werden. Sie war eine gewisse Mischung aus Zärtlichkeit und Gewalt, Liebe und Schmerz. *Jeder auf der Welt hat zwei Heimatländer, sein eigenes und Paris*, hatte ihm damals ein Pariser Filmemacher gesagt. Doch er traute der Stadt nicht. Sie schien … er suchte nach dem richtigen Wort … *schwach* zu sein. Die Schwäche von Paris war die Schwäche Frankreichs, die den Beginn einer dunklen Metamorphose gestattete, durch die Grobheit über Raffinesse triumphierte und der welke Sieg des Elends über die Freude möglich wurde.

Natürlich sollte sich nicht nur Paris verändern. Auch sein geliebtes Straßburg wandelte sich von einem Flussjuwel zu einem billigen Rheinkiesel, wurde gleichbedeutend mit geschmacklosem Schwarzbrot, mit Kohlrübeneintopf und mit Freunden, die von der Bildfläche verschwanden. Die Stadt verkam zum höhnischen Grinsen über dem Kragen einer grauen Uniform, zum lebenden Tod der Kollaboration in den Augen schöner Tänzerinnen, zum stinkenden Gossenfinale der Toten. Auf rasche Kapitulation folgte träger Widerstand. Wie Paris wandelte Straßburg seine Gestalt, war nicht mehr es selbst und wurde zum ersten Paradies, das er verlor. Doch in seinem Innersten gab er der Hauptstadt die Schuld, warf ihr arrogante Schwäche vor und dass sie der Welt – und ihm – ein Bild hoher Zivilisation vorgehalten, aber nicht die Kraft besessen hatte, sie zu verteidigen. Der Fall der Stadt Straßburg war nur ein Kapitel in der Geschichte ihrer wechselnden Zugehörigkeiten. Den Fall von Paris aber hatte allein Paris zu verantworten.

Als Boonyi Noman in Kaschmir im Jagdschloss von Dachigam für ihn tanzte, dachte er an jene Federboas tragenden, vom Zigarrenrauch der Nazis umhüllten Revuegirls mit den toten Augen und daran, wie sie ihre Strumpfbänder zeigten. Die Kleider waren anders, doch in ihrem Blick lag derselbe harte Hunger, die Bereitschaft des Überlebenden, für eine vermeintliche Gelegenheit jegliche Moral über Bord zu werfen. Aber ich bin doch kein Nazi, dachte er. Ich bin der amerikanische Botschafter, der Typ mit dem weißen Hut. Herrgott nochmal, ich bin einer der Juden, die überlebt haben. Sie schwang die Hüften für ihn, und er dachte, außerdem bin ich ein verheirateter Mann. Sie schwang noch einmal die Hüften, und er hörte auf zu denken.

Er war ein Franzose mit deutschem Namen. Die Druckerpressen seiner Familie trugen das Logo *Art & Aventure*, einen Namen, den sie sich, ins Französische übersetzt, von Jean Gensfleisch aus Mainz liehen, jenem Genie des fünfzehnten Jahrhunderts, dessen Werkstatt in Straßburg *Kunst und Aventur* geheißen hatte, als er 1440 die Druckerpresse erfand und der Welt unter dem Namen Gutenberg bekannt wurde. Max Ophuls' Eltern waren wohlhabend, kultiviert, konservativ und kosmopolitisch; von klein auf sprach Max ebenso Hochdeutsch wie Französisch und war überzeugt, dass die großen Dichter und Denker der Deutschen ebenso selbstverständlich zu ihm gehörten wie die Poeten und Philosophen Frankreichs. «Die zivilisierte Welt kennt keine Grenzen», hatte Max senior ihm beigebracht. Doch als die Barbarei nach Europa kam, radierte auch sie alle Grenzen aus. Der künftige Botschafter Ophuls war neunundzwanzig Jahre alt, als man Straßburg evakuierte. Der Exodus begann am 1. September 1939; einhundertzwanzigtausend Straßburger flohen in die Dordogne und Indre. Die Familie Ophuls blieb, obwohl ihre Dienerschaft über Nacht verschwand, ohne zuvor zu kündigen, eine stumme Flucht vor dem Engel der Vernichtung, so wie in Kaschmir acht Jahre später die Palastbediensteten wortlos das königliche Dassehra-Bankett im Garten Shalimar verließen. Auch die Arbeiter an den Druckerpressen kehrten nicht auf ihre Posten zurück.

Die Universität wurde nach Clermont-Ferrand in die Zone Sud verlegt, jenseits des von den Deutschen besetzten Gebietes, und Vizekanzler Danjon drängte sein junges, aufstrebendes Genie der Wirtschaftswissenschaften, ihn dorthin zu begleiten. Doch Max, der Jüngere, wollte erst gehen, wenn er auch seine Eltern an einem sicheren Ort wusste. Er gab sich große Mühe, sie davon zu überzeugen, dass sie sich der Evakuierung anschließen sollten. Drahtig, elegant, das weiße Haar kurz geschnitten, mit Händen von Klavierspielern, nicht von Druckern, ein wenig vorgebeugt, um sich aufmerksam den absurden Vorschlag ihres Sohnes anzuhören, glichen Max senior und seine Frau Anya eher eineiigen Zwillingen als einem Ehepaar. Das Leben hatte den einen zum Spiegelbild des anderen gemacht. Selbst ihre Persönlichkeiten verflossen ineinander zu einem einzigen, zweiköpfigen Ich, und ihre Übereinstimmung in allen Dingen, den kleinen wie den großen, war so vollständig, dass sie einander nicht mehr zu fragen brauchten, was sie essen oder trinken wollten oder was sie zu irgendeinem beliebigen Thema dachten. Im Augenblick saßen sie Seite an Seite auf geschnitzten Holzstühlen in einem sechshundert Jahre alten Restaurant unweit der Place Kléber – eine historische, überaus charmante Gegend –, langten bei *choucroute au Riesling* und karamellisierter Lammschulter in Bier- und Kiefernhonigsoße herzhaft zu und betrachteten ihren klugen Sohn, ihr einziges, goldenes Kind, mit einem Gemisch aus großer Liebe und leiser, doch aufrichtiger Verachtung. «Max junior isst nichts», sinnierte Max senior verwundert, und Anya erwiderte: «Dem armen Jungen ist die politische Lage auf den Magen geschlagen.» Ihr Sohn drängte sie, sich doch nicht über ihn lustig zu machen, und gleich setzten sie mit allem Anschein von Gehorsam (aber eben nur dem Anschein) ein überaus ernstes Gesicht auf. Max holte tief Luft und hob zu seiner vorbereiteten Rede an. Die Lage sei verzweifelt, sagte er. Es sei nur eine Frage der Zeit, bis das deutsche Heer in Frankreich einmarschiere, und sollte es in den Grenzgebieten wie in Polen zugehen, würde sie ihr deutscher Familienname nicht schützen. Sie stünden einem bekannten jüdischen Haushalt in einer überwiegend jüdischen Gegend vor; das Risiko, von einem Spitzel verraten zu werden, sei real und nicht von der Hand zu weisen. Max senior und Anya sollten zu ihren guten Freunden, den Sauerweins, in die Nähe von Cro-Magnon ziehen. Er selbst plane, nach Clermont-Ferrand zu gehen, um dort zu unterrichten. Sie würden das Haus und die Druckerei in Straßburg verriegeln und verrammeln und einfach auf das Beste hoffen. Ob sie damit einverstanden seien?

Seine Eltern belächelten ihren Sohn, den Anwalt, und dessen geschickt vorgebrachte Argumente – und ihr Lächeln war identisch, links ein wenig hochgezogen, ein Lächeln, das keinen Blick auf die alt gewordenen Zähne erlaubte. Zeitgleich legten sie das Besteck hin und falteten die Klavierspielerhände im Schoß zusammen. Max senior warf Anya einen kurzen Blick zu, den Anya erwiderte; so boten sich beide das Recht auf eine erste Antwort an. «Mein Sohn», begann Max senior schließlich und schürzte die Lippen, «die Antworten auf die Fragen des Lebens kennt man erst, wenn man gefragt wird.» Max war das weitschweifige Philosophieren seines Vaters gewohnt und wartete darauf, dass er zur Sache kam. «Du weißt, was das bedeutet, Maxi», fuhr dann seine Mutter fort. «Ehe man selbst keine Rückenschmerzen hat, weiß man nicht, wie man sie erträgt. Wie man es aushält, nicht mehr so jung zu sein, weiß man erst, wenn man älter ist. Und erst wenn Gefahr droht, weiß ein Mensch, wie er mit der Gefahr umgehen wird.» Max senior griff nach einer Gebäckstange und biss mit lautem Krachen eine Hälfte ab. «Nun hat sich uns die Frage der Gefahr gestellt», sagte er, wies mit der übrig gebliebenen Hälfte auf seinen Sohn und kniff die Augen zusammen, «und jetzt kenne ich meine Antwort.»

In einer seltenen Demonstration von Uneinigkeit richtete Anya Ophuls sich auf. «Das ist auch meine Antwort, Maximilian», korrigierte sie sanft ihren Mann. «Ich glaube, das ist dir einen Moment lang entfallen.» Max senior runzelte die Stirn. «Natürlich, gewiss», sagte er. «Auch ihre Antwort, die kenne ich ebenso gut wie meine. Und mir, entschuldige, mir entfällt überhaupt nichts. Mein Verstand, ich bitte dich, der ist wie eine Faust aus Stahl.» Max junior fand, es sei an der Zeit, ein wenig Druck zu machen. «Und wie lautet nun die Antwort?», fragte er so behutsam wie möglich. Mit einem lauten, kurzen Auflachen vergaß sein Vater, was ihn geärgert hatte, und schlug mit aller Macht die Hände zusammen. «Ich habe festgestellt, dass ich ein Sturkopf bin!», rief er und musste laut husten. «Bockbeinig und obendrein störrisch wie ein Esel. Ich lasse mich nicht aus Haus und Geschäft vertreiben! Ich gehe nicht zu den Sauerweins, schau mir die Bilder von diesem tattrigen Greis an und esse Hechtklößchen. Ich bleibe zu Hause, führe meine Firma und biete dem Feind Paroli. Was glaubt der denn, mit wem er es zu tun hat? Mit irgendwelchen tintenklecksenden Straßenlümmeln? Ich mag mich ja vielleicht nicht mehr lange auf eigenen Beinen halten, mein Junge, aber mein Name steht noch für etwas in dieser Stadt.» Seine Frau zupfte ihn am Ärmel. «Ja, natürlich», fügte er hinzu, sank auf den Stuhl zurück und tupfte sich mit der Serviette die Stirn ab. «Deine Mutter ist genauso ein Sturkopf.» Er beendete seine Ausführungen mit einer Reihe von Hustenanfällen, deren Auswurf er in ein seidenes Taschentuch spuckte.

«Wenn das so ist», sagte Max junior und gab sich geschlagen, «schneide ich das Thema nie mehr an – allerdings nur unter einer Bedingung. Sollte der Tag kommen, an dem ich euch sage: Heute müsst ihr fliehen, dann will ich, dass ihr ohne Widerspruch noch am selben Tag flieht, denn ihr wisst, ich würde so etwas nicht sagen, wenn es nicht die reine Wahrheit wäre.» Seine Mutter strahlte ihn mit unverhohlenem Stolz an. «Jetzt schau dir doch nur an, wie hart er verhandeln kann, Max», rief sie. «Uns bleibt keine andere achtbare Wahl, als ihm zuzustimmen.»

Professor Max Ophuls informierte Vizekanzler Danjon, er wolle wegen familiärer Verpflichtungen in Straßburg bleiben. «Was für eine Verschwendung», erwiderte Danjon. «Sollten Sie sich doch noch fürs Überleben entscheiden, ehe man Sie umbringt, kommen Sie vorbei und besuchen Sie uns. Allerdings scheint es mir durchaus möglich, dass auch wir nicht verschont werden. Ich fürchte, dies wird eine L=0-Finsternis.» In den zwanziger Jahren hatte André Danjon eine Luminositätsskala entwickelt, die so genannte Danjon-Skala, um die relative Dunkelheit bei einer Mondfinsternis zu messen. L=0 bedeutete völlige Schwärze, die totale Abwesenheit von reflektiertem Erdlicht, das einem Mond während einer Mondfinsternis eine Restfärbung von dunklem Grau bis helles Kupferrot oder gar Orangerot verleihen kann. «Hätte ich Recht», sagte Danjon zu Max, «haben Sie und ich vielleicht nur beschlossen, während der allgemeinen Verdunkelung in zwei verschiedenen Städten zu sterben.»

Von jenem Tag an stand in einem Schrank für jeden der drei Ophuls eine kleine gepackte Tasche bereit, doch gingen sie wie gewohnt ihrer Arbeit nach. Da keine Dienstboten mehr da waren, blieb der größte Teil der Belle-Époque-Villa zum Schutz gegen den Staub mit Schonbezügen bedeckt und verschlossen. Sie aßen gemeinsam in der Küche, stellten zusätzliche Tische in die Bibliothek von Max senior, die für sie drei zum Büro wurde, hielten ihre Schlafzimmer sauber, wischten Staub und nutzten ein kleines Wohnzimmer, um dort die immer seltener werdenden Gäste zu empfangen. Was nun *Art & Aventure* betraf, so wurden zwei der drei berühmten Straßburger Druckereien sofort geschlossen. Die dritte, jene am Quai Mullenheim, eine kleine Kunstbuchdruckerei – für Hochdruck wie für Kupferlichtdruck –, in der seit vielen Generationen Werke der besten Künstler Europas nach weltweit höchsten Qualitätsstandards gedruckt worden waren, wurde zum Ort des letzten Rückzugsgefechts der Ophuls. Erst gingen sie zu dritt, arbeiteten jeden Tag und besetzten die Maschinen, doch wurden laufend Verträge gekündigt, sodass den wütenden Eltern bald nichts anderes übrig blieb, als «sich zur Ruhe zu setzen». Von da an ging Max junior allein in die Druckerei. Jeder Anruf von einem großen Verlag aus Paris vermehrte seine Verachtung für die Schwäche der Hauptstadt. Er konnte nicht vergessen, wie seine Mutter ins Telefon schrie: «Was soll das heißen, dies ist keine Zeit für die Kunst? Wenn nicht jetzt, wann dann?», um darauf mit wütendem Blick den stummen Hörer in ihrer Hand anzustarren, als sei er ein Verräter. «Hängt einfach ein», sagte sie zu niemand Bestimmtem. «Nach zwanzig Jahren Geschäftsbeziehungen hängt er ein und verabschiedet sich nicht mal.» Das Ende der Höflichkeit schien ihr stärker zuzusetzen als der Zusammenbruch des Familiengeschäftes. Ihr hustender Gatte ging gleich zu ihr, um sie zu trösten. «Schau dir die Regale an», sagte er. «Siehst du die vielen Bände? Diese Armee wird überdauern, auch wenn noch so viele Eisenmänner durch unser Leben rasseln.»

Als Max junior etwas über ein Jahr später hinter einem ausgebrannten Laster hockte und zusah, wie die Schätze aus dem Buchprogramm von *Art & Aventure* vor der brennenden Synagoge auf einen Scheiterhaufen geworfen wurden, kamen ihm die Worte seines Vaters wieder in den Sinn. Wenn er mit Max senior noch über die brennenden Bücher hätte reden können, hätte der alte Mann vermutlich nur mit den Achseln gezuckt und Bulgakow zitiert: *Manuskripte brennen nicht.* Nun, das mag sein oder auch nicht, dachte der verwaiste Max in der hell auflodernden Nacht, aber Menschen, die brennen prächtig, gibt man ihnen nur die Gelegenheit.

Straßburg verkam zu einer Geisterstadt, die Straßen waren mit Abwesenheiten durchlöchert. Natürlich blieb die Stadt mit ihren mittelalterlichen Fachwerkhäusern, den überdachten Brücken, den unverändert hübschen Aussichten und Ufergärten auch weiterhin charmant. Und während der künftige Botschafter Ophuls durch die meist verlassenen Gassen des Bezirks Petite France strich, sagte er sich: «Es ist, als wäre es August, alle sind fort, doch jeden Tag könnte es jetzt Zeit für *la rentrée* sein, und dann wimmelte es hier wieder vor Menschen.» Doch um das glauben zu können, musste man die eingeschlagenen Fensterscheiben ignorieren, die Spuren der Plünderungen und, die wilden Hunde auf den Straßen, meist im Stich gelassene Haustiere, die ihr Verlassensein verrückt machte. Auch den Untergang des eigenen Lebens musste man ignorieren, doch dafür gab es traditionelle, altehrwürdige Methoden, und im Laufe jenes Jahres, in dem seine Familie alles verlor, hielt sich Max Ophuls an die Tradition. Er suchte die wenigen verbliebenen Bordelle und Spelunken auf, und man hieß ihn willkommen, freute sich über das Geschäft und bot ihm die beste Ware zu Schleuderpreisen an. Der melancholische Zug, der in ihm schon angelegt gewesen war, brach in diesen Monaten vollends durch und löste depressive Phasen aus, die eines Churchill würdig gewesen wären. Mehr als einmal dachte er daran, seinem Leben ein Ende zu setzen, und nur die Tatsache, dass er wusste, wie abscheulich seine Eltern dies gefunden hätten, hielt ihn davon ab. Während das Jahr 1940 verging, ein Jahr, in dem alle Neuigkeiten schlecht waren, lief er durch die Straßen der Stadt, ihre Gassen, über ihre Plätze und entlang ihrer Uferwege, lief Stunde um Stunde in schnellem Schritt, den Kopf gesenkt, die Hände in die Taschen eines zweireihigen Militärmantels gestemmt, eine dunkelblaue Baskenmütze tief in die gefurchte Stirn gezogen. Wenn er schnell genug lief, so schnell wie ein Held aus einem amerikanischen Comic, wie Flash, wie ein jüdischer Superman, konnte er vielleicht die Illusion erzeugen, dass es die Bewohner Straßburgs noch gab. Wenn er schnell genug lief, konnte er vielleicht die Welt retten. Wenn er schnell genug lief, konnte er vielleicht in ein anderes Universum vorstoßen, in dem nicht alles so beschissen war. Wenn er schnell genug lief, konnte er vielleicht seine Wut und seine Angst überholen. Wenn er schnell genug lief, dann hörte er vielleicht auf, sich wie ein hilfloser Trottel zu fühlen.

Aus diesen Gedanken wurde er an einem Nachmittag im Mai durch einen heftigen Zusammenprall aufgeschreckt. Wie gewöhnlich hatte er nicht darauf geachtet, wohin er ging, doch diesmal war ihm jemand im Weg, eine überraschend kleine Frau, so klein, dass er zuerst glaubte, er hätte ein Kind überrannt. Ein verschnürtes und in braunes Packpapier eingewickeltes Päckchen fiel der kleinen Frau bei dem Sturz aus der Hand, und das braune Papier zerriss. Ihr Begleiter, ein großer, schlurfender Kerl, der so überdimensioniert war wie die Frau winzig, half ihr auf die Beine, nahm hastig das aufgerissene Päckchen an sich, zog seinen Regenmantel aus und wickelte es sorgsam darin ein. Dann hob er den Hut seiner Begleiterin vom Boden auf, einen Hut mit einer einzelnen Feder, klopfte ihn ab und drückte ihn der Frau behutsam, gar liebevoll, auf das ondulierte schwarze Haar. Sie hatte bei ihrem Sturz nicht aufgeschrien, noch machte der große Mann Ophuls irgendwelche Vorwürfe wegen seiner Unachtsamkeit. Die beiden richteten sich einfach wieder her und gingen weiter. Es war, als wären sie

Gespenster, schlecht zusammenpassende Gespenster, die es überraschte, dass sie noch Masse, Volumen und Festigkeit besaßen, dass man noch mit ihnen zusammenstoßen und sie zu Fall bringen konnte, statt einfach nur mit einem flüchtigen, eisigen Schauder unbewussten Erkennens durch ihre Leiber hindurchzulaufen.

Doch nach etwa einem Dutzend Schritte hielten sie an und blickten über die Schultern zurück, ohne sich aber nach ihm umzudrehen. Sie sahen, wie Max ihnen nachstarrte, und schienen von einer Art geisterhafter Verlegenheit überkommen zu sein. Vermutlich erstaunt es Geister, wenn man sie sehen kann, dachte Max. Die Frau nickte lebhaft, und wie im Traum drehte sich der Mann zu Max um und kam auf ihn zu. Jetzt schlägt er mich doch noch, dachte Max und überlegte, ob er nicht lieber Fersengeld geben sollte. Dann aber hatte der Mann ihn erreicht und fragte vorsichtig mit leiser Stimme: «Sie sind der Drucker?» Mit diesen vier Worten gab er Max' Leben wieder einen Sinn.

Sie sind der Drucker. Noch vor dem Fall der Maginot-Linie waren damals die ersten Regungen dessen spürbar, was sich einmal zur Résistance auswachsen sollte. Das Pärchen mit dem braunen Päckchen – er sollte die beiden nur unter ihren Decknamen «Bill» und «Blandine» kennen lernen – war seine erste Verbindung zu dieser Welt. Später nannte sich die Gruppe selbst die Siebte Kolonne des Elsass, doch für den Augenblick waren sie nur Bill und Blandine sowie einige Gleichgesinnte, die taten, was in ihren Kräften stand, um auf die kommenden Unannehmlichkeiten vorbereitet zu sein. Ja, er sei der Drucker, bestätigte Max. Ja, er sei Jude. Und ja, er würde helfen. «Zeit ist knapp», sagte Bill. «Fluchtrouten werden aufgebaut. Ausweise müssen gedruckt werden. So viele wie möglich. Der Bedarf ist groß. Ihre Eltern brauchen welche. Sie auch.» Max warf einen Blick auf das Päckchen. «Die sind ganz passabel», sagte Bill, verzog jedoch das Gesicht, «aber wir können nicht garantieren, dass man damit durchkommt. Wir brauchen dringend Papiere besserer Qualität.»

Bill war stets höflich und respektvoll. Blandine hatte die spitzere Zunge. «Können Sie überhaupt liefern, was wir brauchen?», fragte sie Max bei dieser ersten Begegnung und schaute ihm, ohne zu blinzeln, direkt in die Augen, «oder sind Sie bloß einer von diesen verzogenen Herrensöhnchen, die ihre Arbeiter unterbezahlen und das Geld mit Huren verprassen?»

Ihr enormer Liebhaber sah unbehaglich drein und trat von einem Fuß auf den anderen. «Aber nicht doch, Liebling, sei nett zu ihm, der Herr wird uns helfen. Bitte entschuldigen Sie», sagte er dann zu Max. «Der Kommunismus brennt in ihr, der Klassenkampf, der Kampf um Autonomie.» Seit General Gourauds Vierte Armee Straßburg im November 1918 wieder unter französische Kontrolle gebracht hatte, strebten die Kommunisten die Unabhängigkeit des Elsass von Frankreich wie von Deutschland an, wohingegen die Sozialisten für eine rasche Anpassung an Frankreich waren. Wie überholt beide Positionen heute doch wirkten, wie erbärmlich die Leidenschaft, die sie vor kurzem noch erregt hatten. Max funkelte Blandine aufgebracht an. «Ja», sagte er, ohne zu wissen, ob er die Wahrheit sagte, aber plötzlich fest entschlossen, ihr zu beweisen, dass er solche Verachtung nicht verdiente. «Ich kann jedes verdammte Papier drucken, das ihr von mir haben wollt.» Sie spuckte in die Gosse. «Gut», sagte sie. «Dann gibt's allerhand zu tun.»

Wenn er schnell genug lief, stieß er vielleicht in ein anderes Universum vor. Sein Wunsch war ihm erfüllt worden. Julien Levy hatte Recht gehabt. Wie sich zeigte, war Max der geborene Fälscher und verfügte über die gewissenhafte Inbrunst eines Miniaturen malenden, die Bibel illuminierenden Mönchs, die ihm half, überzeugende Fälschungen herzustellen und seine prahlerische Behauptung wahr werden zu lassen. Wenn das von Bill und Blandine gelieferte Material seinen Anforderungen nicht genügte – wenn das Papier die falsche Körnung hatte, die Tinte im Farbton minimal abwich –, suchte und stöberte er unermüdlich, bis er das

Gewünschte gefunden hatte. Einmal brach er sogar in ein Geschäft für Künstlerbedarf ein, nahm sich, was er brauchte, und beschloss, nach der Befreiung wieder herzukommen und dem Besitzer das Gestohlene zu bezahlen, ein Versprechen, das er, wie in seinen Kriegsmemoiren festgehalten, auch getreulich erfüllt hat. Während er Dokumente fälschte und druckte – eines nach dem anderen, immer bei Nacht und stets allein in der Druckerei, die Fensterläden vorgezogen und im Licht nie mehr als einer einzelnen Glühbirne –, spürte er, dass er auch eine neue Persönlichkeit fälschte, eine, die Widerstand leistete, gegen das Schicksal aufbegehrte, die den Gedanken der Unvermeidlichkeit ablehnte und sich dafür entschied, die Welt neu zu erschaffen.

Beim Arbeiten hatte er oft das Gefühl, das Medium und nicht der Schöpfer zu sein, das Gefühl, nur Werkzeug einer größeren Macht zu sein. Er war nie besonders religiös gewesen und versuchte deshalb, diesen Eindruck abzuschütteln, der sich jedoch störrisch gegen alle Vernunft hielt. Durch ihn erfüllte sich eine Bestimmung. Er konnte ihr keinen Namen geben, doch ging sie weit über ihn selbst hinaus. Wenn er mit Bill oder Blandine Kontakt hatte und ihnen die Ausweise übergab, die gefälschten Pässe, sprach er mit überschwänglichem Optimismus über das, was sie taten. Bill antwortete auf einen solchen Wortschwall im besten Falle ziemlich einsilbig, bis Max die Lektion des Schweigens lernte und sich weitgehend bremste. Blandine aber brachte es wie üblich mit einer bissigen Bemerkung auf den Punkt. «Ach, halt doch den Mund», sagte sie. «Wenn man dir zuhört, könnte man glauben, wir stürzten das Dritte Reich, statt nur darauf zu hoffen, der Bestie hier und da ein paar Nadelstiche in den Hintern zu verpassen und dabei vielleicht auch noch einige arme Seelen zu retten.»

Es war der 6. Juni 1940, vier Uhr früh. Dreieinhalb Wochen zuvor war Paris gefallen. Das französische Oberkommando hatte angenommen, die dicht bewaldeten Hügel der Ardennen seien für Panzer unpassierbar, weshalb der deutsche Vormarsch an der mächtigen Maginot-Linie in Lothringen aufgehalten werden könne. Das war ein Fehler. Die Truppen hatten sich entlang der Linie eingegraben. Es gab ein ausgedehntes Untergrundnetz aus Tunneln, Eisenbahnen, Lazaretten, Küchen und Funkzentralen. Und während die französischen Soldaten auf den deutschen Angriff warteten, vertrieben sie sich ihre unterirdischen Tage damit, *Trompe-l'œil*-Bilder an die Tunnelwände zu malen – tropische Landschaften, Zimmer mit bunten Tapeten und offenen Fenstern, die sich zu bukolischen Frühlingslandschaften öffneten, heroische Wappen mit Wahlsprüchen wie *On ne passe pas*, «An uns kommen sie nicht vorbei!» Leider brauchten sie gar nicht an ihnen vorbeizukommen. Sieben von Rommel und anderen geführte Panzerdivisionen durchquerten die angeblich unpassierbaren Ardennen und erreichten am 12. Mai Dinant und Sedan an der Maas. Am 13. Mai übergab die französische Regierung die Hauptstadt des Landes dem Feind. Die französischen Truppen entlang der Maginot-Linie ergaben sich einige Wochen später, ohne auch nur einen einzigen Schuss abgefeuert zu haben. Vier Jahre später wendete sich das Blatt der Geschichte mit der Landung in der Normandie, doch diese vier Jahre sollten ein Jahrhundert dauern.

«Ich muss los», sagte Blandine und nahm die Papiere ohne ein Wort des Dankes oder ein Lob für die Qualität seiner Arbeit an. So war sie eben. Doch als er sie zur Hintertür hinauslassen wollte, sah sie am Morgenhimmel das erste Licht aufschimmern, zitterte und lehnte sich an ihn. «Die Dämmerung vor der Dunkelheit», sagte sie, drehte sich um und küsste ihn. Sie taumelten durch die Tür zurück in die Druckerei und liebten sich vor einer der großen, dunkelgrünen Maschinen, ohne sich vorher auszuziehen. Um in sie eindringen zu können, musste er sie anheben, und einen Moment lang baumelten ihre Füße mit den hochhackigen Schuhen unbeholfen in der Luft. Dann schlang sie rasch die Beine um seine Hüften und zog ihn an sich. Er begriff, dass Größe für sie ein heikles Thema war. Zum Ausgleich war sie nahezu wild entschlossen, ständig unerschütterlich zu bleiben. Selbst während ihrer Vereinigung saß der Hut mit der Feder unverrückbar auf ihrem Kopf. Zwei Wochen später flatterte die Naziflagge über der Kathedrale, und die Dunkelheit begann.

Der Charme der Stadt war keine wirksame Verteidigung. Er verlief tief unter der Erde, wo es unterirdische Charmetunnel gab, unterirdische Charmekrankenhäuser, unterirdische Charmekantinen für den Notfall, und so erlaubten sich manche die Ansicht, dass sich nicht viel ändern würde, schließlich seien die Deutschen schon mal da gewesen, und wie zuvor würde die Stadt sie verzaubern und dafür sorgen, dass sie sich ihr anpassten. Max senior und Anya Ophuls ergaben sich langsam dieser Phantasie von der Maginot-Linie des Charmes und brachten ihren Sohn damit zur Verzweiflung. Gauleiter Wagner, erklärte er, sei kein charmanter Mann. Seine Eltern setzten ernste Mienen auf und nickten bedächtig. Schlagartig waren sie, als er gerade nicht hingesehen hatte, alt und gebrechlich geworden und verfielen jetzt mit jener Gleichzeitigkeit, mit der sie einen Großteil ihres verheirateten Lebens verbracht hatten. Ihre Probleme waren von ihnen immer kleingeredet worden, doch hatte unter ihrer Leichtigkeit früher stets ein wacher, ironischer Verstand gelegen, wie eine Unterströmung. Die war verschwunden. Was blieb, war etwas Närrisches, eine vergessliche, glückliche Art von Torheit. Sie lachten viel, vertrieben sich die Tage mit Karten- und Brettspielen in dem von Schonbezügen eingehüllten Haus und benahmen sich, als wäre die Zeit nicht aus den Fugen, als wäre es eine hervorragende Idee, dass das Haus größtenteils verrammelt war und die Stadtbewohner flohen, dass man die Straßennamen eindeutschte und Französisch ebenso verbot wie den elsässischen Dialekt. «Was soll's, wir reden alle Deutsch, also haben wir kein Problem», sagte Anya, als Max junior ihr vom Sprachenverbot erzählte. Und als Wagners Lakaien das Tragen der Baskenmütze verboten und sie eine Beleidigung des Reiches nannte, sagte der alte Max seinem Sohn, ehe er sich wieder seiner Patience zuwandte: «Ich fand schon immer, dass dir die Mütze nicht steht; trag lieber einen Filzhut, das ist doch was Vernünftiges.»

An manchen Tagen dachte Max, seine Eltern glaubten, sie könnten die Nazis mit gutem Benehmen aus ihrem Leben vertreiben, könnten sie einfach verschwinden lassen, indem sie taten, als gäbe es sie nicht. Dann wieder war nicht zu übersehen, dass ihnen die Dinge entglitten, dass sie aus dieser Welt in ein Land der Träume entwichen und – charmant und ohne zu klagen – der Senilität und dem Tod entgegengingen.

Das Universitätsviertel war so verlassen wie die übrige Stadt, und nur wenige Bars hatten noch geöffnet. Eine davon war *Le Beau Noiseur*, und als unter der verbliebenen Stadtbevölkerung der Ruf nach Widerstand lauter wurde, traf sich hier, wer daran interessiert war. Bill, Blandine, Max und noch einige andere zählten zu den Stammgästen. Im Nachhinein würde man die damalige Unschuld und Unbekümmertheit für den Gipfel des Irrsinns halten. Die Gruppe nannte sich in der Öffentlichkeit *les noiseurs*, «die Streithammel», und trotz ihres Leichtsinns gelang den Mitgliedern Erstaunliches. Zum Beispiel fuhr Blandine nach der Kapitulation der Franzosen einen Krankenwagen und suchte in der Nähe von Metz mehrere Gefangenenlager auf, in denen man französische Soldaten verhörte, ehe sie freigelassen und nach Hause geschickt wurden. Niemand schenkte der winzigen Frau in Uniform besondere Aufmerksamkeit, weshalb sie beim Austeilen von Medizin und Lebensmitteln eine Menge über deutsche Truppen und deren Nachschub erfahren konnte. Das Problem war nur, dass sie nicht wusste, an wen sie die Information weiterleiten sollte, was ihre Laune nicht gerade besserte. Sie war reizbarer denn je, die Zunge scharf wie nie, und die meisten spitzen Bemerkungen richteten sich gegen Max. Der ungelenke, hastige Vorfall in der Druckerei wiederholte sich nicht, und Blandine spielte auch nie darauf an. Inzwischen wusste man allgemein, dass sie mit Bill verheiratet war, auch wenn beide keinen Ring trugen. Max heftete die Erinnerung an ihre sexuelle Begegnung ab und schaffte es schließlich, sie ganz zu vergessen. Als er dann zwanzig Jahre später Nachforschungen für ein Buch anstellte, entdeckte er durch Zufall, dass in den brutalen Todeszuckungen der Nazizeit, als die Alliierten nach erfolgreicher D-Day-Landung bereits durch Frankreich marschierten, Blandine – ihr echter Name war Suzette Trautmann – im Kellergeschoss einer umgebauten Werkstatt erwischt worden war, als sie über ein Amateurfunkgerät Nachrichten an die Befreiungsarmee zu schicken versuchte. Man hatte sie auf der Stelle erschossen. In der Brusttasche ihrer Bluse wurde das passbildgroße Foto eines unbekannten Mannes gefunden. Das Foto überdauerte nicht.

Einmal angenommen, ich wäre der Mann auf dem Foto, dachte Max plötzlich. Einmal angenommen, all die spitzen Bemerkungen wären versteckte Liebessignale gewesen, verschlüsselte Bitten an mich, das zu tun, was sie selbst nicht tun konnte: sie aus der Ehe zu befreien und mit ihr in ein unvorstellbares Paradies im Krieg zu flüchten. Er verbat sich diese Spekulationen, da sie doch nur eine Form der Eitelkeit seien, wie er sich schalt. Doch die Möglichkeit missverstandener Liebe machte ihm weiterhin zu schaffen. Blandine, dachte er, Blandine. Männer sind Trottel. Kein Wunder, dass wir dich so genervt haben. An jenem Nachmittag im Archiv, als er von Suzette Trautmanns Schicksal erfuhr, schwor er sich, sollte eine Frau jemals wieder solche Signale schicken, sollte sie je sagen: Bitte, lass uns von hier verschwinden, bitte, bitte, lass uns fortlaufen und für immer zusammen sein, zum Teufel mit der Verdammnis unserer Seelen, *bitte*, dann würde er es anders machen und ihren Code entschlüsseln.

Er hatte nie herausgefunden, wie es Bill ergangen war.

Im Herbst 1940 wurden die Lager vor der Stadt für Gäste vorbereitet, und wie aufs Stichwort kehrten die Bürger Straßburgs nach Weisung der Deutschen in ihre Stadt zurück. Zehntausende junger Männer, die so genannten *malgré-nous*, wurden unverzüglich eingezogen und an die Front geschickt. Und Max Ophuls begriff, dass es paradoxerweise nun, da alle wieder daheim waren – und blieben sie auch noch so kurz –, für ihn und seine Familie Zeit zum Aufbruch wurde. Die neuen Heimstätten, die unweit von Schirmeck in Natzweiler-Struthof für Homosexuelle, Kommunisten und Juden vorbereitet wurden, schienen ihm doch einen gewissen gesellschaftlichen Abstieg zu bedeuten. (Noch war die Gaskammer, die in der Nähe des Lagers Struthof gebaut wurde, ein Geheimnis.) Seit einiger Zeit hatte er nicht mehr in die Druckerei am Quai Mullenheim gehen können, und Geldknappheit zwang Max, Schmuck und Silber der Familie zu verkaufen oder zu verpfänden. Allerdings ging der Vorrat rasch zur Neige, und damit schwand die beste Aussicht auf eine Flucht, die gewiss beachtliche Geldmittel verschlingen würde. Silber ließ sich am leichtesten an einen Hehler verhökern, eingeschmolzen war es anonym und konnte seine Herkunft nicht verraten. Bei Schmuck dagegen stieg die Gefahr, für einen Plünderer gehalten zu werden, ein Vorwurf, der die Todesstrafe nach sich zog, weshalb in jenen wirren Tagen, in denen die Unterwelt ihr System noch nicht wieder aufgebaut hatte, selbst Kostbarkeiten, die man gegen kleinere Beträge eintauschen wollte, von den stets vorsichtigen Pfandleihern gelegentlich abgelehnt wurden, diesen Wetterhähnen, die ihre Fahne immer in den Wind der Veränderung hängten. Wenn es Max jedoch gelang, Schmuck an den Mann zu bringen – Schmuck, von dessen wahrem Wert die Familie Jahrzehnte hätte leben können –, bekam er dafür so wenig Geld, dass die dafür erstandenen Vorräte kaum eine Woche für seine Familie reichten. Besitz gehörte der Vergangenheit an, die Zukunft kam rasch näher, und niemand hatte Zeit – oder Geld – für das Gestern.

Bislang war die Druckwerkstatt *Art & Aventure* von den neuen Stadtbehörden weder durchsucht noch beschlagnahmt worden, doch konnte es sich dabei bloß noch um eine Frage der Zeit handeln. Max gab sich größte Mühe, die Fälscherutensilien zu verbergen, und fand sowohl am Quai Mullenheim wie zu Hause einige geniale Verstecke, aber eine gründliche Razzia würde schnell ziemlich belastendes Material zutage fördern, und dann ... nun, er zog es vor, nicht darüber nachzudenken, was dann geschehen konnte. Diese gefährliche und zunehmend unerträgliche Lage hielt bis zum Frühjahr 1941 unverändert an. Schließlich flüsterte ihm Bill eines Abends im *Beau Noiseur* zu, man habe eine neue Fluchtroute vorbereitet und dafür als Erste ihn und seine Eltern ausgewählt. Fakultätsmitglieder und Studenten der Universität Straßburg – *les non-jamais* – hatten sich geweigert, ins «Mutterland» des Großdeutschen Reiches heimzukehren, und blieben, trotz des Risikos, von den Deutschen als Deserteure abgestempelt zu werden, in Clermont-Ferrand im Exil. Der Vizekanzler, ein gewisser Monsieur Dungeon, hatte die Vichy-Beamten irgendwie überredet, die Universität Straßburg auf dem «externen Campus» zu lassen, und die Deutschen waren im Augenblick gerade nicht dazu bereit, Pétains Leuten zu widersprechen. Ein Geschichtsprofessor namens Zeller hatte im Sommer mit Unterstützung von Studenten und freiwilligen Dozenten sowie der Hilfe des Militärgouverneurs von Clermont-Ferrand ein großes «Landhaus» in Gergovie in der Nähe der bekannten gallisch-römischen Ausgrabungen errichtet, von denen Bill nichts weiter wusste, als dass sie eben bekannt waren. «Ihr geht heute Nacht», sagte Bill und gab ihm ein Stück Papier. «Sobald ihr Gergovie erreicht habt, wird man sich mit euch in Verbindung setzen, um neue Anweisungen zu erteilen.» Max Ophuls ließ sich während dieser Instruktionen nichts anmerken und verriet Bill nichts von dem, was er nicht zu wissen brauchte. Seine Verbindung zur Universität behielt er für sich. Gaston Zeller, dachte er. Es wird gut tun, dessen dämliche Visage wiederzusehen. Ohne sich umzudrehen, verließ er das Café. Daheim hatten seine Eltern gerade den Schonbezug vom Flügel genommen. Anya spielte auswendig und lächelte selig, obwohl das Instrument schrecklich verstimmt war. Max senior stand hinter ihr, die Hände leicht auf ihre Schultern gelegt, die Augen geschlossen, seine Miene war ernst und abwesend. Sein Sohn unterbrach ihre Träumereien. «Der Tag ist gekommen», sagte er. «Wir müssen fliehen.» Das ältliche Paar blickte auf, als hätte das Universum leicht gezittert; dann setzte seine Mutter ihr herzlichstes Lächeln auf. «Aber das kommt gar nicht infrage, Liebling», sagte sie. «Du weißt doch, Charles, der Sohn unseres lieben Freundes Dumas, erhält morgen sein Abiturzeugnis. Über eine Flucht reden wir erst, wenn das vorbei ist.»

Was für eine erschreckende Bemerkung! Charles Dumas war dreißig, ebenso alt wie Max junior, lebte aber nicht mehr in Straßburg. Seine Abiturprüfung war lange vorbei. «Aber ihr habt es mir versprochen», rief Max aufgebracht. «Ihr habt gesagt, wenn ich je mit dieser Warnung zu euch komme, werdet ihr tun, worum ich euch bitte.» Der Vater senkte den Kopf. «Es stimmt, wir haben dir ein derartiges Versprechen gegeben», sagte er. «Und du betonst zu Recht die Bedeutung, die solch ein gegebenes Wort hat. Doch jetzt liegen zwei Prinzipien miteinander im Widerstreit: Ehrlichkeit und Freundschaft. Wir ziehen es vor, unseren Freunden gute Freunde zu sein, und bleiben für diesen einen Tag noch hier, der für die Dumas so wichtig ist, auch wenn uns das in deinen Augen unehrlich erscheinen lässt.» – «Um Himmels willen», rief Max der Jüngere, «die Feier gibt es doch gar nicht – ihr wisst genau, dass seit der Evakuierung sämtliche Schulen und Universitäten geschlossen sind, und selbst wenn sie es nicht wären, ist dies nicht die richtige Jahreszeit …» Anya Ophuls machte sich daran, ihr Spiel wieder aufzunehmen. «Psst, mein Liebling», ermahnte sie ihn. «Meine Güte, es ist doch nur ein Tag. Übermorgen nehmen wir unsere gepackten Taschen und gehen mit dir, wohin du willst.»

Es blieb Max nichts anderes übrig, als sich damit abzufinden.

Auf dem Stück Papier, das er in der Bar von Bill erhalten hatte, war der Ort des Treffens vermerkt, ein Stall in einem entlegenen Winkel des Bugatti-Geländes in dem Dorf Molsheim, daneben stand «Finkenberger», was Max bislang nur für den Namen eines Weins aus dieser Gegend gehalten hatte. Er nahm an, dass es sich dabei um das Pseudonym des *passeur* handelte, jenes Mannes, der für ihre Flucht verantwortlich war und sie hinter die feindlichen Linien schleusen sollte. In dieser Nacht, einer mondlosen Nacht, die zweifellos wegen ihrer ungewöhnlichen Dunkelheit ausgesucht worden war, radelte Max zwanzig Kilometer auf der so genannten Weinstraße nach Molsheim, um Monsieur Finkenberger zu sagen, dass es in ihrem Plan eine vierundzwanzigstündige Verzögerung geben würde. Die Wahl des Treffpunktes war riskant, da sich das Bugatti-Werk mittlerweile in deutscher Hand befand, doch gab es in diesem Herbst eigentlich keine risikofreien Orte mehr. Molsheim, ein herrlicher Flecken mit Kopfsteinpflasterstraßen und schiefen Geppetto-Häuschen, war so über die Maßen charmant, dass man erwartete, blaue Feen an den Fenstern schweben und das schon berühmte Heimchen am Herd aus Disneys neuem Film zu sehen. Heute Abend jedoch lag die Tragödie der Familie Bugatti wie ein Leichentuch über dem Dorf und verdüsterte die mondlose Finsternis, bis sie sich wie eine Augenbinde anfühlte. Je näher Max dem großen Anwesen kam, desto dunkler wurde es, bis er schließlich vom Fahrrad absteigen und sich wie ein Blinder vorantasten musste.

Im Verlauf eines einzigen Jahres hatte der legendäre Autodesigner Ettore Bugatti, «*Le Patron*» genannt, erst den Verlust seines Sohnes Jean erlitten – durch einen Autounfall – und dann den seines Vaters Carlo, der kurz vor der deutschen Invasion gestorben war, als weigerte er sich, an einer solchen Zukunft teilzunehmen. Ettore hatte in Paris gelebt und war das technische Genie der Firma, doch Jean hatte mehrere Jahre lang die Verantwortung für das Design der Karosserie gehabt, für die charakteristisch gebogenen Kotflügel, die futuristische Form. Nach dem Tod seines Sohnes war Ettore auf das fürstliche Firmenanwesen in Molsheim zurückgekehrt, auf dem alle Gebäude – ob Modellschuppen, Karosseriewerkstatt, Schmiede oder Ingenieursbüro – protzige, auf Hochglanz polierte Türen aus Eiche und Bronze schmückten. Die Bugattis hatten in feudalem Prunk gelebt. Zum Anwesen gehörten ein Skulpturenmuseum, ein Kutschenmuseum, luxuriöser Komfort für die Rassepferde und eine Reitschule. Sie hielten sich prämierte Terrier, preisgekröntes Vieh und Brieftauben. Die Bugattis besaßen ihre eigene Destille und brachten Kunden in einem großartigen Gebäude unter, dem Hotel der Reinblütigen. Diese prachtvolle Welt, die Ettore sich geschaffen hatte, schien das Messer jetzt nur noch tiefer in sein Herz zu stoßen, die plötzliche Leere in seinem Leben noch zu verstärken. Innerhalb weniger Monate nach seiner Rückkehr hatte er an die Deutschen verkauft – es war ihm nichts anderes übrig geblieben – und Molsheim mit der Miene eines dem Grab entstiegenen Mannes verlassen. Er verlagerte die Produktion nach Bordeaux, doch wurde kein einziger Bugatti mehr gebaut; Ettore ließ jetzt Kurbelwellen für Hispano-Suiza-Flugzeuge herstellen. Weniger bekannt war seine Tätigkeit für die Résistance, womit er einen Weg einschlug, auf dem viele einstige Angestellte ihrem wohltätigen, doch diktatorischen Chef folgen sollten. Einer dieser Angestellten, ein alter Pferdetrainer mit ledriger Haut, nun für Max Ophuls der *passeur* Finkenberger, wartete am Ende einer winzigen, von Bäumen gesäumten Sackgasse hinter dem Stall, saß auf einem Zaun und rauchte. Max stolperte den Weg entlang, prallte mit Zaunpfosten und sadistischen Bäumen zusammen und unterdrückte nur mit Mühe einen lauten Fluch. Die glühende Zigarettenspitze war sein Leuchtfeuer, und er schwamm durch die augenlose Dunkelheit darauf zu, wie Leander durch den Hellespont. Als der Zureiter endlich den Mund aufmachte, war es, als zerrisse der Vorhang der Nacht. Max Ophuls begann, rund um die Worte ein Gesicht zu sehen oder sich doch eines vorzustellen, das ihm zu seiner großen Überraschung bekannt vorkam. «Scheiße», war das erste Wort des Wartenden. «Sie kenne ich doch. *Verdammte Scheiße!*»

Max Ophuls hatte Jean Bugatti gut gekannt, hatte mit ihm fliegen gelernt und tollkühne Kunststückchen am unschuldigen Vorkriegshimmel geprobt. Auf goldenen Hengsten waren sie an strahlenden Sommernachmittagen kreuz und quer durch diese einst glückselige Landschaft geritten. Und so angsterfüllt und erschöpft er auch war, versetzte ihn das unverkennbare, obszöne Mundwerk des *passeur* doch in jene glücklichere Zeit zurück. «Ophuls, Max», sagte er. «Und natürlich kenne ich Sie. Wer könnte Sie vergessen?» Finkenberger bot ihm eine Zigarette an, aber Max lehnte ab. «Alles ist den Bach runtergegangen», vertraute ihm der Pferdetrainer an. «Klar, dass die Nazis in den Fabriken ihre Kanonen bauen wollen. Arschlöcher. Aber die Hunde und die Pferde mögen sie, und natürlich fahren sie auch die Scheißautos. Wenn ich dieses dämliche Hakenkreuz auf der Kühlerhaube von einem 57-5 flattern sehe, könnte ich kotzen. Diese verfluchten Gossenratten machen einen auf vornehm. Verdammter Abschaum. Und dieses Hotel! Ich hab ja immer gesagt, dass es falsch war, ihm einen solchen Namen zu geben. Die lieben den Kasten. Hotel der Reinblütigen. Ist jetzt ein bescheuertes Bordell. Wieso sind Sie eigentlich allein? Mir hat man was von drei Leuten gesagt.»

Max erklärte das Problem, und abrupt schlug die Stimmung um. Die Dunkelheit selbst schien sich zu verkrampfen, zur Faust zusammenzuballen. Finkenberger warf die Zigarette fort, und dem Atem nach zu urteilen, schien er seine Wut nur mit Mühe zügeln zu können. Schließlich sagte er: «*Le Patron*, der hat Molsheim verlassen und sich nach Paris verdünnisiert, weil er die Arbeiter für undankbar hielt. Alte Schule, was soll's. Nimm deine verdammte Mütze ab, wenn er vorbeikommt, Hand an die beschissene Stirnlocke, beug das dämliche Knie, falls Sie verstehen, was ich meine. Sicher, da mag es welche gegeben haben, die nicht gerade dankbar für die Gelegenheit waren, sich wie beknackte Leibeigene aufzuführen, auch wenn sie ihr eigenes Haus hatten, ihre Vergünstigungen und so. Da gab es welche, die waren verdammt nicht dankbar dafür. Aber Monsieur Jean war anders. Der hatte was fürs gemeine Volk übrig. Mächtig sogar. Hat sich richtig glücklich geschätzt, wenn man sein Kumpel war. Und wenn Sie nicht sein Kumpel gewesen wären und kämen jetzt zu mir und sagten, was Sie gerade gesagt haben, dann hätte ich Ihnen gesagt, Sie können mich mal am Arsch lecken. Und wenn Sie einer von den feinen Pinkeln vom *Patron* wären, hätte ich Ihnen schon gesagt, wohin Sie sich Ihre beschissene Verspätung von vierundzwanzig Stunden stecken können. Wissen Sie eigentlich, wie verdammt schwer es ist, die ganze Sache aufzuziehen? Wie gefährlich es ist, Funkgeräte zu benutzen? Wie viele Leute entlang der Route warten, die jetzt zurückgeschickt und morgen wieder herbestellt werden müssen? Haben Sie eine Ahnung, in was für eine verdammte Gefahr Sie die bringen? Verschissene Dilettantenärsche wie Sie, die denken nie an wen anders. Aber Sie haben Glück, ich sag's nochmal, wegen Monsieur Jean und seinem verdammten, seinem seligen Andenken. Seien Sie morgen pünktlich, alle drei, sonst können Sie sich von mir aus in Ihrer verdammten Synagoge an einem verdammten Sabbat zu Tode ficken lassen.»

In Straßburg brannten Feuer, und behelmte Schlägerbanden machten die Straßen unsicher. Max Ophuls war vorsichtig, ging zu Fuß, schob das Fahrrad, verschmolz mit dem Schatten. Als er die Flammen an *Art & Aventure* emporzüngeln sah, packte ihn die Angst, knetete ihn durch wie Teig. Lange ehe er das Haus erreichte, wusste er, was er vorfinden würde, die eingetretene Tür, die wahllose Zerstörung, die Scheiße auf den Biedermeiermöbeln, die an die Wände geschmierten Sprüche, den Urin im Flur. Sie hatten das Haus wahrscheinlich nur deshalb nicht abgebrannt, weil es irgendein hohes Nazischwein für sich haben wollte. Alle Lampen brannten, doch niemand war zu Hause. Er ging nacheinander durch sämtliche Zimmer, machte die Lichter aus, verdunkelte die Räume, gab sie der Nacht zurück, ließ sie trauern. In der Bibliothek mit ihren drei Tischen war die Zerstörung am schlimmsten, Bücher waren verstreut und zerrissen, ein Haufen davon mitten auf dem Teppich verbrannt, ein großer, verkohlter Haufen Weisheit, dessen Feuer irgendwer ausgepinkelt hatte. Schubladen waren herausgerissen, zerschlitzte Bilder hingen schief im Rahmen. Er hatte die falschen Papiere für seine Eltern mitgebracht und den Fehler gemacht, sie daheim zu lassen, als er den Botengang unternahm, der ihn vorübergehend retten sollte. Das Auffinden dieser Dokumente machte es für seine Eltern noch schlimmer und brachte auch ihn in Gefahr. Niemand war noch hier, doch am Ende dieser Nacht der Plünderungen würde das Haus in Feindeshand übergegangen sein, genau wie das Hotel der Reinblütigen. Nazihuren würden sich räkeln, wo früher seine Mutter gelegen hatte. Er musste fort. Er musste auf der Stelle fort. Es war niemand im Haus, aber das würde sich ändern. Er fand eine Flasche Cognac, die irgendwie übersehen worden war. Sie lag in einer Ecke neben einem Sessel zwischen sich blähenden Vorhängen. Er zog den Korken und trank. Die Zeit verging. Nein, sie verging nicht. Die Zeit stand still. Schönheit verging, Liebe verging, Starrsinn und Dickschädligkeit vergingen. Die Zeit stand still, die Zeiger hoch erhoben. Sturköpfe verblichen.

Nach dem Krieg fand er heraus, wie die Geschichte ausgegangen war. Er erfuhr von den Nummern, die in ihre Unterarme eingebrannt worden waren, lernte sie auswendig und vergaß sie nie mehr. Der Bericht verriet, dass man sie für medizinische Experimente missbraucht hatte. Sie waren alt und verloren den Verstand, waren zu nichts nutze, und so fand man einen Nutzen für sie. Nach einem Leben, das überwiegend vom – jetzt geschwächten – Geist bestimmt gewesen war, endeten sie als bloße Körper, als Körper, die so auf Schmerz reagierten, so auf größeren Schmerz und so auf den denkbar größten Schmerz, endeten als Körper, deren Reaktion auf injizierte Krankheiten von Interesse war, von hohem wissenschaftlichem Interesse. Sie wollten etwas lernen? Bitte sehr. Sie dienten dem Fortschritt auf wertvolle, praktische Weise. Bis zur Gaskammer schafften sie es nie. Die Wissenschaft brachte sie schon vorher um.

Besoffen bis fast zum Umfallen, stieg Max Ophuls wieder auf das Fahrrad und legte zum dritten Mal in dieser Nacht die zwanzig Kilometer lange Strecke auf der Weinstraße zurück. Als er aufs Neue nach Molsheim kam, fiel ihm ein, dass er keine Ahnung hatte, wie er den *passeur* finden sollte, und dass er nicht wusste, welches der vielen Arbeiterhäuser auf dem Bugatti-Anwesen ihm gehörte, ja, er kannte nicht mal seinen richtigen Namen. Die Nacht war nicht mehr undurchdringlich, eine Ahnung aufkommender Farbe weichte die schwarze Dunkelheit auf. Mit Glück und nicht, weil er sich erinnert hätte, fand er den Weg zurück zu dem kleinen Stall am Rand des Anwesens, einer behelfsmäßigen Unterkunft, einem Rastplatz für müde Reiter, und er schob das Fahrrad hinein und sank auf dem Mist in einem der Ställe zu Boden. Dort fand ihn Finkenberger mehrere Stunden später bei hellem Tageslicht, schüttelte ihn unsanft und schnauzte dem Schläfer Flüche in die Ohren. Max schreckte auf und sah benommen, wie ihn ein Pferd beschnupperte, als prüfte es, ob er fressbar sei. Neben dem Kopf des Pferdes war der von Finkenberger. Bei Tageslicht erwies sich Finkenberger als ein jockeygroßer Gnom mit zynischer Miene und einem Mund voll schlechter, vermutlich schmerzender Zähne. «Sie verschissener Glückspilz», zischte er Max an. «Gauleiter Wagner, das große Arschloch höchstpersönlich, wollte heute hierher reiten, aber offenbar bekommen gerade alle vierundzwanzig Stunden Aufschub.» Dann blickte er Max ins Gesicht und begriff. «Scheiße», sagte er. «Scheiße, tut mir Leid. Oh Scheiße, Scheiße, Scheiße, Scheiße. Ich scheiß auf mich selbst wegen meiner Gefühllosigkeit, scheiß auf die Gräber der Großmütter dieser Faschisten, und ich wünsch ihnen in der Hölle Scheiße zum Abendessen bis in alle Ewigkeit.» Er setzte sich auf den Mist und legte den Arm um Max, der nicht weinen konnte. Einen Moment später wurde der *passeur* wieder ganz geschäftig, bestand nur noch aus lauter Fragen und Möglichkeiten. Die Fluchtroute zur Zone Sud war aktiv, dafür hatte er gesorgt, ehe er sich schlafen legte, aber wenn die große Treibjagd begonnen hatte, war das Risiko gestiegen, war vielleicht sogar inakzeptabel. Ja, natürlich hatte er Vertrauen in die Route, aber nur, soweit man eben Vertrauen haben konnte, schließlich würde sie heute zum ersten Mal genutzt, und beim ersten Mal konnte man sich nie sicher sein. Und wenn die Arschlöcher gerade eine große Operation abzogen, konnte es keine Garantien geben, aber natürlich taten alle ihr Bestes. «Klingt ja beruhigend», sagte Max bitter. «Na, dann los.» In diesem Augenblick kam Finkenberger jener Einfall, der Max Ophuls zu einem der großen romantischen Helden der Résistance machen sollte, zum «fliegenden Juden».

Zu Kriegsbeginn hatte Ettore Bugatti zusammen mit dem bekannten Ingenieur Louis D. de Monge ein Flugzeug entworfen – das so genannte Modell 100 –, das den Geschwindigkeitsrekord brechen sollte, den eine deutsche Messerschmitt am 26. April 1939 mit 469,22 Meilen pro Stunde aufgestellt hatte. Als die Kriegsgefahr wuchs, erhielt Bugatti den Auftrag, eine militärische Version des Racers mit zwei Bordkanonen, Sauerstoffzylindern und selbstschließenden Tankklappen zu bauen. Die Maschine wurde im Geheimen im zweiten Stockwerk einer Pariser Möbelfabrik zusammengesetzt, kam aber nie zum Einsatz. Als die deutsche Armee in Paris einmarschierte, ließ Ettore Bugatti das Flugzeug auf die Straße bringen, lud es auf einen Laster und schickte es aus der Stadt in ein Versteck. «Der Racer», flüsterte Finkenberger und griente Max Ophuls mit seinem raffzahnigen Grinsen an. «Ich weiß, wo er steht. Wenn Sie ihn fliegen können, dann gehört er Ihnen.»

Die Maschine war in einem Heuschober auf dem Anwesen der Bugattis direkt unter den Augen des Feindes versteckt. Sie machte über fünfhundert Meilen in der Stunde – jedenfalls waren die Ingenieure davon überzeugt –, wurde von zwei T-50B-Rennmotoren angetrieben, hatte vorwärts geschwungene Tragflächen und ein revolutionäres System variabler Flügelgeometrie, geteilte, selbstregulierende Flügel, die auf Geschwindigkeit und Druck im Ansaugkrümmer reagierten und automatisch sechs verschiedene Positionen einnehmen konnten: Start, Reisegeschwindigkeit, Höchstgeschwindigkeit, Anflug, Landen, Ausrollen. Die Bugatti-blaue Maschine war schnell, schnell und nochmal schnell. Als sie sich nach Einbruch der Dunkelheit wieder halbwegs gefahrlos bewegen konnten, wurde Max von Finkenberger zum Schober gebracht, und wortlos arbeiteten die beiden Männer anderthalb Stunden, um die Tarnung aus Netzen und Heu zu beseitigen. Nach und nach kam der Bugatti Racer in seiner ganzen Pracht zum Vorschein. Er stand noch auf dem Laster, der ihn aus Paris hergebracht hatte, und sah aus wie ein Windhund im Geschirr. Finkenberger sagte, er kenne in der Nähe einen geraden Straßenabschnitt, der als Startbahn herhalten könne. Max Ophuls staunte über die stromlinienförmige Geschoss-Schönheit des Racers. «Mit dem kommen Sie problemlos bis nach Clermont-Ferrand, aber spielen Sie nicht verrückt, okay? Ist nicht nötig, dass Sie auch noch den verdammten Geschwindigkeitsrekord brechen», sagte Finkenberger. «Und jetzt hören Sie genau zu.» Also war er mehr als nur ein Pferdetrainer, begriff Max. Finkenberger erklärte die ungewöhnliche Anordnung von Motor beziehungsweise Schubkraft, die schräg gestellten Motoren, die gegenläufigen Rotoren. Er beschrieb das Kühlsystem und das Leitsystem für die Schwanzflossen, die ebenfalls Innovationen waren. «So was ist nie wieder gebaut worden», sagte Finkenberger. «Der ist verdammt einzigartig.»

«Können Sie das denn verantworten?», fragte Max Ophuls mit

vor Staunen belegter Stimme, während er in Gedanken bereits himmelwärts raste. «Man wird diesen Jungfernflug der Résistance zugute halten», erwiderte Finkenberger, dessen ordinäre Ausdrucksweise in dem Moment verschwand, als ein bislang verborgener, gefühlvoller Patriotismus in ihm durchbrach. «*Le Patron* hätte es nicht anders gewollt. Nehmen Sie den Racer einfach mit, okay? Nehmen Sie ihn, bevor er gefunden wird. Er muss ebenso fliehen wie Sie.»

Der Nachtflug des Bugatti Racer von Molsheim nach Clermont-Ferrand sollte zu einem der großen Mythen der Résistance werden. Während man sich die Geschichte flüsternd weitererzählte, gewann sie rasch an wundersamer Märchenkraft: die unglaubliche Geschwindigkeit, mit der das Flugzeug über den schwarzen Himmel schoss; der Ritt auf diesem Blitzstrahl in niedriger Höhe, wie ihn nur der erfahrenste und furchtloseste Pilot zuwege bringen konnte; der Rekord von fünfhundert Meilen die Stunde, der inoffiziell, doch unzweifelhaft zum ersten Mal in der Geschichte gebrochen und – wichtiger noch – den Deutschen von einem Franzosen abgenommen wurde, womit der Flug zum Sinnbild der Libération wurde; der tollkühne Start auf einer Landstraße und die weit gefährlichere Neumondlandung auf jener Grasebene, auf der einst Cäsars Legionen gegen die Stadt Gergovia marschiert waren und wo Vercingetorix, der Häuptling der Arverner, sie besiegt hatte.

Manches davon war sicherlich wahr, doch selbst Maximilian Ophuls schien in späteren Jahren nichts dagegen zu haben, dass der Mythos die Wahrheit verklärte. Hatte er trotz Finkenbergers Warnung vor zu hohem Spritverbrauch wirklich den Rekord gebrochen? War er tatsächlich die ganze Strecke fast auf Hausdachhöhe geflogen? Oder lag es nur an seinem Glück und am Überraschungsmoment, dass man ihn nicht entdeckte? In seinen Memoiren über die Kriegsjahre klärte Max Ophuls nichts auf und sprach stattdessen mit der Bescheidenheit eines Helden von seiner großen Fortune und den vielen Helfern, ohne die – und so weiter. «Ich habe an Saint-Exupéry gedacht», schrieb er. «Trotz meiner beängstigenden Lage begriff ich, was er meinte, als er in *Vol de Nuit* vom Fliegen als einer Form der Meditation sprach. *[Und er] begann sich der tiefen Beschaulichkeit des Flugs hinzugeben, die einen wohlig mit einer unerklärlichen Hoffnung erfüllt.* Ja, genau so ist es gewesen.»

An dieser Stelle könnte ein kleinlicher Leser wieder ein kalkuliertes Vermischen von Max' eigener Geschichte mit der einer anderen geliebten Persönlichkeit vermerken. 1940 spielte der Schriftsteller und Pilot Antoine de Saint-Exupéry im Kampf um Frankreich eine heroische Rolle, flog anschließend mit seinem Geschwader nach Nordafrika und erreichte später New York. Er war damals bereits als Autor von *Nachtflug* berühmt, doch als Max Ophuls in seinen Erinnerungen ein späteres Buch von ihm zitierte, machte er sich eines Anachronismus schuldig. Zur Zeit des Fluges nach Gergovia nämlich schrieb Saint-Exupéry noch an *Pilote de Guerre*, am *Flug nach Arras*, doch wurde das Buch nach der Veröffentlichung im Jahr darauf trotz seines beträchtlichen Erfolges in Amerika von der Vichy-Regierung verboten; die Gallimard-Ausgabe von 1942 wurde unterdrückt. Max Ophuls hätte in seinem Bugatti-Racer also unmöglich den Inhalt kennen können. Trotz dieses peinlichen Details band Max Ophuls seine Flugreflexionen schamlos an einen Text, von dem er nichts hatte wissen können. «*Sie hatten Recht, Krieg bedeutete für uns ein Unglück. Aber sollte Frankreich, um sich die Niederlage zu ersparen, den Krieg verweigern? Ich glaube nicht.*» Max fügte während seines eigenen *Vol de Nuit* in Gedanken hinzu: «Während ich über die Köpfe meiner schlafenden Landsleute hinwegfegte, glaubte ich auch nicht daran. Frankreich würde bald erwachen.» Der Fehler war unbedeutend. Man ließ ihn durchgehen. Selbst jene Kritiker, die ihn entdeckten, sagten, derlei gestatte die dichterische Freiheit. Ein Held sei ein Held, und der habe es verdient, dass man es nicht allzu genau nehme. Max' Buch wurde hoch gelobt und war sogar ein finanzieller Erfolg, zumindest in Amerika. Am Ende des Krieges dann war Saint-Exupéry tot, über Korsika vermisst, doch Max Ophuls, ein lebendes Fliegerass und ein Gigant der Résistance, ein Mann mit vielseitigen Fähigkeiten und dem guten Aussehen eines Schauspielers, kam in die Vereinigten Staaten und zog die auf Hochglanz polierten Attraktionen der Neuen Welt der lädierten Noblesse der Alten vor.

Kaum war er gelandet, wurde das Flugzeug im nahen Wald von einem kleinen Trupp Freiwilliger versteckt, denen man den Spitznamen «Gergovianer» gegeben hatte und die vom Respekt einflößenden Jean-Paul Cauchi angeführt wurden, dem Organisator der Combat Universitaire, auch als Combat Étudiant bekannt, einer Widerstandsgruppe der exilierten Universität Straßburg, die Henri Ingrand, dem Chef der Combat Region Six, unterstellt war. Man brachte Max zu einem Waldhaus, in dem seine Kollegen, Vizekanzler Danjon und der Historiker Gaston Zeller, mit einer Flasche Wein auf ihn warteten. Da seine von ihm selbst gefälschten Papiere auf den Namen «Sébastian Brant» lauteten, würde seine Ankunft als Mitglied der Straßburger Fakultät irgendeine Erklärung verlangen. Man wollte ihn als Gelehrten aus dem Süden ausgeben, und Danjon, der eine fast hypnotische Macht über Vichys mitreisende Nazis besaß, würde sich um den Papierkram kümmern. «Aber Sie sind ein dämliches Risiko eingegangen, als Sie sich für einen so bekannten Namen entschieden haben», schalt ihn Danjon. «Man könnte fast meinen, Sie seien selbst mit einem fliegenden Narrenschiff hier eingetroffen.» Der echte Brant war der Straßburger Autor des 1494 erschienenen Buches *Stultifera navis* oder *Das Narrenschiff* gewesen, eine satirische Schrift über menschliche Narreteien, die teilweise vom jungen Albrecht Dürer illustriert worden war. Ophuls breitete, um Vergebung heischend, die Arme aus: Ja, es stimmte, das war eine dämliche Entscheidung gewesen.

«Wird schon schief gehen», beruhigte ihn Zeller, «hier in der Gegend liest sowieso kein Mensch.»

Bald nach seiner Ankunft erwarb sich Max eine zweite falsche Identität. Begierig, sich zu rächen, trat er unter dem Decknamen «Niccolò» der operativen Abteilung der Combat Étudiant bei und lernte, wie man etwas in die Luft sprengte. Die erste und einzige Bombe, die er warf, wurde von einem Assistenten namens Guibert im Chemischen Institut zusammengebastelt. Ihr Ziel war das Haus von Jacques Doriot, einem Handlanger des Vichy-Regimes, der die nazifreundliche Doriot-Bewegung anführte. Doch die Explosion – diese gigantische Erregung im Augenblick der Macht, der unwillkürlich sogleich eine heftige körperliche Reaktion folgte, eine parallele Explosion, in deren Verlauf sich Max erbrach – lehrte ihn zweierlei, und beides sollte er nicht mehr vergessen: dass Terrorismus aufregend war und dass er selbst, wie gerechtfertigt auch immer der Grund sein mochte, nie jene moralischen Hürden überwinden würde, die nötig waren, um derlei regelmäßig tun zu können. Man versetzte ihn in die Propagandaabteilung, und in den zwei folgenden Jahren machte er wieder, womit er sich auskannte: Er schuf falsche Identitäten. «Sich neu erfinden, dieses klassische amerikanische Thema», sollte er in seinen Memoiren schreiben, «begann für mich mit dem Albtraum der Eroberung Europas durch das Böse. Dass sich das Ich so leicht ändern lässt, ist eine gefährliche, eine betäubende Erfahrung. Hat man sich einmal auf die Droge eingelassen, fällt es schwer, wieder damit aufzuhören.»

Das Fälschen von Dokumenten wurde zur wichtigsten Aufgabe der Abteilung. Während die Résistance sich organisierte und immer enger zusammenschloss, wuchs die Zahl der beteiligten Männer und Frauen, und falsche Papiere wurden unentbehrlich, da ohne sie keine ernsthafte Arbeit möglich war. Combat Étudiant schloss nach und nach engeren Kontakt mit anderen Widerstandsringen, so dem der Auvergne, mit George Charaudeaus

Alibi-Netz, mit der Organisation Kléber von Colonel Rivet und mit Christian Pineaus Phalanx, aber auch mit anderen Aktionskommandos, so mit den Ardents, deren Symbol die Flamme der Jungfrau von Orléans war, mit Mithridate und der ORA. Cauchis Arbeit brachte es mit sich, dass er oft lange von Clermont-Ferrand fortblieb, und ein schnoddriger, überheblicher Kerl namens George Mathieu wurde sein Stellvertreter und schließlich der amtierende Befehlshaber von Mithridate. Mathieu war ein großer Mann, nur Zähne und Knochen. Die blauen Augen traten ein wenig vor, das blonde Haar wurde mit Makassaröl angeklatscht. Trotzig beharrte er darauf, eine Baskenmütze zu tragen, und man respektierte ihn wegen seiner eiskalten, militärischen Art. Seine Freundin Christiane arbeitete in den Büros des Vichy-Regimes als Sekretärin eines gewissen Captain Burcez. Sie schien eine wertvolle Verbindung nach «innen» zu sein. Jedenfalls kam aus einer Vielzahl von Gründen niemand auf die Idee, Mathieus Anspruch auf Führerschaft infrage zu stellen.

Zu jener Zeit, als die Anschläge des Kommandos häufiger und umfangreicher wurden und die Deutschen die Jagd auf die Résistance verstärkten, gingen viele Päckchen hin und her. Max Ophuls beschloss, sich nicht länger zu fragen, was diese Päckchen wohl enthielten. Die Kuriere brauchten Papiere, um sicher die Grenzen passieren zu können, und seine Aufgabe war es, diese Papiere zu beschaffen. Als dann die Juden von Paris zusammengetrieben wurden, konnten knapp eintausend jüdische Kinder den Todeszügen nach Auschwitz entkommen, und falsche Papiere wurden dringend benötigt, um die Kinder nach Süden in Sicherheit zu bringen. Max Ophuls, dessen Arbeiten von seinem unmittelbaren Vorgesetzten Feuerstein ebenso wie von Cauchi und Ingrand, den ranghöheren, jedoch zunehmend abwesenden Kommandanten als die besten Fälschungen gelobt wurden, die sie je gesehen hatten, fertigte viele dieser neuen Ausweise an und spielte sie ihren neuen Besitzern über geheime Abgabestellen zu, wo sie von anonymen

Vermittlern eingesammelt wurden. Eine der größten Taten, die Max Ophuls für die Résistance vollbrachte, war jedoch sexueller Art, aber um die zuwege zu bringen, musste er sich eine weitere falsche Identität zulegen, die beizubehalten manchmal leider auch etwas schmerzlich war. Er war der Mann, der Ursula Brandt, genannt «der Panther», verführte.

Im November 1942 marschierten die Deutschen in die Zone Sud ein, und schlagartig wuchs das Risiko. Bis dahin war es für die Studenten der exilierten Universität Straßburg möglich gewesen, sich in der Résistance zu betätigen, ohne allzu viel zu riskieren, aber sobald die Deutschen in Clermont-Ferrand saßen, wurde das Spiel gefährlicher. Insgesamt einhundertneunundreißig Studenten und Fakultätsmitglieder starben, weil sie in Aktivitäten der Résistance verwickelt waren. In jenem November gründete SS-Hauptmann Hugo Geissler in Clermont-Ferrand eine Gestapo-«Antenne». Ihr Direktor war Paul Blumenkampf, der sich als herzlicher, gutmütiger Kerl ausgab. Seine ungeheuer einflussreiche Assistentin verzichtete auf jegliche Verstellung. Sie war unter dem Namen «Panther» bekannt, weil sie einen Mantel aus Pantherfell trug, den sie nie ablegte, nicht einmal an den heißesten Tagen des Jahres. Ihr Spezialgebiet war die Unterwanderung, die Zerstörung von innen, und ihr wichtigster Informant, ihr Kollaborateur, ihr Spitzel war niemand anderes als George Mathieu. Durch Mathieus Verrat wurden viele Widerstandsgruppen zerschlagen – die Mithridate, die ORA – und ihre Anführer geschnappt. In einer Reihe von Überfällen auf diese Organisationen wurden auch mehrere Studenten verhaftet, und Reichsführer-SS Himmler konnte endlich den Angriff auf die Universität Straßburg befehlen, die bislang ebenso durch Danjons Einfluss auf das Vichy-Regime geschützt gewesen war wie durch Außenminister Ribbentrops Abneigung, gegen die von ihm selbst eingesetzten Marionetten vorzugehen.

Der Angriff auf die Universität, der als Große Säuberung be-

kannt werden sollte, fand am 25. November 1943 statt. Paul Col-
lomp, Literaturprofessor und ein guter Freund von Max Ophuls,
wurde erschossen, als er versuchte, die Angreifer vom Sekretariat
fern zu halten, in dem die Adressen der Dozenten lagen. Robert
Eppel, einem Professor der Theologie, mit dem Max ebenfalls
befreundet war, schoss man in seinem eigenen Haus in den Bauch.
Der Verräter George Mathieu identifizierte viele Studenten, die
falsche Ausweise hatten. Es gab über eintausendzweihundert Ver-
haftungen. Max Ophuls entkam, weil ihm sein Selbsterhaltungs-
trieb geraten hatte, Mathieu stets zu verschweigen, was er nicht
unbedingt zu wissen brauchte. Folglich konnte der Verräter die
Namen «Sebastian Brant» und «Max Ophuls» nicht mit dem Ré-
sistance-Mitglied und Meisterfälscher «Niccolò» in Verbindung
bringen, weshalb Max im Augenblick sicher war. Vorsichtshalber
aber verließ er Zellers Landhaus, zog mit der hübschen Jurastu-
dentin Angélique Strauss zusammen, einer jener verliebten jungen Frauen, an denen es ihm in seinem Leben nie mangeln sollte, fälschte sich einen neuen Ausweis (auf den Namen «Jacques
Wimpfeling», eines weiteren mittelalterlichen Humanisten) und
ließ sich von seinen Universitätspflichten beurlauben.

Am Tag nach dem Überfall schrieb André Danjon einen wort-
gewaltigen Protestbrief an den französischen Premierminister
Laval, eine Tirade, in der fast jeder Satz gelogen war. Er log hinsichtlich der Zahl der Juden an der Universität, und er log, als es
um die Verbindung von Studenten und Fakultät zur Résistance
ging. In jenen Jahren der Sonnenfinsternis glich seine Entschlossenheit dem Erdlicht, sie allein verbreitete ein wenig Helligkeit.
Ergebnis seines wohlinszenierten Wutanfalls war, dass die Universität geöffnet bleiben durfte. Hinterher rief Danjon persönlich
in Strauss' Wohnung an. «Das ist der letzte Akt», sagte er. «Der
Vorhang fällt. Sie müssen sich überlegen, Frankreich zu verlassen.» Während seines Aufenthalts im Landhaus in Gergovie hatte Max Ophuls sich die Zeit damit vertrieben, mit Gaston Zeller

über Militärgeschichte zu diskutieren und Aufsätze über internationale Beziehungen zu verfassen, die er selbst für völlig utopisch hielt, da er darin über den Aufbau einer sicheren Weltordnung nach einem damals noch völlig abwegig scheinenden Sieg über die Nazis spekulierte. Diese Aufsätze, in denen er die Notwendigkeit von Organisationen vorhersah, die den später entstandenen – etwa dem Europarat, dem Internationalen Währungsfonds oder der Weltbank – ähnlich waren, fanden Danjons uneingeschränkte Bewunderung, und er gestand Max, dass es ihm gelungen sei, die Schriften ins Hauptquartier seiner *Forces Françaises Libres* nach London zu schmuggeln, wo sie de Gaulle überaus beeindruckt hätten. «Sie können an de Gaulles Seite mehr für Ihr Land tun als hier», sagte Danjon. «Halten Sie sich bereit, und wir sorgen für Ihre Flucht. Ich fürchte nur, diesmal werden Sie wohl kaum fliegen können. Zweimal hieße, das Glück herauszufordern.»

«Ehe ich gehe», sagte Max, «habe ich noch etwas zu erledigen.»

Max Ophuls' zweite legendäre Großtat während seiner Jahre in der Résistance ging als «den Panther beißen» in die Erinnerung ein. Sprach man davon, nahmen Stimmen jenen gedämpften Tonfall an, in dem man sich gewöhnlich nur erzählte, wie etwas lächerlich und zugleich herrlich Unmögliches wahr geworden war. Agent Niccolò, mittlerweile ein bedeutender Mann in der vereinten Résistance, jetzt MUR genannt – eine Bewegung, zu der sich Combat mit den beiden anderen großen Armeen des Widerstandes, Franc-Tireurs und Libération, zusammengeschlossen hatte – verschwand einfach aus dem Blickfeld. Es war, als hätten er, Sébastian Brant, Jacques Wimpfeling und Maximilian Ophuls plötzlich aufgehört zu existieren. An ihre Stelle trat der deutsche Sturmbannführer Pabst aus Straßburg, den man versetzt hatte, um Ursula Brandts Gruppe bei ihren Nachforschungen zu unterstützen. Pabst besaß Vollmachten mit der persönlichen Unterschrift von Heinrich Himmler, dessen Abneigung gegen die Universität im Exil weit zurückreichte. Dass dieser falsche Pabst nicht den geringsten Verdacht erweckte, verriet das Geschick des Schwindlers: ein Beweis seiner unerbittlichen Willenskraft, die es einfach niemandem erlaubte, auf den Gedanken zu kommen, er könne jemand anders sein, als er zu sein vorgab. Er sprach tadelloses Deutsch, war bekannt für seine absolute Hingabe an das Reich, die Papiere waren einwandfrei, und keiner hätte es gewagt, die Echtheit der Unterschrift des Reichsführers-SS infrage zu stellen. Pabst war außerdem, wie die Pantherin feststellte, als er sie zu jenem kraftvollen, katzenhaften Auftreten beglückwünschte, das ihren Spitznamen so passend wirken ließ, ein überaus charmanter und attraktiver Mann. Dabei traf auf die kleine, stämmige Ursula Brandt «pantherhaft» eigentlich gar nicht zu, doch nahm sie das Kompliment, ohne zu murren, entgegen. Nach einer Woche waren der Sturmbannführer und sie ein Liebespaar.

Im Bett erwies sich Brandt jedoch zumindest in einer Hinsicht als wahrer Panther: Sie hatte es gern, wenn sie ihre Zähne und Klauen einsetzen konnte. Ihr Liebhaber bekannte stoisch, dies zu genießen, und ermunterte sie, sich nicht zurückzuhalten, sondern ihre sexuellen Neigungen vielmehr hemmungslos auszuleben, wie extrem sie auch sein mochten. Nach ihrem Liebesspiel waren die Laken oft blutbefleckt, und Brandt überkam eine unterdrückte, verkrampfte Reue, die sie ungewöhnlich gefügig machte. Im Ausgleich für das gemeinsam gehütete Geheimnis seiner nächtlichen Narben erhielt der falsche Sturmbannführer tagsüber fast ungehinderten Zugang zu den Geheimnissen ihres Büros. Während der Monate seiner Liaison konnte der falsche Pabst eine wahre Sturzflut unbezahlbarer Informationen an MUR übermitteln. Und als dann vom Maquis das vereinbarte Warnsignal – ein kleiner Kreidekreis mit einem Punkt in der Mitte, der bedeutete: «Man fängt an, misstrauisch zu werden: Verschwinde!» – eines Morgens an seiner Wohnungstür erschien, löste er sich lautlos wieder in Luft auf.

Dies war für den gesamten Zweiten Weltkrieg das einzige bekannte Beispiel einer erfolgreichen «Konteraktion» nach dem Einschleusen eines Agenten seitens der Gestapo, und sobald die Scharade aufflog, wurde Ursula Brandts Position unhaltbar. Sie verschwand ebenso wie ihr imaginärer Liebhaber. Der Reichsführer-SS Himmler kannte keine Gnade.

In seinen Memoiren sinniert Maximilian Ophuls in einem düsteren Abschnitt über die Ereignisse der Großen Säuberung und seine Rache an einer der Verantwortlichen nach. «Jeder Augenblick der Freude in der Résistance, jeder Triumph wurde uns durch das Wissen um die vielen Tragödien vergällt. Wir hatten das Glück, in der Operation Panther erfolgreich zu sein, doch wenn ich auf jene Tage zurückblicke, denke ich nicht an die Siege, sondern an gefallene Kameraden. Ich denke zum Beispiel an Jean-Paul Cauchi, unseren Gründer, unseren Anführer, der nur zwei Monate vor dem Tag der alliierten Landung in Paris gefangen genommen und nach Buchenwald geschickt wurde. Am 18. April 1945, also an ebenjenem Tag, als die amerikanischen Truppen Buchenwald erreichten, wurde er von einem rachsüchtigen deutschen Wachtposten eiskalt ermordet. Und ich denke mit ein wenig mehr Befriedigung an den Prozess gegen George Mathieu, der im September 1944 verhaftet wurde. Er behauptete, zum Verräter geworden zu sein, weil Ursula Brandt gedroht habe, andernfalls seine schwangere Freundin umzubringen, doch sprach man ihn schuldig, und am 12. Dezember wurde er vor ein Erschießungskommando gestellt. Ich bin ein Leben lang ein Gegner der Todesstrafe gewesen, aber im Fall Mathieu bekenne ich, dass mein Herz über meinen Kopf triumphiert.»

Und er schreibt: «In die Résistance einzutreten, das war für mich wie Fliegen ... man ließ den eigenen Namen hinter sich zurück, die eigene Vergangenheit, die Zukunft, man ließ sein ganzes Leben zurück und lebte, von Notwendigkeit und Fatalismus getragen, nur noch für die Arbeit. Ja, manchmal packte mich ein geradezu himmelhoch jauchzendes Gefühl, das nur unter dem ständigen Wissen darum litt, dass man jederzeit und ohne Vorwarnung abstürzen oder abgeschossen werden konnte, um wie ein Köter im Dreck zu krepieren.»

Erst nach seiner sicheren Ankunft in London begriff Max Ophuls, welche Ehre es war, die so genannte Pat-Route benutzen zu dürfen, jenes von Marseille ausgehende, von Captain Ian Garrow entwickelte und lange auch von ihm geleitete Fluchtsystem. Nachdem er verraten und dann verhaftet worden war, übernahm Garrows Rolle ein belgischer Arzt mit dem Pseudonym «Kommandant Pat O'Leary», der mit richtigem Namen Albert-Marie Guérisse hieß. Die von der Abteilung DF des *British Special Operations Executive* geführte Fluchtroute wurde hauptsächlich zur Rettung britischer Flieger und hinter den feindlichen Linien festsitzender Geheimdienstler aufgebaut und geführt, und trotz der immer währenden Gefahr von Verhaftung und Verrat konnte man erstaunliche Erfolge verbuchen. Über sechshundert Kombattanten wurden in Sicherheit gebracht. Angesichts der wachsenden Spannungen zwischen General de Gaulle, Churchill und Roosevelt war es allerdings höchst ungewöhnlich, dass die Route nur deshalb einem Zivilisten zur Verfügung gestellt wurde, weil de Gaulle ihn im Hauptquartier seiner *Forces Françaises Libres* in Carlton Gardens sehen wollte. Der Grund für dieses außergewöhnliche Arrangement war die Ankunft der erst kürzlich im Hauptquartier der FFL eingetroffenen Gattin des neuen Adjutanten des Generals, Madame François Charles-Roux, geborene Fanny Zarifi, deren Namensvetterin und Tante Fanny Vlasto Rodocanachi nebst Ehemann Dr. George Rodocanachi der Résistance erlaubt hatte, ihre Wohnung in Marseille als Hauptquartier der Pat-Route und als konspirative Unterkunft zu benutzen. Max Ophuls, der unterdessen unter einem Berg Runkelrüben lag und auf der Ladefläche eines Lieferwagens über kleine Nebenstraßen gefahren wurde, wusste nichts von solchen Einzelheiten. Er fragte sich bloß, ob er die Schleichwege überleben oder ihm das Geholper und Gerüttel und das Gewicht der Rübensäcke nicht den verdammten Rücken brechen würden. Doch kam ihm nie der Gedanke in den Sinn, dass er kurz davor war, jene außergewöhnliche Person kennen zu lernen, die seine einzige Ehefrau werden sollte.

Sie hieß «Graue Ratte». Ihr wahrer Name lautete Margaret (Peggy) Rhodes, doch als sie Max im Wohnzimmer von George und Fanny Rodocanachi von ihrer englischen Landsmännin Elisabeth Haden-Guest vorgestellt wurde, fiel der gefeierte Deckname – ein Name, den die Deutschen ihr verliehen hatten, weil sie ihnen immer wieder durch die Lappen ging. «Darf ich vorstellen?», sagte Haden-Guest scherzend. «Niccolò, der Meisterfälscher, und die Ratte, deren kein Rattenfänger habhaft werden kann.» Max Ophuls fand es erstaunlich, wie entspannt und vergnügt, sogar lustig es in Rodocanachis gefährdeter Wohnung zuging, und merkte rasch, dass die gute Laune von der Grauen Ratte ausging. Sie war schön, das war nicht zu übersehen, auch wenn sie alles tat, um es zu verbergen. Ihre blonde Mähne schien seit einem Monat nicht mehr gewaschen worden zu sein und stand in ihrem Nacken wie eine Flaschenbürste ab. Sie trug ein weites, kariertes Männerhemd, das tagelang kein Bügeleisen gesehen hatte und bis zum Hals zugeknöpft war. Selbst die Manschetten waren zugeknöpft. Zum Hemd hatte sie eine ausgebeulte Kordhose und Sportschuhe an. Wie eine Vagabundin sieht sie aus, dachte Max, wie eine zugeknöpfte Herumstreicherin, die irgendwie in die Geheimpfade des Krieges gestromert ist. Doch ihre Augen waren unergründliche dunkle Seen, und ihr Körper, der unter der Tarnung nur zu erahnen war, schien schlank und hoch gewachsen. Vor allem aber besaß sie eine solch überbordende Energie, dass der Raum viel zu klein für sie wirkte.

«Sie haben Glück, dass Sie mit ihr gehen dürfen», sagte Fanny Rodocanachi zu Max. «Falls es zum Kampf kommt, schlägt sie sich wie fünf Männer.» Die Graue Ratte röhrte vor Lachen. «Meine Güte, liebste Fanny, du weißt wirklich, wie man einem Kerl ein Mädchen schmackhaft macht», brüllte sie. «Wie steht's, Niccolò? Sind Sie bereit, ganz allein mit einem Mädchen, das mit bloßen Händen einen Mann umgebracht hat, durch Dornengebüsch über die spanische Grenze zu robben?»

Sie war vierundzwanzig Jahre alt, fast zehn Jahre jünger als Max, und hatte bereits eine Ehe hinter sich. Ihr Gatte, ein Geschäftsmann aus Marseille namens Maurice Liota, war ein Jahr nach der Hochzeit von der Gestapo gefoltert und ermordet worden, weil er sie nicht verraten wollte, und die Graue Ratte sollte ihn Max Ophuls gegenüber vor, während und nach ihrer beider Heirat stets nur «die Liebe meines Lebens» nennen. Sie war auf Skiern geflohen und so schnell und geschickt mit einem Wagen gefahren, dass sie von dem Flugzeug, das sie verfolgte, nicht aufgehalten werden konnte. Einmal sprang sie von einem fahrenden Zug. In Toulouse geriet sie schließlich ins Gefängnis, doch spielte sie die unschuldige provenzalische Hausfrau so überzeugend, dass die Deutschen sie nach vier Tagen wieder freiließen, ohne zu ahnen, dass sie die Graue Ratte in Händen gehabt hatten. «Ich hasse den Krieg», sagte sie zu Max bei ihrer ersten Begegnung in der konspirativen Wohnung in Marseille, «aber da nun mal Krieg herrscht, hab ich verdammt nochmal nicht vor, den abziehenden Männern mit dem Taschentuch hinterherzuwinken, daheim zu bleiben und ihnen Sturmhauben zu stricken.»

Die Flucht gelang. Zwar gestaltete sich ihr Entkommen manchmal so beängstigend, so knapp und bizarr, dass Max sich vorkam wie in einem Roman, aber sie schafften es. Barcelona, Madrid, London. In den Augen der *passeurs* auf beiden Seiten der Grenze meinte Max manchmal unter den bemüht neutralen Mienen eine seltsame Mischung aus Groll und Verachtung wahrzunehmen. *Ihr geht, und wir müssen bleiben* wechselte ab mit *Ihr lauft weg, wir nicht.*

Doch er war zu abgelenkt, um sich deshalb Sorgen zu machen, denn als sie mit einer britischen Militärmaschine den RAF-Stützpunkt Northolt erreichten, hatte sich Maximilian Ophuls verliebt. In Northolt tobten wie immer die eisigen Winde des Londoner Winters, und selbst das Klischee eines Graupelschauers wurde ihnen nicht erspart. Man hatte François Charles-Roux geschickt, um Max abzuholen, und ein namenloser Geheimdienstoffizier wartete auf die Graue Ratte. Eingemummelt standen die beiden Flüchtlinge im eisigen Regen auf dem Asphalt, als die Graue Ratte sich verabschieden wollte, doch ehe sie ihre getrennten Wege gingen, fragte Max, ob er sie wiedersehen könne. Die Frage stürzte sie in völlige Verwirrung und löste eine erstaunliche Abfolge von Reaktionen aus, die sie abwechselnd tief erröten, die Hände ringen, von einem Fuß auf den anderen treten und ein kurzes, irres, von stakkatohaften Satzfetzen durchbrochenes Gelächter von sich geben ließ. «Ha, ha! Also ehrlich, ich habe absolut keine Ahnung! Warum sollten Sie das bloß wollen? Aber, ähm! Tja! Ich meine, wenn es das ist, was Sie wirklich möchten! Ganz ehrlich, ja? Man will schließlich nicht! Ha, ha, ha! Zur Last fallen! Nicht, dass es eine verdammte Last wäre, nicht? Äh, äh, ha, ha? Schließlich haben Sie mich ja gefragt! Aber da Sie so, äh, freundlich sind, ach, Mist, ich bin so schrecklich in so was! Herrje, Himmel nochmal, also schön!» Und dann ging sie einen Schritt vor, um ihm einen unbeholfenen, flüchtigen Kuss auf die Wange zu geben, wobei sie ihm mit ihrem ganzen Gewicht auf den Fuß trat.

Ihr erstes Rendezvous im Lyons Corner House in Piccadilly verlief katastrophal. Margaret kam völlig aufgelöst an, ihre Nase triefte, die Augen waren gerötet und die Tränen nicht aufzuhalten. Die Pat-Route war verraten worden. Ein Mann, dem sie vertraut hatten, Paul Cole, in Wahrheit Sergeant Harold Cole, bekannt unter dem Decknamen Delobel, erwies sich als Betrüger und Doppelagent. Er ließ sämtliche Mitglieder der Marseiller Gruppe auffliegen. Fanny Vlasto und Elisabeth Haden-Guest konnten entkommen, aber «Pat O'Leary» – Guérisse – wurde von der Gestapo geschnappt und nach Dachau geschickt. Erstaunlicherweise sollte er die Folter überstehen und noch viele bessere Tage in jenem neuen Europa erleben, für dessen Befreiung er so viel getan hatte. Dr. George Rodocanachi war weniger Glück beschieden. Er starb einige Monate nach seiner Gefangennahme in Buchenwald. «Weißt du, ich gehe zurück», sagte die Graue Ratte und putzte sich schnaubend die Nase. «Ich gehe zurück, sobald ich sie zwingen kann, mich gehen zu lassen.» Max wollte sie bitten, nicht zu gehen, doch er blieb stumm und hielt stattdessen ihre Hände. Drei Monate später gestattete man ihr die Rückkehr. Das Blatt des Krieges hatte sich gewendet, und auch das Leben von Maximilian Ophuls änderte seinen Lauf, drängte jetzt dieser schönen, linkischen, furchtlosen, sexuell unerfahrenen Frau entgegen – und außerdem fort von Frankreich, nach Amerika hin, da ihm eine unerwartete, doch mächtige, an Feindschaft grenzende Abneigung von General de Gaulle entgegenschlug.

In diesem Winter glich London einem Herz voller Krater. Die klaffenden Wunden des Blitzkrieges waren überall, die durchtrennten Straßen, die halbierten Häuser, die Lücken, die Not, die Not. Auf den Straßen fuhren kaum Autos. Doch die Menschen gingen besonnen ihrer Arbeit nach, als wäre nichts geschehen, als würden sie die Nacht nicht auf einem Bahnsteig einer Untergrundstation verbringen, ohne auch nur die Wäsche wechseln zu können, als setzte ihnen nicht die Sorge um das Wohl ihrer evakuierten Kinder zu. Carlton Gardens blieb vergleichsweise unversehrt. Charles-Roux brachte Max zum Büro des Generals. De Gaulle stand am Fenster des holzgetäfelten Raumes, zeigte sich wie ein Cartoon seiner selbst nur im Profil und begrüßte Max, ohne sich nach ihm umzudrehen. «Aha, Danjons junges Genie», sagte er. «Ich will Ihnen nur sagen, Monsieur, dass ich das Urteilsvermögen meines Freundes, des Vizekanzlers, nicht infrage stelle. Ihre Leistungen und Talente sind zweifellos bemerkenswert. Doch die Vorschläge in Ihren Aufsätzen sind größtenteils unhaltbar. Irgendeine Art von europäischem Zusammenschluss, nun gut. Man wird vergessen müssen, was geschehen ist, wird sich mit Deutschland wieder anfreunden. Gewiss. Alles andere, was Sie da vorschlagen, ist barbarischer Unsinn, der uns gefesselt und geknebelt der Macht Amerikas ausliefert, will heißen, einer neuen Gefangenschaft, die unmittelbar auf die alte folgt. Das werde ich niemals zulassen.» Max blieb stumm. De Gaulle sagte ebenfalls nichts mehr. Nach einer Weile nahm Charles-Roux Max am Ellbogen und steuerte ihn aus dem Büro. Während sie gingen, konnten sie hören, wie de Gaulle, der immer noch mit hinter dem Rücken verschränkten Händen am Fenster stand, zu sich sagte: «Ach, wenn sie wüssten, mit welch kaputten Streichhölzern ich Frankreich befreien musste!»

«Bitte berücksichtigen Sie, dass Roosevelt ihn wie ein Stück Dreck behandelt», sagte Charles-Roux vor der Tür zum Büro des Generals. «Und Churchill lässt es auch an genügendem Respekt fehlen. Viele Leute, sogar welche im diplomatischen Corps der Franzosen, raten davon ab, sich allzu sehr auf die FFL einzulassen. Wenn Roosevelt könnte, würde er den General gern loswerden. Giraud ist ihm viel lieber.» Nach diesem Tag hatte Max es nur noch selten mit de Gaulle direkt zu tun. Man beschäftigte ihn in der Propagandaabteilung, wo er über Frankreich abzuwerfende Mitteilungen schrieb, deutsche Texte übersetzte, die Zeit totschlug und wartete, auf die Abende und auf die Ratte.

Porchester Terrace in Bayswater – wie all die entblößten Straßen Londons durch den steten Bedarf der Rüstungsproduktion um die typischen Gittertore und Eisengeländer gebracht – verbarg seinen nackten Anblick mit winterlichem Nebel. Max wohnte im Kellergeschoss des Hauses, das Fanny Rodocanachis Bruder Michel Vlasto gehörte. Eine Phosphorbombe hatte einen Großteil der Treppe zerstört, und im Gebäude roch es streng nach Verbranntem. Ging man nach oben oder unten, musste man sich an der Wand entlangtasten. Überall wies das Leben Löcher auf, es war ein Buch, aus dem man Seiten herausgerissen, zerknüllt und fortgeworfen hatte. «Wa nich schlimm», sagte Mrs. Shanti Dickens, Vlastos indische Hauswartsfrau, die mit Vorliebe eine riesige Baskenmütze, einen weiten grünen Mantel und Schnürstiefel trug. Mrs. Dickens war ein Mensch mit solch mächtigem Appetit, dass sie sogar der Sprache was abknabberte. «Wa keina nich faletzt, isses Wichtigste, isses doch, nich?» Sie zeigte auf einen Eimer mit Sand. «Steht eina in jem Stokwäk. Kellerschuss, Parterr, erste Schuss. Wenn wer brauch.» Mrs. Dickens konnte aus dem Gedächtnis den Kriminalbericht des Sonntagsblattes wiedergeben. «Kleingehack hatter se, Sir, mussma sichma vorstelln», sagte sie genüsslich. «Schlimm, schlimm, Sir, das isses. Vielleich issterse zum Abenässn.»

Die Ratte kam ihn besuchen, sooft sie konnte, stolperte durch Verdunklung und grünen Nebel und achtete darauf, die Taschenlampe immer nach unten gerichtet zu halten. An den Abenden, an denen sie nicht auftauchte, saß Max allein in seinem Militärmantel vor einem elektrischen Heizofen mit einer einzigen Heizspirale und verfluchte sein Schicksal. Die Depression, die stets in den Winkeln seines Hirns lauerte, drängte zur Zimmermitte vor und nährte sich von Einsamkeit und kaltem Wetter. Verrat war die Währung der Zeit. Die Amerikaner verachteten die Freien Franzosen, da sie vermuteten, dass ihre Organisation mit Vichy-Verrätern durchsetzt sei, und die Briten infiltrierten Carlton Gardens ihrerseits mit Spitzeln. George Mathieu, Paul Cole, Freunde wurden zu Attentätern. Wer zu sehr, zu leicht vertraute, starb. Doch was für ein Leben war ohne Vertrauen möglich, wie konnte es ohne Vertrauen Freude oder tiefes Verständnis in menschlichen Beziehungen geben? Das ist der Schaden, den wir mit in die Zukunft nehmen, dachte Max. Misstrauen und die Erwartung, betrogen zu werden: Dies waren die Bombentrichter in jedem Herzen.

«Wenn wir den Krieg heil überstehen, Ratty, dann werde ich dich niemals betrügen», schwor er laut in seinem einsamen Zimmer. Aber er tat es natürlich doch. Er brachte sie nicht um, aber er verbrachte sein Leben damit, ihr die Messer seiner Untreue ins Herz zu stoßen. Und dann kam Boonyi Kaul.

Margaret «Peggy» Rhodes war eine lausige Liebhaberin, das war die unangenehme Wahrheit. Die Graue Ratte war nicht mit dem Herzen dabei. Die Résistance hatte sie geprägt, die Freuden des Nachgebens kannte sie nicht. Maximilian Ophuls versuchte es behutsam, und kurze Zeit schien sie bereit, etwas zu lernen, doch sie hatte keine Geduld; sie wollte nur, dass es bald vorbei war, damit sie reden, kuscheln und sich nackt ebenso benehmen konnten wie angezogene Leute, nicht wie Liebhaber, sondern wie Freunde. Sie habe schon immer eine «geringe Libido» gehabt, bekannte sie. Doch beharrte sie darauf, ihn zu lieben. In diesem Souterrainwinter klammerte sie sich unter der Schottendecke eng an ihn und schwor, dass sie nie so glücklich gewesen sei und deshalb mit einem Mal Angst vor dem Tod habe. Sie sagte ihm auch, dass sie unfruchtbar war. «Ich meine, macht dir das was? Ist jetzt Schluss? Wäre nämlich bei vielen Kerlen so, weißt du? Ohne Aussicht auf Blagen geht die ganze verdammte Chose verdammt baden. Ha! Na ja, ha, ha, ha!» Darauf käme es nicht an, hörte er sich zu seiner eigenen Überraschung sagen. «Okay, also alles Roger», sagte sie. «Themenwechsel? Was dagegen? Der Typ, der mich in Northolt abgeholt hat, erinnerst du dich? So ein MI9-Heini? Will ein Wort mit dir. Ich meine, ich bin bloß die Botin. Mir egal. Aber ich kann's arrangieren.»

Das Treffen mit dem Offizier vom Geheimdienst – er hieß Neave – fand eine Woche später im Hotel Metropole in der Northumberland Avenue statt. «Ich bin selbst über die Pat-Route gerettet worden», sagte der Engländer einleitend. «Wir haben also gewissermaßen dieselbe Schule absolviert.» Max Ophuls dachte, wie warm es doch im Metropole war und dass man zu allem bereit

sein könnte, wenn einem nur so warm bliebe. Hätte er Neaves'
Angebot ausgeschlagen, wenn sie sich in einem kalten, zugigen
Zimmer getroffen hätten? War er so simpel gestrickt? «... Kurz
und gut, wir wollen Sie an Bord haben», sagte Neave abschließend. «Aber das hieße, dass Sie zu uns übersetzen müssten. Große Entscheidung, ich weiß. Wollen bestimmt drüber nachdenken.
Machen Sie ruhig. Nehmen Sie sich fünf Minuten. Auch zehn.»
In dem Augenblick, in dem Max Ophuls sich den Vorschlag an-
hörte, wusste er schon, dass er nicht ablehnen würde. Mit Wissen
und Unterstützung der Amerikaner wollten die Briten ihn *an Bord*
haben. *Genau das Richtige*, dachte er, die Weltgemeinschaft schloss
sich seinen Ansichten an, auch wenn es der barsche General mit
der großen Nase nicht tat. Die Deutschen verloren den Krieg.
Im Laufe von drei Juli-Wochen würde in New Hampshire in einem Ort namens Bretton Woods die Zukunft geschaffen werden.
Delegierte aus vermutlich mehr als vierzig Nationen versammelten sich mit ihren «Intelligenzbestien», ihren «Eierköpfen»
und «Träumern», um den Wiederaufbau Europas zu planen und
sich um die Probleme instabiler Wechselkurse und einer Schutz-
zollpolitik zu kümmern. Maximilian Ophuls war ein *entscheiden-
des Puzzlestück*. Für ihn würde ein Lehrstuhl abfallen, Columbia
vermutlich, und eine Fellowship für Oxford oder Cambridge.
«Unser Mann jenseits des Meeres», sagte Neave. «Für uns wären
Sie einer der wichtigsten Jungs. Sie müssen sich keiner nationalen Delegation anschließen. Wir brauchen Sie als Gruppenleiter,
als jemand, der die tief greifende Arbeit macht, uns Strukturen
schafft, die überdauern.»

Die Zukunft wurde geboren, und man bat ihn, Hebamme zu
sein. Statt am schwachen Paris, dem baufälligen Kartenhaus des
alten Europas, würde er an den Eisen- und Stahlhochhäusern der
nächsten großen Sache mitwirken. «Ich brauche keine Zeit zum
Nachdenken», sagte er. «Sie können auf mich zählen.» Ihm war,
als hätte er einen Heiratsantrag von unvermuteter, doch höchst

attraktiver Seite erhalten, und wusste, Frankreich, diese ihm durch Herkunft und Blutsbande bestimmte Braut, mit der am Tag seiner Geburt eine Hochzeit arrangiert worden war, würde ihm vermutlich nie vergeben, dass er sie am Altar stehen ließ. Charles de Gaulle täte es jedenfalls ganz bestimmt nicht. Als er in jener Nacht in seinem Bett auf dem leicht schräg abfallenden Fußboden der Kellergeschosswohnung in Porchester Terrace mit Peggy Rhodes unter der Decke lag, machte er ihr seinen eigenen Antrag. «Willst du mich heiraten, Ratty?» Worauf sie erwiderte: «Ach, oh, oh. Ach ja, Moley, mein Maulwurf, ja, ich will.»

Er traf Neave noch einmal wieder, Anfang der achtziger Jahre, als Max Ophuls selbst zur Welt der Geheimdienste gehörte, der einstige Geheimdienstler aber Parlamentsmitglied und enger Vertrauter von Premierministerin Thatcher geworden war. Auf der Terrasse des Westminster-Palastes genehmigten sie sich einen Drink und plauderten über alte Zeiten. Bald darauf wurde Airey Neave von einer ferngezündeten Bombe der IRA in Stücke gerissen, als er den Parkplatz des Unterhauses verließ. Der Verrat hatte kein Ende. Überlebte man ein Komplott, wurde man vom nächsten erwischt. Der Teufelskreis der Gewalt blieb ungebrochen. Vielleicht gehörte er einfach zur menschlichen Rasse, war eine Manifestation des Lebenszyklus. Vielleicht zeigte uns die Gewalt, was wir tatsächlich bedeuteten, vielleicht war sie aber auch nur, was wir taten.

Im April 1944 sprang Max Ophuls' frisch angetraute Gattin, die Graue Ratte, über der Auvergne mit dem Fallschirm ab. Ihre Aufgabe war es, Maquis-Gruppen aufzuspüren und zu jenen Stellen zu führen, an denen die RAF jeden zweiten Tag Waffen und Munition abwarf. Anschließend sollte sie helfen, den bewaffneten Aufstand zu organisieren, der zeitgleich mit der Landung in der Normandie stattfinden würde. Teil dieser Vorbereitungen waren ein von ihr geleiteter Angriff der Résistance auf das Hauptquartier der Gestapo in Montluçon und ein Überfall auf eine deutsche

Waffenfabrik. Dann kam der 6. Juni, der D-Day, die H-Hour, die M-Minute, und sie blieb, um mit der MUR zu kämpfen, deren lang ersehnte Stunde endlich angebrochen war. Als Maximilian Ophuls Ende Juni zur Konferenz nach Bretton Woods flog, hatte er keine Ahnung, ob die Ratte noch lebte. Wie befürchtet, war die FFL von ihrem Leiter angewiesen worden, ihn wie einen Aussätzigen, fast wie einen Verräter zu behandeln. Seine Untreue würde man ihm nie verzeihen. Von dieser Seite erhielt er jedenfalls keine Informationen mehr. Am Ende war es Mrs. Shanti Dickens, die telefonisch zu ihm durchkam. «Sir! Sir! Mister Max, ja? Gut, Sir, gut, gut! Brief, Mr. Max, von Mrs. Max! Soll ichn aufmachn, Sir? Ja, Sir! Is kay! Mrs. Max geht's gut, Sir! Sie liebt Se! Jippie! Sie fragt, Sir, wo Se zum Teufel hinsin? Is kay? Gut, gut, Sir! Jippie!»

Am 26. August, einen Tag nach der Befreiung von Paris, marschierte de Gaulle mit Vertretern der freien französischen Streitkräfte und Mitgliedern der Résistance über die Champs-Élysées. Eine Engländerin marschierte an jenem Tag mit den Franzosen. Und am 27. August flog Mrs. Max, Margaret Rhodes, die Graue Ratte, nach New York, und die Ophuls' begannen ihr amerikanisches Eheleben.

✳ ✳ ✳

FAST EINUNDZWANZIG JAHRE später, in jener Nacht nämlich, bevor sie mit ihrem Mann nach Neu-Delhi flog, träumte Mrs. Margaret Rhodes Ophuls, dass sie nach langen Jahren der Unfruchtbarkeit in Indien doch noch schwanger werden und ein Kind gebären würde. Das Baby war wunderschön und pelzig und hatte einen langen Ringelschwanz, doch konnte sie es nicht lieben, und wenn sie das Kleine an die Brust legte, biss es sie schmerzhaft in die Brustwarze. Es war ein Mädchen, und obwohl ihre Freunde mit Entsetzen zusahen, wie sie eine schwarze Ratte in den Armen wiegte, kümmerte sie das nicht. Schließlich war sie selbst einmal eine Ratte gewesen und dann doch zu einem Menschen geworden, nicht wahr? Heutzutage wusch sie sich das Haar, trug adrette Kleider, zuckte kaum noch mit der Nase und kroch auch nicht mehr durch den Müll oder machte sonst irgendwas Rattenhaftes, und zweifellos würde es mit ihrer Kleinen, ihrem Rättchen, genauso sein. Außerdem war sie jetzt eine Mutter, und deshalb musste sie einfach so tun, als ob sie Rättchen liebte, dann würde die Liebe auch gewiss bald fließen, bestimmt war sie nur vorübergehend blockiert. Manche Mütter hatten Probleme, Milch zu geben, nicht wahr, die Milch wollte einfach nicht schießen, und sie hatte ein ähnliches Problem mit der Liebe. Schließlich war sie schon Mitte vierzig, und das Baby war spät in ihr Leben gekommen, also war durchaus mit einigen ungewöhnlichen Problemen zu rechnen. Es war nichts Ernstes. *Rättchen, süßes Rättchen*, sang sie im Traum, *wer wäre besser als du?*

Ihrem Mann erzählte sie nichts von dieser Vision. Damals führten sie und Botschafter Maximilian Ophuls bereits ziemlich getrennte Leben, doch nach außen wurde die Fassade gewahrt. Max' Kriegsmemoiren hatten ihre Liebesgeschichte schließlich zum Allgemeingut gemacht, und das Buch hatte zweieinhalb Jahre auf der Bestsellerliste gestanden – wie also sollten sie nicht fortsetzen, was ihnen ein Anrecht auf Unsterblichkeit verlieh? Denn sie beide waren, und dies seit Jahrzehnten, «Ratty und Moley», das goldene Paar, dessen New Yorker Kuss am Ende der großen Schlacht für Generationen zu einem fixen Bild geworden war, zum Sinnbild für die alles überwindende Liebe schlechthin, für die Vernichtung des Monsters und die Segnungen des Schicksals, für den Triumph der Tugend über das Böse und den Sieg des Besten im Menschen über das Schlimmste in ihm. «Wenn wir uns trennen wollten – ha! Hoho! – würde man uns – bestimmt, nicht? – man würde uns lynchen!», sagte sie einmal zu ihm und verbarg das gebrochene Herz unter stakkatohaftem Stoizismus. «Ein Glück nur, also ehrlich, dass ich – he, he, he! – nicht an so eine verdammte Scheidung *glaube*.»

Die Fiktion der unsterblichen romantischen Liebe wurde also aufrechterhalten, auf makellose Weise von ihr, äußerst makelhaft von ihm. Doch die Ratte blieb stets auf dem Laufenden. Sie war inzwischen eine reiche Frau geworden. Durch den Tod ihrer Eltern hatte sie beträchtliche Flächen besten Ackerlandes in Hampshire geerbt, ebenso beachtliche Portweinkellereien am Douro. Daher besaß sie die nötigen Mittel, ihre Nachforschungen zu finanzieren, falls, was selten genug geschah, die alten Kontakte zur Schattenwelt mit leeren Händen zurückkehrten. Folglich kannte sie den Namen jeder Frau, die ihr Mann verführt hatte, jede ihn anhimmelnde Doktorandin, jede Assistentin, die bereit war, sich recherchieren zu lassen, jede wollüstige High-Society-Schönheit aus Uptown, jede Partyschlampe aus Downtown, sämtliche ihm für seine internationalen Konferenzen persönlich zugeteilten Simultandolmetscherinnen, jede Sommerhure aus dem East End, die er in ihrem Haus in South Fork gevögelt hatte, das auf dem Hochland einer Endmoräne stand, eines jener bewaldeten Hügel, die Gletscher einst hinterlassen hatten. In den meisten Fällen fand sie auch ihre Adressen und geheimen Telefonnummern heraus. Zwar hatte sie sich nie mit einer dieser Frauen in Verbindung gesetzt, doch sagte sie sich, dass sie die Informationen haben wollte, dass sie es vorzog, Bescheid zu wissen. Mit dieser Lüge täuschte sie sich. Die Namen der Frauen bohrten sich wie Messer in sie hinein, ihre Anschriften, Apartmentnummern, Postleitzahlen und Telefonnummern brannten ihr Löcher ins Gedächtnis wie kleine Phosphorbomben.

Doch es fiel ihr schwer, Max allein die Schuld zu geben. Genau wie der Krieg in die Vergangenheit entschwand, so schwand auch ihr sexuelles Verlangen. Ihr Interesse daran war stets nur marginal und flüchtig gewesen und schien nun bereits im Keim zu ersticken. «Soll es sich der arme Mann doch anderswo besorgen, wenn er unbedingt muss», redete sie sich verbissen ein, «solange er es mir nicht unter die verdammte Nase reibt. Dann kann ich weiterlesen, im Garten arbeiten und muss mich mit all diesem klebrigen Getue nicht abgeben.» Auf diese Weise täuschte sie sich derart wirksam über ihre Gefühle hinweg, dass sie einfach nicht begriff, worüber sie so verdammt unglücklich war, wenn das Elend sie packte, was es zeitweilig tat, und sie unvermittelt in heiße Tränen ausbrechen oder an unerklärlichen Schüttelkrämpfen leiden ließ. Im Flugzeug nach Indien, den großen Mann an ihrer Seite, gestattete sie sich den Gedanken: «Ach was, ist schon eine verdammt schöne Liebesgeschichte, die wir da haben. Nicht gerade eine von der normalen Sorte, zugegeben, aber was ist schon normal, wenn man mal genauer hinsieht? Nimm den Deckel von irgendeinem Leben ab, und drunter blubbert Merkwürdiges vor sich hin; hinter jeder stillen Familienhaustür lauert das Eigenartige und Verrückte. Normalität, das ist der Mythos. Die Menschen sind nicht normal. Wir sind ein seltsamer Haufen, so lautet die ehrliche Wahrheit: kauzig und kurios. Aber wir kommen zurecht. Seht doch, hier sind wir, Max und ich, fliegen hoch am Himmel und halten nach zwanzig Jahren immer noch Händchen. Gar nicht mal übel, wirklich nicht.» Dann schloss sie die Augen, und da war die Vision wieder, die mitternächtliche Ratte, die auf Hinterbeinen stand, um Liebe bettelte und sie mit hoher Rättchenstimme *Mutter* rief. In Indien, entschied sie, würde sie sich viel um Waisenkinder kümmern. Ja, die mutterlosen Kinder Indiens sollten merken, dass sie eine gute Freundin an ihr hatten. Vielleicht war das die Bedeutung des Traums.

«Galbraith haben sie gemocht», soll Gerüchten zufolge Lyndon B. Johnson zu Dean Rusk gesagt haben, «also schicken Sie ihnen wieder einen liberalen Professor, aber passen Sie auf, dass der nicht zu sehr mit den Einheimischen anbändelt.» Als Staatssekretär Rusk 1965, also unmittelbar nach Beendigung des indisch-pakistanischen Krieges, bei Maximilian Ophuls anrief, um ihm den Posten eines Botschafters in Indien anzubieten, begriff Max, wie sehr er auf diesen Anruf gewartet hatte, ohne zu wissen, dass er auf etwas wartete, und dass Indien, wo er nie gewesen war, sich wenn schon nicht als sein Schicksal, dann doch immerhin als jenes Ziel erweisen mochte, zu dem die labyrinthische Reise seines Lebens immer schon geführt hatte. «Sie müssen sofort abreisen», sagte Rusk. «Diese indischen Gentlemen brauchen eine ordentliche amerikanische Kopfwäsche, und wir glauben, dass Sie dafür genau der richtige Mann sind.» In seiner bahnbrechenden Untersuchung *Warum die Armen arm sind* hatte Max Ophuls Indien, China und Brasilien als ökonomische Fallstudien gewählt und im viel diskutierten letzten Kapitel seines Buches eine Möglichkeit genannt, wie diese «schlafenden Riesen» geweckt werden könnten. Es war vielleicht das erste Mal, dass ein bedeutender Wirtschaftswissenschaftler des Westens ernsthaft jenes Phänomen analysierte, das als «Süd-Süd-Kollaboration» bekannt werden sollte. Und als Max an diesem schwülen Abend in Manhattan – es war Ende September, aber der Sommer schien nicht enden zu wollen – den Hörer auflegte, überlegte er laut, warum ausgerechnet ein Akademiker, der ein Theoriemodell publiziert hatte, demzufolge Dritte-Welt-Ökonomien aufblühten, wenn sie den amerikanischen Dollar zu umgehen lernten, dazu auserwählt wurde, die Vereinigten Staaten in einem ebendieser südlichen Länder zu repräsentieren. Seine Frau, die Ratte, wusste darauf eine Antwort. «Der Glamour der Prominenz, mein Lieber. Ha! Kapierst du es immer noch nicht, du Dussel? Alle Welt liebt einen Star.»

Amerika wusste nicht, was es von Indien halten sollte. Johnson mochte Pakistans Diktator Feldmarschall Mohammed Ayub Khan so sehr, dass er bereit war, Pakistans wachsende Nähe zu China zu ignorieren. «Eine Frau kann Verständnis für einen Ausrutscher ihres Mannes an einem Samstagabend aufbringen, solange sie eben seine Frau bleibt», erzählte er Ayub in Washington. Ayub lachte. Natürlich war Amerika die Frau, wie hätte der Präsident daran zweifeln sollen? Also flog er heim und schmiedete noch engere Bande mit China. Unterdessen begegnete Rusk indischen Interessen mit offener Feindseligkeit. Damals hatten die Entwertung der Rupie und ein nationaler Versorgungsengpass Indien in die demütigende Lage gebracht, von amerikanischen Lebensmittellieferungen abhängig zu sein. Doch die Lieferungen kamen nur spärlich, und B. K. Nehru, Indiens Botschafter in den Vereinigten Staaten, musste Rusk darauf ansprechen: «Warum versuchen Sie, uns auszuhungern?» Die Antwort war nicht minder drastisch: weil Indien Waffen aus der Sowjetunion bezog. Ehe Max nach Neu-Delhi flog, suchte er Rusk in Foggy Bottom auf und musste eine langatmige antiindische Tirade über sich ergehen lassen, in der Rusk sich nicht nur gegen die indische Haltung im Kaschmir-Konflikt aussprach, sondern die Annexion von Hyderabad und

Goa ebenso kritisierte wie die Lippenbekenntnisse einiger indischer Minister für die Regierung in Nordvietnam. «Wir befinden uns im Krieg mit diesem Herrn Ho Chi Minh, Professor Ophuls. Würden Sie also bitte so freundlich sein, den indischen Behörden zu erklären, dass ein Freund unseres Feindes nur unser Gegner sein kann?» Aus diesem Grund sagte Max Ophuls seiner Frau nach dem Händchenhalten mit Radhakrishnan, dass seine plötzliche Beliebtheit wohl nur von kurzer Dauer sein dürfte. «Wenn ich nach Rusks Pfeife tanze», sagte er, «wird man bald mit faulen Eiern nach uns werfen.»

Als er den Wunsch äußerte, sofort nach Kaschmir zu fahren, sprach sich der indische Innenminister Gulzarilal Nanda strikt dagegen aus: Das Risiko sei zu groß, seine Sicherheit könne nicht garantiert werden. Und zum ersten Mal in seinem Leben wandte Max Ophuls die Macht der Vereinigten Staaten an. «Es liegt im Wesen überwältigender Macht», schrieb er später in *Der Mann der Macht*, «dass der Mächtige auf seine Macht nicht verweisen muss. Die Tatsache ihres Vorhandenseins ist in jedem Bewusstsein präsent. Macht funktioniert daher stillschweigend, und der Mächtige kann demzufolge leugnen, seine Stärke überhaupt je eingesetzt zu haben.» Innerhalb weniger Stunden wurde Nanda vom Büro des Premierminister Shastri überstimmt, und es gab grünes Licht für den Besuch in Kaschmir.

Fünf Tage später stand Botschafter Maximilian Ophuls, mit Ohrenschützern, Wintermantel, kugelsicherer Weste und Stahlhelm angetan, vor dem, was damals Waffenstillstandslinie hieß und später Sicherheitslinie genannt werden sollte. Sein ganzes Leben erschien ihm plötzlich absurd. Die Belle-Époque-Villa in Straßburg, das Landhaus in Gergovie, die Souterrainwohnung in Porchester Terrace, der Wirtschaftsgipfel in New Hampshire, die Wohnung im elften Stock am Riverside Drive und selbst Roosevelt House, die weitläufige, erst kürzlich fertig gestellte Botschafterresidenz im Diplomatenviertel Chanakyapuri der indischen

Hauptstadt, erbaut vom teils gelobten, teils verspöttelten Edward Durrell Stone … all das verblasste. Einen langen Augenblick streifte Max seine vielen verschiedenen Rollen ab, den brillanten jungen Wirtschaftswissenschaftler, den Anwalt und Studenten internationaler Beziehungen, den Meisterfälscher der Résistance, das Fliegerass, den überlebenden Juden, das Genie von Bretton Woods, den Bestsellerautor und den in seinem Haus der Macht eingesponnenen amerikanischen Botschafter. Er stand allein, als wäre er unbekleidet, winzig im Vergleich zu den hohen Bergen des Himalaja und bar jeden Verständnisses für das Ausmaß der Fleisch gewordenen Krise, für diese beiden frierenden Armeen, die sich an der explosiven Grenze gegenüberstanden. Dann aber behauptete sich die Geschichte, und er schlüpfte wieder in die vertrauten Gewänder – rief sich die Geschichte seiner Heimatstadt in Erinnerung und die deutsch-französische, über das Leben der Menschen hin und her wandernde Grenze. Er war einen weiten Weg gekommen, vielleicht aber war es auch gar nicht so weit gewesen. Können zwei Orte verschiedener sein, fragte er sich, und können sich zwei Orte ähnlicher sein? Die menschliche Natur, die große Konstante, hatte gewiss trotz aller oberflächlichen Unterschiede Bestand. Durch eine Schlängelgrenze war er zu dem geworden, was er war. War er hierher gekommen, in ein zweites instabiles Dämmerreich, um vernichtet zu werden?

Der indische Außenminister Swaran Singh fasste ihn am Arm. «Jetzt ist's genug», sagte er. «Hier länger zu stehen ist wirklich nicht besonders sicher.»

Für den Rest seines Lebens sollte sich Max Ophuls an diesen Moment erinnern, in dem seinem westlichen Verstand der Konflikt in Kaschmir zu groß und zu fremd erschienen war, um ihn verstehen zu können, an jenen Moment, in dem es ihn gedrängt hatte, sich wie in einen Schal wieder in seine eigenen Erfahrungen zu hüllen. Hatte er versucht, sein Unvermögen zu begreifen, oder es einfach nur ignoriert? Entdeckte der Verstand Ähnliches im

Unähnlichen, um sich die Welt verständlich zu machen oder um die Unmöglichkeit eines solchen Verständnisses zu verwischen? Er kannte die Antwort nicht, doch war es eine verdammt vertrackte Frage.

Er hatte in Washington nach Verbündeten gesucht und einige wenige gefunden: McGeorge Bundy, den nationalen Sicherheitsberater, seinen möglichen Nachfolger Walt Whitman Rostow und dann Chester Bowles, jenen Mann, der Max im Anschluss an den Skandal nach Neu-Delhi folgen sollte. Bundy fand heraus, dass die Verbindung Ayub-China «bedeutend enger» als vermutet war, und legte Johnson dar, dass Indien «die größte und potenziell mächtigste nichtkommunistische Nation Asiens» sei, «der Hauptgewinn in Asien», doch drohe dieser verloren zu gehen, da die Vereinigten Staaten Pakistan siebenhundert Millionen Dollar Rüstungshilfe zahlten. Der Schwanz wackelte mit dem Hund. Rostow gab ihm Recht. «Indien ist wichtiger als Pakistan.» Und Bowles argumentierte, nur weil Amerika nicht bereit gewesen sei, Waffen zu exportieren, seien der kürzlich verstorbene Jawaharlal Nehru und nun auch Lal Bahadur Shastri den Russen in die Arme getrieben worden. «Erst als deutlich wurde, dass wir Indien keine Unterstützung gewähren wollten, wandte sich Indien der Sowjetunion als einem der wichtigsten Rüstungslieferanten zu.» Johnson zögerte, Indien Vorrang einzuräumen. «Wir sollten die Rüstungslieferungen in beide Länder einstellen, Indien wie Pakistan», erwiderte er. Doch Max Ophuls' Kontakte in Washington bedrängten ihn, mit «höchster Priorität» über das zu diskutieren, was Indien am dringlichsten wünschte: Überschallkampfjets in beträchtlicher Anzahl und zu äußerst günstigen Konditionen. Während sie also im Jagdschloss Dachigam auf Teppichen und Kissen saßen, in den Pausen zwischen den Theaterstücken der *bhands* von Pachigam lachten und tranken, murmelte Botschafter Maximilian Ophuls, der «fliegende Jude», der Mann, der den Bugatti Racer in Sicherheit geflogen hatte, der Delegation des indischen Außenministers etwas über die diversen Möglichkeiten zu, wie ein Abkommen über die Düsenjäger zu arrangieren sei. Dann aber trat Boonyi Kaul Noman nach vorn, um zu tanzen, und Max begriff, dass sein indisches Schicksal wenig mit Politik, Diplomatie oder Waffenverkäufen, doch allerhand mit den weit älteren Diktaten der Begierde zu tun haben würde.

Ebenso wie sich Anarkali im Sheesh Mahal, dem Spiegelsaal am Mogulnhof, das Herz des Prinzen Salim durch den Hexentanz erobert hatte, ebenso wie Madhubala in dem Kinohit über Anarkalis Geschichte mit ihrem Tanz Millionen gaffender Männer bezauberte, so begriff Boonyi im Jagdschloss in Dachigam, dass ihr Tanz ihr Leben veränderte, dass sich in den Augen des vernarrten amerikanischen Botschafters nichts Geringeres zeigte als ihre eigene Zukunft. Als er aufsprang und lang und laut applaudierte, wusste sie, dass sie einen Weg finden würde, der sie zu ihm führte; ihr blieb nichts weiter übrig, als eine Wahl zu treffen, ein einzelner Willensakt, ja oder nein. Dann trafen sich ihre Blicke, und Boonyis Augen funkelten ihm ihre Antwort zu, jetzt gab es kein Zurück mehr. Ja, die Zukunft würde sie holen, ein Bote, der vom Himmel herabstieg, um sie, eine schnöde Sterbliche, über die Entscheidung der Götter zu informieren. Sie brauchte bloß zu warten und zu sehen, welche Gestalt der Bote annahm. Sie legte die Handflächen zusammen, berührte mit den Fingerspitzen das Kinn, sah den Mann der Macht an, beugte dann vor ihm den Kopf und hatte, als sie sich von ihm entfernte, das Gefühl, nicht die Bühne zu verlassen, sondern auf die größte Bühne zu gehen, die zu betreten ihr je erlaubt worden war. Sie spürte, dass ihre Vorstellung nicht endete, sondern begann, und dass sie nicht enden würde, ehe nicht der letzte Tag ihres Lebens verronnen war. Es würde an ihr liegen, dafür zu sorgen, dass ihre Geschichte besser endete als die der Hoftänzerin. Zur Strafe für die Vermessenheit, einen Mann aus königlichem Hause zu lieben, war Anarkali in eine Wand eingemauert worden. Boonyi hatte den Film gesehen,

doch hatten die Filmemacher einen Weg gefunden, der Heldin
das Weiterleben zu ermöglichen: Kaiser Akbar ließ reumütig einen Tunnel unter ihrem Grab anlegen, sodass Anarkali mit ihrer
Mutter ins Exil fliehen konnte. Ein Leben im Exil war nicht viel
besser als der Tod, dachte Boonyi. Man war ebenso eingemauert,
nur eben in einem größeren Grab. Doch die Zeiten hatten sich
geändert. Vielleicht war es einem Tanzmädchen in der zweiten
Hälfte des zwanzigsten Jahrhunderts erlaubt, sich einen Prinzen
zu angeln.

Der Botschaftsgehilfe Edgar Wood, groß, blass und dünn, mit
flatterndem Haar, ständig einen Pickel auf der rechten Wange als
Hinweis darauf, wie lächerlich jung er noch war, was der dünne
Schatten eines Zapata-Schnurrbarts nur noch bestätigte, hatte
das Fach Internationale Beziehungen an der Columbia-Universi-
tät studiert und war Max auf dessen ausdrücklichen Wunsch hin
nach Indien gefolgt. Der Grund dafür war weder Woods überra-
gendes Können noch sein besonderer Eifer (obwohl er wirklich
clever und von schneller Auffassungsgabe war, weshalb man ihn
an der Columbia nur «Eager Wood» genannt hatte, den Eifrigen
Wood, ein Spitzname, der ihn in die Botschaft begleiten sollte).
Nein, Wood war unverzichtbar, weil er für den Botschafter alles
tat, was getan werden musste, und dabei den Mund hielt. Es war
nicht leicht, den idealen Beschaffer zu finden, den treuen Boten,
den anstandslosen Macher, doch ohne eine solche Person konnte
ein Mann, der sich stets im Blick der Öffentlichkeit befand, unmöglich jene Art Leben führen, zu dem sich Max Ophuls durch
seine Natur gedrängt fühlte. Er hatte für Wood einen eigenen
Spitznamen; in seinen Augen war der Junge nicht so sehr eifrig
als vielmehr streberhaft, aber das gestand er ihm natürlich nie. Als
er zum ersten Mal von einem Rendezvous sprach und davon, dass
er einen diskreten Assistenten brauche, bot sich Streber Wood
gleich freiwillig an. «Nur eine Frage, Sir», hatte er zu Max gesagt.
«Haben Sie Probleme mit dem Rücken?» Nein, erwiderte Max

verwirrt, mit seinem Rücken sei alles in Ordnung. Wood nickte zufrieden und mit offensichtlicher Erleichterung. «Ausgezeichnet», sagte er. «Der Anschlag auf den Präsidenten ist nämlich nur wegen seines Rückenproblems und wegen zu viel Sex geglückt.»

Das war merkwürdig, dachte Max, und auch Beleg dafür, dass Wood interessanter zu sein schien, als das unerfahrene, junge Gesicht bisher offenbar zum Ausdruck bringen konnte. «Das Bruchband, Sir», erklärte Wood. «Kennedy hatte schon vorher Rückenprobleme, aber wegen der vielen Frauengeschichten musste er ständig ein Bruchband tragen. Er trug es auch in Dallas, und deshalb ist er nach dem ersten Schuss nicht umgefallen. Er wurde verwundet, sackte vornüber und schwups, richtete ihn das Bruchband wieder auf, und dann hat ihm die zweite Kugel den Hinterkopf weggepustet. Sie wissen schon, worauf ich hinauswill, Professor. Hätte er nicht so viel Sex gehabt, hätte er vielleicht kein Bruchband tragen müssen, und dann hätte es nichts ‹schwups› gemacht, er wäre einfach liegen geblieben, nachdem man ihn verwundet hatte; die erste Kugel war ja nicht tödlich, und für den zweiten Schuss wäre er dann auch nicht ‹verfügbar› gewesen, wie man so sagt, und Johnson wäre nicht Präsident geworden. Ich schätze, darin liegt irgendwo eine Moral, aber da Sie keine Rückenprobleme haben, Professor, trifft die auf Sie nicht zu.»

Im Jagdschloss in Dachigam lehnte Max Ophuls sich auf Teppiche und Kissen zurück, um Edgar Wood hinter dem Rücken des indischen Außenministers zuzuflüstern: «Finden Sie mehr über sie heraus.» Wood erwiderte: «Angeblich wurde sie im pakistanischen Lahore beerdigt, Sir, und hieß eigentlich entweder Nadira Begum oder Sharf-un-Nissa. Prinz Salim verlieh ihr den Kosenamen Anarkali, was so viel wie ‹Granatapfelknospe› heißt, Sir.» Max runzelte die Stirn. «Doch nicht die verdammte Theaterfigur, Wood. Nicht diese historisch höchst zweifelhafte Gestalt.» Wood grinste. «Weiß schon, Sir. Hab ja nur Spaß gemacht.» Max tolerierte solche Frechheiten; sie waren ein kleiner Preis für die Dienste, die Wood ihm klaglos und sogar mit Begeisterung erwies. Er wandte sich wieder Swaran Singh zu, einem Mann mit leiser Stimme und schlichten Gewohnheiten, der sich in Charme und Bildung mit dem Botschafter messen konnte und den Max schätzen gelernt hatte. Swaran wollte ihm seinen eigenen Eindruck von dem Tanz anvertrauen. «Wissen Sie, Akbar verhielt sich erstaunlich tolerant zum Hinduismus», sagte er. «Selbst seine Frau Jodhabai, Salims Mutter, blieb während ihrer ganzen Ehe eine praktizierende Hindu. Interessant ist, dass er dafür bei Klassenunterschieden eine Grenze zog. Lässt vermuten, dass uns als Volk soziale Unterschiede wichtiger sind als Unterschiede im religiösen Glauben. Genau wie den Engländern, nicht? Kein Wunder, dass wir so gut miteinander auskommen.» Max lachte verbindlich. «Haben Sie übrigens zufällig», fügte Swaran Singh hinzu, der zwar für seine strikte Moral bekannt war, als gewitzter Mann aber wusste, wie wirksam die Schocktaktik sein kann, «den Busen der jungen Frau gesehen?» Er brach in schallendes Gelächter aus, in das Max meinte, zum Wohle der indisch-amerikanischen Beziehungen einstimmen zu müssen. «Nationale Schätze», erwiderte er mit ernster Miene und wandte alle Selbstbeherrschung auf, um seine tieferen Gefühle zu verbergen, fürchtete aber, dass Swaran die heftige, unkontrollierte Reaktion gespürt hatte, die er mit seiner Bemerkung hatte provozieren wollen. «Unerlässliche Bestandteile Indiens», setzte er noch obendrauf. Das brachte Swaran Singh erneut zum Lachen. «Botschafter», gluckste der Außenminister, «ich ahne, dass Indien sich mit Ihnen als unserem Vermittler noch stärker nach Westen ausrichten wird als bisher.»

Als Peggy Ophuls allein in ihrem New Yorker Apartment saß, den Hörer abgenommen und von einem ihrer Informanten gehört hatte, dass Edgar Wood für die Versetzung nach Indien vorgesehen war, hämmerte ihr Herz wie verrückt, und sie warf ihr hohes Glas Pellegrino, so fest sie konnte, in die ungefähre Richtung von

‹ZOOMMM!!!›, dem breitformatigen Lichtenstein-Porträt ihres Mannes im fliegenden Bugatti Racer, das sie als Geschenk der Liebe in Auftrag gegeben hatte und das, so es nicht an diese oder jene größere Galerie verliehen war, an einer langen Wohnzimmerwand in ihrem geräumigen Heim am Riverside Drive hing. Nur war sie derart aufgebracht, dass das Glas die große Leinwand verfehlte und rechts von dem ungeschützten Gemälde an der weißen Wand zerschellte. Sie ließ die Scherben, wo sie hinfielen, ballte die Hände zu Fäusten und beherrschte sich. Lieber den Luden, den man kennt, sagte sie sich wütend, als einen, den man nicht kennt. Wäre Wood in Amerika geblieben, hätte sich ihr Mann bestimmt einen neuen Handlanger gesucht, und eine Zeit lang hätte Margaret nicht gewusst, wer für Max Ophuls jenen Verkehr organisierte, ohne den er offenbar nicht leben konnte und den sie selbst ihm mittlerweile ganz entschieden verweigerte. Weder Max noch Edgar ahnten, dass sie Bescheid wusste – dass sie *alles* wusste –, dass sie wusste, wo die Häschen im – nein, nicht im Pfeffer lagen – ha, ha! –, wie lautete das richtige Wort – genau, wo er sie *flachgelegt* hatte, das wusste sie mit sämtlichen Einzelheiten, wo diese verfluchten, verfluchten Häschen flachgelegt worden waren, das hatte sie sich zu ihrer Aufgabe gemacht, dazu war sie fähig, und Himmel nochmal, eines Tages würde sie tun, wozu jede Frau in ihrer Situation – schließlich hatte sie mal einen Mann getötet! – ein Recht hatte, sie würde sich verdammt nochmal an ihm *rächen*.

Die Verführung von Boonyi Kaul Noman – oder, genauer gesagt, die Verführung von Max Ophuls durch Boonyi – brauchte ihre Zeit. Selbst für einen Mann mit derart ungewöhnlichen Fähigkeiten wie Edgar Wood war es nicht einfach, ein privates Treffen zwischen dem amerikanischen Botschafter und einer verheirateten kaschmirischen Tänzerin zu organisieren. Am Ende der Festlichkeiten im Jagdschloss von Dachigam gab Wood den Wunsch des Botschafters bekannt, all jenen persönlich danken zu wollen, die ihm diesen herrlichen Abend bereitet hatten; und sie strömten zuhauf herbei, die Dichter und *santoor*-Spieler, die Schauspieler und Köche. Mit Hilfe eines Dolmetschers bewegte sich Max durch die Menge, und wer mit ihm sprach, war von der Aufrichtigkeit seines Interesses und seiner Anteilnahme gerührt. Wie zufällig und als wäre es nicht der eigentliche Anlass dieser ganzen Veranstaltung, drehte er sich irgendwann zu Boonyi um und gratulierte ihr zu ihrem Können. «Ein solches Talent», sagte er, «sollte danach streben, sich fortzubilden und weiterzuentwickeln.» Der Dolmetscher übersetzte, und Boonyi, die Augen schicklich niedergeschlagen, spürte einen Hauch auf ihrer Wange, als hätte sich eine Tür geöffnet und die Luft der großen, weiten Welt hereingelassen. Nur Geduld, sagte sie sich. Du musst die Hände in den Schoß legen und der Dinge harren, die da kommen werden.

«Fragen Sie nach ihrem Namen», wies Max Ophuls den Dolmetscher an. «Boonyi», antwortete er. «Sie sagt, dies ist ihr bevorzugter Name, der Name, den sie sich selbst hat, wie sagt man, erwählt. Eigentlich ist ihr Name Bhoomi, die Erde, aber für ihre Freunde ist sie nur Boonyi, Sir, ein Beiname, heißt so wie Lieblingsbaum der Kaschmiri.» – «Ich verstehe», sagte Max, «ein Name für Außenstehende und ein Kosename für ihre Freunde. Dann fragen Sie doch Bhoomi, die Erde, oder Boonyi, den Lieblingsbaum – was sie sich als Tänzerin, für ihre Karriere als Tänzerin am meisten wünscht.» Weder in seiner Stimme noch in seinem Benehmen lag etwas Persönliches, deutete sich etwas Ungehöriges an. Ihre Antwort war gleichermaßen höflich, mit nichts beladen, eine neutrale Nettigkeit. «Boonyi sagt als Erstes, dass sie Boonyi heißt», übersetzte der Dolmetscher, «und zweitens, dass es ihr sei genug Freude, ihm zu Gefallen zu sein.» Max Ophuls sah, wie Swaran Singh über den vollen Saal zu ihm herüberschaute, ein leises Lächeln im Gesicht, das allerunschuldigste Lächeln, ein sanftes Lächeln, bar jeglicher Arglist.

Max ließ Boonyi stehen und blickte den ganzen Abend nicht mehr in ihre Richtung. Allerdings unterhielt er sich des Längeren mit Abdullah Noman, erkundigte sich nach der wirtschaftlichen Lage im Tal, erfuhr, dass es den *bhand pather* immer schlechter ging, zeigte sich fasziniert von ihren alten überlieferten Fertigkeiten, ein Interesse, das er nicht zu heucheln brauchte. Und ganz wie Max es erwartet hatte, schluckte Abdullah den Köder. «Er ist Pachigams Dorfvorsteher, Sir, und er sagt, es wäre lebenslange Auszeichnung für ihn, wenn Sie würden eines Tages beehren sein Dorf», sagte der Dolmetscher. «Es wäre ihm lebenslanges Privileg, Ihnen das volle Programm der traditionellen und modernen Stücke vorzuführen, und, wenn Sie es interessiert, Sie können auch sehen, wie Techniken und so verbessert wurden. Essen gibt es auch, die *wazwaan*-Köche heute Abend kommen nur aus seinem Dorf.» Hier mischte sich Edgar Wood ein, hastig und ganz geschäftig. «Der Terminkalender des Botschafters erlaubt keine …» Max klopfte seinem eifrigen jungen Assistenten auf den Arm. «Nicht doch, Edgar, wir unterhalten uns ja nur», sagte er. «Aber wer weiß? Vielleicht hat sogar der amerikanische Botschafter eines Tages einen Augenblick Zeit.»

Nach dieser erfolgreichen Choreographie einer Begegnung kehrte Max Ophuls nach Delhi zurück in den kühlen, weitläufigen, dekoriert modernistischen, von einem Gittermosaik aus weißem Stein umschlossenen, neoformalistischen Palazzo, in dem er jetzt wohnte. Er ging am Teich spazieren, in dem sich die Wasserspeier spiegelten, und wie Boonyi Noman wartete auch er. Edgar Wood sorgte stillschweigend dafür, dass er Unterricht in Hindi und Kaschmiri bekam. Die Frau des Botschafters hielt sich währenddessen meist nicht in der Residenz auf. In ihrer neuen Identität als Peggy-Mata, als Mutter der Mutterlosen, hatte sie sich auf eine landesweite Non-Stop-Tour durch Indiens Waisenheime begeben und sandte Max nur gelegentlich eine kurze Notiz, meist etwa folgenden Inhalts: *Diese Kinder sind so schön, ich würde am liebsten ein paar von ihnen einfangen und mit nach Hause nehmen.* Sie sammelte in Amerika und Europa derart erfolgreich Spenden für die Waisenhäuser in ganz Indien, dass das Paar immer beliebter wurde. «Vielleicht sollten wir Peggy-Mata die eigentliche Botschafterin Amerikas nennen», schlug eine Zeitung in ihrem Leitartikel vor, «und Mr. Ophuls ihren charmanten persönlichen Begleiter.» Neben dem Artikel war ein großes Foto von Peggy Ophuls zu sehen, das sie an der Seite eines attraktiven jungen katholischen Priesters namens Pater Ambrose und im Kreise lächelnder junger Mädchen aus dem Waisenhaus zeigte, dem Heilige-Liebe-Indiens-Evangalaktische-Mädchen-Waisenhaus für behinderte und Not leidende Straßenmädchen in Mehrauli. «Die Sterbenden in Kalkutta haben Mutter Teresa», wurde Pater Ambrose zitiert, «aber für die Lebenden ist Peggy-Mata bei uns.»

Mit der Ehe der Ophuls' ging es unterdessen weiter bergab. Sechs Monate nach dem ersten Besuch des Botschafters in Kaschmir trat ein, wovor sich Peggy Rhodes Ophuls am meisten gefürchtet hatte. Statt das weite Feld zu beackern und sich jede Frau zu nehmen, die seinem berüchtigten Charme erlag, hatte ihr Mistkerl von einem Gatten nur noch ein bestimmtes Mädchen im Sinn, eine Niemand, ein Nichts, dieser verfluchte Hund. Als der Frühling anbrach, besuchte er das Dorf der fahrenden Schauspieler, das ihm allen Berichten zufolge eine anständige Show bot, mit Drama, Komödie, Hochseilakten und natürlich mit Tanz, weshalb Max bald darauf beschloss, ein Bankett zu Ehren seiner «indischen Freunde» im Roosevelt House zu geben, das übrigens nicht nur die Residenz des lüsternen amerikanischen Botschafters, sondern auch jene seiner unglückseligen Gattin war, nun, wahrscheinlich diente der Einfall sowieso nur dem Zweck, sein Flittchen unter dem Vorwand nach Neu-Delhi zu bringen, dass es ihm nach Tisch ein wenig Unterhaltung bieten möge – Unterhaltung nach Tisch, einfach lachhaft! –, jedenfalls trug der Plan die Handschrift von diesem Wie-hieß-er-noch-Woods, und das Schlimmste war, das

Allerschlimmste, dass er, ihr Mann, der Botschafter – der Mann, den sie auf ihre Weise immer noch liebte, auf die einzige Weise, die sie kannte, auch wenn sie ihm damit nicht gab, was er brauchte, was aber nicht heißen sollte, dass es keine Liebe war –, dass ihr Max also veranlasst hatte, dass sie, Peggy, ihre Inspektion der Waisenhäuser unterbrach, um als Gastgeberin aufzutreten, in ihrem eigenen Haus dazusitzen und zuzusehen, wie dieses Mädchen vor ihm tanzte, ja, hielt er sie denn für blind, sie brauchte keine Spitzel, um zu sehen, was dieses Mädchen trieb, wie unverschämt die Kleine die Hüften schwenkte, ihn verwegen anblickte, es war, als wären die beiden nackt und trieben es miteinander gleich hier vor Peggy, vor allen Anwesenden, diese Demütigung, dabei hatte sie in ihrem Leben schon manche menschliche Grausamkeit gesehen, das hatten sie beide, also würde sie das Augenmaß nicht verlieren, dies war nicht genauso schlimm, aber es war ziemlich gottverdammt grässlich, einfach gottverdammt unerträglich, das war es.

Sie hatten den weiten Weg zusammen zurückgelegt, die Ratte und Moley, der Maulwurf, so viel hatten sie zusammen überlebt, nur um schließlich am Fels einer Gold schürfenden kaschmirischen Schönheit Schiffbruch zu erleiden. Wenn die Affäre längere Zeit anhielt, würde Peggy Ophuls ihn natürlich verlassen müssen, nach all dieser Zeit und nachdem sie so viel Liebe und Toleranz für ihn aufgebracht hatte, würde sich erneut in Margaret Rhodes verwandeln und den Rest ihres Lebens irgendwie ohne ihn verbringen müssen. «Aschenbrödelzeit, Cinders», sagte sie sich. Der magische Bann würde brechen, ihr Ballkleid wieder zum Aschelumpen werden, die Lakaien verwandelten sich aufs Neue in Mäuse, der schöne Traum von ihrer Ehe würde doch noch der unangenehmen Wirklichkeit weichen müssen. Die gläsernen Pantoffeln passten ihr nicht mehr. Sie steckten jetzt an den Füßen einer anderen Frau.

＊

Die Regierung von Indien war RVI. Die Regierung von Pakistan war RVP. Im Anschluss an die zwischen den beiden Ländern vermittelnde Friedenskonferenz von Taschkent (FVT) und während einer Periode partiellen politischen Vakuums, die durch den tödlichen Herzinfarkt des indischen Premierministers Lal Bahadur Shastri (LBS) am Tag nach der Signierung der Taschkenter Deklaration (TD) aufkam, brachte Max Ophuls eine neue große amerikanische Initiative auf den Weg. In diesem Interregnum endete eine unangenehme Pattsituation zwischen den Potentaten der Kongresspartei, als nämlich die Königsmacher Kumaraswami Kamaraj (KK) und Morarji Desai (MD) in dem irrigen Glauben, sie wäre ihre hilflose Marionette, Indira Priyadarshini Gandhi (IPG) zur Premierministerin machten. Zu dieser Zeit heftiger innerparteilicher Kämpfe ragte allein Präsident Sarvepalli Radhakrishnan wie ein Fels aus dem politischen Sturm auf. Sein landesweites Ansehen und die Aura eines Philosophen und Heiligen verliehen ihm in allen Regierungsangelegenheiten einen ungewöhnlichen Einfluss, obwohl die Väter der indischen Verfassung für den Präsidenten eindeutig eine eher zeremonielle Rolle vorgesehen hatten. Max' enge Freundschaft mit diesem verehrten Mann (PSK) verhalf ihm zu einer Plattform für den so genannten Ophuls-Plan.

Der Botschafter hatte sich gedacht, falls er beide Regierungen zur Zusammenarbeit an multilateralen Projekten (RVI/RVP-MP) überreden könnte, würden sie sich nicht an den Konflikt, sondern an wechselseitige Beziehungen gewöhnen. Also lernte er die Sprache unaussprechbarer Abkürzungen, die wahre Lingua franca der politischen Klasse des Subkontinents, und schlug ein Brennstoffaustauschprogramm vor, kurz BAP: Pakistan würde Gas (PG) nach Indien exportieren, und Indien seinerseits würde Kohle (IK) nach Pakistan schicken. Er schlug außerdem vor, dass die beiden Nationen bei Hydroelektrik- und Bewässerungsprojekten (HUBP) im Ganges-Brahmaputra-Tista-Flusssystem (GBTFS, auch GABTIFS genannt) zusammenarbeiteten. Er sprach mit dem indischen Regierungsminister für Planung und Sozialarbeit (RVIMFPSA, auch MINPLANSOZ) Asoka Mehta und sagte ihm die Unterstützung der Weltbank zu. Er ermutigte seinen alten Freund, den Außenminister (RVIAM) Swaran Singh, Fühler nach seinem RVP-Gegenspieler auszustrecken, um die Möglichkeit von Sondierungsgesprächen über Rüstungskontrolle (SÜRK) auszuloten. Indira Gandhi übernahm ihr Amt als RVIPM alias MADAM, und Max drängte sie, den Weg zur Wiederversöhnung einzuschlagen. Ergebnis seines Hofierens und Antichambrierens war das kurzzeitig gefeierte Islamabad Joint Statement, das IJOSTAT, auch RVIRVPJS(ISL)66 genannt. Max erhielt persönliche Glückwünsche vom POTUS wie vom UNSGUT. Amerika war in letzter Zeit von einem westlichen Ableger der südasiatischen Krankheit der Abkürzungsinitialitis befallen worden. Mit JFK, RFK, MLK war es vorbei, aber POTUS war natürlich LBJ und UNSGUT war U Thant, der Generalsekretär der Vereinten Nationen.

Die Hässlichkeit bürokratischer Terminologie, ihr aggressives Desinteresse an Euphonie gaben sie als Sprache der Macht zu erkennen. Macht brauchte nichts zu verniedlichen, nichts zu vereinfachen. Indem sie ihre Verachtung für verbalen Wohlklang zeigte, offenbarte sie sich als sie selbst, nackt und ungeschönt. Die eiserne Faust streifte den Samthandschuh ab.

Die Euphorie über das Abkommen von Islamabad war nur von kurzer Dauer. Eine gemeinsame Vorliebe der entfremdeten Nationen für Buchstabensuppe hieß noch lange nicht, dass sie Geschmack am Frieden gefunden hätten. MADAM rief Max zu sich, um ihm mitzuteilen, wie verärgert sie darüber sei, dass man sämtliche gemeinsamen Projekte gekippt habe. Die Vorschläge der militärischen Sondierungsgespräche drehten sich um den

Gebietsausgleich entlang der Waffenstillstandslinie; Indien könnte Pakistan Kompensation für den Verlust strategischer Gebiete gewähren. Sollte Pakistan das allerdings nicht akzeptabel finden, hatte Indien angedeutet, es könne Garantien einer angemesseneren Kontrolle durch die UNO akzeptieren. Mrs. Gandhi nannte Max die «tatsächliche» Zahl der Toten auf beiden Seiten, die sehr viel höher war als die veröffentlichte Zahl. «Wir können unsere jungen Männer nicht länger so dahinmetzeln lassen», sagte sie. «Und wissen Sie, die Pakistani geben uns Recht. Die Generäle sind sauer auf Zulfy» – RVPAM Zulfikar Ali Bhutto – «weil er ihnen den Kampf um diese Eiswüste aufgehalst hat. *Quelques arpents de neige*, nicht wahr?» Doch trotz der gemeinsamen Sorge der beiden Länder würde es keine weiteren Anstrengungen für eine Verbesserung der grenzüberschreitenden Verständigung geben. Zwei mächtige Männer taten sich zusammen, um den Ophuls-Plan zu vereiteln. Vengalil Krishnan Krishna Menon, der alte Grande der Kongresspartei – der große Redner des linken Flügels, ein wacher Kopf, der im Sicherheitsrat einmal acht Stunden lang ohne Textvorlage über Indiens unveräußerliches Recht an Kaschmir schwadroniert hatte und sich einen «Abstinenzler» nannte, weil er keinen Alkohol zu sich nahm, aber sechsunddreißig Tassen Tee am Tag trank, weshalb er schneller als jeder andere Mensch in Indien redete, dieser Mann, dessen Grobheit legendär genannt werden konnte und in dem Indira Gandhi einen Feind sah, obwohl er ein Freund ihres Vaters gewesen war –, versuchte jegliche Entspannungspolitik beharrlich zu verhindern. Er fand einen willigen Verbündeten in Innenminister Gulzarilal Nanda, der bereits zweimal einige Tage lang Interimspremier gewesen war, einmal nach Jawaharlal Nehrus Tod und dann wieder nach dem Ableben von Shastri, weshalb er einen tiefen und umfassenden Groll auf jeden hegte, der diesen Job tatsächlich bekam. Außerdem hatte er sich immer noch nicht wieder davon erholt, dass er von Shastri in der Frage überstimmt worden war, ob es klug sei, Max Ophuls das Kriegsgebiet in Kaschmir besuchen zu lassen. Gemeinsam gaben sich Nanda und Krishna Menon größte Mühe, in Kabinett und Parlament eine Opposition gegen Ophuls aufzubauen, während sie zugleich die militärische Kontrolle der indischen Armee über das Kaschmirtal ausdehnten. In diesem frühen Stadium ihrer Karriere musste Mrs. Gandhi schließlich bekennen, dass sie ausgetrickst worden war. «Sie ebenfalls, Mr. Ophuls», sagte sie. «RVIIM Nanda und VKKM haben Sie auch reingelegt. Also ehrlich! Was für ein Gesocks!» GESOCKS, dachte Max erstaunt. Äh … Gemeine Einzelsabotage organisierter … was? … chronischer Kaschmirsünder? Sanft strich ihm die indische Premierministerin über den Arm. «Das ist keine Abkürzung», sagte sie.

Boonyi verließ Pachigam ohne ihren Mann, da die Amerikaner Abdullah Noman nur um eine Tanznummer gebeten hatten. Man forderte sie auf, noch einmal die Anarkali zu tanzen, die Granden der Hauptstadt auf einer eigens errichteten Bühne im mittleren Atrium der Residenz unter einer pyramidenförmigen Lampe zu bezaubern. Himal und Gonwati begleiteten sie, um hinter ihr und an ihrer Seite zu tanzen, zufrieden mit den Nebenrollen, froh, im Widerschein ihres Glanzes zu erstrahlen. Auch Habib Joo, der alte Tanzlehrer, fuhr mit, ebenso ein Musikertrio. «Pachigam schickt Schauspieler in die amerikanische Botschaft», rief Abdullah Noman an der Bushaltestelle und umarmte sie der Reihe nach. «Welch eine Ehre für uns alle.»

Shalimar der Narr war gekommen, um sich zu verabschieden. Der Bus traf mit gewohnt höllischem Gekreisch ein, mit Warnungen für Autofahrer wie Fußgänger gleichermaßen beklebt, und Noman stieg mit Boonyis Bettrolle auf das Dach, um selbst dafür zu sorgen, dass alles sicher festgezurrt wurde. Als Boonyi sich von ihm verabschiedete, wusste sie, dass dies ein Ende war. Er begriff nichts, ahnte nicht, dass sie ihm das Herz brechen würde. Er war unfähig, ihr eine verräterische Natur zu unterstellen, dafür liebte er sie zu sehr. Doch er war nur ein Narr, und seine Liebe führte nirgendwohin, änderte nichts, würde Boonyi nicht an ihr vom Schicksal bestimmtes Ziel bringen. Als sie in den Bus stieg, schaute sie zurück und sah Shalimar den Narren neben ihrer geschändeten Freundin Zoon Misri stehen, eine vage dahintreibende Gestalt, halb menschlich, halb Gespenst, deren Platz an seiner Seite wie ein Omen war, ein Hinweis auf die Schande, die sie, Boonyi, ihm bald antun würde. Sie schenkte ihm ihr schönstes, munterstes Lächeln, und wie immer leuchtete sein Gesicht auf. So wollte sie ihn in Erinnerung behalten, seine von Liebe erhellte Schönheit. Dann setzte sich der Bus ruckelnd und schaukelnd in Bewegung, bog um die Ecke, Shalimar war verschwunden, und Boonyi bereitete sich auf das vor, was sie erwartete. *Was willst du*, hatte der Botschafter sie gefragt. Sie wusste, was er wollte. Er wollte, was Männer wollen. Doch es war wichtig, die Antwort auf seine Frage zu kennen. Genau zu wissen, was sie wollte und was sie im Gegenzug dafür herzugeben bereit war.

Als er zu ihr kam, war sie bereit. Edgar Wood, dieser seltsame junge Mann, hatte bestens für alles gesorgt. Den Tänzerinnen waren komfortable Zimmer im Gästeflügel des Roosevelt House zugewiesen worden, und Wood hatte penibel darauf geachtet, Mrs. Ophuls' Zustimmung für dieses Arrangement einzuholen. Mrs. Ophuls' Privatgemächer lagen am anderen Ende des Anwesens – sie und der Botschafter zogen getrennte Schlafzimmer vor –, und der eifrige Wood hatte die Marinesoldaten handverlesen, die zwischen den Räumen des hohen Paares Wache hielten, ebenso wie übrigens jene Soldaten, die auf dem Flur vor den Zimmern der Tänzerinnen standen. (Nach seiner Ankunft in Delhi hatte Wood als Erstes herausgefunden, auf welche Mitglieder des Sicherheitspersonals er sich verlassen konnte, wer von ihnen begriff, dass seine unbedingte Treue allein dem Botschafter galt und nicht etwa den konservativen Moralvorstellungen seiner Eltern aus dem

Mittleren Westen oder gar dem lieben Gott.) Es sei Vorschrift der Botschaft, informierte Wood die jungen Frauen, dass sie um ihrer eigenen Sicherheit willen die Flure der Botschaft vor dem Frühstück nicht betreten dürften. Himal und Gonwati hatten nichts dagegen einzuwenden, erst recht nicht, als sie entdeckten, dass ihre Zimmer mit Stoffballen, Parfümflaschen, Halsketten und antiken Silberarmreifen sowie mit mehreren Körben angefüllt waren, die vor Leckereien nur so überquollen. Jubelnd stürzten sie sich auf ihre Geschenke. Habib Joo und das Trio männlicher Musikanten wurden zu einer Zimmerflucht im Ashoka gebracht, wo sie zum ersten Mal in ihrem Leben Minibars kennen lernten und dankbar beschlossen, dass ihre Religion bei All-inclusive-Nächten in einem Fünf-Sterne-Deluxe-Hotel gewiss ausnahmsweise beide Augen zudrückte.

In ihrem Zimmer im Roosevelt House befingerte Boonyi keinen Sari, roch an keinem Parfüm, aß kein Bonbon. Sie trug noch das Kostüm der Anarkali, das enge, hochgeschlossene, scharlachrote Oberteil, das ihre schlanke Taille und den muskulösen, flachen Bauch betonte, den weiten, reich gefälteten Tänzerinnenrock aus smaragdgrüner Seide, am Rand mit goldener Borte besetzt, die weiße Strumpfhose, um ihre Scham zu verdecken, sollte der Rock sich beim Herumwirbeln zu weit auffächern oder aufbauschen, dazu die Kostümjuwelen, die «Rubinenkette» um ihren Hals, der «goldene» Nasenring, die Bänder aus falschen Perlen in ihrem Haar. So saß sie völlig reglos auf dem Bett, legte ihre Rolle nicht ab, spielte ihren Part der großen Kurtisane und wartete auf den Erben des Mogulnthrons. Die Hände im Schoss gefaltet, harrte sie aus, ohne zu klagen. Um drei Uhr morgens hörte sie dann an der Tür ein einzelnes, leises Klopfen.

Er hatte im neu erlernten Kaschmirisch eine Erklärung vorbereitet, doch legte sie ihm einen Finger auf die Lippen. Wie attraktiv er war, wie viel seine Augen gesehen hatten, wie viel sein Körper wusste. «Ich kann ein wenig Englisch», sagte sie – nicht umsonst war sie die Tochter von Pyarelal Kaul! – und lachte, als sein ganzer Leib sich so erleichtert wie überrascht entspannte. Sie hatte selbst auch eine kleine Rede vorbereitet, hatte daran gearbeitet, wenn ihre Gedanken rasten und sie schlaflos in den frühen Morgenstunden neben ihrem unwissenden Mann gelegen hatte. Dies war ihr Auftritt, und es war der Augenblick für ihren Monolog. «Bitte, ich möchte eine große Tänzerin werden», sagte sie. «Also brauche ich einen großen Lehrer. Auch möchte ich bitte sehr gebildet werden. Und ich will einen guten Platz zum Leben – bitte –, damit ich mich nicht schämen muss, wenn ich Sie dort empfange. Und da ich viel hierfür aufgebe», und nun zitterte ihre Stimme, «möchte ich dann bitte noch, Sir, aus Ihrem eigenen Mund hören, dass ich bei Ihnen sicher bin.»

Er war ebenso amüsiert wie gerührt. «Ich lasse mich von dir führen», erwiderte er ernst. «*Meh haav tae sae wath*. Bitte, zeig mir den Weg.» Woraufhin sie in der nächsten Stunde die Klauseln ihrer Union ausarbeiteten, als handelte es sich um diplomatische Vertragsgespräche oder um einen internationalen Waffenhandel, spürte doch jeder im anderen ein Verlangen, das sich mit dem eigenen ergänzte. Max Ophuls fand den nackten Pragmatismus der jungen Frau sogar erregend. Vielleicht verhieß die beachtliche Offenheit, mit der sie über ihren Ehrgeiz sprach, eine ähnliche Offenheit im Liebesspiel. Er freute sich darauf, das herauszufinden. Doch auch die Verhandlungen an sich waren angenehm. Auf die Einzelheiten ihrer «Übereinkunft», wie sie beide es nennen wollten – obwohl Max insgeheim das Kürzel BKN/MO/GA(G) vorzog, womit in voller Länge das Gemeinsame Abkommen (geheim) zwischen Boonyi Kaul Noman und ihm selbst gemeint war –, hatten sie sich rasch geeinigt. Wie zwischen Nationen das jeweilige Eigeninteresse der einzig wahre Garant für ein dauerhaftes Abkommen ist, so würde Boonyis Erwartung, dass diese Liaison die beste Möglichkeit zur Förderung ihrer eigenen Ziele war, eine verlässliche Gewähr ihrer künftigen Ernsthaftigkeit und Verschwiegenheit sein. Dass sich die heikelste Klausel in dem ungeschriebenen Vertrag nicht als Hindernis erwies, verhalf Max zu einer weiteren notwendigen Garantie. «Und wie lautet dein Teil der Abmachung, wenn ich dir gebe, was du dir wünschst?», fragte er – die Frage, von der sie gewusst hatte, dass er sie stellen würde und auf die sie ihm in Gedanken ihre stets aufs Neue überarbeitete Antwort schon tausendundeinmal gegeben hatte. Sie schaute ihm in die Augen: «In diesem Fall werde ich alles tun, was Sie und wann immer Sie es wünschen», erwiderte sie in fehlerfreiem Englisch. «Mein Körper wird Ihnen zu Diensten sein, und ich werde mich mit Freuden Ihren Wünschen fügen.»

So waren alle wichtigen Anforderungen von Max' Seite erfüllt: nicht nur Diskretion und Ernsthaftigkeit, sondern auch völlige Fügsamkeit, absolute Willfährigkeit, maximale Aufmerksamkeit, außergewöhnliche Bereitwilligkeit und unbegrenzte Verfügbarkeit, all das von der Entschlossenheit des Mädchens geschürt, etwas aus sich zu machen, den Sprung aus dem Dorf in die Welt zu wagen, sich eine Zukunft zu geben, die es verdient zu haben glaubte. Eine Schwierigkeit war dieser Narr von Ehemann, doch beharrte Boonyi darauf, dass Max sich um diesen Aspekt der Dinge nicht zu kümmern brauche, da sie problemlos selbst damit fertig werden würde. Alles war akzeptabel. Edgar Wood, dessen Stärke darin lag, das Nötige vorherzusehen, hatte bereits die entsprechende Wohnung gefunden, Typ 1, Nummer 22 in der Southeast Hira Bagh, zwei pinkfarbene Zimmer mit knalligem, blauweißem Neonlicht und ohne Balkon, im salbeigrünen Betonbunker eines Mietshauses in einer Billigwohngegend südlich vom Stadtzentrum. Die Zimmer lagen über dem Studio des purpurgesichtigen Odissi-Tanz-Gurus Jayababu – Pandit Jayanta Mudgal –, der großzügig dafür bezahlt wurde, dem Mädchen alles beizubringen, was er wusste, doch taub und blind gegenüber allem zu sein hatte, was er nicht wissen sollte. Max und Boonyi besiegelten ihr Abkommen sogar mit einem Handschlag. In seinem fünfundfünfzigsten Lebensjahr wurde dem Botschafter Maximilian Ophuls ein Garten irdischer Lüste offeriert. Eines jedoch war seltsam. Trotz des Zynismus ihrer Übereinkunft spürte er etwas, das lang in ihm geschlafen hatte und nicht hätte geweckt werden sollen. Begierde war zu erwarten gewesen, schließlich hatte er sich selten in Gegenwart einer so schönen Frau befunden. Doch der Wurm, der sich in ihm wand, regte sich in tieferer Schicht als jede Begierde.

«Mach das nicht», ermahnte er sich. «Liebe bedeutet Vertragsbruch, und das gibt nur Ärger.» Doch die verborgene Kreatur in ihm dehnte und reckte sich, wand sich aus ihrem fast vergessenen Keller und kroch zum Licht empor. Er grinste wie närrisch, sooft er an sie dachte, besuchte sie häufiger, als ratsam war, und überschüttete sie mit Geschenken. Sie wollte Schätze aus dem Diplomatengeschäft: amerikanischen Dosenkäse, die neuen, welligen Kartoffelchips, die wie winzige gepflügte Äcker aussahen, 45er-Schallplatten, auf denen die Freuden des Surfens und schneller Autos besungen wurden, doch vor allem wollte sie Schokoriegel. Zum ersten Mal in ihrem Leben gab es im Überfluss jene Schokoladen und Süßigkeiten, die ihr Untergang sein sollten. Außerdem hatte es ihr die Frauenmode des Jahres 1966 angetan, nicht die langweiligen Pillboxhüte und Perlenketten einer Jackie Kennedy, sondern die Kleider aus den Zeitschriften, die sie so begierig verschlang, die Pocahontas-Stirnbänder, die weiten, orange bedruckten Trägerkleider, die Lederfransenjacken, die Mondrian-Rechtecke von St. Laurent, die Reifröcke, die Weltraum-Catsuits, die Miniröcke, das Vinyl, die Handschuhe. Sie trug diese Sachen nur in der Abgeschiedenheit ihres Liebesnestes, putzte sich erwartungsvoll für ihren Liebhaber heraus, kicherte über die eigene Kühnheit und ließ sich von ihm ausziehen, wie es ihm beliebte, mal ließ er sich Zeit, dann wieder riss er ihr grob die Kleider vom Leib und ließ sie in Fetzen auf dem Boden liegen. Edgar Wood, dem die Aufgabe zufiel, diese Geschenke zu besorgen und später so zu entsorgen, dass kein Verdacht auf den Botschafter fiel, erledigte seine Pflichten mit wachsendem Unmut, den Boonyi jedoch herrisch ignorierte. Er bekam seine Rache, wenn er jeden Tag darauf bestand, dass sie vor seinen Augen die Antibabypille schluckte, wie es in ihrer Übereinkunft ausgemacht worden war.

Max' unerwartete romantische Verliebtheit – aber auch die Tatsache, dass Boonyi ihm gegenüber so aufmerksam war wie vereinbart – sorgte dafür, dass er nicht begriff, was sie ihm von Anfang an wortlos zu sagen versuchte und von dem sie angenommen hatte, er wisse, dass es Teil ihres rigorosen Abkommens war: *Bitte mich nicht um mein Herz, denn ich reiße es heraus, zerbreche es in winzige Stücke und werfe es fort, also werde ich herzlos sein, doch wirst du nichts davon merken, denn ich werde das perfekte Abbild einer liebenden Frau sein, und du wirst von mir das perfekte Trugbild der Liebe erhalten.*

Folglich gab es zwei unausgesprochene Klauseln in ihrer Übereinkunft, eine, in der es darum ging, Liebe zu geben, und eine, in der es darum ging, sie zu verweigern, Kodizille, die in scharfem Widerspruch zueinander standen und unmöglich miteinander in Einklang gebracht werden konnten. Das Ergebnis war Ärger, ganz wie Max es vorhergesehen hatte, die größte Krise der diplomatischen Beziehungen Indiens und Amerikas in der Geschichte dieser beiden Länder. Doch vorläufig wurde der Meisterfälscher noch von der Fälschung getäuscht, die er erstanden hatte, getäuscht und befriedigt, und er war glücklich wie ein Kunstsammler, der verborgen in einem Haufen Gerümpel ein Meisterwerk entdeckt, zufrieden wie ein Sammler, der dem Kauf nicht widerstehen kann, obwohl er weiß, dass die Ware gestohlen wurde und er sie vor den Blicken anderer verbergen muss. Und so kam es, dass ein treuloses Weib aus dem Dorf der *bhand pather* die diplomatische Aktivität der Amerikaner in dieser lästigen Angelegenheit mit Kaschmir beeinflussen, verkomplizieren und sogar lenken konnte.

Pachigam ist eine Falle, sagte sie sich jeden Abend, doch der Muskadoon plätscherte weiterhin durch ihre Träume, seine kalte Bergmusik hallte in ihren Ohren wider. Sie war ein Mädchen der Berge, und das Klima der Ebenen machte ihr arg zu schaffen. Wenn es in Delhi Sommer wurde, versagten die Klimaanlagen unweigerlich zur heißesten Tageszeit wegen «Stromausfall». Die Hitze traf sie wie ein Hammer, wie ein Stein. Von ihr wie erdrückt, brach sie auf dem unlauteren Bett ihrer Schande zusammen und dachte an Chandanwari, an Manasbal und Shishnag, an den Blumenteppich Gulmarg und den ewigen Schnee darüber, an kühle Gletscher und sprudelnde Quellen und die hoch aufragenden Eistempel der Götter. Sie hörte das leise Platschen eines herzförmigen Paddels im Wasser eines Spiegelsees, das Rauschen der Chinarblätter, die Lieder der Bootsleute und sanften Flügelschlag, Drosselflügel, *mynah*-Flügel, die Flügel von Blaumeise und Wiedehopf, und die Nachtigallen mit ihrem Federschopf, der an junge Mädchen mit aufgestecktem Haar erinnerte. Wenn sie die Augen schloss, sah sie unweigerlich ihren Vater, ihren Mann, ihre Freundinnen, den ihr bestimmten Platz auf Erden. Nicht den neuen Liebhaber, sondern ihr altes, verlorenes Leben. Bei ihr war alles kopfüber und falsch herum, schalt ihr Herz. Was sie einst für Gefangenschaft gehalten hatte, war Freiheit gewesen, während diese jetzige so genannte Freiheit nicht mehr war als ein goldener Käfig.

Sie dachte an Shalimar den Narren und war erneut entsetzt darüber, mit welcher Leichtigkeit sie ihn aufgegeben hatte. Als sie Pachigam verließ, ahnte niemand von denen, die ihr nahe standen, was sie vorhatte, diese Trottel. Niemand versuchte, sie vor sich selbst zu retten. Wie sollte sie ihnen das je verzeihen? Was waren sie doch für Idioten! Ihr Mann war Superidiot Nummer eins, und ihr Vater war Superidiot Nummer zwei, und alle anderen folgten dichtauf. Selbst nachdem Himal und Gonwati ohne sie nach Pachigam zurückgekehrt waren und das gemeine Gerede begann, selbst dann schickte Shalimar der Narr ihr noch vertrauensvolle Briefe, Briefe, die vom Gespenst ihrer ermordeten Liebe heimgesucht wurden. *Ich strecke meine Hände nach dir aus und berühre dich, ohne dich zu berühren, so wie in den alten Tagen am Ufer des Flusses. Ich weiß, du folgst deinem Traum, doch dieser Traum wird dich stets zu mir zurückbringen. Wenn dir der Amerikaner dabei hilft, umso besser. Leute erzählen immer Lügen, doch ich weiß, dein Herz ist rein. Ich sitze da mit gefalteten Händen und warte in Liebe auf deine Rückkehr.* Sie lag schwitzend auf dem Bett, gefesselt von den Ketten ihrer versklavenden Einsamkeit, und zerriss die Briefe in kleine und kleinste Fetzen. Es waren Briefe, die Verfasser wie Empfänger demütigten, Briefe, die es nicht geben sollte, die nie hätten abgeschickt werden dürfen, denn solche Gedanken hätten nie gedacht werden sollen, und es gäbe sie auch nicht, gäbe es nicht den schwächlichen Verstand jenes ehrlosen Mannes, den sie zu ihrer Schande geehelicht hatte.

Die Schnipsel fielen aus ihrer entnervten Sommerhand, schwebten wie Schneeflocken zum Schlafzimmerboden nieder, und so unwichtig wie der Schnee waren für ihr neues Leben die Nachrichten, die sie enthielten. Was war er überhaupt für ein Ehemann, dieser Narr? Stürmte er in seinem Zorn die Hauptstadt wie einst die muslimischen Eroberer, wie ein Tughlaq oder Khilji, wenn nicht gar wie ein Mogul oder wie Gott Ram? Schickte er wenigstens den Affengott Hanuman, um sie aufzuspüren, ehe er seinen tödlichen Angriff gegen ihren Entführer begann, den amerikanischen Ravan? Nein, er blies Trübsal über ihrem Bild und weinte ins Wasser des blöden Muskadoon wie ein impotenter Schwachkopf, fand sich mit seinem Schicksal ab wie ein wahrer kaschmirischer Feigling, zufrieden damit, von jedem niedergetrampelt zu werden, dem danach war, ein verbohrter Dussel, der sich mit seinem Bruder stritt, dabei hatte Anees wenigstens den Mumm, die Dinge selbst in die Hand zu nehmen und einige nutzlose Sachen in die Luft zu jagen. Wie der Zirkushund, der er war, benahm er sich, ein Geschöpf, das das Leben kopierte, um Menschen zum Lachen zu bringen, aber nicht die geringste Ahnung davon hatte, wie ein Mann leben sollte.

Wie liebevoll hatte er in jener Nacht gedroht, als sie das erste Mal bei ihm lag, hatte geschworen, sie zu verfolgen und ihr das Leben zu nehmen, ihres und das ihrer Kinder, falls sie je tat, was sie gerade so herzlos getan hatte. Welch leere Worte Männer doch von sich gaben, wenn sie ihre Lust mit einer Frau gestillt hatten! Ein Schwächling war er, ein stolzierender Truthahngockel, ein Narr. An seiner Stelle hätte sie sich aufgespürt und in der Gosse wie einen Hund erwürgt, damit die Schande ihres Endes sie überdauerte.

Die Briefe blieben aus. Doch in ihren Träumen kam er noch jede Nacht zu ihr, tanzte auf dem Hochseil, sprang in den Himmel, hüpfte auf Luft, als wäre sie ein Trampolin, spielte Bockspringen mit seinen Brüdern auf der hohen, dünnen Schnur, tat, als rutsche er auf einer unsichtbaren Bananenschale aus, ruderte mit den Armen, rettete sich, fing sich, rutschte dann auf einer zweiten imaginären Bananenschale aus und fiel in gekonntem, chaotischem Wirbel bis hinab auf den Boden, ein Finale, das immer stürmischen Beifall auslöste. In ihren Träumen lächelte sie über sein Geschick, doch wenn sie aufwachte, verging ihr das Lächeln und erstarb.

Kurz gesagt, sie bekam ihren gehörnten Ehemann nicht aus dem Sinn, und da es unmöglich schien, mit ihrem amerikanischen Liebhaber über irgendetwas Wichtiges zu reden, sprach sie stattdessen aufgebracht von «Kaschmir». Wann immer sie aber «Kaschmir» sagte, meinte sie insgeheim ihren Gatten, und diese List erlaubte es ihr, dem Mann, mit dem sie ihren Gatten betrog, die Liebe zu jenem Mann zu erklären, den sie betrog. Immer häufiger redete sie von ihrer Liebe zum kodierten «Kaschmir» und weckte selbst dann keinen Verdacht, wenn sie gelegentlich vom Neutrum zum Maskulinum wechselte, sodass sie von seinen Bergen sprach, seinen Tälern, seinen Gärten, seinen rauschenden Strömen, seinen Blumen, seinen Hirschen, seinem Fisch. Ihr amerikanischer Liebhaber war offensichtlich zu blöd, den Code zu knacken, und schrieb verwechselte Pronomen ihrer mangelnden Beherrschung der Syntax zu. Doch er, der Botschafter, registrierte aufmerksam ihre Leidenschaft und war sichtlich von ihr angetan, wenn sie am wütendsten war, wenn sie «Kaschmir» seine Feigheit vorwarf, seine Teilnahmslosigkeit angesichts der schrecklichen Verbrechen, die gegen ihn begangen wurden. «Diese Verbrechen», fragte er, lehnte sich in die Kissen zurück, streichelte ihren nackten Rücken, küsste ihre entblößte Hüfte, kniff ihr in die Brustwarzen, «damit ist das Vorgehen der indischen Truppen gemeint, von dem du immer redest?» In diesem Augenblick beschloss sie, dass der Ausdruck «indische Truppen» insgeheim für den Botschafter selbst galt, dass die indische Präsenz im Tal die amerikanische Okkupation ihres Körpers vertreten sollte. «Ja, genau», rief sie, «die ‹indischen Truppen›, die plündern und vergewaltigen. Wie kannst du nichts darüber wissen? Wie kannst du die Demütigung nicht verstehen, die Schande, wenn deine Stiefel über meinen Acker marschieren?» Wieder diese verräterischen Versprecher, deine Stiefel, mein Acker. Und wieder, von ihrer entflammten Schönheit abgelenkt, achtete er nicht auf ihre Fehler. «Ja, Liebling», sagte er mit halb erstickter Stimme, den Kopf zwischen ihren Schenkeln, «ich glaube, ich beginne zu verstehen, aber könnten wir das Thema für den Augenblick vertagen?»

Zeit verging. Max Ophuls wusste, dass Boonyi Noman ihn nicht liebte, doch sperrte er dieses Wissen anfangs fort, verschloss die Augen vor den Konsequenzen, da sie vorübergehend in einem zärtlichen Winkel seines Herzens Platz genommen hatte. Er wusste, sie verbarg viel vor ihm, bot nur ihren Körper dar, ganz wie eine echte Kurtisane, irgendeine gewöhnliche Hure, doch kam er mit sich überein, dies zu vergessen, und täuschte sich vor, dass sie erwiderte, was er gern seine Liebe nannte. Außerdem ließ er zu, dass ihn ihre Hetzreden gegen «Kaschmir» beeinflussten, vermutete aber nie, dass sie insgeheim gegen ihn selbst und gegen den unfähigen Gatten wetterte, der es nicht vermocht hatte, zu kommen, um sie zu retten. Er begann, sich in privaten Gesprächen und öffentlichen Reden gegen die Militarisierung des Kaschmirtals auszusprechen, und als zum ersten Mal das Wort «Unterdrücker» über seine Lippen kam, platzte schließlich die Seifenblase seiner Popularität.

Leitartikel griffen ihn an. Er, verkündeten sie, er sei unter all der aufgesetzten Vorliebe fürs Indische doch nur eine billige «Zigarette» (ein Slang-Ausdruck, mit dem ein Pak-Amerikaner gemeint war, ein Amerikaner mit Sympathien für Pakistan, eine Anspielung auf den Namen der Pak-American Tabakgesellschaft), nichts mehr als noch ein weiterer verständnisloser Gringo. Amerika trampelte auf Südostasien herum, unlöschbares Napalm verbrannte vietnamesische Kinder, doch der amerikanische Botschafter besaß die Unverschämtheit, von Unterdrückung zu reden. «Amerika sollte lieber im eigenen Haus für Ordnung sorgen», donnerten Indiens Leitartikelschreiber, «und damit aufhören, uns zu sagen, wie wir uns um unser Land zu kümmern haben.» In diesem Moment entschied Edgar Wood, der die Quelle der Probleme des Botschafters richtig identifizierte, dass Boonyi Noman verschwinden musste.

Man beobachte ihn, diese schmierige Ratte, diesen eifrigen Streber Wood, diesen unsichtbaren, eilig hin und her huschenden Rädchenöler, den unterirdischen Macher des Sichtbaren, diesen Echsenmenschen, diese Schlange am Fuße der Berge! Ein Kuppler seines Kalibers, ein Schlawiner seines Schlags schien nicht geschaffen für das beschwerliche Werk moralischer Missbilligung. Schließlich fällt es nicht leicht, auf andere herabzusehen, wenn man selbst in keiner gehobenen Stellung ist. Doch der stets einfallsreiche und doppelzüngige Woods brachte dies allein durch Widersprüche zuwege. Er war das Kind eines Prälaten aus Boston (und daher selbst eine Art Brahmane), hatte aber früh jeder Religion entsagt. Und obwohl er sich gegen religiöses Brauchtum entschied, hegte er insgeheim eine Vorliebe für Pomp und Scheinheiligkeit. Obwohl er im Stillen scheinheilig und pompös war, gab er sich gern bescheiden und tolerant. Obwohl er bescheiden war, verbarg sich in ihm anmaßender Stolz. Obwohl er stolz war, bot er sich Max Ophuls als selbstlosen Verehrer dar, als jemanden, der bescheiden die eigenen Bedürfnisse hintanstellte, ein alles tuender, nichts sehender Mann ohne Eigenschaften, ein Gefolgsmann, ein flacher Fußabtreter für die Stiefel seines hohen Herrn. Obwohl von niederer Natur, konnte er sich selbst für hochgesinnt halten. Man sehe ihn jetzt, wie er auf einer kleinen Put-put-Motorradrikscha durch die Straßen der indischen Hauptstadt kurvt, die weiße *kurta* flatternd im Wind. Man nehme die einfachen *chappals* an seinen Füßen wahr, sehe ihn in seinem Quartier eintreffen und bemerke bitte die indische Kunst, die indischen Andenken, das Madhubani-Gemälde, die Stammeskunst der Warli, die Miniaturen der Kaschmiri-Schule. Ist er nicht das Abbild eines Westlers, der zu einheimisch wurde? Doch ist es derselbe Wood, der im Geheimen von der angeborenen Überlegenheit des Westens überzeugt ist, der eine düstere Verachtung für jene Nation hegt, deren Stil er so eifrig nachzuahmen sucht. Er war ein geplagter Mann, das sei ihm zugebilligt. Solche Winkelzüge der Seele, solche Verzerrungen der Psyche, solch quälende Widersprüche zwischen dem Offensichtlichen und dem Tatsächlichen konnten, das mag man ihm zugestehen, nur unter Schmerzen auszuhalten sein.

Ein solch doppelzüngiger, zwiespältiger Schlangenmensch wäre in jedem Fall ein beachtlicher Gegner für eine deutlich benachteiligte, vorwiegend schutzlose junge Frau gewesen, doch in Wahrheit machte sie ihm die Aufgabe leichter, als er vermutet hatte, das galt übrigens auch für Max. In Delhi lief es nicht so, wie Boonyi Kaul Noman es sich wünschte. Das Pink in ihren beiden kleinen, einsamen Zimmern verkam zur Farbe ihrer Isolation, ihrer Selbstverachtung. Aus dem Blauweiß der Neonröhren wurde die Farbe ihrer Verurteilung, ein harsches, schamloses Leuchten, das alle Schatten ausmerzte und ihr keinen Platz zum Verstecken ließ. Und was das Salbeigrün der Wände des Tanzgurus betraf, nun, so wurde es zur Farbe ihres Versagens. Von Anfang an hatte der Odissi-Meister Pandit Mudgal nur Verachtung für Boonyi Kaul Noman übrig gehabt. Er hatte Alarmel Mansingh unterrichtet, Kiran Qunango das Tanzen beigebracht, war der Guru von Sonal Karnaa und Kumkum Segal gewesen! Kein Mensch hatte sich so dafür eingesetzt, den Odissi-Tanz populär zu machen! Was wären sie alle ohne ihn – Aloka Panigrahi, Sanjukta Sarukkai, Protima Mahapatra, Madhavi Mohanty? Und jetzt, auf seine altersfleckigen Tage, kam dieses unerfahrene, faule Dorfmädchen zu ihm, dieses ausgehaltene Frauenzimmer, dieses Nichts. Sie war das Spielzeug eines reichen Amerikaners, und deshalb verachtete er sie, und ein wenig verachtete er sich selbst dafür, dass er die Yankee-Dollars annahm und seine Rolle in diesem Arrangement spielte – auch das warf er ihr vor. Von der ersten Stunde an lief der Unterricht schlecht, und auch später wurde es kaum besser. Pandit Mudgal, ein gedrungener Mann mit der Physiognomie – und der Sinnlichkeit – einer übergewichtigen Aubergine, gestand ihr schließlich: «Gewiss, Madam, Sie haben Sex-Appeal, das kann jeder sehen. Wenn Sie sich bewegen, kriegen die Männer Stielaugen. Das ist so. Großes Können aber verlangt eine große Seele, und Ihre Seele, Madam, ist verflucht.» Weinend floh sie aus seinem Blick, und am nächsten Tag schickte der Botschafter Edgar Wood, um Mudgal zu sagen, dass er seinen Lohn anheben – ihn verdoppeln – würde, wenn er sie weiterhin unterrichte. Wie Charles Foster Kane aus seiner unmusikalischen Frau eine Sängerin zu machen versuchte, so versuchte

Max Ophuls zu kaufen, was sich nicht kaufen ließ – und scheiterte. Jayababu, einst rank, schlank und schön, jetzt aber eine dunkle *brinjal* von einem Mann, eine misslaunige Eierfrucht, schlug das Geld aus.

«Ich liebe Herausforderungen», sagte er zu Edgar Wood, «aber dieses Mädchen ist nichts für mich. Sie ist nichts für die hohe, nur was für die niedere Kunst.»

Von jenem Tag an begann Max' Aufmerksamkeit nachzulassen, doch weigerte er sich geraume Zeit, die Veränderung anzuerkennen, die in ihm vorging. Er blieb häufiger von Boonyi fern. Ein- oder zweimal dinierte er daheim mit seiner Frau, und Peggy ärgerte es, wie sehr sie sich darüber freute. Sie war berühmt dafür, eine starke Frau zu sein, aber bei ihm wurde sie stets schwach. Wie leicht sie zu ihm zurückkehrte, wie erbärmlich, ihm derart die Arme zu öffnen und ihn beschämt nach Hause schleichen zu lassen! Er murmelte irgendwas über die alten Tage, die Pat-Route oder das Lyons Corner House, und gleich stieg eine Flut unterdrückter Gefühle in ihr auf. Er imitierte den Tonfall von Mrs. Shanti Dickens von Porchester Terrace, wenn sie genussvoll den täglichen Kriminalbericht zum Besten gab: «Schlimm, schlimm, Sir, das isses. Vielleich issterse zum Abenässn!», und der Grauen Ratte standen vor Lachen Tränen in den Augen. So schwer wie diesmal war es ihr jedoch noch nie gefallen. Sie hatte ihn derart lang verloren, dass sie fürchtete, ihn nie zurückzubekommen. Doch hier war er, zu ihr zurückgekehrt. Das war es, was sie gemeinsam hatten, sagte sie sich, diese Unvermeidlichkeit. Sie waren auf Dauer füreinander bestimmt. Peggy prostete ihm zu, und ein Lächeln zitterte in ihren Mundwinkeln. Keine Frau auf der Welt lässt sich so viel vormachen wie ich, dachte sie, doch schaut her, hier ist er: mein Mann.

Ehe Max Ophuls nach Indien kam, hatten seine Amouren nie lange gedauert. Mit Boonyi war es anders, das war «Liebe». Und war Dauer nicht das Wesen der Liebe? Oder handelte es sich dabei nur um eine jener falschen Annahmen, die man über die Liebe hegt?, fragte sich Max. Kleidete er etwas von Natur aus Wildes, Irrationales in die Gewänder der Zivilisation, putzte es mit dem Rock der Dauerhaftigkeit heraus, den Seidenhosen der Beständigkeit, dem Gehrock des Eifers und dem Zylinder der Selbstlosigkeit? Wie Tarzan, der Affenmensch, wenn er nach London oder New York kam: der unnatürlich hergerichtete Naturbursche. Doch unter dem kauzigen Aufzug steckte auch weiterhin die unbezähmbare, unfreundliche Wirklichkeit, etwas Wildes, eher äffisch als menschlich. Etwas, das weniger mit Lieblichkeit, Zärtlichkeit und Fürsorge und mehr mit Jagd, Revier, Fellpflege, Herrschaft und Sex zu tun hatte. Etwas Provisorisches, ganz unabhängig davon, welchen Übereinkünften man zugestimmt hatte, welche Eheverträge man unterschrieben, welche privaten Abkommen man geschlossen hatte.

Als er so zu sprechen begann, begriff Matador Edgar Wood, dass der Stier müde wurde, und er rief die Picadores, vielmehr die Picadoras. Die Schönen, mit denen er auf Max abzielte, waren sorgsam aus den oberen Gesellschaftsschichten von Delhi und Bombay ausgewählt, damit Boonyi unvorteilhaft dagegen abstach. Es waren reiche, kultivierte, gebildete, außergewöhnliche Frauen, die ihn von ferne umkreisten. Dann kamen sie näher. Immer und immer wieder trafen ihn die Lanzen ihrer koketten Bewunderung, ihrer anmutigen Bewegungen, ihrer Berührungen. Er sackte in die Knie. Er schien schon fast bereit für den Degen.

Also war es vermutlich ihr Fehler, dass sie ebenso außergewöhnlich wie schön war, diese verdammte Boonyi, vielleicht aber war es auch nur der Lauf der Zeit. Eingesperrt in ihre pinkfarbene Schande, manchmal tagelang nur mit der Schmach ihres Tanzlehrers als Gesellschaft (denn der Botschafter war ein zunehmend beschäftigter Mann), glitt sie dem Untergang entgegen, langsam erst, dann in wachsendem Tempo. Delhis Unmäßigkeit verstörte sie, das Übermaß an Vielheit, der Kotgestank, der höllische

Lärm, die Anonymität, die rücksichtslose Menge derjenigen, die verzweifelt um ihr Überleben kämpften. Sie wurde süchtig nach Kautabak, sorgte dafür, dass stets ein kleiner Klumpen zwischen Wange und unteren Backenzähnen stak. Um sich die Zeit zu vertreiben, wurde sie auf lustlose, quasi schwindsüchtige Weise krank und litt (was man ernster zu nehmen hatte) unter Stress, Depression, Bluthochdruck, Magenproblemen sowie unter allerlei anderen hysterischen Wehwehchen, weshalb sie, während die Monate langsam vergingen, manches über Medikamente lernte, über Tabletten, Kapseln und Tränke, die die Welt anders erscheinen ließen, als sie war, schneller, langsamer, aufregender, ruhiger, glücklicher, zufriedener, freundlicher, wilder oder besser. Pandit Mudgals dreizehnjähriger *hamal*, der Hausjunge, mit dem es der Tanzlehrer gelegentlich auf eher beiläufige, weltmännische Weise trieb, führte Boonyi tiefer in den psychotropischen Dschungel, als er sie mit *afim* bekannt machte, mit Opium. Danach hüllte sie sich, sooft sie konnte, in metamorphischen Rauch und träumte in satten Farben von verlorenen Freuden, während die grausame Zeit weiterhin verstrich.

Doch zum Betäubungsmittel ihrer Wahl wurde das Essen. Irgendwann im zweiten Jahr dieser befreiten Gefangenschaft begann sie mit großer Entschiedenheit und einer teuflischen, ihr von der Stadt selbst beigebrachten Fähigkeit zum Übermaß zu essen. Wenn ihre Welt sich schon nicht ausdehnte, ihr Körper konnte es. Sie kehrte sich der Völlerei mit derselben uferlosen Begeisterung zu, mit der sie sich einst dem Sex ergeben hatte, lenkte die enorme Kraft ihrer erotischen Bedürfnisse vom Bett zum Tisch um und aß siebenmal am Tag. Sie verschlang ein anständiges Frühstück, dann eine späte Morgenmahlzeit, ein aufwändiges Mittagessen, am Nachmittag eine Auswahl süßer Köstlichkeiten, ein herzhaftes Dinner, ein zweites Abendessen zur Schlafenszeit, und schließlich plünderte sie in den frühen Morgenstunden vor der Dämmerung gierig den Kühlschrank. Ja, sie war eine Hure, gestand sie sich

schweren Herzens, doch wenigstens würde sie eine äußerst gut
genährte Hure sein.

Über all dies wusste ihr Wärter Edgar Wood genau Bescheid,
und er war in allem ihr williger Komplize. Wenn sie den Weg der
Selbstzerstörung einschlug (argumentierte er), wieso sollte er sie
davon abhalten? Sie ersparte ihm nur die Mühe, sie auf eben einen
solchen Weg bringen zu müssen. Ohne seinem Herrn ein Wort zu
sagen, lieferte er den Kautabak, der ihr Lächeln zerstörte, füllte
ihren kleinen Badezimmerschrank mit Pillen, vernebelte ihr den
Verstand mit Opium und sorgte dafür, dass unablässig Essen für
sie gekocht wurde, körbeweise, servierwagenweise, mit unauffäl-
ligen Autos oder von verlässlichen *tiffin*-Austrägern gebracht, die
einen zweirädrigen, voll beladenen Holzkarren vor sich herscho-
ben. All das tat er mit jenem unaufdringlichen Takt, der Boonyi
so völlig täuschte. Bis jetzt hatte sie ihm nie vertraut, doch seine
untadelige Höflichkeit und die wachsende Liste ihrer Abhängigkeiten schmiedeten eine Art Pakt oder ließ sie zumindest dafür
die Frage der Vertrauenswürdigkeit beiseite schieben. Pragmatismus war gefragt, denn Edgar Wood war der Einzige, der sie noch
zufrieden stellen konnte. Er war gewissermaßen ihr Liebhaber
geworden und hatte den Botschafter ersetzt, denn nur durch ihn
bekam sie, was sie brauchte.

Edgar Wood war viel zu anständig, um derlei auch nur anzudeuten. Er gehe ihr einfach bloß zur Hand, beteuerte er Boonyi.
Nichts sei für jene Frau zu gut, die der Botschafter zu lieben beschlossen habe. Sie brauche nur zu fragen. Was sie auch tat. Es
war, als sei sie besessen von der nostalgischen Erinnerung an das
kaschmirische *super-wazaan*, das Bankett-mit-höchstens-sechzig-
Gängen, und würde davon in den Wahn getrieben. Sobald sie begriff, dass Edgar Wood bereit war, jede ihrer Launen zu erfüllen,
wurde sie in ihren Schlemmereien immer wahlloser und zugleich
entschiedener. Natürlich ließ sie sich kaschmirisches Essen kommen, aber ebenso die *tandoori*- und *mughlai*-Speisen Nordindiens,

die *boti kababs, murk makhani* und die Fischgerichte der Malabar-Küste, die *masala dosas* aus Madras und die berühmten frühen Kürbisse von der Coromandel-Küste, die scharfen Currys mit Mixpickles aus Hyderabad, *kulfi, barfi, pista-ki-lauz* und die süßen bengalischen *sandesh*. Ihr Appetit war auf subkontinentales Maß gewachsen. Er reichte über alle Sprach- und Brauchtumsgrenzen hinweg. Sie war ein vegetarischer, Fisch und Fleisch essender, hinduistischer, muslimischer, ein demokratischer und weltlicher Allesfresser.

Andernorts auf der Welt war es der Sommer der Liebe.

Es blieb nicht aus, dass ihre Schönheit schwand. Das Haar verlor seinen Glanz, sie bekam eine schlechte Haut, die Zähne verfaulten, sie begann, säuerlich zu riechen, und ihr Umfang – ach, ihr Umfang –, der wuchs beharrlich an, Woche um Woche, Tag um Tag, beinahe Stunde um Stunde. In ihrem Kopf rumorten die Pillen, die Lunge war voller Mohnextrakt. Den Vorwand, Tanzstunden zu nehmen, ließ sie fallen. Der Unterricht in Allgemeinbildung, den sie in der Übereinkunft mit dem Botschafter für sich gefordert hatte, war lange aufgegeben worden; für eine gute Schülerin war sie stets zu faul gewesen – auch in Pachigam. Jetzt fiel auch noch das Tanzen fort. Pandit Mudgal blieb mit seinem jungen *hamal* unten, und Boonyi wohnte über ihm in steter Benommenheit, den Kopf mit chemischem Nebel, den Bauch mit gutem Essen gefüllt. Edgar Wood, ihr Dealer und Versorger, erlaubte sich die müßige Frage, ob ihr erstaunlich zerstörerisches Verhalten ein bewusster Selbstmordversuch war, doch interessierte er sich offen gesagt nicht genügend für ihr Innenleben, um diesem Gedanken weiter nachzugehen. Was ihn dagegen interessierte, war die Frage, wie lange die Gefühle des Botschafters für sie anhielten, denn Max besuchte sie noch lange nach jenem Zeitpunkt, an dem Boonyi das überschritten hatte, was Edgar Wood für sich den Augenblick des Widerlichen nannte. Mit ihr musste es sein, als schliefe man mit einer stinkenden Schaumgummimatratze, dachte er mit pingeligem Schauder: *igitt*. Laut Mudgals Hausburschen, einem voyeuristischen Jugendlichen, den Wood für seine Informationen bezahlte, hatte es der Botschafter gern, wenn die Kaschmiri beim Liebesspiel ihre Zähne und die klauengleichen Fingernägel einsetzte. Wie so viele kannte Edgar Wood Max Ophuls' ungewöhnlich offenherzigen Bericht über seine Kriegsabenteuer. Seltsam nur, dachte er, dass den berühmten Antinazi auch heute noch die Erinnerungen an die sexuellen Vorlieben der Faschistin Ursula Brandt erregten, der Pantherin, die er im Namen der Sache gevögelt hatte. Und wie überaus seltsam, dass eine aufgequollene Kaschmiri diesen sexuellen Kreis schließen sollte, weshalb der Botschafter ihre Dienste selbst dann noch beanspruchte, als sie längst aufgehört hatte, attraktiv zu sein. Schließlich jedoch kam es zum Bruch; Max Ophuls hörte auf, Boonyi zu besuchen. «Unmöglich», sagte er Edgar Wood. «Kümmern Sie sich um dieses bedauernswerte Geschöpf. Wie kann man sich nur so zugrunde richten?»

Wenn der Mann der Macht eine Konkubine aus seinem Schutz entlässt, wird sie zu einem Kind in der von Wölfen heimgesuchten Hügellandschaft. Dass Mowgli von der Meute der Seeonee adoptiert wurde, ist ungewöhnlich; so laufen solche Geschichten normalerweise nicht. Boonyi Noman, ausgestreckt auf ihrem ächzenden Bett, nach Luft ringend unter der Last des eigenen Körpers, sah Edgar Wood wie ein Raubtier in ihre Wohnung dringen, ohne ein höfliches Anklopfen, ohne ein Wort zur Begrüßung, doch Mordlust in den Augen, und Boonyi begriff, dass die Krise gekommen war. Es war an der Zeit, ihm ihr Geheimnis zu verraten.

Edgar Wood vernahm die Neuigkeit ihrer Schwangerschaft und gab zu, von einer Meisterin bezwungen worden zu sein. Er war gekommen, um die Übereinkunft zu lösen, um Boonyi eine letzte Summe auszuhändigen, einen Fahrschein ins Vergessen, und auch, um sie vor künftiger Indiskretion zu warnen. Er war auf hässliche Weise bei ihr eingetreten, weil er eine hässliche Pflicht erfüllte, da der Mann, der die hässliche Tat begangen hatte, nicht den Anstand besaß, es selbst zu tun. Doch ehe er seine hässliche Botschaft überbringen konnte, spielte sie ihren Trumpf aus. Er hatte ihr ausnahmslos jeden Tag eine Verhütungspille gebracht und zugesehen, wie Boonyi sie in den Mund steckte, einen Schluck Wasser nahm und schluckte, doch anscheinend hatte sie ihn hereingelegt, hatte die Pille mit der Zunge zur Seite geschoben, sie unter dem ewigen Klumpen Kautabak versteckt, und jetzt trug sie das Kind des Botschafters und war seit vielen Monaten schwanger. Sie hatte so zugenommen, dass man ihr die Schwangerschaft nicht anmerkte, die irgendwo im Fett verborgen lag, und es war zu spät, an eine Abtreibung zu denken, dafür war sie zu weit, das Risiko zu groß. «Meinen Glückwunsch», sagte Edgar Wood. «Wir haben Sie unterschätzt.» – «Ich will ihn sehen», antwortete Boonyi. «Sagen Sie ihm, er soll sofort herkommen.»

Es gibt eine Version der Geschichte von der Tänzerin Anarkali, in der spricht der Herrscher Akbar selbst mit der jungen Schönen und überzeugt sie davon, dass sie ihre Liebe zu Prinz Salim aufgeben, dass sie seinem Sohn einreden müsse, sie liebe ihn nicht mehr, damit er sich von ihr trennt und auf den Pfad des Schicksals zurückkehrt, der ihn schließlich auf den Thron führen wird; und ebenso wie in *La Traviata*, genau wie Violetta, die Alfredo nach einem Besuch ihres Vaters Germont aufgibt, willigt auch Anarkali ein. Doch Boonyi war nicht mehr Anarkali, sie hatte ihre Schönheit verloren und konnte nicht mehr tanzen, und der Botschafter war niemandes Sohn, sondern der Mann der Macht persönlich. Und Anarkali wurde nie schwanger. Geschichten sind Geschichten, das wahre Leben aber ist das wahre Leben, nackt, hässlich und letztlich unmöglich mit der Theaterschminke einer Geschichte zu übertünchen. Max Ophuls trat an jenem Abend in Boonyis pinkfarbenes Schlafzimmer. Er stand im Dunkeln vor ihrem Bett, leicht vorgebeugt, und hielt mit beiden zitternden

Händen den Rand seines Strohhutes umklammert. Der Anblick ihres aufgeblähten, walfischförmigen Leibs konnte ihn noch immer schockieren. Und was in ihr lag, was täglich in ihrem Bauch wuchs, war ein noch größerer Schock. Sein Kind nahm in ihr Gestalt an. Es würde sein erstgeborenes Kind sein. «Was willst du?», fragte er mit leiser Stimme, während düstere Gedanken und wilde Gefühle durch seine inneren Straßen und Gassen tobten.

«Ich will dir sagen, was ich von dir halte», antwortete Boonyi.

Ihr Englisch war besser geworden, und auch er hatte ihre Sprache gelernt. Wenn sie sich am nächsten waren, vergaßen sie manchmal, welche Sprache sie sprachen; beide Stimmen vermengten sich. Als sie sich auseinander lebten, trennten sich auch ihre Sprachen. Jetzt redete sie in ihrer eigenen Sprache und er in seiner. Sie verstanden sich gut genug. Er hatte gewusst, dass Schimpfworte fallen würden, und sie fielen. Es gab leere Drohungen und den Vorwurf des Verrats. All das verstand er. Schau mich an, sagte sie. Ich bin dein Fleisch gewordenes Werk. Du hast dir Schönheit genommen und Hässliches geschaffen, und aus dieser Monstrosität wird dein Kind hervorgehen. Schau mich an. Ich bin der Sinn deines Tuns. Ich bin die Bedeutung deiner so genannten Liebe, deiner zerstörerischen, selbstsüchtigen, lüsternen Liebe. Schau mich an. Deine Liebe gleicht dem Hass. Ich habe nie von Liebe geredet, sagte sie. Ich war ehrlich, doch du hast mich zur Lüge gemacht. Dies bin ich nicht. Dies bin ich nicht. Dies bist du.

Und dann folgte ein anderer, ein älterer Vorwurf. Ich hätte es wissen sollen, sagte sie. Ich hätte es besser wissen sollen, als mich zu einem Juden zu legen. Die Juden sind unsere Feinde, und das hätte ich wissen müssen.

Die Vergangenheit stieg vor ihm auf. Kurz sah er wieder das Heer der gefallenen Juden vor sich, doch er schob die Erinnerung beiseite. Das Rad hatte sich gedreht. In diesem Augenblick seiner Geschichte war er nicht das Opfer. In diesem Augenblick hatte sie, und nicht er, das Recht, Verwandtschaft mit den Verlorenen zu beanspruchen. Wenigstens habe ich nie von Liebe geredet, sagte sie. Ich habe meine Liebe für meinen Mann aufbewahrt, auch wenn mein Körper dir, dem Juden, gedient hat. Schau, was du aus dem Körper gemacht hast, den ich dir gab. Mein Herz aber gehört immer noch mir.

«Dann hast du mich also nie geliebt», sagte er mit hängendem Kopf, als sie verstummte. Selbst in seinen eigenen Ohren klang er lächerlich falsch und scheinheilig. Ein gehässiges Lachen war die Antwort. Liebt eine Ratte die Schlange, von der sie gefressen wird?, fragte sie. Ihre spitze Zunge, die aufflammende Wut ließ ihn zusammenzucken. «Man wird sich gut um dich kümmern. Du bekommst alles, was du brauchst», sagte er und wollte gehen, doch in der Tür blieb er noch kurz stehen. «Ich habe einmal eine Ratte geliebt», sagte er. «Vielleicht bist du die Schlange, die sie gefressen hat.»

Eine Woche später kam es zum Skandal. Ein Kind änderte alles. Eine Schwangerschaft ließ sich nicht augenzwinkernd abtun. Max Ophuls fand nie heraus, wer den Zeitungen die Information zusteckte – Boonyi selbst, die Tanzlehreraubergine von unten, sein junger Lustknabe, einer von den Fahrern oder Wachtposten, die wegen ihrer angeblichen Diskretion von Edgar Wood persönlich ausgesucht worden waren, oder Edgar Wood selbst, der sich nach Jahren der Drecksarbeit für seinen Herrn nun an ihm rächte –, jedenfalls hatte nur Tage nach Max' letztem Treffen mit Boonyi jeder Journalist in der Stadt die Story. Sie war nicht unbedingt das wichtigste Ereignis jener Tage, aber sie ergänzte sich gut mit allem Übrigen. Der Arbeitsausschuss der nationalen Konferenz von Jammu und Kaschmir hatte einstimmig eine Resolution verabschiedet, die eine dauerhafte Vereinigung der Provinz mit Indien verlangte. Indira Gandhi bat um die Erlaubnis – und erhielt sie auch –, sämtliche Vereinigungen für ungesetzlich erklären zu dürfen, die Indiens Vorherrschaft über das Tal infrage stellten. Ein kaschmirisches Mädchen, das von einem mächtigen Amerikaner ruiniert und geschändet worden war, gab der indischen Regierung Gelegenheit, so zu tun, als nähme sie Kaschmir gegen jegliche Art von Marodeuren in Schutz und verteidigte die Ehre Kaschmirs ebenso entschlossen wie die eines jeden anderen integralen Bestandteils von Indien. Max' Kopf auf einem Silbertablett, mit weniger würde man sich nicht zufrieden geben. Sein Freund Sarvepalli Radhakrishnan hatte sich vom Präsidentschaftsamt zurückgezogen; Zakir Hussain, der neue Präsident, äußerte sich privat höchst verärgert über den gottlosen Amerikaner, der ein unschuldiges muslimisches Mädchen ausnutzte. Noch hatte niemand die Worte «sexueller Missbrauch» geäußert, doch Max wusste, dass es nicht mehr lange dauern würde, bis sie den Leuten über die Lippen kamen. Er war nicht mehr der allseits verehrte Liebhaber Indiens, sondern der herzlose Schänder des Landes. Und Indira Gandhi wollte Blut sehen.

Der Vietnamkrieg war auf dem Höhepunkt und damit Amerikas Unbeliebtheit in Asien. Im Central Park wurden Einberufungsbefehle verbrannt, Martin Luther King führte eine Demonstration zu den Vereinten Nationen an, und in Indien trieb es der gottverdammte amerikanische Botschafter offenbar mit dem Landvolk. Also wandte sich das kriegsgeschundene Amerika auch gegen Max, seine angebliche Unterdrückung von Boonyi wurde so etwas wie eine Allegorie für Vietnam. Norman Mailer schrieb über Boonyi und Max, als wäre sie eine Gegend in der Nähe von Saigon und er Operation Cedar Falls. Joan Baez machte einen Song über sie. Was sie zu sagen hatte, fiel für Max Ophuls nicht nett aus. Es war, als wären all seine früheren Rollen über Nacht ausgelöscht worden – der Held der Résistance, der Bestsellerauthor, das Wirtschaftsgenie, der berühmte Liebhaber seiner ebenso heldenhaften Frau und der Fliegende Jude –, um an ihrer Statt dieses blaubartähnliche Ungeheuer zum Vorschein kommen zu lassen, dieses Sexmonster, das am ehesten noch kastriert gehörte. Teeren und

Federn war für solche wie ihn viel zu gut. Um diese Zeit tötete man Che Guevara, und das war so ungefähr das Einzige, woran Max nicht die Schuld in die Schuhe geschoben wurde.

Zu jener Zeit gab es noch keinen «Medienansturm» im heutigen Sinne. Radio All-India schickte einen Reporter, der verschüchtert vor dem salbeigrünen Mietshaus Typ 1 Nummer 22 in der Southeast Hira Bagh stand und sein Mikrophon vor sich hielt, als wäre es eine Bettelschale. Doordarshan, damals der einzige Fernsehsender, entsandte einen Kameramann und einen Tontechniker. Was im Kommentar gesagt werden durfte, würde später zweifellos das Büro des Premierministers mitteilen, weshalb keine Notwendigkeit bestand, einen Journalisten zu schicken. Außerdem war da noch jemand von der PTI-Agentur, und zwei oder drei andere von der Presse tauchten ebenfalls auf. Sie sahen Odissi-Tanz-Diven kommen und gehen, während Jayababus Bursche Botengänge erledigte. Die anonymen Bewohner anderer Wohnungen im selben Haus hatten nichts gesehen, wussten nichts, fürchteten Kameras und Mikrophone wie die Pest und nahmen Reißaus. Nur einmal kam der große Jayababu persönlich vor die Tür, um sich bei den Journalisten zu beschweren, dass sie zu viel Lärm machten und seine Tanzstunden störten, woraufhin die Reporter sich beschämt nur noch im Flüsterton unterhielten. Von den Hauptakteuren in diesem Drama war jedoch nichts zu sehen. Zu den Mahlzeiten verschwanden die Beobachter, um sich zu stärken, und bald hatten sie jedes Interesse daran verloren, noch länger auf ihren Posten auszuharren. Delhi im Winter ist kalt wie ein Gespenst, und morgens und abends senkt sich der Nebel und grabscht mit klammen Händen durch die Haut, um die Knochen vor Kälte erstarren zu lassen. Es war auch nicht nötig, dass die Journalisten noch länger blieben. Die Neuigkeiten wurden andernorts gemacht. Der amerikanische Botschafter fiel in Ungnade und wurde abberufen. In der US-Botschaft musste man sein. Hira Bagh war nur noch eine Fußnote für Klatschkolumnisten. Im Winter sah es aus wie eine Phantomwelt.

In einer nebelweißen Nacht gegen drei Uhr morgens, lange nachdem die Herren der Presse verschwunden waren, trat eine kapuzenverhüllte Gestalt in Boonyis pinkfarbenes Apartment. Als die Schwangere, die wie ein gestrandetes Seeungeheuer auf ihrem Bett lag, den Schlüssel in der Wohnungstür hörte, nahm sie an, Edgar Wood bringe die allabendliche Lebensmittellieferung. Seit einigen Tagen suchte er sie nur noch spätnachts auf, kam atemlos und mit riesigen Mengen Essbarem schwer beladen. Sie kannte kein Mitleid mit ihm. Er war die unausbleibliche Nebenwirkung eines kranken Lebens, fast wie etwas Erbrochenes. «Ich bin hungrig», rief sie. «Sie sind spät dran.» Er kam ins Schlafzimmer, keuchend wie ein Schuljunge, den der Klassentyrann in den Schwitzkasten genommen hat, wie ein Kind, dessen Ohr von einer maßregelnden Tante lang gezogen wird. Die verhüllte Gestalt folgte ihm ins Zimmer, schlug die Kapuze zurück und musterte Boonyi mit forschem, mitfühlendem Gouvernantenblick. «Ach, herrje», sagte sie. «Herrje, wie schrecklich … ha! Können Sie sich vorstellen, meine Liebe, dass ich Sie fast beneidet – ha, ha, ha! – na ja, lassen wir das. Da wäre noch was. Ich hätte ihm beinahe verziehen. Können Sie sich *das* vorstellen? Unglaublich. Hätte ich aber fast, trotz allem. Hätte ihm sogar Sie verziehen, meine Liebe. Aber schauen Sie sich an. Keine Disziplin. Das können wir nicht dulden. Hmm. Edgar, Sie übler Schleimer, haben Sie alle Vorbereitungen getroffen? Nun ja, natürlich haben Sie das, das ist ja Ihr Job. Das macht er doch, nicht wahr, meine Liebe? Gewiss, Sie können ihn nicht ausstehen, natürlich nicht, keiner kann das.» Sie räusperte sich. «Wir schaffen Sie von hier fort, meine Liebe. Man muss sich um Sie kümmern. Wir stehen das zusammen durch. Aha, kapiere. Sie haben mich missverstanden. Nein, mein Mann hat mich nicht hergeschickt. Er hat das Land verlassen. Er ist aus dem diplomatischen Dienst ausgeschieden. Aber um es ganz deutlich zu sagen: Mich hat er nicht verlassen. Ich war diejenige, die ihn verlassen hat. Können Sie mir folgen? Hmm. Hab ihn nach alldem und trotz alldem und am Ende von alldem verlassen. Ach, nun lassen Sie doch. Es geht darum, Sie woandershin zu bringen. Keine neugierigen Blicke mehr, dafür aber eine gute medizinische Versorgung. Also? Im wievielten Monat sind Sie? Im siebten? Mehr? Im achten? Aha, im achten also. Gut. Dann dauert's nicht mehr lang. Nun machen Sie schon, Edgar, um Himmels willen. Edgar wurde auch entlassen, meine Liebe, ich dachte, das sollten Sie wissen. Ich werde dafür sorgen, dass dieser kleine Scheißer nie wieder für sein Land arbeitet, das verspreche ich Ihnen. Die letzte Heldentat heute Abend, nicht wahr, Edgar? Haben Ihre verfluchte Nützlichkeit überlebt, würde ich mal behaupten. Armer Edgar. Was werden Sie jetzt anfangen? Ach, nein, wenn ich es mir recht überlege, glaube ich nicht, dass wir uns um Sie Sorgen machen, nicht wahr, meine Liebe? Nein. Also dann, Edgar, wo ist der verdammte Lieferwagen?»

«Um die Ecke», brachte Edgar Wood zwischen zusammengepressten Zähnen hervor. «Aber ich warne Sie. Gut möglich, dass die nicht durch die Tür passt.» Margaret Rhodes Ophuls wirbelte zu ihm herum, ließ ihn im Drachenfeuer ihres Blicks zusammenschrumpfen. «Schon recht, Edgar», sagte sie liebenswürdig. «Sie haben uns gewarnt. Also, laufen Sie schon los und holen Sie den verdammten Vorschlaghammer.»

Boonyi brachte ein Mädchen zur Welt, in einem sauberen, einfachen Zimmer in Pater Joseph Ambroses Heilige-Liebe-Indiens-Evangalaktische-Mädchen-Waisenhaus für behinderte und Not leidende Straßenmädchen in Raum 77 A auf Station 5 in Mehrauli, einer Institution, die außerordentlich von der Großzügigkeit und dem Spenden eintreibenden Geschick der Frau des ehemaligen Botschafters profitiert hatte. Trotz der allgemeinen Zuneigung und Bewunderung für Peggy-Mata war die neue Bewohnerin, die sie dem Evangalaktischen Waisenhaus zumutete, anfangs alles andere als beliebt. Jede Einzelheit von Boonyis Geschichte wurde im Waisenhaus nahezu schlagartig zum Allgemeinwissen. Es gab Mädchen im Evangalaktischen, die man mit neun Jahren aus den Bordellen von Alt-Delhi gerettet hatte, und diese Kinder versammelten sich vor Boonyis Tür und unterhielten sich in lautem, unhöflichem Ton über die Nutte des reichen Mannes, die sich freiwillig für jenes beschämende Leben entschieden hatte, aus dem ihnen die Flucht geglückt war. Es gab Mädchen, die sahen wie Riesenspinnen aus, weil Probleme mit der Wirbelsäule sie zwangen, auf allen vieren zu kriechen, und auch sie gesellten sich zu den ehemaligen Kinderprostituierten, um über diese auf neuartige Weise Verkrüppelte zu lästern, die sich allein durch schiere Völlerei fast bewegungsunfähig gemacht hatte. Und dann gab es da noch Mädchen vom Land, die waren in die große Stadt geflohen, um den widerlichen alten Männern zu entkommen, mit denen man sie verlobt hatte oder an die sie vielmehr verkauft worden waren, und auch diese Mädchen schlossen sich der Menge vor Boonyis Tür an, um ihren Unglauben über eine Frau zu äußern, die einen guten Mann im Stich gelassen hatte, von dem sie ehrlich geliebt worden war.

Die Situation drohte aus dem Ruder zu laufen, bis Pater Ambrose schließlich auf Anraten von Peggy Ophuls den Mädchen ins Gewissen redete und so etwas wie Mitgefühl in ihnen weckte. «Die heilige Liebe Indiens hat euch alle in den Hafen dieses sicheren Ortes geführt», rügte Pater Ambrose seine Schutzbefohlenen. Er war ein junger, charismatischer katholischer Priester und in einem Fischerdorf in Kerala aufgewachsen, weshalb er eine gewisse Vorliebe für maritime Metaphern hegte. «Gottes Liebe warf ihre Netze aus, um euch wie Treibgut aus schmutziger See zu retten. Aus schwarzem Wasser hat Gott eure Seele gefischt, und euer inneres Licht wurde offenbar. Nun zeigt auch ihr, dass ihr Fischer des Geistes sein könnt. Werft eure Netze des Erbarmens aus und bringt diese neue Seele, die es nach eurer Liebe verlangt, an einen sicheren Ort.»

Nach Pater Ambroses kleiner Predigt konnte Peggy Ophuls außer Arzt und Hebamme auch einige willige Helferinnen unter den Mädchen finden, die von nun an für Boonyi kochten, sie wuschen, ölten und ihr verfilztes Haar kämmten. Mrs. Ophuls traf keine Anstalten, die Essensmenge zu reduzieren, die diese hinfällige Frau zu sich nahm. «Lassen wir erst das Kind sicher zur Welt kommen», sagte sie Pater Ambrose und den Waisen (die verdrossen vor sich hin murrten, aber keinen Widerspruch erhoben). «Dann können wir an die Mutter denken.»

Zu gegebener Zeit wurde das Kind geboren. Boonyi wiegte ihre Tochter in den Armen und nannte sie Kaschmira. «Hörst du mich?», flüsterte sie dem kleinen Mädchen ins Ohr. «Du heißt Kaschmira Noman, und ich werde dich mit nach Hause nehmen.»

In diesem Moment verhärteten sich Peggy Ophuls' Züge, und sie verriet ihre dunklen Absichten, lüftete das Geheimnis, das sie bis zuletzt unter dem Mantel anscheinend unbegrenzter Selbstlosigkeit verborgen hatte. «Junge Dame», sagte sie, «höchste Zeit, den Tatsachen ins Gesicht zu sehen. Sie wollen nach Hause gehen, sagen Sie?» – «Ja», erwiderte Boonyi, «das ist das Einzige, was ich auf dieser Welt möchte.» – «Hmm», sagte Peggy Ophuls. «Heim zu diesem Mann in Pachigam, zu dem, der nie gekommen ist, der aufgehört hat, Ihnen zu schreiben, zu diesem Narren?» Boonyis Augen füllten sich mit Tränen. «Tja, meine Liebe, ich weiß Bescheid. Ha, verstehe! Zu dem Kerl also wollen Sie zurück, mit einem Baby von einem anderen Mann im Arm? Mmm? Und Sie glauben, der wird diesem Mädchen seinen Namen geben – *Kaschmira Noman* –, wird die Kleine als sein Kind anerkennen, und dann heißt es für alle ab in Richtung untergehende Sonne, um glücklich bis ans Ende ihrer Tage zu leben?» Jetzt strömten Boonyi die Tränen über das Gesicht. «Kommt nicht in die Tüte, meine Liebe», erklärte Peggy Ophuls unsentimental und holte zum entscheidenden Schlag aus. «*Noman*, dass ich nicht lache! Das ist nicht ihr Name. Und was haben Sie noch gesagt? Kaschmira? Nein, nein, Darling. Das kann nicht die Zukunft sein.» Ein neuer Ton in ihrer Stimme ließ Boonyi die Tränen trocknen.

«Doch ich sag Ihnen was», fügte Peggy Ophuls dann noch hinzu, als wäre ihr die Idee gerade erst gekommen. «Ich hab da einen Plan. Hören Sie zu? Ja? Das sollten Sie auch.» Boonyi sah sie jetzt aufmerksam an. «Es ist Winter», fuhr Peggy Ophuls fort. «Die Straße über den Pir Panjal ist gesperrt. Über Land führt kein Weg ins Tal. Egal. Ich besorge Ihnen, was Sie brauchen. Ich beschaffe Ihnen ein Flugzeug, das Sie hinfliegt. Wahrscheinlich benötigen Sie mehr als einen Platz. Das lässt sich arrangieren. Und machen Sie sich keine Sorgen, was das Stillen angeht. Eine Amme wartet schon auf das Kind. Wann können Sie reisen? In einer Woche etwa? Sagen wir in einer Woche. Ich kann mich darum kümmern, dass am Ziel ein bequemer Wagen auf Sie wartet, damit Sie ganz vornehm nach Pachigam zurückkehren. Wie klingt das? Hmm? Klingt gut, nehme ich an. Ha! Natürlich tut es das.»

Boonyis Tränen waren getrocknet. «Bitte, ich verstehe nicht», sagte sie schließlich. «Wozu die Amme?» Doch noch als ihr die Worte über die Lippen kamen, las sie die Antwort auf ihre Frage in den Augen ihrer Wohltäterin.

«Kennen Sie die Geschichte von Rumpelstilzchen?», fragte Peggy Ophuls verträumt. «Nein, natürlich nicht. Nun, kurz zusammengefasst: Es war einmal die Tochter eines Müllers, der von einem dieser absonderlichen Märchenkönige gesagt wurde: ‹Spinnst du dieses Stroh bis zum Morgen nicht zu Gold, musst du sterben.› Sie kennen die Sorte Mann, meine Liebe. Sie vögeln dich oder hacken dir den Kopf ab, diese Mörderprinzen, Liebe und Tod ist für sie eins. Sie vögeln dich *und* hacken dir den Kopf ab. Sie vögeln dich, *während dir der Kopf abgehackt wird* … 'tschuldigung. Also, wie gesagt, es war tiefe Nacht, und sie saß hilflos da und weinte, eingesperrt im Schlossturm, als es an die Tür klopfte und ein kleines Männchen hereinkam, das fragte: ‹Was gebt Ihr mir, wenn ich für Euch die Arbeit mache?› Und er hat es getan, verstehen Sie, drei Nächte hintereinander hat er das Stroh zu Gold gesponnen, und die Tochter des Müllers blieb am Leben und hat natürlich den absonderlichen König geheiratet und ein Kind mit ihm bekommen. Dummes Weib! Den Mann zu heiraten, der sie, ohne mit der Wimper zu zucken, beinahe umgebracht hätte. Tja! Scheherazade hat ihren mörderischen Shahryar auch geheiratet. Geht doch nichts über die Dummheit der Frauen! Nehmen Sie nur mich als Beispiel. Ich habe schließlich auch meinen absonderlichen Prinzen geheiratet, den Mörder meiner Liebe. Verzeihen Sie, darüber wissen Sie natürlich Bescheid. Also, wo war ich? Ja, das Ende. Eines Nachts kehrte das kleine Männchen zurück und sagte: ‹Ihr wisst, weshalb ich komme.› Rumpelstilzchen hieß es.»

Sie waren allein im Zimmer, allein mit ihren verzweifelten Bedürfnissen. Das Schweigen war schrecklich: die dunkle, hoffnungslose Stille des Unvermeidlichen. Schlimmer aber noch war der Anblick von Margaret Rhodes Ophuls' Gesicht, ihre zugleich grausame und glückliche Miene. «*Ophuls*», sagte Peggy-Mata. «So lautet der Name ihres Vaters. Und *India* klingt hübsch, ein Name, der nun mal die Wahrheit enthält. Die Frage der Abstammung ist eine der beiden großen Fragen. *India Ophuls* heißt die Antwort. Auf die zweite große Frage, die Frage der Moral, wird sie ihre eigenen Antworten finden müssen.»

«Nein», schrie Boonyi, «das lass ich nicht zu.» Peggy Ophuls legte der jungen Mutter eine Hand auf den Kopf. «Sie bekommen, was Sie wollen», sagte sie. «Sie leben und fliegen nach Hause. Doch es geht um uns beide, meine Liebe. Verstehen Sie nicht? Wir beide wollen zufrieden gestellt werden. Tja. Wissen Sie, in der Nacht, ehe ich nach Indien kam, habe ich geträumt, ich würde das Land nicht ohne ein eigenes Kind verlassen. Ich habe geträumt, ich hielte ein kleines Mädchen im Arm und sänge ihm ein Lied, das ich mir eigens für es ausgedacht habe. Und während all der Zeit mit diesen Kindern hier habe ich mich gefragt, wann mein eigenes Kind kommt. Sie verstehen mich gewiss. Man will, dass die Welt anders ist, als sie ist. Man klammert sich an die Hoffnung. Irgendwann dann aber stellt man sich der Realität. Also sehen wir uns die Welt an, wie sie ist, wollen wir? Ich kann kein Baby bekommen. Das ist klar. Aus mehr als einem Grund. Biologie und Scheidung. Und Sie? Sie können dies kleine Mädchen nicht behalten. Es würde Sie in den Abgrund ziehen, würde Ihr Tod sein, und das wäre auch der Tod der Kleinen. Können Sie mir folgen? Bei mir aber wird sie wie eine Königin leben.»

«Nein», brach es dumpf aus Boonyi heraus, während sie ihre Tochter an sich drückte. «Nein, nein, nein.»

«Ich bin ja so froh», sagte Peggy Ophuls. «Hmm? Ja, wirklich, könnte nicht glücklicher sein. Ich wusste, Sie würden es einsehen, sobald man Ihnen alles erklärt.» Beim Hinausgehen summte sie das Traumlied vor sich hin. *Rättchen, süßes Rättchen*, sang sie dann, *wer wäre besser als du?*

Hier haben wir also den Exbotschafter Ophuls, wie er fürs Erste aus der Geschichte fällt. In Ungnade stürzt er durch die turbulenten Fluten des Jahres 1968, vorbei am Prager Frühling, der Magical Mystery Tour, der Tet-Offensive, den Pariser évènements, dem My-Lai-Massaker, den Leichen von Dr. King und Bobby Kennedy, vorbei am Grosvenor Square, an Baader-Meinhof, Mrs. Robinson, O.J. Simpson und Nixon. Der pralle Ozean der Ereignisse, mächtig und herzlos, schließt sich über Max, wie er sich stets über Verlierer schließt. Hier haben wir den ertrunkenen Max, den Unsichtbaren. Untergrund-Max, gefangen in einer subterranen Edgar-Wood-Welt, einer Welt der Unbeachteten, der Echsen- und der Schlangenmenschen, der gescheiterten Ganoven, sitzen gelassenen Liebhaber, erfolglosen Anführer und zerschlagenen Hoffnungen. Hier haben wir Max, wie er durch die hohen Leiberhaufen der

Ausgemusterten geht, vorbei an den Bergketten der Besiegten. Doch selbst hier, in seiner neuen Unsichtbarkeit, ist er der Zeit voraus, denn in diesen okkulten Grund wird der Same der Zukunft gepflanzt, und die Zeit der unsichtbaren Welt wird kommen, die Zeit der geänderten Dialektik, die Zeit der in den Untergrund abgewanderten Dialektik, in der anonyme Gespensterarmeen insgeheim um das Schicksal der Erde kämpfen. Ein guter Mann gehört nie lang zum Ausschuss. Für einen wie ihn findet sich immer ein Nutzen. Der unsichtbare Max wird einen neuen Nutzen finden. Auch er wird diese neue Zeit prägen, bis im hohen Alter schließlich der Vorhang fällt und der Tod in Gestalt eines attraktiven Mannes, eines Mercader, eines Udham Singh, an seine Tür tritt, der Tod, der ihn im Namen einer Frau, die sie beide einst liebten, um Arbeit bittet.

✳︎

Shalimar der Narr

* * *

DIE LUFT WAR VOLL gefrorener Partikel. Jeder Atemzug schabte durch Boonyis Luftröhre, ehe er schmolz, doch für sie, die auf dem Militärflugplatz von Elasticnagar stand, war die eingesogene Schärfe der süße Stachel der Heimat. «Oh, eisige Schönheit», klagte sie stumm, «wie konnte ich dich je verlassen?» Sie zitterte, und mit dem Zittern kehrte ihr Selbstgefühl zurück. Seit dem Tag, an dem sie fortgegangen war, hatte ihre Mutter sie nicht mehr im Traum aufgesucht. «Selbst ein Geist hat mehr Verstand als ich», dachte sie und hätte sich am liebsten gleich auf den Asphalt gelegt, um im Schlaf ihre Bekanntschaft mit Pamposh zu erneuern. «Auch meine Mutter wartet daheim auf mich.» Der gecharterten Fokker Friendship, benannt nach Yamuna, dem großen Fluss, war eigens für diesen Platz, weit fort von neugierigen Blicken, Landeerlaubnis erteilt worden. Peggy-Mata hatte viele Freunde. In einer verschwiegenen Ecke auf dem Flugplatz in Palam war Boonyi an Bord gegangen, beruhigt von Tabletten, die ihre Panik dämpften, doch als das kleine Flugzeug nach Norden flog, wurde die Leere in ihren Armen zur unerträglichen Last. Das Gewicht ihres fehlenden Kindes, die in den Armen gewiegte Leere, war einfach nicht auszuhalten. Und doch musste sie erduldet werden.

Das Flugzeug erreichte den Pir Panjal und flog Spiralen, um an Höhe zu gewinnen, doch dann stürzte es in einem Luftloch jäh und ohne Warnung zweitausend Fuß in die Tiefe, und vor Schreck schrie Boonyi laut auf. Zweimal wand sich die Ma-

schine in die Höhe, zweimal stürzte sie in die Tiefe, zweimal
schrie Boonyi auf. Der Pir Panjal war das Tor zum Tal, und Boonyi schien es, als sollte ihr dieses Tor verschlossen bleiben. Das
Gewicht des abwesenden Mädchens war so groß, dass das Flugzeug sie nicht über die Gipfel tragen konnte. Die Berge drängten sie zurück, sagten ihr, sie solle ihre mächtige Last nehmen
und von hier verschwinden. Doch damit würden sie bei ihr kein
Glück haben. Sie hatte das Baby aufgegeben, damit sie nach
Hause konnte, und sie ließ nicht zu, dass die Berge ihr im Weg
standen. Beim dritten Versuch nahm sie all ihre Willenskraft zusammen und befreite sich von dem Phantombaby. Es gibt kein
Baby, redete sie sich ein. Sie hatte keine kleine Tochter. Sie kehrte heim zu ihrem Mann und hielt keine bleierne Leere im Arm.
Sie spürte, wie die Last in ihrem Schoß leichter wurde, fühlte,
wie das Flugzeug an Höhe gewann. Sie warf ihr verlorenes Baby
über Bord und zwang die Maschine hoch und über den Pass
hinaus. Diesmal endete die Spirale nicht im Sturz, und die vom
Sturm umhüllten Berge glitten unter dem Bauch des kleinen
Flugzeugs dahin. Dann breitete sich das Tal in seinem Winter-
pelz unter ihr aus. Als das Flugzeug den Landeanflug auf Elasticnagar begann, glaubte sie, Pachigam zu sehen, und alle Dorfbewohner standen auf der Hauptstraße, schauten zum Flugzeug
hinauf und jubelten.

   An Bord der *Yamuna* gab es nichts zu essen, und das kleine
Lunchpaket aus Peggy Ophuls' Abschiedsgeschenken war längst
verzehrt. Es gab auch kein Medikamentenschränkchen, und ihr
Lieferant war nicht mehr da. Sie war hungrig und verstört. Es gab
keinen Kautabak. Sie war verrückt nach Essensmüll. Ein Schrei
hallte durch ihr Blut. Mächtige unsichtbare Kräfte zerrten an ihr.
Die Schattenplaneten lagen miteinander im Krieg. Natürlich hatten die Dorfbewohner nicht ihre Heimkehr bejubelt. Eine Wahn-
vorstellung. Sie war anfällig für Wahnvorstellungen aller Art, das
wusste sie. Ihre Abhängigkeiten geißelten sie. Sie wusste nicht

mal, ob sie ohne die Dinge leben konnte, die sie brauchte, seien sie gekocht oder in Fläschchen. Sie wusste nicht, ob sie ohne ihr kleines Mädchen leben konnte. Kaum dachte sie daran, fiel das Gewicht in ihren Schoß, und das Flugzeug sackte wie ein Stein hinab. Sie schloss die Augen und drängte ihr Kind wieder fort. Es gab keine Kaschmira. Es gab nur Kaschmir.

«Setzen Sie sich bitte, Madame.» Ein junger Soldat mit einem südländischen, zungenbrecherischen Namen und einem Lächeln voller großer, unschuldiger Zähne saß wartend am Steuer eines Militärjeeps vor der kleinen, hölzernen Ankunftsbaracke. Boonyi trug einen dunklen *phiran* und ein blaues Kopftuch, Kleider, die ihr am Tag zuvor von Peggy Ophuls gegeben worden waren. Den *shahtush*-Schal hatte sie in die Tasche gepackt; sie wollte nicht allzu protzig wirken. Sie hatte nur darum gebeten, dass man einen *kangri* mit glühenden Kohlen für sie bereithalten möge, und der Topf wartete im Wagen auf sie. Als die vertraute Wärme sich auf ihrer Haut ausbreitete, besserte sich ihre Stimmung. Die Welt nahm wieder ihre gewohnte Gestalt an. Das Abenteuer im Süden verblasste. Womöglich war es nie geschehen. Vielleicht war ihre Unschuld noch unbefleckt. Nein, es war geschehen, aber vielleicht ließen sich die Flecken wenigstens leicht auswaschen und hinterließen keine bleibenden Spuren. Boonyi Kaul war zurück. Sie hatte ihr Baby gegen einen *phiran*, ein Kopftuch, einen Schal, ein Lunchpaket, einen Flug in einer Fokker Friendship und eine Fahrt im Jeep eingetauscht. Als sie daran dachte, vervielfachte sich plötzlich die irdische Schwerkraft, und sie konnte sich nicht mehr bewegen. Sie biss die Zähne zusammen. *Es gibt keine Kaschmira.* «Helfen Sie mir», stieß sie hervor, und mit einer Hand in der Hand des Fahrers wuchtete sie sich mühsam auf den Beifahrersitz. Der Fahrer gab sich zuvorkommend und redete mit ihr, als wäre sie ein Staatsgast auf Besuch, doch war sie dem Wahn nicht so weit verfallen, dass auch sie sich dafür hielt.

Sie wollte nichts weiter tun, als um Gnade zu betteln. Sie

würde in ihr Dorf gehen, die Welt der VIPs hinter sich lassen, zu der sie kurz Zugang gehabt hatte, und würde ihren aufgequollenen Leib zu Füßen ihres Mannes in den Schnee werfen. Sie würde sich ihrem Mann zu Füßen werfen, seinen Eltern und ihrem Vater, und sie würde bitten und betteln, bis man sie aufhob und küsste, bis die Welt wieder war wie einst, und die einzige Spur ihres Vergehens würde der Abdruck ihres lang ausgestreckten Körpers im allgegenwärtigen Weiß sein, ein Schatten-Ich, das schon bald nicht mehr zu sehen sein würde, fortgetaut oder vom nächsten Schnee verdeckt. Wie könnte man sie nicht wieder aufnehmen, da sie doch die eigene Tochter hergegeben hatte, nur um darauf hoffen zu dürfen, dass man sie erneut akzeptierte? Bei diesem Gedanken krachte das ungeheure Gewicht, das wachsende Gewicht ihres verlorenen Kindes, auf sie nieder, und der Jeep schlug nach links aus, der Motor verreckte. Verwirrt runzelte der Fahrer die Stirn, starrte kurz zu ihr hinüber, entschuldigte sich und ließ den Motor wieder an. Boonyi wiederholte ihr magisches Mantra, immer und immer wieder: *Es gibt keine Kaschmira, es gibt nur Kaschmir.* Der Jeep setzte sich aufs Neue in Bewegung.

Die Armee war überall. Man hatte Boonyi gestattet, mit Hilfe des Militärs von einer Sphäre der Welt in eine andere zu gleiten, damit sie das Öffentliche hinter sich lassen und ins Private zurückkehren konnte. Doch gab es Grund zu der Annahme, dass solche Manöver gar nicht mehr möglich waren. Als sie durch das Tor von Elasticnagar fuhr und liebkost wurde von den Schatten der Pappeln und Chinarbäume entlang der Straße, die sie über Gargamal und Grangussia nach Pachigam bringen würde, erinnerte sie sich an einen Streit zwischen Anees Noman und dessen Brüdern, zu dem es gekommen war, weil ihr Bomben bauender Schwager beim Essen darauf beharrt hatte, dass es die Grenze, die *Waffenstillstandslinie*, zwischen dem Privaten und dem Öffentlichen nicht mehr gebe. «Alles ist jetzt Politik», sagte er. «Die gemütliche alte Zeit ist vorbei.» Seine Brüder zogen ihn auf. «Ach, und was ist mit der Suppe?», fragte Hameed, der erstgeborene Zwilling. «Ist die Hühnerbrühe deiner Mutter auch politisch?» Gedankenverloren fügte sein zweitgeborener Bruder Mahmood hinzu: «Und dann wäre da noch das Problem der Haare. Wir beide sind große, haarige Ungetüme, die sich zweimal am Tag rasieren müssen, aber du, Anees, du bist glatt und weich wie ein Mädchen und brauchst mit dem Rasierer kaum deine Wangen zu berühren. Ist Haarigkeit also konservativ oder radikal? Was sagen die Revolutionäre dazu?»

«Wartet's nur ab», schrie Anees und hieb mit der Faust auf den Tisch. Er war in die Falle seiner Brüder getappt und machte sich lächerlich. «Eines Tages werden selbst Bärte zum Thema ideologischer Dispute.» Hameed Noman wischte sich mit Bedacht den Mund ab. «Okay, okay», gab er nach. «Von mir aus, Hauptsache, sie lassen meine Hühnersuppe in Ruhe.»

Vor ihrem inneren Auge sah Boonyi auf der Landstraße Abdullah Nomans Haus, leuchtend im goldenen Glanz der Erinnerung. Der Patriarch saß am Kopfende des Familientisches, starrte mit geschürzten Lippen in die Ferne, in den Augen ein amüsiertes Blitzen, und er tat, als gehe ihm Höheres durch den Sinn, während seine Söhne sich zankten und miteinander balgten und Firdaus mit dem Silberblick ihm einen Teller vor die Nase knallte, als fordere sie ihn zu einem Duell heraus. Gelbes Licht flackerte in eisernen Laternen, Trommeln, *santoors* und Flöten lagen in einer Ecke neben einem Regal mit Königskostümen, und von einem Haken hing ein halbes Dutzend bemalter Masken. Der laute Disput der Zwillinge fand wie üblich kein Ende, und Anees mit seinem ständig bekümmerten Antlitz ärgerte sich darüber. Auch an diesem Ärger war nichts ungewöhnlich. Die Familie währte ewig und würde sich nicht, durfte sich nicht ändern. Dadurch, dass Boonyi zurückkehrte, würde alles wieder, wie es gewesen war, sie würde den Streit zwischen Anees und ihrem Mann Shalimar schlichten, und an Firdaus' Tisch würden sie gemeinsam das vergnügte Ende jener von der grenzenlosen gastronomischen Freigebigkeit der Frau des *sarpanch* gesegneten Mahlzeiten genießen.

Als sie sich Pachigam näherten, begann es zu schneien. «Setzen Sie mich an der Bushaltestelle ab», sagte sie dem Fahrer. «Das Wetter ist nicht besonders, Madam», erwiderte er. «Ich bringe Sie lieber direkt nach Hause.» Doch sie blieb unbeirrt. Von der Bushaltestelle aus hatte sie dieses Leben verlassen, und von der Bushaltestelle aus würde sie dahin zurückkehren. «Na gut, Madam», sagte der Fahrer skeptisch. «Soll ich warten, bis man Sie abholt?» Doch sie wollte mit keinem Soldaten gesehen werden. Als sie um die letzte Ecke bogen, schneite es heftig. Hier war die Bushaltestelle. Ein Schild war nicht zu sehen, aber das machte nichts. Dort stand der Laden, in dem ihr Vater und der *sarpanch* Obst aus ihren Gärten verkauften. Er war gegen den Schneesturm verbarrikadiert. «Bitte, Madam», sagte der Fahrer. «Ich fürchte um Ihr Wohlbefinden.» Sie aber wusste noch, wie man einen Grünschnabel mit dem verachtungsvollen Blick der abgehärteten Dorffrau straft. «Wir finden diese Kälte warm», sagte sie. «Für mich ist Schnee, was für Sie eine heiße Dusche ist. Machen Sie sich keine Sorgen.»

Also stand sie allein im Schneesturm, als die Dorfbewohner sie zuerst sahen, stand reglos an der Bushaltestelle mit Schnee auf den Schultern und Schneewehen um die Füße. Der Anblick einer Toten, die irgendwie am Ende des Dorfes mit ihrer Bettrolle und einer Tasche an der Seite erschienen war, lockte das ganze Dorf aus den Häusern, Schnee hin oder her. Alle waren wie gebannt vom Anblick dieses stocksteif dastehenden Leichnams, der aussah, als hätte seine Besitzerin in ihrem Leben nach dem Tode nichts anderes getan, als zu essen. Wie eine Schneefrau sah sie aus, von Kindern gebaut, eine Schneefrau, in der die dahingeschiedene Boonyi steckte. Niemand sprach mit der Schneefrau. Es mochte Unglück bringen, mit einem Gespenst zu reden. Doch das ganze

Dorf wusste, dass früher oder später jemand mit ihr reden musste, denn Boonyi wusste nicht, dass sie tot war.

Sie sah sie alle im Schneesturm auftauchen, sah sie wie Krähen um sie herum hüpfen, Abstand wahren. Sie rief ihnen zu, doch niemand antwortete. Einer nach dem anderen kamen sie – Himal, Gonwati und Shivshankar Sharga, der Hüne Misri, Habib Joo –, und einer nach dem anderen wichen sie wieder zurück. Anschließend hatten die Hauptakteure ihren Auftritt, Schnee überkrustete Brauen und Bärte. Hameed und Mahmood Noman kamen Arm in Arm und kicherten seltsam, als wäre ihre Rückkehr etwas Merkwürdiges, etwas ganz und gar nicht Lustiges. Und dort war Firdaus Noman, die Freundin ihrer Mutter. Firdaus streckte eine Hand nach ihr aus, ließ sie dann aber sinken und rannte fort. Boonyi meinte zu verstehen. Sie wurde bestraft. Man richtete mit dieser Pantomime über sie, stieß sie rituell aus dem Dorf aus. Aber damit konnten sie es doch nicht bewenden lassen, nicht in diesem Schneesturm, oder? Gewiss würde sie bald jemand zu sich holen, sie ausschimpfen, sie umarmen und ihr etwas Heißes zu trinken geben.

Als ihr lieber Vater kam und unbeholfen durch den Schnee auf sie zu stapfte, da war sie sich sicher, dass der Bann nun gebrochen werden würde. Doch zwei Meter vor ihr blieb er stehen und weinte, die Tränen gefroren auf seinen Wangen. Sie war sein einziges Kind. Bis sie starb, hatte er sie mehr als sein Leben geliebt. Wenn er jetzt nicht zu ihr sprach, würde ihr toter Blick ihn verfluchen. Ein verschmähtes Kind kann jenen Elternteil, der sich von ihm abwendet, selbst nach seinem Tod noch mit dem bösen Blick belegen. Mit leiser Stimme, die sie über dem tosenden Wind kaum vernehmen konnte, murmelte er abergläubisch: *nazaré-bad-door*. Böser Blick, hinfort. Langsam dann, als kämpften sie gegen Ketten an, bewegten sich seine Füße in kleinen Schritten von ihr fort, der Schnee bewölkte ihre Sicht, und er war verschwunden. An seiner Statt kam schließlich ihr Mann, Noman Noman, der

Shalimar der Narr war. Was hatte er nur für einen Blick in den Augen? Nie zuvor hatte sie solch einen Blick gesehen. Demütig sagte sie sich, dass sie ihn verdiente, diesen Blick, in dem sich Hass und Verachtung mit Trauer, Schmerz und einer schrecklichen, verratenen Liebe mischten. Doch da war noch was, etwas, das sie nicht verstand. Sein Vater, der *sarpanch*, war bei ihm, hielt ihn am Arm. Sein Vater, der sie alle in seiner hohlen Hand hielt. Abdullah Noman schien den Sohn zurückzuhalten, ihn von ihr fortzuziehen. Und da war auch wieder ihr eigener Vater, der sich zwischen sie und ihren Mann stellte. Warum sollte er das tun? Shalimar der Narr hielt etwas in der Hand, womöglich ein Messer, das er im mörderischen Griff hielt, die umgekehrte Klinge im Ärmel seines *chugha* verborgen, das Heft in der Hand. Vielleicht würde sie hier durch das Messer ihres Gatten sterben. Sie war bereit. Sie fiel im Schnee auf die Knie, die Arme ausgebreitet – und wartete.

Zoon Misri, die Tochter des Zimmermanns, kniete sich neben sie. Zoons olivbraune ägyptische Schönheit schien an einen anderen Ort, in eine andere Zeit zu gehören, in eine heiße, trockne Welt der Wüsten und der Schlangen in Feigenkörben, der riesigen Löwen mit Königshäuptern. In glücklicheren Tagen hatte sie ihr exotisches Gesicht in den Augenwinkeln mit dramatisch geschwungenen Kajal-Linien betont, doch seit dem Verbrechen der Gebrüder Gegroo trug sie kein Make-up mehr. Sie war dünner geworden; ihre lebhaften Augen glichen zwei brennenden Lampen in einem Schädel aus polierten Knochen. «Viele Menschen in dieser Gegend halten mich für ein lebendes Gespenst», sagte sie wie von fern, ohne Boonyi anzuschauen. «Diese Leute glauben, wenn einer Frau passiert, was mir passiert ist, dann sollte sie in den Wald gehen und sich erhängen.» Sie lächelte matt. «Ich habe das nicht getan.» Boonyi schöpfte ein wenig Mut. Ihre Freundin war hier. Noch gab es Treue auf der Welt, selbst für eine Verräterin wie sie. Durch ihr Benehmen, durch kummervolle Reue und gute Taten würde sie das Vertrauen der anderen zurückgewinnen. Zoons Freundschaft war der Anfang, den sie brauchte. Sie hielt ihr eine Hand hin. Zoon macht eine kleine abwehrende Bewegung mit dem Kopf. «Weil man mich so behandelt, kann ich mit dir reden», sagte sie. «Die lebenden Toten können miteinander reden, nicht wahr? Es wäre sonst nicht fair.» Zum ersten Mal schaute sie Boonyi nun in die Augen. «Sie haben dich getötet», sagte sie. «Nach dem, was du getan hast. Sie haben gesagt, du wärest für sie tot, und sie haben deinen Tod verkündet und uns alle einen Eid schwören lassen. Sie sind zu den Behörden gegangen, haben ein Formular ausgefüllt, es unterschreiben und stempeln lassen, und so bist du jetzt tot und kannst nicht zurück. Wie es sich gehört, hat man vierzig Tage um dich getrauert, hat alle religiösen und gesellschaftlichen Vorschriften eingehalten, und deshalb kannst du jetzt natürlich nicht einfach wieder auftauchen. Du bist eine Tote. Dein Leben ist vorbei. Das ist amtlich.» Zoon hatte ihre Gesichtsmuskeln unter Kontrolle, und auch ihre Stimme klang beherrscht. «Wer hat mich getötet?», fragte Boonyi. «Nenn mir ihre Namen.» Zoons Schweigen dauerte so lang, dass Boonyi glaubte, sie würde ihr die Antwort verweigern. Dann aber sagte die Tochter des Zimmermanns: «Dein Mann. Der Vater deines Mannes. Die Mutter deines Mannes. Und ...» Boonyis Stimme bebte, als sie die Freundin bat, doch fortzufahren. «Wer noch?», flehte sie Zoon an. «Du wolltest noch jemanden nennen.»

Die wandte das Gesicht ab. «Und dein Vater», antwortete sie.

Es schneite heftiger denn je, und die Kälte setzte ihrem Körper zu, drang selbst durch die schützenden Fettschichten und machte ihr trotz des an den Bauch gepressten *kangri* mit seinen glühenden Kohlen zu schaffen. Der Sturm hüllte sie und Zoon ein, Pachigam verschwand in einer weißen Wolke. Boonyi stand auf, um über ihre neue Lage nachzudenken, darüber, was es hieß, tot zu sein. «Kann eine Tote Schutz vor diesem Schneesturm suchen?», fragte sie sich laut. «Oder verlangt man von ihr, dass sie erfriert? Kann eine Tote etwas zu essen und zu trinken bekommen, oder muss eine Tote erneut sterben, diesmal an Hunger und Durst? Ich frage ja noch gar nicht, ob eine Tote wieder zum Leben erweckt werden kann. Ich frage mich bloß, ob man die Toten hört, wenn sie sprechen, oder ob ihre Worte auf taube Ohren stoßen. Tröstet jemand die Toten, wenn sie weinen, vergibt man ihnen, wenn sie bereuen? Sind die Toten auf alle Zeit verdammt, oder können sie erlöst werden? Doch vielleicht sind dies zu wichtige Fragen, um sie in einem Schneesturm zu beantworteten. Also beschränke ich mich vorläufig auf die Frage: Kann eine Tote sich ins Warme legen, oder muss sie sich einen Spaten suchen und ihr eigenes Grab schaufeln?»

«Versuche, nicht zu verbittert zu sein», sagte Zoon. «Versuche, den Kummer zu verstehen, der dich getötet hat. Und was deine Frage betrifft, so hat mein Vater nichts dagegen, wenn du heute Nacht im Holzschuppen spukst.»

Der Holzschuppen war wenigstens wetterfest, und die Misris machten es Boonyi trotz ihres Ablebens so behaglich wie möglich, linderten die Unbequemlichkeiten der Scheune mit Decken und Teppichen. An einen Nagel hängten sie eine Öllampe. Als die Dunkelheit kam, legte sich der Sturm, und Boonyi zog sich in ihre temporäre Holzwelt zurück, um ihrer ersten Nacht als Tote entgegenzusehen oder vielmehr als Frau, die wusste, dass es sie nicht mehr gab, denn wie sich herausstellte, hatte ihr Leben schon vor über einem Jahr aufgehört. Die Toten haben keine Rechte, das wusste sie, und alles, was ihr einst gehört hatte, vom Schmuck ihrer Mutter bis zur Hand ihres Gatten, gehörte ihr jetzt nicht mehr. Vielleicht drohte da sogar Gefahr. Sie hatte Geschichten von Leuten gehört, die für tot erklärt worden waren, und wenn diese dahingeschiedenen Wesen ins Leben zurückkehrten, um ihren Besitz zu beanspruchen, wurden sie manchmal aufs Neue getötet, dann jedoch auf eine Weise, die jeden Streit über den

Status ihres Seins ausschloss. Solche Mitglieder der Bruderschaft der lebenden Toten, der *mritak*, waren meist durch die Habgier ihrer Verwandten umgekommen. Ihren Tod aber hatte sich Boonyi ganz allein zuzuschreiben.

In den frühen Morgenstunden vernahm sie eine vertraute Stimme. Ihr Vater lehnte draußen an der Wand des Holzschuppens, eingewickelt in so viele warme Kleidungsstücke, wie er nur hatte finden können, denn er war ein Mann, der sich rasch erkältete. Vertraulich redete Pandit Pyarlelal Kaul den Schuppen an, beinahe so, als wäre er ein lebendiges Wesen oder doch zumindest ein Mitglied der lebenden Toten. «Unterhalten wir uns über das Meer der Liebe», sprach Pandit Pyarelal Kaul zähneklappernd zum Holzschuppen. «Über *Anurag Sagar* also, das große Werk des Dichters K-K-K-Kabir.» Eingesargt im Holzschuppen, konnte Boonyi selbst im Elend ihres Todes ein Lächeln nicht unterdrücken. «Eine der großen Gestalten im *Anurag Sagar* ist Kal», erzählte ihr Vater dem Holzschuppen. «Kal, dessen Name Gestern und Morgen bedeutet, womit die Z-Z-Z-Zeit gemeint ist. Kal war einer der sechzehn Söhne von Sat Purush, der Positiven Kraft, und nach dessen Sturz wurde er der Vater von Brahma, Vishnu und Shiva. Das bedeutet aber nicht, dass unsere Welt aus dem Bösen geboren wurde. Kal ist eine Gestalt vor dem Sündenfall, weder gut noch böse. Doch stimmt es, dass für ihn Auge um Auge gilt, und die Anforderungen, die er stellt, schränken uns ein und hindern uns daran, zu verwirklichen, was in uns steckt.»

Ihr Herz hüpfte vor Freude, und die Flamme in ihrer Lampe brannte heller, denn Flamme und Herz wussten beide, dass Boonyis Vater auf diese Weise zu ihr zurückkehrte, sie sich so zurückholte. Der nächste Satz ließ die Dunkelheit jedoch wieder näher rücken. «Laut Kabir», erzählte der Pandit dem Holzschuppen, «kann sich nur ein *m-m-m-mritak*, ein lebender Toter, von Kals Schmerz befreien. Was soll das heißen? Manche sagen, es bedeutet: Nur die Tapferen erlangen das Geliebte. Eine andere

Deutung aber besagt: Nur die lebenden Toten sind frei von aller Zeit.»

Hört, o Heilige, vom Wesen der mritak. Ich war länger fort, als ich annahm, sagte sie sich. Mein Vater, der Mann der Vernunft, hat sich dem Mythischen ergeben, seinem Schattenplaneten, und ist eine Art *sadhu* geworden. Das gelehrte Wissen, dem der Pandit stets einen Beigeschmack von Ironie verliehen hatte, weshalb seine Version der Lehren der Alten gewöhnlich mit einem leisen listigen Lächeln zum Besten gegeben worden war, schien jetzt ohne jegliche Distanz daherzukommen. Die höchste aller menschlichen Bestrebungen, flötete Pandit Pyarelal Kaul dem Holzschuppen vor, sei es, in der Welt zu sein und zugleich nicht in ihr zu leben, das im Geiste brennende Feuer zu löschen und das heilige Leben völliger Loslösung zu führen. «Die lebende Tote dient S-S-S-Satguru. Die lebende Tote offenbart ihre innere Liebe, und indem sie Liebe empfängt, wird ihr Lebensgeist freigesetzt.» Boonyi hörte vom Vorbild der Erde. «Die Erde tut niemandem weh. Sei wie sie. Die Erde hasst niemanden. Sei ebenso.» Sie hörte vom Zuckerrohr und vom Bonbon. «Das Zuckerrohr wird geschnitten, zerquetscht und gekocht, um braunen Z-Z-Z-Zucker herzustellen. Der braune Zucker wird gekocht, um daraus Rohzucker zu machen. Der Zucker schmilzt, und daraus werden Zuckerstangen. Und aus Zuckerstangen macht man Bonbons, und die liebt jeder. Auf ähnliche Weise erträgt die lebende Tote ihr Leid und überquert das Meer der Liebe in Richtung G-G-G-Glück.» Sie begriff, dass ihr Vater ihr zeigte, wie sie nun zu leben hatte, aber sie verabscheute seine Lehre, und Ärger brodelte in ihr auf. Sie kämpfte dagegen an. Er hatte Recht, ebenso wie Zoon Recht hatte. Sie musste ihren Ärger loslassen und Demut erlangen. Sie musste alles aufgeben und wie das Nichts sein. Nicht die Liebe Gottes suchte sie, sondern die Liebe eines bestimmten Mannes; indem sie aber die selbstverleugnende Haltung der Jünger des Göttlichen übernahm, indem sie sich auslöschte,

löschte sie vielleicht auch ihr Vergehen aus und wurde womöglich erneut zu jemandem, den ihr Mann lieben konnte.

Nur eine tapfere Seele bringt dies fertig. Die lebende Tote muss ihre Sinne beherrschen, sagte der Pandit zum Schuppen. Sie beherrscht das Organ des Sehens und begreift, dass das «Schöne» und das «Hässliche» eins sind. Sie beherrscht das Organ des Hörens und kann gute ebenso wie böse Worte ertragen. Sie beherrscht das Organ des Geschmacks und hört auf, zwischen Geschmackvollem und Geschmacklosem zu unterscheiden. Sie gerät nicht einmal außer sich, wenn ihr der fünffache Nektar gebracht wird. Sie lehnt ungesalzenes Essen nicht ab und nimmt dankbar an, was ihr gebracht wird. Auch die Nase beherrscht sie. Angenehme und unangenehme Gerüche sind für sie gleich.

«Ebenso beherrscht sie das Organ der Lust.» Mit Nachdruck betonte Pandit Pyarelal Kaul diesen Punkt, als wollte er sichergehen, dass der Holzschuppen begriff, mit seinem lustvollen Sehnen müsse Schluss sein. «Der G-G-G-Gott der Lust ist ein Räuber, und Lust ist eine mächtige, gefährliche, Schmerz spendende, negative Kraft. Die lustvolle Frau ist Kals Grube. Die lebende Tote hat sich selbst mit der Lampe des Wissens erleuchtet. Sie hat den Nektar des Namens getrunken und ist mit dem Elementlosen verschmolzen. Hat sie das alles erreicht, ist Schluss mit der Lust.» Anfangs versuchte sie, die wahre Botschaft hinter diesen Worten zu entdecken, doch ab einem gewissen Augenblick begann sie, Worte unter seinen Worten zu hören. Das Zeitalter der Vernunft ist vorüber, sagte er, ebenso die Zeit der Liebe. Das Irrationale gewinnt an Macht. Überlebensstrategien könnten sich als notwendig erweisen. Ihr fiel ein, was er gesagt hatte, als er sie schneebedeckt an der Bushaltestelle stehen sah. *Nazarébaddoor.* Irrtümlich hatte sie geglaubt, er versuche, den bösen Blick von sich abzuwenden, dabei wollte er ihr einen Rat geben, wollte ihr sagen, wohin sie gehen solle. Noch ehe Boonyi geboren wurde, hatte sich die alte Gujar-Prophetin von der Welt zurückgezogen und mit ihren letzten Worten die Zukunft verflucht. *Was kommt, ist so fürchterlich, dass kein Prophet dafür die Worte fände.* Jahre später würden sich die Brüder Gegroo aus Angst vor dem Zorn des Hünen Misri in eine Moschee einmauern, doch Nazarébaddoor hatte sich eingesperrt, weil sie Kal selbst fürchtete, das Vergehen der Zeit. Mit übereinanderschlagenen Beinen saß sie in *samadhi*-Haltung da und hörte einfach auf zu existieren. Als die Dorfbewohner endlich ihren ganzen Mut zusammennahmen und in die Hütte schauten, war Nazarébaddoors Leichnam so zerbrechlich wie ein verwelktes Blatt geworden, und der Luftzug von der offenen Tür blies ihn fort wie ein Häuflein Staub. Jetzt war Boonyi an der Reihe. Eine Tote, die Kal besiegen wollte, tat gut daran, der Prophetin auf ihrem Weg zu folgen. Außerdem gab es da noch einen Vorfall, an den sich Boonyi, das einstige Tanzmädchen, durchaus erinnerte. Sogar Anarkali war eingemauert worden, weil sie verbotener Lust gefrönt hatte. Und Falltür und Fluchtgang hatten sie in die Freiheit entlassen? Das gab es nur im Film. Das wahre Leben kannte keine leichten Fluchten.

Geh in die Berge und stirb anständig. Falls das die Botschaft ihres Vaters war, blieb ihr keine andere Wahl, als ihm zu gehorchen. Er stand nicht mehr vor dem Holzschuppen. Der Schneesturm hatte sich gelegt, und sie war allein. Sie war eine fette Kuh, doch sie würde sich diesen Berg hinauf zur Hütte der Prophetin schleppen und ihren Tod abwarten. Die Liste der Dinge, nach denen es sie verlangte und die sie nicht mehr bekommen konnte, kannte kein Ende. Verpflegung, Tabletten, Tabak, Liebe, Frieden. Sie würde ohne sie auskommen müssen. Das unerträgliche Gewicht ihrer abwesenden Tochter erdrückte sie, als rollten ihr alle Stämme aus dem Holzschuppen auf den Leib. Erschlagen und keuchend lag sie am Boden. Sie spürte, wie die Ankerketten ihres Verstandes rissen, und hieß den Wahn willkommen. Ein schöner Tag brach an.

Als sie aus dem Holzschuppen trat, stand sie knietief im Weiß.

Wie eine Drohung ragte der bewaldete Berg vor ihr auf. Dort oben lag die Wiese von Khelmarg mit ihren Erinnerungen an die Liebe. Und in einer anderen Richtung, im Herzen des immergrünen Waldes, gab es Nazarébaddoor, die Tote wartete auf die Tote. Jeder Schritt war eine Leistung. Sie trug die Bettrolle und ihre Tasche. Füße, Knie, Hüften, alle protestierten. Der Schnee stemmte sich ihrem Vorwärtsdrängen entgegen. Mehr als einmal fiel sie in eine Wehe, und wieder auf die Füße zu kommen war nicht leicht. Die Kleider wurden nass. Sie spürte die Zehen nicht mehr. Ihre Füße stießen gegen im Schnee verborgene Steine, und begrabene Kiefernnadeln stachen sie. Dennoch stemmte sie sich den Hang hinauf, zwang ihre Beine, sich zu bewegen. Geschwindigkeit war unwichtig. Allein auf Bewegung kam es an.

Sie sah, dass Zoon sie von ferne beobachtete. Die Tochter des Zimmermanns hielt knapp zwanzig Meter Abstand und sagte kein Wort, doch kam sie mit Boonyi den Berg hinauf. Manchmal hüpfte sie voraus, wartete dann wie eine Wächterin und zeigte mit ausgestrecktem Arm auf den leichtesten Weg. Ihre Blicke begegneten sich nie, aber Boonyi war froh über die Hilfe der alten Freundin und folgte den Anweisungen. Ihre Gedanken verloren jeden Zusammenhang, doch das war eine Gnade. Es wäre unmöglich gewesen, den Berg mit Kaschmiras großem Gewicht zu erklimmen, für den Augenblick aber hatte sie ihre Tochter irgendwo im Dschungel ihres Geistes verlegt. Gierig stopfte sich Boonyi Hände voll Schnee in den Mund, um ihren Durst zu löschen. Auf halbem Weg den Berg hinauf fand sie eine braune Papiertüte am Wegesrand. Darin steckte ein Wunder: ein dickes Rund ungesäuerten *lavas*-Brotes, dazu eine Portion *dum aloo* in einem kleinen Blechbehälter und in einem weiteren Behälter zwei Stückchen Huhn. Sie schlang alles in sich hinein, stellte keine Fragen. Dann ging sie weiter den Hügel hinauf, die Sonnenhitze strafte sie von oben, die Schneekälte von unten. In langen, japsenden Zügen sog sie die Luft in sich auf. Der Wald umkreiste sie, drehte sich. Sie stolperte, taumelte, wusste nicht einmal mehr, ob sie den bewaldeten Hang hinauf oder hinunter ging. Schneller und schneller wirbelten die Bäume um sie herum, und dann kam die Bewusstlosigkeit, war wie ein Geschenk. Als sie aufwachte, saß sie an die Tür einer Gujar-Hütte gelehnt.

In den folgenden Tagen verlor sie immer mehr den Verstand, sodass es ihr vorkam, als wäre sie die einzig Lebende, und alle anderen wären tot. Als hätte ein Geist gewusst, dass sie kam, war Nazarébaddoors Hütte aufgeräumt und ausgefegt worden; eine neue Matte lag auf dem Boden. Ein Feuer war aufgeschichtet und angesteckt worden, und neben der Feuerstelle lag trockenes Holz. In einem Topf über dem Feuer brodelte es, Lotusstängel mit Soße, zugedeckt mit einem billigen Aludeckel. In einem irdenen *surahi* in der Ecke fand sie Wasser. Um das Moos- und Grassodendach war es schlimm bestellt, und geschmolzenes Schneewasser tropfte durch, doch nachts wachte sie auf, weil Geister wie Mäuse über das Dach huschten, und am nächsten Morgen lagen neue Soden anstelle der alten, und das Tröpfeln hörte auf. Sie rief nach ihrer Mutter. «*Maej!*» Ihre Mutter Pamposh, nach einem Walnusskern benannt, war von den Toten zurückgekehrt, um sich um ihr frisch verstorbenes Kind zu kümmern.

Wenn sie den Kopf aus der Hütte steckte, meinte sie, Schatten zwischen den Bäumen zu sehen, und sie erinnerte sich an die Lektion ihres Vaters über Haput, den Schwarzbären, Suh, den Leoparden, Shal, den Schakal, und Potsolov, den Fuchs. Diese Geschöpfe waren gefährlich, und vielleicht schlichen sie sich heran, um sie zu töten, doch konnte sie ihnen das kaum zum Vorwurf machen, schließlich blieben sie bloß ihrer Natur treu. *Einzig der Mensch trägt Masken. Nur der Mensch kann für sich selbst eine Enttäuschung sein. Erst wenn er den Dingen dieser Welt entsagt und sich von den Bedürftigkeiten des Körpers befreit* und so weiter. Ihr Körper schmerzte vor Hunger und anderem Verlangen, und sie war im Kopf nicht ganz bei sich, aber aus irgendeinem Grund hatte sie keine Angst. Aus irgendeinem Grund nannte sie die Gestalten unter den Bäumen ihre Wächter. Aus irgendeinem Grund war immer frisches Wasser im *surahi*, wenn sie aufwachte, und vor der Tür lag stets etwas zu essen oder hing, wenn sie sich kräftig genug für einen kurzen Spaziergang fühlte, über dem Feuer. Aus irgendeinem Grund war sie nicht im Stich gelassen worden. Man konnte nicht erwarten, direkt aus der Hölle ins Paradies zu springen, sagte sie sich. Eine Zeit der Reinigung an einem Zwischenort war nötig. Langsam verließ jegliche Sucht ihren Körper, und ihr Verstand wurde wieder klar. So lange blieb ihre Mutter an ihrer Seite. Der Schnee schmolz, und sie ging bis hinauf zur Wiese von Khelmarg, auf der die wilden Blumen sprossen. Büschelweise pflückte sie *krats*, das wie Gemüse schmeckte und gut für die Augen war, dann *shahtar*, dem man eine süßende, kühlende Wirkung nachsagte, wenn man es in die Molke rührte, die sie in einem Topf vor ihrer Tür fand. Auf den Berghängen entdeckte sie den *kava dach*-Busch, der half, ihr Blut zu reinigen, und sie aß die Früchte und Blätter von *wan palak*, dem Gänsefuß. Die weißen Blüten des Hirtentäschelkrauts, *kralamond*, gab es überall. Sie pflückte sie und aß sie roh. Sie sammelte *phakazur*, Fenchel, und Seidelbast, also *gandalun*. Als sie den blaublütigen *won-hand* aß, die Chicoreeblüten, und sich in den *maidan-hand*, den Löwenzahn, legte, spürte sie, wie Leben und Verstand in sie zurückkehrten. Die Blumen von Kaschmir hatten sie gerettet. Im Obstgarten ihres Vaters mussten jetzt die Mandelbäume blühen. Der Frühling war gekommen.

Als er hörte, dass sie ihn mit dem Amerikaner betrog, schärfte Shalimar der Narr sein Lieblingsmesser und brach mit mörderischen Absichten nach Süden auf. Zum Glück hatte der Bus, mit dem er Pachigam verließ, eine Panne unter einer kleinen Brücke in Lower Munda nahe der Quelle des Jhelum bei Verinag. Seine Brüder Hameed und Mahmood, vom Vater nach ihm ausgesandt, fanden ihn am Busbahnhof, wo er ungeduldig auf die nächste Fahrgelegenheit wartete. «Hast wohl geglaubt, du könntest uns einfach entwischen, wie, kleiner *boyi*?», brüllte Hameed, der Lautere und Ausgelassenere der Zwillinge. «Keine Chance. Wir sind Ärger im Doppelpack, wir beide.» Überall um sie herum wurden Truppentransporter aufgetankt, und eine Gruppe Stumpen rauchender Soldaten starrte müßig in die Gegend. Plötzlich aber starrte man gar nicht mehr müßig die drei sich streitenden Brüder an – die Worte «Ärger im Doppelpack» waren unglücklich gewählt gewesen. Die Armee war nervös. Zwei Nationalistenführer, Amanullah Khan und Maqbool Butt, hatten eine bewaffnete Gruppierung namens «Nationale Befreiungsfront Jammu und Kaschmir» gebildet, die National Liberation Front, und waren aus dem, was sie «Azad Kaschmir» nannten, über die Waffenstillstandslinie in den indischen Sektor eingedrungen, um eine Reihe von Überraschungsangriffen auf Stellungen der Armee und ihrer Besatzungen durchzuführen. Die drei sich streitenden Männer konnten also ohne weiteres auch NLF-Kämpfer sein, die ein bisschen Ärger suchten. Mahmood Noman, stets der vorsichtigere Zwilling, sagte rasch zu Shalimar dem Narren: «Wenn diese Dreckskerle herausfinden, dass du ein Messer bei dir trägst, *boyi*, verschwinden wir alle auf Nimmerwiedersehen in den Knast.» Das war der Satz, der Boonyi Noman das Leben rettete. Shalimar der Narr brach in lautes, künstliches Gelächter aus, und seine Brüder stimmten ein, schlugen sich gegenseitig auf den Rücken. Die Soldaten verloren das Interesse. Am Nachmittag saßen dann alle drei Nomans in einem Bus zurück nach Hause.

Als seine Brüder Shalimar den Narren zurückbrachten, blickte Firdaus Noman in die Augen ihres betrogenen und gehörnten Sohnes und war so entsetzt, dass sie beschloss, sich nie mehr zu streiten. Die berühmten Redeschlachten mit ihrem erhabenen

Gatten über das Wesen des Universums, die Traditionen Kaschmirs oder die schlechten Angewohnheiten des jeweils anderen hatten jahrelang das ganze Dorf unterhalten, doch nun sah Firdaus die Folgen ihres zänkischen Naturells. «Schau ihn dir an», wisperte sie Abdullah zu. «Er hat eine Wut in sich, die würde der Welt den Garaus machen, wenn sie könnte.»

Der *sarpanch* war nicht bei der Sache. Gesundheitlich ging es mit ihm bergab. Er hatte die ersten schmerzhaften Stiche in seinen Händen gespürt, die später verkrüppeln und sich zu nutzlosen Klauen verformen sollten, mit denen er kaum essen, ein Werkzeug halten oder sich den eigenen Hintern putzen konnte. Und mit dem Schmerz wuchs seine Misslaunigkeit. Er fühlte sich zwischen den Dingen gefangen, zwischen Vergangenheit und Zukunft, dem Zuhause und der Welt. Mit seinen eigenen Wünschen lag er in Widerspruch. An manchen Tagen sehnte er sich nach dem Applaus eines Publikums und bedauerte den allmählichen Untergang der *bhand pather*, dem es zuzuschreiben war, dass dieser Genuss immer seltener geboten wurde, während er sich zu anderen Zeiten nach einem ruhigen Leben sehnte, danach, am goldenen Feuer zu sitzen und eine Pfeife zu rauchen. Noch größer war der Widerspruch zwischen seinen persönlichen Bedürfnissen und den Bedürftigkeiten der anderen. Vielleicht sollte er seine Stelle als Dorfvorsteher aufgeben. Vielleicht konnte man nur eine begrenzte Zeit selbstlos sein, und danach wurde es dann Zeit für ein wenig Egoismus. Er konnte nicht ewig das Dorf in seiner hohlen Hand halten. Die Hände taten ihm weh. Die Zukunft war dunkel, und sein Licht schwand. Er brauchte ein wenig Zärtlichkeit.

«Sei sanft zu ihm», murmelte Abdullah abwesend zu Firdaus und dachte dabei mehr an sich selbst. «Vielleicht kann deine Liebe die Flammen löschen.»

Doch Shalimar der Narr zog sich in sich selbst zurück und sprach – von den Proben auf der Lichtung einmal abgesehen – tagelang kaum ein Wort. Jedem in der Schauspieltruppe fiel auf, dass sich sein Stil geändert hatte. Er war als Komiker körperlich so dynamisch wie eh und je, doch strahlte er neuerdings etwas Wildes aus, das den Zuschauern, statt sie zum Lachen zu bringen, leicht Angst einjagen konnte. Eines Tages schlug er vor, man solle die Szene im Anarkali-Stück, in der das Tanzmädchen von den Soldaten ergriffen wird, um sie in die Wand einzumauern, etwas stärker zuspitzen, indem man die Soldaten amerikanische Uniformen tragen und Anarkali mit dem flachen Strohhutkegel einer vietnamesischen Bäuerin auftreten lasse. Die amerikanische Unterwerfung von Anarkali alias Vietnam würde, so argumentierte er, vom Publikum gleich als eine Metapher für die erdrückende Anwesenheit der indischen Armee in Kaschmir verstanden werden, die sie selbst nicht darstellen durften. Eine Armee stünde für eine andere ein, und diese Darstellung könnte ihrem Stück eine zusätzliche Aktualität verleihen. Himal Sharga hatte Boonyis alte Rolle übernommen, und ihr gefiel die Idee nicht. «Ich weiß, ich bin keine große Tänzerin», sagte sie gereizt, «aber du brauchst meine prachtvolle dramatische Szene nicht in billigen Klamauk zu verwandeln, bloß weil du allen Grund hast, die Amerikaner zu hassen.» Shalimar stürzte sich so wütend auf sie, dass die versammelten Spieler einen Moment lang fürchteten, er würde sie zu Boden schlagen. Doch plötzlich schien ihm die Luft auszugehen, er wandte sich ab und hockte sich niedergeschlagen in eine Ecke. «Stimmt, blöde Idee», brummte er. «Vergesst es. Ich kann gerade nicht klar denken.» Himal war die Hübschere der beiden Töchter von Shivshankar Sharga, dem Bariton des Dorfes. Sie ging zu Shalimar dem Narren und legte ihm eine Hand auf die Schulter. «Versuche lieber einfach nur, geradeaus zu schauen», sagte sie. «Such nicht nach dem, was nicht hier ist, schau dir lieber an, was da ist.»

Nach der Probe warnte Gonwanti ihre Schwester Himal mit Worten, sauer vom bitteren Mandelgeschmack der Gehässigkeit, dass ihr Unterfangen vergebens sei. «Neben Boonyi verschwindest du völlig», sagte sie und blickte sie hämisch durch die dicken Gläser ihrer Brille an. «So wie ich verschwinde, wenn ich neben dir stehe. Und für ihn wirst du immer neben ihr stehen, ein bisschen kleiner, ein bisschen hässlicher, die Nase ein wenig zu lang, das Kinn etwas zu schwächlich, und eine Figur, die zu klein ist, wo sie groß, und zu groß, wo sie klein sein sollte.» Himal packte ihre Schwester am dunklen Zopf, oben, nahe am Haaransatz, und zog daran. «Hör auf, so eine eifersüchtige Hexe zu sein, Brillenschlange», sagte sie übertrieben freundlich, «hilf mir lieber, ihn einzufangen, wie es sich für eine gute *ben* gehört.»

Gonwati nahm den Tadel hin und gab ihre eigenen Hoffnungen in Familiendingen auf. Also begannen die Sharga-Schwestern zu planen, wie das gebrochene Herz Shalimars eingefangen werden könnte. Gonwati fragte ihn nach seinem Lieblingsessen. Er sagte, er habe schon immer etwas für ein gutes *gushtaba* übrig gehabt. Himal machte sich sofort eifrig an die Arbeit, klopfte das *gushtaba*-Fleisch weich, und als sie ihm das Resultat als Geschenk anbot, um ihn «ein wenig aufzuheitern», steckte er sich gleich ein Fleischbällchen in den Mund. Nach wenigen Sekunden verriet ihr seine Miene die schlechte Neuigkeit, und sie gestand, in ihrer Familie weit und breit als die schlechteste Köchin bekannt zu sein. Danach schlug Gonwati vor, Himal könne Boonyi bei dem von Shalimar ersonnenen Hochseilakt ersetzen, den er ohne Partnerin nicht vorzuführen vermochte. Shalimar der Narr war einverstanden, Himal das Gehen auf dem Hochseil beizubringen, doch bereits nach wenigen Stunden, als das Seil noch kaum einen halben Meter über dem Boden hing, gestand sie ihm, sie habe schon immer schrecklich unter Höhenangst gelitten, und sollte sie je durch die Luft gehen, würde selbst ihr Wunsch, ihm zu Gefallen zu sein, sie kaum daran hindern, in den Tod zu stürzen. Der dritte Versuch war direkter. Gonwati erzählte Shalimar dem Narren, dass ihre Schwester selbst vor kurzem Pech in der Liebe gehabt habe, dass ein Lump aus dem Dorf Shirmal, dessen Namen zu nennen unter ihrer Würde sei, mit ihrer Zuneigung gespielt und sie dann verschmäht habe. «Ihr beide könntet euch gegenseitig trösten», schlug sie vor. «Nur du weißt, wie sehr sie leidet, und nur sie kann das Ausmaß deines schrecklichen Kummers erahnen.» Shalimar der Narr ließ sich überreden und ging mit Himal in mondheller Nacht an den Ufern des Muskadoon spazieren. Doch unter dem doppelten Einfluss von Mondlicht und Shalimars Schönheit verlor Himal den Kopf und gestand, dass es den Schurken aus Shirmali nicht gebe, dass er, Shalimar der Narr, stets der Mann gewesen sei, den sie liebe, und dass es für sie in ganz Kaschmir außer ihm keinen anderen gebe. Nach dieser dritten Katastrophe hielt Shalimar der Narr Abstand zu den Sharga-Schwestern, die dennoch die Hoffnung nicht aufgaben.

Die Idee, Boonyi für tot zu erklären, entsprang Gonwati Shargas Gehirnwindungen. Das bebrillte Gesicht verlieh Gonwati eine Miene strebsamer Tugend, hinter der sich jedoch eine hinterhältige Schachspielernatur verbarg. «Er wird diese Frau nie vergessen, solange sie noch lebt», sagte ihre Schwester bekümmert nach dem katastrophal verlaufenen Mondscheinspaziergang. «Herrgott, manchmal wünschte ich, sie wäre tot.» Ohne gleich zu verstehen, was sie meinte, antwortete Gonwati: «Wart's ab, *ben*. Wünsche können wahr werden.» In den nächsten Tagen wurde ihr das weitere Vorgehen klar, und sie machte sich daran, anderen Leuten einzureden, sie seien selbst auf diese Idee gekommen. Bei einem Abendessen im Kreis der Familie hielt sie ihrer Schwester die eigenen Worte vor. «Wenn Boonyi tot und nicht bloß mit ihrem Amerikaner in Delhi wäre», sagte sie, «dann könnte der arme Shalimar vielleicht zu einem normalen Leben zurückfinden.» Shivshankar Sharga, ihr Vater, schnaubte, hieb mit der Faust auf den Tisch und stieß mit tiefem Bariton hervor: «Mit ihrem Amerikaner in Delhi ist sie für mich so gut wie tot.» Gonwati richtete ihre großen, kurzsichtigen Augen auf Shivshan-

kar. «Du bist im *panchayat*», sagte sie. «Kannst du das nicht amtlich machen?»

Vor der nächsten *panchayat*-Sitzung horchte Shivshankar beim
Tanzlehrer Habib Joo nach und brachte die Frage auf, ob man
Boonyi nicht für tot erklären solle. «In meinen Augen ist sie längst
tot», antwortete Habib Joo und bekannte, Schuldgefühle wegen
ihrer Missetat zu hegen. «Mit dem, was ich ihr beigebracht habe,
hat sie uns alle betrogen.» Das waren zwei von fünf. Gemeinsam
gingen sie zum Hünen Misri. «Ich weiß nicht», sagte der Zimmermann zweifelnd. «Zoon hat sie schließlich sehr gern gehabt.»
Shivshankar Sharga ertappte sich dabei, wie er sich vehement
dafür einsetzte. «Findest du nicht, wir sollten es den Männern
schwer machen, mit unseren Mädchen davonzulaufen?», fragte
er. «Gerade bei dem, was in deiner Familie vorgefallen ist, hätte
ich gedacht, dass du der Erste sein würdest, der unserem Plan
zustimmt.» Das waren drei von fünf, blieben nur noch die beiden
Väter, Pyarelal und Abdullah. «Der *sarpanch* ist so weichherzig,
der wird eine harte Nuss», sagte Gonwati, als ihr Vater einige
Abende später von seinen Fortschritten berichtete. «Aber glaub
mir, Boonyis eigener Vater stimmt zu.»

Der Grund für Gonwatis Zuversicht war das vertrauliche Ver-
hältnis, das sie seit kurzem zu Pandit Pyarelal Kaul pflegte. Noch
viele Monate nach der Flucht seiner Tochter in den Süden war der
Pandit in Gedanken verloren. Seine Unaufmerksamkeit bei den
Verrichtungen als erster *waza* von Pachigam war so auffällig, dass
die Junior-*wazas* ihn schließlich behutsam baten, an *wazwaan*-
Tagen doch daheim zu bleiben, bis er sich besser fühle. Pyarelal
neigte zustimmend den Kopf und ließ die Welt der Töpfe und
Bankette hinter sich. Sein Leben lang hatte er das Essen geliebt,
doch jetzt fand er es unwichtig. Allein daheim bereitete er sich so
wenig wie möglich zu, aß mechanisch, was zum Leben nötig war,
und fand keinen Gefallen daran. Elf Stunden meditierte er jeden
Tag. Die äußere Welt war zu schmerzhaft geworden, um sie er-

tragen zu können. Das Verschwinden seiner Tochter traf ihn, als stürbe seine Frau zum zweiten Mal. Nicht einmal die Schönheit Kaschmirs konnte die Qual eines Verlustes lindern, der für ihn nicht bloß körperlich spürbar, sondern auch moralischer Natur war. Boonyis Abwesenheit schien ihm schlimm genug, doch ihre Unmoral war schlimmer. Sie machte sie zur Fremden. Er spürte, wie er in sich zusammenbrach, als wäre er ein altes Gemäuer, dessen Fundamente verrotteten. Er spürte die Flut an sich nagen und wusste, er drohte zu ertrinken. Wenn er meditierte, schwand die Welt der Gefühle, und er langte Hilfe suchend nach dem Licht der Philosophie. Irgendwann im Laufe seiner Meditationen dachte er an Kabir.

Man sagte über Kabir, er sei, etwa um 1440, das Kind einer jungfräulichen Geburt gewesen, doch solcher Unsinn interessierte Pyarelal nicht. Man wusste, Kabir wurde von muslimischen Teppichwebern aufgezogen, und das erste Wort, das er schreiben konnte, war *Rama*. Auch das fand Pyarelal Kaul relativ uninteressant. Interessant dagegen war Kabirs Konzept zweier Seelen, der persönlichen Seele, der Lebens-Seele, *jivatma* genannt, und der göttlichen Über-Seele *paramatma*. Erlösung ließ sich erlangen, wenn man diese beiden Seelen in einem Zustand der Harmonie vereinte. Das Persönliche aufzugeben und sich ganz dem Göttlichen hinzugeben, das war interessant. Und wenn dies dem Tod im Leben glich, so nur in einer äußerlichen Wahrnehmung. Die innere Wahrnehmung eines solchen Zustandes aber glich der reinen, ekstatischen Freude.

Eines Tages wachte Pyarelal aus seinen Meditationen auf, sah eine junge Frau auf einem Fels am Muskadoon sitzen und glaubte einen verwirrten Moment lang, Boonyi sei zurückgekehrt. Als er begriff, dass Gonwati Sharga neben ihm saß, die Tochter des Sängers, kämpfte er seine Enttäuschung nieder und leistete ihr ein wenig Gesellschaft. «Panditji», sagte sie nach einer Weile, «oft habe ich Boonyi und Shalimar den Narren hier sitzen sehen, und, verzeiht mir, Panditji, ich war ein wenig eifersüchtig. Ich wollte ebenfalls Eure klugen Worte hören, wollte auch an Eurem Wissen teilhaben. Doch ich war nicht Eure Tochter und musste mich mit meinem Schicksal abfinden.» Pandit Pyarelal Kaul war tief gerührt. Hätte er das doch nur geahnt! Gelegentlich nämlich hatte er den Eindruck gehabt, seine Tochter tue ihm bloß einen Gefallen, wenn sie sich mit ihrem Beau zu ihm setzte, um seinem weitschweifigen Gerede zuzuhören. Aber dieses Mädchen wollte wirklich etwas lernen! Gonwatis Geständnis ließ zum ersten Mal seit Monaten ein Lächeln über sein Gesicht huschen. Sooft das Mädchen konnte, saß es in den folgenden Wochen zu seinen Füßen und war in seiner Aufmerksamkeit so ernst und mitfühlend, dass Pyarelal sich auch um einige seiner persönlichsten Gedanken erleichterte. Schließlich erhob sich Gonwati von ihrem Fels am Fluss, nahm seine Hand und entbot ihm eine Version jenes Rates, den ihre Schwester Shalimar dem Narren gegeben hatte.

«Macht euch wegen einer Toten kein schlechtes Gewissen», sagte sie, «dankt Gott lieber für das, was lebt.»

Abdullah Noman konnte sich nicht gegen den *mritak*-Plan behaupten, wenn Boonyis eigener Vater sich dafür aussprach. «Bist du sicher?», fragte er Pyarelal bei der nächsten Sitzung des *panchayat*. Sie tranken rosigen Salztee im Hause Noman im oberen Sitzungssaal. Pyarelals Tasse tanzte klirrend auf dem Unterteller, als er die Todesstrafe verkündete. «Elf Stunden am Tag», erzählte der Pandit seinem alten Freund, «habe ich darüber nachgedacht, was es heißt, in der Welt zu leben und zugleich nicht in ihr zu sein. Vieles ist mir hinsichtlich dieses Rätsels klar geworden. Bhoomi, mein Kind, hat den Pfad des Todes im Leben gewählt. Und da sie sich so entschied, darf ich sie nicht zurückhalten. Also habe ich beschlossen, sie ziehen zu lassen. Außerdem», fügte er noch hinzu, «wäre da noch die Frage, wie sich dein aufgebrachter Sohn im Zaum halten lässt.»

«Sie haben dich umgebracht», bekam Boonyi im Schneesturm

von Zoon Misri zu hören. «Sie haben dich umgebracht, weil sie dich liebten und du fortgegangen warst.»

Gleich außerhalb von Pachigam gab es einen einsamen Abschnitt des Muskadoon, an dem Blätterwerk den Fluss vor neugierigen Augen verbarg. In den Sommern ihrer Kindheit liefen die vier unzertrennlichen Mädchen, die Sharga-Schwestern, Zoon Misri und Boonyi Kaul von der Schule gleich hierher, rissen sich die Kleider vom Leib und sprangen in die Fluten. Der Biss des Wassers war aufregend, erregend sogar. Sie schrien und lachten, wenn die kalten Hände des Flussgottes über ihre Haut streichelten. Dann rollten sie sich im Ufergras trocken, rubbelten sich mit ihren Händen die Haare und kehrten erst heim, wenn jede Spur ihrer Missetat beseitigt war. An Winterabenden aber drängten sich die vier engen Freundinnen zusammen mit den übrigen Dorfkindern Wärme suchend in den *panchayat*-Saal über Nomans Küche, und die Erwachsenen erzählten Geschichten. Abdullah Nomans Gedächtnis war eine wahre Bibliothek von phantastischen, unerschöpflichen Erzählungen, und kaum hatte er eine zu Ende erzählt, wurde aus dem Kreis der Kinder unweigerlich noch eine verlangt. Die Dorffrauen aber gaben abwechselnd Familienanekdoten zum Besten, von denen jede Familie in Pachigam einen gewissen Vorrat besaß. Da alle Geschichten über alle Familien allen Kindern erzählt wurden, war es jedoch, als ob jeder zu jedem gehörte. Das war der magische Kreis, der auf immer durchbrochen wurde, als Boonyi nach Delhi floh, um die Hure des amerikanischen Botschafters zu werden.

An dem Tag, an dem sie nach Pachigam zurückkehrte, fett, von Süchten verkrüppelt, mit Schnee bedeckt, wurde sie im Blizzard von ihren Freundinnen Himal und Gonwati umkreist. Den Gefühlen, die die beiden dabei empfanden, haftete keine Spur mehr von ihrer Kindheitsliebe an. Falls Gonwati Sharga Bedenken wegen der kaltherzigen Machenschaften hegte, die zu Boonyis Tod geführt hatten, verbarg sie die Gewissensbisse unter ihrer Wut.

«Wie kann sie es wagen, hierher zurückzukommen», zischte sie ihrer Schwester zu, «nach all dem Leid, dass sie uns angetan hat?» Doch Himal frohlockte über die Veränderungen in Boonyis Aussehen, deren Vorteile bei weitem jenen Ärger überwogen, den die Rückkehr einer Toten ins Leben bedeutete. «Schau sie dir an», wisperte sie Gonwati zu, «wie könnte er sie jetzt noch lieben?»

Die schreckliche Wahrheit jedoch lautete, dass Himal Shargas Unvermögen, Shalimar den Narren zu verführen, nicht das Geringste mit dessen beständigem Gefühl der Liebe für sein untreues Weib zu tun hatte. In Wahrheit nämlich war die Liebe von Shalimar dem Narren in jenem Augenblick verflogen, als er von Boonyis Untreue erfuhr. Sie versiegte, als hätte man einen Stecker aus einem Gerät gezogen, und der ungeheure Krater, den die Vernichtung ihrer Liebe hinterließ, wurde auf der Stelle von einem Meer gallegrüner Rachsucht gefüllt. Die Wahrheit nämlich lautete, dass er, obwohl er von seinen Brüdern aus Lower Munda abgeholt wurde, im Bus einen Eid geschworen hatte. Er wollte Boonyi töten, sollte sie je nach Pachigam zurückkehren, wollte ihr den verlogenen Kopf abschneiden und – sollte sie von dem sexbesessenen Amerikaner Kinder haben – keine Gnade zeigen und auch diese einen Kopf kürzer machen. Der eigentliche Grund, warum Pyarelal Kaul den Plan unterstützte, seine Tochter offiziell für tot erklären zu lassen, und warum Abdullah Noman sich damit einverstanden erklärte, war der, dass die bürokratische Ermordung Boonyis die einzige Möglichkeit erschien, Shalimar den Narren davon abzuhalten, ein schreckliches Verbrechen zu begehen. Die beiden Väter gaben sich größte Mühe, den gehörnten Gatten davon zu überzeugen, dass keine Notwendigkeit bestand, ans Köpfen zu denken, wenn die betreffende Person bereits tot war. Shalimar war anfangs skeptisch gegenüber dem *mritak*-Plan. «Wenn wir alle in eine Lüge einwilligen», argumentierte er, «sind wir doch kein bisschen besser als sie.» Ohne zu schlafen, redeten Abdullah und Pyarelal drei Tage und zwei Nächte auf ihn ein, und als alle drei vor Erschöpfung fast zusammenbrachen, gelang es den beiden Vätern, Shalimar den Narren zu einem Kompromiss zu überreden, der ihn schwören ließ, dass sein eigener Kummer mit diesem Plan abgegolten sei, doch wusste er in seinem Innersten, es würde der Tag kommen, an dem seine beiden Schwüre miteinander in Konflikt gerieten, die beiden Schattenplaneten, der drachenköpfige Rahu-Schwur, der ihn verpflichtete, sie umzubringen, und der drachenschwänzige Ketu-Schwur, der ihn verpflichtete, sie leben zu lassen, soweit Tote eben weiterleben können und dies gelegentlich auch tun, und er vermochte nicht vorherzusagen, welches der beiden Versprechen er brechen würde.

Um sich, aber auch Boonyi, eine Falle zu stellen, schrieb er ihr die Briefe, ebenjene Briefe, die sie so verärgerten und ihn ob seiner Schwäche verachten ließen, Briefe, deren Zweck es war, ihr einzureden, dass er bereit sei, zu vergeben und zu vergessen, deren eigentlicher Zweck jedoch darin bestand, die Dinge auf die Spitze zu treiben, sie zu ihm zurückzubringen und ihn zu zwingen, sich zwischen seinen Schwüren zu entscheiden, auf dass er herausfände, was für ein Mann er war. Und dann stand sie da an der Bushaltestelle in einem Blizzard, von Fettgewebe umhüllt, von Schnee bedeckt, und ohne nachzudenken, rannte er mit dem Messer in der Hand auf sie zu, die beiden Väter aber stellten sich ihm in den Weg, packten ihn am Drachenschwanz und erinnerten ihn an seinen Schwur. Sie umkreisten Boonyi im dicht fallenden Schnee, und Pyarelal Kaul sagte Shalimar dem Narren: «Wenn du dein Wort brechen willst, musst du auf dem Weg zu ihr erst mich umbringen», und Abdullah Noman bestätigte: «Mich wirst du auch erst töten müssen.» In diesem Augenblick löste Noman Sher Noman das Rätsel der beiden Schwüre. «Erstens», sagte er, «ist der Schwur, den ich euch beiden gab, ein persönliches Versprechen, und deshalb will ich es halten, solange auch nur einer von euch beiden lebt. Doch der Schwur, den ich mir selbst ablegte, war ebenfalls ein persönliches Versprechen, und wenn ihr beide tot seid, könnt ihr mich nicht länger zurückhalten. Zweitens aber», schloss er und wandte sich ab, ohne sich nach seiner toten Frau auch nur einmal noch umzudrehen, «haltet mir die Hure fern.» Und der Schnee fiel, still fiel er in dichten Flocken auf alle Lebenden und Toten.

Der Frühling war eine Illusion der Erneuerung. Blumen blühten, Kälbchen und Zicklein wurden geboren, und in den Vogelnestern brachen die Eier auf, doch die Unschuld der Vergangenheit kehrte nicht zurück. Boonyi Kaul Noman sollte nie wieder in Pachigam wohnen. Den Rest ihres Lebens verbrachte sie auf dem mit Kiefern bestandenen Hügel in jener Hütte, in der eine Wahrsagerin einst entschieden hatte, dass die Zukunft zu schrecklich sei, um über sie nachzudenken, weshalb sie mit überkreuzten Beinen den Tod erwartet hatte. Allmählich kam Boonyi mit praktischen Dingen besser zurecht, doch verwirrte sich dafür zusehends ihr Verständnis von Realität, als wehrte sich etwas in ihr gegen die Einsicht, dass die Welt, in der sie nun so selbstgenügsam wurde, sich nie wieder in jene zurückverwandelte, in der sie die Liebe ihres Mannes um sich schlingen und ihn mit ihrer umschlingen konnte. Ständige Begleiterin war nun ihre Phantommutter, und da Pamposhs Geist nicht alterte, glichen die beiden toten Frauen einander immer mehr wie Schwestern. Als Pyarelal Kaul seine Tochter aufsuchte, um ihr von einem Besuch im Dorf abzuraten, da es ihm und Abdullah nur gelang, Shalimar den Narren im Zaum zu halten, solange sie außer Sichtweite blieb, weshalb sie für ihre Sicherheit nicht garantieren könnten, wenn sie nach Pachigam käme, erwiderte Boonyi mit der Fröhlichkeit einer Irren: «Mir geht es hier gut mit Pamposh. Niemand kann Hand an mich legen, solange sie an meiner Seite ist. Du solltest auch bei uns bleiben. Wie es aussieht, sind wir Damen im Dorf nicht willkommen, aber zu dritt könnten wir hier oben eine herrliche Zeit verbringen.»

Angesichts der Geistesgestörtheit seiner geliebten Tochter schlug Pandit Pyarelal Kauls ureigene Dunkelheit über ihm zusammen. Jeden Tag stieg er den Berg hinauf, um sie zu versorgen und ihrem Geschwätz zuzuhören, doch brachte er es nicht fertig, ihr von der Ernüchterung zu erzählen, die seinen Optimismus befallen hatte und fast zu Tode würgte. Einst war die Liebe von Boonyi und Shalimar dem Narren von ganz Pachigam – zu Recht – verteidigt worden als ein Triumph des Menschlichen über das Unmenschliche, doch das schreckliche Ende dieser Liebe weckte in Pyarelal zum ersten Mal in seinem Leben Zweifel an seiner Überzeugung, dass Menschen im Grunde gut waren, dass ihr ideales Ich sich offenbarte, für alle sichtbar im Lichte erstrahlte, wenn man ihnen nur half, die Unvollkommenheiten abzustreifen. Er hegte sogar Bedenken gegen die im *Kaschmiriyat* verkörperten Prinzipien der Einheit aller Volksgruppen und begann sich zu fragen, ob das Prinzip Zwietracht nicht mächtiger sei als jenes der Harmonie. Gewalt zwischen Volksgruppen war stets ein persönliches Verbrechen. Wenn sich derlei Bahn brach, wurde niemand von Fremden umgebracht. Es waren die Nachbarn, mit denen man Höhen und Tiefen des Lebens geteilt hatte, jene Leute, mit deren Kindern die eigenen Kinder gestern noch spielen durften. Sie waren die Menschen, in denen plötzlich das Feuer des Hasses aufflammte, die mitten in der Nacht mit brennenden Fackeln in der Hand an die Haustür hämmerten.

Vielleicht war *Kaschmiriyat* eine Illusion. Vielleicht waren all jene Kinder eine Illusion, die im Winter im Saal des *panchayat* den Geschichten der eigenen wie denen der anderen Haushalte lauschten, jene Kinder, die zu einer einzigen Familie zusammenwuchsen. Vielleicht sollte man die tolerante Regierungszeit des guten Königs Zain-ul-abidin – was manche Pandits bereits taten – für eine Zeit der Verirrung und nicht für ein Sinnbild der

Einheit halten. Vielleicht waren Tyrannei, Zwangsbekehrungen, Tempelzerstörung, Bilderstürmerei, Verfolgung und Genozid die Norm, und die friedliche Koexistenz entsprach einer Illusion. Neuerdings erhielt er fanatische Flugblätter mit derlei Inhalt von diversen Pandit-Organisationen. *Keiner unterdrückte die Hindus so sehr wie Sikander, der Bilderstürmer.* Die Verbrechen des vierzehnten Jahrhunderts mussten im zwanzigsten gerächt werden. *Saifuddin sprengte alle Grenzen der Grausamkeit.* Saiffun, der Premierminister, stammte von Sikanders Sohn Alishah ab. *Aus Angst vor einer zwangsweisen Bekehrung sprangen Brahmanen ins Feuer, viele nahmen den Strick, manche griffen zum Gift, andere ertränkten sich. Unzählige Brahmanen stürzten sich in den Bergen zu Tode. Das Land war voller Hass. Die Anhänger des Königs hinderten keinen einzigen Menschen am Selbstmord.* Und immer so weiter, bis zum heutigen Tag. War der Friede sein Opium, sein Pfeifentraum, dann war er auf seine Weise ebenso süchtig wie seine arme Tochter, und auch er würde sich einer schmerzhaften Therapie unterziehen müssen.

Er drängte diese Vorahnungen in den Hintergrund und umsorgte seine Tochter. Die Entzugserscheinungen verstärkten ihr Delirium, und lange Zeit litt sie unter Schüttelfrost und schwitzte Eis, ihr Mund war voller Nadeln, der Hunger glich wilden Bestien, die sie fressen würden, wenn sie nicht bekamen, was sie eigentlich wollten. Allmählich überwand sie die Krise, bis sie von den Chemikalien schließlich nicht mehr abhängig war, und auch die Nikotinsucht wurde überwunden. In den halluzinatorischen Phasen ihrer Hilflosigkeit aber wusste sie, dass die Wächter in den Bäumen sich um sie kümmerten. Nach und nach tauchten sie aus den Schatten auf, und in der Erschöpfung stellte sie sich vor, ihre Mutter Pamposh führte sie herbei, ihre mutige, unabhängige Mutter, die niemanden dafür verurteilte, dass er seinem sexuellen Verlangen nachgab. Pamposhs Geist war für sie mindestens so real wie die Leute, die sie besuchten, und obwohl sie unter den Engeln allen voran ihren Vater erkannte, aber auch Firdaus Noman, Zoon und den Hünen Misri, freute sie die Überzeugung, dass eigentlich ihre geliebte Mutter hier die Regie führte.

Pyarelal gab sich die Schuld an ihrer Fettleibigkeit. «Das arme Mädchen hat meine Statur und nicht die ihrer schlanken Mutter geerbt», geißelte er sich insgeheim. «Selbst als Kind war sie ein eher dralles Persönchen. Kein Wunder, dass Shalimar der Narr sich in die kleine Boonyi verguckt hat. Das Essen war meine Schwäche, und auch die habe ich ihr vererbt.» Doch durch ein neues, asketisches Regime veränderte sich sein Körper, so wie sich auch der Körper seiner Tochter veränderte. Langsam kehrte ihre Schönheit zurück, und ihr körperlicher Zustand besserte sich. Aus Monaten wurden Jahre, das Fett verschwand – niemand in ihrer Nähe sorgte dafür, dass sie sieben Mahlzeiten am Tag bekam! –, und bald sah sie fast wie früher aus. Einige Makel blieben. Sie litt unter Rückenschmerzen. Dunkelblaue Venen traten an ihren Beinen vor, und an manchen Stellen hing die Haut viel zu lose herab. Die Tabakverfärbungen ihrer Zähne sollten nie wieder ganz verschwinden, obwohl sie eifrig die *neem*-Stäbchen benutzte, die sie von ihrem Vater bekam. Gelegentliche Anfälle von Arrhythmie verrieten ihr, dass auch das Herz gelitten hatte. Nicht so wichtig, sagte sie sich. Alt zu werden war wohl kaum ihr Los. Vielmehr sollte sie als Halbgespenst unter Gespenstern leben, bis sie lernte, die Grenze zu überschreiten. Einmal sagte sie laut, was sie dachte, und ihr Vater brach in Tränen aus.

Ihre Selbstgenügsamkeit war hart erkämpft. Die Esssucht war ebenso schwer zu überwinden wie die chemischen Abhängigkeiten, aber irgendwann fiel sie schließlich nicht mehr heißhungrig über alle Lebensmittel her. Ihr Vater und andere freundliche Dorfbewohner versorgten sie lange mit dem Nötigen, doch lernte sie allmählich, sich um sich selbst zu kümmern. Sie baute ihr eigenes Gemüse an. Eines Tages fand sie ein Paar Zicklein an einem Pfosten vor der Hütte festgebunden. Sie lernte, die Tiere aufzuziehen, und legte sich mit der Zeit eine eigene Herde zu. Schließlich konnte sie sogar Ziegenmilch und andere Produkte verkaufen. Jeden Tag trug ihr Vater eine metallene Milchkanne zum Laden hinab, und im Sommer auch Tomaten. Es kam ihr fast wie eine Rehabilitierung vor, als die Leute sich mit dem Gedanken abfanden, einer Toten für ihre Erzeugnisse echtes Geld zu zahlen. Die Tage waren mit Arbeit gefüllt, und solange sie sich körperlich betätigte, hielt sich der Wahn in Grenzen. Sie wurde kräftiger. An Armen, Beinen und Po zeigten sich Muskeln. Die Schultern wurden fester, der Bauch wurde flach. Die Boonyi dieser dritten Lebensphase war auf neue Weise schön, auf die mitgenommene, unvollkommene, lebenserfahrene Weise einer erwachsenen Frau. Nichts aber war so mitgenommen wie ihre Vernunft, und nachts litt sie noch unter diesen Verletzungen. Nachts, wenn das Tagwerk getan war, wenn der Verstand Zeit hatte, den Körper abzulösen, dann jagten ihr die Gedanken wie verrückt durch den Kopf. An manchen Sommernächten wusste sie ganz gewiss, dass Shalimar der Narr durch den Wald um die Hütte schlich. In jenen Nächten ging sie absichtlich nach draußen, zog sich aus und forderte ihn heraus, sie zu lieben oder sie zu töten. Sie konnte das, weil alle Welt sie sowieso für verrückt hielt. Ihre Mutter kam mit nach draußen, und zusammen tanzten sie wie Wölfe nackt unter dem Mond. Sollte doch irgendein Mann versuchen, sich ihr zu nähern! Sollte er es nur wagen! Mit ihren Fängen würden sie ihn zerfleischen!

Sie hatte Recht. Shalimar der Narr stieg manchmal den Berg hinauf, ein Messer in der Hand, verbarg sich hinter einem Baum und schaute zu. Es tröstete ihn, dass sie dort war, dass er sie, sobald er von seinem Schwur erlöst war, töten konnte, dass sie so wehrlos war, wie er wehrlos gewesen war, als sie ihn vernichtet hatte, dass sie wehrlos und verwundbar war wie einst sein Herz, dass sie wehrlos, verwundbar und zerbrechlich war so wie er damals, als er sein Vertrauen verlor. Tanz, meine Frau, befahl er ihr stumm. Eines Tages fordere ich dich noch einmal zum Tanz auf, ein letztes Mal.

✳︎ ✳︎ ✳︎

IRGENDWANN ENTSCHIED Shalimar der Narr, er müsse den amerikanischen Botschafter umbringen, damals, nicht lang nach dem Ende des Bangladesh-Krieges, etwa zu jener Zeit, als die *bhands* aus Pachigam nach Norden zogen, um nahe der Waffenstillstandslinie aufzutreten, die gerade zur Line of Control, zur Sicherheitslinie, geworden war, damals also, als Indien und Pakistan das Abkommen von Simla unterzeichneten, in dem sie erklärten, dass man eines kommenden Tages gemeinsam den Status von Kaschmir festlegen wolle, als das indische Militär das Tal immer stärker in den Würgegriff nahm – denn das Morgen ist etwas für Träumer und Politiker, über das Heute aber bestimmt die Armee –, als die Soldaten den Umgang mit der Bevölkerung verschärften, jedenfalls mit einem Großteil davon, und als Bombur Yambarzals Frau den ersten Fernsehapparat der Gegend kaufte und ihn in einem Zelt mitten in Shirmal aufstellte. Seit zu Beginn der sechziger Jahre Programme ausgestrahlt wurden, war der *panchayat* von Pachigam stets der Auffassung gewesen, dieses neue Medium zerstöre die traditionelle Lebensweise, da es den Schauspielen Publikum entziehe, weshalb dieses einäugige Monster aus ihrem Dorf verbannt gehöre. Der *waza* von Shirmal jedoch wurde vom unternehmerischen Geist seiner Braut angesteckt, der rothaarigen Witwe Hasina «Harud» Karim, einer Frau mit dem starken Verlangen nach gesellschaftlichem Aufstieg und zwei geheimniskrämerischen Söhnen, Hashim und Hatim, die in Srinagar das Handwerk des Elektrikers erlernt hatten und denen daran lag, das Dorf zu modernisieren. «Lass alle einige Monate lang umsonst zusehen», drängte Hasina Karim ihren frisch gebackenen Gatten, «dann kannst du Eintritt verlangen, und kein Mensch regt sich über die Kosten auf.»

Um den Kauf des Schwarzweißgerätes finanzieren zu können, hatte Hasina etwas Hochzeitsschmuck aus erster Ehe verkauft. Ihre Söhne, die wie sie eher praktisch veranlagt waren, erhoben keinerlei Einwände. «Man kann sich keine Vorabendserien auf einem Halsband ansehen», warf Hashim, der ältere Sohn, zu Recht ein. Die beiden Brüder standen Bombur Yambarzal zwar nicht sonderlich nahe, hatten aber auch nichts gegen den neuen Mann ihrer Mutter einzuwenden. «Wenn wir wissen, dass du nicht mehr einsam bist, gibt uns das genügend Freiraum, unserer eigenen Wege zu gehen, über die du gar nicht allzu viel wissen möchtest», erklärte Hatim, der jüngere Sohn. Er war ein großer, junger Kerl, doch seine Mutter langte mit der Hand zu ihm hinauf und wuschelte ihm durch das Haar, als wäre er ein Kleinkind. «Ich habe meine Jungs zu gesundem Sachverstand angehalten», sagte sie stolz zu Bombur Yambarzal. «Und siehst du nun, wie gut sie die Unwägbarkeiten des Lebens kalkulieren?»

Sobald Yambarzals TV-Soireen in Shirmal begannen, änderte sich das Leben sogar im Dorf Pachigam, da dessen Bewohner durchaus bereit waren, die lange Geschichte der Konflikte mit den Nachbarn zu vergessen, um sich Comedyshows, Musik- und Liederabende sowie exotisch choreographierte Trailer von Bombay-Filmen anzuschauen. In Pachigam wie in Shirmal wurde es möglich, auf offener Straße und in voller Lautstärke über jedes nur erdenkliche verbotene Thema zu diskutieren, ohne Kritik fürchten zu müssen; man konnte zu Gotteslästerung, Volksverhetzung oder Revolution aufrufen, Mord, Brandstiftung oder Vergewaltigung bekennen, und niemand kümmerte es, da die Straßen verlassen waren – fast alle Einwohner beider Dörfer drängten sich in das aus den Nähten platzende Zelt von Bombur, dem *waza*, um sich an «Harud», Yambarzals schimmerndem, geschwätzigem Bildschirm, dumme Idiotensendungen anzuschauen. Abdullah Noman und Pyarelal Kaul gehörten zu den wenigen, die sich weigerten, ins Zelt zu gehen, Abdullah aus Prinzip und Pyarelal wegen der bitteren, immer stärker werdenden Depression, die sich über seine Person hinaus auf seine unmittelbare Umgebung verbreitete und wie ein übler Geruch in der reglosen Luft seines leeren Hauses hing. Wenn er an manchen Tagen am Flussufer spazieren ging, welkten die Blumen. An anderen Vormittagen wurde die Milch sauer.

Firdaus brannte darauf, sich das neue Wunder anzusehen, doch hatte sie sich seit Boonyis Rückkehr größte Mühe gegeben, ihr Benehmen zu ändern und jeden Streit mit Abdullah zu vermeiden, selbst wenn sie sich noch so sehr provoziert fühlte. War die Arbeit getan, blieb sie daher mürrisch, doch ohne zu klagen, daheim. Nach einigen Tagen konnte Abdullah den allabendlichen Druck ihrer stummen Verzweiflung jedoch nicht länger ertragen. «Verdammt, Frau», begehrte er auf und sog an seiner Pfeife, bis das Wasser gewaltig brodelte, «wenn du unbedingt anderthalb Meilen laufen willst, um deine Seele dem Teufel zu verkaufen, dann werde ich dich nicht aufhalten.» Firdaus sprang auf und warf sich den Mantel über. «Eigentlich», wies sie Abdullah mit majestätischer Selbstbeherrschung zurecht, «willst du sagen: ‹Mein liebes Weib, nach deinem harten Tagewerk hast du es verdient, dir ein wenig Spaß zu gönnen, auch wenn ich alter Brummbär längst vergessen habe, was man unter Spaß versteht.›» Abdullah musterte sie mit hartem Blick. «Genau», gab er ihr in neuem, kaltem Ton Recht und wandte das Gesicht ab.

Auf dem ganzen Weg nach Shirmal dachte Firdaus über diese neue Stimme und ihren schockierend kalten Tonfall nach. Wegen seines sanften Wesens hatte sie diesem Mann ihr Leben hingegeben, aber auch, weil er sich für jedermanns Wohlergehen einsetzte. Es hatte ihr nichts ausgemacht – zumindest hatte sie sich das eingeredet –, dass er sie nie verwöhnte, nie an ihren Geburtstag dachte, ihr nie einen Strauß selbst gepflückter Blumen überreichte. Sie hatte sich auch mit der Einsamkeit im Ehebett abgefunden, damit, ein Leben lang an der Seite eines Mannes zu schlafen, dessen längste und heißblütigste sexuelle Leistung kaum zwei Minuten gedauert hatte. Sie bewunderte die Fürsorge, die er für die Kinder ebenso aufbrachte wie für die Dorfgemeinschaft, deren Hirte er war, und hatte den entsprechenden Mangel an Interesse für die Wünsche und Bedürfnisse seiner Frau ignoriert oder doch zumindest zu verstehen versucht. Seit aber die Klauenkrankheit seine Hände verkrüppelte, schwand die Sorge um andere Menschen, und das Selbstmitleid wuchs. Gewiss, er hatte Shalimar den Narren daran gehindert, ein schändliches Verbrechen zu begehen, doch vielleicht war das nur die letzte Zuckung der sterbenden Persönlichkeit des alten Abdullah gewesen, jenes Abdullah, dessen größte Gaben Toleranz, moralische Rechtschaffenheit und große persönliche Herzlichkeit waren und dessen Stelle immer häufiger der neue, verkrüppelte Abdullah einnahm. In einem kalten Land sollte keine Frau mit einem kalten Mann zusammenleben müssen, sagte sich Firdaus, als sie in Shirmal eintraf, und ihre Verwunderung darüber, dass sie, wenn auch nur kurz, erwogen hatte, ihren Mann zu verlassen, war so groß, dass sie anfangs keine Aufmerksamkeit für das Wunder Fernsehen aufbrachte, um dessentwillen sie doch so weit gelaufen war, bis schließlich dann die Nachrichten kamen.

Bei den Nachrichten, die aufgrund der lähmenden und oft irreführenden Wirkung der strengen Staatszensur zur uninteressantesten Sendung des Abends wurden, leerte sich meist das Zelt. Man ging nach draußen, um *beedis* zu rauchen, zu scherzen und zu schwatzen. Und obwohl Männer und Frauen im Yambarzal-Auditorium als gleichwertige Mitglieder des großen landesweiten Fernsehpublikums einträchtig nebeneinander saßen, trennten sie sich, sobald sie nach draußen gingen, um in separaten Gruppen beisammenzustehen. Firdaus Noman schloss sich keiner dieser Gruppen an; sie war ein Neuling und blieb an ihrem Platz. Eine Fokker Friendship der Indian Airlines, nach dem großen Fluss *Ganga* benannt, war von Pak-unterstützten Terroristen entführt worden; zwei Vettern namens Qureshi hatten sich damit über die Grenze nach Pakistan davongemacht. Die Vettern ließen alle Passagiere gehen, sprengten das Flugzeug und ergaben sich den pakistanischen Behörden, die sie zum Schein einsperrten, sich aber weigerten, Indiens Bitte um Auslieferung nachzukommen. Es stand außer Frage, dass Maqbool Butt, der von Pakistan mit Wissen und Unterstützung der pakistanischen Führung agierende Erzterrorist, hinter dieser Tat stand. Zulfikar Ali Bhutto hatte die Terroristen in Lahore aufgesucht, sie Freiheitskämpfer genannt und erklärt, ihre «Heldentat» sei ein Zeichen dafür, dass keine Macht der Erde den Sieg der Kaschmiri aufhalten könne. Anschließend versprach er, seine Partei werde sich mit der Kaschmiri National Liberation Front in Verbindung setzen, um ihr sowie auch den Entführern Zusammenarbeit und Unterstützung anzubieten. Damit wurde vor aller Welt bewiesen, dass sich die pakistanische Regierung mit Terroristen einließ. Nach einer Art Showprozess, hieß es weiter im Bericht, würde man die Schurken zweifellos als Helden entlassen. Doch die Entschlossenheit der indischen Regierung geriet nicht ins Wanken. Der Staat Jammu und Kaschmir war integraler Bestandteil und so weiter und so weiter. Als das Publikum am Ende der Nachrichten zurück ins Zelt strömte, stand Firdaus auf und erzählte von der Entführung, woraufhin etwas Merkwürdiges geschah. Angehörige der Minderheit verurteilten einmütig die verräterischen Vettern Qureshi und das Bestreben ihres Anführers Maqbool Butt, die Lage in Kaschmir zu destabilisieren, während Angehörige der Mehrheit die Entführung laut bejubelten und die ärgerlichen Proteste der Hindus übertönten. Von einer Teilung in Shirmali und Pachigami war nichts zu merken, kein Unterschied ließ sich zwischen den

Meinungen der Männer und Frauen erkennen, es gab nur diese eine tiefe Kluft. Die muslimische Mehrheit beäugte die hinduistischen Pandits mit einem plötzlichen Misstrauen, das auf unangenehme Weise offener Feindseligkeit glich. Dabei hatten sie noch wenige Minuten zuvor rauchend und tratschend gemeinsam vor dem Zelt gestanden. Plötzlich herrschte eine bedrückende Stimmung in der erregten Menge. Wortlos, als hätte es so etwas wie ein Votum gegeben, erhob sich jedes Mitglied der Pandit-Gemeinschaft und verließ das Zelt. Firdaus musste an Nazarébaddoors letzte Prophezeiung denken – «Was jetzt beginnt, ist so fürchterlich, dass kein Prophet dafür die Worte fände, es vorherzusagen» –, und ihr verging die Lust auf weitere Fernsehunterhaltung.

Ein einfacher Landweg verband Shirmal und Pachigam, staubig und zerfurcht, von einem *bund*, einem Straßendamm, gesäumt, der mit Pappeln bepflanzt und kaum einen Meter höher als die beidseitig angrenzenden Felder war. Etwa auf halber Strecke wartete Shalimar der Narr auf Firdaus. Er hatte nicht im Fernsehzelt gesessen, war sogar mehrere Wochen fort gewesen, da die *bhands* von Pachigam von den Kulturbehörden der Regierung beauftragt worden waren, für Unterhaltung in einer der am wenigsten unterhaltsamen Regionen der Erde zu sorgen, in jenen Dörfern und Kasernen gleich südlich der De-facto-Grenze nämlich, die sich mitten durch das zerbrochene Herz von Kaschmir wand. Während Abdullah seine kranken Hände verarztete, hatte er seinem talentierten Sohn gesagt, er solle sich um die Truppe kümmern. «Irgendwann musst du schließlich damit anfangen», verkündete der *sarpanch* in abgehacktem, völlig gefühlslosem Ton, «also kannst du ebenso gut in jenem gottverlassenen Teil der Welt vor unseren brutal misshandelten Landsleuten damit beginnen und vor jenen indischen Soldaten, für die sich keine Worte finden, die ich vor meinen Kindern in den Mund nehmen möchte.» Abdullahs politische Auffassungen änderten sich wie er selbst. In letzter Zeit enttäuschte ihn die indische Regierung, die seinen Namensvetter, den Anführer Sheikh Abdullah, immer wieder ins Gefängnis warf, dann geheime Abkommen mit ihm traf, ihn erneut unter der Bedingung an die Macht brachte, dass er die Union mit Indien befürwortete, um sich dann wieder über ihn zu ärgern, wenn er trotz allem von Autonomie zu reden begann. «Kaschmir den Kaschmiri, und der Rest der Welt möge freundlicherweise verschwinden», sagte Abdullah Noman und klang dabei wie sein Held. «Denn wenn uns diese Armee noch länger beschützt, sind wir bald endgültig am Boden zerstört.»

Es war eine mondlose Nacht, und Shalimar der Narr trug dunkle Kleidung, lag im Feld und jagte Firdaus Angst ein, als er wie eine zum Leben erwachte Pappel in die Höhe schnellte. «Ich habe geschlafen», sagte er. Sie verstand gleich, dass dies nicht wörtlich gemeint war, sondern dass er ihr gestand, einen Wendepunkt in seinem Leben erreicht zu haben, und so unterbrach sie ihn nicht, obwohl ihr Sohn glühte und in jener unflätigen Sprache mit ihr redete, die sein Vater nie in den Mund nahm, der Sprache eines Mannes, der begann, vom Tod zu träumen. Ein kalter Wind schnitt ihr durch das Herz. «Ich habe meine Zeit vergeudet», fuhr Shalimar der Narr fort. «Ich habe nichts anderes gelernt, als über ein Seil zu gehen, um wie ein Idiot hinzufallen und ein paar gelangweilte Leute zum Lachen zu bringen. So was wird nutzlos, und das nicht nur wegen des blöden Fernsehens. Schon so lange sehe ich all die schlimmen Dinge, dass ich aufgehört habe, sie wahrzunehmen, doch jetzt schlafe ich nicht mehr, und ich sehe Folgendes: Die wirklich schlechten Träume beginnen, wenn man aufwacht, die Männer in den Panzern, die ihre Gesichter verstecken, weil wir ihre Namen nicht kennen sollen, und die folternden Frauen, die schlimmer sind als die Männer, die Menschen aus Stacheldraht, die Leute aus Strom, deren Hände deine Eier verbrutzeln, wenn sie danach greifen, die Leute, die aus Gewehrkugeln gemacht sind, und die Leute aus Lügen, sie alle sind hier, um etwas Wichtiges zu tun, nämlich uns zu schinden, bis wir tot sind. Doch jetzt, da ich aufgewacht bin, gibt es auch für mich etwas Wichtiges zu erledigen, und ich weiß nicht, wie ich es anfangen soll. Deshalb musst du mir sagen, wie ich Anees finden kann.»

Ihre dunklen *phirans* flatterten wie Leichentücher im Nachtwind. «Sei froh, dass du in diesen Zeiten keine Mutter bist», antwortete sie ihm, «denn es würde dich freuen, dass deine zerstrittenen Söhne wieder zusammenkommen wollen, und doch hättest du zugleich Angst, dass beide Kinder den Tod finden könnten, und dieser Konflikt zwischen Furcht und Glück wäre nicht zu ertragen.»

«Sei froh, dass du kein Mann bist», gab er zurück, «denn sobald wir einmal nicht mehr schlafen, können wir sehen, dass es für uns nur Feinde auf dieser Welt gibt, jene Feinde, die vorgeben, uns zu verteidigen, die aus Waffen, Khaki, Habgier und Tod geformt vor uns stehen, und dahinter die Feinde, die vorgeben, uns im Namen unseres eigenen Gottes zu retten, nur sind auch sie aus Habgier und Tod gemacht, und hinter ihnen wiederum die Feinde, die gottlose Namen tragend unter uns leben, die uns verführen und uns schließlich betrügen, Feinde, für die der Tod eine zu milde Strafe wäre, und dahinter dann die Feinde, die wir nie zu Gesicht bekommen, jene, die die Fäden unseres Lebens in Händen halten. Diesen letzten Feind, den unsichtbaren Feind im unsichtbaren Zimmer im fernen, fremden Land: Das ist der Feind, dem ich gegenübertreten will, und selbst wenn ich meinen Weg vorbei an all den anderen Feinden suchen muss, werde ich dies tun.»

Firdaus wollte betteln und flehen, wollte ihn bitten, die Monster in seinen Wachträumen zu vergessen, jeden Gedanken an den verschwundenen Amerikaner zu verdrängen, seiner Frau zu vergeben, sie wieder zu sich zu nehmen und das Glück des Lebens zu genießen, zumindest das, was es davon noch gab. Doch so wäre auch sie zur Feindin geworden, und das wollte sie nicht. Daher willigte sie ein, Shalimars Wunsch zu erfüllen, und am nächsten Abend ging sie, nachdem sie den ganzen Tag im Obstgarten gearbeitet hatte, wieder nach Shirmal, und als diesmal die Nachrichten begannen, stand sie auf und folgte Hasina Yambarzal nach draußen, zupfte an ihrem Kopftuch, um ihr zu bedeuten, dass sie ungestört mit ihr reden wolle. Als Firdaus der Frau des *waza* erzählte, was sie wollte, täuschte Hasina erst Unverständnis vor, doch Firdaus hob die rechte Handfläche, um anzuzeigen, dass die Zeit für Verstellungen vorbei war. «Entschuldige, Harud», sagte sie, «aber hör bitte mit dem Blödsinn auf. Ich kenne dich nicht so gut, wie ich dich kennen sollte, aber ich kenne dich immerhin besser als dein Mann, der vor lauter Liebe zu blind ist, um dich deutlich sehen zu können. Ich erkenne den Schmerz in deinen Augen, denn ich fühle den gleichen Schmerz. Also erzähle deinen geheimniskrämerischen Söhnen, wenn sie das nächste Mal meinen Sohn, den Holzschnitzer, sehen, meinen Jungen, der so geschickt mit den Händen ist, dann mögen sie ihm ausrichten, dass sein Bruder sich mit ihm wieder anfreunden will.» Die übrigen Frauen standen um eine Kohlenpfanne herum und begannen, neugierige Blicke in ihre Richtung zu werfen, also fingen sie an zu lachen und zu kichern, als teilten sie sich pikante Einzelheiten über ihre Männer mit, den *waza* und den *sarpanch*. Hasina Yambarzals Augen aber lachten nicht. «Der Widerstand ist kein Kaffeekränzchen», kicherte sie, schlug die Hände vor den Mund und riss die berechnenden Augen auf, als wäre ihr gerade etwas wirklich Schlimmes gebeichtet worden. «Ich bin nicht dumm, Madam», gluckste Firdaus ernst. «Und Anees wird sicher wissen, was ich meine.» Eines ihrer Augen war starr, doch das andere blitzte unübersehbar energisch auf. Hasina verstummte, nickte und ging zurück ins Zelt, um weiter fernzusehen.

Am nächsten Morgen verlangte Firdaus, dass Abdullah sie in die Safranfelder begleite, dorthin, wo sie sich vor vielen Jahren mit der jungen Pamposh vergnügt hatte. Hier, weit fort von vorwitzigen Ohren, erzählte sie ihrem Mann, dass droben im eisigen Norden nahe der Line of Control ein böser Dämon in ihren Sohn Shalimar den Narren gefahren sei. «Jetzt will er einfach alle töten», erzählte sie Abdullah Noman, «seine Frau, na schön, die war auch vorher schon ein Problem, aber nun kommt der Botschafter hinzu, dieser Schürzenjäger, und die gesamte Armee, und ich weiß nicht, wer noch. Also hat entweder ein Dschinn von ihm Besitz ergriffen, oder der Geist hatte sich bereits vorher in unserem Sohn versteckt wie in einer Flasche, die nur darauf wartet, dass sie entkorkt wird, was offenbar geschah, als Boonyi vom Amerikaner zurückkam; oder es ist was mit ihm passiert, als er fort von daheim war. *Hai-hai*», klagte sie. «Was hat unser Sohn bloß falsch gemacht, dass ihn der Teufel erwischt?»

«Nicht der Teufel spricht aus seinem Mund, sondern der Mann», sagte Abdullah Noman ohne alle Zärtlichkeit. «Er ist noch jung genug, um auf den Gedanken zu kommen, er könne die Geschichte ändern, während ich mich langsam daran gewöhne, nutzlos zu sein, und ein Mann, der sich nutzlos fühlt, hört auf, sich wie ein Mann zu fühlen. Falls ihn also der Gedanke anfeuert, nützlich sein zu wollen, sollten wir die Flamme nicht löschen. Vielleicht müssen in diesen Zeiten einige Dreckskerle umgebracht werden. Gehorchten mir noch meine Hände, würde ich womöglich selbst ein paar erwürgen.»

Unfriede war in Pachigam eingezogen, um es nie mehr zu verlassen. Abdullah Noman sagte seiner Frau kein Wort davon, dass die Beziehungen zwischen ihm und Shalimar dem Narren auf einem Tiefstand angelangt waren, zum einen, weil der *sarpanch* den gierigen Blick in den Augen seines Sohnes nicht gemocht hatte, sobald sich die Gelegenheit bot, den Vater als Anführer der *bhands* zu ersetzen, doch vor allem wegen des schaurigen Eindrucks, Shalimar der Narr warte nur auf den Tod von Abdullah und Pyarelal Kaul, um endlich von seinem Schwur erlöst zu werden. In letzter Zeit redeten die beiden Mittsechziger kaum noch miteinander. Abdullah begann, gelegentlich das Wort *azadi* fallen zu lassen, doch für Pyarelal bedeutete es nicht «Freiheit», sondern eher so etwas wie «Gefahr», und das machte es für die beiden alten Freunde schwierig. Sie erledigten ihre Arbeit, dachten ihre Gedanken und trafen sich zu den Sitzungen des *panchayat*, doch danach ging Pyarelal wieder in sein Haus ans andere Ende des Dorfes, blieb dort und starrte ins Feuer auf die brennenden Kiefernzapfen. Abdullah Noman wusste, dass der Pandit selbst auch ein Problem mit dem wachsamen Blick von Shalimar dem Narren hatte; es war, als würde man von einem Geier oder einer Aaskrähe beobachtet – als hätte einen der Tod im Visier. Wenn also Shalimar der Narr mit Anees und den Kämpfern der Befreiungsfront in die Berge ziehen wollte, war das vielleicht gar keine so üble Idee; sollte der Kerl doch verschwinden und tun, was er zu tun hatte, auch wenn die Befreiungsfront nur ein Haufen von Clowns war, die noch herauszufinden versuchten, wie sie ihrem Namen gerecht werden konnten.

Zwei Wochen später ging Shalimar der Narr nach Shirmal, um fernzusehen. Während der Nachrichtenzigarettenpause stand er an einer Kohlenpfanne, wandte den beiden geheimniskrämerischen Elektrikern den Rücken zu und erhielt die Anweisungen, auf die er gewartet hatte. Hatim und Hashim taten, als unterhielten sie sich über die Schönheiten der Kiefernlichtung von Tragbal, viertausend Meter hoch über dem Meeresspiegel, mit Blick auf den Wular Lake, und sie waren sich einig, dass sie gewiss morgen, kurz nach Mitternacht, am schönsten aussähe. Shalimar der Narr entfernte sich kommentarlos und ging zurück in Bombur Yambarzals Zelt, in dem ein heftiger Streit ausgebrochen war, weil Hasina Yambarzal angekündigt hatte, von nun an Eintrittsgeld zu verlangen, eine kleine, gleichsam nur symbolische Summe, denn das Leben sei schließlich keine Wohltätigkeitsveranstaltung. Die Leute sollten zu schätzen wissen, was die Yambarzals für sie taten, weshalb der Eintritt eigentlich nur als ein Zeichen ihres Respekts zu verstehen sei. Kaum hatte sie dies gesagt, schrie man sich auf eine Weise an, die keineswegs respektvoll klang, woraufhin sich die gewitzte und pragmatische Dame vorbeugte, nach dem Kabel griff und den Stecker herauszog. Das ließ jedermann verstummen, als hätte man auch ihnen den Saft abgedreht, und Hasinas sehr verständige Söhne gingen mit Messingschalen durch das Publikum und sammelten kleine Münzen ein. Shalimar der Narr zahlte, doch sobald die Seifenoper wieder lief, ging er, ohne sich anzusehen, was mit der weinenden Heldin in den Fängen ihres bösen Onkels geschah. Von weinenden Heldinnen hatte er die Nase voll. Er ging zum Wular Lake, um in die Welt der Männer einzutreten.

Shalimar der Narr verließ Pachigam am nächsten Morgen mit nichts als den Kleidern, die er auf dem Leib trug, sowie einem Messer im Gürtel und ward im Dorf fünfzehn Jahre nicht mehr gesehen. Oberhalb des schimmernden Schildes des Wular Lake und knapp unterhalb der Wiese von Tragbal begegnete er seiner Zukunft auf einem mit Felsen übersäten Bergabhang. Seine Zukunft nahm die Gestalt einiger Männer mit über die Augen gezogenen Wollmützen an; um die untere Gesichtshälfte hatten sie sich einen Schal geschlungen. Einer von ihnen schnitzte einen Vogel, ein anderer war Bombur Yambarzals Stiefsohn Hashim Karim. Ein dritter Mann stand hinter einem Fels, und auf diesen Mann kam es an. «Du wolltest deinen Bruder sehen», sagte der Mann hinterm Fels. «Dein Bruder ist hier.» Ohne innezuhalten, grub sich Anees' Messer ins Holz. «Das wäre gewiss rührend», sagte der Mann hinterm Fels, «wenn es unser Geschäft wäre, gerührt zu sein. Vielleicht wäre es komisch, wenn unser Geschäft das Lachen wäre. Warum erzählst du mir nicht, weshalb ich hier stehe, um einem lausigen Schauspieler zuzuhören, der einen echten Actionhelden und vielleicht sogar einen Märtyrer spielen will?» Shalimar der Narr blieb ruhig. «Ich will ein neues Gewerbe lernen», sagte er. «Und in den Zeiten, die uns erwarten, werdet ihr Leute mit solchen Fähigkeiten brauchen.» Der Mann hinterm Fels dachte darüber nach. «Mir ist zu Ohren gekommen», sagte er, «dass du damit prahlst, welche Leute du alles umbringen willst, sogar den ehemaligen amerikanischen Botschafter. Für mich klingt das ziemlich närrisch.» Die Miene von Shalimar erstarrte. «Bis die Freiheit kommt, töte ich jeden, den ich für euch töten soll», sagte er, «doch es stimmt, eines Tages will ich den amerikanischen Botschafter in meiner Gewalt haben.»

«Und ich werde der König von England sein», erwiderte der unsichtbare Mann. Dann folgte ein langes Schweigen. «Okay», sagte der Mann hinterm Fels. Ein noch längeres Schweigen schloss sich an. Shalimar der Narr wandte sich an seinen Bruder, der aber schüttelte den Kopf. «In wenigen Augenblicken», sagte Anees Noman, «können wir gehen.» – «Komme ich mit?», fragte Shalimar der Narr. Für einen kurzen Moment hielt der Bruder mit dem Schnitzen inne.

«Ja», sagte er, «du kommst mit.»

Ehe sie den Berghang verließen, ging Shalimar der Narr hinter einen Fels, um sich zu erleichtern. Erst als der heiße Strahl versiegte, blickte er nach unten und sah die riesige Schlange, eine Königskobra, zusammengerollt unter dem Stein, nur wenige Zentimeter neben seiner Pfütze. Während seiner Zeit in der Befreiungsfront dachte er oft an diese schlafende Schlange, die ihn an den Aberglauben seiner Mutter Firdaus erinnerte. «Schlangenglück», sagte er eines Tages zu seinem Bruder, als sie sich nahe Tangmarg hinter einem Fels verbargen und darauf warteten, dass ein Armeekonvoi über Minen fuhr, die sie auf der steil ansteigenden Straße ausgelegt hatten. «Ich habe bestimmt Schlangenglück; ein gutes Zeichen.» Diese hervorgekramte Erinnerung an eine Mutter, die er fürchtete, nie mehr wiederzusehen, verstärkte Anees Nomans gewöhnliche Melancholie, doch er überspielte seine Traurigkeit mit einem wehmütigen Lächeln. «Jedenfalls», flüsterte Shalimar der Narr, «tun wir genau das. Ich meine, wir pissen auf eine Schlange. Wäre die Schlange in jener Nacht aufgewacht, wäre ich jetzt ein toter Mann. Doch diese Schlange, die, auf die wir jetzt ständig pissen, die ist hellwach, sie ist wach, nass und stinksauer.»

Anees kaute schwermütig auf dem Stummel einer *beedi* herum. «Ziel einfach auf die verschissenen Augen», sagte er. Im Laufe der Jahre hatte er sich eine ziemlich grobe Ausdrucksweise angewöhnt. «Strengst du dich an, kannst du ihr vielleicht ein Loch in den beschissenen Kopf pissen.»

In jenen Tagen, ehe die Verrückten mitmachten, war die Befreiungsfront ziemlich populär, und überall erklang der Ruf nach *azadi* – Freiheit! Ein winziges Tal mit kaum mehr als fünf Millionen Seelen, landumschlossen, vorindustriell, reich an Ressourcen, arm an Barem, das einige tausend Meter hoch oben in den Bergen wie ein leckeres, grünes Bonbon zwischen den Zähnen eines Riesen klebte, wollte frei sein. Die Talbewohner waren zu dem Schluss gekommen, dass sie Indien nicht besonders mochten und Pakistan auch nicht gerade verlockend klang. Also: Freiheit! Die Freiheit, ein Fleisch essender Brahmane oder ein Heilige anbetender Muslim zu sein, zu Pilgerfahrten zum Eis-Lingam hoch oben im Permaschnee aufzubrechen oder sich vor dem Haar des Propheten in einer Moschee am Seeufer zu verbeugen, der *santoor* zuzuhören und salzigen Tee zu trinken, von Alexanders Armee zu träumen und zu beschließen, nie wieder eine Armee sehen zu müssen, Honig zu machen, Tier- und Bootsgestalten in Walnüsse zu schnitzen und den Bergen dabei zuzusehen, wie sie sich Zentimeter um Zentimeter, Jahrhundert um Jahrhundert weiter hinauf in den Himmel schoben. Die Freiheit, die Narretei der Größe vorzuziehen, doch niemandes Narr zu sein. *Azadi!* Das Paradies wollte frei sein.

«Die Freiheit hat allerdings ihren Preis», erzählte Anees Noman seinem Bruder in typisch trübsinnigem Ton. «Das einzige derart freie Paradies ist ein Märchenort voller Leichen. Hier, unter den Lebenden, kostet die Freiheit Geld. Eine Kollekte ist nötig.» Ohne es zu wissen, klang er genau wie Hasina Yambarzal, als sie den Dorfbewohnern von Shirmal und Pachigam verkündete, dass sie von nun an bezahlen mussten, wenn sie fernsehen wollten.

In der ersten Phase seiner Aufnahme in die Welt der Befreiungsfront beteiligte sich Shalimar der Narr daran, Geld für die Gruppe aufzutreiben. Der erste Grundsatz einer solchen Tätigkeit besagte, dass die auf finanziellem Feld arbeitenden Operateure nicht in ihre eigenen Dörfer zurückgeschickt werden konnten, da es oft kein Spaß war, Geld einzutreiben, und Humorlosigkeit bei den eigenen Leuten nie gut ankam. Der zweite Grundsatz basierte auf der altbewährten Tatsache, dass die Armen freigebiger waren als die Reichen, weshalb man mit größerer Überzeugungskraft auftreten musste, wenn man es mit Reichen zu tun hatte. Auf die genaue Eigenart einer solchen Überzeugungskraft brauchte nicht näher eingegangen zu werden. Jedem Operateur blieb es selbst überlassen, die beste Taktik für die jeweilige Situation auszuwählen. Shalimar der Narr, Mitglied des Finanzteams seines Bruders und erst kürzlich erwacht, doch bereit zu wütenden, radikalen Maßnahmen, stellte sich auf Drohungen, Prügeleien und Brandschatzungen ein.

Abdullah und Firdaus Noman aber hatten ihre Söhne dazu erzogen, allzeit höflich zu sein, und wenn auch Shalimar der Narr vom Teufel besessen war, sein Bruder war es nicht. Als sie zur Dämmerung am Stadtrand von Srinagar zu einem am Seeufer gelegenen, großen Herrenhaus kamen, dessen trübsinniger Anblick Anees' Gesichtsausdruck vollkommen entsprach, informierte sie die Herrin des Hauses, eine gewisse Mrs. Ghani, dass ihr Mann, der wohlhabende Landbesitzer, nicht daheim sei, woraufhin Anees entschied, es gehöre sich für ein halbes

Dutzend bewaffneter Männer nicht, in den Wohnbereich einer Dame vorzudringen, wenn der Herr des Hauses abwesend sei, und so sagte er, dass er mit seinen Kollegen draußen auf ihren Mann Mr. Ataullah Ghani warten würde. Sie warteten vier Stunden, kauerten vor dem Dienstboteneingang, die Waffen in Tücher eingewickelt, und Mrs. Ghani ließ ihnen einen Snack und heißen Tee servieren. Wider alle Vorschrift brachte Shalimar der Narr schließlich seine Bedenken zum Ausdruck. «Das Risiko ist inakzeptabel», sagte er. «Die Frau könnte längst die Sicherheitskräfte alarmiert haben.» Anees Noman hörte kurz auf, Eulenfiguren zu schnitzen, und hob mahnend einen Finger. «Wenn der Augenblick unseres Todes gekommen ist, dann sterben wir», antwortete er, «doch sterben wir als kultivierte Menschen, nicht als Barbaren.» Shalimar der Narr verfiel in mürrisches Schweigen und befühlte die im Mantel verborgene Messerklinge. Zu dem, was ihm auf dem Weg zum Freiheitskämpfer am schwersten fiel, gehörte es, den Jüngeren seiner Brüder als Vorgesetzten akzeptieren zu müssen.

Nach viereinhalb Stunden kehrte Mr. Ghani zurück und trat vor das Haus, um mit dem Finanzkomitee auf der hinteren Veranda gemütlich eine Zigarette zu rauchen. «Dieses Haus», sagte er, «hat einem seligen Onkel väterlicherseits gehört, dem bekannten Andha Sahib, einem blinden Philanthropen, der das stolze Alter von einhundertdrei Jahren erreichte – möge er in Frieden ruhen – und erst vor drei Jahren starb. Vielleicht haben Sie von ihm gehört? Privat war sein Leben eine große Tragödie, eine klägliche Belohnung für seine Großzügigkeit, denn er verlor seine geliebte Tochter, das einzige Kind, als sie nach Pakistan ging und fünfundsechzig in diesem dämlichen Krieg durch einen indischen Luftangriff ums Leben kam. Doch auch schon vor Andha Sahib war dieses Haus hundertundein Jahr lang die Residenz einiger bedeutender Mitglieder meiner Familie gewesen. In ihm befindet sich eine ansehnliche Sammlung europäischer Gemälde, besonders bemerkenswert ist das Bild der Jagdgöttin Diana. Falls Sie es sehen möchten, führe ich Sie gern herum. Natürlich sind da auch noch meine Frau und meine Töchter. Ich danke Ihnen dafür, dass Sie mein Haus unversehrt gelassen und die Ehre der Frauen respektiert haben. Und um Ihnen meine Dankbarkeit zu bekunden sowie zur Erinnerung an Naseem Ghani, meine Kusine und Kind dieses Hauses, die durch eine Bombe von der indischen Luftwaffe in ihrer eigenen Küche in Rawalpindi am 22. September 1965 getötet wurde, versichere ich hiermit, Ihnen vierteljährlich folgende Summe zukommen zu lassen.»

Die genannte Summe war so groß, dass es den Freiheitskämpfern schwer fiel, weiterhin unbeteiligt dreinzuschauen. Durch wollene Mützen war halb ersticktes Keuchen zu hören. Als sie sich anschließend in die Schatten zurückzogen, schämte sich Shalimar der Narr für seine früheren Bedenken, doch Anees Noman besaß genügend Anstand, sie ihm nicht unter die Nase zu reiben. «Srinagar ist anders als daheim», sagte er. «Man braucht Zeit, um sich hier auszukennen, um zu wissen, wo man unterstützt wird, wo nicht und wo man ein wenig Nachdruck jener Art braucht, den du so brennend gern geben würdest. Doch sicher findest du dich bald zurecht.»

Nach Hause zu gehen war unmöglich. Die jeweilige Unterkunft wurde ihnen nach einem bestimmten Rotationsprinzip zugeteilt, und die Brüder Noman bekamen eine Reihe temporärer Gastfamilien zugewiesen, von denen manche sie willkommen hießen, andere aber gezwungen worden waren, derart gefährliche Besucher unterzubringen, weshalb man ihnen mit einer Mischung aus Furcht und Verärgerung begegnete und kaum ein Wort mit ihnen sprach, sofern es nicht unbedingt nötig war, die heiratsfähigen Töchter einsperrte und jüngere Kinder fortschickte, bis die Gefahr vorüber war. Anees und Shalimar der Narr wohnten bei einer freundlichen Familie, die in der Nähe von Harwan auf einem Forellenhof arbeitete, bei überzeugten, in Srinagars Seidenindustrie tätigen Anhängern ihrer Sache, danach in einem feindselig gesinnten Haushalt von Pony-*wallahs* und Feldarbeitern unweit der berühmten, Vishnu geweihten Quelle von Bawan, deren heilige Bassins vor hungrigem Fisch überquollen, und dann in einem Lager bedrohlich wirkender Kalksteinarbeiter in der Nähe des Steinbruchs von Manasbal, einem Quartier, das sie nach einer einzigen Nacht aufgaben, da sie beide den gleichen Traum geträumt hatten, einen Albtraum, in dem sie im Schlaf getötet wurden und wütende Männer mit Steinen in den Fäusten ihnen die Schädel einschlugen. Sie verbrachten eine Saison in der Dachkammer des Hauses eines verängstigten Lkw-Fahrers, der mit seiner Familie in Bjibehara nicht weit vom Touristendorf Pahalgam wohnte. In dieser Gegend war vor einigen Jahren der Spion Gopinath Razdan ermordet worden, nachdem er die Nachricht von Boonyis Liaison mit Shalimar dem Narren verbreitet hatte. Die Brüder Noman kannten sich daher bereits ein wenig aus. Shalimar litt unter merkwürdigem Heimweh. Der rasch dahinströmende Liddar erinnerte ihn an den kleineren Muskadoon, und die herrliche Bergwiese Baisaran oberhalb von Pahalgam, auf der Razdan getötet worden war, brachte Gedanken an die mit Blumen übersäte Wiese Khelmarg zurück, auf der er einst seine große, seine tödliche Liebe vollzogen hatte. Die Erinnerung an sein treuloses Weib weckte den Teufel in ihm, und aufs Neue drehten sich all seine Gedanken um Mord.

Einen Sommer lang wohnten die Brüder bei freundlichen Menschen, den Bootsleuten vom Stamme der Hanji und Manji, die ihre Kähne durch die Myriaden Wasserwege des Tales steuerten, auf dem Wular Lake *singharé*, also Wassernüsse, ernteten oder auf den schwimmenden Gärten von Lake Dal arbeiteten, Fische fingen und Treibholz auf den Flüssen sammelten. Wenn jemand Passagiere in seinem Boot ans andere Ufer brachte, kauerten sich die Brüder Noman am Heck zusammen, das Gesicht von einem

Kopftuch verhüllt. Dann wieder, auf den großen Booten, packten sie mit an und rackerten sich ebenso ab wie ihre Gastgeber. Einen Kahn mit über dreitausend Kilo Korn von See zu See zu staken ist harte Arbeit. Abends saßen die Brüder nach solch anstrengenden Tagen bei den Bootsfamilien am Kombüsenende eines der riesigen, fassförmig überdachten Schiffe und aßen scharf gewürzten Fisch mit Lotuswurzeln. Der Bootsmann, bei dem sie am längsten blieben, war Ahmed Hanji, der heimliche Patriarch des Stammes, der einem alttestamentarischen Propheten nicht nur ähnlich sah, sondern auch glaubte, die Mitglieder seines Volkes seien die Nachfahren Noahs und ihre Boote die Zwergenkinder der Arche. «Ein Boot ist momentan der beste Ort», philosophierte er. «Es kommt eine neue Sintflut, und Gott allein weiß, wie viele von uns diesmal ertrinken werden.» – «Genau das ist das Problem mit unserem verdammten Land», knurrte Anees Noman, als er sich an diesem Abend neben seinem Bruder schlafen legte. «Hier ist jeder ein Prophet.»

Alle Kämpfer der Befreiungsfront litten beinahe ständig unter Angst. Sie hatten nicht genügend Männer, sie wurden von Sicherheitskräften gejagt, und in jedem Dorf kursierten Geschichten über Familien, die erschossen worden waren, weil man sie verdächtigt hatte, Aufständische zu beherbergen, Geschichten, die es immer schwerer machten, neue Mitglieder oder die Unterstützung und Hilfsbereitschaft der verängstigten, unterdrückten Bevölkerung zu gewinnen. *Azadi*! Der Ruf klang wie eine Phantasie, ein Ammenmärchen. Selbst die Freiheitskämpfer vermochten manchmal nicht mehr an die Zukunft zu glauben. Wie sollte die Zukunft denn auch beginnen können, wenn die Gegenwart die ganze Welt derart in ihrem Griff hatte? Sie fürchteten Verrat, Gefangennahme, Folter, die eigene Feigheit, Versagen und Tod und den berüchtigten Wahn des Generals Hamirdev Kachhwaha, jenes Mannes, der neuerdings für die innere Sicherheit im Sektor Kaschmir verantwortlich war. Sie fürchteten die Ermordung der geliebten Menschen als Vergeltung für die eigenen kümmerlichen Erfolge, eine zerbombte Brücke, einen in die Luft gesprengten Militärkonvoi, einen erschossenen Sicherheitsoffizier. Vor allem aber fürchteten sie den Winter, wenn die hoch oben gelegenen Lager unbewohnbar wurden, die Aru-Route über die Berge unpassierbar war, sie kaum noch Waffen und Nachschub bekamen, wenn es nichts mehr zu tun gab, als darauf zu warten, dass man verhaftet wurde, in schändlichen Dachkammern herumzuhocken und vom Unerreichbaren zu träumen: von Frauen, Macht und Reichtum. Als man selbst Maqbool Butt verhaftete und einsperrte, sank die Moral ins Bodenlose. Amanullah Khan, Butts alter Kumpan, verschwand ins Exil nach England. Der Widerstand nannte sich jetzt JKLF, vier statt fünf Initialen, «Jammu und Kaschmir Liberation Front» statt «National», doch machte das keinen Unterschied. Die Kaschmiri in England, in Birmingham, Manchester oder London konnten weiterhin von Freiheit träumen. Die Kaschmiri in Kaschmir aber bibberten vor Kälte, waren führungslos und standen kurz vor dem Ende.

In den alten Geschichten ermöglicht die Liebe eine Art spirituellen Kontakt zwischen Liebenden, die durch Not oder Zufall lang voneinander getrennt werden. In jenen Tagen vor der Telekommunikation genügte die wahre Liebe. Die daheim gebliebene Frau schloss die Augen, und allein durch die Macht des Verlangens sah sie ihren Mann auf dem Hochseeschiff mit Entermesser und Pistole gegen Piraten kämpfen, sah ihn mit Schwert und Schild im Kampfgetümmel, wie er in fremdem Land siegreich zwischen Leichen stand, sah ihn, wie er den brennenden Sand ferner Wüsten durchquerte, sah ihn vor Berggipfeln dahintreibenden Schnee trinken. Solange er lebte, folgte sie ihm auf seiner Reise, kannte den tagtäglichen Ablauf, die Stunden, teilte seine Freude, seinen Kummer, widerstand mit ihm der Versuchung und jubelte mit ihm angesichts der Schönheit dieser Welt, und wenn er starb, flog ein Speer der Liebe um die Welt, um ihr wartendes, wissendes Herz zu durchbohren. Für ihn war es nicht anders. Mitten im Feuer der Wüste spürte er ihre kühle Hand auf seiner Wange, und in der Hitze der Schlacht murmelte sie ihm Worte der Liebe ins Ohr: *Lebe, lebe!* Mehr noch: Auch er wusste um ihren Tagesablauf, ihre Stimmungen, Krankheiten, ihre Arbeit, ihre Einsamkeit, ihre Gedanken. Nie riss das Band ihrer Verbundenheit, so erzählen die Geschichten über die Liebe. Das war die Liebe, wie die Menschen sie kannten.

Als Boonyi Kaul und Shalimar der Narr sich ineinander verliebten, brauchten sie keine Bücher, um herauszufinden, was die Liebe war. Sie konnten einander mit geschlossenen Augen sehen, konnten sich ohne jeden physischen Kontakt berühren, konnten ihre Liebesschwüre hören, auch wenn kein Wort gesprochen wurde, und jeder wusste stets, was der andere fühlte oder tat, selbst wenn sie sich an den entgegengesetzten Enden von Pachigam aufhielten, wenn sie weit fort voneinander in fernen unbedeutenden Städten tanzten, auf der Bühne standen oder kochten. Ein Kommunikationskanal war ihnen geöffnet worden, und auch als ihre Liebe starb, blieb die Verbindung bestehen, wurde von einer Art Antiliebe offen gehalten, von einer durch starke Gefühle, durch die düsteren Gegensätze der Liebe gespeisten Kraft: ihrer Angst, seinem Zorn, ihrer beider Glaube, dass ihre Geschichte noch nicht vorüber war, dass jeder des anderen Schicksal war und dass sie beide wussten, wie es enden würde. Wenn er nachts in irgendeiner Stadt in der ihm zugewiesenen Dachkammer lag, auf einem Strohbett in einer stinkenden Landscheune oder an Bord eines schlingernden Schiffes, zwischen Kornsäcken eingezwängt, machte sich Shalimar der Narr in Gedanken auf die Suche nach Boonyi, strich durch die Nacht, bis er sie fand, und schlagartig loderten die Flammen seiner Wut auf und hielten ihn warm. Er hütete diese Wärme, die glühenden Kohlen seines Zorns wie ein *kangri*, das er an sich drückte. Und selbst als der Kampf um die Freiheit einen Tiefstand erreichte, nährten dunkle Flammen seine Entschlossenheit, denn seinen Zielen konnte er nicht entsagen, da sie ebenso persönlicher wie nationaler Natur waren. Früher oder später würden ihn zwei Tode von seinem Schwur befreien und so einen dritten Tod ermöglichen. Früher oder später würde er auch einen Weg zum amerikanischen Botschafter finden und seine Ehre verteidigen. Was danach kam, war unwichtig. Die Ehre stand über allem, über dem geheiligten Eheversprechen, über dem göttlichen Verbot kaltblütigen Mordens, über Anstand, Kultur, sogar über dem Leben selbst.

Da bist du ja, grüßte er sie jeden Abend. *Mir kannst du nicht entkommen.*

Doch er entkam ihr ebenso wenig. Leise unterhielt er sich mit ihr, lag in Gedanken an ihrer Seite, hielt ihr ein Messer an die Kehle und bekannte ihr seine Geheimnisse, als wollte er sie ihr mit ins Grab geben; er erzählte ihr alles, vom Finanzkomitee, den Quartieren, seiner Ohnmacht, seiner Angst. Wie sich zeigte, lagen Hass und Liebe gar nicht weit auseinander. Der Grad an Intimität war gleich. Man hörte ihn im Dunkeln murmeln, seine Mitkämpfer hörten ihn, auch seine Gastgeber, doch die Worte waren nicht zu verstehen; außerdem interessierte sich niemand für das, was er sagte, da auch alle anderen Freiheitskämpfer vor sich hin murmelten, mit ihren Müttern redeten, den Töchtern, den Frauen, und ihren Antworten lauschten. Eine mörderische Wut, eine teuflische Besessenheit brannte in Shalimar dem Narren und trieb ihn voran, doch im nächtlichen Gemurmel war seine nur eine von vielen Geschichten, ein unerzähltes Detail in einer Vielzahl solcher Geschichten, ein winziges Stückchen in Kaschmirs ungeschriebener Historie.

Er sagte: *Verlass die Hütte nicht, den Ort deines Exils, oder du erlöst mich von meinem Schwur, und ich kehre zurück, ich werde es gewiss erfahren, und ebenso gewiss kehre ich dann zurück.*

Sie sagte: *Ich bleibe hier, warte und weiß, dass du zu mir zurück-kommst.*

Er sagte: *Diese schreckliche Zeit findet ein Ende, diese Zwischenzeit, in der wir alle am Nichtstun dahinsiechen. Ich gehe über die Berge. Hier bin ich, in den Bergen. Ich nehme den Tragbal-Pass. Über mir erhebt sich der mächtige Gipfel des Nanga Parbat, der sein Antlitz in Gewitterwolken hüllt und Blitze auf jeden schleudert, der es wagt, in seine Nähe zu kommen. Auf der anderen Seite der Berge liegt die Freiheit, der freie Teil Kaschmirs. Gilgit, Hunza, Baltistan. Unsere verlorenen Regionen. Ich werde mir anschauen, wie Kaschmir aussieht, wenn es frei ist, wenn keine Tränen sein Gesicht verschleiern.*

Er sagte: *Ich habe mich wieder mit Anees gestritten. Ich habe von unseren pakistanischen Alliierten gesprochen und ihm gesagt, ich würde ihnen und unserem gemeinsamen Gott vertrauen, er aber nannte mich einen Lügner, eine Hure, die von beiden Seiten gefickt werden will, von hinten und gleichzeitig von vorn. In letzter Zeit hat er ein dreckiges Mundwerk. Er ist gegen Pakistan und will über Religion nicht reden. Er hat mir ins Gesicht gelacht, als ich von meinem Glauben sprach, und sagte, ich wisse nicht, was Glaube sei, wenn ich nicht an meinen eigenen Bruder glaube. Ich sagte, es gebe höhere Verpflichtungen, er aber lachte mir wieder ins Gesicht und sagte, vielleicht könne ich andere täuschen, doch ihm könne ich nicht weismachen, ich hätte mich plötzlich in einen Feuerbrand verwandelt, einen Redner Gottes. Er klingt wie ein alter Mann. Die traditionellen Weisen interessieren mich nicht mehr. Ich will die Soldatenärsche vertreiben, und der Feind unseres Feindes ist unser Freund. Nein, sagte er, der Feind unseres Feindes ist auch unser Feind. Doch weiß er ebenso gut wie ich, dass viele Kameraden über die Berge verschwinden. Sogar sein eigener Vorgesetzter verlässt ihn und kommt mit. Er ist jetzt bei mir. Ich bin jetzt in den Bergen. Ich habe meinen Bruder zurückgelassen, und doch bin ich bei meinen Brüdern. Ich habe mich im Unfrieden von Anees getrennt, und das tut mir Leid. Er sagt, er wisse, dass er kein alter Mann werden würde, doch wer möchte in der Hölle schon alt werden? Ich trage dunkelgrüne Gummistiefel, und um die drinnen steckenden Füße habe ich eine entzweigerissene Wolldecke gewickelt. Ich trage an warmen Sachen, was ich auftreiben konnte, doch es gibt keine glühenden Kohlen für mein* kangri. *Man hat mir einen Plastikmantel gegeben und eine Überziehhose. Jenseits der Berge sind Ausbildungslager. Jenseits der Berge gibt es Kameraden, Waffen, Geld und politische Unterstützung. Jenseits der Berge werde ich das Ende des Regenbogens finden.*

Er sagte: *Zu sechst folgen wir dem Pfad in die Berge. Der unsichtbare Anführer, Anees' Vorgesetzter, sagt, er bedaure nichts. Wir haben Anees zurückgelassen, haben ihn seinen veralteten Weisen überlassen und streben der Zukunft entgegen. Die Rebellion hat sich geteilt, na schön, ist sie eben geteilt. Wir knüpfen unser Schicksal an das der Radikalen jenseits der Berge. Unser unsichtbarer Anführer heißt Dar, doch gibt es abertausend Dars in Kaschmir. Er sagt, ursprünglich stamme seine Familie aus Shirmal. Ich kenne keine Dars in Shirmal. Wir erfinden uns jetzt alle neu, wir müssen nicht mehr wir selbst bleiben. Er wurde als Koch ausgebildet, erzählt er, doch sei er von Anfang an im Widerstand gewesen, fast von Kindheit an. Unsichtbar zu sein hatte er schon früh gelernt, und nun sieht ihn niemand, wenn er nicht gesehen werden will. Ich sehe die Kleider, die er in mehreren Lagen eng um sich gewickelt hat, die Schneebrille, das Eis, das den Bart überkrustet. Sein Gesicht ist ein Rätsel. Er sagt, er sei jünger als ich. In den Bergen vertrauen sich die Menschen einander an. Wir flüstern uns unsere geheimen Lügen zu. Wir könnten jeden Augenblick sterben, an der Kälte, durch eine Kugel. Durch eine gefrorene Kugel. Ich nenne ihn Torweg, Dar-waza, füge den Namen zu seinem alten Beruf, und so kommt Torweg heraus. Ich nenne ihn Nackter Berg, da er wie der Nanga Parbat niemals sein Gesicht zeigt. Es heißt, an jenen seltenen Tagen, an denen der Berg den Schleier hebt, sei er so schön, dass er jeden blende, der ihn anschaue. Vielleicht ist mein Torweg Darwaza, mein Nackter Berg von einem Anführer, ebenfalls ein außergewöhnlich attraktiver Mann, dessen Schönheit blendet. Jedenfalls ist er mein Tor zu einer neuen Welt. Jenseits der Berge wird man mich ausbilden, meine Macht wird wachsen. Ich werde mächtige*

Männer kennen lernen, und ihre Macht wird auf mich abfärben. Ich
werde die subtile Kunst des Täuschens und Betrügens kennen lernen,
in der du bereits eine Meisterin bist, und ich werde die Kunst des To-
des vervollkommnen. Die Zeit für Liebe ist vorbei. Wir können jeden
Augenblick sterben. Die indischen Truppen kennen unsere Strecke, und
vielleicht lauern sie uns auf. Wir machen uns mitten im Winter auf
den Weg, wenn nur Verrückte aufbrechen, da uns die Soldaten dann
vielleicht nicht beachten. Es ist zu kalt. Man kann unmöglich die Berge
überqueren. Wir überqueren die Berge. Wir sind unmöglich. Wir sind
unsichtbar und unmöglich, und wir überqueren die Berge, um frei zu
sein.

Auch Boonyi redete mit sich selbst, redete über Bergpässe,
Gefahr und Verzweiflung. Zoon Misri kam sie besuchen und
hörte ihre Freundin von der Rückkehr der Eisernen Mullahs
murmeln, vom Überleben der Vergewaltiger, der Brüder, und
sie begann zu zittern. Der Korb, in dem sie Boonyi Geschenke gebracht hatte, selbst gebackenes Brot und in Tuch gehülltes
Kebab, fiel ihr aus der Hand, und sie rannte den Abhang hinab
bis zu Pyarelals Haus am Fluss. «Je länger sie da oben in Nazarébaddoors Hütte haust, desto ähnlicher wird sie selbst einer
verrückten Gujar-Prophetin», weinte sie. «Nur verwandelt sie
sich in eine verfluchende Nazarébad, in einen bösen Blick, aber
ohne ‹Hinfort mit dir!›»

Pyarelal versuchte, sie zu trösten. «Wer viel Zeit allein ver-
bringt, der redet manchmal mit sich selbst», sagte er, «aber das
hat nichts zu bedeuten. Wahrscheinlich weiß sie nicht mal, was
sie tut.» Doch Zoon schluchzte weiter, und die Gefühle lösten ihr
die Zunge: «Nein, sie ist verrückt, ganz ehrlich», wiederholte sie
mit Nachdruck. «Sie redet mit Shalimar dem Narren, als säße er
neben ihr, redet mit ihm darüber, wie er sie umbringen will – als
ginge es um irgendeine kleine unbedeutende Sache, weißt du? –
wie ein turtelndes Liebespaar, kannst du dir das vorstellen? – zärt-
liche Nichtigkeiten über den Tod. *Hai, hai*! Sie fragt, wo er zuerst

zustechen will und wie oft und was weiß ich –, aber wie kann sie solche Fragen stellen und dann so tun, als fände sie das anregend, als, entschuldige bitte, als fände sie seine Antworten erregend? Neuerdings sagt sie sogar noch schlimmere Sachen, etwas, das nicht nur ihren Tod, sondern auch meinen bedeutet.» Was denn für Sachen, wollte Pyarelal wissen, doch Zoon schüttelte den Kopf und weinte. Es gab Worte, die sie nicht in den Mund nehmen konnte, Namen, die auszusprechen sie nicht fertig brachte. *Die Gebrüder Gegroo sind am Leben, ebenso wie Bulbul Fakh.* Das war der Satz, der, wenn man ihn in Pachigam laut sagte, ihr Leben beenden würde. Solange er nur in der Luft hing, in der Berghütte einer Verrückten, konnte Zoon Misri vielleicht weiterleben. «Ich kann nicht mehr zu ihr», sagte sie zu Pyarelal. «Frag mich nicht nach dem Grund. Da oben ist es für mich zu gefährlich, das ist alles.»

Boonyi sagte: «Sie haben den Tragbal-Pass überquert, und keine indischen Soldaten haben ihnen aufgelauert. Sie sind wohlbehalten angekommen. Männer liefen ihnen entgegen, um sie zu begrüßen, und einer der Männer war Maulana Bulbul Fakh. Der Eiserne Mullah nahm sie unter seinen Schutz. Er wohnt in Gilgit und plant seine triumphale Rückkehr. Die drei Gegroos sind bei ihm. Sie waren wie Anarkali in der Moschee von Shirmal eingesperrt, doch gab es, ganz wie im *Mughal-e-Azam*, einen Geheimgang. Sie flohen in den nahen Wald, gingen über die Berge und warteten ihre Zeit ab.»

«Woher weißt du das alles?», fragte sie Pyarelal. Es war Winter, also hockten sie um den Herd in ihrer Hütte. Die Ziegen waren in der Scheune, die sie mit seiner Hilfe gebaut hatte. Er hörte das Geläut der kleinen Messingglocken um den Hals der Tiere. Seine Tochter befand sich in einer Art Trance. Sie war in der Hütte und zugleich woanders. Sie konnte hören, was er sagte, lauschte aber auch einer anderen Stimme. Boonyi sagte: «Mein Mann erzählt es mir. Er hat die Berge überquert und den Eisernen Mullah getroffen. Der Eiserne Mullah sagt, dass die Frage der Religion nur durch einen Blick auf den Zustand der Welt beantwortet werden kann. Liegt die Welt im Argen, schickt Gott keine Religion der Liebe. Zu solchen Zeiten schickt er eine kämpferische Religion, er bittet uns, Schlachtgesänge anzustimmen und die Ungläubigen zu zermalmen. Der Eiserne Mullah sagt, im Ursprung aller Religion gebe es dieses Verlangen, das Verlangen, die Ungläubigen zu zermalmen. Das sei ein fundamentales Begehren. Wenn die Ungläubigen zermalmt sind, mag Zeit für die Liebe sein, doch nach Ansicht des Mullahs ist derlei von nachrangiger Bedeutung. Religion verlangt Genügsamkeit und Selbstverleugnung, sagt Bulbul Fakh. Sie hat nur wenig Zeit für die Zärtlichkeiten der Lust, die Schwächen der Liebe. Gott will geliebt werden, doch ist die Liebe zu ihm eine männliche Liebe, eine tatkräftige Liebe, kein mädchenhafter Herzschmerz. Der Eiserne Mullah predigt vielen hundert Menschen aus vielen Teilen der Erde. Man bereitet sich auf einen Krieg vor.»

«Wie erzählt dir dein Mann diese Dinge?», fragte Pyarelal.

Sie antwortete: «Er redet mit mir, wie du mit mir redest. Er steckt voller Feuer und Tod. Wenn ihr nicht mehr seid, du und der *sarpanch*, dann will er herkommen, seiner Ehre wegen.»

«Das gehört also zu dem, was er sagt», wollte ihr Vater wissen.

«Deshalb können wir uns unterhalten», erwiderte sie. «Dieses Band zwischen uns kann nie zerrissen werden.» Bewusstlos fiel sie zur Seite. Pyarelal fing sie auf und legte sie sanft auf das Bett. «Dann werde ich niemals sterben», flüsterte er der Schlafenden zu. «Ich werde ewig leben, und er wird nie von seinem Schwur erlöst.»

*

Der alten Geschichte zufolge hätte es anders laufen müssen. In der alten Geschichte wurde Sita, die Reine, entführt, und Ram zog in den Krieg, um sie zurückzugewinnen. In der modernen Welt aber stand alles auf dem Kopf und wurde von innen nach außen gestülpt. Sita, vielmehr Boonyi in Sitas Rolle, hatte freiwillig beschlossen, mit ihrem amerikanischen Ravan durchzubrennen, um seine Geliebte zu werden und ihm ein Kind zu gebären; Ram aber – der muslimische Narr, Shalimar, diese Fehlbesetzung für Rams Part – zettelte keinen Krieg zu ihrer Rettung an. In der alten Geschichte wäre Ram lieber gestorben, als Sita aufzugeben. In der zeitgenössischen Saubermannversion der Erzählung hatte sich der Amerikaner jedoch von Sita abgewandt und seiner Königin erlaubt, die Tochter zu stehlen und Sita in Schande heimzuschicken. Als Sita, die in jahrelanger Gefangenschaft stets ihre Keuschheit zu verteidigen wusste, wieder nach Ayodhya kam, schickte Ram sie ins Waldexil, da sie lange Zeit unter Ravans Dach gehaust hatte, was das gewöhnliche Volk an ihrer Keuschheit zweifeln ließ. In Boonyis Version der Geschichte wurde sie zwar ebenso ins Waldexil geschickt, doch waren es die eigenen Leute – ihre Freundin Zoon, ihr Vater, selbst der Schwiegervater –, die halfen, ihr das Leben zu retten, das rachsüchtige Messer des Gatten abzuwehren und ihn einen Schwur ablegen zu lassen. Erst dann, zur falschen Zeit, zog ihr Mann in den Krieg, und Boonyi wusste, die Schlacht war für ihn eine Zeit des Wartens, er kämpfte gegen andere Feinde, erschlug andere Gegner, bis er zurückkehren durfte, um ihr das untreue Leben zu nehmen.

Doch es ging um mehr als das, es ging um eine Möglichkeit, bei ihr zu sein. Solange er fort war, kehrte er in Gedanken zu ihr zurück, und sie unterhielten sich, wie sie es einst getan hatten. Auch wenn er mörderische Absichten hegte, fühlten sich diese langen Gespräche – zumindest für Boonyi – doch wie Liebe an.

Geblieben war ihnen beiden nur der Tod, was aber ist das Leben anderes als ein hinausgeschobener Tod? Folglich blieb ihnen wohl nur der Hass, doch trug dieses sehnsuchtsvolle Hassen aus der Ferne gewiss eine der vielen Larven der Liebe, wenn auch ihr hässlichstes Gesicht. Boonyi träumte davon, sich seine Vergebung zu verdienen, Shalimars Herz zurückzugewinnen. Sita hatte im großen alten Buch die Götter gebeten, ihre Tugend zu verteidigen, war ins Feuer gegangen und unversehrt daraus hervorgekommen, um dann die Unterwelt anzuflehen, sie möge sich auftun, damit sie diese Welt verlassen könne, in der ihre Unschuld nicht genügte. Die Tore der Unterwelt öffneten sich, und Sita ging in die Dunkelheit. Falls sie aber, Boonyi, sich in Brand setzte, würde kein Gott sie beschützen. Sie würde verbrennen und mit ihr der Wald. Also machte sie kein Feuer. In ihrer Verzweiflung bat sie einmal, die Tore der Hölle möchten sich unter ihren Füßen entriegeln, aber kein Abgrund klaffte auf. Sie war bereits in der Hölle.

Der Eiserne Mullah Maulana Bulbul Fakh war der von ihnen erwählte Anführer. Sein Atem roch noch immer nach jenem schwefligen Drachendunst, der ihm den Stinkenamen *fakh* verliehen hatte, und er redete in jenem alten, harschen Ton, als schmerzte ihn die menschliche Sprache, doch er war größer, als Shalimar der Narr ihn in Erinnerung hatte, ein Riese, gut über einsachtzig, auch schlanker und viel ansehnlicher als während der alten Tage in Shirmal. War es denn möglich, dass er im Verlauf der Jahre größer und attraktiver geworden war? Dass er aus Eisen bestand, konnte übrigens nicht länger bestritten werden. Ein hartes Leben hatte hier und da an Schienbein und Schulter die Haut abgeschürft, weshalb das matte Metall darunter zum Vorschein kam, kampferprobt und unzerstörbar. Dieser Beweis seiner wundersamen Eigenart verlieh Bulbul Fakh in den Lagern jenseits der

Berge große Autorität. Ständig trug er einen Klumpen Steinsalz bei sich. «Das ist pakistanisches Salz», erklärte er dem Kommandanten der Befreiungsfront und seinen Männern. «Das bringen wir nach Kaschmir, sobald wir es befreit haben.» Er schlug das Salz in ein grünes Taschentuch ein und steckte es in eine Tasche. «Grün symbolisiert unsere Religion, durch die erst alles möglich wird. So Gott will», sagte er. «Und mit dem Segen Gottes», erwiderten die Männer.

Der Eiserne Mullah führte sie zu einem als «FC-22» bekannten «Frontcamp», einer vom pakistanischen Geheimdienst Inter-Services Intelligence geführten Einrichtung des Markaz Dawar Center für global-islamische *jihad*-Aktivitäten. In jenen anfänglichen Tagen war FC-22 ein Drecksloch. Es gab nur wenige feste Gebäude – schmutzige, zusammengeflickte Zelte boten die einzige Schlafgelegenheit –, und es fehlte an Lebensmitteln und geheizten Räumen. Dafür aber gab es Waffen in Hülle und Fülle, und die Leute vom ISI zeigten bereitwillig, wie man damit umging. Unter anderem boten sie einen Lehrgang zur gezielten Tötung von Heckenschützen an. Außerdem gab es Schießstände mit beweglichen Zielen und Ausbilder, die ihren neuen Rekruten «Feuer frei» befahlen, während sie ihnen gleichzeitig in den Rücken oder gegen die Ellbogen stießen, da gelernt werden sollte, wie man bewegliche Ziele auch dann traf, wenn man gerade abgelenkt wurde. Es gab wöchentlich Seminare, aber auch Echtzeittrainingsprogramme für jenseits der Line of Control auszuführende Guerilla-Operationen, Unterricht im blitzschnellen Zuschlagen und im sofortigen Rückzug. Es gab eine Bombenfabrik, einen Kursus für Infiltrationstechniken als Fünfte Kolonne, vor allem aber gab es Gebete.

Auf dem *maidan* des Lagers waren die fünf täglichen Gebete für alle Kämpfer Pflicht, und das einzig erlaubte Buch – von Lehrbüchern einmal abgesehen – war der Heilige Koran. Ausländer, die sich in einer Sprache unterhielten, von der Shalimar der Narr bis auf den Namen des Herrn kein Wort kannte, diskutierten zwischen den Gebeten ausgiebig über Gott. Sein Lehrer für Ausländer wie für Waffen war Maulana Bulbul Fakh. Doch ehe Shalimar der Narr mit dem großen Werk beginnen durfte, musste sein Denken geändert werden. Er wurde gebeten, gewisse Änderungen in seiner Weltsicht vorzunehmen. «Man kann nicht geradeaus schießen», erklärte Bulbul Fakh unverblümt, «wenn man verquer denkt.»

Die Ideologie war entscheidend. Der von Reichtum und Besitz wie besessene Ungläubige verstand das nicht und glaubte, der Mensch sei entscheidend von sozialem und materiellem Selbstinteresse geprägt. Das aber war der Irrtum aller Ungläubigen und auch ihre Schwäche, die es erlaubte, sie zu besiegen. Der wahre Kämpfer wurde in erster Linie nicht von weltlichem Verlangen gelenkt, sondern von dem, was er für die Wahrheit hielt. Nicht die Ökonomie, sondern die Ideologie war entscheidend.

Der Eiserne Mullah nahm sich persönlich der Aufgabe an, die Neuankömmlinge umzuerziehen. Das war Teil seines Geschenks an die Revolution, Teil seines Gotteswerks. Shalimar der Narr saß auf einem Fels am gefrorenen Fluss und hörte dem Eisernen Mullah zu, wie er einst Pandit Pyarelal Kaul zugehört hatte, während er sich nach dem schlichten Glück sehnte, Boonyi berühren zu dürfen. Doch dieses Glück hatte sich als Illusion erwiesen, als Täuschung, und der Gedanke daran, getäuscht worden zu sein, machte es für Shalimar den Narren einfacher, die Lehre des Eisernen Mullahs anzunehmen.

Alles, was sie über das Wesen der Realität zu wissen meinten, darüber, was die Dinge sind und wie sie funktionieren, sei falsch, sagte der Eiserne Mullah. Das hatte der wahre Kämpfer als Erstes zu begreifen. *Ja, dachte Shalimar der Narr, stimmt, alles, was ich über sie zu wissen glaubte, war falsch.* Die sichtbare Welt, die Welt von Raum und Zeit, Empfindung und Wahrnehmung, in der sie

361

bislang zu leben glaubten, ist eine Lüge. *Ja, ganz genau.* Alles, was zu sein schien, gibt es nicht. *Richtig.* Indem sie die Berge überquerten, hatten sie einen Vorhang durchschritten und standen nun auf der Schwelle zur Welt der Wahrheit, die für die meisten Menschen unsichtbar blieb. *Gott sei Dank, dachte Shalimar der Narr. Die Wahrheit. Endlich. Wahrheit, die Bestand hat. Wahrheit, die nie zur Lüge wird.* In der Welt der Wahrheit, predigte der Eiserne Mullah, gibt es keinen Platz für Schwäche, für Streit oder Halbherzigkeit. Vor der Macht der Wahrheit muss sich jedes Knie beugen, und dann werdet ihr von der Wahrheit beschützt. Die Wahrheit hält eure Seele sicher in ihrer mächtigen Hand. *In ihrer Hand.* Jetzt kann nur noch die Wahrheit euer Vater sein, doch durch die Wahrheit werdet ihr zu Vätern der Geschichte. *Nur die Wahrheit kann mein Vater sein.* Jetzt kann nur noch die Wahrheit eure Mutter sein, doch hat die Wahrheit erst den Sieg errungen, werden alle Mütter euren Namen preisen. *Nur die Wahrheit kann meine Mutter sein.* Jetzt kann nur die Wahrheit euer Bruder sein, doch in Wahrheit werdet ihr ein Bruder aller Menschen sein. *Nur die Wahrheit kann mein Bruder sein.* Nur die Wahrheit kann euer Weib sein. *Nur die Wahrheit kann mein Weib sein.*

Die Zeit selbst ist ein Diener der Wahrheit, erzählte ihnen der Mullah. Jahre können in einem Augenblick vergehen, ein einziger Moment kann sich unendlich in die Länge ziehen, falls der Wahrheit damit am besten gedient ist. Auch die Entfernung hatte für die Wahrheit keine Bedeutung. Über tausend Meilen konnten an einem einzigen Tag zurückgelegt werden. Und wenn sich Zeit und Entfernung verändern ließen, wenn diese großartigen Dinge die gefügigen Diener der Wahrheit waren, um wie viel leichter war dann der Mensch zu formen! Wenn die so genannten Gesetze des Universums Illusionen waren, wenn diese Fiktionen nur den Stoff für jenen Schleier abgaben, hinter dem sich die Wahrheit verbarg, dann war auch die menschliche Natur nur eine Illusion, und menschliches Begehren und menschliche Intelligenz, menschlicher Charakter und menschlicher Wille, sie alle würden sich dem Imperativ der Wahrheit beugen, war der Schleier erst einmal gelüftet. Kein Mensch konnte sich der nackten Wahrheit stellen, ihr trotzen und dennoch überleben.

Die dem Eisernen Mullah zuhörenden neuen Rekruten spürten, wie in der Flamme seiner Gewissheit ihr altes Leben dahinwelkte. Der unsichtbare Kommandant, der sich Dar aus Shirmal nannte, obwohl es keine Dars in Shirmal gab, sprang plötzlich auf und riss seine Sturmhaube ab, seine Plastiküberkleider, die wollene Weste, die Gummistiefel, die um die Füße gewickelten wollenen Deckenstreifen, den grauen, ärmellosen Wollpullover mit V-Ausschnitt, die lange, khakifarbene, wollene *kurta* und die *pyjama*-Hose, Socken und Unterhose, und stellte sich nackt und kampfbereit vor Bulbul Fakh. «Ich habe keinen Namen», rief er laut, «außer dem Namen der Wahrheit. Ich habe kein Gesicht außer dem Gesicht, das Ihr für mich erwählt. Ich habe keinen Körper außer dem, der für die Wahrheit sterben will. Ich habe keine Seele außer der Seele, die Gott gehört.» Der Eiserne Mullah ging zu ihm und half ihm sanft wie ein Vater, sich wieder anzukleiden. «Dieser Kämpfer», verkündete Bulbul Fakh dann zärtlich, als der Mann, den Shalimar der Narr als Nackten Berg kannte, wieder völlig angezogen war, «hat die Gewänder der Lüge abgelegt und jene der Wahrheit angezogen. Er ist bereit für den Krieg.»

Als der unsichtbare Kommandant nackt vor ihm stand, sah Shalimar der Narr, wie jung er noch war, höchstens achtzehn oder neunzehn Jahre alt, jung genug, um sich bereitwillig für die Sache auslöschen zu lassen, jung genug, zu einer leeren Fläche zu werden, die andere beschreiben konnten. Für Shalimar den Narren bedeutete völlige Selbstverleugnung schon eine heiklere Forderung, eine größere Hürde. Er war Teil des heiligen Krieges, wollte es sein, doch trieben ihn auch private Angelegenheiten um, musste er einen Eid erfüllen. Nachts drängte sich das Gesicht seiner Frau in seine Gedanken, ihr Gesicht und hinter ihrem

Gesicht das des unbekannten Amerikaners. Sich gehen zu lassen hieße, auch die beiden gehen zu lassen, und wie er merkte, konnte er seinem Herzen nicht befehlen, den Körper freizugeben.

«Der Ungläubige glaubt an die Unveränderlichkeit der Seele», sagte Bulbul Fakh. «Wir aber glauben, dass jedes lebende Wesen im Dienste der Wahrheit verändert werden kann. Der Ungläubige sagt, der Charakter eines Menschen entscheide über sein Schicksal; wir sagen, eines Menschen Schicksal wird seinen Charakter schmieden. Der Ungläubige denkt, das Bild der Welt, das er sich malt, sei ein Bild, das wir alle wieder erkennen müssen. Wir aber sagen, dass uns sein Bild nichts bedeutet, da wir in einer anderen Welt leben. Der Ungläubige spricht von universellen Wahrheiten. Wir wissen, das Universum ist eine Illusion und die Wahrheit liegt jenseits der Illusion, wo der Ungläubige sie nicht sehen kann. Der Ungläubige glaubt, ihm gehöre die Welt. Doch wir werden ihn von den Schanzen verjagen und ihn ins Dunkle treiben, werden im Paradies leben und frohlocken, wenn er ins ewige Feuer stürzt.»

Shalimar der Narr sprang auf und riss sich die Kleider vom Leib. «Nimm mich!», rief er. «Wahrheit, ich bin für dich bereit!» Er war ein professioneller Mime, ein wichtiger Schauspieler in der wichtigsten *bhand pather*-Truppe im Tal, und deshalb wirkte er natürlich überzeugender, konnte seine Reise zur Nacktheit mit größerer Bedeutung unterlegen als irgendein achtzehnjähriger Bengel. Er zog das Hemd aus und verkündete laut seine Unterwerfung: «Ich reinige mich, lege außer dem Kampf alles ab! Ohne den Kampf bin ich nichts!», schrie er. «Nehmt mich oder tötet mich auf der Stelle!» Und mit diesen Worten zog er die Unterhose aus. Dieses leidenschaftliche Bekenntnis machte großen Eindruck auf den Eisernen Mullah. «Wir wissen, wer sich entscheidet, die anstrengende Winterreise über den Tragbal-Pass anzutreten, der wird von seinem Innersten getrieben», sagte er. «Aber dein Verlangen brennt heißer, als ich vermutet habe.» Er half Shalimar dem Narren, sich wieder anzuziehen, half ihm, die Kleider anzulegen, die sich dadurch, dass er sie ablegte, zu Gewändern der Zugehörigkeit gewandelt hatten. Kaum war er wieder gänzlich angezogen, warf sich Shalimar der Narr Bulbul Fakh zu Füßen und glaubte beinahe selbst an seine Vorstellung, glaubte beinahe, dass er nicht mehr der war, der er war, und dass er die Vergangenheit tatsächlich hinter sich lassen konnte.

Einige Stunden später wurde er jedoch am Esstisch von einem kleinen, fernöstlich aussehenden Kerl mit einem nahezu grotesk unschuldigen Gesicht angesprochen, einem Mann Ende dreißig, der zehn Jahre jünger aussah, von einer Art irrem, innerem Licht erleuchtet zu sein schien und gerade genug Hindi radebrechte, um sich verständlich zu machen. Höflich fragte der kleine Kerl: «Okay, ich sitze? Okay?» Shalimar der Narr zuckte mit den Achseln, und der kleine Kerl setzte sich zu ihm. «Moro», sagte er und tippte sich gegen die Brust. «Muslim von Philippinen. Aus Basilan, von Mindanao. Kannst du sagen?» Shalimar der Narr tat ihm den Gefallen. «Basilan, Mindanao», wiederholte er. Der kleine Kerl applaudierte. «War Fischer da, Sohn von Fischer», sagte er. «Janjalani, Abdurajak Abubakar. Kannst du auch sagen?» – «Janjalani», erwiderte Shalimar der Narr. «Kein Fisch nicht mehr. Fisch stinkt. Stinkt vom Kopf her. Philippinischer Staat stinkt wie fauler Fisch. Hab mich angeschlossen Moro National Liberation Front», sagte Janjalani in gebrochenem Hindi. «Bin aber wieder weg. Bin zu Al-Islamic Tabligh, gute Gruppe. Geld von den Saudis, auch von Pakistan. Schicken mich zur Ausbildung nach Westasien, nach, wie sagt ihr, Nahen Osten.» Shalimar der Narr verzog den Mund, um ihm anzudeuten, dass er beeindruckt war. «Bist weit fort von daheim», meinte er. «Studieren, lernen», sagte der kleine Mann. «Saudi-Arabien, Libyen, Afghanistan. Hab im Basislager gelernt. Kennst du? Bruder Ayman, Bruder Ramzi, Scheich Usama. Hab viel Gutes gelernt. Gewehr auseinander nehmen hab ich gelernt. Hinterhalt hab ich gelernt. Auch Entführung.

Und Erpressung, Bomben bauen, Mordanschlag. Gegen Russen kämpfen, Russen töten. Gute Ausbildung.» Er lachte vergnügt. «Ausbildung in Charakter von Leuten hatte ich schon. Deshalb durchschaue ich dich, Sir. Bist durchsichtig für mich wie Fenster. Bist kein Mann Gottes.» Shalimar der Narr zuckte zusammen und überlegte, wie schnell er sein Messer ziehen und angreifen konnte, falls ein Angriff nötig wurde. «Nein, Sir, nicht», rief der kleine Mann in gespieltem Entsetzen. «Friede, Friede. Bin nur als Beobachter hier. Nicht als Kämpfer. Ha! Ha! Vollen Respekt, bitte, ja? Mann Gottes an seinem Ort, Töter-Kämpfer an seinem. Mann Gottes inspiriert. Kriegsmann handelt. Kombination wie in Bulbul Fakh sehr selten. Du kein Kombinationsmensch, glaub ich. Du tust wie Kombinationsmensch, um Eisernem Bulbul zu gefallen, aber eigentlich bist du Töter-Kämpfer. Ist okay. Ich aber bin Kombinationsmensch wie Bulbul, ganz genauso. Kämpfer, aber auch *ustadz*. Prediger. Ist mein Schicksal.»

Jedermanns Geschichte war Teil der Geschichte aller anderen. Shalimar der Narr wurde im Frontcamp 22 ein Freund des leuchtenden kleinen Mannes, der mit Afghanen und Al-Kaida gegen die Sowjetunion gekämpft und amerikanische Waffen und Unterstützung angenommen hatte, obwohl er die Vereinigten Staaten hasste, da amerikanische Soldaten in der Vergangenheit entgegen den Wünschen der ortsansässigen Muslime die Ansiedlung von Katholiken in Mindanao gefördert hatten. Um Platz zu machen, war die muslimische Mehrheit, sieben Millionen Menschen, in zunehmend engere, überfülltere Gegenden abgedrängt worden. Basilan, die kleine Insel südwestlich der Hauptinsel Mindanao, wurde ein Ort erdrückender Armut, Waffen gaben den Ton an. Die Christen kontrollierten die Wirtschaft, und die Muslime blieben arm. «In den Siebzigern großer Krieg. Hunderttausend, hundertzwanzigtausend tot. Dann Friedensvertrag, dann Spaltung der MNLF in MNLF und MILF, dann wieder Krieg. Hasse philippinische Regierung. Hasse auch USA. Amerikanischer Botschafter kommt ins Basislager, gibt Waffen, Unterstützung. Ich mich zu- rückgehalten, aber in mein Herz, ich will den Mann töten.» Als Shalimar der Narr.den Namen des Botschafters erfuhr, richtete er sich kerzengerade am Esstisch auf. «Abdurajak, mein Freund», sagte er, und seine Stimme zitterte angesichts dieser Entdeckung, «diesen Mann will ich auch töten.»

«Lass mich wissen, wie ich kann helfen», erwiderte der philip- pinische Revolutionär.

Manchmal hörte sie seine Stimme jetzt wochenlang, gar monatelang nicht mehr. Nachts schickte sie Gedanken nach ihm aus, fand aber nur eine Leere. Er war jenseits ihrer Reichweite, und sie konnte nur darauf warten, dass er wieder auftauchte, dabei wusste sie nicht, ob sie sich seine Rückkehr wünschte, damit sie ihren Traum von einem glücklichen Ende weiterträumen konnte, oder ob sie seinen Tod wünschte, da sie dann von ihm befreit wäre. Doch am Ende kehrte er stets zurück, und wenn er kam, schien es, als wäre in seinem Leben nur eine einzige Nacht vergan- gen, höchstens zwei oder drei. Jahre ihres Lebens verschwanden, an dem Ort aber, von dem aus er sie rief, verging die Zeit in anderem Tempo, nahm der Raum um ihn eine andere Gestalt an. Sie wusste nicht, wie sie ihm erzählen sollte, was in Pachigam alles geschah. Die Zeit reichte nie. Doch immer öfter wollte er ihr nur sich selbst als Botschaft schicken, wollte ihr jenes Feuer zeigen, das noch in ihm brannte, und die einzige Frage, auf die er eine Antwort verlangte, war die alte, makabre Fra- ge: Sind sie schon tot? Abdullah Noman und Pyarelal Kaul aber lebten noch, auch wenn im Laufe seiner Wochen ihre Jahre dahinströmten. In seiner Zeit gemessen, würde er nicht mehr lange warten müssen.

Die Russen waren in Afghanistan, und folglich flohen viele Af- ghanen nach Pakistan. Man traf sie sogar im Frontcamp 22 an, im freien, im Azad-Sektor von Kaschmir. Trotz der ungeheuren

Anzahl von Flüchtlingen, die in riesigen, städtegroßen Lagern im Nordwesten Pakistans hausten, waren die Afghanen keineswegs arm. In der Nähe der Lager erstreckten sich weite Mohnfelder, und mit dem Gold und dem Schmuck, das sie als Eigenkapitel über die Grenze gebracht hatten und mit Drohungen und Waffen vermehrten, kauften sich die Anführer der Flüchtlinge ins Opiumgeschäft ein. Kaum hatten sie die Kontrolle über die Mohnfelder gewonnen, begannen sie mit der Doppelernte, sodass sie außer Opium auch Heroin produzieren konnten. Die Einnahmen vom Heroinverkauf genügten, um die pakistanischen Behörden zu bestechen und die Kosten für die Flüchtlingslager zu bezahlen. Die Behörden verschlossen die Augen vor dem, was auf den Mohnfeldern vor sich ging, da die Flüchtlinge so für den Staat nicht zur Last wurden; außerdem waren die Schmiergelder außerordentlich großzügig bemessen.

Die Afghanen hatten eigene Freiheitskämpfer, und die Vereinigten Staaten beschlossen, diese Kämpfer gegen ihren eigenen großen Feind zu unterstützen, der Afghanistan besetzt hielt. US-Berater, also Mitglieder der CIA, der Spionageabwehr und einiger Spezialeinheiten, begannen, diese afghanischen Kämpfer *muj* zu nennen, was geheimnisvoll und aufregend klang, aber die Tatsache verdeckte, dass das Wort *mujahid* dasselbe bedeutete wie das Wort *jihadi*, nämlich heiliger Kämpfer. Ein Strom aus Waffen, Decken und Bargeld ergoss sich ins nördliche Pakistan, und ein Teil dieser Hilfe erreichte tatsächlich die *muj*. Vieles landete allerdings in den Waffenbasaren im wilden Grenzgebiet, und bloß ein Bruchteil davon kam ins Azad-Kaschmir. Nach einer Weile nannten sich die Kämpfer im von Pakistan kontrollierten Kaschmir die *Kaschmiri muj*. Der ISI versorgte sie mit mächtigen Langstreckenraketen, die für die afghanische Front vorgesehen waren, unterwegs aber leider vom Kurs abkamen. Andere hochwertige Waffen tauchten ebenfalls im FC-22 auf: automatische Granatwerfer sowjetischer oder chinesischer Herkunft, Abschussbehäl-

ter mit solarbetriebenen Zeitzündern, die zeitverzögertes Sperr-
feuer mit 60-mm-Granaten ermöglichten. Schließlich bekamen
die *Kaschmiri muj* sogar Stinger-Raketen in die Hände, so genannte SAMs. Die meiste Zeit des Tages wurde mit der Ausbildung an
der Waffe verbracht. Wichtigster Ausbilder war ein afghanischer
Kriegskumpan von Janjalani, dem Philippinen, ein Kämpfer aus
Kandahar mit schwarzem Turban, der sich selbst schlicht Talib
nannte, was so viel wie «Lernender» hieß. *Taleem* war das Wissen.
Wer Wissen erworben hatte, war ein Gelehrter, ein *taliban*. Talib, der Lernende, war eigentlich ein Mullah, jedenfalls war er in
einer Koranschule, einer *madrasa*, ausgebildet worden. Doch wie
der Eiserne Mullah Bulbul Fakh erwähnte er niemals den Namen
seines Priesterseminars. Talib, der Afghane, hatte im Kampf ein
Auge verloren und trug seither eine schwarze Augenklappe. Aus
diesem Grund war er vorübergehend auch von der Front abgezogen worden, doch schien er fest entschlossen, den Kampf baldmöglichst wieder aufzunehmen. «In der Zwischenzeit», sagte er,
«kann Gottes Werk auch hier getan werden.»

Das eine Auge von Talib, dem Afghanen, durchbohrte Shalimar den Narren und schien seine Gedanken lesen zu können,
schien wie Janjalani seine Arglist zu sehen, das unentdeckte, verbotene Geheimnis. Janjalani verstand seine Gründe, doch fürchtete Shalimar der Narr, dass Talib sie nicht verstehen würde. Er
kam sich vor wie ein Betrüger und fürchtete ständig, bloßgestellt
zu werden. Er hatte sich nicht aufgegeben, wie es verlangt worden war, hatte sein Ich tief unter einer Vorstellung der Selbstverleugnung verborgen, der größten Vorstellung, die er je gegeben
hatte. Er verfolgte seine eigenen Ziele im Leben und würde sie
nicht aufgeben. *Ich bin bereit zu töten, doch bin ich nicht bereit, nicht
mehr ich selbst zu sein*, wiederholte er sich viele Male in seinem
Herzen. *Ich werde bereitwillig töten, aber ich werde mich selbst nicht
aufgeben.* Doch offiziell existierten seine Ziele nicht, nicht an diesem gefährlichen Ort. «Du warst Schauspieler», sagte Talib, der

Afghane, verächtlich in schlechtem Urdu und mit starkem Akzent. «Gott spuckt auf Schauspieler. Gott spuckt auf das Tanzen und Singen. Vielleicht spielst du mir jetzt was vor. Vielleicht bist du ein Verräter und ein Spion. Du hast Glück, dass ich hier im Lager nicht das Sagen habe. Ich würde sofort die Hinrichtung aller Theaterleute befehlen. Gott spuckt auf das Theater. Ich würde auch die Hinrichtung aller Zahnärzte, Professoren, Sportler und Huren befehlen. Gott spuckt auf Intellektuelle, auf Zügellosigkeit und Spiele. Wenn du den Raketenwerfer so hältst, brichst du dir die Schulter. So macht man das.»

Shalimar der Narr glaubte anfangs, er verstünde die Wut des einäugigen Talib, glaubte, es sei die Wut des verwundeten Kriegers, dem der Krieg fehlte, die Wut des Machers, der sich gezwungen sah, Lehrer zu sein. Später änderte er seine Ansicht. Talibs Wut war keine Nebenwirkung. Sie war der Sinn seines Lebens. Eine Ära der Wut brach an, und nur die Wütenden konnten sie gestalten. Talib, der Afghane, war zu seinem Zorn geworden. Er war ein Lernender, ein Gelehrter der Wut. Alle anderen Arten von Gelehrsamkeit verachtete er, doch in den Wegen der Wut war er bewandert. Sie hatte in ihm gelodert und hatte nicht mehr in ihm hinterlassen als die Wut und seine Zuneigung zu Zahir, jenem Jungen, den er aus Kandahar mitgebracht hatte, seinem Schützling, seinem Schüler, seinem Geliebten. Ein Kämpfer aus Kandahar legte sich wie einst die alten Griechen für eine gewisse Zeit einen solchen Jungen zu, machte einen Mann aus ihm und ließ ihn dann wieder ziehen. Zahir, der Junge, schlief in Talibs Zelt, pflegte dessen Waffen und kümmerte sich um dessen natürliche nächtliche Bedürfnisse. Mit Homosexualität hatte das nichts zu tun. Das war Männersache. Talib, der Afghane, wollte Homosexuelle hinrichten lassen, diese unnatürlichen Schwächlinge, auf die Gott am heftigsten herabspuckte.

Shalimar der Narr knüpfte eine Art Freundschaft mit Zahir, der oft einsam und verängstigt schien und sich danach sehnte, mit jemandem reden zu können. Zahir erzählte von Kandahar, von seinen Eltern, seinen Freunden, von der geschlossenen, zerstörten Schule, von seinen Pferden und von den Drachen, die er hatte steigen lassen, von dem Blut, das er gesehen hatte, und vom schrecklichen Tod. Und durch bloßen Zufall erfuhr Shalimar von Zahir, dem Jungen, Neuigkeiten über jenen Mann, den er mehr als jeden anderen Menschen auf Erden töten wollte. «Die Amerikaner liefern uns Waffen, damit wir gegen die Russen kämpfen», sagte Zahir. «So helfen uns selbst die Ungläubigen, Gottes Werk zu erfüllen. Sie schicken wichtige Leute, um mit uns zu verhandeln, und halten uns für Verbündete. Wirklich sehr lustig.» Botschafter Max Ophuls, der seit neuestem terroristische Aktivitäten unterstützte, sich aber Botschafter im Kampf gegen den Terrorismus nannte, war der Verbindungsmann zu den *muj* des Afghanen Talib. Ein Tiger setzte in Shalimar dem Narren zum Sprung an, als er diesen Namen hörte, und nur mit Mühe konnte das Tier wieder gebändigt werden. Talibs Auge hätte diesen Sprung gesehen und Shalimar gleich im Verdacht gehabt, doch Zahir, der Junge, war zu sehr in die Vergangenheit verstrickt, um sehen zu können, was vor seiner Nase geschah.

Unsere Leben berühren sich aufs Neue, sagte Shalimar stumm zum Botschafter. *Vielleicht hast du mir die Waffe gebracht, die ich in der Hand halte. Vielleicht ziele ich eines Tages damit auf dich und drücke ab.* Doch wusste er, dass er den Botschafter nicht erschießen wollte. Seine bevorzugte Waffe war stets das Messer gewesen.

Er war zum Kampf bereit. Der Winter wurde zum Frühling, und die Bergpfade wurden wieder passierbar. Die Frontlager füllten sich mit Männern. FC-22 platzte aus den Nähten vor Männern mit den zähnefletschenden, lefzenleckenden Manieren von Kampfhunden, die man nur mit Mühe an der Leine zurückhält. Jeden Tag kamen neue Gruppen, zumindest schien es so: Harakats, Lashkars, Hizbs von diesem oder jenem, Märtyrertum, Glaube oder Ruhm. Es ging das Gerücht, Amanullah Khan sei aus England nach Pakistan zurückgekehrt, um die JKLF zu führen. Shalimar der Narr hielt sich an die tägliche Routine, erledigte sein Fitness-Programm, das Training, die Arbeit an den Waffen und fragte sich, wie es wäre, einen Mann zu töten. Dann wollte der Eiserne Mullah von ihm wissen, ob er gern ins Ausland gehen würde.

Fast jeden Tag noch wurde sie vom Gewicht ihrer verlorenen Tochter erdrückt, und da die Tochter in jener anderen Welt, der Boonyi sie ehedem überlassen hatte, älter wurde, wuchs auch ihr Gewicht. Wenn Boonyi jetzt an Kaschmira dachte, war es, als zermalme sie ein Haus. Es war, als vervielfache sich die Anziehungskraft der Erde, ziehe sie hinab und schlage sie in Ketten. Der Druck auf ihrer Brust wurde so groß, dass ihre Lungen kaum noch Luft bekamen. Wenn du mich umbringen willst, mein Mann, dachte sie, dann kehr heim und mache es bald, sonst kommt meine Tochter dir zuvor, deren Namen ich nicht kenne, deren Gesicht ich nicht sehen kann. Doch Boonyis Mann ließ diesmal lange auf sich warten. Als er dann schließlich kam, enthielt seine Nachricht seltsame Worte, die Namen von Orten, von deren Existenz sie kaum wusste: Tadschikistan, Algerien, Ägypten und Palästina. Sie hörte diese Namen und verstand nur, dass der alte Shalimar tot war. An seiner Statt, seinen Namen tragend, stand dieses neue Geschöpf, in Fremdheit gehüllt, und von Shalimar dem Narren war nur das mörderische Verlangen geblieben. Also gab sie ihren Traum von einem glücklichen Ende auf und wartete auf seine Rückkehr.

Plötzlich war er vierzig Jahre alt, kampferprobt, und brauchte sich nicht länger zu fragen, wie es sein mochte, wenn man mordete. An einer Straßenecke vor einem Parkplatz im Norden Afrikas hatte ein Agent des FIS einem Zigarettenhändler ein paar Dinar dafür gezahlt, dass er ihm seinen Bauchladen überließ und sich für eine Stunde aus dem Staub machte. Dann hatte man ihn hergebracht, Shalimar den Narren, glatt rasiert, in westlichen Kleidern, und ein Mann in einem *khamis*, der stark nach Moschus roch, band ihm den Tragriemen des Bauchladens um den Hals, legte eine in weißes Tuch gewickelte Pistole auf das Tablett und verschwand. Shalimar der Narr fühlte sich eigenartig stark, fühlte sich wie Superman, denn man hatte ihm mit einer Nadel in den Arm gepikt und eine grauweiße Flüssigkeit injiziert. Er beherrschte die Sprache der Menschen nicht, für die er den Anschlag ausführte, doch hatte ihm der einäugige Talib den Jungen Zahir als Übersetzer und Helfer mitgegeben. Talib sagte, der Junge spreche ausgezeichnet Arabisch, und es sei für ihn an der Zeit, zum Mann zu werden. Sie hatten Shalimar dem Narren das Bild eines Mannes gezeigt, hatten ihn im fensterlosen Lieferwagen hergebracht, ihm die Spritze gegeben und ihn mit der Waffe an der Straße abgesetzt. Zahir, der Junge, hatte die Worte des Bärtigen im Lieferwagen übersetzt. Der Mann, den er töten würde, war ein gottloser Mann, ein gegen Gott gesinnter Schriftsteller, der Französisch sprach und seine Seele an den Westen verkauft hatte. Mehr brauchte er nicht zu wissen. Er musste keine Fragen stellen. Es war ein leichter Job.

Shalimar der Narr stand an der Straßenecke, vom Arabischen umspült, und wenn Männer Zigaretten verlangten, kümmerte sich Zahir, der Junge, darum, und Shalimar der Narr grinste blöd und zeigte auf beide Ohren und den offenen Mund, womit er sagen wollte: *Ich bin taub und stumm, ich kann nicht mit dir reden, ich habe keine Ahnung, was du sagst.* Dann kam der Mann auf dem Foto, trug eine blau gefärbte Sonnenbrille, ein offenes, weißes Hemd, eine cremefarbene Hose und in der linken Hand eine zusammengerollte Zeitung. Der Mann ging rasch zum Parkplatz, und Shalimar der Narr schnallte den Bauchladen ab, nahm das Tuch mit der darin eingewickelten Pistole und folgte ihm. Er hielt das Tuch in der Linken, holte aber die Waffe nicht heraus, weil er wissen wollte, wie es sich anfühlte, wenn er sein Messer an die Haut eines

Menschen legte, wenn er den scharfen, glitzernden Klingenhorizont an die Hautfront führte, die Souveränität eines Mitmenschen verletzte, das Tabu überschritt, sich dem Blut stellte. Wie es sich anfühlte, wenn er dem Dreckskerl die Kehle durchschnitt, wenn der Kopf in den Nacken baumelte, zur Seite klappte und das Blut wie ein Baum in die Höhe schoss. Wie es sich anfühlte, wenn ihn das Blut überströmte und er sich vom Leichnam löste, diesem nutzlosen, zuckenden Etwas, diesem besudelten Stück Fleisch. Zahir kam angerannt, der fensterlose Lieferwagen schlingerte um die Ecke, und der Mann, der nach Moschus roch, zog ihn hinein und warf die Tür zu, und der Wagen jagte davon, während der Mann, der nach Moschus roch, ihn lange, sehr lange anschrie. Zahir, der Junge, sagte: «Er meint, du bist verrückt. Die Waffe hat einen Schalldämpfer, das wäre schnell und sauber gewesen. Du hast dich Befehlen widersetzt, und er könnte dich dafür umbringen.» Doch Shalimar der Narr wurde nicht umgebracht. Zahir, der Junge, übersetzte, was der Mann, der nach Moschus roch, sagte, nachdem er sich wieder beruhigt hatte. «Für einen Mann wie dich, für so ein völlig verrücktes Arschloch, gibt es immer genug zu tun.»

Also kannte er die Antwort auf seine Frage und hatte etwas über sich gelernt, was er vorher nicht gewusst hatte. Die Jahre vergingen, und es gab tatsächlich genügend zu tun. Wie es Attentätern ansteht, wurde er ein geachteter, ein bedeutender Mann. Er verwirklichte sogar sein geheimes Ziel, denn er besaß Pässe auf fünf verschiedene Namen und sprach gut Arabisch, brauchbares Französisch und schlechtes Englisch. Er hatte sich Wege eröffnet, Wege in die reale Welt, die unsichtbare Welt, die er einschlagen konnte, wenn die Zeit für den Botschafter gekommen war. Er musste daran denken, wie ihm sein Vater den Seiltanz beigebracht hatte, und er begriff, auf den geheimen Wegen der unsichtbaren Welt zu reisen war, als bewegte er sich auf dem Seil. Die Wege waren verdichtete Luft. Hatte man einmal gelernt, sie zu benutzen, war es, als flöge man, als verschwände die illusionäre Welt, an die so viele Menschen glaubten, und man zöge über den Himmel, ohne je auch nur an Bord eines Flugzeugs gehen zu müssen.

Bei seiner Rückkehr hatte sich FC-22 verändert, das Camp war größer geworden, massiver gebaut, und sah nicht mehr wie ein Schlupfloch für Banditen aus. Man hatte zahlreiche Holzhäuser errichtet und Wellblechbaracken aufgestellt. Talib, der Afghane, war wieder im aktiven Militärdienst, und Zahir, der Junge, schon lange fort. Allerdings war Maulana Bulbul Fakh noch da, und er begrüßte Shalimar den Narren mit den Worten: «Du kommst gerade rechtzeitig. Der Aufstand ist nahe.» Er war zu lange fort gewesen. Scheich Abdullah, der Löwe von Kaschmir, lebte schon seit fünf Jahren nicht mehr. Auf dem Siachen-Gletscher, siebentausend Meter über dem Meeresspiegel, hatte es zwischen Indien und Pakistan Zusammenstöße gegeben, doch waren es die gerade beendeten Wahlen, die alles ändern sollten. Man schrieb das Jahr 1987, und die indische Regierung hatte in Kaschmir wählen lassen. Farooq Abdullah, der Sohn des Scheichs, galt als Kandidat der Regierung. Die oppositionelle Muslim United Front benannte als ihren Kandidaten einen gewissen Mohammad Yousuf Shah, den General Hammirdev Kachhwaha den «meistgesuchten Terroristen des Landes» nannte. Als erste Ergebnisse bekannt wurden, erzählte man sich unter der Hand, dass der falsche Mann dabei war zu gewinnen. Also manipulierte man die Wahlen. MUF-Anhänger und Wahlbetreuer wurden gefangen genommen und gefoltert. Mohammad Yousuf Shah ging in den Untergrund und wurde als Syed Salahuddin Anführer der militanten Hizb-ul-Mujaheddin. Seine engsten Verbündeten, die so genannten HAJY-Gruppen (Abdul Hamid Shaikh, Ashfaq Majid Wani, Javed Ahmed Mir und Mohammad Yasin Malik) zogen über die Berge und schlossen sich der JKLF an. Abertausend zuvor gesetzesgläubige junge Männer griffen zu den Waffen und schlossen sich, enttäuscht von den Vorgängen um die Wahl, den Militanten an. Pakistan zeigte sich großzügig: Jeder Freiwillige erhielt eine AK-47.

Abdurajak Janjalani war heimgekehrt und gründete eine eigene Gruppe, die «Schwertträger-Fraktion» oder Abu Sayyaf genannt wurden. Er hatte oft davon geredet und mehr als einmal Shalimar den Narren gebeten, ihm zu helfen. «Brüder von überall kommen», hatte er gesagt. «Wirst sehen. Wird ein Triumph für unsere Internationale.» Da er schließlich begriff, dass Shalimar dem Narren der Sinn nach anderem stand, hatte Janjalani ihn nicht weiter bedrängt, ihm aber versichert, dass es für ihn im Kampf stets einen Platz gebe. «Willst du nach Basilan», sagte er, «rufst du diesen Menschen an. Geht alles fix und problemlos. Bruder Ramzi kommt. Gibt so viele Gelder.» Der Name auf dem Zettel sagte Shalimar dem Narren nichts, doch als die Schwertträger später mit Bombenkampagnen und Lösegeldforderungen Schlagzeilen machten, summte es in den Netzwerken der sichtbaren und unsichtbaren Welt, und diverse Namen fielen, etwa der von Mohammed Jamal Khalifa, einem Vetter von Scheich Usama, der eine Reihe islamischer Wohltätigkeitsorganisationen in den südlichen Philippinen führte und als einer der wichtigsten Finanziers der neuen Gruppe galt. Libyens Präsident Ghaddaffi verurteilte die Aktivitäten von Abu Sayyaf, allerdings gerieten libysche Wohltätigkeitsorganisationen in den südlichen Philippinen auch in den Verdacht, als Kanäle für libysches Staatsgeld zu dienen. Gleicherweise begannen die Namen gewisser prominenter Malaysier in denselben Sätzen aufzutauchen wie die Worte «Abu Sayyaf». Name und Telefonnummer auf dem Zettel von Shalimar dem Narren waren beide auf Malaysisch geschrieben, doch tauchte weder Name noch Nummer je in der Presse auf. Natürlich hatte es den Zettel höchstens eine Stunde gegeben. Shalimar der Narr prägte sich Namen und Nummer ein und verbrannte das Papier, sobald die Arbeit des Erinnerns getan war.

Auch die Gegroo-Brüder waren verschwunden. Die weltlichen Gedanken der JKLF-Militanten hatten ihnen nie recht zugesagt, und Talib, ihr Ausbilder, hatte sie (ehe er ging) auf die «afghanisierteste» der neuen Gruppen aufmerksam gemacht, die Lashkar-e-Pak, die Armee der Reinheit. Die LeP verfolgte ebenso moralische wie politische Ziele. Einen Monat vor Shalimars Rückkehr ins FC-22 hatten die Gegroos an einem LeP-Überfall auf das Dorf Hast im Bezirk Rajouri in Jammu und Kaschmir teilgenommen. LeP-Plakate waren im Dorf aufgetaucht und hatten allen muslimischen Frauen befohlen, die *burqa* anzuziehen und sich an die von den Taliban in Afghanistan festgelegten Kleider- und Benimmregeln zu halten. Die meisten Frauen Kaschmirs kannten den Schleier kaum, und so ignorierten sie die Plakate. In der fraglichen Nacht aber übte die LeP, unter ihnen auch die Brüder Gegroo, Vergeltung. Sie drangen in das Haus von Mohammed Sadiq ein und töteten seine zwanzigjährige Tochter Nosen Kausar. Im Haus von Khalid Ahmed köpften sie die zweiundzwanzigjährige Tahira Parveen. Im Haus von Mohammed Rafiq töteten sie die junge Shehnaaz Akhtar. Und sie köpften die dreiundvierzigjährige Jan Begam in ihrem eigenen Haus.

In den folgenden Monaten wurde die LeP immer dreister und dehnte ihre Aktivitäten schließlich bis nach Srinagar aus. Lehrerinnen wurden mit Säure übergossen, weil sie gegen die islamische Kleidervorschrift verstießen. Drohungen wurden ausgegeben, Fristen gesetzt, und viele kaschmirische Frauen legten zum ersten Mal jenen Schleier an, den ihre Mütter und Großmütter stets so stolz abgelehnt hatten. Im Sommer 1987 tauchten dann auch in Shirmal die Plakate der LeP auf. Männer und Frauen sollten nicht mehr nebeneinander und gemeinsam fernsehen. Das sei lasterhaft und obszön. Hindus sollten nicht mehr neben Muslimen sitzen. Und natürlich mussten alle Frauen sofort den Schleier anlegen. Hasina Yambarzal war stinksauer. «Reißt sämtliche Plakate ab und sagt, alles geht seinen gewohnten Gang», befahl sie ihren Söhnen.

«Ich denk nicht daran, mir meine Lieblingssendungen durch ein Loch in einem Ein-Frauen-Zelt anzusehen, und ich habe auch nicht vor, mich befreien zu lassen, bloß um das alte gegen ein neues Gefängnis zu tauschen.»

* * *

ANFANG DES NÄCHSTEN JAHRES, zu Beginn der
Touristensaison, an jenem Tag, an dem der nationale Aufstand
begann, fand die letzte Vorstellung statt, die die *bhands* von Pachigam je gaben. Im gestandenen Alter von sechsundsiebzig Jahren
brachte Abdullah Noman seine Schauspieltruppe nach Srinagar,
um in einem Auditorium vor den für die Wirtschaft so wichtigen indischen wie ausländischen Besuchern des Tales aufzutreten.
Ihm fehlten die großen Stars. Es gab keine Boonyi mehr, die die
Anarkali tanzte und das Publikum mit ihrer Schönheit bezauberte, keinen Shalimar, der mit seinen Schwindel erregenden Narreteien ohne Netz über das Hochseil balancierte, und ihm selbst
fiel es auch ziemlich schwer, mit den alten, gichtigen Händen ein
königliches Schwert zu ziehen und drohend zu schwingen. Die
Jugendlichen hatten heutzutage andere Interessen und mussten
zum Theaterspielen fast gezwungen werden. Für die alte Kunst-
form war es eine Beleidigung, wie hölzern und verdrossen die
jungen Schauspieler agierten. Abdullah krümmte sich innerlich
zusammen, wenn er sie bei den Proben sah. Sie waren abgebro-
chene Streichholzhälften, die vorgaben, mächtige Bäume zu sein.
«Wer will schon solch plumpem Possenspiel zusehen?», fragte er
bekümmert. «Man wird uns mit Obst und Gemüse bewerfen und
von der Bühne jagen.»

Er entschuldigte sich im Voraus bei seinem siebzigjährigen
Freund und altem Verbündetem, dem pensionierten Sikh-Kul-
turdezernenten und gefeierten Gartenexperten Sardar Harbans

Singh, der während seiner Laufbahn stets die *bhand pather* unterstützt hatte und im Ruhestand seine jungen Nachfolger – die ebenso wenig Geduld mit den alten Fertigkeiten kannten wie die Jugend von Pachigam – überreden konnte, den alten Hasen gelegentlich eine Chance zu geben. «Nach dem heutigen Abend, Sardarji», gestand Abdullah Noman dem vornehmen alten Herrn, «werden uns die Veranstalter bestimmt eher die Schädel einschlagen, als uns noch Chancen zu geben.» – «Mach dir deshalb keine Sorgen, alter Mann», kam Harbans' lakonische Antwort. «Die Touristen haben vergangene Woche das Tal in Scharen verlassen, weshalb die meisten gar nicht erst zum Stück kommen werden. Es ist eine Katastrophe, ein Schiffbruch, und ich fürchte, dir fällt die Aufgabe zu, für unsere Unterhaltung zu sorgen, während wir mit Mann und Maus untergehen.»

Firdaus hatte ihn nicht nach Srinagar begleitet. Abdullah wusste, dass sie unglücklich war, da sie seit einiger Zeit etwas von Schlangen-Omen murmelte, und wenn seine Frau anfing, in der Gestalt der Wolken, den Ästen der Bäume und im Wasser Schlangen zu erkennen, bedeutete dies unweigerlich, dass sie über den Kummer des Lebens sinnierte. Erst kürzlich hatte sie behauptet, leibhaftige Schlangen seien ins Dorf gekommen und sie sehe diese Tiere, wohin sie auch gehe, in Futterscheunen und Obstgärten, in Ställen und Häusern. Noch hatten sie niemanden gebissen, kein Tod durch Schlangenbiss, weder von Vieh noch Mensch, war bislang gemeldet worden, doch sammelten sie sich, sagte Firdaus, wie eine Invasionsarmee, sie schlängelten herbei, und falls man nichts dagegen unternehme, würden sie in einem ihnen genehmen Augenblick zuschlagen – und das dürfte es dann gewesen sein. Früher einmal hätte ihr Abdullah Noman brüllend widersprochen, und das Dorf wäre vor seinem Haus zusammengekommen, um sich den Streit anzuhören, doch Abdullah brüllte nicht mehr, obwohl er wusste, dass es Firdaus lieber gewesen wäre. Er hatte sich in sich selbst zurückgezogen, Alter und Enttäuschung hatten ihn in eine kalte Ecke gedrängt, und er wusste nicht, wie er herauskommen konnte. Manchmal sah er seine Frau, wie sie ihn anschaute, ihn mit bekümmertem, forschendem Blick musterte, als wollte sie fragen: *Wo bist du hin, was ist mit dem Mann geschehen, den ich geliebt habe?* Und er hätte gern zurückgerufen: *Ich bin noch hier, rette mich, ich bin in mir selbst gefangen!* Doch ihn umgab eine Eisschicht, und die Worte drangen nicht zu ihr durch.

«Wenn das Stück so schlecht ankommt, wie ich befürchte», wandte er sich unbeholfen an sie, «mache ich Schluss. Zum Teufel damit! Ich habe nicht vor, mich in meinen letzten Jahren öffentlich für Aufführungen hänseln zu lassen, für die ich selbst auch kein Geld zahlen würde.» Pachigam war viel ärmer, als sie beide es je erlebt hatten. Vorbestellungen gab es nur noch selten, und seit Pandit Pyarelal Kaul sich vom Posten des Chefkochs, des *vasta waza*, zurückgezogen hatte, war der Ruf von Pachigams *wazwaan* immer schlechter geworden. Firdaus reagierte auf die Ankündigung ihres Mannes mit eigenen unbeholfenen Worten: «Tja, dann wird es uns wohl noch schlechter gehen als jetzt», sagte sie, «nur gut, dass ich nie angenommen habe, ich würde mal in Saus und Braus leben.» Abdullah wusste, sie beklagte sich eigentlich darüber, dass er unfähig war, ihr das Gefühl zu geben, von ihm geliebt zu werden, doch die Worte, die Firdaus' Herz besänftigen sollten, blieben ihm im Hals stecken, und ehe er nach Srinagar aufbrach, nickte er ihr nur noch kurz zu und sagte: «Ganz recht. Die Armen sollten sich niemals dem Traum von einem komfortablen Leben hingeben.»

Der Bus, der die Schauspieler und Musiker nach Srinagar brachte, schaffte es wegen der Menschenmenge, die sich unter den nervösen Blicken der Armee und der Polizei auf den Straßen der Stadt sammelte, nicht bis zum Busbahnhof. Die *bhands* mussten aussteigen, ihre Requisiten in die Hand nehmen und zu Fuß laufen. Mehr als vierhunderttausend Menschen verstopften bereits die Straßen. Abdullah Noman fragte den Busfahrer, was denn die Ursache sei. «Eine Beerdigung», antwortete er. «Sie sind gekommen, um den Tod unseres Kaschmirs zu betrauern.»

Der Vorhang hob sich vor der Geschichte vom guten König Zain-ul-abidin, und Abdullah trat auf die Bühne, reckte in der einen Hand das Schwert, in der anderen den Speer, und während er die Waffen umklammerte, ignorierte er jene Speere des Schmerzes, die seine Hände durchbohrten. Zum letzten Mal in seinem Leben ging er beispielhaft voran, und seine Haltung verkündete der gelangweilten, rebellischen Truppe: *Wenn ich den Schmerz überwinden kann, könnt ihr auch eure Gleichgültigkeit überwinden.* Doch der Saal war zu drei Vierteln leer, und die wenigen Touristen, die dort unten saßen, hörten kaum zu, da durch die Wände des Theaters gedämpft der Lärm des beginnenden Aufstandes drang, das Getöse von einer Million Menschen, die durch die Straßen marschierten, Fackeln in die Höhe hielten und *Azadi!* schrien. Neben seinem Sohn Yuvraj, einem auffallend attraktiven jungen Mann, dessen rasiertes Kinn und fehlender Sikh-Turban deutlich von seiner modernen Einstellung kündeten, saß Sardar Harbans Singh mitten in der ansonsten leeren siebten Reihe. Mit der Empfindung eines Mannes, der sich von hohem Gipfel zu Tode fallen lässt, warf Abdullah Noman dem alten Kameraden seinen wildesten funkelndsten Blick zu und stürzte sich mit all der Kraft, die ihm noch geblieben war, in seine Rolle. In der nächsten Stunde erzählten die *bhands* von Pachigam im stillen Grab des Auditoriums eine Geschichte, die niemand hören wollte. Mehrere Leute im Publikum standen während der Vorstellung auf und verließen den Saal. Sardar Harbans Singhs Sohn Yuvraj, ein Geschäftsmann, der trotz der sich verschlechternden politischen Lage erfolgreich kaschmirische Pappmachéschachteln, geschnitzte Tische, *numdah*-Teppiche und bestickte Kopftücher ins übrige Indien ebenso wie in den Westen exportierte und Abdullah Noman «in geradezu lachhaftem Optimismus» unterstützte, «wenn man bedenkt, dass die Gegend kurz davor steht, völlig durchzudrehen», warnte ihn, dass die Dinge auf der Straße aus dem Ruder laufen und Demonstranten ins Theater platzen könnten. «Sie halten ein Schwert und ein Speer», erinnerte ihn Yuvraj Singh. «Ein Rat für den Fall, dass die Menge hier eindringt: Denken Sie nicht an das Stück. Werfen Sie die Requisiten fort, und nehmen Sie die Beine in die Hand.» Er selbst müsse den zweiten Akt leider verpassen, entschuldigte er sich. «Die Lage, Sie verstehen», erklärte er unbestimmt. «Man hat schließlich seine Pflichten.»

Im hohlen Vakuum des leeren Saals sah Abdullah Noman seine Truppe verdrossener Jugendlicher die Vorstellung ihres Lebens geben, als wäre ihnen plötzlich ein Geheimnis aufgegangen, das ihnen nie zuvor jemand erklärt hatte. Der Widerhall wummernder Trommelwirbel drang zu ihnen durch, der Gesang der Demonstranten klang wie ein den Untergang beschwörender Chor, die Wut der stetig wachsenden Menge knisterte wie elektrischer Strom um die leeren Sitze. Trotzdem spielten die *bhands* von Pachigam ihr Stück, tanzten, sangen, führten Narreteien auf und erzählten ihre Geschichte von Toleranz und Hoffnung in alter Zeit. Einmal erlag Abdullah Noman der Illusion, dass ihre Stimmen und Instrumente unhörbar geworden waren, dass im Saal – obwohl sie ihren Text aufsagten, ihre Lieder sangen und ihre Musik mit einer Leidenschaft spielten, die sie lange nicht hatten aufbringen können – völlige Stille herrschte, dass die wenigen, über die Reihen verteilten Zuschauer stumm einer Pantomime zusahen, während draußen auf der Straße der Lärm gewaltig anschwoll und immer noch weiter anstieg und nun auch noch von einer zweiten Geräuschgruppe überlagert wurde, Geräuschen von Truppentransportern, Jeeps und Panzern, von gestiefelten Füßen, die im Gleichschritt marschierten, von geladenen Waffen, die in Stellung gebracht wurden, und schließlich von Schüssen, von

Gewehrschüssen und Automatikfeuer. Aus dem Gesang wurde Geschrei, Trommelwirbel wurden zu Donnerschlägen, die Demonstration zu einer Stampede, und als das Auditorium zu zittern begann, fand die Geschichte vom König Zain-ul-abidin ihr glückliches Ende, die Schauspieler fassten sich an den Händen und verbeugten sich, und obwohl Sardar Harbans Singh, der einzig verbliebene Zuschauer, so kräftig applaudierte, wie es ihm unter diesen Bedingungen nur möglich war, gaben seine klatschenden Hände doch keinen Laut von sich.

Eine Zeit lang war an Heimreise nicht zu denken. Vierzig Demonstranten hatten ihr Leben gelassen. Die Lage auf den Straßen galt als extrem unsicher, überall waren Barrikaden, Soldaten und gepanzerte Fahrzeuge, und dem öffentlichen Verkehr maß man keine vorrangige Bedeutung bei. Die *bhands* von Pachigam verbarrikadierten sich im Theater und warteten. Sardar Harbans Singh weigerte sich, bei ihnen zu bleiben. «Ich schlafe lieber in meinem eigenen Bett, Freunde», erklärte er. «Meine Frau würde auch höchst misstrauisch, wenn ich es nicht täte. Außerdem muss ich mich um meinen Garten kümmern.» Harbans' ummauerte Gartenvilla war eines der geheimen Wunder dieser Stadt, und manch einer glaubte, eine *pari* aus Pari Mahal hätte sie mit einem Zauberspruch belegt, einem magischen Bann, der sie und alle, die sich darin aufhielten, vor Schaden bewahrte. Doch Harbans schien nicht auf Feenhilfe angewiesen zu sein. Trotz der chaotischen Zustände fand er den Weg zurück zu seinem Haus im alten Teil der Stadt. Harbans war ein unerschrockener alter Fuchs, der sämtliche Gassen und Nebenstraßen der Stadt kannte und unausbleiblich jeden Tag zurückkehrte, tadellos gekleidet in *achkan* und langen Hosen, der silberne Bart gestutzt und mit Pomade eingerieben, und so brachte er der Truppe Lebensmittel und einige notwendige Vorräte. Manchmal wurde er von seinem Sohn begleitet, doch kam er häufiger allein aufgrund von Yuvrajs ungenannten «Pflichten», zu denen, wie sich später herausstellte, das

Anheuern und Beaufsichtigen privater Sicherheitskräfte gehörte, die seine Geschäftsräume und Lagerhäuser vor Plünderern und Brandstiftern schützten. Sardar Harbans Singh schüttelte bekümmert den Kopf. «Mein Sohn ist ein Mensch mit hohen Idealen und edlen Ansichten», erzählte er Abdullah, «den jedoch die Zeiten zwingen, sich mit Gaunern und Gossenflegeln abzugeben, mit bezahlten Schlägern, die er einstellt, damit sie unsere Ware vor anderen Schlägern schützen, und die er dann wie ein Falke im Auge behalten muss, damit sie sich nicht selbst daran vergehen. Der arme Kerl schläft nie, beklagt sich aber auch nie. Er tut eben das Nötige. So wie wir alle.» Sardar Harbans Singh hielt einen Walnussstockdegen mit silbernem Knauf in der Hand, ging mit zügigem Schritt durch die unsicheren Straßen und wies verächtlich jedes Risiko von sich. «Ich bin ein alter Mann», sagte er. «Wer wollte sich schon die Mühe machen, mir etwas anzutun, wenn Gevatter Zeit doch bereits so gute Arbeit an mir leistet?» Abdullah schüttelte verwundert den Kopf. «Da kennt man einen Menschen fünfzig Jahre», sagte er, «und weiß doch nicht, wozu er fähig ist.» Harbans zuckte abwehrend die Schultern. «Man weiß die Antwort auf die Fragen des Lebens erst, wenn sie gestellt werden», sagte er.

Fünf Tage nach diesen Ereignissen wurde die Busverbindung nach Pachigam wieder aufgenommen. Als Abdullah Noman vor der Haustür stand, konnte Firdaus nicht umhin, vor Freude laut zu weinen. Abdullah fiel im Flur auf die Knie und bat um Vergebung. «Wenn du mich noch lieben kannst», sagte er, «dann hilf mir bitte, den Mut zu finden, mich dem kommenden Sturm zu stellen.» Sie richtete ihn auf und küsste ihn. «Du bist der einzige große Mann, den ich je gekannt habe», sagte sie, «und ich werde stolz darauf sein, mich an deiner Seite dem Tod, dem Teufel, der indischen Armee oder sonstigem Ärger zu stellen.»

*

Bombur Yambarzal hatte einst eine tapfere Tat vollbracht, als er dem aufwieglerischen Eisernen Mullah Maulana Bulbul Fakh an der Tür zur Moschee von Shirmal entgegentrat, doch stellte ihm das Leben im hohen Alter erneut schwierige Fragen, und Angst um die Sicherheit seiner geliebten Frau ließ ihn in die Irre gehen. Er war nicht mehr der großbäuchige *vasta waza* von ehedem. Die Jahre hatten ihn ausgedörrt, hatten die Hände gelähmt, ihn mit Leberflecken überzogen und den grauen Star in seine Augen flattern lassen, sodass er eine dürre, unscheinbare Gestalt abgab, die sich beklommen fragte, ob sie wohl ihr achtzigstes Jahr erleben dürfte. Dieser geschwächte Bombur tat nun die Ansicht kund, dass die Lashkar-e-Pak gewiss größeres Wohlwollen für das Dorf Shirmal aufbringen und weniger zu «verrücktem Tun» neigen würden, wenn man auf die Plakatkampagne der Radikalen in einem Geiste des Kompromisses und nicht der Konfrontation reagierte. «Wenigstens einem ihrer Vorschläge sollten wir zustimmen, Harud», sagte er, «sonst werden wir diejenigen sein, die als unvernünftig und unbelehrbar dastehen.»

Hasina Yambarzal, jene massig gebaute Dame, der die Jahre offenbar nicht das Mindeste anhaben konnten und die sich allein wegen ihres Spitznamens «Harud» auch weiterhin das Haar mit Henna rot färbte, reinigte das Fernsehzelt für die abendliche Vorstellung. «Was schlägst du vor?», fragte sie in kompromisslosem Ton. «Ich habe dir gesagt, was ich von der *burqa* halte, und wenn du die Frauen daran hindern willst, hier ins Zelt zu kommen, dann bricht die Hölle los.» Der *waza* von Shirmal beugte sich ihren Argumenten. «Können wir denn», sagte er, «in diesem Falle unseren Hindu-Brüdern und Schwestern nicht sagen, dass wir als Reaktion auf die Intervention der LeP und in Anbetracht der Schwere unserer Situation hier in dieser Region sowie nach Abwägung aller verfügbaren Optionen, wenn auch nur vorübergehend,

386

angesichts dieser gefährlichen Zeiten, zumindest bis Gras über die Sache gewachsen ist, zu ihrem wie zu unserem Besten, rein als Vorsichtsmaßnahme und ohne damit irgendwelche bösen Hintergedanken zu verfolgen und zudem alle Umstände in Erwägung ziehend, trotz unseres tiefsten Bedauerns und schweren Herzens, und voller Mitgefühl für ihre nur zu verständliche Enttäuschung sowie in der ernstlichen Hoffnung, dass bald bessere Tage anbrechen mögen, und in der Absicht, die Entscheidung zur frühestmöglichen Gelegenheit wieder rückgängig zu machen, wäre es da für alle Betroffenen nicht besser, wenn ...» Er redete nicht weiter, da er die entscheidenden Worte nicht laut aussprechen konnte. Hasina Yambarzal nickte bedächtig. «Das wird natürlich einigen Pandit-Familien drüben in Pachigam nicht gefallen», sagte sie, «doch sollte hier in Shirmal niemand Grund haben, sich darüber aufzuregen.»

Als Pachigam die Nachricht erreichte, dass das Fernsehzelt von nun an allein für Muslime zugänglich war, konnte Firdaus nicht länger an sich halten. «Entschuldige, wenn ich das jetzt sage, aber diese Hasina», sagte sie, zu Abdullah gewandt, «von der behaupten die Leute, sie sei eine überaus pragmatische Frau, aber ich würde das anders nennen. Meiner Meinung nach schläft sie mit dem Teufel, wenn es ihrem Geschäft nützt, und jetzt hat sie dem armen Trottel Bombur so den Kopf verdreht, dass der Kerl auch noch glaubt, es sei seine Idee gewesen.»

Zwei Abende später war das Yambarzal-Zelt rappelvoll mit ausschließlich muslimischen Fernsehzuschauern, die sich begeistert die neuste Episode einer Fantasy-Serie ansahen. In seinem Bemühen, eine Lösung für die geheimnisvollen, vom bösen Dajjal gestellten Rätsel zu finden, kommt der legendäre Prinz Yemen Hatim Tai zu den Neujahrsfeiern ins Land Kopatopa, und das kopatopanische «Frohes, neues Jahr» – *tingi mingi took took* – verzückte die gebannten Zuschauer dermaßen, dass viele von ihnen aufsprangen, sich voreinander verbeugten und stets aufs Neue wiederholten: «*Tingi mingi took took! Tingi mingi took took!*» Sie waren so damit beschäftigt, sich auf Kopatopanisch ein frohes neues Jahr zu wünschen, dass ihnen anfangs gar nicht auffiel, dass eine oder mehrere Personen das Zelt in Brand gesteckt hatten.

Zum Glück kam niemand in den Flammen um. Nach einigen Augenblicken voller Geschrei, Panik, Gewühl, Angst, Gedränge, Wut, Gerenne, Furcht, Gekrieche, Feigheit, Tränen und Heldentaten, eben – um es kurz zu sagen – all jenen üblichen Phänomenen, die auftreten, wo immer und wann immer Menschen in einem brennenden Zelt gefangen sind, war die Versammlung der Gläubigen schließlich dem Zelt entkommen, mancher in besserer, manche in schlechterer Verfassung, an Verbrennungen leidend oder auch nicht, keuchend und nach Luft schnappend, da sie Rauch eingeatmet hatten oder, die Glücklicheren, weder keuchend noch nach Luft schnappend, verletzt oder nicht verletzt, in einiger Entfernung vom nun weiß glühenden Zelt auf dem Boden liegend oder (was nützlicher war) Wasser holend, um dafür zu sorgen, dass das Feuer – welches längst derart um sich gegriffen hatte, dass es nicht mehr zu löschen war, ehe es sein Opfer nicht völlig vertilgt hatte – wenigstens das übrige Dorf verschonte und sich an Ort und Stelle selbst verzehrte.

Folge dieses Brandes war, dass alle die Szene verpassten, in der Hatim Tai die unsterbliche Prinzessin Nazarébaddoor trifft, deren Berührung nicht allein den bösen Blick, sondern den Teufel selbst abwehren kann. In genau jenem Augenblick, als Nazarébaddoor versucht, Prinz Hatim zu küssen – er widersteht tapfer ihren Annäherungen und erinnert sie daran, dass er eine andere «mehr als sein Leben» liebe –, explodierte der Fernseher der Familie Yambarzal mit lautem Knall, was nicht nur das Aus für die Haupteinnahmequelle der Familie bedeutete, sondern auch einen entscheidenden Anlass für kommunale Zwietracht beseitigte.

Vor Waffen strotzend und mit Patronengurten behängt, ritten

die drei Brüder Gegroo, Aurangzeb, Alauddin und Abulkalam, am nächsten Morgen auf kleinen Bergponys zurück nach Shirmal. Es war ein herrlicher Frühlingstag. Morgentau glitzerte auf den Wellblechdächern der kleinen Holzhäuser, und Blumen knospten vor jeder Tür. Angesichts der Schönheit dieses Tages wirkte das schwarze Rund aus verkohltem Gras und verbrannter Erde nur umso hässlicher, das jene Stelle markierte, an der Yambarzals Mittel und Möglichkeiten zur Fernsehunterhaltung vom Feuer verzehrt worden waren. Die Gegroos hielten an dem noch rauchenden Fleck und schossen mit ihren Revolvern in die Luft. Sämtliche Dorfbewohner, die sich dazu imstande fühlten, kamen aus ihren Häusern und sahen drei Phantome aus ihrer Vergangenheit, älter, doch wie eh und je kichernd und unrasiert. Das Haus der Brüder stand noch, verschlossen und leer wie ein Geisterhaus, aber das schien sie nicht zu kümmern. Sie waren nur vorbeigekommen, um im Namen ihres jetzigen Arbeitgebers, der LeP, hallo zu sagen. «Habt ihr uns das angetan?», wollte Hasina Yambarzal von ihnen wissen. Erst kicherten sie nur. «Wenn die LeP das Feuer gelegt hätte», schrie Aurangzeb Gegroo schließlich mit der ganzen Kraft seiner dünnen Stimme, «dann wäre jeder, der im Zelt war, bereits seinem Herrgott begegnet.» Das mochte stimmen oder auch nicht. Es sollte typisch für diese Zeit werden, dass die Menschen nie wussten, wer über sie hergefallen war oder warum.

Alauddin Gegroo ritt zu Hasina Yambarzal, stieg ab und kreischte ihr ins Gesicht: «Kapierst du denn nicht, du blödes, ungehorsames Weib, das du mit aller Schamlosigkeit deine unverdeckten Züge zur Schau stellst, dass wir allein der Grund dafür sind, warum die Lashkar euch noch nicht bestraft haben? Kapiert ihr nicht, dass wir allein unser Heimatdorf vor dem heiligen Zorn der Lakshar bewahren? Warum begreift ihr elenden dummen Leute nicht endlich, wer eure wahren Freunde sind?» Man hätte es auch so sehen können, dass die LeP nur deshalb einen Trupp bis hinauf nach Shirmal geschickt hatte, weil die Gegroo-Brüder Rache verlangten, doch war dies offensichtlich nicht der richtige Zeitpunkt für ein Streitgespräch.

Abulkalam Gegroo zog die Strafpredigt noch ein wenig in die Länge und entblößte dabei sein verrottetes Gebiss mit jenem übertriebenen Zähnefletschen, das ihn als einen Schwächling der schlimmsten Sorte kennzeichnete, als jemanden, der Menschen umbrachte, um ihnen seine Stärke zu beweisen. «Ihr seid dieselben verdammten blöden Dörfler, die den großen Maulana Bulbul Fakh fortgeschickt haben. Dieselben verdammten blöden Dörfler, die sich nicht an die einfachsten islamischen Anstandsregeln halten, obwohl sie höflich dazu aufgefordert wurden, und die trotzdem erwarten, vor den Konsequenzen ihres trotzigen Tuns bewahrt zu werden. Dieselben verdammten blöden Dörfler, die uns für Staub gehalten haben, uns, die nutzlosen Brüder Gegroo, die ihr bereitwillig in einer Moschee hättet verhungern lassen, deren Leben euch keine zwei *paisas* wert gewesen ist, die erbärmlichen Gegroos, die nicht erwarten durften, dass ihr eigenes Volk sie vor den mörderischen Hindus rettet – dieselben Leute, die heute nur deshalb noch am Leben sind, weil ebendiese Brüder Gegroo sich für sie eingesetzt haben. *Arré*, wie blöd können selbst die Blöden sein? Denn sogar diese nutzlosen toten Gegroos, die ihr wie die Kadaver toter Köter bereitwillig beseitigt hättet, können sich ausrechnen, dass jene Leute euer Zelt verbrannt haben, die ihr daraus verbannt habt, eure Hindu-Brüdern und Schwestern nämlich, die ihr so sehr liebt, dass euch ein schlechtes Gewissen wegen der Dinge plagt, die ihr ihnen angetan habt, obwohl es euch nicht im Geringsten gekümmert hat, was ihr dachtet, *uns* getan zu haben, und ihr kapiert es nicht, ihr begreift immer noch nicht, dass es die Hindus waren, die das Feuer gelegt haben, eure Pandit-Kumpel, die nur zu glücklich wären, wenn sie euch alle hier auf der Straße liegen sehen könnten, schwarz gebrutzelt wie zu lang gebratene *sikh kababs*.»

«Er hat Recht», sagte Hashim Karim plötzlich und überraschte damit seine Mutter.

«Wahrscheinlich stimmt, was er sagt», pflichtete ihm sein Bruder Hatim bei. «Dieser Hüne Misri hat gern ferngesehen, und fürs Rächen hatte er schon immer was übrig.»

Im Frühling, wenn man sich im ganzen Tal um die Holzhäuser und Holzzäune kümmerte, konnte ein Zimmermann in Kaschmir immer Arbeit finden, weshalb der Hüne Misri einer der wenigen Menschen in Pachigam war, denen die große Wirtschaftskrise nichts anhaben konnte. Er fuhr mit dem Werkzeugbeutel auf dem Rücken auf seinem kleinen Motorroller über die Landstraßen, und sooft er an einem abgelegenen kleinen Hain vorbeikam, gleich außer Sichtweite seines Heimatdorfes, hinter einer Biegung des Muskadoon, stellte er den Roller ab, verbarg sich zwischen den Bäumen, schnallte den Werkzeugbeutel ab und tanzte.

Der Hüne war schon seit langem der Ansicht, dass seine terpsichorischen Fertigkeiten von den *bhands* in Pachigam zu unbarmherzig beurteilt worden waren, da er ebenso hoch springen und ebenso gut Pirouetten drehen konnte wie nur irgendwer. Abdullah Noman aber hatte ihm freundlich, doch bestimmt gesagt, dass die Welt noch nicht auf einen springenden Riesen vorbereitet sei, und so musste der Hüne Misri seine Kunst im Verborgenen üben, ohne Hoffnung auf ein Publikum, allein um der Liebe willen, weshalb er oft die Augen schloss, um sich die verzückten Gesichter der Zuschauer vorzustellen, die man ihm nie gewähren würde. Am letzten Tag seines Lebens sprang und wirbelte er in seinen Armeestiefeln herum, als er spöttischen Applaus vernahm. Kaum schlug er die Augen auf, sah er sich von den drei schwer bewaffneten Brüdern Gegroo auf ihren Bergponys umstellt, und er begriff, dass seine Zeit gekommen war. Ein Messer steckte in jedem seiner Stiefel, also kniete er sich hin und flehte die Brüder an, so feige und jämmerlich, wie es ihm nur möglich war, was sie, ganz wie er es erwartet hatte, mächtig amüsierte. Ich hätte nicht nur Tänzer, sondern auch Schauspieler werden können, ging ihm kurz durch den Kopf, doch im selben Augenblick, als die Gegroos sich vor Lachen schüttelten, statt sich auf ihr Opfer zu konzentrieren, langte er nach den Messern und warf sie. Abulkalam Gegroo wurde in der Kehle getroffen, Alauddin Gegroo im linken Auge, und ohne einen weiteren Beitrag zu den folgenden Ereignissen zu leisten, fielen sie von ihren Rössern. Noch von der Katastrophe abgelenkt, die seine Brüder befallen hatte, verzögerte sich Aurangzeb Gegroos Reaktion so lang, dass der angreifende Zimmermann ihn fast packen konnte. Der Hüne Misri, dieser heimliche Tänzer, tat den größten Sprung seines Lebens, die Hände nach Aurangzeb Gegroo ausgestreckt, doch kam der älteste und einzige Überlebende der drei Geschwister gerade noch rechtzeitig zu Sinnen und feuerte aus nächster Nähe seine beiden AK-47 auf den herbeistürmenden Giganten ab. Der Hüne Misri war schon tot, als sein Leichnam gegen Aurangzeb prallte, den letzten Gegroo vom Pony stieß und ihm im Fallen den dürren Hals brach.

Nachdem man gleich neben zwei toten Gegroos den Leichnam des Hünen Misri entdeckt hatte, der auf jenem von Aurangzeb Gegroo lag, als wären sie zwei miteinander in einem Todespakt vereinte Liebhaber, stieg Zoon Misri noch in derselben Nacht den Berg hinauf zum Rand der Wiese von Khelmarg und erhängte sich am Ast eines sich majestätisch ausbreitenden Chinar, des einzigen Baumes, dem es in dieser Höhe gelungen war, Wurzeln zu schlagen und im Immergrün zu überdauern. Zoon Misri wurde von Boonyi Noman gefunden, die gleich die Bedeutung dieser letzten, eloquenten Nachricht ihrer geliebten Freundin verstand. Das Entsetzen war nahe und nicht mehr aufzuhalten.

✳

Als er an seinen bevorstehenden neunundfünfzigsten Geburtstag dachte, begriff General Hammirdev Suryavans Kachhwaha, dass er nur deshalb nie geheiratet hatte, weil seit bald dreißig Jahren Kaschmir seine Frau war. Mehr als die Hälfte seines Lebens hatte er mit diesem undankbaren, widerspenstigen Bergstaat verbracht, in dem Untreue als Auszeichnung galt und Insubordination für eine Lebensweise gehalten wurde. Es war eine herzlose Ehe gewesen, doch jetzt nahte die Entscheidung. Ein für alle Mal wollte er mit ihr fertig werden. Er wollte die Widerspenstige zähmen. Und dann wollte er sich von ihr scheiden lassen.

Die kommende Schlacht gegen die Rebellen, sinnierte General Hammirdev Suryavans Kachhwaha, würde eine Auseinandersetzung sein, der es an jeder Würde mangelte. Der wahre Soldat suchte den edlen Krieg, suchte den würdevollen Kampf, soweit es ihn denn gab. Dieser Feldzug aber würde eine gemeine Schlägerei mit bloßen Fäusten gegen gemeine Gossenratten werden, und nichts daran konnte die martiale Seele erfreuen. Es entsprach nicht General Kachhwahas Art, auf gemeine Weise zu kämpfen, doch wenn man es mit Terroristen zu tun hatte, zog jeder Versuch, sauber zu bleiben, eine schmachvolle Niederlage nach sich. Es entsprach auch nicht seiner Art, die Handschuhe auszuziehen, doch gab es für Handschuhe eine passende Zeit und einen passenden Ort, Kaschmir aber war kein Boxring, und die Regeln des Marquis von Queensberry fanden hier keine Anwendung. Das jedenfalls hatte er der Politikerkaste gesagt. Er hatte sie darüber informiert, dass er, sollte man ihm gestatten, die Handschuhe auszuziehen, sollte man seinen Jungs erlauben, mit der Leisetreterei Schluss zu machen, dem Verhätscheln, dem Verziehen und Betüddeln, sollte man ihm erlauben, mit allen nötigen Mitteln gegen die Missetäter vorzugehen, dann könnte er mit diesem Schlamassel fertig werden, kein Problem, er würde die Rebellen bei den Eiern packen und zudrücken, bis ihnen das Blut aus den Augenwinkeln spritzte.

Viele Jahre lang hatte die politische Kaste gezögert. Zu lange war gleichzeitig ja und nein gesagt worden. Doch jetzt geriet etwas in Bewegung. Die Zusammensetzung der politischen Kaste hatte sich geändert. Ihre neuen Glaubensgrundsätze wurden von prominenten Mitgliedern aus den intellektuellen Reihen und dem ökonomischen Lager unterstützt, und man ging nun davon aus, dass die Einführung des Islam in der Klassik ausnahmslos schädlich gewesen war, ein kulturelles Desaster, weshalb die seit Jahrhunderten überfälligen Korrekturen gemacht werden mussten. Gewichtige Stimmen aus den intellektuellen Reihen sprachen von einem Wiedererwachen der unterdrückten kulturellen Tatkraft der Hindu-Massen. Prominente Vertreter des ökonomischen Lagers traten nachhaltig für diese neue, glitzernde Null-Toleranz-Welt ein. Die politische Kaste reagierte positiv auf solche Ermunterungen. Die Einführung der Präsidialherrschaft gab dem Sicherheitspersonal uneingeschränkte Befugnisse. Die verbesserte Strafprozessordnung schützte alle öffentlichen Angestellten, auch Soldaten, vor Strafverfolgung wegen irgendwelcher im Rahmen ihres Dienstes verübten Taten. Die Definition solcher Taten war weit gefasst und schloss auch Zerstörung von Privatbesitz, Folter, Vergewaltigung und Mord nicht aus.

Die Entscheidung der politischen Kaste, Kaschmir zur «Unruhezone» zu erklären, wurde ebenfalls sehr begrüßt. In einer «Unruhezone» benötigte man keine Durchsuchungsbefehle, Haftbefehle auch nicht, und gezielte Todesschüsse bei Verdächtigen waren akzeptabel. Verdächtige, die am Leben blieben, konnten verhaftet und zwei Jahre lang eingesperrt werden, ein Zeitraum, in dem es weder nötig war, Anklage zu erheben, noch einen Gerichtstermin festzulegen. Für gefährlichere Verdächtige erlaubte die politische Kaste ein härteres Vorgehen. Personen, die das ultimative Verbrechen begangen hatten, die territoriale Integrität

Indiens infrage zu stellen oder jene nach Ansicht der bewaffneten Truppen zu stören, konnten für fünf Jahre hinter Gitter gebracht werden. Das Verhör solcher Verdächtigen fand hinter geschlossenen Türen statt, und Geständnisse, die im Laufe dieser geheimen Verhöre gewonnen wurden, waren zulässige Beweismittel, vorausgesetzt, der verhörende Beamte hatte Grund zu der Annahme, dass dieses Geständnis freiwillig abgelegt worden war. Geständnisse, die abgelegt wurden, nachdem man den Verdächtigen geschlagen, an den Füßen aufgehängt, mit Elektroschocks behandelt oder ihm die Hände oder Füße zerquetscht hatte, galten als freiwillig abgelegte Geständnisse. Die Beweislast wurde verschoben, und es oblag nun diesen Personen, nachzuweisen, dass der automatisch erhobene Schuldvorwurf unberechtigt war. Sollte ihnen dies nicht gelingen, konnte die Todesstrafe angewandt werden.

General Kachhwaha empfand im Dunkeln ein glattes, allumfassendes Gefühl der Befriedigung, gar der Rechtfertigung. Für seine alte Theorie, die von der grundlegend hinterhältigen und subversiven Natur der kaschmirischen Bevölkerung in toto ausging und in der Vergangenheit widerstrebend ad acta gelegt worden war, schien nun der passende Zeitpunkt gekommen zu sein. Die politische Kaste hatte sich gemeldet. *In Kaschmir ist jeder Muslim potenziell militant. Die Kugel ist die einzige Lösung.* Bis die Militanten ausgelöscht waren, konnte im Tal keine Normalität einkehren. General Kachhwaha lächelte. Mit solchen Anweisungen konnte er etwas anfangen.

Er war von Elasticnagar ins Hauptquartier der Armee nach Badami Bagh in Srinagar umgezogen. Dem Namen zum Trotz war dies kein duftender Mandelbaumgarten, sondern ein Zentrum nackter Gewalt. Gleich nach seiner Ankunft in der riesigen Kaserne hatte General Kachhwaha Befehl gegeben, seine Räume genau wie seine Zimmer in Elasticnagar einzurichten, und bald saß er wieder im Dunkeln in der Mitte seines Netzes. Es gab nichts, was er noch persönlich in Augenschein nehmen musste. Er kannte alles und vergaß nichts. Er ging nirgendwohin und war überall. Er saß im Dunkeln und sah das Tal, jede Ecke und jeden Winkel, sah alles in grellem Licht vor sich liegen. Erinnerung blähte ihn auf, er schwoll an, voll gestopft mit dem Babel des Unvergessenen, und die Verwirrung seiner Sinne nahm noch zu. Der Gedanke an Gewalt hatte nun etwas samtig Weiches. Man streifte die Handschuhe ab und roch den süßen Duft der Notwendigkeit. Kugeln schlugen wie Musik ins Fleisch, prügelnde Knüppel klangen wie der Rhythmus des Lebens, und dann war da noch die sexuelle Dimension zu bedenken, die Demoralisierung der Bevölkerung durch die Schändung ihrer Frauen. In dieser Dimension leuchtete jede Farbe und gefiel. Er schloss die Augen und wandte den Kopf ab. Was geschehen musste, musste geschehen.

Der Aufstand war eine Farce. Er kämpfte gegen sich selbst. Die eine Hälfte setzte sich für das alte Märchen «Kaschmir den Kaschmiri» ein, die andere Hälfte aber wollte zu Pakistan oder beabsichtigte, sich dem internationalen islamischen Terror anzuschließen. Während er zusah, brachten sich die Aufständischen gegenseitig um. Aber er würde sie ebenfalls töten, würde den Lauf der Dinge beschleunigen. Es kümmerte ihn nicht, was sie wollten. Er wollte nur, dass sie tot waren. Während er im Dunkeln wartete, hatte er Philosophie und Methodologie der kommenden Maßregelung verfeinert und perfektioniert. Die Philosophie der Maßregelung lautete: *Mach den Feind maßlos fertig*. Die Methodologie der Maßregelung konnte im technischen Sinne als Absperren-und-Durchsuchen bezeichnet werden. Ausgehverbote würden erlassen werden, und Soldaten würden von Haus zu Haus gehen. Umgangssprachlich konnte man auch sagen: *Macht sie nochmal maßlos fertig*. Stadt um Stadt, Dorf um Dorf, jeder Winkel im Tal würde seinen Zorn zu spüren bekommen, verbreitet von seinen Männern, die ihre Handschuhe ausgezogen hatten, seinen Kriegern, seinen Sturmtruppen, seinen Fäusten. Man würde ja sehen, wie sehr die Leute noch ihren Aufstand liebten, wenn die indische Armee sie maßlos regelte.

Er wusste alles und vergaß nichts. Er las die Berichte, schloss die Augen und verzehrte genussvoll die Szenen, die er heraufbeschwor, nährte sich von den Einzelheiten. Dorf Z wurde gemaßregelt, und man pickte den Schuldirektor heraus, einen Dreckskerl namens A. Ihm wurde vorgeworfen, militanter Widerstandskämpfer zu sein. Er wagte es zu lügen, leugnete und behauptete, Schuldirektor, aber keineswegs militant zu sein. Man bat ihn, militante Schüler zu nennen, und dieser Mann, dieser selbst ernannte Schuldirektor, besaß die Unverschämtheit, nicht nur zu behaupten, dass er keine militanten Schüler kenne, sondern dass er darüber hinaus überhaupt keinen einzigen militanten Widerständler kenne. Dabei war, wie von der politischen Kaste bestimmt, jeder Kaschmiri potenziell militant, also log dieser Lügner und brauchte Hilfe, um zur Wahrheit zurückzufinden. Er wurde geschlagen – natürlich. Dann setzte man seinen Bart in Brand. Augen, Genitalien und Zunge bot man Stromstöße an. Anschließend behauptete er, er sei nun auf einem Auge blind, was eine offenkundige Lüge und der Versuch war, den verhörenden Beamten eine zuvor bereits existierende Behinderung anzulasten. Er kannte keinen Stolz und flehte, man möge doch aufhören. Er wiederholte seine Lüge, nur Schuldirektor zu sein, was die Männer verärgerte. Um ihm zu helfen, brachten sie ihn zu einem schmutzigen Bach voller Scherben. Der Lügner wurde ins Wasser gestoßen und blieb dort fünf Stunden liegen. Die Männer liefen mit ihren Stiefeln über ihn hinweg, drückten seinen Kopf auf die Steine unter Wasser. Um dem Verhör zu entgehen, verlor er das Bewusstsein, also maßregelte man ihn aufs Neue, sobald er wieder wach wurde. Letzten Endes hielt man es dann für richtig, ihn laufen zu lassen. Er wurde gewarnt, dass man ihn beim nächsten Mal umbringen würde. Er rannte fort und schrie: *Ich schwöre, ich bin nicht militant, ich bin nur ein Lehrer.* Den Leuten war nicht zu helfen. Es gab für sie keine Hoffnung.

Die Stadt Y wurde gemaßregelt, und gemeinsam mit seinem Sohn, dem sechzehnjährigen C, nahm man sich B vor, einen Mann mittleren Alters. Die Tür zu seinem Haus, einem mutmaßlichen terroristischen Rattennest, wurde eingetreten. Um dem Jungen den Ernst der Lage klarzumachen, warf man den Koran seines Vaters auf den Boden und bearbeitete ihn mit schmutzigen Stiefeln. Für Muslime sollte es keinerlei Sonderbehandlung mehr geben. Dafür musste man Verständnis haben. Die Tochter schickte man ins Hinterzimmer, dort kroch sie aus dem Fenster und entkam, was bedauerlich war, aber bewies, um was für eine Familie hochkarätiger Terroristen es sich handelte. Gegen den Sechzehnjährigen wurde formell der Vorwurf des Terrorismus erhoben. Er besaß die Frechheit, diesen Vorwurf zu bestreiten. Man belastete ihn erneut, und wieder stritt er alles ab. Ein drittes Mal führte zum selben Ergebnis. Er sagte, er sei Schüler, und diese Ausflucht brachte die Männer auf. Man führte ihn nach draußen und setzte ihm mit Gewehrkolben zu. B, der Vater, versuchte einzuschreiten, woraufhin man auch ihm einige körperliche Aufmerksamkeit zukommen ließ. Als C, der jugendliche Terrorist, das Bewusstsein verlor, lud man ihn zu seinem eigenen Besten hinten auf einen Lastwagen und brachte ihn fort, damit er medizinisch versorgt werden konnte. Einige Zeit später behauptete B, dieser Mann mittleren Alters, er habe seinen Sohn unbekleidet und mit einer Kugel im Rücken in einem Graben gefunden. Damit hatten die Männer nichts zu tun. Vermutlich war der Junge, nachdem man ihn medizinisch versorgt hatte, und ihm erlaubt worden war, nach Hause zu gehen, auf eine rivalisierende Terroristengruppe gestoßen, und die hatte ihm das angetan.

Das Dorf X, hoch oben nahe der Schneegrenze und unweit der Line of Control, wurde gemaßregelt, weil in seiner Nähe militante Widerstandskämpfer oft die Grenze überquerten, was fraglos bedeutete, dass sie von den Dörflern beherbergt wurden, die sie gewiss in ihren Betten schlafen ließen und ihnen zu essen gaben.

Berichte meldeten zudem die Anwesenheit des so genannten Eisernen Mullahs Maulana Bulbul Fakh, den General Kachhwaha in den alten Tagen toleranter Schwäche fälschlicherweise einmal geduldet hatte. Diese Tage waren vorbei, wie der notorische Priester und seine Bande von Desperados nur allzu bald feststellen sollten und seine Handlanger in X bereits erfahren mussten – der feindselige Jugendliche D, der den Sicherheitskräften keinen Ärger mehr bereiten würde, die senilen Alten E (Geschlecht: *m*) und F (Geschlecht: *w*), deren Haus zur Strafe zerstört worden war, sowie die Frauen G, H und I, über die sich der potente männliche Zorn der indischen Truppe ergossen hatte. Dass J der schwangere Bauch mit einem Bajonett aufgeschlitzt worden sein sollte, war eine unflätige Anschuldigung und frei erfunden. Keiner der Dienst habenden Soldaten war an jenem Tag mit einem Bajonett ausgerüstet, nur mit automatischen Waffen, Handgranaten und Messern. Die Staatsfeinde machten vor nichts Halt, um die militärischen Beschützer zu verleumden. Das sollte aber die Sicherheitskräfte nicht länger daran hindern, alles Nötige zu tun. Dass die Beschützer ihren männlichen Zorn an der weiblichen Bevölkerung ausließen, war ein bedeutsames psychologisches Instrument der Kriegsführung. So nahm man den Männern den Mut, jenen subversiven Tätigkeiten nachzugehen, die auszuführen ihnen im Blut lag. Folglich wurde dadurch die Gefahr für die Sicherheitskräfte reduziert. Derlei waren strategische und taktische Vorgehensweisen, die nicht emotional diskutiert werden sollten.

Dies war erst der Anfang. Von jetzt an kam Bewegung in die Sache. Er war nicht mehr Colonel Schildkröte; er war der Hammer von Kaschmir.

In jenem dunklen Sommer nach dem Tod der Misris waren die Äpfel in Pandit Pyarelals Garten bitter und ungenießbar, die Pfirsiche von Firdaus Noman aber so saftig wie eh und je. Der Safran auf Pyarelals Safranfeldern war blasser und nicht besonders kräftig, der Honig aus Abdullahs Bienenkörben aber süßer als je zuvor. Derlei ließ sich nur schwer verstehen, doch als Pyarelal im Radio hörte, dass der bekannte Pandit-Führer Tika Lal Taploo erschossen worden war, begriff er den Sinn dieser Vorzeichen. «Zur Zeit von Sikandar But-Shikan, also Sikander, dem Bilderstürmer», erzählte er seiner Tochter in ihrer Gujar-Hütte in den Wäldern, «wurden die muslimischen Angriffe auf die kaschmirischen Hindus mit Heuschreckenschwärmen verglichen, die über die schutzlose Reisernte herfielen. Ich fürchte, was jetzt beginnt, wird die Zeiten von Sikandar vergleichsweise friedlich erscheinen lassen.» In den folgenden Wochen sollte sich seine Prophezeiung bewahrheiten, und er sagte Boonyi: «Jetzt, da alles zerstört ist, wofür ich gelebt habe, bin ich zum Sterben bereit, doch werde ich weiterleben, um dich vor dem Wahn deines Mannes zu schützen, auch wenn wir beide nichts mehr haben, wofür es sich zu leben lohnt.» Die radikalen Kader der Jamaat-i-Islami-Partei brachten neue Worte für die Pandits in Umlauf: *mukhbir, kafir*, was Spione bedeutete, Ungläubige. «Jetzt werden wir schon als Fünfte Kolonne geschmäht», klagte Pyarelal. «Also wird der Angriff nicht mehr lang auf sich warten lassen.»

Während der Unruhen nach dem muslimischen Aufstand gegen die indische Vorherrschaft wurde in Tangmarg ein weiterer Pandit ermordet. Plakate tauchten entlang der Straße von Srinagar nach Pachigam auf, die allen Pandits rieten, auf ihren Besitz zu verzichten und Kaschmir zu verlassen. Die ersten Hindus, die dem Rat dieser Plakataktion folgten, waren die Götter, die sich nach und nach aus dem Staub machten. Die berühmte schwarze Steinstatue von Maha-Kali war eine von zwanzig Gottheiten, die aus ihrer Heimstatt in Hari Parbat Fort verschwanden und auf immer das Feld räumten. Eine Gottheit von unschätzbarem Wert aus dem neunten Jahrhundert floh aus Lok Bhavan in Anantnag und ward nie mehr gesehen. Das Shiva-Lingam verließ auf ebenso rätselhafte Weise den Tempel Dewan. Der Abgang der Götter erfolgte zur rechten Zeit, denn kurz darauf begann der Abwurf von Brandbomben. Der Shaivite-Tempelkomplex bei Handwara in der Nähe des berühmten Schreins von Kheer Bhawani brannte völlig aus. Pyarelal saß neben Boonyi und vergrub sein Gesicht in den Händen. «Unsere Geschichte ist zu Ende», sagte er. «Sie ist nicht mehr die Geschichte unseres Lebens, sondern die Geschichte eines Jahres der Heimsuchung, in dem wir das Unglück hatten, am Leben zu sein, nur um Knötchen in unseren Armbeugen anschwellen zu lassen und unreine, stinkige Tode zu sterben. Wir sind keine Protagonisten mehr, nur noch Agonisten.» Einige Tage später begann im Bezirk Anantnag eine Woche grundloser Gewalt gegen Häuser, Geschäfte und Tempel der Pandits und auch gegen die Familien selbst. Viele von ihnen flohen. Der Exodus der Pandits von Kaschmir hatte begonnen.

Firdaus Noman kam, um Pyarelal in seinem Haus zu besuchen und ihm zu versichern, dass Pachigams Muslime ihre hinduistischen Brüder und Schwestern schützen würden. «Mein sanfter und weiser Freund», sagte sie, «habe keine Angst, wir werden für unsereins sorgen. Die Ermordung des Hünen Misri und Zoons Selbstmord waren schlimm genug, wir lassen dergleichen nicht noch einmal geschehen. Du bist zu kostbar, um dich zu verlieren.» Pyarelal schüttelte den Kopf. «Das liegt nicht länger in unserer Hand», sagte er. «Unser Charakter ist nicht mehr der bestimmende Faktor für unser Schicksal. Wird es wichtig sein, ob wir ein gutes oder ein schlechtes Leben gelebt haben, wenn die Mörder kommen? Werden die Entscheidungen, die wir trafen, unser Los beeinflussen? Wird man die Sanften und Freundlichen verschonen und nur die Egoisten und Lügner töten? Es wäre absurd, daran zu glauben. Bei Massakern ist man nicht pingelig. Ich mag kostbar oder wertlos sein, das hat nichts zu bedeuten.» Er hielt sich ständig das Radio ans Ohr. Während die bitteren Äpfel von den Bäumen fielen und auf dem Boden verfaulten, blieb Pyarelal im Haus, saß mit überkreuzten Beinen da, hielt sich das Transistorradio an den Kopf und hörte BBC. Krawalle, Plünderungen, Brandstiftungen, Mord und Exodus waren Worte, die Tag für Tag fielen, und ein Begriff vom anderen Ende der Welt war viele tausend Meilen geflogen, um in Kaschmir ein neues Zuhause zu finden.

«Ethnische Säuberungen.»

«Töte einen, verjag zehn. Töte einen, verjag zehn.» Hinduistische Gemeindehäuser, Tempel, Privathäuser und ganze Bezirke wurden zerstört. Gebetsmühlenartig wiederholte Pyarelal die Namen jener Orte, die von der Katastrophe heimgesucht worden waren. «Trakroo, Uma Nagri, Kupwara. Sangrampora, Wandhama, Nadimarg. Trakroo, Uma Nagri, Kupwara. Sangrampora, Wandhama, Nadimarg. Trakroo, Uma Nagri, Kupwara. Sangrampora, Wandhama, Nadimarg.» Diese Namen mussten erinnert werden. Sie zu vergessen wäre ein Verbrechen an jenen, deren Straßen «bis auf die Grundmauern» niedergebrannt wurden, die ausgeraubt oder getötet worden waren, nachdem sie Gewalttaten erduldet hatten, die man nicht zu beschreiben und sich nicht vorzustellen vermag. *Töte einen, verjag zehn*, grölte der muslimische Mob, und zehn sollten tatsächlich verjagt werden. Mehr als zehn. Dreihundertfünfzigtausend Pandits, fast die gesamte hinduistische Bevölkerung Kaschmirs, flohen aus ihren Häusern nach Süden in die Auffanglager, wo sie wie bitteres Fallobst verfaulten, wie die ungeliebten, untoten Toten, zu denen sie geworden waren. In den so genannten Bangladeshi Markets in der Iqbal-Park-Hazuri-Bag-Gegend von Srinagar wurden die aus den Tempeln und Häusern geraubten Gegenstände offen feilgeboten. Die Käufer summten den damals beliebtesten Song vor sich hin, während sie hübsche Schnäppchen aus dem hinduistischen Kaschmir erstanden, ein Lied vom allseits angehimmelten Mehjoor: «Ich gebe mein Leben, meine Seele für Indien, doch mein Herz bleibt in Pakistan.»

Es standen sechshunderttausend indische Soldaten in Kasch-

mir, doch das Pogrom an den Pandits wurde nicht verhindert
– warum? Dreihundertfünfzigtausend Vertriebene kamen nach
Jammu, doch viele Monate lang sorgte die Regierung weder für
Unterkünfte, noch ließ sie ihnen Hilfe zukommen und registrierte nicht mal ihre Namen – warum? Als die Regierung schließlich
Lager bauen ließ, wurde nur sechstausend Menschen erlaubt, in
der Region zu bleiben, die anderen verteilte man über das ganze
Land, wo sie unsichtbar und ohnmächtig waren – warum? Die
Lager in Purkhoo, Muthi, Mishriwallah und Nagrota wurden an
den Ufern von *nullahas* und sogar in diesen trockenen Flussbet-
ten gebaut, die sich nur zu gewissen Zeiten im Jahr mit Wasser
füllen. Als das Wasser dann kam, wurden die Lager überflutet –
warum? Die Regierungsminister hielten Reden über ethnische
Säuberung, die Beamten aber schrieben einander Memos, in denen stand, dass die Pandits bloß einheimische Migranten seien,
die ihre Vertreibung selbst verschuldet hätten – warum? Die den
Flüchtlingen gelieferten Zelte waren niemals inspiziert worden,
sie leckten, und der Monsunregen drang hindurch – warum? Als
man Ein-Raum-Wohnungen, so genannte ERWs, zum Ersatz für
die Zelte baute, regnete es ebenfalls kräftig durch die Dächer –
warum? In manchen Lagern gab es für dreihundert Personen nur
eine einzige Toilette – warum? Und den Lagerapotheken fehlten
wichtigste Erste-Hilfe-Mittel – warum? Abertausend Vertriebene starben aufgrund unzureichender Versorgung und Unterbringung – warum? Etwa fünftausend Menschen starben infolge star-
ker Hitze und hoher Luftfeuchtigkeit, durch Schlangenbisse und
Magen-Darm-Katarrh, durch Dengue-Fieber und Stressdiabe-
tes, durch Nierenversagen, Lungenentzündung und Psychosen,
und die Regierung nahm nicht mal eine einzige Gesundheitsprü-
fung vor – warum? Man ließ die Pandits von Kaschmir in ihren
Slumlagern verfaulen, während Armee und Aufständische um
ein verblutendes, zerstörtes Tal kämpften, ließ sie träumen von
einer Rückkehr, sterben, während sie von einer Rückkehr träum-

ten, sterben, nachdem der Traum von einer Rückkehr gestorben war, sodass sie nicht mal mehr mit diesem Traum sterben konnten – warum? Warum? Warum? Warum? Warum? Warum? Warum?

✳

Sie wusste, wo er war. Er war bei dem Eisernen Mullah an der Line of Control im Norden. Er gehörte zur Elitetruppe, zum «Eisernen Kommando». Sie wusste, was er tat. Er tötete. Er schlug die Zeit tot. Er tötete jeden, den er töten konnte, um die Zeit zu ertragen, die vergehen musste, bis er sie töten durfte. Sie gab sich die Schuld an den Toten. Komm und bring es hinter dich, sagte sie. Komm: Ich befreie dich von allen Gelübden. Vergiss, was du meinem Vater und dem sarpanch versprochen hast. Mein Vater hat Recht, keiner von uns hat noch einen Grund zu leben. Komm und tu, was du zu tun hast, was so tief in dir drinnen bohrt, dass es schmerzt. Außer dir und meinem Vater ist mir nichts geblieben, seine Liebe und dein Hass, und seine Liebe ist jetzt erkaltet, seine Liebesfähigkeit zerstört, sein Bild von dieser Welt zerbrochen, und wenn ein Mensch kein Bild mehr von der Welt hat, wird er ein wenig verrückt, und das ist mein Vater jetzt. Er sagt, es nahe das Ende der Welt, weil seine Äpfel ungenießbar sind. Er sagt, ein Erdbeben lasse die Erde erzittern, und er glaubt neuerdings an die Schlangengeschichte der Frau des sarpanch, er glaubt, die Schlange erwache, aus Widerwillen über die Menschheit krieche sie hervor und töte uns alle, und das Tal werde Frieden finden, Schlangenfrieden, jenen Frieden, den kein Mensch je schließen kann. Er sagt, die Erde sei mit Blut getränkt, sie werde nachgeben und kein Haus könne darauf stehen. Er sagt, die Berge um uns herum werden sich aufwerfen, sich höher hinauf in den Himmel pressen, und das Tal werde verschwinden, und so solle es auch sein, wir verdienten eine solche Schönheit nicht, wir seien die Wächter der Schönheit gewesen, aber wir konnten unser Amt nicht ausüben. Ich behaupte, wir sind, was wir sind, und wir tun, was wir tun, und ich bin über jeden Stolz auf mich erhaben, ich bin nur etwas, das lebt und atmet, und wenn ich aufhörte, zu atmen oder zu leben, machte das für ihn keinen Unterschied – oder doch, trotz allem, nur wenige Augenblicke lang und nur für ihn. Komm, wenn du willst. Ich warte. Mir ist es egal.

Er sagte: *Ich bereite mich auf dich und auf ihn vor. Jeder Schlag, den ich ausführe, trifft dich oder ihn. Die Menschen, die uns hier oben führen, kämpfen für Gott oder für Pakistan, doch ich töte, weil es das ist, wozu ich geworden bin. Ich bin der Tod.*

Er sagte: *Ich komme noch früh genug.*

Die Lage, so wie sie war, ergab neue Aspekte, die eine vorteilhafte Nutzung durch die bewaffneten Truppen ermöglichten. General Hammirdev Suryavans Kachhwaha schloss die Augen und ließ die Bilder vorüberströmen. Die Armee hatte bereits Kontakt mit abtrünnigen Militanten im ganzen Land geknüpft, und wenn außergerichtliche Aktivitäten erforderlich waren, konnten diese Renegaten eingesetzt werden, um andere Militante zu töten. Nach den Exekutionen erlaubte man den abtrünnigen Militanten den Gebrauch der Uniform, ließ sie die Leichen zu diesem oder jenem Haus bringen, das diesem oder jenem Individuum gehörte, und an besagtem Ort die Leichen mit Waffen in den Händen abladen. Dann verschwanden die Renegaten, die Uniformen wurden ihnen abgenommen, und die bewaffneten Truppen griffen das Haus an, jagten es in die Luft und mordeten für die Öffentlichkeit die toten Militanten noch einmal aufs Neue. Falls der Hausbesitzer und seine Familie Einwände erhoben, konnten sie sich dem Vorwurf ausgesetzt sehen, sie hätten gefährlichen Widerstandskämpfern Unterschlupf geboten, und die Folgen eines solchen Vorwurfs waren entsetzlich. Da der Hausbesitzer dies wusste, war es unwahrscheinlich, dass er den Mund aufriss.

Solchen Plänen haftete eine eigene Schönheit an, Eleganz und Schönheit. General Kachhwaha ging mit sich zurate, ob die abtrünnigen Militanten nicht auch gegen andere Personenkategorien eingesetzt werden könnten, etwa gegen Journalisten und Menschenrechtler. Dass sich solche Operationen abstreiten ließen, war ihr großes Plus. Entsprechende Möglichkeiten sollten erforscht werden.

Der Kampf gegen die Schwächlinge der JKLF würde schon bald gewonnen sein. General Kachhwaha verachtete die Fundamentalisten, die Jihadis, die Hizbs, aber am meisten verachtete er die weltlichen Nationalisten. Was für ein Gott sollte dieser weltliche Nationalismus bloß sein? Für den würden die Leute sicher nicht mehr lange sterben. Die Maßregelungen zeigten erste Wirkungen. Bald mussten die beiden führenden Faktionen der JKLF um Frieden betteln. Yasin Malik von der HAJY-Gruppe, sogar Amanullah Khan persönlich würden ihre harten Positionen aufgeben. Man würde die indirekten Kanäle öffnen, und Abkommen würden geschlossen werden. Diesen Monat, nächsten Monat, dieses Jahr, nächstes Jahr, darauf kam es nicht an. Er konnte warten. Er konnte den Aufstand noch fester an den Eiern packen, konnte alles auf sich zukommen lassen. Gerüchte erreichten ihn von jenseits der Berge, schwebten über die Eisgipfel und flatterten ihm ins Ohr. Offenbar schätzte der pakistanische Geheimdienst Inter-Service Intelligence den JKLF ähnlich ein. ISI-Gelder für die JKLF wurden gekürzt, stattdessen bekam Hizb Bares. Die Hizbs waren stark, um die zehntausend Mann stark, das konnte er respektieren. Er konnte sie verachten und gleichzeitig respektieren. Damit hatte er kein Problem.

Die Rivalitäten zwischen den Gruppen spielten ihm in die Hände. Es hatte bereits den Fall gegeben, dass ein JKLF-Bezirkskommandeur von der Hizb ermordet worden war. Die Jihadis würden sich gegenseitig aufreiben, wenn die JKLF erst mal erledigt war. Dafür würde er schon sorgen. Die Lashkar von diesem und die Harkat von jenem. Darum kümmerte er sich dann. Auch um das gefürchtete Eiserne Kommando von Maulana Bulbul Fakh. Nicht mehr lang, und er würde die Dreckskerle vor sich haben.

Nachdem der unsichtbare Kommandant «Dar» über die Berge verschwunden war, hatte Anees Noman die Führung der mobilen JKLF-Splittergruppe übernommen. Seine Helden waren Che Guevara, der Kubaner, und die FSLN in Nicaragua, außerdem hatte er eine Vorliebe für den Latino-Guerilla-Look. Wenn die Gruppe in Aktion trat, trug er meist eine Baskenmütze, Kampfanzug und schwarze Stiefel. Er wollte, dass man ihn nach einem bekannten Sandinista-Kämpfer «Comandante Zero» nannte, doch seine Soldaten, die längst nicht so respektvoll zu ihm aufschauten, wie er es sich gewünscht hätte, riefen ihn bloß «Baby Che». In den Tagen unmittelbar nach Beginn des Aufstandes hatte er mit seinem Geschick im Verlegen von Minen einige beachtliche Erfolge gegen die Militärtransporte erzielt, weshalb der Ruf seiner Gruppe gewachsen war. Nachrichten von ihrer Existenz erreichten sogar das Ohr von General Kachhwaha in Badami Bagh, und obwohl die Identität von Baby Che ungewiss blieb, hegten die Militärbehörden doch seit einiger Zeit einen gewissen Verdacht. Mehr als einmal aber war der Vorschlag, Pachigam zu maßregeln, damit die subversiven Verbindungen des Dorfes gründlicher untersucht werden könnten, von den Zivilbehörden abgelehnt worden. Ein Angriff auf die Volkskunst von Kaschmir, auf sein traditionelles Theater und seine gastronomischen Künste, wäre genau die Art Story, die Schlagzeilen brachte. Selbst im Ruhestand machte sich Sardar Harbans Singh für seinen alten Freund, den *sarpanch* von Pachigam, stark. Selbst im klauenfingrigen Alter konnte Abdullah Noman sein Dorf noch schützen, so wie er es immer getan hatte.

Allerdings gab es keine Arbeit. Es gab kein Geld. Die Pfirsiche und der Honig der Familie Noman wurden kostenlos unter den

Dorfbewohnern verteilt. Pachigam konnte sich glücklich schätzen mit seinen Viehherden und fruchtbaren Feldern, doch wusste jedermann, dass große Not unmittelbar bevorstand. Sollte die Krise andauern, war eine landesweite Hungersnot durchaus nicht unwahrscheinlich. «Wir stellen uns der Hungersnot, wenn es so weit ist», sagte Firdaus Noman ihrem Gatten. «Doch im Augenblick habe ich Honig und Pfirsiche so satt, dass mir das Verhungern vielleicht sogar noch lieber wäre.» Ihre Söhne Hameed und Mahmood stimmten zu. «Jedenfalls», verkündete Hameed fröhlich, «leben wir vielleicht gar nicht mehr lang genug, um verhungern zu können.» Mahmood nickte. «Was für ein Glück! So viele Todesarten, unter denen wir wählen können.»

Eines Nachts erwachte Firdaus Noman neben ihrem schnarchenden Mann, die Hand eines anderen Mannes auf dem Mund. Kaum hatte sie die struppige, Baskenmütze tragende Gestalt ihres Sohnes Anees erkannt, den sie seit vielen Jahren nicht gesehen hatte, erlaubte sie sich einige Tränen, und als ihr Sohn die vorsorglich auf ihren Mund gepresste Hand fortnehmen wollte, griff sie danach und bedeckte sie mit Küssen. «Weck ihn noch nicht auf», sagte sie und schaute hinüber zu Abdullah. «Ich will dich einen Moment für mich allein. Aber was glaubst du eigentlich, wie du mit dem Haar aussiehst? Wenn du deinem Vater gegenübertreten willst, solltest du vielleicht wieder wie sein Sohn aussehen, nicht wie ein Wilder aus den Wäldern.» Sie führte ihn in die Küche, setzte ihn auf einen Stuhl und schnitt ihm das Haar. Anees ließ es geschehen, sagte nicht, dass es gefährlich für ihn war, allzu lang zu bleiben, trieb sie nicht an und bestand auch nicht darauf, dass sie seine Brüder oder seinen Vater weckte. Er setzte sich auf den hölzernen Stuhl, schloss die Augen und lehnte sich gegen sie, spürte, wie sich ihr Körper langsam hinter ihm bewegte, während ihm die dunklen Locken vom Kopf fielen. «Weißt du noch, *maej*», sagte er, «wie ich der traurigste Clown von Pachigam war und die Leute sich freuten, wenn ich von der Bühne ging?» Ihre Lippen machten ein leises, abschätziges Geräusch. «Keines meiner Kinder war so unergründlich wie du», sagte sie stolz. «Ich hatte immer Angst, du könntest so tief in dich hineingehen, dass du völlig verschwändest, aber siehe da: Du bist hier.»

Sobald die Männer des Hauses wach waren, hielt die Familie Kriegsrat am Küchentisch. «Der Hüne Misri hat uns allen einen Gefallen getan, als er die Welt vor seinem Tod von diesen nutzlosen Gegroos befreit hat, aber dafür haben die Lashkar-e-Pak Pachigam jetzt stärker im Visier als Shirmal», berichtete Anees leise. «Das ist schlimm. Selbst ohne die Gegroos können die LeP-Idioten in dieser Gegend um die vierzig, fünfzig Soldaten aufbringen, und man kann davon ausgehen, dass sie sich einen günstigen Zeitpunkt aussuchen, um uns irgendwann anzugreifen.» Firdaus Noman schüttelte den Kopf. «Wie kann das Gesicht einer Frau nur der Feind des Islam sein?», fragte sie verärgert. Anees griff nach ihren Händen. «Für diese Arschlöcher, entschuldige *maej*, dreht sich alles um Sex. Sie halten es für eine wissenschaftliche Tatsache, dass dem Haar einer Frau Strahlen entweichen, die Männer zu sexuellen Schandtaten anstacheln. Sie glauben, wenn sich die bloßen Beine einer Frau berühren – und sei es unter einem bodenlangen Gewand –, dann erzeuge die Reibung eine sexuelle Hitze, die durch ihre Blicke in die Augen der Männer übertragen wird und sie auf unheilige Weise entflammt.» Firdaus breitete resigniert die Arme aus. «Weil also die Männer sie für Tiere halten, müssen die Frauen leiden. Die alte Geschichte. Erzähl mir was Neues.» Anees nickte auf seine ernste, so gar nicht amüsierte Weise. «Deshalb bin ich hier», sagte er. «Meine Einheit hat beschlossen, Pachigam zu beschützen – und notfalls auch Shirmal. Keine Angst. Wir haben hundert gute Männer und können noch einige Freunde zur Verstärkung holen, doch solltet ihr vorbereitet sein. Versteckt Waffen in jedem Haus, aber versucht nicht, gegen sie zu kämpfen, wenn sie kommen. Habt Geduld und schluckt die Beleidigungen, die sie euch an den Kopf werfen. Wenn der

Kampf beginnt – und erst dann –, könnt ihr uns helfen und ihnen die heilige Scheiße aus dem Hirn prügeln, entschuldige die Soldatensprache, *maej*.» Firdaus schlug auf den Tisch, wenn auch leise. «Mein kleiner Junge», sagte sie, «du hast keinen Schimmer von heiliger Scheiße, wenn du mich noch nie in Fahrt erlebt hast.»

Als die Lashar-e-Pak drei Wochen später bei hellem Tageslicht in Pachigam einritten, rechneten sie nicht mit Widerstand. Ihr Anführer, ein mordlüsterner, irrer Afghane mit schwarzem Turban, kaum fünfzehn Jahre alt, befahl allen Dorfbewohnern, auf die Straße zu treten, und verkündete dann, da die Frauen so schamlos seien, sich nicht so züchtig zu bedecken, wie es der Islam vorschreibe, sollten sie ihre Kleider ablegen, damit alle Welt sehen könne, was für Huren sie seien. Ein großes Gemurmel stieg unter den Dorfbewohnern auf, doch Firdaus Noman trat vor, legte ihren *phiran* ab und begann, sich auszuziehen. Die übrigen Frauen und Mädchen des Dorfes folgten ihrem Vorbild und fingen ebenfalls an zu strippen. Die LeP-Kämpfer konnten ihre Augen nicht von den Frauen abwenden, die sich langsam und verführerisch entblätterten, die Augen geschlossen, die Körper rhythmisch wiegend. «Bei Gott», stöhnte einer der ausländischen LeP-Kämpfer auf Arabisch und wand sich auf seinem Pferd. «Diese blauäugigen Teufelinnen rauben mir die Seele.» Der fünfzehnjährige mordlüsterne Irre zeigte mit seiner Kalaschnikow auf Firdaus Noman. «Wenn ich dich jetzt abknalle», sagte er böse, «wird jeder Mensch in der muslimischen Welt sagen, es sei gerechtfertigt gewesen.» Im selben Moment erschien ein kleines rotes Loch auf seiner Stirn, und der Hinterkopf wurde ihm fortgeblasen. Die Gruppe Baby Che war längst nicht nur für ihre Landminen, sondern auch für die Zielgenauigkeit ihrer Heckenschützen bekannt, und es galt, diesen Ruf zu verteidigen.

Die Schlacht um Pachigam dauerte nicht lange. Anees' Männer hatten gute Stellungen und brannten darauf, in den Kampf zu ziehen. Die LeP-Militanten waren eingekreist, in der Minderzahl und wenige Minuten später außerdem tot. Firdaus Noman und die übrigen Frauen zogen sich wieder an. Traurig sagte Firdaus zum Leichnam des fünfzehnjährigen Lashkar-Kommandanten: «Du hast gemerkt, dass Frauen gefährlich sein können, mein Junge. Schade nur, dass du keine Gelegenheit mehr hattest, ein Mann zu werden und zu merken, dass man uns auch lieben kann.»

Dass die LeP-Truppe ausradiert worden war, konnte einige Dorfbewohner nicht beruhigen. Der alte Tanzlehrer Habib Joo war vor Jahren friedlich in seinem Bett gestorben, aber die erwachsenen Söhne und seine Tochter, mittlerweile alle um die zwanzig, sachliche, ruhige, junge Leute, die von ihrem Vater die Liebe zum Tanz geerbt hatten, wohnten noch im Dorf. Ahmed Joo, der älteste Sohn, kam, um Abdullah Noman zu sagen, dass Suleiman, sein jüngerer Bruder, seine Schwester Razia und er selbst beschlossen hatten, mit den Pandit-Flüchtlingen nach Süden zu ziehen. «Wie lange kann Anees uns schon beschützen?», sagte er und fuhr fort: «Wir halten es für keine gute Idee, Juden zu sein, wenn die Islamisten wieder in unsere Stadt kommen.» Abdullah wusste, dass die Joo-Kinder so gut wie ihr Vater tanzten, sie waren die Zukunft der *bhands* von Pachigam, nur schienen die keine Zukunft mehr zu haben. Er versuchte gar nicht erst, sie aufzuhalten. Am nächsten Tag schrumpfte die Tanztruppe weiter zusammen, als die Sharga-Mädchen kamen, um zu sagen, dass auch sie fortziehen wollten. Die Geschichten von den Überfällen auf Pandit-Familien hatten Himal und Gonwati schreckliche Angst gemacht, und so überredeten sie ihren Vater, den großen alten Bariton, sie zu begleiten. «Dies ist keine Zeit für Lieder», sagte Shivshankar Sharga, «außerdem sind meine Sängertage längst vorbei.»

So traurig es ist, aber die Entscheidung zur Flucht hat die Joos und Shargas nicht gerettet. Der überfüllte Bus, in dem sie gen Süden fuhren, verunglückte am Fuß der Berge, unweit vom Banihal-Pass. Der Fahrer fürchtete sich derart davor, von irgendwem angehalten zu werden, ob nun von den Sicherheitskräften oder von den militanten Widerständlern, dass er so schnell fuhr, wie er nur konnte. Als er um eine bestimmte Kurve raste, sah er bloß noch, dass einer der riesigen Abfallberge – die sich überall im Tal auftürmten, weil die Müllabfuhr ihren Dienst eingestellt hatte – nach vorn über die Straße gekippt war. Verzweifelt versuchte er auszuweichen, doch der Bus landete im Straßengraben. Sein Fahrer und die meisten Passagiere waren schwer verletzt, und einer der älteren Passagiere, besagter Sänger Shivshankar Sharga, war tot.

Kopfüber im verunglückten Bus liegend, erlebten die Fahrgäste eine lange Wartezeit. Es stank nach Diesel. Wer schreien oder weinen konnte, der weinte oder schrie. (Himal schrie, Gonwati aber weinte.) Andere, stimmlich nicht mehr gar so kräftige Insassen, begnügten sich mit Stöhnen (die Geschwister Joo fielen in diese Kategorie), während wiederum andere Businsassen (zum Beispiel der verblichene Bariton) überhaupt keinen Laut mehr von sich geben konnten. Schließlich traf der Rettungsdienst ein, und die verletzten Passagiere wurden in eine nahe medizinische Versorgungseinrichtung gebracht. Die Notaufnahme war verdreckt, die Laken stark verschmutzt. Rostrote Flecken zogen sich über die Wände. Es gab nur wenige Betten, die Matratzen auf dem Boden waren unsauber und zerschlissen. Man legte die Passagiere auf die Betten, auf die Matratzen, auf den Boden und in den Flur. Ein einziger Arzt, ein erschöpfter junger Mann mit dünnem Schnurrbart und wie benommenem Gesichtsausdruck, wandte sich an die Unfallopfer, die während seiner Rede nicht aufhörten zu schreien (Himal), zu weinen (Gonwati) und zu stöhnen (Ahmed, Sulaiman, Razia Joo). «Ehe ich mit meiner Arbeit fortfahre, ist es meine beschwerliche Pflicht», sagte der junge Arzt, «Sie untertänigst um Vergebung zu bitten und Ihnen pflichtschuldigst eine Klarstellung zu unterbreiten. Das gehört zur unangenehmen, doch unverzichtbaren Routine. Unsere aufrichtige Entschuldigung gilt primär der offensichtlichen Unterbesetzung. Zahlreiche hinduistische Personalkräfte haben uns verlassen, und die gegenwärtige Politik erlaubt keine Neueinstellungen. Eine Reihe von Krankenwagenfahrern wurden zudem von Sicherheitskräften behelligt und drangsaliert, weshalb sie nicht mehr zum Dienst erschienen sind. Eine Entschuldigung ist darüber hinaus für unseren Mangel an Medikamenten vonnöten. Mittel gegen Asthma fehlen gänzlich. Mittel gegen Diabetes sind nicht mehr vorrätig. Sauerstoff gibt es auch keinen mehr. Infolge einiger Stromausfälle konnten gewisse Medikamente nicht kühl gelagert werden, weshalb der Zustand besagter Medikamente fragwürdig genannt werden muss. Ersatz ist jedoch nicht verfügbar. Zudem ist eine Entschuldigung für den Ausfall der Röntgenapparate angebracht, aller Sterilisatoren und sämtlicher Geräte, die zur Blutuntersuchung notwendig sind. Entschuldigen Sie bitte auch, dass die Blutvorräte nicht auf eine HIV-Infektion getestet werden konnten. Als Letztes sollten Sie dann noch berücksichtigen, dass sich in dieser Versorgungseinrichtung Meningitis ausgebreitet hat, Quarantänevorschriften aber nicht eingehalten werden können. In Zeiten wie diesen brauchen wir Ihre Mithilfe. Seien Sie daher, in Anbetracht der beschriebenen, traurigen Umstände, doch bitte so freundlich, uns Ihren Wunsch, in diese Einrichtung aufgenommen oder nicht aufgenommen zu werden, zu bestätigen oder eben nicht zu bestätigen, damit die Behandlung fortgesetzt oder eben nicht fortgesetzt werden kann. Zweifeln Sie aber bitte nicht daran, meine Damen und Herren, dass wir, sollten Sie uns Ihr Vertrauen entgegenbringen, unser Bestes geben werden.»

Leider sollte keiner der fünf Tänzer aus Pachigam überleben, da der Tod durch eine nicht festgestellte innere Blutung eintrat (Himal), durch einen unbehandelten und folglich brandigen Beinbruch (Gonwati), durch grässliche und letztlich tödliche Krämpfe, weil verdorbene Medikamente injiziert worden waren (Ahmed und Razia Joo), und, im Falle von Sulaiman Joo, durch eine akute Meningitis, übertragen durch ein siebenjähriges Mädchen, das auf dem Nachbarbett daran starb. Es gab keine Verwandten vor Ort, die ihre Leichen abholen konnten, und keine Möglichkeit, die fünf Tänzer in ihr Heimatdorf zurückzuschicken, weshalb sie auf dem städtischen Scheiterhaufen verbrannt wurden, auch die drei Juden.

Ihr Charakter bestimmte nicht ihr Schicksal.

Anfang 1991, vor Beginn der Schneeschmelze im Frühling, spürte Pandit Pyarelal Kaul, wie das Leben mit einer Abfolge kleiner, schmerzloser, unhörbarer Püffe aus seinem Körper wich. Nun, das ist in Ordnung, dachte er, außer ihm selbst war ihm niemand geblieben, dem er etwas beibringen konnte, und auch sich selbst konnte er kein Wissen mehr vermitteln. In diesen letzten Tagen verbrachte er viel Zeit allein mit seinen alten Büchern in der kleinen Bibliothek. Wenn die Zeit kam, würden diese Bücher, seine wahren Schätze, auch verloren sein. Mit den Fingern fuhr er über die abgewetzten Buchrücken seiner Schatzkammern in den Regalen und zog die englischen Romantiker hervor: *Jetzt mehr denn je wünsch ich den Tod herbei,/Ein Ende ohne nächtliche Beschwer* … Ach, der arme Keats! Nur wer so jung ist, kann glauben, der Tod sei eine angemessene Antwort auf die Schönheit. Auch wir in Kaschmir haben einen Bulbul vernommen, wandte er sich über Raum und Zeit hinweg an den großen Dichter, doch könnte er sich als unser aller Tod erweisen.

Er schloss die Augen und stellte sich Kaschmir vor. Er beschwor die kristallenen Seen des Landes herauf, Shishnag, Wular, Nagin und Dal, seine Bäume, die Walnuss, die Pappel, den Chinar, den Apfel- und den Pfirsichbaum, seine mächtigen Berggipfel, den Nanga Parbat, den Rakaposhi und den Harmukh. *Die Pandits haben den Himalaja ins Sanskrit gebracht.* Er sah die Boote wie kleine

Finger Furchen in das Wasser ziehen, und die Blumen – zu zahlreich, um sie zu benennen – in strahlendem Duft erblühen. Er sah die Schönheit der goldenen Kinder, die Schönheit der grünäugigen, blauäugigen Frauen, die Schönheit der blauäugigen, grünäugigen Männer. Er stand oben auf dem Mount Shankaracharya, den die Muslime Takht-e-Sulaiman nannten, und sagte laut jene berühmten alten Verse des persischen Dichters Firdausi auf, die dem irdischen Paradies galten: *Das ist es, das ist es, das ist es.* Wie ein Fest sah er unter sich Sanftmut, Zeit und Liebe ausgebreitet. Er dachte daran, aufs Rad zu steigen und ins Tal zu fahren, zu radeln, bis er umfiel, bis er tiefer und tiefer hinab in die Schönheit fiel. *Ach, jene friedlichen Tage, als wir uns alle liebten und der Regen in unseren Händen war, wohin wir auch gingen.* Nein, er würde nicht durch Kaschmir fahren, wollte sein vernarbtes Antlitz nicht sehen, die Reihen brennender Ölfässer entlang der Straßen, die Fahrzeugwracks, den Qualm der Explosionen, die zerstörten Häuser, die gebrochenen Menschen, die Panzer, die Wut und die Angst in aller Augen. Wie schreibt der kaschmirische Dichter Agha Shahid Als? *Jeder bewahrt seine Adresse in der Tasche auf, damit wenigstens der Leichnam heimfindet.*

«*Ya Kaschmir!*», rief er. «*Hai-hai! Ya Kaschmir!*»

Er würde sein einziges Kind nicht wieder sehen, seine Tochter, deren Leben er gerettet hatte, indem er sie zu ihrem eigenen Exil machte, sie in eine wilde Stammesfrau verwandelte. Was für eine seltsame Geschichte ihr doch widerfahren war. Er kannte sie nicht mehr so gut, verstand ihre Gedanken nicht mehr. Sie hatte sich nach innen gewandt und verkehrte mit dem Tod. So wie er selbst jetzt. Bhoomi Kaul, Boonyi Noman. Er vermochte sie nicht länger zu beschützen, schickte ihr ein liebevolles Abschiedswort und spürte, wie ein Wind aufkam und die Nachricht hinüber zu ihr in den verzauberten Wald trug.

Er fragte sich, ob er die Blüte seiner Apfelbäume noch erleben würde, und fühlte in sich drinnen wie zur Antwort ein leises *Plop.*

Aha, es würde also nicht mehr lang dauern. Leichter Schneefall setzte ein, die letzten Flocken vor dem Frühling. Er legte seinen Hochzeitsanzug an, jene Kleider, die er vor vielen Jahren bei der Eheschließung mit seiner geliebten Pamposh getragen hatte und die all die Zeit, in Papier eingewickelt, in einer Truhe aufbewahrt worden waren. Wie ein Bräutigam anzusehen, trat er nach draußen, und die Schneeflocken liebkosten seine grauen Wangen. Er hatte einen wachen Verstand, konnte gehen, und niemand wartete mit einem Knüppel auf ihn. Körper und Geist waren intakt, und wie es schien, stand ihm kein gewaltsames Ende bevor. Das war doch immerhin gut. Er ging in seinen verwahrlosten Obstgarten, setzte sich mit überkreuzten Beinen unter einen Apfelbaum, schloss die Augen, hörte, wie die Verse der Rig-Veda die Welt mit Schönem füllten, und verschied ohne Beschwer um Mitternacht.

Man nahm Anees Noman lebend gefangen, doch erlitt er Schusswunden im rechten Bein und in der Schulter, als es im südwestlichen Dorf Siot zu einem Scharmützel mit den Sicherheitskräften kam und er sich mit zwanzig zwischen fünfzehn und neunzehn Jahren alten militanten Kämpfern über einem Lebensmittelladen namens Ahdoo's verschanzte, dessen Besitzer die Soldaten rief, weil die Jungs all seine Dosen mit Kondensmilch austranken, eine Entscheidung, die er bedauern sollte, als das Militär seinen Laden mit Handgranaten zerstörte, die Vorderwand des kleinen, zweistöckigen Holzgebäudes auf die Straße flog und ein gepanzertes Fahrzeug aus kürzester Entfernung mehrere hundert Schuss abgab, wodurch auch jene Waren noch zerstört wurden, die die Granatenexplosion überdauert hatten. «Seht euch an, was eure Habgier angerichtet hat», rief der alte Mann Ahdoo den Leichen der Militanten nach, als sie aus seinen oberen Räumen nach draußen geschleppt wurden, und fügte dann für die Welt im Allgemeinen noch die Erklärung hinzu: «Sie haben meine Importware getrunken. Ausländische Produkte! Was hätte ich denn machen sollen?»

Mehrere der toten Jungen hatten Pachigam gegen die LeP verteidigt, und sie retteten auch Anees' Leben, als sie die Wucht der Explosion und die Kugeln mit ihren Leibern abfingen. Allerdings wäre es besser gewesen, sie hätten ihn in Siot sterben lassen, wäre ihm doch dann das Ende in den geheimen Folterkammern von Badami Bagh erspart geblieben, diesen Räumen, die nie existiert hatten, nicht existierten und nie existieren würden, und von denen kein Schrei, wie laut er auch war, je nach draußen drang.

An der Wand der Folterkammer standen zwei mit schwarzer Kreide geschriebene Wörter. Es waren die letzten Worte, die Anees lesen sollte.

Alle reden.

Nach der Gefangennahme von Anees Noman, dem Sohn des *sarpanch* von Pachigam, wussten die Entscheidungsträger von Badami Bagh, dass weder Sardar Harbans Singh noch sonst irgendein hochrangiger, weichherziger Strippenzieher die verräterischen Schwesternficker dieses Dorfes mit so genannten Schauspielern und Köchen schützen konnte. General Kachhwaha unterzeichnete persönlich die entsprechende Vollmacht, und im Eiltempo setzten sich die Absperr-und-Such-Einheiten des Maßregelungsteams in Bewegung. Sowohl den einfachen *jawans* als auch den hochrangigen Offizieren war der Sonderstatus des *bhand*-Dorfes schon lange ein Dorn im Auge gewesen. Pachigams Maßregelung würde ihnen daher eine besondere Genugtuung sein, und dazu streifte man natürlich die Handschuhe ab.

Der Offizier, der Anees Nomans Leichnam zum Haus seiner Mutter brachte, der Diensthabende des Sonderkommandos, stellte sich nicht vor und sprach auch nicht sein Beileid aus. Eingewickelt in eine graue Decke, wurde der Leichnam vor dem Haus abgeladen, die Tür eingetreten. Dann zog man Firdaus am grauen Haar nach draußen und stieß sie so, dass sie über ihren toten Sohn stolperte. Ein einzelner Schrei entfuhr ihren Lippen, doch trotz allem, was sie am Leichnam sah, blieb sie stumm, bis sie aufstand und dem Diensthabenden in die Augen sah. «Wo sind seine Hände?», fragte sie. *Seine Hände, die so geschickt gewesen, die so viel geschnitzt und geformt hatten.* «Gebt mir seine Hände zurück!»

Anees' Vater kniete stolz neben seinem Sohn, faltete die verkrüppelten Hände und begann zu beten. Der Diensthabende blieb unbeeindruckt. «Was jammert deine Frau wegen irgendwelcher Hände», sagte er zu Abdullah, «wenn du selbst nicht mal weißt, wie man die Hände zum Gebet faltet?» Er machte eine kurze Bewegung, und zwei Soldaten packten den *sarpanch* und pressten seine Hände auf den Boden. «Hände also, nun gut», sagte der Diensthabende. «Dann lasst uns diese beiden Hände richten, ehe wir weitergehen.» Was war das für ein Schrei? War es ein Mann, eine Frau, ein Engel oder ein Gott, der so aufjaulte, so heulte? Kann eine menschliche Stimme einen solch verzweifelten Ton hervorbringen?

Da war die Erde, und da waren die Planeten. Die Erde war kein Planet. Die Planeten waren die Grabscher. Sie hießen so, weil sie die Erde fest im Griff hielten und ihr Schicksal nach ihrem Willen lenkten. Die Erde war nie wie sie. Die Erde war ihr Spielball. Die Erde wurde gegrabscht.

Pachigam war die Erde, wurde gegrabscht, war hilflos, und mächtige rücksichtslose Planeten beugten sich tief herab, streckten ihre himmlischen, ihre gnadenlosen Tentakel aus und grabschten zu.

Wer hat das Feuer angezündet? Wer hat den Obstgarten abgebrannt? Wer hat diese Brüder erschossen, die ihr Leben lang so gern gelacht haben? Wer hat den *sarpanch* umgebracht? Wer hat ihm die Hände gebrochen? Wer hat ihm die Arme gebrochen? Wer hat ihm den alten Hals gebrochen? Wer hat diese Männer gefesselt? Wer hat diese Männer verschwinden lassen? Wer hat diese Jungen erschossen? Wer hat diese Mädchen erschossen? Wer hat das Haus zerstört? Wer hat *dieses* Haus zerstört? Wer hat *dieses* Haus zerstört? Wer hat den Jugendlichen umgebracht? Wer hat diese Großmutter mit einem Knüppel erschlagen? Wer hat die Tante erstochen? Wer hat dem alten Mann die Nase gebrochen? Wer hat dem jungen Mädchen das Herz gebrochen? Wer hat diesen Geliebten getötet? Wer hat seine Verlobte erschossen? Wer hat die Kostüme verbrannt? Wer hat die Schwerter zerbrochen? Wer hat die Bibliothek verbrannt? Wer hat die Safranfelder verbrannt? Wer hat das Vieh abgeschlachtet? Wer hat die Bienenkörbe verbrannt? Wer hat Gift auf die Reisfelder gestreut? Wer hat die Kinder getötet? Wer hat die Eltern ausgepeitscht? Wer hat die schielende Frau vergewaltigt? Wer hat die grauhaarige schielende Frau vergewaltigt, die irgendwas von Schlangenrache schrie? Wer hat die Frau nochmal vergewaltigt? Wer hat die Frau nochmal vergewaltigt? Wer hat die Frau nochmal vergewaltigt? Wer hat die Tote nochmal vergewaltigt? Wer hat die Tote nochmal vergewaltigt?

Das Dorf Pachigam gibt es noch auf Kaschmirs offiziellen Landkarten, direkt südlich von Srinagar, westlich von Shirmal, in der Nähe der Straße nach Anantnag. Auf diesen öffentlichen Dokumenten, die man noch immer einsehen kann, werden dreihundertfünfzig Bewohner angegeben, und einige Touristenführer erwähnen beiläufig auch die *bhand pather*, eine aussterbende Volkskunst, woraufhin meist der Hinweis auf die schwindende Zahl jener engagierten Schauspieltruppen folgt, die derlei zu bewahren suchen. Diese offizielle Existenz, diese Papiere, sind das einzige Überbleibsel von Pachigam, denn wo das Dorf einst stand am heiteren Muskadoon, wo die kleine Straße vom Haus des Pandits zu jenem des *sarpanch* verlief, wo Abdullah brüllte, Boonyi tanzte, Shivshankar sang und Shalimar der Narr auf dem Hochseil tanzte, als liefe er durch die Luft, steht nichts mehr, was einer menschlichen Behausung gleicht. Was an jenem Tag in Pachigam geschah, braucht nicht in allen Einzelheiten beschrieben zu werden, denn Brutalität ist Brutalität, Exzess ist Exzess, und mehr gibt es dazu nicht zu sagen. Auf manche Dinge darf man nur einen indirekten Blick werfen, denn wollte man ihnen ins Gesicht schauen, würde man erblinden, als blickte man ins Feuer der Sonne. Um es zu wiederholen: Es gab kein Pachigam mehr. Pachigam wurde zerstört. Man kann es sich nur noch vorstellen.

Zweiter Versuch: Das Dorf Pachigam gab es noch auf den Landkarten von Kaschmir, doch hat es an jenem Tag aufgehört, woanders zu existieren als in der Erinnerung.

Dritter und letzter Versuch: Das schöne Dorf Pachigam gibt es noch.

***

DER ERHÖHTE EINSATZ von Selbstmordattentätern der Fedajin durch Maulana Bulbul, aber auch durch andere aufständische Gruppen, etwa die von Hizb-ul-soundso, Lashkar-e-diesunddas, Jaish-e-sonst-wie, war ein neues Ärgernis, dachte der im Dunkeln hockende General Hammirdev Kachhwaha, aber auch ein Hinweis darauf, dass man offenbar annahm, rein militärischen Aktivitäten, selbst jenen des so genannten Eisernen Kommandos, fehle der nötige Biss, und eine entscheidende Phase habe begonnen. Die Duckmäuser des weltlichen Nationalismus hatten ihre Zeit gehabt und verloren im Lauf der Monate immer mehr an Bedeutung. «Kaschmir den Kaschmiri» stand nicht länger zur Debatte. Nur die großen Jungs waren noch übrig, also hieß es entweder Kaschmir den Indern oder Kaschmir den Pakistani, und die Terrororganisationen waren die jeweiligen Stellvertreter dieser beiden Fraktionen. Die Lage war klarer geworden, und Klarheit zu schaffen galt als das universelle Ziel aller militärischen Aktivitäten. General Kachhwaha gefiel diese einfachere, klarere Welt. Jetzt, sagte er sich, heißt es wir oder sie, aber wir sind stärker, und wir werden natürlich die Oberhand behalten.

Er musste zugeben, dass die Selbstmordaktionen gewisse Erfolge vorweisen konnten. Sie waren ausnahmslos in seinem Gedächtnis gespeichert. Letztes Jahr, 13. Juli, Angriff auf das Grenzsicherungslager bei Bandipora, der stellvertretende Generalinspekteur sowie vier Mann Besatzung tot. Ein Major und zwei Zugführer am 6. August im Heereslager Natnoos ermordet. Im Heereslager

Trehgam starben am 7. August ein Oberst sowie drei Mann Besatzung. Bei einem tollkühnen Anschlag auf den Sicherheitsbereich des Hauptquartiers des Armeecorps in Badami Ragh wurden zehn Mann Besatzung ermordet, darunter auch der Presseoffizier (nach General Kachhwahas privater, nicht offiziell geäußerter Meinung kein Verlust). Und so ging es weiter, Nadelstich um Nadelstich. Am 2. Dezember im Armeehauptquartier in Baramulla einen Zugführer verloren. Am 13. Dezember in Srinagar, Civil Lines, fünf Mann Besatzung. Am 15. Dezember, Heereslager Rafiabad, viele Verwundete, keine Toten. Am 7. Januar wurde die Wetterstation in Srinagar angegriffen, vier Mann Verlust. Autobombe in Srinagar am 10. Januar. Am 14. Februar trug ein unbemanntes Pony eine SGB (selbst gebastelte Bombe) ins Lager der Sicherheitskräfte in Lapri im Bezirk Udhampur. General Kachhwaha konnte solchen Einfallsreichtum nur bewundern. Doch die gegnerischen Verluste waren ebenfalls ziemlich hoch. Man hatte den Feind schwer getroffen. Das Eiserne Kommando war geradezu durchlöchert worden – daher die neue Taktik. Man nahm geringen Verlust in Kauf, um größtmöglichen Schaden zuzufügen. Am 19. Februar gab es den ersten Fedajin-Angriff auf Badami Ragh. Zwei Mann Besatzung wurden getötet. Drei Wochen später folgte der nächste Selbstmordangriff auf das Hauptquartier, vier Mann Besatzung tot.

Es gab Leute, die behaupteten, angespornt durch die Aktivitäten der Fedajin würden die Terroristen an Zulauf gewinnen, weshalb man den Krieg verliere. Rufe wurden laut, die General Kachhwahas Rücktritt verlangten. Fedajin zündeten eine Bombe in der Kommandozentrale der Polizei in Srinagar (acht Tote). Fedajin griffen das Lager Wazir Bagh in Srinagar an (vier Tote). Fedajin griffen das Heereslager Lassipora im Bezirk Kupwara an (sechs). Außerdem gab es einen Nicht-Fedajin-Hinterhalt in Morha Chatru im Bezirk Rajouri (der fünfzehn Leben kostete), einen Überfall auf eine Patrouille in Gorikund in Udhampur (fünf Tote), einen Angriff auf das Lager Shahlal in Kupwara (fünf) und auf das Polizeirevier in Poonch (sieben). SGBn wurden unter Militärbussen in Hangalpua angebracht (acht Tote) und in Khooni Nallah gezündet (fünf). Zugegeben, brummte General Kachhwaha, die Liste war lang. Zwei Angriffe der Fedajin in Handwara. Der jährliche Pilgerzug nach Amarnath wurde angegriffen, neun Pilger tot. Weitere Hindus waren dank zweier Fedajin-Selbstmordattentäter im Raghunath-Tempel in Jammu gestorben. Fedajin hatten eine Bushaltestelle in Poonch angegriffen, und der stellvertretende Polizeichef war gestorben. Von einem Drei-Mann-Team der Fedajin wurde das Heereslager im Dorf Bangti an der Straße nach Tanda in Akhnoor in Jammu überfallen: acht Tote, darunter ein Brigadekommandeur, vier Generäle verletzt. Dann aber ließen sich endlich auch einige Erfolge verbuchen. Baby Che, der berüchtigte Widerstandskämpfer Anees Noman, war tot. Ein Angriff der Fedajin auf ein Lager der Sicherheitskräfte in Poonch konnte vereitelt werden, zwei ausländische Söldner wurden erschlagen. Ein kühner und hochgefährlicher Angriff der Fedajin auf die Residenz des Ministerpräsidenten in der Maulana Azad Road in Srinagar wurde abgewehrt, beide Terroristen starben. Das Blatt wendete sich. Die Politiker mussten dies anerkennen. Die Lage konnte stabilisiert werden. Annähernd einhundert vermutliche Aufständische sowie deren vermeintliche Verbündete wurden Tag für Tag erschossen. Auf den Willen zum Erfolg kam es an. Sollten fünfzigtausend Tote nötig sein, würde es fünfzigtausend Tote geben. Der Kampf konnte nicht verloren werden, solange es nicht am nötigen Willen mangelte, und er, General Kachhwaha, war die Verkörperung dieses Willens. Deshalb würde der Kampf nicht verloren gehen. Man würde siegen.

Die Neuigkeit von der völligen Zerstörung Pachigams verbreitete sich rasch. Der Hammer von Kaschmir hatte an dem Dorf ein Exempel statuiert, und auf ihre Weise war seine Taktik der starken Hand erfolgreich. Wie nie zuvor fürchtete man, militanten Kämpfern Unterschlupf zu gewähren. Die wenigen Überlebenden der Maßregelung, ein paar alte Leute, ein paar Kinder, einige Landarbeiter und Hirten, denen es gelungen war, sich auf den bewaldeten Hügeln hinter dem Dorf zu verstecken, gingen ins Nachbardorf Shirmal, wo man sie so freundlich aufnahm, wie es den Shirmali zu Zeiten leerer Taschen und offener Münder nur möglich war. Die alten Spannungen zwischen Pachigam und Shirmal waren vergessen, als hätte es sie nie gegeben. Bombur Yambarzal und seine Frau Hasina, auch Harud genannt, sorgten persönlich dafür, dass die Flüchtlinge untergebracht wurden und etwas zu essen bekamen. Die Ruinen von Pachigam qualmten noch. «Soll sich die Lage erst mal beruhigen», sagte Harud Yambarzal den entsetzten, untröstlichen Pachigami, «dann kümmern wir uns um den Wiederaufbau eurer Häuser.» Sie wollte beruhigend klingen, dabei hatte sie panischer Schrecken erfasst. In der Abgeschiedenheit der eigenen vier Wände schlug sie ihren beiden Söhnen mit offener Hand ins Gesicht und sagte, wenn sie nicht sofort alle Verbindungen zu militanten Gruppen abbrächen, würde sie ihnen persönlich im Schlaf die Nase abschneiden. «Wenn ihr glaubt, ich lasse zu, dass mit diesem Dorf passiert, was mit Pachigam geschehen ist», zischte sie ihre Söhne an, «dann, Jungs, kennt ihre eure Mutter schlecht. Ich habe euch zu vernünftigen und praktischen Menschen herangezogen. Und jetzt habt ihr die Schuld eurer Kindheit zu begleichen und tut, was ich euch sage.» Sie war eine beeindruckende Frau, und ihre Söhne, die geheimniskrämerischen Elektriker, murmelten okay, okay und schlichen aus der Hintertür nach draußen, um *beedis* zu rauchen und darauf zu warten, dass das Klingeln in ihren Ohren aufhörte. Längst herrschte in den Dörfern Kaschmirs ein Mangel an jungen Männern. Sie waren nach Srinagar in den Untergrund gegangen, denn die Stadt war immer noch sicherer als die Dörfer, sie waren in den Untergrund gegangen, um sich den militanten Kämpfern anzu-

schließen oder um die Fünfte Kolonne der militärischen Gegen-
spionage zu verstärken, sie gingen in den Untergrund jenseits der
Line of Control zu den Jihadi-Gruppen des pakistanischen ISI,
oder sie verschwanden schlicht unter Grund in ihren Gräbern.
Allein durch die bloße Kraft ihrer Persönlichkeit hatte Hasina
Yambarzal die Jungen im Haus halten können. Sie wollte sie da
haben, wo sie die beiden sehen konnte, über dem Grund und daheim.

Sieben Abende nach der Maßregelung in Pachigam fuhr zu
Hasina Yambarzals Entsetzen Maulana Bulbul Fakh mit drei Jeeps
in Shirmal ein, begleitet von Shalimar dem Narren sowie zwanzig
weiteren Reitern des Furcht erregenden Eisernen Kommandos.
Kurz darauf war das Haus Yambarzal von bewaffneten Männern
umstellt. Mit einigen Stellvertretern, zu denen auch der einzige überlebende Sohn des verstorbenen *sarpanch* von Pachigam
zählte, trat der Eiserne Mullah ein. Selbst Bombur Yambarzal,
einem Mann, den allzu große Selbstgefälligkeit zu einem schlechten Beobachter anderer Menschen machte, fiel auf, wie Shalimar
der Narr sich verändert hatte, und als Yambarzal später im Bett
lag, sprach er seine Frau darauf an. «Mich wundert es nicht, dass
der Mann aussieht, als würde er einem die Kehle durchschnei-
den, wenn man nur einmal im falschen Moment mit den Fingern
schnippt, so tragisch, wie dem mitgespielt wurde», sagte er leise, da er fürchtete, draußen könnte ihn jemand hören, wenn er
lauter spräche. Hasina Yambarzal schüttelte bedächtig den Kopf.
«Die Tragödie hinterließ eine frische Wunde, und man kann den
Schmerz erkennen, das stimmt», antwortete sie mit ebenso leiser
Stimme. «Aber ich habe in seinen Augen gesehen, wovon du redest, und ich sage dir, diesen Mörderblick hat er schon lang. Das
ist nicht der Blick eines Mannes, der unter dem Tod seiner Familie leidet, sondern von jemandem, der das Töten gewohnt ist.
Gott allein weiß, wo er war und was aus ihm wurde, dass er mit
einem solchen Gesicht hierher zurückkommt.»

«Unser trauernder Bruder muss das Grab seiner Eltern aufsuchen», hatte Bulbul Fakh ohne Einleitung gesagt. «Für heute Nacht benötige ich daher Ihre Unterstützung hinsichtlich Verköstigung und Unterbringung der Tiere und der Männer.» Bombur Yambarzal zitterte wie Espenlaub und verlor vorübergehend die Fähigkeit zu sprechen, denn er wusste genau, dass der Eiserne Mullah jenen Tag vor vielen Jahren nicht vergessen haben konnte, an dem er ihm getrotzt hatte, und so war es Hasina, die antwortete: «Wir tun, was wir können, aber es wird nicht einfach sein, da wir schon die Flüchtlinge aus Pachigam verpflegen und für sie ein Dach über dem Kopf finden müssen.» Sie schlug jedoch vor, das Haus der Gegroos für die Kämpfer zu öffnen, und der Eiserne Mullah war einverstanden. Mit der Hälfte seiner Kämpfer als Wachtposten bezog Bulbul Fakh die staubige alte Ruine, und Bombur trug ihnen persönlich ein einfaches Mahl aus Gemüse, Linsen und Brot auf. Die übrigen Kämpfer aßen rasch und verschwanden dann in Shirmals Schatten, um Wache zu halten. Shalimar der Narr borgte sich ein Pony und ritt allein und ohne ein Wort zu irgendjemandem in Richtung Pachigam davon.

«Armer Kerl», sagte Bombur Yambarzal, als er ihm nachsah. Keiner sagte darauf ein Wort. Hasina Yambarzal war schon vorher aufgefallen, dass ihre beiden Söhne nirgendwo zu sehen waren, was nur bedeuten konnte, dass sie sich an die Anweisungen hielten, die ihre Mutter ihnen in jenem Moment gegeben hatte, als sie die Kämpfer des Eisernen Kommandos ins Dorf reiten sah. Jetzt war es für alle am besten, wenn sie sich in ihre Häuser zurückzogen. «Komm zu Bett», sagte sie zu Bombur, und ihr Mann hütete sich, etwas gegen sie einzuwenden, wenn sie in diesem Ton mit ihm sprach.

General Kachhwahas Truppen, die durch Hasina Yambarzals Boten Hashim und Hatim Karim (denen man gleich einen Ehrenplatz bei der Aufstandsbekämpfung anbot, nachdem man ihren Patriotismus hoch gelobt hatte) über die Lage informiert worden waren, begannen in den frühen Morgenstunden mit einem groß angelegten Angriff auf Shirmal. «Erst verraten die Hizb-ul-Mujaheddin die JKLF», sinnierte General Kachhwaha, «und jetzt fangen die Leute an, die Hizb zu verraten, eine überaus zufrieden stellende Entwicklung.» Shirmal wurde unauffällig, rasch und so weitläufig umstellt, dass keinem Kämpfer des Eisernen Kommandos ein Entkommen gelang. Die Schlinge zog sich zu, und die Wachen wichen aus den Wäldern ins Haus der Brüder Gegroo zurück, um dort ihre letzte Stellung zu beziehen. Als die Panzer der Armee dann rumpelnd in Shirmal einfuhren, kam es zu keinen wahllosen Zerstörungen jener Art, die Pachigam hatte erdulden müssen. Kooperation wurde eben belohnt, außerdem saßen dank Hasina Yambarzal die Ratten bereits in der Falle. Nach einem kurzen, aber heftigen Hagel von Granaten und starkem Geschützfeuer blieb von dem Haus der Gegroos nichts übrig, und keiner der Insassen war mehr am Leben. Die Leichen der Kämpfer des Eisernen Kommandos wurden aus den Ruinen geholt. In den Kleidern von Maulana Bulbul Fakh fand man allerdings keinen Leichnam, nur eine beträchtliche Anzahl von derart pulverisierten Maschinenteilen, dass keine Hoffnung mehr bestand, ihn je wieder reparieren zu können.

General Hammirdev Suryavans Kachhwaha lag im abgedunkelten Zimmer im Armeehauptquartier von Badami Bagh in seinem Bett und ließ sich zufrieden wieder in den Schlaf sinken. Ein Anruf hatte ihn geweckt, der ihm die erfolgreiche Auslöschung von mindestens zwanzig Kämpfern des Eisernen Kommandos mitteilte sowie den vermutlichen Tod des Anführers, eines als Maulana Bulbul Fakh bekannten Jihadi-Fanatikers. General Kachhwaha legte den Hörer auf, seufzte leise und schloss die Augen. Die Frauen von Jodphur tauchten vor ihm auf und öffneten weit die Arme, um ihn willkommen zu heißen. Bald würde seine langjährige Ehe mit dem Norden vorüber sein. Bald würde er mit sechzig Jahren im Triumph ins Land der warmen Farben und feurigen Frauen zurückkehren, auf dass eine Schönheit, deren Aufmerksamkeiten er verdient, ja, *mehr als genug* verdient hatte, die manneskräftige Jugend in ihm wieder erweckte. Die Schönheit kam auf ihn zu, winkte ihn herbei. Ihr Arm glitt um seine Schulter, geschmeidig wie eine Schlange, und wie eine Schlange wand sie ein Bein um ihn. Und wie eine dritte Schlange rankte sich ihr anderer Arm, wie eine vierte Schlange rankte sich ihr anderes Bein um ihn, bis sie ihn ganz umschlängelte, seinen Körper umhüllte, ihn mit ihrer gespaltenen Zunge im Ohr leckte, mit ihren vielen gespaltenen Zungen, den Zungen an den Enden ihrer Arme und Beine. Sie hatte so viele Arme und Beine wie eine Göttin, und vielgliedrig und unwiderstehlich umringelte sie ihn und verstärkte den Druck, um schließlich mit all der Kraft, die sie besaß, zuzubeißen.

In Badami Bagh verkündete man am nächsten Morgen, dass H. S. Kachhwaha durch den Biss einer Königskobra gestorben war. Man begrub den General mit allen militärischen Ehren auf dem Friedhof des Lagers. Genaue Einzelheiten des Vorfalls wurden öffentlich nicht bekannt gegeben, doch dauerte es trotz aller Anstrengungen der Behörden nicht lang, bis man allgemein über die wimmelnde Schlangenschar Bescheid wusste, die irgendwie ins innerste Heiligtum der militärischen Macht in Kaschmir vorgedrungen war, und jedes Mal, wenn die Geschichte weitererzählt wurde, vervielfachte sich die Zahl der Schlangen, bis es Dutzende waren, fünfzig, einhundertundeine. Es hieß, und wurde bald auch allgemein geglaubt, dass die Schlangen sich durch sämtliche Verteidigungsanlagen des Militärs hindurchgewunden hatten – dabei sollte man nicht vergessen, dass es Riesenschlangen gewesen waren, die denkbar giftigsten Schlangen, Schlangen, die nach langer unterirdischer Reise aus ihren geheimen Nestern an den Wurzeln des Himalajas endlich zum General vorgedrungen waren –, um das an Kaschmir verübte Unrecht zu rächen, und man erzählte sich, als man die Leiche von General Kachhwaha fand, habe sie ausgesehen, als wäre sie von einem Schwarm Hornissen attackiert worden, so zahlreich und so heftig mussten die Bisse gewesen sein. Allerdings wussten nur wenige, dass Firdaus Noman von Pachigam kurz vor ihrem Tod einen Schlangenfluch auf die Armee herabbeschworen hatte, folglich fehlte dieses Detail in der Geschichte, die schon bald ihre Runde machte.

Sie wusste, dass er kam, konnte seine Nähe spüren und bereitete sich auf seine Ankunft vor. Sie schlachtete das letzte Zicklein, zog ihm die Haut ab, suchte die köstlichsten Kräuter und bereitete ein Mahl zu. Sie badete in dem Bergbach, der durch die Wiese von Khelmarg floss, und schmückte ihr Haar mit Blumen. Sie war nun beinahe vierundvierzig Jahre alt, ihre Hände rau von der Arbeit; ihr fehlten zwei Zähne, doch die Haut war weich. Ihr Körper erzählte die Geschichte ihres Lebens. Die Fettleibigkeit ihrer wahnwitzigen Zeit war verschwunden, hatte aber Spuren hinterlassen, die geplatzten Venen, die schlaffe Haut. Sie wollte, dass er ihre Geschichte sah, wollte, dass er das Buch ihrer Nacktheit las, ehe er tat, weshalb er gekommen war.

Sie wollte ihn wissen lassen, dass sie ihn liebte. Sie wollte ihn an die Stunden am Muskadoon erinnern, daran, was auf der Wiese von Khelmarg geschehen war, an das tapfere Eintreten des Dorfes für ihre Liebe. Wenn sie ihm ihren Körper zeigte, würde ihm nichts entgehen, er würde die Spuren der Hände eines anderen Mannes sehen, jene Spuren, die ihn zwangen, sie zu ermorden. Sie wollte ihn alles sehen lassen, ihren Sturz und ihr Überleben. Die Jahre des Exils waren in ihren Körper eingeschrieben, und er sollte ihre Geschichte kennen. Sie wollte ihn wissen lassen, dass sie ihn am Ende der Geschichte ihres Körpers noch liebte, wieder liebte, immer noch. Sie war nackt, sie rührte in dem Topf auf niedriger Flamme, und wartete.

Er kam zu Fuß, ein Messer in der Hand. Irgendwo wieherte ein Pferd, aber er kam nicht angeritten. Es schien kein Mond. Sie trat aus der Hütte, um ihn zu begrüßen.

Sie fragte, ob er erst essen wolle, und wischte sich eine Strähne aus dem Gesicht. Falls du essen willst, ich habe gekocht.

Er sagte nichts. Er las die Geschichte ihrer Haut.

Alle sind tot, sagte sie, mein Vater und deiner, und ich glaube, du bist auch schon tot, also warum sollte ich noch leben wollen?

Er sagte nichts.

Nun mach schon, sagte sie. Mein Gott, bitte, jetzt mach schon.

Er ging auf sie zu. Er las ihren Körper. Er nahm ihn in die Arme.

Jetzt, befahl sie. Jetzt.

❋

Mit Tränen im Blick lief er den von Kiefern bestandenen Hügel hinab, als er von Shirmal herüber Explosionen hörte und sich den Rest denken konnte. Das vereinfachte die Dinge gewissermaßen. Er war die rechte Hand des Eisernen Mullahs und sein Fernmeldeoffizier gewesen, aber die beiden Männer sahen sich seit einer Weile nicht mehr in die Augen. Shalimar dem Narren hatten die Selbstmordattentäter der Fedajin nie behagt, er hielt ihren Einsatz für eine unmännliche Art der Kriegsführung, aber Bulbul Fakh war zunehmend von ihrem taktischen Wert überzeugt und verlegte sich immer stärker von militärischen Stoßtruppunternehmen des Typs Eisernes Kommando auf das Rekrutieren und Trainieren von Fedajin-Aktivisten. Shalimar der Narr fand es erniedrigend, Jungen und sogar Mädchen aufspüren zu sollen, die bereit waren, sich in die Luft zu sprengen, und hatte daher beschlossen, sich vom Eisernen Mullah zu trennen, sobald sich eine Möglichkeit dazu ergab, die nicht dazu führen würde, dass man ihn wegen Fahnenflucht exekutierte. Die Explosionen in Shirmal lösten das Problem. Jetzt hielt ihn nichts mehr in Kaschmir, und da nun auch das letzte Hindernis beseitigt worden war, wurde es für ihn Zeit zur Flucht.

Er stieg von dem kleinen Bergpony ab, das er sich von Bombur Yambarzal geliehen hatte, wischte sich über das Gesicht und fischte das Satellitentelefon aus der Satteltasche. Telefonieren war immer problematisch, da der Feind beim Sat-Chat oft mithörte, aber ihm blieb keine andere Wahl. Von den nördlichen Pässen über die Berge war er zu weit entfernt, und das südliche Ende der Line of Control wurde stark bewacht, ein Übergang war kaum möglich. Natürlich gab es Wege über die Grenze, wenn man wusste, wo man danach zu suchen hatte, doch obwohl er eine ziemlich genaue Vorstellung davon besaß, wohin er sich wenden musste, würde es schwer sein, die Sache allein durchzuziehen. Was er brauchte, hatte man in einem anderen Krieg, zu einer anderen Zeit einen *passeur* genannt.

Den fand er mit dem ersten Telefongespräch, das zweite machte er auf gut Glück, doch die Nummer des malaysischen Vermittlers gab es tatsächlich, und ihm antwortete eine Stimme, die Arabisch sprach und verstand. Die Codes, die man ihm gegeben hatte, schienen etwas zu bedeuten, die Nachricht, die er senden wollte, wurde zur Weiterleitung angenommen, und im Austausch dafür erhielt er gewisse Instruktionen. Doch bevor er nicht die Line of Control überquert hatte, konnte man nichts für ihn tun. Wie sich herausstellte, war das nicht sein größtes Problem. Der *passeur* tauchte auf, tat auf der indischen Seite der LoC seine Arbeit, und der Kämpfer, der für ihn nur das Tor war, ein Militanter namens Dar, den er nur Nackter Berg nannte, erwartete ihn auf der anderen Seite mit einer Schar vermummter Männer, die sich über seinen Anblick nicht allzu sehr zu freuen schienen. «Tut mir Leid», sagte der Nackte Berg auf Kaschmiri, «aber du weißt ja, wie es ist.» Das war der letzte Kontakt, den Shalimar der Narr mit seinem alten Leben hatte. Man verband ihm die Augen und brachte ihn zum Verhör in einen fensterlosen Raum, in dem er auf einen Stuhl gebunden wurde. Dann bat man ihn, doch bitte schön zu erklären, wie es sein könne, dass er als Einziger das Massaker von Shirmal überlebt hatte. Außerdem möge er seinen Gesprächspartnern vom Geheimdienst doch einen triftigen Grund nennen, warum man ihn nicht für ein dreckiges Verräterarschloch halten und noch in dieser Stunde erschießen solle. Er kannte den Namen dessen nicht, der ihn verhörte, saß mit verbundenen Augen da und sagte die Parole, die ihm über Satellitentelefon mitgeteilt worden war. Ein langes Schweigen folgte. Dann verschwand sein Gegenüber, und mehrere Stunden später kam ein anderer Mann herein. «Okay, alles überprüft», sagte dieser zweite Mann. «Bist ein glücklicher Hund, weißt du das? Eigentlich wollten wir dir die Eier abschneiden und sie dir ins Maul stopfen, aber wie es aussieht, hast du ein paar hochgestellte Freunde, und wenn der *ustadz* dich an seiner Seite haben will, mein Freund, dann wirst du dich genau dorthin begeben.»

Danach hörte die reale Welt auf, für Shalimar den Narren zu existieren. Er betrat die Schattenwelt derer, die auf der Flucht sind. In dieser Schattenwelt gab es Geschäftsanzüge und Linienflüge, und wie ein Paket wurde er von Hand zu Hand weitergereicht. Einmal hielt er sich in Kuala Lumpur auf, aber das war nur ein Flughafen, ein Hotelzimmer und dann wieder ein Flughafen. Am anderen Ende der Schattenflucht gab es Ortsnamen, die ihm so gut wie gar nichts sagten: Zamboanga, Lamitan, Maluso, Isabela. Mehrmals hielt er sich auf Schiffen auf. Um die Hauptinsel Basilan liegen einundsechzig kleinere Inseln, und auf einer davon, die zur Pilas-Gruppe gehört, trat er aus der Schattenwelt in ein palmgedecktes Pfahlhaus in einem Dorf, das nach Thunfisch und Sardinen roch, und er wurde von einem vertrauten Gesicht begrüßt. «Tja, gottloser Mann», sagte der *ustadz* in seinem schlechten, fröhlichen Hindi, «wie du kannst sehen, ich bin wieder Fischer, aber auch – ja? ja? – ein ganz guter Menschenfischer.»

Abdurajak Janjalani hatte reiche Geldgeber, doch steckte seine Abu-Sayyaf-Gruppe noch in den Kinderschuhen, kaum sechshundert Kämpfer zählten dazu. «Also, mein Freund, wir brauchen gute Kämpferkiller wie dich.» Der Plan war einfach. «Überall auf Basilan und West-Mindanao wir überfallen Christen, wir jagen in die Luft Christen, wir stecken in Brand Geschäfte von Christen, wir entführen Touristenchristen für Lösegeld, wir töten Christensoldaten, und dann wir überfallen noch ein paar Christen. Und zwischendrin wir zeigen dir, wie man gut lebt. Land des Überfluss! Viel Fisch, viel Gummi, viel Korn, viel Palmöl, viel Paprika, viel Kokosnuss, viele Frauen, viel Musik, viele Christen, die sich alles nehmen und nichts den vielen Muslimen lassen. Viele Sprachen. Willst du lernen? Chavacano, eine Art Spanisch. Auch Yakan, Tausug, Samal, Cebuano und Tagalog. Egal, vergiss es. Jetzt wir lehren unsere neue Sprache. In unserer Sprache gibt's nur wenige Worte. Überfall, Bombe, entführen, Lösegeld, hinrichten. Nix mehr mit nett sein! Wir sind die Schwertträger!» Sie aßen in der Fischerhütte Makrele mit Reis. Der *ustadz* beugte sich zu ihm vor. «Ich kenne dich, mein Freund. Ich weiß Bescheid über deine Suche. Aber wie willst du finden Beute? Er kennt die geheime Welt, und außerdem – die Welt ist groß.» Shalimar der Narr zuckte die Achseln. «Vielleicht findet er mich», sagte er. «Vielleicht liefert ihn Gott mir aus, um Gerechtigkeit walten zu lassen.» Janjanlani lachte vergnügt. «Gottloser Kämpferkiller, bist ein lustiger Kerl.» Er senkte die Stimme. «Kämpfe ein Jahr mit mir. Was willst du auch sonst tun? Wir versuchen, ihn zu finden. Wer weiß? Die Welt ist voller Ohren. Vielleicht haben wir Glück.»

Ein Jahr später – auf den Tag genau! – waren sie in Latuan, östlich von Isabela, und hatten gerade eine Gummiplantage namens Timothy da Cruz Filipinas in Brand gesteckt. Vor der apokalyptischen Flammenkulisse drehte sich Abdurajak Janjalani mit seinem rot-weißen Palästinensertuch zu ihm um und grinste plötzlich über das ganze Gesicht. «Wundervolle Neuigkeiten, mein Freund! Ich halte mein Wort.» Shalimar der Narr nahm den Umschlag, den ihm der *ustadz* reichte. «Der Botschafter, ja?» Janjalani grinste. «Sein Foto, sein Name, seine Anschrift. Jetzt wir schicken dich auf Mission. Guck rein, sieh nach! Los Angeles, mein Freund! Hollywood und Vine! Malibu! Beverly Hills 90210! Wir schicken dich, damit du großer, großer Kinostar wirst, im Fernsehen bald amerikanische Mädchen küsst und verrückte Autos fährst und dumme Dankesreden bei Oscar-Verleihungen hältst! Ich bin ein Mann, der zu seinem Wort steht, findest du nicht?»

Shalimar der Narr schaute in den Umschlag. «Wie hast du das geschafft?», fragte er. Janjalani zuckte die Achseln. «Hab ich doch gesagt. Vielleicht wir haben Glück. Filipinos gibt es überall, mit Augen, die sehen, Ohren, die hören.» Shalimar dem Narren kam ein Gedanke. «Wie lange hast du die Adresse schon? Du kanntest sie von Anfang an, stimmt's?» *Ustadz* Abdurajak Janjalani tat zerknirscht. «Mein Freund Kämpferkiller, verzeih! Ich brauchte dich für ein Jahr. Danke! Das war der Deal. Und jetzt ich schicke dich dahin, wo du hingehen musst. Danke! Unsere Geschichten haben sich berührt. Okay, jetzt ist genug. Das ist mein Abschiedsgeschenk.»

Nachdem er ein weiteres Mal in die Schattenwelt eingetaucht war, nach einigen Flügen, einer kanadischen Grenzüberquerung mit Helikopter-Shuttle von Vancouver nach Seattle, einer Busfahrt in Richtung Süden, nach einem seltsamen Treffen im IHOP-Restaurant am Sunset and Highland Boulevard mit seinem Kontaktmann, einem philippinischen Gentleman mit angeklatschtem Haar und seidenem Smokingjackett, nach einer Nacht in einer Cityabsteige gegenüber vom Million Dollar Hotel, stand er im Geschäftsanzug vor dem hohen Tor auf dem Mulholland Drive und sprach die Sesam-öffne-dich-Worte in die Gegensprechanlage. Ich bin hier für Botschafter Max, und ich heiße Shalimar der Narr. Nein, Sir, nichts verkaufen. Ich nicht verstehe, Sir. Sie bitte Botschafter Max sagen, Sir, Sie warten, Sir, bitte, Sir. Am zweiten Tag wieder diese namenlose Stimme, feindselig, reserviert, abfällig, die Stimme der Sicherheit, die kein Risiko einging, die vom schlimmsten Fall ausging, die Maßnahmen ergriff. Am dritten Tag liefen Hunde auf der anderen Torseite. Sir, sagte er, keine Hunde, bitte. Ich Botschafter Max bekannt. Kein Ärger, Sir, bitte. Sie nur Seine Exzellenz Bescheid sagen, und ich warte hier, bis ihm beliebt.

Er schlief im grauen Gras am Straßenrand, außer Sichtweite der Patrouille fahrenden Streifenwagen. Er war in vielerlei Dingen ausgebildet worden. Er hätte die Hunde beim Kiefer packen und ihnen den Schädel auseinander reißen können. Er hätte sich der Sicherheitsstimme stellen und dem Kerl noch ein paar Tricks zeigen können, hätte ihn zwingen können, sich wie ein Hund auf den Rücken zu rollen, hätte ihn toter Hund spielen lassen können. Es war eine hündische Stimme, und ihr Besitzer konnte wie ein Hund getötet werden. Doch er beherrschte sich, war unterwürfig, gefügig, sanftmütig. Als der Bentley des Botschafters am vierten Tag das Tor passierte, erhob sich Shalimar der Narr. Sicherheitskräfte zielten mit ihren Waffen auf ihn, aber Shalimar hielt einen wollenen Kaschmiri-Hut in der Hand, den Kopf gesenkt, und gab sich ehrerbietig und bekümmert. Das Wagenfenster wurde herabgefahren, und da war das Ziel, Botschafter Max, alt geworden, doch immer noch der Mann, den er wollte, seine Beute. Man kann die Beute auf vielerlei Weisen jagen. Manchmal geht man verschlagen vor. Wer bist du, fragte der Botschafter, warum kommst du immer wieder her? Sir, sagte er, ich heiße Shalimar der Narr, und in Kaschmir einmal, da haben Sie meine Frau gekannt. Sie hat für Sie getanzt. *Anarkali*. Ja, Sir, Shalimar. Ja, Sir, Boonyi, meine Frau. Nein, Sir, ich will keinen Ärger machen. Was geschehen ist, ist geschehen. Nein, Sir, leider ist sie von uns gegangen. Ja, Sir. Schon vor einer ganzen Weile. Traurig, Sir, wirklich traurig. Leben ist kurz und voller Kummer. Ja, Sir, danke der Nachfrage. Ich freue mich, im freien Land der Tapferen zu sein. Nur brauche ich Arbeit. Darum, um ihretwillen, ich bitte Sie, Sir. Wenn Ihnen möglich, Sir, der Liebe wegen. Gott segne Sie, Sir. Ich werde nicht enttäuschen.

Komm morgen wieder, sagte der Botschafter. Dann unterhalten wir uns. Er senkte den Kopf, und der Wagen fuhr davon. Am fünften Tag klingelte er wieder. Ich bin hier für Botschafter Max, und ich heiße Shalimar der Narr.

Das Tor ging auf.

✳

Er war mehr als nur ein Chauffeur. Er war Kammerdiener, Leibdiener, Schatten des Botschafters. Seine Dienstwilligkeit kannte keine Grenzen. Er wollte den Botschafter an sich ziehen, wollte ihm so nahe sein wie ein Liebhaber. Er wollte sein wahres Gesicht kennen, seine Stärken und Schwächen, seine geheimen Träume. Wollte so genau wie möglich das Leben kennen, das er mit größter Brutalität auszulöschen gedachte. Er kannte keine Eile. Er hatte Zeit.

Er wusste, der Botschafter hatte eine Frau, von der er getrennt lebte. Er wusste auch, es gab da eine Tochter, die von der Frau aufgezogen worden war, jetzt aber ebenfalls in Los Angeles wohnte. Mr. Khadaffy Andang, der merkwürdig aussehende philippinische Gentleman, war die Verbindung zu den Verbindungen des *ustadz*, ein Schläfer, den das Lager vor vielen Jahren in Kalifornien platziert hatte und der vom Scheich auf Bitten des *ustadz* aktiviert worden war, damit er Shalimar zur Hand ging. Zufall oder göttliche Fügung hatten dafür gesorgt, dass der Schläfer im selben Mietshaus wohnte wie das Ophuls-Mädchen. Er unterhielt sich mit ihr vor den Waschmaschinen, und seine sanftmütigen Alte-Welt-Manieren flößten ihr Vertrauen ein. So hatten sie die Information über den Botschafter erhalten. Das war der Lauf der Welt. Manchmal hingen die Herzenswünsche am höchsten Ast des höchsten Baumes, doch würde man nie hoch genug hinaufklettern können. Manchmal aber brauchte man nur geduldig zu warten, und das Ersehnte fiel einem in den Schoß.

Auf dem Tisch des Botschafters standen keine Familienfotos.

Er zog es vor, sich in Sachen Familie zurückzuhalten. Dann kam der Geburtstag seiner Tochter, und der Botschafter schickte ihn mit Blumen zu ihrem Apartment. Als er sie sah, als diese grünen Augen ihn durchbohrten, zitterte er. Die Blumen bebten in seinen Händen, und mit amüsiertem Lächeln nahm ihm India rasch den Strauß ab. Im Fahrstuhl konnte er kaum den Blick von ihr wenden, bis sie sah, dass er sie anstarrte, und dann zwang er sich, zu Boden zu schauen. Sie redete ihn an. Sein Herz raste. Die Stimme war unglaublich. Oberflächlich klang sie wie die Stimme des Botschafters, doch unter den englischen Worten hörte er eine ihm bekannte Stimme. Er stamme aus Kaschmir, sagte er, beantwortete ihre Frage. Er ließ sein Englisch möglichst schlecht klingen, damit erst gar kein Gespräch aufkam. Er konnte sich nicht mit ihr unterhalten. Er kriegte kaum ein Wort heraus. Er wollte sie anfassen. Er wusste nicht, was er wollte. Sie ließ ihr Haar herab, und Tränen traten ihm in die Augen. Er sah sie mit ihrem Vater fortfahren und konnte nichts anderes denken, als dass sie am Leben war. Er wusste nicht, was er wollte. Sie lebte jetzt in Amerika, und durch irgendein Wunder war sie wieder vierundzwanzig und musterte ihn spöttisch mit ihren smaragdfarbenen Augen, sie war dieselbe und nicht dieselbe, doch war sie immer noch am Leben.

Er hatte Boonyi davor gewarnt, ihn zu verlassen. Vor langer Zeit hatte er ihr auf der Wiese von Khelmarg versprochen: «Ich werde dir nie verzeihen und mich rächen. Ich bringe dich um, und wenn du von einem anderen Mann Kinder bekommst, töte ich auch die Kinder.» Hier war dieses Kind, das Kind, das sie bis zuletzt vor ihm verborgen hatte, die Tochter, mit der die Mutter wiedergeboren worden war. Wie schön sie war. Er würde sie lieben, wenn er noch gewusst hätte, wie man liebt. Doch das hatte er vergessen. Er wusste nur noch, wie man jemanden abschlachtete. *Ich töte auch die Kinder.*

※※※※※※※※※※※※※※※※※※※※

Kaschmira

*WAS IST Gerechtigkeit, riefen die alten Frauen im Chor, die zahn-
losen alten Damen aus Kroatien, Georgien, Usbekistan, die Witwen in
dunklen Soutanen, die langsam schwankten mit Olga Wolga, der Hauswartsfrau, die sie nackt anführte, die ihre Hüften schwang, den knolli-
gen weißen Leib wie eine riesige geschälte Kartoffel wand, es gibt keine
Gerechtigkeit, jammerten die Frauen, die Ehemänner sterben, Kinder
verlassen uns, die Väter werden ermordet, es gibt keine Gerechtigkeit,
nur Rache.*

Nach einer Weile brauchte India Ophuls nicht mal mehr zu schlafen, um den Traum sehen zu können, er zeigte sich, sooft sie die
Augen schloss, wann immer sie mit steifem Rücken auf einem
Shaker-Stuhl in ihrem kleinen Vorraum saß und der Dinge harrte,
die da kommen mochten. Wenn sie die geschwätzigen alten Damen auf den Fluren traf, stellte India sie sich unwillkürlich in Soutanen vor, und wenn ihr Olga Simeonowna begegnete, meinte sie
gleich, die Hauswartsfrau unbekleidet vor sich zu sehen, was eine
gewisse Vertraulichkeit aufkommen ließ. Die einstige Zauberin
aus Astrachan hatte die jüngere, kummergequälte Frau unter ihre
Fittiche genommen und war ihre neueste Ersatzmutter geworden,
putzte die Wohnung, während India stumm ins Leere starrte, und
kochte Fleischeintopf mit Klößen, Kartoffeln in dicker Soße und
wärmte *Ore Ida*-Fritten aus dem Tiefkühlfach auf. Die Kartoffeln
gab sie dazu, damit sie auch auf andere, übersinnlichere Weise

wirkten. Dass die Jagd nach Shalimar, dem Attentäter, erfolglos blieb, brachte Olga zur Weißglut. «Entschuldige, wenn ich das sage, aber die Polizei von Los Angeles könnte sich nicht mal in einem russischen Durchzug eine Erkältung einfangen», sagte sie verächtlich, «aber mit Kartoffelmagie ziehen wir uns dieses Oberarschloch schon an Land.»

In einem fernen Winkel ihres Bewusstseins ahnte India, dass sie in Olga Simeonownas Herz jene Lücke füllte, die ihre beiden verschwundenen Töchter hinterlassen hatten, deren Namen sie nie erwähnte, ihre Zwillinge, die gegen den Moralkodex der Mutter verstoßen hatten, als sie für schlüpfrige Bilder posierten und sich dazu eine anzügliche Blondinennummer ausdachten, Schwestern, die heute gewiss in irgendeinem Schmuddelschuppen in Las Vegas dahinvegetierten oder – schlimmer noch – in irgendeiner Howard-Johnson-Hölle vielfachen Verderbens, die Nasen von Drogen aufgeraut, Münder und Brüste durch billige Schönheitschirurgie verhunzt, die Finanzen durch einen Managerehemann ruiniert, der sich mit dem wenigen, was sie sich ersparen konnten, auf und davon gemacht hatte. Sie waren von der Landkarte verschwunden, schämten sich vermutlich zu sehr, um nach Hause zurückzukehren und einer Mutter gegenüberzutreten, die sie täglich verfluchte, an deren weitem Busen sie aber trotz allem Erlösung oder doch zumindest zu sich selbst hätten finden können.

Hals über Kopf zogen die Leute aus dem Haus aus, und mancher der verbliebenen Mieter hielt India unfreundlich vor, dass sie eigentlich diejenige sei, die gehen sollte, da sie alle in Gefahr brächte, wenn sie bliebe. Auf solche Andeutungen reagierte Olga mit unverhohlener mütterlicher Wut. «Das sagen sie nur einmal, wenn sie wagen», verkündete sie India und warf den Kopf in den Nacken, «aber ich schwöre, sie nicht sagen das zweimal.» Ein großes Schild vor dem Mietshaus pries eine freie Wohnung an, aber Blut lässt sich nicht so rasch abwaschen. Die Verhaftung – oder um jenes Wort zu verwenden, das der Anwalt vorzog, die *Über-*

gabe – von Mr. Khadaffy Andang hatte noch so manchem Bewohner Angst eingejagt, der bereits von dem Mord auf der eigenen Türschwelle verängstigt worden war, dieser – um einen Begriff zu benutzen, der in der Zeitung gestanden hatte – *Hinrichtung*. Auch das Wort Schläfer machte Angst. «Immer hab ich gedacht, er wartet nur auf Frau», staunte Olga Simeonowna in ihrer dunklen Wohnung mit den Postkarten von Rubljow-Ikonen an den Wänden und den Reisebüropostern vom Kaspischen Meer, während sie India viele Tassen dunklen Tee eingoss – eigentlich waren es keine Tassen, sondern Gläser in zerbeulten Messinggestellen – und schwere kaspische Seufzer ausstieß. «War ein Schurke, trotz Morgenmantel aus Seide. Schläft wie Rip van Winkle, ist aber zur dunklen Seite gewechselt.» Mr. Khadaffy Andang hatte zu India hinaufgeschrien, während sie auf dem Balkon stand und seinem schlurfenden Abgang zusah, die Hände in Handschellen auf dem Rücken, die stämmigen Polizeibeamten von Los Angeles drohend um ihn herum. Blitzende Blaulichter und die Kameras der Journalisten verwandelten die Straße in ein Lichtermeer, Lautsprecherbefehle und in Mikrophone geblaffte Berichte hallten durch die Luft, *alle in die Häuser*, doch India blieb auf dem Balkon, die Arme über dem Herzen verschränkt, die Hände um die Schultern geschmiegt, ohne die zu ihr aufgerichteten Kameraschnauzen in den Straßen zu beachten, so sah sie der Polizei zu, den weißen Lieferwagen der Medien mit den aufmontierten Satellitenschüsseln, den Scharfschützen der Polizei auf den gegenüberliegenden Dächern, den Reportern, die ihre Aufnahmen machten, der Meute der Fotografen, die Bilder von ihr schossen, und da sie dort draußen war, über dem Geschehen schwebte und sich ein wenig verrückt fühlte, hörte sie, was Mr. Khadaffy Andang schrie, sah, wie er sich umdrehte und direkt zu ihr herüberschaute, ehe ihm ein Polizeibeamter eine Kapuze über den Kopf zog: *Ich hab ihn nicht reingelassen, Miss India*, schrie er. *Miss India, er wollte, dass ich's tu, aber ich hab ihn nicht reingelassen.*

Da ahnte sie, dass Mr. Khadaffy Andang sich auch ihretwegen ergeben hatte, teilweise, weil er mit ihr im Waschkeller geschwatzt und sie sich die Geschichten über seine Heimat angehört hatte und weil er ihr Blut nicht an seinen Händen haben wollte, aber gewiss auch, weil er nur noch ein silberhaariger, gehörnter alter Herr war, ein Versager mit einer Vorliebe für Seide, der vor Jahren eingewilligt haben mochte, ein Schläfer zu sein, der aber nie damit gerechnet hatte, «aufgeweckt» zu werden, und er wollte raus aus dieser Schläfer-Sache, da sie auch ihm Angst machte.

Danach sah sie ein, dass sie vermutlich in Gefahr war, so wie es ihr die Polizeibeamten bereits gesagt hatten; sie wusste, sie sollte ausziehen, auch wenn sie sich halsstarrig wünschte, noch ein wenig bleiben zu können, um es den feigen Nachbarn zu zeigen, *ein paar Wochen bei einem Familienmitglied oder einer Freundin*, hatte der Polizeibeamte geraten, *Sie könnten ein wenig emotionale Unterstützung gebrauchen;* sie sei die einzige Erbin ihres Vaters, teilten ihr die Anwälte mit, sie bekam alles, angefangen vom großen Haus am Mullholland Drive, mitsamt Personal, der neuesten Hochsicherheitsausrüstung, dazu Jerome-Security rund um die Uhr; sämtliche Codes waren bereits geändert und alle Abläufe geprüft worden, außerdem würde die Zahl der Agenten aufgestockt, sobald sie einzog, sodass Shalimars Insiderwissen über Personal und Sicherheitskonfigurationen ihm nicht helfen würde. Doch sie war noch nicht bereit, in das Haus zurückzuziehen, wieder an der Hochstraße zu wohnen, in die übergroßen Schuhe ihres toten Vaters zu treten, in seinem Bett zu schlafen und im mahagonigetäfelten Arbeitszimmer seine Papiere durchzugehen, sie war noch nicht bereit für den Duft seines Aftershaves oder die Geheimnisse im Safe, also blieb sie in ihrer Wohnung und ertappte sich dabei, dass sie dachte, sollte der Mörder jetzt auftauchen, könnte er seinen Job auch zu Ende bringen, ihr war es egal, mochte er nur kommen, sie würde ihn sogar begrüßen.

*Die Welt bleibt nicht stehen, sie fährt grausam fort, sich zu drehen,
sang der Witwenchor auf den Fluren. In tragischen Zeiten wundert
man sich, wie es die Welt fertig bringt, einfach weiterzumachen. Als
unsere Gatten von uns gingen, nahmen wir an, der Planet höre auf
sich zu drehen, damit wir ins All davonschweben konnten, wir erwar-
teten Stille, Respekt, doch den Verkehr kümmert nicht, was das Herz
verlangt, die Reklametafeln kümmert es nicht, alles geht seinen Gang.
Nahe beim Château steht eine neue Riesenfrau mit einer goldenen Bier-
flasche in der Hand. Eine Meile östlich von hier gibt es ein neues Lokal,
in dem die Frauen auf dem Tresen tanzen, während die smarten Jungs
sie lustvoll anheulen. Das Geschäft mit der Lust geht weiter, natürlich
tut es das, Honey, Macht regiert, Deals werden geschlossen, Hände ge-
schüttelt, Arme gedrückt, Gewinner und Verlierer gibt es weiterhin,
Honey, Hunde werden weiterhin ausgeführt; direkt vor unserem Haus
laufen die Hunde jeden Morgen am Schauplatz des Verbrechens vorbei,
Hunde kümmert das nicht, sie laufen weiter. Jeden Freitag kommt der
neue Horrorfilm, Business ist Business, und auch der wahre Horror hört
nicht auf, man sieht ihn im TV, das rätselhafte Ziegenopfer im Hollywood Bowl mitten in der Nacht, die vierzig stinkenden Kadaver am
Morgen und das Blut, all das geronnene Blut, der Irrsinn geht weiter,
die schwarze Magie hört nicht auf, die Dunkelheit endet nie. Überall
werden Kleider feilgeboten. Kleider sind immer ein Geschäft, der Hunger hört nicht auf, auch nicht die Hungerhilfe. Es gibt eine gute Pizza,
dazu Parkservice. Die Sterne zeigen sich, um miteinander zu spielen.
Der Vater einer Frau stirbt, sie trauert allein. Sein Tod ist schon eine
Nachricht von gestern.*

Nachdem ihr Vater gestorben war, saß sie auf dem Shaker-Stuhl
im Vorraum zu ihrer Wohnung, saß lange da, eine Stunde, ein
Jahr, starrte vor sich hin, ohne etwas zu sehen, während die alten

Damen auf den Fluren und im Hof am Swimmingpool tratschten und die «Schwülen», über die sich Olga Wolga müßig, doch keineswegs gehässig beklagte, auf dem Bürgersteig den Schauplatz des Verbrechens erkundeten, die schwülen Fitnessfreaks, die schwülen Mädel im Friseurbusiness, der schwüle hispanische Bauarbeiter, der mit seiner Arbeit am Haus eine Straße weiter nie fertig wurde, der schwüle Eiscremekönig, der die Straße jeden Morgen weckte, wenn er rückwärts vom Parkplatz fuhr, die klingelnden Eiscrememelodien laut aufgedreht wie einen mechanischen Morgenchor, wie die Nationalhymne seines Reiches. Der junge Mann (hetero), der India heiraten wollte, war von der Wohnung nebenan auf ihren Balkon geklettert und hämmerte an die gläserne Schiebetür, aber er war jetzt nicht weiter wichtig, mit dem war sie fertig, er hatte nicht mal einen Namen, und was dachte er sich bloß dabei, da draußen so an ihre Tür zu hämmern, was sollte sie tun, *aufmachen, öffnen*?, aber das war doch widerlich, jetzt war keine Zeit für Sex.

Wo blieb die Gerechtigkeit? Sollte ihr nicht Gerechtigkeit verschafft werden? Wo blieben die Truppen der Justiz, wo die Liga der Gerechten, die *Justice League*, warum stürzten keine Superhelden aus dem Himmel, um den Mörder ihres Vaters vor Gericht zu bringen? Aber eigentlich wollte sie die *Justice League* gar nicht, diese Superguten in ihren komischen Anzügen, sie wollte die Liga der Rächer, wollte böse Superhelden, harte Kerle, die den Killer nicht bloß den Behörden übergaben, sondern ihn gern selbst töteten, ihn wie einen Hund abknallten, ihn gar selbst wie Hunde in blutige Stücke rissen, ihm das Leben nahmen, langsam und unter großen Schmerzen. Sie wollte, dass Racheengel, Todesengel und die Verdammten ihr zur Hilfe eilten. Blut schrie nach Blut, und sie wollte die alten Furien kreischend vom Himmel herabsteigen sehen, auf dass sie der ruhelosen Seele ihres Vaters Frieden gewährten. Sie wusste nicht, was sie wollte. Sie war randvoll mit Todesgedanken.

Sein Motiv ist uns noch nicht völlig klar, Ms. Ophuls, im Augenblick sieht es ganz so aus, als gäbe es politische Gründe, Ihr Vater hat seinem Land in einigen Krisengebieten gedient, er ist für Amerika durch ziemlich schmutziges Wasser geschwommen, ja, Ma'am, und der Attentäter ist ein Profi, keine Frage. Früher hat man gegen Frauen und Kinder keinen Krieg geführt, galt als Ehrensache, das Ziel war das Ziel, und im Himmel wurden einem keine zusätzlichen Punkte gutgeschrieben, wenn man Kinder oder Ehefrauen umbrachte. Aber heute geht es rauer zu, ein paar von diesen Kerlen sind nicht gerade zimperlich, und in diesem Fall sind da noch einige Dinge, die wir nicht verstehen, wir müssen mehreren Fragen nachgehen, weshalb wir bis zu einem gewissen Grad um Sie besorgt sind, Ma'am, wir respektieren ja Ihre Gefühle, aber wir wüssten Sie gern an einem sicheren Ort.

Streng aussehende Männer offerierten ihr muskulösen Polizeibeamtentrost und -rat, und manche – nein, *alle* – wünschten sich insgeheim, sie auf persönlichere, nicht gar so offizielle Weise trösten zu können: Uniformierte Beamte und Männer in Zivil einiger ihr bislang unbekannter Anti-Terror-Einheiten suchten nach Antworten und gaben schändliche Zwischenwarnungen aus. *Sie schulden es den übrigen Hausbewohnern.* Die Polizei verbündete sich mit den hasenherzigen Mietern. Das war nicht richtig. Sie war eine untadelige Frau. Sie schuldete keinem Menschen was, und anderes auch nur anzudeuten war unverschämt. Es war, meine Herren, *unattraktiv.* Sie stellte sich die sie umkreisenden Beamten in eingeöltem Adamskostüm vor, mit Polizeimützen und nietenbesetztem Posing Pouch aus Leder, die Polizeimarken vorn angeheftet, stellte sich vor, wie sie ihren sitzenden Leib umschwärmten, sie liebkosten, ohne sie zu berühren, wie sie ihre kalten, langläufigen Waffen gegen ihre so gar nicht überraschten Wangen pressten. Sie stellte sie sich in weißem Frack und Schlips vor, auf leisen Sohlen – Leisetreter –, wie sie mit Zylinder und Spazierstock steppten, sie selbst die Ginger dieser Freds, wie sie leichthin von Hand zu männlicher Hand geschleudert wurde. Sie stellte sich einen zweiten Chor vor, der mit den Schwätzerinnen in Soutanen auftrat. Ihre Gedanken liefen aus dem Ruder, sie konnte nichts dafür. Sie war gerade ein bisschen meschugge.

Nach einer weiteren Weile – einer Woche, einem Jahrzehnt – griff sie nach ihrem goldenen Bogen, fuhr zum Elysian Park und ließ Stunde um Stunde die Pfeile auf ihr Ziel niederregnen. Sie öffnete den kleinen Wandschrank, in dem sie ihre Schusswaffen aufbewahrte, und fuhr mit dem DeLorean, dem letzten, absurden Geschenk ihres Vaters, übers Wochenende in die Wüste zu Saltzmans Schießstand. Sie umwickelte sich die Hände und buchte Ringzeit bei Jimmy Fish, und die übrigen Boxer schauten ihr mit jenem achtungsvollen Respekt zu, der jenen zustand, die den numinosen Mantel der Tragödie trugen, mit jener religiösen Verehrung, die jenen gebührte, deren Bild im Fernsehen und in der Zeitschrift *People* gezeigt worden war. Sie sahen aus wie die Bürger von Mykene, die ihre vor Kummer irre gewordene Königin musterten, nachdem deren Tochter Iphigenie geopfert worden war, von Agamemnon den Göttern dargeboten, um günstigen Wind zu erflehen, der die Flotte nach Troja blasen sollte. Sie kam sich vor wie Klytämnestra, kalt, geduldig, zu allem fähig. Sie kehrte zu ihrem Wing-Chun-Meister zurück, um Nahkampftechniken zu üben, und er lobte die neue Niedertracht ihres Vorhandschlags. (Allerdings bot ihre Verteidigung auch weiterhin Anlass zur Sorge.) Sie konnte nicht schlafen, wenn sie körperlich nicht völlig erschöpft war, und wenn sie endlich schlief, träumte sie von im Kreis wandernden Chören. Ihr jüngeres Ich wurde wieder geboren. Ein-, zweimal ging sie abends aus und suchte Ärger, ein-, zweimal hatte sie wilden Sex mit Fremden in anonymen Zimmern und kehrte mit Blut unter den Nägeln heim. Sie duschte sich und fuhr zurück zum Elysian Park, Ecke Santa Monica und Vine, Palms Street 29. Ihre Pfeile zischten mitten ins Ziel. Die Schüsse mit der Handfeuerwaffe, nie von höchster Qualität, immer ein bisschen weit ab, wurden genauer. In Fishs Boxring befahl sie dem

Ausbilder, Handschuhe anzuziehen, die Pads hinzulegen, die er in Händen hielt, die flachen Pads, die sie treffen sollte, ohne dass je Gefahr bestand, sie könnte zurückgeschlagen werden. So ein Blödsinn, sagte sie. Sie komme nicht mehr zum Üben her. Sie sei zum Kämpfen hier.

Sie hatte an einem Dokumentarfilm gearbeitet, *Camino Real*, Discovery Channel wollte schon grünes Licht geben. Geplant war, heutiges Leben in Kalifornien anhand jenes Weges zu verfolgen, den die erste europäische Expedition genommen hatte, von San Diego nach San Francisco, eine von Captain Gaspar de Portola und Captain Fernando Rivera y Moncada geführte Expedition, deren Verlauf von Fray Juan Crespi im Tagebuch festgehalten worden war, ebenjenem Franziskaner, der Santa Monica nach den Tränen der Mutter von St. Augustinus benannt und gleich auch noch L. A. getauft hatte. Für India war der historische Aspekt nur ein Aufhänger gewesen, denn eigentlich interessierten sie die einundzwanzig entlang des Trecks gegründeten Missionen nicht; sie war hinter heutigem Stoff her, hinter der sich verändernden Bandenkultur in den Barrios, den Wohnwagenfamilien im Schatten der Freeways, dem Gewimmel der Immigrantenheere, die den Bauboom ankurbelten, den neuen Pleasantvilles, die für die neuen Mittelklasseaufsteiger direkt in den Canyons gebaut wurden, diesen Feuerfallen, den nicht ganz so hübschen Pleasantvilles mitten im Vorortgewühl, die vor Koreanern, Indern, Illegalen überquollen, sie wollte die dreckige Kehrseite vom Paradies zeigen, die gerissenen Harfensaiten, den Sprung im Heiligenschein, die narkotisierte Glückseligkeit, die menschliche Hybris, die Wahrheit. Dann starb ihr Vater, und sie hörte auf, an dem Film zu arbeiten, saß auf ihrem Shaker-Stuhl, erhob sich, ging hinaus, schoss Kugeln und Pfeile, bearbeitete den Punchingball, ließ sich mit ihrem Kampflehrer ein, vögelte mal mit Fremden, leckte Blut, kehrte heim, um zu duschen, und fragte sich immerzu, wo die Engel waren, wo sie denn blieben, wenn man sie brauchte, in Wahrheit nämlich gab es keine, keine geflügelten Wunder, die Wacht über der Stadt der Engel hielten. Keine Schutzgeister, die ihren Vater retteten. Wo waren die gottverdammten Engel, als er starb?

Die Engel der Stadt befanden sich weit fort in einem anderen Erdbebengebiet. Sie waren Italiener und hatten die Stadt nie gesehen. Zu beiden Seiten der Heiligen Jungfrau Maria fand man sie auf die Altarwand der ersten, kleinen Kirche des heiligen Franz von Assisi gemalt, der Kirche La Porziúncola, auf Spanisch *porciúncula*, was so viel wie «kleines Stückchen Land» bedeutet. Am 2. August 1769, einem Mittwoch, hatte die Portola-Expedition den Randbezirk dessen erreicht, was heute der Elysian Park war, und schlug auf dem Buena Vista Hill das Lager auf, als Fray Juan Crespi, überwältigt von der Schönheit des Tals, den Fluss nach der Kirche des heiligen Franz benannte, da er die Erinnerung daran wie ein Kreuz mit sich trug. Er war achtundvierzig Jahre alt, und in ihm steckte bereits der Wurm eines langsam nahenden Todes, doch sooft der Wurm sich regte, wirkte das Bild der Engel von La Porziúncola wie ein Gegenmittel, verdrängte die Sterblichkeit und gemahnte ihn an das herrliche ewige Leben, das ihn erwartete. Er benannte den Los-Angeles-Fluss nach den Engeln von Assisi sowie ihrer heiligen Patronin, und als an dieser Stelle zwölf Jahre später eine neue Siedlung gegründet wurde, nahm sie den Namen des Flusses an und wurde zu El Pueblo de Nuestra Señora la Reina de los Angeles de Porciúncula, der Stadt Unserer Lieben Frau, der Königin der Engel vom kleinen Stückchen Land. Mittlerweile stand die Stadt der Engel auf einem mächtig großen Stückchen Land, dachte India Ophuls, und jene, die dort hausten, brauchten mächtigere Beschützer, als ihnen zugeteilt worden waren, Spitzenengel, A-Team-Engel, Engel, denen Chaos und Gewalt in Riesenstädten vertraut waren, Arschtritte austeilende Angeleño-Engel, keine Halbtagsengel und solche von der halbstarken, schwächlichen, *Don't-worry-be-happy-*, *Love-und-Peace-*, *easy-Assisi-*Sorte.

Weltweit trauerte man um den ermordeten Botschafter Maximilian Ophuls. Die französische Regierung beklagte offiziell den Verlust eines der letzten Helden der Résistance, und die französische Presse gab begeistert noch einmal die Geschichte von der Flucht mit dem Bugatti Racer zum Besten. Indiens zerstrittene Führung einte sich in ihrer Lobrede auf Max als einen wahren Freund des Landes, der einer «ehrbaren indo-pakistanischen Detente» verpflichtet gewesen sei, und jener Skandal, mit dem seine Zeit als Botschafter geendet hatte, wurde kaum erwähnt. Das Weiße Haus und selbst der amerikanische Geheimdienst zollten Hochachtung. Wie der unsichtbare Mann im Film war Max erst im Tod wieder in voller Größe zu sehen, und die Geheimhaltung so mancher Details seines Lebens wurde aufgehoben; die üppigen Nachrufe und überbordenden Lobeshymnen verrieten, wie lang er seinem Land im Herzen der unsichtbaren Welt während seiner letzen, geheimen Karriere als Spion im Nahen Osten, den Golfstaaten, Zentralamerika, Afrika und Afghanistan gedient hatte. Drei Jahre nach dem schimpflichen Ende seiner Amtszeit in Neu-Delhi nahm man an, er habe für seine Sünde genügend gebüßt und sei durch den vorübergehenden Entzug aller Macht so weit reingewaschen, dass man ihm Gelegenheit bieten dürfe, seinem Land in neuer Funktion zu dienen. Der Posten eines Chefs der Terrorbekämpfung, den Max gleichsam alterslos innehatte – und dies länger als irgendjemand vor ihm, zudem unter diversen Regierungen –, verlieh ihm den Rang eines Botschafters, doch wurde seine Arbeit in der Öffentlichkeit mit keinem Wort erwähnt. Der Mann, der diesen Job erledigte, durfte nie genannt werden, über seine Reisen berichtete keine Zeitschrift; wie ein Schatten huschte er über den Globus, und seine Anwesenheit war allein durch die Auswirkung auf andere Menschen zu erahnen. India Ophuls hatte geglaubt, ihrem Vater in den letzten Jahren nahe gewesen zu sein, musste nun aber von einem Max erfahren, über den der Max, den sie kannte, nie auch nur ein Wort verloren hatte, Max, der heimliche Diener der geopolitischen Interessen Amerikas, *Ihr Vater hat seinem Land in einigen Krisengebieten gedient, er ist für Amerika durch ziemlich schmutziges Wasser geschwommen,* der unsichtbare Max, an dessen unsichtbaren Händen durchaus, wenn nicht gar mit hoher Wahrscheinlichkeit, ganz gewiss, nicht wahr, ein bisschen vom sichtbaren und unsichtbaren Blut dieser Welt kleben musste.

War dies also Gerechtigkeit? Weinte sie, die ihren dahingeschlachteten Vater betrauerte, um einen Schuldigen? War Shalimar, der Attentäter, der Arm der Gerechtigkeit, der von einem unsichtbaren Gericht ernannte Vollstrecker, schwang er sein Schwert zu Recht, war Max Gerechtigkeit widerfahren, war ein Urteil vollstreckt, eine Antwort auf seine unbekannten, ungenannten, ungesehenen Verbrechen der Macht gegeben worden, da Blut nach Blut verlangte, Auge um Auge, und wie viele Augen hatte ihr Vater durch direkte oder indirekte Tat heimlich ausgestochen, eines, einhundert, zehntausend, einhunderttausend, wie viele Leichentrophäen zierten wie Hirschgeweihe insgeheim seine verborgenen Wände?

Die Worte *richtig* und *falsch* begannen zu zerbröseln, ihre Bedeutung zu verlieren, und es war, als würde Max noch einmal ermordet, von den Stimmen erschlagen, die ihn lobten, als löschten sie den Max aus, den India kannte, und ersetzten ihn durch diesen anderen Max, den Fremden, den geklonten Max, der durch die heißesten Wüsten dieser Welt wanderte, teils Waffenhändler, teils Königsmacher, teils selbst Terrorist, der mit der Zukunft dealte, der einzigen Währung, die wichtiger war als der Dollar. Er hatte als machtvoller Spekulant in der mächtigsten und unkontrollierbarsten aller Währungen gegolten, war ebenso Drahtzieher wie Wohltäter gewesen, Philanthrop wie Diktator, Schöpfer wie Zerstörer, einer, der jenen die Zukunft stahl, die es nicht mehr verdienten, noch eine zu haben, der die Zukunft jenen verkaufte, die ihr am nützlichsten sein würden, der sein falsches, tödliches

Lächeln der Macht den vielen zukunftsgeilen Horden dieses Planeten schenkte, seinen mörderischen Ärzten, seinen paranoiden heiligen Kriegern, seinen kampfbereiten Hohen Priestern, seinen Milliardenfinanziers, seinen irren Diktatoren, seinen Generälen, seinen korrupten Politikern, seinen Ganoven. Er hatte mit dem gefährlichen, halluzinogenen Narkotikum der Zukunft gedealt, hatte seinen auserwählten Abhängigen einen guten Preis geboten, diesen Reptilienkohorten jener Zukunft, die sein Land für sich und andere erwählt hatte; Max, ihr unbekannter Vater, der unsichtbare Roboterdiener der anmaßenden amoralischen Macht seines zweiten Heimatlandes.

Ihre Telefone klingelten, aber sie ging nicht ran. Ihr Türsummer summte, aber sie reagierte nicht. Ihre Freunde waren besorgt, sie hinterließen auf dem Anrufbeantworter bange Fragen, sie riefen ihre Sorge von der Straße zu ihrem Balkon hinauf, *komm schon, India, lass uns rein, du machst uns Angst*, doch ihre Abwehr war unüberwindbar, denn ihre Abwehr waren Olga Wolga und die beiden Polizeibeamten, die in Zweistundenschichten auf ihrem Flur Wache standen, *keine Besucher*, hatte sie ihnen gesagt und damit die zunehmend verärgerten Freunde aus ihrer Nähe verdrängt. Ihre geliebte Freundin, die dynamische Headhunterin für leitende Angestellte, eine wild gestikulierende Italienerin mit ausgeprägter Fettnäpfchenvorliebe, schickte eine E-Mail, in der sie ihre Verzweiflung zum Ausdruck brachte: *Okay, Darling, ist dein Dad eben tot, das ist traurig, okay, zugegeben, es ist schrecklich, keine Frage, aber was willst du? Willst du uns jetzt umbringen, denn wir sterben hier alle aus Sorge um dich. Wie viele Tote willst du auf dem Gewissen haben?* Doch selbst ihre engsten Vertrauten kamen ihr nicht mehr real vor, ihr Freund, der Filmproduzent nicht, der gerade mit achtunddreißig Jahren einen Infarkt überlebt hatte und jetzt, wieder gesund, all seinen Kollegen begeistert einen vierfachen Bypass empfahl, ihre Personal Trainerin nicht, momentan unliiert, deren Eier vier Frauen Kinder geschenkt hatten, doch war sie selbst kinderlos geblieben, auch ihr Freund (und einstiger Liebhaber) nicht, der eine Band managte, deren Name sich täglich änderte und der ständig Verträge mit Indie-Outfits unterzeichnete, die aber gleich wieder platzten, weshalb der Band der Ruf anhing, vom Pech verfolgt zu sein, auch ihre Freundin nicht, die sich von ihrem Mann getrennt hatte, weil er so wütend geworden war, als sie sich über sein Schnarchen beschwerte, nicht ihr Freund, der seine Frau für einen Mann mit demselben Namen verlassen hatte, nicht mal ihr Computerfreakfreund, der gerade sein Dotcom-Vermögen verlor, auch nicht ihre bankrotten Freunde, die ständig pleite waren, auch nicht ihr Kameramann, ihr Tontechniker, die Steuerberaterin, die Anwältin, die Therapeutin, das waren Geschichten, auf die sie sich gerade nicht einlassen konnte, sie war der einzige Mensch, der ihr zurzeit real vorkam, einmal abgesehen von ihrem Vater und seinem Attentäter, die waren real; und wenn sie mit ihrem Trainer Jimmy Fish im Ring stand, kam er ihr für kurze Zeit auch real vor.

Fish war ein untersetzter Mann mittleren Alters, ein Italiener mit rabenschwarzem Haar, einem Bauchansatz, einem auf flachnasige Marciano-Art noch hübschen Gesicht, ein verhaltener Mann, was nicht hieß, dass er sich beim Boxen zurückhielt. Als er sie zum ersten Mal schlug, in den Magen, da er die Brüste vermied, war sie schockiert und bekam ein wenig Angst, doch blieb sie ruhig, das Eis wich nicht aus ihren Adern, und Augenblicke später landete sie mehrere schnelle linke Haken und sah zufrieden, wie in seinen Augen Wut aufflackerte, sah, wie er sich mühsam im Zaum hielt. Er verlangte eine Auszeit. Sie rangen beide nach Atem. «Hören Sie», sagte er. «Sie sind eine schöne Frau, Sie wollen doch nicht, dass ich Sie so zurichte, dass Sie sich hinterher nicht wieder erkennen.» Sie zuckte mit den Achseln. «Mir scheint», sagte sie, «dass Sie derjenige sind, dem eine Frau gerade eine Serie von Hieben auf den Mund verpasst hat.» Er schüttelte bekümmert den Kopf und sprach bedächtig wie ein Erwachsener zu einem Kind. «Sie hören mir nicht zu», sagte er. «Ich war Halbschwergewicht, ein Profi. Das wissen Sie. Ich war *Profi*. Ich bin mit Leuten in den Ring gestiegen, mit denen Sie selbst im Traum nicht in den Ring steigen möchten, nicht mal als Nummern-Girl. Sie glauben, Sie könnten es mit mir aufnehmen? Lady, ich bin Spitze. Kapieren Sie das? Sie sind eine Sonntagsfahrerin. Lassen Sie es gar nicht erst so weit kommen, dass ich zuschlage. Lassen Sie mich wieder die Pads aufstecken, und Sie genießen Ihr Workout, trainieren den Körper, den Sie da haben, diesen nationalen Schatz. Arbeiten Sie mit dem, was Gott Ihnen gab, und hören Sie auf zu phantasieren. Sie glauben, ich hätte mit Ihnen gekämpft? Baby, Sie können nicht mit mir kämpfen. Und wenn Sie mit mir fighten, sind Sie tot. Hören Sie genau zu. Ich meine es ernst. Sie sind eine Amateurin. Sie sind nicht im Business. Sie sind Kay Corleone. Sie können nicht gegen mich kämpfen.»

Sie tippte seine Boxhandschuhe an und rückte von ihm ab, duckte sich, wich aus, tänzelte. «Ich habe Ihnen nichts zu sagen», erwiderte sie. «Ich bin nicht zum Reden hergekommen.»

Der Mörder ihres Vaters war der Mann ihrer Mutter gewesen. Diese eine, ungeheure, alles erklärende, niederschmetternde Tatsache hatte die Untersuchung erbracht. Das Verbrechen, das erst politisch schien, erwies sich als persönliche Angelegenheit, sofern heutzutage irgendwas noch bloß persönlich war. Bei dem Attentäter handelte es sich um einen Profi, doch die Folgen der Entscheidungen US-amerikanischer Politik in Südasien und deren Echo in den labyrinthischen Kammern paranoider Jihadi-Hirne – diese und andere geopolitische Variablen verloren für die Analyse an Bedeutung und konnten mit hoher Wahrscheinlichkeit aus der Gleichung getilgt werden. Die Lage hatte sich vereinfacht, wurde zu einem vertrauten Bild: der gehörnte und nun gerächte Gatte, der den schändlichen und nun fast enthaupteten Schürzenjäger ein letztes Mal umarmte. Auch das Motiv war recht konventionell. *Cherchez la femme.* India hatte den wahren Namen des Mörders erfahren, der eher wie ein Tarnname als der von ihm benutzte Tarnname klang, und die Berichte bestätigten auch den Namen seiner Frau, den Namen ihrer Mutter, den India bereits kannte, da sie ihn in einer alten, auf Mikrofiche gespeicherten Ausgabe der *Indian Express* im Zeitungsarchiv des British Museum in Colindale entdeckt hatte. Weder Indias Vater noch die Frau ihrer Kindheitstage hatten je ihren Namen genannt: nicht ein einziges Mal in einem Vierteljahrhundert. Ihrem Vater schlüpfte eine Anspielung auf seine Geliebte nur einmal über die Lippen, als er sie zufällig nach ihrer größten Rolle benannte, Anarkali, doch India, die ihn beobachtete, wie bloß Kinder ihre Eltern beobachten können, sah einen Ausdruck über sein Gesicht huschen, den es nur annahm, wenn er an ihre Mutter dachte, einen Ausdruck, in dem sich ungeschmälertes Verlangen nach dem jungen Tanzmädchen mit Scham, Wehmut und etwas Dunklerem mischte, einem Omen des Todes vielleicht, einer Vorahnung davon, wie diese besondere Anarkali-Geschichte enden würde. Was die Frau betraf, die nicht ihre Mutter war, die Frau ihrer Kindertage, so hatte sie bei jenen seltenen Gelegenheiten, bei denen sie sich durch Indias Fragen gezwungen sah, deren leibliche Mutter zu erwähnen, den Ausdruck *Buhle* gebraucht, wie in: *die Buhle deines Vaters.* Wurde sie aber durch India noch weiter bedrängt, sagte sie in abschließendem Ton: *Über sie wollen wir nicht reden.* Nun hatte sich das Blatt jedoch gewendet, und ihr Name wurde nicht mehr erwähnt, jedenfalls nicht von India, während der Name Bhoomi beziehungsweise Boonyi Kaul Noman über den Äther um den Globus reiste und, unter anderem, CNN ihn nannte.

Die Elite-Offiziere der Sondereinheit wirkten ein wenig angewidert, als der Fall ins Gewöhnliche abglitt und sie die Ermittlung an die zentrale Mordkommission übergaben, an die reguläre Truppe der normalen, nicht der terroristischen Verbrechensbekämpfung; und zwei neue Beamte, Lieutenant Tony Geneva und Sergeant Elvis Hilliker, traurig dreinblickende Männer mit vielen Bonusflugmeilen auf ihren Konten, kamen, um sich den Tatort anzusehen, doch lag ihnen nicht daran, India über den Fortgang ihrer Suche nach dem Mann zu informieren, an den sie nun als «Noman» zu denken versuchte, vielleicht behielten sie sensibles Material für sich, jedenfalls gaben sie nur unverbindliche, nichts sagende Formulierungen von sich wie *Die Schlinge zieht sich zu, Ma'am;* oder sie offerierten Bruchstücke nutzloser Fakten: *Er hat den Tagesablauf sorgsam geplant und in einem Koffer Kleider zum Wechseln mitgenommen, wir haben seine alten Sachen darin gefunden,* sagte Lieutenant Geneva, und Sergeant Hilliker fügte hinzu: *Der Wagen wurde ein paar Straßen weiter östlich in Oakwood nahe Crescent Heights abgestellt. Wenn er aber in dieser Stadt zu Fuß unterwegs ist, wird er kaum zu übersehen sein, und wenn er schwarzfährt, fällt er uns sofort auf, und dann kriegen wir ihn, Ma'am, ganz bestimmt, wir sind hier schließlich nicht in Indien, das ist unser Land.*

Sie entnahm ihren Bemerkungen, dass sie unter Druck von ihren Vorgesetzten standen und sich deshalb effektiv geben mussten. (Als sie unwissentlich den Ausdruck «höhere Beamte» für ihre Chefs im Rathaus verwandte, hatten die beiden eine Menge zu sagen, wurden für einen Augenblick sogar richtig redselig. *Das sind keine höheren Beamten, Ma'am, nur ranghöher sind die, mehr nicht,* wies Lieutenant Geneva sie zurecht, und Sergeant Hilliker fügte mit Nachdruck hinzu, *zu besseren Menschen werden sie dadurch jedenfalls bestimmt nicht.* Die ganze Welt war neuerdings schrecklich sensibel. Jedermann krittelte am Vokabular herum. Worte taten so weh wie Stöcke und Steine, vielleicht aber war die Haut auch dünner geworden. India schob es auf die Ozonschicht, entschuldigte sich und wechselte das Thema.) Max' Tod war eine große Story, und die beiden Beamten hatten mehr als nur ihren Commissioner im Nacken, auch das Fernsehpublikum wartete ungeduldig und wollte sofort Bilder sehen, am liebsten eine Schießerei oder eine Autojagd, aufgenommen aus einem Hubschrauber, zumindest aber eine gute Totale vom gefangenen Mörder mit angelegten Handschellen, struppigem Haar, in orangefarbener, grüner oder blauer Gefängniskleidung, wie er um die Todesspritze bettelte, um Zyanidgas, weil er es nicht verdiene, noch länger zu leben.

Da man sie nicht auf dem Laufenden hielt, hatte sie keine Ahnung, ob eine Verhaftung bevorstand. Doch die Wahrheit – die unmögliche Wahrheit, die Wahrheit, die ihr bewies, dass sie im Augenblick mehr als nur ein wenig verrückt war, die Wahrheit, die sie mit niemandem teilen konnte und die sie folglich von jenen Menschen trennte, die sie liebten – die wahnwitzige, einsam machende Wahrheit lautete, dass sie Dinge über den Flüchtigen wusste, die der Polizei unbekannt waren, denn sie hörte seine Stimme in ihrem Kopf. Genau genommen war es eigentlich keine Stimme, sondern eine geisterhafte, nonverbale Übertragung, ein wildes Gekreisch voll statischer Geräusche und interner Differenzen, Scham und Hass, Verwünschungen und Reue, Flüche und Tränen, wie ein Werwolf, der den Mond anheult. Ähnliches hatte sie nie zuvor erlebt, und obwohl sie manchmal das zweite Gesicht besaß, fürchtete sie sich vor dieser auditiven Manifestation, vor ihrer Verwandlung in ein Medium für die Lebenden. Sie verschloss die Wohnungstür, saß im Dunkeln und zweifelte an ihrem Verstand, bis sie sich allmählich abfand mit dem, was geschah. Das laute, zänkische, unbeherrschte Gejaule in ihrem Kopf war der Schrei einer verstörten Seele, eines Mannes im Stadium äußersten Entsetzens; mag sein, dachte sie, dass er ein Profi ist, aber diesmal reagiert er nicht gerade professionell, irgendwie hat ihn sein Anschlag aus dem Gleichgewicht gebracht, die Tat war nicht gerade kaltblütig getan. Sie war immer noch brandheiß.

Ich bin hier für Botschafter Max, und ich heiße Shalimar der Narr. Dieser Satz, mit dem der Mörder sich vorstellte und sein Opfer benannt hatte, war von einem der Sicherheitsleute am Mullholland Drive der Polizei mitgeteilt worden und irgendwie in die Zeitungen gelangt. India hatte lange darüber gegrübelt und versucht, seine Geheimnisse zu enträtseln. *Shalimar der Narr*, was sollte das bedeuten? Er war der Mann ihrer Mutter. Was fing sie an mit solch mächtigem Wissen? Sie begriff nun, worauf er an jenem ersten Tag gestarrt hatte, an ihrem Geburtstag, denn er hatte in ihr gesehen, was sie nicht sehen konnte, was ihre Überlebensinstinkte, die ureigenen Abwehrmechanismen ihrem Blick verwehrten. Er hatte ihre Mutter in ihr erkannt, und nun hörte die Mutter in ihr seinen stummen, wahnsinnigen Schrei.

Sie ging ins Schlafzimmer, zog sich aus und musterte ihren Körper in den Spiegelschranktüren, kniete sich auf das Bett, beugte sich vor und versuchte, an ihrer unbekleideten Figur zu entdecken, was er in ihr gesehen hatte, als sie vollständig angezogen gewesen war, strengte sich an, über das Echo ihres Vaters hinauszuschauen und jene Frau zu finden, die sie noch nie gesehen hatte. Allmählich nahm vor ihrem geistigen Auge das Gesicht ihrer Mutter Gestalt an, verschwommen, unscharf, vage. Immerhin etwas. Ein Geschenk des Mörders. Er hatte ihr den Vater genommen und dafür die Mutter gegeben. Plötzlich wurde sie wütend. Aufgebracht rief sie nach ihm, nackt, mit geschlossenen Augen, wie eine Hexe bei einer Séance. Erzähl mir von ihr, schrie sie. Erzähl mir von meiner Mutter, die zu dir zurückwollte, die bereit war, mich aufzugeben, die mich deinetwegen verlassen hätte, wenn sie nicht vorher gestorben wäre. (Dieses grausame Detail war ihr vor langem von jener Frau mitgeteilt worden, die nicht ihre Mutter gewesen war, der Frau, die ihr nicht das Leben, aber ihren Namen gegeben hatte, den Namen, den sie nicht mochte.) Erzähl mir, schrie sie in die Nacht, von meiner Mutter, die dich mehr geliebt hat als mich. Dann kam ihr der ungebetene Gedanke: *Sie lebt noch. Vielleicht stimmt es gar nicht, dass sie gestorben ist, und sie lebt noch.* Wo ist sie, fragte India die Stimme in ihrem

Kopf. Hat sie gewollt, dass ihr Liebhaber getötet wird, dass ihr Mann seine Ehre wiedergewinnt, indem er jenen Mann tötet, für den sie ihn verlassen hatte? Hat sie dir diese Tat aufgetragen? Wie muss sie mich hassen, wenn sie mich aufgibt und dann meinen Vater töten lässt. Wie ist sie? Hat sie nach mir gefragt? Hast du ihr Bilder von mir geschickt? Will sie mich sehen? Kennt sie meinen Namen? Lebt sie noch?

Ihr Wunsch, den Mörder zu verstehen, hatte gegen rachsüchtigere Wünsche gekämpft. Ein Teil von ihr glaubte, dass die Tat, die Leben nahm, nie trivial war, immer profund, wollte dies auch selbst in einem Zeitalter endlosen Gemetzels noch glauben, einem primitiven Zeitalter, in dem so hart erkämpfte Ideen wie die Souveränität des Individuums und die Unverletzlichkeit des Lebens unter Leichenhaufen verendeten, begraben unter den Lügen der Kriegsherren und Priester, und dieser Teil wollte das Warum vollständig kennen, nicht um die Tat zu entschuldigen, sondern um sie wenigstens zu verstehen, um die Andere zu begreifen, die mit solcher Endgültigkeit ihre Lebensumstände geändert hatte. Denn für einen möglicherweise größeren Teil in ihr war das Wissen darum, dass die Erinnerung an ihren Vater in Blut endete, alles, was sie meinte, wissen zu müssen. Was war Gerechtigkeit? War Verständnis nötig, ehe Recht gesprochen und ein Urteil gefällt werden konnte? Hatte Shalimar der Narr den Mann verstanden, den er tötete? Und wenn er ihn verstanden zu haben glaubte, machte das seine Tat entschuldbarer? Zog Verstehen stets Gerechtigkeit nach sich? Nein, sagte sie sich, wie Reue und Vergebung hingen Verstehen und Gerechtigkeit nicht zusammen. Ein verstehender Mann konnte trotzdem ungerecht sein. Eine Frau mochte den Mörder ihres Vaters bereuen sehen, wahrhaft bereuen, und sich dennoch außerstande fühlen, ihm zu verzeihen.

Er hatte für sie keine Antworten. Er war unfertig, widersprüchlich, sturmumtost. Er war gejagtes Wild, hauste wie ein Kojote, wie ein Hund in einer Schlucht. Er verhungerte und verdurstete, er war Blut und Gift. Ist meine Mutter auch da, fragte sie ihn, immer und immer wieder. Hast du sie mitgebracht, wartet sie irgendwo auf dich, versteckt in irgendeinem billigen Freeway-Motel, um den Tod meines Vaters zu feiern? Wie feierst du deine erledigten Aufträge, besäufst du dich besinnungslos, nein, du würdest nicht trinken, oder ist es Sex, lässt du so deine brutale Begeisterung heraus, oder betet ihr, du und meine Mutter, geht ihr beide auf die Knie und schlagt freudig eure Stirn auf den Boden? Wo ist sie, bring mich zu ihr, lass mich ihr ins Gesicht schauen. Sie muss mir ins Gesicht schauen. Sie hat sich von mir getrennt und nie zurück-geblickt, aber sie muss mir ins Gesicht schauen. Sie ist hier, nicht wahr? Das würde sie sich doch nicht entgehen lassen. Sie ist hier, in einem Neonmotel, und wartet. Hat sie dich gebeten, ihm den Kopf abzuschneiden? Wollte sie, dass er enthauptet wird? Aber er war zu zäh für dich, den Gefallen hat er dir nicht getan. Der Kopf blieb ihm auf den Schultern und vereitelte dein obszönes Vorha-ben, deinen Angriff auf die Menschlichkeit. Wo ist sie? Wenn sie dich geschickt hat, muss sie mir ins Gesicht schauen. Das hier ist nicht vorbei. Ich bin noch da. Mit mir wirst du rechnen müssen. Ich ziehe dich zur Verantwortung. Blut verlangt Blut. Früher oder später musst du dich mir stellen.

Er hatte für sie keine Antworten. Er verblasste wie ein Traum. Die plötzliche Stille in ihrem Kopf fühlte sich an, als wäre sie beraubt worden. Einen Moment lang konnte sie nicht atmen, schnappte asthmatisch nach Luft. Dann weinte sie, barg das Ge-sicht in den Kissen und weinte die ersten Tränen seit dem Tod ihres Vaters, weinte ununterbrochen drei Stunden und siebzehn Minuten lang und fiel dann in einen tiefen Schlaf, aus dem sie erst fünfzehneinviertel Stunden später durch Olga Simeonow-na geweckt wurde, die mit dem Hauptschlüssel in die Wohnung gekommen war, begleitet von einem Gespenst aus der Vergan-genheit. Massenchöre hatten sie in ihren Träumen umringt, doch machten ihr die Träume keine Angst mehr, sie waren unterhaltsam, und India Ophuls genoss sie wie Kinofilme, die sie vergaß, sobald sie aufwachte. Sie brauchte keine Albträume mehr, die Welt war ihr Albtraum genug.

Der Soutanenchor der geschwätzigen alten Weiber umkreiste sie im Uhrzeigersinn, leise klagend, ach, die verwaiste Prinzessin, was wird sie nun tun, ist ein wenig meschugge, glauben wir, und hat sie noch so viel Geld auf der Welt, kann sie sich nicht kaufen, was sie verlor, sie ist wie wir, auch nur ein Mensch, damit muss sie sich abfinden, muss zurück auf den Boden der Tatsachen; wir fürchten, sie plant schreckliche Rache, doch hab Acht, Prinzessin, hab Acht, dieser Kerl ist ein böser Kerl, einer der übelsten Sorte, und du bist nicht mal im Business, kannst nicht gegen ihn kämpfen, bist Kay Corleone. Um den ersten Kreis, den Chor der Witwen, sah sie einen zweiten Kreis, der sich gegen den Uhrzeigersinn drehte, die schlaffen, unglückseligen Leiber der schmerbäuchigen Polizeibeamten, die hartleibige Chippendale-Elite war verschwunden und hatte diese Männer mittleren Alters, diese Tonys und Elvise zurückgelassen; die Schlinge zieht sich zu, Ma'am, sangen sie, einwandfrei identifiziert auf dem Ventura Boulevard, seine Tage sind gezählt, du-ba-du-ba-du, hundertprozentig erkannt in einem Computerladen am Pico Boulevard, er ist auf der Flucht, Ma'am, aber verstecken kann er sich nicht vor uns, Stadtstreicher in Nichols Canyon gesichtet, Stadtstreicher Nähe Woodrow Wilson gesichtet, Stadtstreicher auf dem Cielo Drive gesichtet, du-ba-du-ba-du, ist nur eine Frage der Zeit. Und wieder ertönten die Stimmen der Soutanenfrauen, Gerechtigkeit wäre bedeutungslos ohne Ungerechtigkeit, hoben sie an und sangen dann, Gerechtigkeit heißt Streit. Der Krieg ist der Vater aller Dinge. Obwohl sie schlief, fiel ihr auf, dass Heraklit durch den Mund der Frauen zu ihr sprach – Heraklit, der griechische Buddha, der vergessene Poet der Halbweisheiten, teils Philosoph, teils Glückskeks, so brodelte er aus jenen Tagen zu ihr herauf, an denen sie derlei gelesen hatte, damals, als sie noch las, um seinen Senf dazuzugeben. Jetzt entdeckte sie um die Vettel aus dem Os-

ten und die schmerbäuchigen Polizisten noch einen dritten Kreis, einen äußeren Kreis aus ihren Freunden, die sich wie die alten Weiber im Uhrzeigersinn drehten und mit elektronischen Anrufbeantworterstimmen ein sehnsüchtiges, flehentliches Lied anstimmten. Komm zurück, sangen ihre Freundinnen in blecherner Harmonie, Baby come back. *Ihre Freundinnen sangen den alten Hit der Equals:* Oh won't you please! Come back. I'm on my knees! Come back. Baby come back.

Olga Simeonowna rüttelte sie an den Schultern. «Aufwachen!», rief sie. «Und red mir nichts von wegen keine Besucher, denn das ist was anderes, okay? Hier kommen gute Neuigkeiten. Mutter ist da, hat einen Ozean überquert und einen Kontinent, um in schlimmer Zeit bei ihrer Tochter zu sein. Wach auf, India, bitte. Mutter wartet.» Gehörte dies zu ihrem Traum, fragte sie sich. Nein, sie war wach, ein solches Herzrasen konnte man nicht träumen. Aufgeregt drehte sie sich zu Olga Wolga um und sah hinter ihr, ein wenig seitlich versetzt, eine Hosen tragende Siebzigjährige, das Haar ein ungepflegter, grauer Heuhaufen, unter dem sich eine Ratte problemlos und sicher hätte verstecken können. Der Tiefschlag der Enttäuschung traf sie hart. Sie drehte sich um, zog sich die Decke über den Kopf und ignorierte Olga und die missbilligend kraus gezogene Stirn der verlassenen Mutter: Olga, die trotz aller Schimpfworte für ihre abwesenden Kinder so gern von einer Umarmung der Mutter mit der lang vermissten Tochter träumte. «Ha, eine nette Begrüßung, muss ich schon sagen», schalt Margaret Rhodes. «Ob es dir passt oder nicht, Kleines – aha, ha! –, aber es stimmt, deine liebe Mutter ist in der Stadt.»

Rättchen, süßes Rättchen. Peggy Rhodes war mit einem Baby in den Armen nach England zurückgekehrt, dazu einem Blick im Gesicht, der es jedem verbat, nach ihrem Mann zu fragen oder seinen abgelegten Namen auch nur zu erwähnen. Das adoptierte Mädchen wurde India Rhodes getauft, und da, wie allgemein bekannt, die Mutter viel mit Waisenhäusern zu tun gehabt hatte, befand man es kaum für nötig, die Herkunft der Kleinen zu klären. Dass sich Peggy Rhodes ihres Mannes entledigt und sein Kind der Liebe an Mutter Statt angenommen hatte, diese Rumpelstilzchen-Wahrheit war so entlegen, dass niemand sie vermutete. Sie hatte Max den Schwur abgenötigt, ihr Geheimnis zu wahren, auf alle elterlichen Rechte und Verantwortungen zu verzichten und Mutter wie Kind gleichermaßen fernzubleiben. Sie beseitige das von ihm hinterlassene Durcheinander, sagte sie, und sie wolle nicht, dass noch einmal etwas durcheinander gerate. Er ließ den Kopf hängen, schämte sich und wagte nicht, ihr zu widersprechen. Er versuchte, seine Gefühle zu erklären. «Um Himmels willen, entschuldige dich nicht», sagte sie. «Glaubst du, eine Entschuldigung könnte wieder gutmachen, was du angerichtet hast?» Er verstummte. Sieben Jahre lang verschwand er aus ihrem Leben.

Die einzigen Menschen, die außer ihnen beiden Bescheid wussten, waren Pater Joseph Ambrose, dessen Evangalaktisches Waisenheim finanziell auf die Großzügigkeit von Peggy Rhodes angewiesen war, und der Lude Edgar Wood, der fünfzehn Monate nach seiner Rückkehr aus Neu-Delhi auf einer Landstraße auf Long Island in einen tragischen Verkehrsunfall verwickelt worden war und auf der Stelle starb. Peggy kehrte nicht in die Vereinigten Staaten zurück. Von einer prüden Engländerin, die der freizügigen Gesellschaft Londons Ende der sechziger Jahre entkommen und auf der Suche nach einem Land mit etwas mehr Disziplin ins falangistische Spanien auswandern wollte, kaufte sich Peggy Rhodes ein Haus in der Lower Belgrave Street, SW1. In den folgenden Jahren wurde die Graue Ratte in dieser Gegend zu einer gefürchteten Gestalt, sie fauchte lärmende Kinder an, die auf dem Bürgersteig spielten, beschwerte sich beim Obsthändler, wenn die

Ware nicht frisch genug war, rief die Polizei, wenn es im Pub auf der anderen Straßenseite, dem *Plumber's Arms*, zu laut wurde, klopfte bei ihren Nachbarn, um ihnen vorzuhalten, dass sie Tampons in die Toilette warfen und damit die Rohre verstopften, und weigerte sich einzusehen, dass ihr Besitz gar nicht an dasselbe Abwassersystem angeschlossen war.

Sie fing an, Männerkleidung zu tragen, weite Kordhosen, weiße Leinenhemden, schnippelte an ihrem drahtigen Haar herum und überließ es dann sich selbst. Während der Jagdsaison schoss sie in Schottland zahllose Moorhühner, rauchte viel, trank Scotch mit Soda, wurde eine Golferin mit niedrigem Handicap, entwickelte eine Vorliebe für das Glücksspiel und verbrachte so manch einen Abend im Clermont Club am Berkeley Square mit Bakkarat und Chemin de Fer. Sie wusste, dass ihre Scheidung zerbrochen hatte, was weiblich in ihr gewesen war, doch tat sie nichts, um den Bruch zu heilen. Trotz all der Anstalten, trotz des Aufwands, den sie betrieben hatte, um ein Kind zu bekommen, trotz ihrer seltsamen Vorgehensweise wurde sie eine unaufmerksame, nachlässige Mutter, deren Beziehung zur adoptierten Tochter im besten Falle nur beiläufig genannt werden konnte, und bald fürchtete sie, einen schrecklichen Fehler gemacht zu haben, denn sobald sie die adoptierte Tochter anschaute, sah sie ihre Fleisch gewordene Demütigung, stellte sich Max und Boonyi vor, wie sie sich liebten und wie der Same ihres Mannes sich auf das skrupellose, grässliche Ei zuschlängelte. Also wurde India einer Abfolge von Kindermädchen übergeben (keine hielt es lange aus, denn Peggy Rhodes war eine intolerante, cholerische Arbeitgeberin) und gründlich verzogen.

Mit sieben wurde das kleine Mädchen zu einem Problemkind, einer unbändigen, kickboxenden Spielplatzwildkatze, die manchmal wie ein von Dämonen besessenes Geschöpf wirkte, zur gemeinen Beißerin verkam und an ihrer exklusiven Mädchengrundschule in Chelsea mindestens einmal eine Klassenkameradin ernsthaft verletzte. Zu zwei Gelegenheiten stand sie kurz davor, wegen «inakzeptablen Verhaltens» von der Schule gewiesen zu werden. Als ihr zum ersten Mal der Verweis drohte, änderte sie jedoch schlagartig und ein wenig alarmierend ihr Benehmen. Sie setzte die Maske einer kühlen, zurückhaltenden, disziplinierten Person auf, hinter der sie sich auch später in ihrem Leben gern versteckte, wurde ernst, brav und still. Ihre Verwandlung jagte den Mitschülerinnen nicht nur Angst ein, sie weckte auch so etwas wie Ehrfurcht und verlieh ihr das elektrisierende Charisma einer Anführerin. Nur einmal ließ sie die Maske fallen, kurz nach ihrem siebenten Geburtstag, als sie von der Schultyrannin angegriffen wurde, einer sadistischen, elfjährigen Göre namens Helena Wardle, der sie mit einem großen grauen Stein auf den Hinterkopf schlug. Dem Kollegium war bekannt, dass Helena sich oft brutal benahm, und man wusste auch, dass sie die Angewohnheit hatte, ihren Opfern Schikane vorzuwerfen, bevor die ihr selbst etwas anlasten konnten, weshalb man, als Helena mit aufgeschlagenem Kopf zur Schuldirektorin lief, India glaubte, die behauptete, Helena sei hingefallen und habe sich aus Versehen verletzt; außerdem wurde ihre Lüge durch mehrere Klassenkameradinnen bestätigt, die Helena Wardle ebenso abgrundtief hassten wie India.

Ihr dunkles Haar war nicht zu übersehen, ebenso wenig die unenglische Hautfarbe, das Fehlen jeder Spur von Peggy Rhodes' Genen. Drei Tage nach ihrem siebenten Geburtstag fand das aufgewühlte Mädchen heraus, dass sie ein adoptiertes Kind war, entdeckte es, da sie all ihren Mut zusammenraffte und Fragen stellte, nachdem ihr verletztes Opfer auf dem Spielplatz eine Flüsterkampagne gegen sie angefangen hatte. Peggy Rhodes sah sich herausgefordert, wurde wütend und lief rot an, doch gab sie eine Art Antwort. *Tut mir sehr Leid*, sagte die Graue Ratte, *aber, hmm, hmm, ich kenne den Namen der Frau nicht, die dich ausgetragen hat. Pech auch! Ich glaube, sie starb kurz nach deiner Geburt. Die Identität deines Vaters ließ sich gleichermaßen nicht bestätigen. Du musst – äh? ha! – aufhören, solche Fragen zu stellen. Ich bin deine Mutter, bin deine Mutter seit den ersten Tagen deines Lebens. Du hast keine andere Mutter, keinen Vater, nur mich, fürchte ich, und ich will von diesen verdammten Fragen nichts hören.* Also war sie in einer Lüge gefangen, fern der Wahrheit, in den Fängen der Fiktion, und in ihr wuchs der Tumult, ein unruhiger Geist regte sich, wand sich wie eine riesige, aufgerollte Schlange am Grunde des Meeres.

Zu jenem Ereignis, das den Kokon der Lüge, in dem sie lebte, zerschlagen sollte, kam es einige Monate später, im November 1974, als in der Lower Belgrave Street im Haus Nummer 46 eine berüchtigte Bluttat begangen wurde. Ein englischer Aristokrat namens Lord Lucan, der sich mit seiner Frau Veronica zerstritten hatte und von ihr getrennt lebte, betrat sein Haus am Abend des 7. November mit einer Kapuze über dem Kopf und tötete in der Souterrainküche die Babysitterin seiner Kinder, Mrs. Sandra Rivett, die er im Dunkeln vermutlich mit seiner Frau verwechselte. Er ging dann nach oben und fiel trotz der Anwesenheit seiner drei jungen Kinder über Lady Lucan her, rammte ihr drei Finger in den Hals, wollte sie erwürgen, ihr die Augen ausdrücken und schlug sie schließlich auf den Kopf. Sie war eine kleine Person, doch packte sie seine Hoden, drückte zu und floh, als er sich vor Schmerzen krümmte. Sie rannte die Straße entlang, platzte ins *Plumber's Arms* und schrie Mord und Totschlag. Lord Lucan entkam, ließ den Wagen in der Hafenstadt Newhaven stehen und wurde niemals gefunden. Er hinterließ hohe Spielschulden und diverse Nachrichten für Freunde, die meisten finanzieller Art. John Bingham, genannt «Lucky» Lucan, war der siebente Graf Lucan. Der dritte Graf hatte sich hundertzwanzig Jahre zuvor ebenfalls einen schlechten Ruf erworben. Während des Krimkrieges nämlich war er jener verantwortliche Offizier gewesen, der den katastrophalen Angriff der «Leichten Brigade» befohlen hatte. Das geschah in der Schlacht um Balaklava. Seltsamerweise kennt man jene wollene Kapuze, die sein mörderischer Ururenkel trug, heute als Sturmhaube oder Balaklava-Mütze.

Am Morgen nach diesem Vorfall klingelte bei den Rhodes ein Polizist und fragte, ob man am Abend zuvor etwas Ungewöhnliches bemerkt habe. India hatte geschlafen, und Peggy Rhodes sagte, sie hätte nichts gehört. Als die Abendzeitungen die Story brachten und alle Welt erfuhr, wie Lady Lucan sich in Sicherheit bringen konnte, wunderte sich India, wieso Peggy nichts davon mitbekommen hatte, schließlich war es ein ungewöhnlich warmer Abend und das Wohnzimmerfenster weit geöffnet gewesen, außerdem lag das *Plumber's Arms* gleich gegenüber auf der anderen Straßenseite. Später kehrte die Polizei noch einmal zurück, um Peggy zu fragen, ob sie, die doch ebenfalls Mitglied im Clermont Club sei, Lord Lucan näher kenne. «Nein», antwortete sie, «wir haben uns gelegentlich gesehen, aber wir waren nicht gerade miteinander bekannt.» India hatte ihre Mutter mehr als einmal über «Freunde» reden hören, über Aspinall, Elwes und Lucky, jetzt aber tischte sie der Polizei Lügen auf. Warum? Später erfuhr sie, dass ihre Mutter in dieser Geschichte nicht die einzige Lügnerin gewesen war. Einer verbreiteten Ansicht zufolge hatte sich die Oberschicht in einer aristokratischen Version der Omertà, des sizilianischen Schweigecodes, geschlossen hinter einen der Ihren gestellt. In der Nacht hörte India, wie Peggy *John, ach, John* schluchzte, doch sie zog daraus keine Schlüsse. Sie war erst sieben Jahre alt. Einige Tage später warf die Polizei in einer Verlautbarung Lucans Bekanntenkreis vor, die Ermittlungen zu behindern, und wies darauf hin, dass es auch für Millionäre und Aristokraten strafbar sei, in einem Mordfall Informationen zurückzuhalten. Doch da hatte India die Geschichte mit Lord Lucan längst vergessen, denn zwei Tage nach dem Mord war Peggy Rhodes nachts mit verweinten Augen in ihr Schlafzimmer gekommen und hatte gesagt: «Es gibt da ein paar Dinge, die ich dir sagen muss, ja, ja. Hum! Ha! Dinge, die du wissen solltest.»

Du hast einen Daddy. Einen Monat nachdem die Graue Ratte in einem Anfall ungeklärter Gefühlsaufwallung ihrem Vater einen Namen gegeben hatte, stand Maximilian Ophuls vor dem Haus in der Lower Belgrave Street, einen Strauß Blumen und eine dämliche Puppe im Arm. «Ich spiele nicht mit Puppen», erklärte ihm India ernst und verriet damit mancherlei über Peggys Einstellung zur Kindererziehung und ihren Geschmack in Sachen Spielzeug. «Ich mag Pfeile und Bogen, Schleudern, Excalibur-Schwerter und Pistolen.» Max verzog keine Miene und drückte ihr die Puppe in die Hand. «Hier», sagte er, «gebrauch sie als Zielscheibe. Es macht keinen Spaß, wenn man kein richtiges Ziel hat.» Dann hob er sie auf, drückte sie fest an sich, und India verliebte sich in ihn, so wie es alle Menschen taten. Er setzte sie neben sich auf den Rücksitz eines großen silbernen Autos und sagte dem Fahrer, er solle sie so schnell wie möglich zu einem Edelrestaurant am Fluss fahren. Max war vierundsechzig Jahre alt und kannte den Text des Liedes: *Send me a postcard, drop me a line. Will you still need me, will you still feed me.* «Du bist ein ziemlich alter Daddy, nicht?», fragte sie ihn beim Eis. «Stirbst du bald?» Er schüttelte bedächtig den Kopf. «Nein, ich habe nicht vor, je zu sterben», sagte er. «Aber irgendwann stirbst du doch», widersprach sie. «Möglich», sagte er, «vielleicht wenn ich zweihundertvierundsechzig Jahre und zu blind bin, um den Tod kommen zu sehen. Aber bis dahin, pah! Gegen den Tod schnips ich die Finger, dreh ihm die Nase, und dann beiß ich mir auf den Daumen.»

Sie kicherte. «Das mach ich auch», verkündete sie, konnte aber nicht mit den Fingern schnipsen. «Egal», fügte sie dann hinzu, «jedenfalls will ich auch erst sterben, wenn ich zweihundertvierundsechzig bin.»

Am Ende des Tages kitzelte er sie am Hals und fand die dort verborgenen Vögel, und sie lernte den Text von *Alouette*, kletterte auf seine Schultern und schlug einen Purzelbaum von ihm fort. Als er sie ihrer Mutter zurückbrachte, schaute er der Grauen

Ratte in die Augen und bedankte sich, und da wusste sie, dass er ihr das Mädchen gestohlen hatte, dass die Kleine ihr von nun an nicht mehr gehören würde. Wenn ich seine Tochter bin, sollte ich auch seinen Nachnamen tragen, sagte India am Abend, und Peggy Rhodes wusste nicht, was sie dagegen einwenden konnte, und so wurde India Ophuls geboren. Was ist mit meiner Mummy?, fragte das Mädchen abends im Bett, während ihre Nachtlampe Sterne über die Zimmerdecke wirbelte. Ich will auch meine Mummy kennen lernen. Ist sie wirklich tot, oder versteckt sie sich, so wie sich Daddy versteckt hat? Peggy Rhodes verlor die Geduld. *Diese Frau ist heute für jeden tot – okay? Mmm? –, aber was mich angeht, ähm, ähm, so war sie schon zu ihren Lebzeiten tot. Sie hat ihren Mann verlassen und wollte mir deinen Daddy stehlen, dann – pah! – bekam sie ein Baby von ihm und hat es im Stich gelassen, und wo wärst du, wenn ich mich nicht um dich gekümmert hätte? Sie hätte dich einfach zurückgelassen, hm, hm? Wollte wieder dahin, wo sie herkam, und wollte die Schande nicht ertragen, denn das warst du für sie – verstehst du? – eine Schande. Dann waren da noch, ähm, Komplikationen, und sie, hmpf, starb.* Woran ist sie gestorben? Wohin wollte sie zurück? *Auf solche Fragen antworte ich nicht.* Aber hat sie mich wirklich nicht gemocht? *Das ist doch egal. Sie hat dich nicht gewollt. Ich hab dich gewollt.* Aber Mummy, wie hieß denn meine Mummy? *Ich bin deine Mummy.* Nein, Mummy, meine richtige Mummy, meine ich. *Ich bin deine richtige Mummy. Gute Nacht.*

Dann verschwand Max wieder aus ihrem Leben. «Ich fürchte, so ist er nun mal, Kleines», sagte die Graue Ratte unbekümmert. «Ich weiß, er ist dein Vater, aber du musst ihn verstehen, ähm, er ist einer von der flatterhaften Sorte», und wenn er wieder auftauchte, zweimal im Jahr, zu ihrem Geburtstag und am Weihnachtsmorgen, dann gab es da Dinge, über die er nicht reden wollte, und sie brauchte nahezu ein Jahrzehnt, um zu begreifen, dass die Frau, bei der sie lebte und die sie immer heftiger hasste, einen heimlichen Krieg gegen ihren Vater führte, diesen Mann, den sie kaum kannte, aber von Herzen liebte und den sie nie recht verstand, bis er ihr das Leben rettete. Max sagte kein Wort gegen Peggy, und selbst wenn India ihn anflehte, verriet er jene Geheimnisse der Grauen Ratte nicht, die sie nicht verraten wissen wollte, da ihm klar war, dass er seine Tochter nur sehen konnte, wenn er die harschen Bedingungen der Grauen Ratte akzeptierte, doch lange Zeit warf India ihm seine ständige Abwesenheit und sein Schweigen vor, und ihre Wut auf ihn verkorkste sie stärker als ihre Abneigung gegen die Frau, bei der sie wohnte, denn er war liebenswert, er war derjenige, den sie jeden Tag sehen wollte, mit dem sie lachen wollte, auf dem sie Purzelbäume schlagen, mit dem sie in schnellen Autos fahren, mit dem sie Luftgewehrkugeln in Puppen schießen, den sie umarmen und küssen und lieben wollte. Sie verstand nicht, dass die Frau, bei der sie wohnte, Max aufs Neue verbannt hatte, dass sie ihm alles bis auf einen höchst flüchtigen Kontakt mit ihrer immer trotzigeren Adoptivtochter verbot, für die sie, Peggy, ziemlich gemischte Gefühle hegte, die aber der Zankapfel in ihrem niemals enden wollenden Streit mit Max war, weshalb sie die Kleine behalten musste, obwohl ihre Gegenwart eine tägliche Erinnerung an vergangene Schmach bedeutete.

«Ja, deine Mutter ist tot», erzählte er India, als die ihn danach fragte. Er hatte seine eigenen Gründe, die Unwahrheit seiner Exfrau zu bestätigen. «Ja, es ist genau, wie Margaret sagt.» Dann aber sagte er nichts mehr.

Das waren die Konfusionen, in denen India Ophuls in den Siebzigern aufwuchs. Sie riss sich eine Zeit lang zusammen, hungerte dreihundertdreiundsechzig Tage im Jahr und aß nur an den zwei Festtagen, doch als sie auf die dreizehn zuging, sah sie so mitgenommen aus wie ein sturmgebeutelter Windjammer, der unweigerlich auf scharfe Klippen zu segelt. Kaum brach die Pubertät über sie herein, lief sie völlig aus dem Ruder. Was folgte, war der Abstieg in die Hölle einer dem Untergang Geweihten. Die Hölle schien verlockender als jene Oberwelt lügender Mütter und abwesender Väter, in der sie sich gefangen sah, weshalb sie ihr im Laufe einer verstörten Jugend auf allen nur erdenklichen selbstzerstörerischen Wegen zu entkommen suchte. Sie rutschte rasch die Abwärtsspirale hinab und konnte von Glück reden, dass sie den Sturz am Ende überlebte. Mit fünfzehn war sie eine Schulschwänzerin, eine Lügnerin, eine Betrügerin, eine Aussteigerin, eine Diebin, ein entlaufener Teenager, ein Junkie und kurzzeitig sogar eine Nutte, die hinter Kings Cross Station im Schatten der riesigen Gaszylinder ihrem Geschäft nachging. Als sie in ihrem Schlafzimmer in L. A. aufwachte und die Frau, die sie verabscheute, auf sich herabschauen sah, die beflissene Olga an ihrer Seite, fühlte sie, wie die Erinnerung an das fünfzehnte Lebensjahr in ihr aufwallte wie eine Flutwelle, die durch eine Bruchstelle im Deich heranbrauste. Sie wollte das Vergangene unterdrücken, doch unaufhaltsam stieg es an. Sie erinnerte sich an ein stickiges, fiebriges Zimmer mit Flecken an den Wänden, an einen Fremden, der den Reißverschluss seiner Hose aufzog. Sie erinnerte sich an die Drogen, die Halluzinogene, die jede Vernunft in den Schlaf wiegten und Ungeheuer gebaren, an die harsche Helligkeit des weißen Pulvers, das tödliche Glück der Nadel, den weißen Fedorahut des jamaikanischen Zuhälters. Sie erinnerte sich an die Gewalt, die ihr angetan wurde, die sie angetan hatte, erinnerte sich, wie sie sich übergeben, wie sie in der Hitze gebibbert hatte, wie ein blasses, blaues Gesicht im Spiegel sie aufschreien ließ. Sie erinnerte sich an aufgeschnittene Pulsadern und an die Pillen, die sie geschluckt hatte. Sie erinnerte sich daran, wie ihr der Magen ausgepumpt wurde. Sie erinnerte sich an die strengen Worte des Richters für jene Frau, deren Namen sie nie wieder in den Mund nehmen wollte, *als Mutter, Madam, haben Sie völlig versagt,* und sie erinnerte sich, dass es Max gewesen war, der sie gerettet hatte, Max, der wie ein Adler aus dem Himmel herabstürzte und sie aus der Gosse holte, der jener Frau, die sie verabscheute, sagte, dass er nicht länger stumm zusehen könne, der den Richter um sein Urteil bat und den Griff der Frau um die malträtierten Arme seines Kindes löste und seine Tochter fortzauberte, damit sie geheilt würde, erst in einer Schweizer Klink hoch oben auf dem, was für sie immer der Zauberberg bleiben sollte, dann in der Sonne, unter Palmen am kobaltblauen Pazifik. Sie malte sich sein letztes Gespräch mit der Frau aus, die sie hasste, *du hast deine Chance gehabt, eine zweite gibt es für dich nicht*, meinte sie ihn sagen zu hören, und sah vor ihrem inneren Auge, wie die verbitterte Miene der Grauen Ratte sich wie das Gesicht von Rumpelstilzchen zu einer Maske des Scheiterns verwandelte.

Dann nimm sie mit, sagte sie.

Außerhalb von Indias Phantasiereich jedoch weigerte sich Max Ophuls auch weiterhin, seine frühere Frau zu kritisieren, vermutlich, weil ihn wegen seines alten Verrats noch Schuldgefühle plagten. Ein- oder zweimal sprach er in bekümmertem Ton von den machtvollen Schicksalsschlägen und schleichenden Qualen des Lebens, die einen guten Menschen von seinem oder ihrem rechten Weg abbringen konnten, so wie Dynamit oder Erosion – dramatisch schnell oder ganz allmählich – den Lauf eines Flusses ändern konnten, und mit diesen Reden mochte er Margaret gemeint haben, doch vielleicht beschrieb er auch nur sich selbst. Die Geheimniskrämerei war ein Charakterzug, den er mit seiner Exfrau teilte, sie waren beide Bürger der Unterwelt, hatten beide etwas zu verbergen. Immerhin verstand er Unterwelten, folgte India bis auf den Grund ihres Infernos und blieb monatelang an ihrer Seite, bis der dunkle Gott sie freiließ und erlaubte, dass sie ihm zum Licht hinauf folgte, bis die Schweizer Ärzte sie so weit für geheilt erklärten, dass sie in die normale Welt zurückkehren durfte. Auf dem Rücksitz eines neuen Bentleys holte er sie mit neuem, uniformiertem Chauffeur vom Berg herab und hielt sie in den Armen, als wäre sie die Tafel mit den Zehn Geboten, und brachte sie, wenn schon nicht in ein normales Leben, dann doch immerhin nach Los Angeles.

Das weitläufige Haus am Mullholland Drive – mit Quartieren für die Dienstboten, mit Stallgebäuden, einem Tennisplatz, einem Gäste-Cottage und einem Swimmingpool – war im spanischen Missionsstil erbaut, hatte weiße Wände, ein Tonnendach und einen Glockenturm, der India an Hitchcocks *Vertigo* erinnerte und dem Anwesen einen gänzlich unangemessenen, kirchlichen Eindruck verlieh. Sie dachte an Kim Novak, wie sie am Ende des Films vom Turm der San Juan Bautista Mission stürzte, und ein Schauder überlief sie, weshalb sie sich weigerte mitzukommen, als ihr Vater ihr oben auf dem Turm das Glockenspiel zeigen wollte. In der ersten Zeit in L. A. blieb sie im Haus, rollte sich auf Sesseln und in Ecken zusammen, froh, am Leben zu sein, und ließ sich Zeit, sich davon zu überzeugen, dass sie in Sicherheit war. Sie stand gern mit beiden Füßen auf dem Boden und hatte ein festes Dach über dem Kopf. Barfuß lief sie über kühle Steinfliesen, und das Buntglas der Wohnzimmerfenster übergoss sie jeden Tag mit seinen Farben. Kim Novak hatte eine Betrügerin gespielt, eine Frau namens Judy, die den Auftrag hatte, eine Frau namens Madeleine Elster zu verkörpern, die von ihrem Mann ermordet worden war. Es gab Tage, da kam sich auch India wie eine Betrügerin vor, da war ihr, als hätte Max sie beauftragt, eine längst verstorbene Tochter zu verkörpern.

Max' Arbeitszimmer war eine düstere Anomalie in diesem hellen, farbenfrohen Haus, holzgetäfelt, wuchtige europäische Sofas, Mahagonitische, die Regale gefüllt mit vor langer Zeit von *Art & Aventure* gedruckten Büchern, Kulisse für einen Film über die Belle Époque, ein Raum, der als Echo eines lang verschwundenen Zimmers konzipiert worden war, der Bibliothek seines Vaters in Straßburg, mehr Erinnerung als Ort. Er versagte sich die Sentimentalität, Bilder seiner Eltern an die Wand zu hängen. Das Zimmer selbst war ihr Porträt. Hier verbrachte er viel Zeit, las und hing Erinnerungen nach, während seine Tochter den Rest des großen, leeren, alten Hauses für sich hatte. Als sie eines Tages die Schränke des Gäste-Cottages durchsuchte, fand sie eine Hutschachtel, in der eine blonde Kurzhaarperücke lag, Überbleibsel einer lang verflossenen Geliebten ihres Vaters, doch sie wich entsetzt davor zurück, als verhängte die Requisite den Tod über sie. Etwas von James Stewarts gelassenem Charme ging auch von Max aus, und wenn auf bestimmte Weise Schatten über sein Gesicht fielen, machte er ihr Angst. Sie musste sich dann ermahnen, dass Jimmy Stewart in *Vertigo* nicht der Mörder, sondern der Gute gewesen war. Sie benahm sich damals selbst ein wenig verrückt, war clean, aber sprunghaft, und er hatte einfach abgewartet, was jedoch nicht heißen soll, er wäre nur freundlich zu ihr gewesen. Freundlich, ja, auf seine Weise, krisengeeignet, ohne Dank für das zu erwarten, was zu tun er für seine Pflicht hielt, aber nicht bloß freundlich. Als sie von Kim Novak und der blonden Perücke im Schrank erzählte, hielt er seine Zunge nicht im Zaum. «Sei so lieb», sagte er, nachdem sie beredt eine Tirade vom Stapel gelassen hatte, «und hör auf, dich wie eine Schauspielerin aufzuführen. Kneif dich, schlag dir ins Gesicht oder tu sonst, was nötig ist, aber begreif bitte, dass du hier keine Rolle spielst, sondern dein wahres Leben lebst.»

Eine Zeit lang lebte sie normal und glücklich im Haus am Mullholland Drive und wurde zu ihrer eigenen Überraschung eine recht brauchbare Athletin sowie eine hervorragende Studentin mit ausgeprägtem Interesse für Geschichte und Biographie, insbesondere aber für faktenreiche Filme. Nach der Highschool flog sie allein nach London, um sich mit den Werken der britischen Dokumentarfilmbewegung aus den dreißiger und vierziger Jahren zu befassen und – obwohl sie dies niemandem sagte – einige private Nachforschungen anzustellen. Während dieser Monate wohnte sie in einem spärlich beleuchteten, doch geräumigen, hohen und möblierten Zimmer in einem an Studenten vermieteten Haus bei Coram's Fields und unternahm keinerlei Versuch, sich mit der Grauen Ratte zu treffen. Sie fuhr nie in Richtung Süden zur Lower Belgrave Street, nahm aber die Northern Line nach Colindale, wo sie die frustrierend unvollständigen Zeitungsberichte über die Ereignisse rund um ihre Geburt ausgrub. Dann kehrte sie nach Los Angeles zurück und behielt den Ausflug ins Zeitungsarchiv für sich, informierte ihren Vater aber wortreich über ihre just entdeckte Verehrung für die britischen Dokumentarfilmer John Grierson und Jill Craigie sowie über ihren Entschluss, sich von den Gefahren der Imagination abzuwenden und eine Karriere in der Welt des Faktischen anzustreben, also Filme zu machen, die auf der überragenden Bedeutung der Wahrheit insistieren, so wie er selbst stets auch darauf insistiert hatte. *Dies ist das wahre Leben.* Ende der achtziger Jahre studierte sie Dokumentarfilm am AFI Conservatory, bestand die Abschlussprüfung mit Auszeichnung, zog in eine eigene Wohnung an der Kings Road und war bereit, ihren Vater stolz auf sich zu machen, als der Killer ihr jede Chance dazu nahm.

Die Frau war gekommen, um ein Geständnis abzulegen. Ein Vierteljahrhundert hatte sie die Last erduldet, hatte sie ein Leben lang aufrecht getragen, um erst im Alter von ihr gebeugt zu werden. Die Bürde, die Jahre, die Einsamkeit hatten ihren Leib zu einem Fragezeichen verformt. Sie war nicht mehr wichtig, dachte India, sie besaß keine Macht mehr. Sie war mit leeren Händen aus dem Haus der Macht gekommen, der Schatz war ihr von den fliegenden Vogelmännern entrissen worden, und von den Menschen auf der Straße wurde sie verhöhnt. Warum war sie gekommen, es war nicht nötig, ihr Beileid persönlich entgegenzunehmen. Sie sei gekommen, um der Polizei bei ihren Ermittlungen zu helfen, sagte sie und klang wie eine Aktrice in den alten Tagen des Schwarzweißfernsehens. Hier sind keine Polizisten, sagte India, also ist auch niemand da, dem du helfen könntest.

Die Frau öffnete ihre Handtasche, holte ein Foto heraus und

warf es ihr auf das Bett. «Was hat es mich gekostet, dass nichts davon in den Zeitungen erscheint, ha!, du hast ja keine Ahnung.» Und rasch redete sie weiter, nur um es loszuwerden, das Geständnis der Lüge. «Sie ist nicht gestorben sie hat dich mir gegeben und ist zurück nach Kaschmir ich habe ihr ein Flugzeug besorgt und ein Auto hab sie dorthin hingeschickt wohin sie wollte und hab nie wieder von ihr gehört sie hätte also ebenso gut tot sein können aber eigentlich ist sie gar nicht gestorben.» Der Name des Dorfes, des Dorfes ihrer Mutter. Das Dorf der fahrenden Schauspieler. Das Dorf von Shalimar dem Narren. «Hörst du mich?» Nein, India hörte nicht zu, sie hörte Worte, aber das Bild fesselte ihre ganze Aufmerksamkeit. Ihr Vater war tot, aber ihre Mutter kehrte ins Leben zurück, nur war das nicht ihre Mutter, das war bloß noch eine Lüge, ihre Mutter war eine berühmte Tänzerin, sie hatte Max mit ihrem Tanz verführt, diese aufgequollene Frau konnte also nicht ihre Mutter sein. Sie sah Tränen auf das Foto fallen und begriff, dass es ihre eigenen Tränen waren. «Tut mir Leid», sagte die Frau, «schreckliche Sache, fürchte ich. Ha! Denkst du bestimmt auch. Aber sie hat sich gegen dich entschieden und ich mich für dich. Ich bin deine Mutter. Verzeih mir. Ich habe auch deinen Vater lügen lassen. Ich bin deine Mutter. Verzeih mir. Sie ist nicht gestorben.»

Reue steht dem Sünder an, Vergebung dem Opfer, das aber schaute auf ein benetztes Foto und vergab nicht, konnte nicht vergeben, war nichts als Unnachgiebigkeit und ahnte nicht, dass ein noch härterer Schlag es treffen sollte.

«Kaschmira», sagte die Frau, machte auf dem Absatz kehrt und befreite sie von ihrer verhassten, ungewollten, weltverändernden Gegenwart. «Kaschmira Noman, so heißt du.» Ihr war, als hätte sich das Gewicht ihres Körpers plötzlich verdoppelt, als wäre sie plötzlich die Frau auf dem Foto geworden. Die Schwerkraft zerrte an ihr, und sie fiel rücklings auf das Bett, rang keuchend nach Luft. Sie hörte den Bettrahmen ächzen, sah im Spiegel, wie die

Matratze nachgab, durchhing. Kaschmira. Das Gewicht dieses einen Wortes war zu groß für sie. Kaschmira. Von der anderen Seite des Globus rief ihre Mutter sie zu sich, ihre Mutter, die nicht gestorben war. Kaschmira, rief die Mutter, komm nach Hause. Ich komme, rief sie zurück. Ich komme, so schnell ich kann.

«Heute vergebe ich meinen Töchtern», verkündete Olga Wolga und strich India über das Haar, während sie beide weinten. «Ist nicht mehr wichtig, was sie getan haben.»

✳ ✳ ✳

IM GEFÄNGNIS SAN QUENTIN starb ein neununddreißigjähriger Mann namens Robert Alton Harris in der Gaskammer. In Gaze gewickelte Zyanidkugeln wurden in einen kleinen Behälter mit Schwefelsäure gelegt, woraufhin Harris zu zucken und zu keuchen begann. Nach etwa vier Minuten wurde er still, sein Gesicht lief blau an. Drei Minuten später hustete er, sein Körper verkrampfte sich. Elf Minuten nach Beginn der Exekution erklärte Wärter Daniel Vazquez, dass der Gefangene tot sei, und las Harris' letzte Worte vor: «Ob Könige oder Straßenfeger, jeder tanzt mit dem Sensenträger», ein Zitat aus dem Film *Bill und Teds verrückte Reise durch die Zeit* mit Keanu Reeves.

Alles war ein Spiegelbild von allem anderen. Exekutionen, Polizeigewalt, Explosionen, Straßenkämpfe: In Los Angeles sah es fast schon aus wie in Straßburg zu Kriegszeiten, wie in Kaschmir. Acht Tage nach Harris' Exekution, als Kaschmira Noman alias India Ophuls vom Flughafen LAX in Richtung Osten abhob, verkündete die Jury ihr Urteil über vier Beamte, denen vorgeworfen wurde, im Polizeirevier San Fernando Valley Foothill einen gewissen Rodney King geschlagen zu haben, so hart geschlagen zu haben, dass das Amateurvideo dieses Vorfalls für viele Menschen wie eine Aufnahme vom Tienanmen Square oder aus Soweto aussah. Als die King-Jury die Polizisten für unschuldig erklärte, explodierte die Stadt, gab ihr Urteil über dieses Urteil ab, indem sie sich selbst in Brand setzte wie ein Selbstmordattentäter, wie Jan Palach. Unter Indias aufsteigendem Flugzeug wurden Fahrer aus ihren Wagen gezogen und von Männern mit Steinen in der Hand gejagt und verprügelt. Auf den reglosen Körper eines Mannes namens Reginald Denny wurde brutal eingeschlagen. Jemand warf ihm einen großen Schlackestein an den Kopf, führte danach einen begeisterten Kriegstanz auf und reckte die Faust zum Gangzeichen in den Himmel, als verhöhnte er die Nachrichtenhubschrauber und Flugzeugpassagiere dort oben, vielleicht sogar Gott. Geschäfte wurden geplündert, Autos in Brand gesetzt, überall flackerten Feuer, so auf der Normandie, Florence, Crenshaw, Arlington, Figueroa, Olympic, Jefferson, Pico und Rodeo. Was brannte? Alles. Supermärkte, Autowerkstätten, Waschsalons, koreanische Imbisse, Restaurants und Mini-Märkte in der ganzen Stadt. L. A. glich in dieser Nacht einem auf offenem Feuer gegrillten Whopper. Die Echsenmenschen krochen aus ihren unterirdischen Bastionen, der schlafende Drache war erwacht. Und die nach Osten fliegende India brannte ebenfalls. Es gibt keine India, dachte sie, nur eine Kaschmira, nur Kaschmir.

In Indien würde sie nicht India sein. Sie würde das Kind ihrer Mutter sein. Als Kaschmira also, als eine Kaschmira mit Jeans und Baseballmütze, betrat sie den Presseclub in Delhi und bat mit amerikanischer Unverfrorenheit die alten indischen Dienstboten um Rat und Hilfe und wurde gewarnt, dass es schwierig sein könnte, eine Presseerlaubnis zu erhalten, um mit Dokumentarfilmern hinauf ins Tal fahren zu können, ja, dass es selbst ohne Filmcrew schwierig sei. Als diese Alten ihr auf Rücken und Hintern klopften und ihr rieten, doch lieber keinen Gedanken daran zu verschwenden, dorthin zu gehen, wo es schlimmer war als je zuvor, wo gemordet wurde wie nie, wo ausländische Rucksacktouristen kopflos an Berghängen gefunden wurden und die Luft vor Wut vibrierte, da explodierte sie selbst vor Wut. «Was glauben Sie denn, woher ich komme», brüllte sie, «aus Scheiß-Disneyland?» Ihre heftige Reaktion sorgte dafür, dass sie ernst genommen wurde, und einige

Stunden später saß sie in einem Liegestuhl auf dem Rasen eines anderen exklusiven Clubs in der Nähe der Lodi Gardens, trank ein Bier mit dem Leiter der Auslandspresse und erzählte ihm ihre Geschichte, nachdem sie sich zuvor vergewissert hatte, dass alles, was sie sagte, vertraulich behandelt wurde. «Mit Journalismus hat das nichts zu tun», erklärte der Engländer, «das ist was Persönliches. Vergessen Sie Kamera und Tonband. Sie wollen rein? Wir bringen Sie rein, allerdings auf Ihr eigenes Risiko.» Drei Tage nach dieser Unterhaltung saß sie in einer Fokker Friendship nach Srinagar, mit Papieren, Empfehlungsbriefen, Telefonnummern und einem neuen Namen versehen, dessen Bedeutung sie erst noch lernen musste, ein Muss, das sie nicht aufregend fand, das sich wie Schmerz anfühlte. Als die Maschine über den Pir Panjal flog, war ihr, als öffne sich ihr ein magisches Tor, und schlagartig verstärkte sich der Schmerz, langte nach ihrem Herz und drückte fest zu, und voller Angst fragte sie sich plötzlich, ob sie nach Kaschmir gekommen war, um wiedergeboren zu werden oder um zu sterben.

In einem Rattanschaukelstuhl in Srinagar verschied Sardar Harbans Singh friedlich in einem Garten voller Frühlingsblumen und Honigbienen, das geliebte Schottenplaid über den Knien, den geliebten Sohn Yuvraj, den Exporteur von Kunsthandwerk, an seiner Seite, und als er zu atmen aufhörte, hörten die Bienen auf zu summen, das Wispern des Luftzugs verstummte, und Yuvraj begriff, dass die Geschichte der Welt, wie er sie sein Leben lang gekannt hatte, zu Ende ging und dass das, was folgte, auf die ihm eigene Weise folgen musste, doch würde es nicht so elegant, nicht so liebenswürdig und zivilisiert sein wie das, was von ihm gegangen war. An diesem letzten Abend hatte Sardar Harbans Singh mit Wehmut vom Ruhm der so genannten Khalsa Raj gesprochen, jener siebenundzwanzig Jahre währenden Herrschaftszeit der neun

Sikh-Gouverneure von Kaschmir, die an die Eroberung des Tales durch Maharadscha Rajit Singh im Jahre 1819 anschloss, einer Zeit, in der, wie er seinem Sohn erzählte, «die Landwirtschaft gedieh, das Handwerk blühte, alle *gurdwaras*, Tempel und Moscheen gepflegt wurden und im Garten alles schön anzusehen war. Und selbst wenn Maharadscha Ranjit Sigh dafür kritisiert wurde, dass er dem Charme der Frauen, dem Wein und brahmanischen Gepflogenheiten verfiel, was machte das schon? Für einen Mann waren das keine schlimmen Schwächen. Du, mein Sohn», fuhr er fort und wechselte das Thema, «magst viel über brahmanische Gepflogenheiten und Wein wissen – oder auch nicht, aber du solltest nicht mehr lange damit warten, dir eine Frau zu suchen. Mir ist egal, wie voll deine Lagerhäuser sind, wie viel Geld du auf deinen Konten hast. Volle Depots und fette Brieftaschen entschuldigen kein leeres Bett.»

Das waren seine letzten Worte, weshalb Yuvraj – als eine Frau, die sich Kaschmira nannte, mit einem Empfehlungsschreiben von einem Freund seines Vaters, einem berühmten englischen Journalisten, am neunten Tag nach der Einäscherung ins Haus der Trauer trat und nur noch ein Tag bis zur vollständigen Lesung der *Guru Granth Sahib*, der Hymnensammlung der Sikhs, fehlte – dies für ein Omen des Allmächtigen hielt und sie wie ein Mitglied der Familie aufnahm, ihr Gastfreundschaft anbot und darauf bestand, dass sie blieb, obwohl es eine Zeit der Trauer war, und er erlaubte ihr, der am zehnten Tag stattfindenden Bhog-Zeremonie beizuwohnen, während der sie den Hymnen des Ablebens lauschten, vom *karah parsad* aßen, am *langar* teilnahmen und zusahen, wie Yuvraj der Turban überreicht wurde, der ihn zum neuen Oberhaupt der Familie machte. Erst als die Verwandten wieder gegangen waren, ohne zu jammern und zu klagen, wie es Brauch bei den Sikhs ist, fand er die Zeit, sie nach dem Grund ihres Besuches zu fragen, obwohl er da die wahre Antwort längst kannte, dass sie nämlich in sein Haus gekommen war, damit er sich in sie verlieben konnte. Kurz und gut, sie war das Abschiedsgeschenk seines sterbenden Vaters.

«Sie kommen am Ende unserer Geschichte zu uns», sagte er. «Wenn mein lieber Vater noch lebte, könnte er Ihnen gewiss alle Fragen beantworten, doch lautet die Wahrheit vielleicht, wie er zu sagen pflegte, dass es die Tragödie der Menschen ist, die eigenen Erfahrungen nicht verstehen zu können, sie rinnen uns durch die Finger, wir können sie nicht halten, und je mehr Zeit vergeht, desto schwieriger wird es. Vielleicht ist für Sie zu viel Zeit vergangen, und Sie werden sich, so Leid es mir tut, Ihnen dies zu sagen, damit abfinden müssen, dass es Aspekte Ihrer Erfahrung gibt, die Sie nie verstehen werden. Mein Vater sagte, die Welt der Natur liefere Erklärungen, um uns für den Sinn zu entschädigen, den wir nicht erfassen können. Kaltes Sonnenlicht, das im Winter auf eine Kiefer fällt, die Musik des Wassers, ein Ruder, das in einen See taucht, der Flug der Vögel, die Erhabenheit der Berge, die Stille der Stille. Uns wird das Leben geschenkt, doch müssen wir uns damit abfinden, dass es unerreichbar bleibt, müssen uns an dem erfreuen, was das Auge, die Erinnerung, der Verstand umfassen können. Daran hat er geglaubt. Ich selbst verbringe mein Leben mit Geschäftlichem, mache mir die Hände mit Geld schmutzig, und erst jetzt, da er fort ist, kann ich im Garten sitzen und ihm zuhören, erst jetzt, da er traurigerweise von uns gegangen ist und Sie glücklicherweise gekommen sind.»

Er nannte sich einen Geschäftsmann und besaß doch eine poetische Ader. Sie fragte ihn nach seiner Arbeit und löste damit einen wahren Wortschwall aus. Als er ihr von den Handwerksarbeiten erzählte, die er kaufte und verkaufte, schwang Gefühl in seiner Stimme mit. Er redete von der Herkunft der *numdah*-Teppiche, die in Zentralasien gemacht wurden, in Yarkand und Sinkiang, damals, in den alten Tagen der Seidenstraße, und die Worte *Samarkand* und *Taschkent* ließen alten Ruhm in seinen Augen aufblitzen, dabei waren Taschkent und Samarkand in diesen Tagen doch nur noch abgewirtschaftete, heruntergekommene Schutthaufen. Auch Pappmaché hatte aus Samarkand den Weg nach Kaschmir gefunden. «Im fünfzehnten Jahrhundert wurde ein kaschmirischer Fürst für viele Jahre ins Gefängnis gesperrt und lernte dort diese Kunst.» Ach, die Gefängnisse von Samarkand, funkelten seine Augen, wo man derlei lernen konnte! Er erzählte ihr von den beiden Hälften des kreativen Hergangs, von der *sakhtsazi*, der Produktion, vom Einweichen des Altpapiers, dem Trocknen der Pulpe, dem Zuschneiden der Stücke, dem Schichten mit Klebstoff und Gipspulver, dem Verleimen der Lagen Seidenpapier und dann vom *naqashi*, dem dekorativen Vorgang, dem Malen und Lackieren. «Es arbeiten dabei so viele Künstler zusammen, dass das fertige Stück nie das Werk eines Einzelnen, sondern stets das unserer ganzen Kultur ist; dieses Papier wird nicht nur *in* Kaschmir hergestellt, es wird *von* Kaschmir hergestellt.»

Ehrfurchtsvoll senkte er die Stimme, als er ihr beschrieb, wie die Tücher Kaschmirs gewebt und bestickt wurden, und verglich sie schwärmerisch mit Gobelins, obwohl er noch nie einen solchen Wandteppich gesehen hatte. Er verfiel ins Technische, *Fäden ergeben das Dekor, die dort verwoben werden, wo sich die Farbe bricht*, und berichtete ihr mit solch jungenhaftem Überschwang vom Geschick der Weber, dass sie vom Zuhören selbst auch ganz aufgeregt wurde. Er erzählte von der *sozni*-Stickerei, die außerordentliches Geschick verlangte, da dasselbe Motiv auf beiden Seiten des Schals in unterschiedlichen Farben zu sehen sein musste, erzählte vom Flachstich und von der *ari*-Stickerei, von der Wolle des Steinbocks und den legendären *jamawar*-Schals, die seit hundert Jahren nur noch heimlich und illegal von den Nachfahren der großen Künstler der alten Zeit hergestellt wurden. Als er sich schließlich dafür entschuldigte, sie gewiss zu langweilen, und verstummte, war sie bereits halb in ihn verliebt.

Doch sie war nicht nach Kaschmir gekommen, um sich zu verlieben. Was also fiel diesem Mann ein, dass er sich in sie verguckte? Was also hatte, der Vater noch keine zwei Wochen tot, diese dümmliche Miene auf seinem Gesicht zu suchen, diesem zugegebenermaßen hübschen Gesicht, eine Miene übrigens, die keine Deutung brauchte? Und was war eigentlich mit ihr los, warum blieb sie in diesem seltsamen Garten, der immun gegen jede Historie zu sein schien, warum schob sie ihr Vorhaben auf und lauschte stattdessen dem Summen unschuldiger Bienen, wanderte zwischen Hecken umher, durch die nichts Böses dringen konnte, atmete korditfreie Jasminluft ein, hörte sich endlose Berichte über Kunsthandwerk an, Gedichte, die er mit zugegebenermaßen schöner Stimme vortrug, und fand sich isoliert vom täglichen Lärm marschierender Stiefel, von mit geballter Faust vorgebrachten Forderungen, den unerfüllbaren Beschwerden dieser Zeit? Gefühl regte sich in ihr, das musste sie sich eingestehen, und obwohl es ihrer Gewohnheit entsprach, sich zu beherrschen und keinen Emotionen nachzugeben, merkte sie, wie stark diese Gefühle waren, stärker vielleicht als ihre Fähigkeit, ihnen widerstehen zu können – oder auch nicht. Sie war eine Frau von weit her, die ihr Herz schon seit langem schützte. Sie wusste nicht, ob sie sein Verlangen stillen konnte, sah nicht, wie ihr dies gelingen sollte, war erstaunt, dass sie überhaupt daran dachte, es zu stillen. Das war nicht ihre Aufgabe. Ihre Gefühle schockierten sie, sie fand sich gar von ihnen betrogen. Olga Simeonowna hatte vor dem zutiefst hinterhältigen Wesen der Liebe gewarnt. «Sie kommt nicht aus der Richtung, aus der du sie erwartest», hatte sie gesagt. «Sie schleicht sich von hinten an dein linkes Ohr und schlägt dir dann mit einem Stein auf den Kopf.»

Nachts sang er für sie, und seine Stimme hielt sie in ihrem Bann. Er war so sehr der Sohn seines Vaters, dass er ein wenig über die Musik Kaschmirs Bescheid wusste und, wenn auch etwas unbeholfen, die *santoor* spielen konnte. Er sang die *muquam*-Ragas der klassischen Form, bekannt als Sufiana Kalam, sang die Lieder der Habba Khatoon, einer sagenhaften Dichter-Prinzessin des sechzehnten Jahrhunderts, die in Kaschmir als Erste Liebeslyrik sang, *lol* genannt, kummervolle Lieder über ihre Trennung vom geliebten Prinzen Yusuf Shah Chak, der im fernen Bihar vom Mogulnkaiser Akbar gefangen gehalten wurde – «in meinem Garten blühen bunte Blumen, wieso also weilst du fern von mir?» –, und er entschuldigte sich dafür, nicht mit der Stimme einer Frau singen zu können. Er sang die der Stilrichtung Pahari angehörenden *bakhan*-Lieder mit ihrem unregelmäßigen Metrum, und die Musik tat ihre Wirkung. Fünf Tage blieb sie im verzauberten Garten, schläfrig vor unerwarteten Freuden. Am sechsten Tag aber wachte sie auf, gab sich einen Ruck und bat ihn um Hilfe. «Pachigam.» Sie sprach den Namen aus, als wäre es ihr Talisman, ein Sesam, öffne dich, mit dem sie den Fels vor dem Tor zu jener Schatzhöhle beiseite rollen konnte, in der ihre Mutter gleißte und glitzerte wie gehortetes Gold. Pachigam, ein Ort der Fabel, der real werden sollte. «Bitte», sagte sie. Und er vermied es, ihr die Gefahren der Landstraße zu schildern, willigte ein, sie hinzubringen, sie ins Fabelhafte oder doch zumindest in die Vergangenheit zu fahren. «Ich weiß nichts über die Lage im Dorf und kann Ihnen zu meiner Schande nicht sagen, was Sie wissen möchten», sagte er. «Das Dorf wurde vor einiger Zeit gemaßregelt. So viel wurde berichtet. Mein Vater hatte dort Kontakte, doch ich war auf kulturellem Gebiet bedauerlicherweise nicht besonders aktiv. Ich bin Geschäftsmann.» Was soll das heißen, «gemaßregelt», wollte sie wissen. Wurde jemand, ist jemand, was war geschehen? Er sagte ihr nicht, wie brutal solch eine Maßregelung ausfallen konnte. «Ich weiß nicht», wiederholte er bekümmert. «Über Einzelheiten kann ich leider gar nichts sagen.» Dann fahren wir hin und finden es heraus, nicht wahr, erwiderte sie. «Ja», willigte er trübsinnig ein. «Wir können noch heute aufbrechen.»

Sie stiegen in seinen olivgrünen Toyota Qualis, und als sie vom Grundstück fuhren, dieses winzige Shangri-La verließen, diese herrliche Insel der Ruhe mitten in einem Kriegsgebiet, musterte sie ihn von der Seite und rechnete halb damit, dass er dahinwelkte und starb, dass er vor ihren Augen grässlich alterte, wie es Unsterbliche tun, wenn sie ihr zauberhaftes Paradies verlassen. Doch er blieb er selbst, Schönheit und Anmut blieben unverändert. Er merkte, dass sie ihn anschaute, und war eitel genug, zu erröten. «Ihr Haus, Ihr Garten, das ist so schön», sagte sie rasch und versuchte, das Licht in ihren Augen zu verbergen, doch zu spät. Er lief noch dunkler an. Ein Mann, der unwiderstehlich erröten konnte, keine Frage. «Während meiner Kindheit war es ein Paradies im Paradies», sagte er, «doch heute ist Kaschmir kein Paradies mehr, und ich bin kein Gärtner so wie mein Vater. Ich fürchte, Haus und Garten werden nicht mehr lange bleiben, was sie sind, jedenfalls nicht ohne ...» Mitten im Satz brach er ab. «Ohne was?», neckte sie ihn und erriet die unausgesprochenen Worte, doch er errötete aufs Neue und konzentrierte sich auf die vor ihm liegende Straße. *Ohne die Hand einer Frau.*

Kaschmir im Frühling, knospende Chinarbäume, schwankende Pappeln, Obstbäume in Blüte, überall um sie herum das sie bergende Gebirge. Selbst in düsteren Zeiten war es ein Ort des Lichtes. Wie leicht es anfangs fiel, den Blick von den ausgebrannten Häusern abzuwenden, den Panzern, der Angst im Auge jeder Frau, der andersartigen Angst in den Augen der Männer. Doch langsam verflog der Zauber von Sardar Harbans Singhs Garten. Yuvrajs Laune verdüsterte sich. «Erzählen Sie», sagte sie. «Ich will es wissen.» – «Es fällt nicht leicht, von solchen Dingen zu reden», sagte er. *Dies ist das wahre Leben.* «Ich muss es wissen», sagte sie. Umständlich und anfangs voller Beschönigungen, doch dann mit immer deutlicheren Worten erzählte er von den zwei Teufeln, die das Tal plagten. «Die Fanatiker töten unsere Herren, die Armee vergeht sich an unseren Damen.» Er nannte gewisse Städte, Badgam etwa, Batmaloo oder Chawalgam, in denen die Einwohner von Militanten ermordet worden waren. Schießereien, Lynchjustiz, Messerstechereien, Enthauptungen, Bomben. «So sieht ihr

Islam aus. Sie wollen, dass wir vergessen, doch wir erinnern uns.» Mittlerweile setzte die Armee sexuelle Übergriffe gezielt ein, um die Bevölkerung zu demoralisieren. In Kunan Poshpora waren dreiundzwanzig Frauen von Soldaten mit vorgehaltener Waffe vergewaltigt worden. Systematische Schändung junger Mädchen durch ganze Militäreinheiten wurde zu etwas Alltäglichem, man brachte die Mädchen zu den Militärlagern, hängte sie nackt an Bäumen auf, schnitt ihnen die Brüste mit Messern ab. «Tut mir Leid», sagte er und entschuldigte sich für die Hässlichkeit der Welt. Seine linke Hand am Steuerrad zitterte. Sie legte ihre Rechte darüber. Es war das erste Mal, dass sie sich berührten.

Neben der Straße verlief ein Fluss. «Das ist der Muskadoon», sagte er. «Jetzt ist es nicht mehr weit bis Pachigam.» Die Welt verschwand. Es gab nur noch den Fluss, sein Geplapper wie Donner in ihren Ohren. Ihr war, als müsste sie ertrinken. «Alles in Ordnung?», fragte er. «Ist Ihnen schlecht? Soll ich anhalten, damit Sie sich ein wenig ausruhen können?» Stumm schüttelte sie den Kopf. Die Straße machte eine Kurve.

Es war, als hätten sich riesige Kriechtiere, Ameisen oder Würmer, aus dem Unterirdischen heraufgewunden, um auf einem Friedhof eine Erdbautenkolonie zu errichten. Noch waren die Ruinen des alten Dorfes zu sehen, die verkohlten Fundamente der Holzhäuser, die verwahrlosten Obstgärten, die zerstörten Straßen, doch um sie herum und zwischen ihnen wuchsen die Geister neuer Behausungen in die Höhe, behelfsmäßige Bruchbuden aus Ästen, Lehm und Moos, ohne auch nur das geringste Anzeichen von Sorgfalt oder Überlegung zusammengestoppelt, irdene Iglus, aus deren Dachlöchern blauer Rauch aufstieg, das schlampige Werk einer minderen Spezies nannte es Yuvraj und klang verärgert, «oder unserer eigenen, sich zu den Wilden rückentwickelnden Art». Zerfetzte Lumpen hingen vor den Türöffnungen, und griesgrämige Gesichter starrten stumm und abweisend nach draußen. «Ich fürchte, hier ist was Unschönes passiert», drückte Yuvraj sich vorsichtig aus. «Das sind nicht die eigentlichen Dorfbewohner. Ich habe Abdullah Nomans *bhand pather*-Truppe gesehen, und das hier sind nicht seine Schauspieler. Das sind neue Leute. Sie wollen nicht reden, weil sie sich Land genommen haben, das ihnen nicht gehört, und sie fürchten, es wieder zu verlieren.»

Von misstrauischen Blicken verfolgt, gingen sie zum Muskadoon. Niemand kam, um sie zu begrüßen, Fragen zu stellen oder ihnen zu sagen, dass sie verschwinden sollten. Man behandelte sie wie Gespenster, wie Wesen, die es nicht gab, die sich in Luft auflösten, wenn man sie ignorierte. Am Ufer lagen glatte Felsen, und sie setzten sich in mehreren Schritten Abstand nieder und schauten wortlos ins rauschende Wasser. Kaschmira konnte spüren, wie sich die Finger seiner Sehnsucht nach ihr ausstreckten, und erneut merkte sie, dass sie ihn ebenfalls begehrte. Sie malte sich aus, wie sich seine Hände auf ihr anfühlen würden, schloss die Augen und spürte seine Lippen an ihrer Halsbeuge, spürte seine Zunge, doch als sie die Augen wieder aufschlug, saß er immer noch mehrere Schritte entfernt auf seinem Fels und schaute hilflos vor Liebe zu ihr herüber.

In diesem Augenblick hasste er sein Leben, den Beruf, dem er sich verschrieben hatte, hasste, was durch die Arbeit aus ihm geworden war, den banalen Geschäftsmann. Er war ihrer nicht wert, war nichts anderes als ein Verkäufer von Papiermachévasen und hölzernen Hausbooten, ein Tuch- und Teppichhändler. Die Geister der dahingegangenen *bhands* zerrten an ihm, und er wollte sein Kaufmannsdasein aufgeben, wollte den Rest des Lebens in seinem Garten sein, in den nichts Böses eindringen konnte, die *santoor* für sie spielen und ihr die Lieder des Tales vorsingen. Er wollte ihr seine Liebe erklären, tat es aber nicht, da er den Schatten auf ihrem Gesicht sah, die wachsende Furcht, der sie noch keinen Namen geben konnte. Er hätte sie gern getröstet, doch fehlten ihm die Worte. Er wäre gern auf die Knie gesunken und hätte sie um ihr Herz angefleht, tat es aber nicht und verfluchte zuinnerst das Schicksal, das ihm ungemessenes Sehnen einflößte, und segnete es, noch während er es verfluchte. Er sei ein guter Mensch, der wisse, wie man liebt, wollte er ihr sagen, konnte es aber nicht. Stets würde er sie verehren und sein Leben ihren Launen fügen, doch war dies nicht der rechte Zeitpunkt, ihr so etwas zu sagen. Dies war keine Zeit für die Liebe. Kaschmira litt große Qual, und täte sie es auch nicht, konnte er sich nicht sicher sein, dass sie ihn akzeptierte. Sie war eine Frau von weit her.

Ihre Gefühle konnten nicht nach oben dringen, sie waren unter ihrer Angst begraben. Kaschmira wusste nichts von den Schattenplaneten, spürte aber, dass sie dunklen Kräften ausgesetzt war. Dies, dachte sie, war der Fluss ihrer Mutter, an diesem Wasser hatte sie getanzt. In diesem Wäldchen hatte der Mörder ihres Vaters seine Narrenkünste gelernt. Sie war verwirrt und weit fort von daheim. Auf einem Fels, nur wenige Schritte entfernt, saß ein Fremder und sehnte sich groteskerweise nach Liebe.

Yuvraj dachte plötzlich an Sardar Harbans Singh, seinen Vater, der die Ankunft dieser Frau in gewisser Weise vorhergesagt und nach Durchschreiten der Feuer des Todes vielleicht sogar für ihr Eintreffen gesorgt hatte, Harbans, der die alten Bräuche geliebt und gepflegt hatte, in deren Ruinen sein Sohn nun saß, der ein Gärtner ihrer Schönheit gewesen war. Ein Gefühl der Verzweiflung, des Verlustes ließ Yuvraj aufspringen; harte Worte kamen aus seinem Mund. «Ist doch sinnlos, hier herumzusitzen», platzte es aus ihm heraus. «Das Dorf ist erledigt. Orte werden zerstört und sind danach nicht mehr, was sie mal waren. So ist das eben.» Kaschmira erhob sich gleichfalls, und voll ohnmächtiger Wut, die Hände zu Fäusten geballt, würgte sie die Furcht. Aufgebracht starrte sie ihn an, und unter ihrem sengenden Blick sackte er in sich zusammen. «Ich bitte um Vergebung», sagte er. «Ich bin ein unbeholfener Dummkopf und habe Sie mit meinen gedankenlosen Worten gekränkt.» Er musste nichts erklären. Sie sah den Schmerz in seinen Augen, schüttelte den Kopf und vergab ihm. Ihre eigenen Blicke verlangten verzweifelt nach Antworten. Sie mussten jemanden finden, der mit ihnen redete.

Narzissen wuchsen am Fluss, von Bienen umschwärmt. Yuvraj Singh fiel ein Name ein, den sein Vater erwähnt hatte, der Name des gefeierten *vasta waza* von Shirmal, des Meisters der Bankette-mit-maximal-sechzig-Gängen, nach der Hummel benannt, *bombur*, und nach der Narzisse. «Hier in der Nähe hat mal jemand namens Yambarzal gewohnt», sagte er.

«Boonyi hatte also eine Tochter», sagte Hasina Yambarzal und musterte durch den Schlitz ihrer schwarzen *burqa* die junge Frau mit hartem Blick, diese Kaschmira aus Amerika mit der Stimme einer Engländerin. «Ja, stimmt», entschied sie. «In deinem Gesicht sehe ich dieselbe Entschlossenheit einer Frau, die will, was sie will, und der es egal ist, ob dabei die ganze Welt zum Teufel geht.» Bombur Yambarzal, dieser Tage eine klapprige, alte Gestalt, warf laut von seinem Raucherstuhl in der Ecke ein: «Sag ihr, ihr Mistkerl von Großvater war mit seinen Äckern und Obstgärten nicht zufrieden und musste unbedingt noch versuchen, mir mein Einkommen als Koch streitig zu machen. Dabei hatte er nicht mal fünfzehn Prozent von meiner Qualität und hat sich trotzdem mächtig was eingebildet. Von mir aus kann man sich ja *vasta waza* nennen, aber das ändert doch nichts an den Tatsachen. Heute ist das sicher nicht mehr wichtig, obwohl es ihm gelungen ist, vor mir zu sterben, na ja, so bin ich noch da und warte darauf, dass ich an die Reihe komme.»

Wie fast alle Orte im Tal litt auch das Dorf Shirmal unter der zwiefachen Krankheit Angst und Armut, unter dieser Doppelepidemie, von der die alte Lebensart hinweggerafft wurde. Aus der Armut selbst schienen die verfallenden Häuser zu bestehen, die unreparierten Dächer der Armut, die aus den Angeln hängenden Fenster der Armut, die kaputten Türstufen der Armut, die leeren Küchen der Armut, die freudlosen Betten. Verdeutlicht wurde die Angst noch durch die Tatsache, dass alle Frauen – sogar Hasina Yambarzal – nun verschleiert gingen: kaschmirische Frauen, die ihr Leben lang den Schleier verschmäht hatten. Das große, glitzernde Fahrzeug vor dem Haus des *sarpanch* glich einem Eindringling aus einer fremden Welt. Und im Haus gewährte eine alte, verschleierte Frau, der es nicht mehr gelang, auf das Schicksal wütend zu sein, dem Sohn von Sardar Harbans Singh und der Tochter von Boonyi Kaul Noman, was sie an Gastfreundschaft aufzubieten vermochte. Obwohl nichts weiter als ihre Hände und Augen sichtbar waren, ließ sich nicht verbergen, dass sie zu ihrer Zeit eine beeindruckende Frau gewesen war, und etwas von dieser Ausstrahlung haftete ihr noch an. In einer Ecke saß ihr verhutzelter, milchäugiger, über achtzigjähriger Mann, randvoll mit der zähen Bösartigkeit des hohen Alters, und rauchte die *hookah*-Pfeife. «Tut mir Leid, dass ihr uns in dieser Verfassung seht», sagte Hasina Yambarzal und hot ihren Gästen Gläser mit heißem, salzigem Tee an. «Einst waren wir stolz, aber nun hat man uns selbst das genommen.» Der alte Kerl in der Ecke keifte: «Sind sie immer noch da? Warum redest du mit denen? Sag ihnen, sie sollen verschwinden, damit ich in Frieden sterben kann.» Die verschleierte Frau entschuldigte sich nicht für ihren Mann. «Er ist des Lebens müde», erklärte sie ruhig, «und es gehört zur Grausamkeit des Todes, dass er unsere kleinen Kinder nimmt, auch unsere Männer und Frauen in der Blüte ihres Lebens, aber den einen ignoriert, der Tag für Tag sein Kommen erfleht.»

Nach jenen Vorfällen in Shirmal, die zum Tode des Eisernen Mullahs Maulana Bulbul Fakh führten, waren andere Kämpfer gekommen. Sie drangen bei Nacht ins Haus des *sarpanch*, zogen ihn aus dem Bett, beriefen ein Standgericht ein, warfen ihm stellvertretend für sein ganzes Dorf vor, den bewaffneten Truppen geholfen, den Glauben verraten und jener gottlosen Tätigkeit gehuldigt zu haben, die darin bestand, üppige Festmähler vorzubereiten, die der Völlerei, der Verkommenheit und dem Laster Vorschub leisteten. Auf den Knien liegend, wurde Bombur Yambarzal zum Tode im eigenen Haus verurteilt, und seiner Frau wurde gesagt, sollten die Dörfler ihr ungläubiges Verhalten nicht binnen einer Woche ablegen und gottgefälliges Benehmen annehmen, kämen die Militanten zurück, um ihr Urteil zu vollstrecken. In diesem Augenblick, ein Gewehr an der Schläfe, ein Messer an der Kehle, verlor Bombur Yambarzal auf immer die Fähigkeit zu sehen, wurde buchstäblich durch Terror blind. Danach blieb den Frauen nichts anderes übrig, als die *burqa* zu tragen. Neun Monate flehten die verschleierten Frauen von Shirmal die militanten Kommandanten an, doch Bomburs Leben zu verschonen. Schließlich wurde das Urteil in Hausarrest abgewandelt, nur sagte man Bombur, sollte er je wieder das gottlose Bankett-mit-höchstens-sechzig-Gängen oder auch bloß das bescheidenere, doch immer noch böse Bankett-mit-mindestens-sechsunddreißig-Gängen zubereiten, würden sie ihm den Kopf abschneiden, einen Eintopf daraus kochen und das ganze Dorf zwingen, davon zu essen.

«Sag ihr, was sie wissen will», brummte der blinde, in Rauch gehüllte Bombur gehässig. «Mal sehen, ob es sie dann auch noch freut, dass sie hergekommen ist.»

An dem Morgen nach jener Nacht, in der man Maulana Bulbul Fakh und seine Männer im alten Gegroo-Haus in Shirmal niedergemetzelt hatte, fiel Hasina Yambarzal auf, dass Shalimar der Narr nicht zurückgekehrt war und dass jenes Pony noch fehlte, das er sich ausgeliehen hatte. Wenn der Junge entkommen ist, dachte sie, sollten wir lieber damit rechnen, dass er eines Tages wiederkehrt, um es uns heimzuzahlen. Sie dachte an den jugendlichen Narren hoch oben auf dem Seil, an sein außerordentliches Geschick, sich frei von aller Schwerkraft zu bewegen, daran, wie das Seil sich aufzulösen schien und man dem Wahn verfiel, das junge Äffchen laufe direkt durch die Luft. Es fiel schwer, den jungen Mann in der Haut dieses mörderischen Kämpfers zu entdecken, zu dem er herangewachsen war. Vierundzwanzig Stunden später fand das Pony seinen Weg zurück nach Shirmal, hungrig, aber unversehrt. Shalimar der Narr blieb verschwunden, und in jener Nacht hatte Hasina Yambarzal einen Traum, der ihr solche Angst machte, dass sie aufwachte, nach ihren Kleidern griff, sich in warme Decken wickelte und sich weigerte, ihrem Mann zu sagen, wohin sie ging. «Frag nicht», warnte sie ihn, «denn mir fehlen die Worte, dir zu beschreiben, was ich finden werde.» Als sie zur Gujar-Hütte auf dem bewaldeten Berg kam, einst Heim der Prophetin Nazaré-baddoor, dann die letzte Bastion von Boonyi Noman, musste sie feststellen, dass die faulige, fliegenverseuchte Realität der Welt eine entsetzliche Macht barg, die jeden Traum noch weit übertraf. Niemand ist perfekt, dachte sie, doch der Herrscher der Welt ist grausamer als wir alle und lässt uns für unsere Fehler einen zu hohen Preis zahlen.

«Meine Söhne haben sie vom Berg geholt», erzählte sie Boonyis Tochter. «Wir haben sie anständig begraben.»

Sie stand am Grab ihrer Mutter, und etwas fuhr in sie hinein. Wie ein Teppich überzogen Frühlingsblumen das Grab, ein schlichtes Grab auf einem schlichten Friedhof am Ende des Dorfes nahe der Stelle, wo der Wald die verschwundene Moschee des Eisernen Mullahs zurückerobert hatte. Sie kniete am Grab ihrer Mutter und spürte, wie dieses Etwas in sie einfuhr, rasch, entschlossen, als hätte es in der Erde auf sie gewartet, hätte gewusst, dass sie kommt. Dieses Etwas besaß keinen Namen, aber eine Kraft, und es machte sie zu allem fähig. Sie dachte an die vielen Male, die ihre Mutter getötet worden oder gestorben war. Sie kannte inzwischen die ganze Geschichte, eine Geschichte, erzählt von einer alten, in schwarzes Tuch gehüllten Frau, über eine jüngere, in weißes Tuch gehüllte Frau, die in der Erde lag. Ihre Mutter hatte hinter sich gelassen, was sie kannte, und sich auf die Suche nach einer Zukunft gemacht, sie hatte geglaubt, es wäre ein Anfang, dabei war es ein Ende, der erste kleine Tod, dem größere Tode folgten. Dass ihre Zukunft scheiterte, sie ihr Kind abgeben und in Schande heimkehren musste, auch das waren Tode gewesen. Sie sah ihre Mutter im Schneesturm stehen, während die Menschen, unter denen sie aufgewachsen war, taten, als sei sie ein Gespenst. Auch sie hatten sie umgebracht, sie waren sogar zu den entsprechenden Behörden gegangen und hatten sie mit Unterschrift und Siegel getötet. Und unterdessen hatte die Frau, deren Namen sie nicht aussprechen wollte, ihre Mutter mit einer Lüge getötet, hatte sie getötet, obwohl sie noch lebte, und ihr Vater hatte die Lüge mitgetragen, also war auch er ihr Mörder. In der Hütte auf dem Berg folgte dann eine lange Phase des lebenden Todes, während der Tod sie belauerte, seine Zeit abwartete, und dann kam der Tod in Gestalt eines Narren. Der Mann, der ihren Vater getötet hatte, hatte auch ihre Mutter getötet. Der Mann, der ihren Vater getötet hatte, war der Mann ihrer Mutter gewesen. Er hatte auch ihre Mutter umgebracht. Das kalte Gewicht dieses Wissens lag wie Eis auf ihrem Herzen, und das Etwas fuhr in sie ein und machte sie zu allem fähig. Sie weinte nicht um ihre Mutter, damals nicht und auch später nicht, obwohl sie ihre Mutter für tot gehalten hatte, als sie noch lebte, und dann geglaubt hatte, sie lebe, als sie bereits tot war, und nun musste sie sich endgültig damit abfinden, dass ihre Mutter tot war, zum letzten Mal gestorben, so tot, dass niemand sie mehr töten konnte, schlaf, Mutter, dachte sie an ihrem Grab, schlaf und träume nicht, denn wenn Tote träumen, können sie nur vom Tod träumen, und wie sehr sie auch wollten, aus diesem Traum konnten sie nicht erwachen.

Der Tag neigte sich dem Ende zu, und es wäre besser gewesen, zur Stadt zurückzufahren, solange es noch hell war, aber sie musste sich Plätze ansehen, die angesehen zu werden verlangten, die Wiese von Khelmarg, auf der ihre Mutter Shalimar den Narren geliebt hatte, und die Gujar-Hütte im Wald, wo er ihr den Kopf abgeschnitten hatte. Die *burqa* tragende Frau begleitete sie, um ihr den Weg zu zeigen, und der Mann, der in sie verliebt war, kam auch mit, doch eigentlich gab es sie gar nicht, es gab nur die Vergangenheit, die Vergangenheit und das Etwas, das ihr in die Brust gefahren war, das Etwas, das sie zu allem fähig machte, was nötig war, fähig, das zu tun, was getan werden musste. Sie hatte ihre Mutter nicht mehr kennen gelernt, aber sie lernte kennen, wo sie gewesen war, Plätze der Liebe und des Todes. Gelb glühte die Wiese im langschattigen Licht des späten Nachmittags. Sie sah ihre Mutter, wie sie rannte und lachte mit dem Mann, den sie liebte, dem Mann, der sie liebte, sah sie herumtollen und ihn küssen. Wer liebt, der riskiert sein Leben, dachte sie. Sie warf einen Blick auf den Mann, der sie hergefahren hatte, der sie offensichtlich liebte, auch wenn es ihm noch an Mut fehlte, ihr seine Liebe zu gestehen, und unwillkürlich wich sie einen Schritt zurück, fort von ihm. Ihre Mutter war der Liebe entgegengegangen, hatte dem Schicklichen getrotzt, und sie hatte einen hohen Preis dafür gezahlt. Wenn sie klug war, würde ihr das Schicksal ihrer Mutter eine Lehre sein.

Die Hütte im Wald war verfallen, das Dach eingesackt, und ehe Yuvraj sie eintreten ließ, hieb er mit einem Stock an die zugewucherte Tür, um Schlangen zu vertreiben. Einem rostigen Topf auf lang erkaltetem Feuer haftete irgendwie noch Essensgeruch an. Wo hat er es getan, fragte sie die *burqa* tragende Frau, die kein Wort herausbekam, die ihr zum Beispiel den Zustand der verstümmelten, halb aufgefressenen Leiche nicht beschreiben konnte. Stumm hob Hasina Yambarzal die Hand. *Draußen*, sagte sie, *da habe ich sie gefunden.* Das Gras wuchs dichter und dunkler dort, wo Boonyi gelegen hatte. Ihre Tochter stellte sich vor, wie es sich von ihrem Blut nährte. Sie sah das Messer herabstoßen, spürte, wie der Körper schwer auf dem Boden aufschlug, und plötzlich zerrte die Schwerkraft an ihr, ihr eigenes Gewicht zog sie hinab, ihr wurde schwindlig, und für einen Augenblick wurde sie ohnmächtig, brach an eben der Stelle zusammen, an der ihre Mutter gestorben war. Als sie wieder zu sich kam, lag sie in Hasinas Schoß, und Yuvraj lief hilflos auf und ab, fuchtelte mit den Armen, ein wahrer Mann. Das Licht schwand, und die Menschen, mit denen sie zusammen war, stützten sie und brachten sie vom Berg herab. Sie konnte nicht reden. Sie konnte der *burqa* tragenden Frau nicht danken und drehte sich auch nicht noch einmal nach ihr um, als der Wagen sie fortbrachte.

Auf dem Rückweg in die Stadt senkte sich die bedrohliche Nacht herab. Männer mit Gewehren und Taschenlampen bedeuteten ihnen, an einem Kontrollpunkt anzuhalten, Männer in Uniformen und ohne Uniformen, wollene Tücher um den Kopf, am Kinn zusammengeknotet. Es ließ sich unmöglich sagen, ob sie zu den Sicherheitstruppen oder den Militanten gehörten und welche der Gruppen gefährlicher war. Sie mussten anhalten. Hindernisse standen auf der Straße, Metallzäune, Holzblöcke. Man leuchtete ihnen ins Gesicht, und ihr Gefährte redete schnell und bestimmt. Trotz des Schocks regte sich dann aber dieses Etwas in ihr, starrte die Männer da draußen an, und was sie sahen, ließ sie zurückweichen, die Hindernisse aus dem Weg räumen, und dem Toyota Qualis wurde die Weiterfahrt erlaubt. Nichts konnte sie jetzt aufhalten. Sie hatte keinen Grund mehr, noch länger hier zu bleiben, der Nutzen dieses Ortes hatte sich erschöpft. Der Mann, der den Wagen fuhr, wollte ihr etwas sagen. Er wollte sein Mitgefühl ausdrücken oder ihr seine Liebe gestehen, sein Mitleid *und* seine Liebe. Sie war außerstande, auf ihn zu achten. Sie war aus einem Traum von Liebe und Glück aufgewacht, hatte das Lotustraumland der Freude verlassen, und jetzt musste sie nach Hause zurück. Ja, dies war ein Mann, der sie liebte, ein Mann, den sie lieben könnte, falls ihr Liebe im Augenblick möglich wäre, doch die stand außer Frage. Am Grab ihrer Mutter war etwas in sie gefahren und verlangte sein Recht.

Der Qualis passierte Yuvrajs Einfahrt, aber diesmal versagte der Zauber, der realen Welt ließ sich kein Bann auferlegen. Kaschmira ging es nicht gut. Sie hatte Fieber, ein Arzt wurde gerufen. In einem kühlen, mit Fensterläden abgedunkelten Raum blieb sie eine Woche ans Bett gefesselt. Sie schwitzte und zitterte in einem mit Moskitonetzen eingehüllten Himmelbett aus Walnussholz, und wenn sie schlief, sah sie nur grauenvolle Dinge. Yuvraj saß an ihrer Seite und legte kühle Umschläge auf ihre Stirn, bis sie ihn bat, damit aufzuhören. Sobald sie sich besser fühlte, stand sie auf und packte ihre Sachen. «Nein, nicht doch», flehte er, doch sie verhärtete ihr Herz. «Kümmern Sie sich um Ihre Geschäfte», entgegnete sie ihm kühl, «denn ich muss mich um meine kümmern.» Er zuckte leicht zusammen, nickte kurz und ließ sie packen. Als sie fertig war, blieb sie auf ihrem Zimmer, bis es Zeit war zu gehen; sie weigerte sich, auch nur einen Fuß in den Garten zu setzen, damit sein schläfriger Zauber ihre Entschlossenheit nicht ins Wanken brachte. Yuvraj war ganz verletzter Stolz, gab sich förmlich und einsilbig. Wie zweitklassig Männer doch waren, dachte sie. Wie konnten sich Frauen nur an eine Spezies von solch schmollender Minderwertigkeit binden? Er vermochte ihr nicht mal offen zu sagen, was ihm so deutlich ins Gesicht geschrieben stand. Lieber stolzierte er herum und tat eingeschnappt. Männer waren es, die zu jenem Verhalten neigten, das sie unverschämterweise weiblich nannten, während die Frauen die Last der Welt auf ihrem Rücken trugen. Männer waren Feiglinge, und Frauen waren Kämpfer. Sollte er sich doch hinter seinen Teppichen und Töpfen verstecken, wenn er wollte! Sie hatte einen Kampf zu kämpfen, ihr Kriegsgebiet aber lag auf der anderen Seite der Welt.

Am Flughafen endlich fand er Mut und sagte ihr, dass er sie liebe. Sie biss die Zähne zusammen. Was sollte sie mit seinem

Geständnis anfangen, fragte sie ihn, es war zu schwer, nahm zu viel Platz ein, war Gepäck, das sie auf ihrem Flug nicht mitnehmen konnte. Er weigerte sich, klein beizugeben. «Du kannst mir nicht entkommen», sagte er. «Ich werde dich bald holen. Vor mir kannst du dich nicht verstecken.» Das war der falsche Ton. Das Bild eines früheren, ähnlich großspurigen Galans, des amerikanischen Unterwäschemodels, kam ihr in den Sinn. *Mich kriegst du nicht mehr aus dem Kopf,* hatte er gesagt. *Du musst im Bett an mich denken, im Bad. Du kannst mich ebenso gut heiraten. Da führt kein Weg dran vorbei. Sieh den Tatsachen ins Auge.* Doch als sie in Srinagar am Flughafen an der Sperre stand, konnte sie sich an den Namen des Amerikaners nicht erinnern, nur seine Unterwäsche, die war bemerkenswert gewesen. Ihre Selbstbeherrschung gewann die Oberhand. Sie schüttelte den Kopf. Auch diesen Mann würde sie vergessen können. Liebe war bloße Täuschung, eine Schlinge. Fest stand nun mal, dass sich ihr Leben anderswo abspielte, und dorthin wollte sie zurück. «Kümmern Sie sich um Ihren schönen Garten», sagte sie dem Händler in Sachen Kunsthandwerk, strich ihm mit unbestimmter, geistesabwesender Geste über die Wange und flog zehntausend Meilen weit fort von den ungewissen Gefahren seiner nutzlosen Liebe.

***

DREI TAGE NACH ihrer Rückkehr wurde der Hauptverdächtige im Mordfall Maximilian Ophuls in der Nähe des Runyon Canyons bei Los Angeles gefasst. Er hatte im hochgelegenen Terrain des Naturschutzgebiets wie ein Tier gehaust und litt unter den Folgen von Hunger, Durst und einem längeren Aufenthalt im Freien. *Sachdienliche Hinweise haben zu seiner Festnahme geführt, ein erbärmlicher Dreckskerl, ziemlich kleinlaut, schien froh, aufgeben zu können*, sagte Lieutenant Tony Geneva ins Dickicht der vorgestreckten Mikrophone. Der Verdächtige war von den Bergen herabgekommen und hatte sich in bewohnte Gegenden vorgewagt, um am Eingang des Canyons in einer Abfalltonne des Hundeparks nach Essbarem zu suchen. Als er geschnappt wurde, gab er eine ziemlich jämmerliche Figur ab, hielt doch gerade einen roten McDonald's-Karton in der Hand und fischte nach ein paar kalten Pommes. Als Olga Simeonowna davon hörte, schrieb sie sich die Verhaftung zugute. «Groß ist die Macht der Kartoffel», flötete sie jedem vor, der ihr zuhören wollte. «Mann! Sieht aus, als hätte ich echt noch was drauf.» Der Mann in Untersuchungshaft wurde eindeutig als Noman Sher Noman identifiziert, berüchtigtes Mitglied mehrerer terroristischer Vereinigungen, auch unter dem Namen «Shalimar der Narr» bekannt. Kaum hatte sie die Nachricht vernommen, spürte Kaschmira Ophuls, wie sie gegen ein seltsames Gefühl der Enttäuschung ankämpfte. Etwas, das in sie gefahren war, hatte ihn selbst aufspüren wollen. Sie konnte seine Stimme, seine beunruhigende Stimme, nicht mehr in ihrem

Kopf hören. Vielleicht war sie zu schwach. Doch Kaschmir steckte ihr noch im Blut, und die Verhaftung von Shalimar dem Narren in Amerika, sein Verschwinden im fremdartig klingenden Tonfall der amerikanischen Sprache, weckte in ihr eine Unruhe, der sie anfangs den Kulturschock nicht anmerkte. Für sie war es keine amerikanische Geschichte mehr, es war eine Geschichte Kaschmirs. Es war ihre Geschichte.

Die Nachricht von seiner Verhaftung schaffte es auf die Titelseite und lieferte der protestgeschädigten Polizei von Los Angeles in einer Zeit äußerster Unbeliebtheit eine dringend benötigte positive Meldung. Trotz anfänglicher Weigerung hatte Polizeichef Daryl Gates sein Amt schließlich niedergelegt. Lieutenant Michael Moulin, dessen verängstigte und zahlenmäßig unterlegene Beamte zu Beginn der Unruhen von der Ecke Florence und Normandie abgezogen worden waren, wodurch sie das Viertel den Randalierern überlassen hatten, war ebenfalls nicht mehr bei der Polizei. Man schätzte den in der Stadt angerichteten Schaden auf über eine Milliarde Dollar. Irreparablen Schaden aber hatten die Karrieren von Bürgermeister Bradley und Staatsanwalt Reiner genommen. Unter solchen Umständen wurden Leute wie Lieutenant Geneva und Sergeant Hilliker durch ihre solide Polizeiarbeit zu Medienhelden, gute Cops im Gegensatz zum notorischen Rodney-King-Quartett: Sergeant Koon und die Beamten Powell, Briseno und Wind. Rodney King trat selbst im Fernsehen auf, um für Versöhnung zu werben. «Können wir uns nicht wieder vertragen?», bat er. Während einer der letzten Late-Night-Shows im Mai wurden Lieutenant Geneva und Sergeant Hilliker von Johnny Carson interviewt, und ein Gast wollte wissen, ob sie glaubten, dass die Polizei von Los Angeles je wieder das Vertrauen der Öffentlichkeit gewinnen könne. «Natürlich kann sie das», sagte Tony Geneva, und Elvis Hilliker hieb mit der rechten Faust in die linke Handfläche, als er hinzufügte: «Heute Abend steckt jedenfalls ein übler Bursche im Knast, der Grund genug dafür wäre.»

Eine Zeit lang wurden auf dem Melrose Boulevard und am Venice Beach T-Shirts mit dem Konterfei von Elvis und Tony verkauft. Eine Fernsehanstalt kündigte an, einen Film über die Jagd auf den Mörder drehen zu wollen, in dem Joe Mantegna und Dennis Franz die Rollen von Tony und Elvis übernehmen würden. Mit erstaunlichem Tempo verkam Shalimar der Narr zu einem Nebenspieler in der Geschichte der Polizei von Los Angeles, und Kaschmira Ophuls, die sich jetzt nur noch Kaschmira nannte und dafür sorgte, dass alle ihre Bekannten sie mit diesem Namen ansprachen, Kaschmira, deren Mutter und deren Vater dieser Mann skrupellos ermordet hatte, wurde immer wütender. Sie hatte in Shirmal am Grab ihrer Mutter gekniet, und etwas war in sie gefahren, etwas, auf das es ankam, doch jetzt versickerte die Bedeutung der großen Ereignisse in ihrem Leben einfach, man redete bloß noch von Korruption bei der Polizei, von faulen Äpfeln und guten, ehrlichen Beamten wie Hilliker und Geneva. Die Welt blieb nicht stehen, sie drehte sich grausam weiter. Max war nicht mehr wichtig, auch nicht Boonyi Kaul. Tony und Elvis waren die Helden der Stunde, und Shalimar der Narr gehörte ihnen, war ihr Schurke, war ihr Happy End, könnte man sagen, ihr letzter großer Fall, jener, der ihrem Leben Bedeutung verlieh, der Kaschmiras Leben Bedeutung raubte und sie ihnen gab. Allein in ihrer Wohnung, trommelte Kaschmira mit den Fäusten an die Wand. Es war, wie war es, es war einfach obszön. Ich schreibe ihm, dachte sie. Er soll wissen, dass ich hier draußen auf ihn warte. Er soll wissen, dass er mir gehört.

Ich werde dir von meinem Vater erzählen, schrieb sie. Du sollst mehr über den Mann erfahren, den du getötet hast, mit dem du eine so vertraute Bindung eingegangen bist, dass du zu seinem Todesbringer wurdest. Er hatte nicht mehr lang zu leben, aber du konntest nicht warten, hattest es eilig, sein Blut zu sehen. Es war ein großartiges Leben, das du genommen hast, und du sollst erfahren, wie großartig es war. Ich werde dich lehren, was er mich über das Haus der Macht gelehrt hat und wie er war, als ich noch ein kleines Mädchen war, wie er meinen Nacken mit seinen Lippen liebkost und Vogellaute gemacht hat, und ich werde dir erzählen, wie närrisch er sich für die Echsenmenschen begeisterte, die, wie er meinte, einst unterhalb von L. A. lebten. Ich werde dich auf einen Flug über Frankreich mitnehmen, hinein in die Résistance, das wird dich interessieren, glaube ich. Sicher denkst du, du hättest deine Gewalttaten im Namen irgendeiner Befreiung verübt, daher wird es dich freuen zu erfahren, dass er ebenfalls ein Kämpfer war. Ich will, dass du die Lieder kennst, die er sang – *je te plumerai le cou!* –, dass du weißt, was er am liebsten aß, Köstlichkeiten aus elsässischen Jugendtagen, mit Riesling abgelöschtes Sauerkraut, die Lammschulter in Honigsoße, und ich will, dass du weißt, wie er das Leben seiner Tochter gerettet hat, und dass seine Tochter ihn liebte. Ich werde dir schreiben und schreiben und schreiben, und meine Briefe werden dein Gewissen sein, sie werden dich quälen und dein Leben zur Hölle machen, bis dir dieses Leben, sollte es denn mit rechten Dingen zugehen, genommen wird. Selbst wenn du sie nicht liest, selbst wenn sie dir nie ausgehändigt werden, selbst wenn du die Umschläge in Fetzen reißt, sind sie doch Speere, die dein Herz durchbohren. Meine Briefe sind Flüche, die deine Seele verkümmern lassen. Meine Briefe sind Drohungen, die dir Angst einjagen, und ich werde nicht aufhören, sie zu schreiben, bis du tot bist, und vielleicht werde ich sie nach deinem Tod noch an deinen brennenden Geist schreiben, damit sie dich stärker quälen als das Inferno. Du wirst Kaschmir nie wiedersehen, aber Kaschmira ist hier, und nun wirst du in mir hausen, schreibend werde ich eine Welt um dich errichten, und sie wird ein Gefängnis, schlimmer als dein jetziges Gefängnis sein, eine Zelle, die dich enger einschließt als du dich selbst. Die Not, die ich dir schicke, wird dir die Nöte deiner Gefangenschaft wie Freuden erscheinen lassen. Meine Briefe sind vergiftete Pfeile. Kennst du das Lied von Habba Khatoon, in dem sie besingt, wie sie durchbohrt wird? *Ach, Schütze, mein Busen bietet sich den Pfeilen dar, die du auf mich schleuderst,* singt sie. *Deine Pfeile durchbohren mich, warum ärgerst du dich über mich?* Nun bist du mein Ziel, und ich bin der Schütze, doch meine Pfeile sind nicht in Liebe, sondern in Hass getaucht. Meine Briefe sind Hasspfeile, und sie werden dich niederstrecken.

Ich bin deine dunkelhäutige Scheherazade, schrieb sie. Ich werde dir schreiben, werde keinen Tag und keine Nacht auslassen, nicht, um mein Leben zu retten, sondern um dir deines zu nehmen, um die Giftschlange meiner Worte um dich zu winden, bis ihre Fänge sich in deinen Hals graben. Vielleicht bin ich auch Prinz Shahryar und du meine hilflose, jungfräuliche Braut. Ich werde dir schreiben, und meine Stimme wird dich bis in deine Träume verfolgen. Jeden Abend erzähle ich dir eine andere Geschichte von deinem Tod. Kannst du mich hören? Höre meine Stimme. Jeden Tag schreibe ich dir. Jede Nacht – wie viele Nächte es auch braucht – flüstere ich dir ins Ohr, bis die Geschichte zu Ende ist. Du kannst nicht mehr in meinen Kopf. Stattdessen bin ich in deinem.

Anderthalb Jahre wartete Shalimar der Narr in Los Angeles' Landeszentralgefängnis für Männer in der Bauchet Street auf seinen Prozessbeginn. Er wurde von den übrigen Gefangenen getrennt und in der Sektion 7000 untergebracht, die allein öffentlich bekannten Insassen vorbehalten war. Er trug Fußfesseln, nahm seine Mahlzeiten in der Zelle ein und erhielt wöchentlich drei Stunden körperliche Ertüchtigung zugeteilt. In den ersten Wochen seiner Haftzeit war er über die Maßen verstört, schrie nachts oft laut auf und beklagte sich über einen weiblichen Dämon, der in seinem Kopf spuke und heiße Speere in sein Hirn stoße. Man stellte ihn unter Selbstmordüberwachung und verabreichte ihm hohe Dosen des Beruhigungsmittels Xanax. Er wurde gefragt, ob er Besuche von einem islamischen Geistlichen zu empfangen wünsche, was er zustimmend beantwortete. Man holte einen jungen Imam aus der USC-Moschee in der Figueroa Street, der nach seinem ersten Besuch berichtete, dass der Gefangene sein Vergehen ernstlich bereue und zudem behaupte, er habe aufgrund seiner schlechten Kenntnisse der englischen Sprache gewisse Aussagen zum Thema Kaschmir falsch verstanden, die Maximilian Ophuls in einer Fernsehshow von sich gegeben habe, sodass er sich irrtümlich getrieben sah, einen Mann zu ermorden, den er fälschlich für einen Feind der Muslime gehalten habe. Der Mord sei also Resultat eines bedauerlichen sprachlichen Unvermögens und der Täter folglich von Reue erfüllt. Beim zweiten Besuch des Imams jedoch befand sich der Gefangene trotz Xanax in höchst aufgeregter Verfassung und schien bisweilen eine abwesende, offenbar weibliche Person anzusprechen, und dies in einem zwar nicht perfekten, doch immerhin so guten Englisch, dass seine frühere Aussage zu bezweifeln war. Als der junge Imam den Gefangenen darauf hinwies, stieß er Drohungen aus und musste von Tätlichkeiten abgehalten werden. Danach verweigerte der Imam einen weiteren Besuch, und der Gefangene lehnte es ab, einen anderen Priester zu sehen, obwohl Francisco Mohammed, ein qualifiziertes Mitglied der Los Angeles' Latino Muslim Association, der gelegentlich ins Zentralgefängnis kam, um anderen Insassen beratend beizustehen, angedeutet hatte, dass er, falls gewünscht, zur Verfügung stünde.

Als der Fall Shalimar der Narr vor die Anklagejury von Los Angeles gebracht wurde, argumentierte Staatsanwalt Gil Garcetti, der nach den Unruhen in der Stadt an die Stelle von Ira Reiner gerückt war, die Behauptungen des Angeklagten vor dem Imam aus der Figueroa Street würden nur bestätigen, dass es sich bei ihm um ein verschlagenes Subjekt, um einen professionellen Killer mit vielen Tarnnamen und falschen Identitäten handle, dessen

Beteuerungen von Einkehr und Reue nicht für bare Münze genommen werden dürften. Folglich wurde Shalimar der Narr von der Jury des Mordes an Botschafter Maximilian Ophuls angeklagt und bis zur Hauptverhandlung wieder in die Bauchet Street gebracht. Die Anklagejury war der Auffassung, dass ihn die besonderen Umstände dieses Falls zu einem Kandidaten für die Todesstrafe machten. Sollte er schuldig gesprochen werden, würde er daher wohl eine tödliche Injektion erhalten, falls er sich nicht für die Gaskammer entschied, die, so vom Betroffenen gewünscht, als Alternative angeboten wurde.

Shalimar der Narr hatte einen gesetzlichen Verteidiger anfangs abgelehnt, fand sich dann aber doch mit einem vom Gericht ernannten Verteidigungsteam ab, das von Anwalt William T. Tillerman geführt wurde, dem allgemein eine Vorliebe für hoffnungslose Fälle nachgesagt wurde, ein glänzender Akteur im Gerichtssaal, besonnen und gewichtig, ähnlich wie Charles Laughton in *Zeugin der Anklage*, ein Mann, der zum ersten Mal vor mehreren Jahren als Jung-Anwalt in jenem Team auf sich aufmerksam machte, das einen gewissen, von der Boulevardpresse nur «Nachtstalker» genannten Richard Ramirez verteidigte. Die Gerüchte wollten nicht verstummen, die Tillerman für jenen «Drahtzieher im Hintergrund» hielten, der sich die Verteidigungsstrategie für den Fall der berüchtigten Gebrüder Menendez ausgedacht hatte, obwohl er selbst damals offiziell gar nicht als Anwalt in Erscheinung getreten war. (Erik und Lyle Menendez hatten wie Shalimar der Narr im Zellenblock 7000 eingesessen, in dem später, doch noch zu Zeiten der Haft von Shalimar dem Narren, auch der ehemalige Footballstar Orenthal James Simpson einige Zeit verbringen sollte.) Als Briefe, adressiert an Shalimar den Narren, geschrieben von Max Ophuls' verwaister Tochter, in großer Anzahl in der Bauchet Street Nummer 441 eintrafen, war es Tillerman, der den Bezug zwischen diesen Briefen und der allnächtlichen Belästigung seines Mandanten durch einen so genannten weiblichen Dämon erkannte und jene Strategie entwarf, die später weithin als «Hexer-Verteidigung» bekannt werden sollte.

Zu Beginn der Brieflawine wurde Shalimar der Narr zuerst von Gefängnisbeamten und später von seinem Anwalt gefragt, ob er die Schreiben sehen wolle, wurde vor ihrem außergewöhnlich wütenden und feindseligen Ton gewarnt und von William Tillerman nachdrücklich angewiesen, auf keinen Fall zu antworten, wie sehr ihm auch danach sei. Shalimar der Narr bestand darauf, dass man ihm die Umschläge aushändigte. «Sie kommen von meiner Stieftochter», erklärte er Tillerman, dem auffiel, dass das Englisch seines Mandanten zwar einen deutlichen Akzent aufwies, ansonsten aber akzeptabel war, «und es ist meine Pflicht zu lesen, was sie mir zu sagen wünscht. Eine Antwort ist allerdings nicht nötig. Es gibt keine Antwort, die sie lesen möchte.» Das System arbeitete langsam, und die Briefe waren gewöhnlich zwei, drei Wochen alt, ehe er sie erhielt, aber das machte nichts, denn in dem Augenblick, in dem Shalimar der Narr den ersten Brief las, erkannte er in ihrer Verfasserin den weiblichen *bhoot*, der ihn in seinen grässlichen Albträumen plagte. Er begriff gleich, was Boonyis Kind ihm mitteilte, dass sie sich nämlich zu seiner Nemesis erklärte und, wie auch immer das Urteil des kalifornischen Gerichtes ausfiele, seine wahre Richterin sei; sie, und nicht zwölf Geschworene auf der Geschworenenbank, würde seine einzige Jury sein; und sie, nicht irgendein Scharfrichter im Gefängnis, würde irgendwie das Urteil vollstrecken, das man über ihn fällte. Das Wann, Wie oder Wo zu kennen war nicht weiter wichtig. Er wappnete sich gegen ihre nächtlichen Angriffe, erduldete ihr Geschrei, das trotz Beruhigungsmitteln zu ihm durchdrang, und las sorgfältig die täglichen Anklageschriften, las sie immer wieder, lernte sie auswendig, gab, was ihnen gebührte. Er nahm die Herausforderung an.

Nach dem Bombenanschlag auf das World Trade Center in New York – den man acht Jahre später den ersten Anschlag nennen sollte – saß er seinem Anwalt in einem miefigen Schutzraum gegenüber und äußerte Bedenken bezüglich seiner Sicherheit. Selbst in einem Hochsicherheitstrakt mit Einzelzellen konnte es gefährlich werden für einen Muslim, der vom Staat als professioneller Terrorist angeklagt wurde. Shalimar der Narr warf sich für sein Treffen mit Tillerman in Schale, jedenfalls soweit dies im Gefängnis möglich war, trug seine *bonneroos*, die blauen Gefängnisjeans, und die entsprechende Jeansjacke. An der Wand hing ein Schild mit der Aufschrift: Nur Hände halten erlaubt, auf einem anderen: 1 Kuss, 1 Umarmung am Anfang; 1 Kuss, 1 Umarmung am Ende. Diese Hinweise galten nicht für ihn. Er mied Tillermans Blick und sprach mit leiser Stimme in stockendem, doch verständlichem Englisch. Immer wieder starben Männer im Zentralgefängnis. Der Sheriff machte Haushaltskürzungen verantwortlich, aber was hieß das schon, dadurch fühlte sich auch niemand sicherer. Einem verurteilten Mörder gelang es irgendwie, nachts über die Flure zu laufen und einen Insassen umzubringen, der bei seinem Prozess gegen ihn ausgesagt hatte, dabei lagen ihre Zellen in verschiedenen Stockwerken. Die übrigen Gefangenen, sechstausend an der Zahl, hatten den Anweisungen der Gang gehorcht, sich in ihren Zellen zur Wand umgedreht und nichts gesehen. Solche Neuigkeiten drangen selbst im Zellenblock 7000 bis zu Shalimar dem Narren vor. Ein koreanisches Bandenmitglied erlitt dreißig Stichwunden, wurde dann in einen Wäschewagen gestopft und erst sechzehn Stunden später gefunden, als die Wäsche bereits zu stinken begann. Ein Mann, der eine Frau verprügelt hatte, wurde mit Füßen zu Tode getreten. Zweihundert Männer hatten bei einem Aufstand mitgemacht, der durch einen Streit um ein Handy ausgelöst wurde. In dem Durcheinander erlitt ein Insasse ein Dutzend Messerstiche. Und was, wenn ein Wachtposten nach dem Attentat in Manhattan eines Nachts die Tür zum Block 7000 offen ließ, damit irgendein Godzilla mit Namen Zuckerpüppchen Honigmaul, Goldlöckchen Ali, Big Boss Oberelch, Virginia Slim oder Cisco Kid, irgendein OVG – ein Old Valley Gangster – amerikanische Rache üben konnte? Tillerman zuckte die Achseln. «Okay, ich geb's weiter.» Dann beugte er sich über den Tisch und wechselte das Thema. «Reden wir über das Mädchen.» Erst zögerte Shalimar der Narr, doch allmählich gab er dem guten Zureden seines Anwalts nach und begann zu erzählen.

Der Fall «Volk gegen Noman Sher Noman» kam sechs Monate später vor dem Landesgericht von Los Angeles im San Fernando Valley Government Center in Van Nuys mit Stanley Weissberg zur Verhandlung, jenem Richter also, der auch im Simi-Valley-Prozess gegen Rodney King den Vorsitz geführt hatte, als sich vier Polizeibeamte verantworten mussten, deren Freispruch die Unruhen auslösen sollte. Er war ein sanftmütiger, professoraler Mann Mitte fünfzig, den die Erfahrung von Simi Valley nicht sonderlich erschüttert zu haben schien. Wegen der angespannten Atmosphäre nach dem Vorfall in Lower Manhattan galten für das Gericht beispiellose Sicherheitsbedingungen. In einer Polizeiaktion, die an die Autokolonne des Präsidenten erinnerte, wurde Shalimar der Narr jeden Tag in Handschellen und Ketten von einem weißen Panzerwagen gebracht und wieder abgeholt. Straßensperren, Zweiradeskorte, Scharfschützen auf den Dächern, eine Kolonne von elf Fahrzeugen. «Wir wollen hier schließlich keine Situation wie mit Jack Ruby», zitierte die Presse Willie Williams, den neuen Polizeichef der Stadt, und bezog sich dabei auf den Mörder des Kennedy-Attentäters Harvey Lee Oswald. Womit ließe sich, fragte ein Journalist, der Aufwand vergleichen? Ungerührt antwortete Williams: «Bei Arafat gehen wir auch so vor.»

Das Gericht bestellte fünfhundert Leute zum Jurydienst. Um einen fairen Prozess zu gewährleisten, bat man alle fünfhundert Kandidaten, einen hundertseitigen Fragebogen auszufüllen, und auf der Grundlage dieser Fragebögen und der üblichen Befragung durch das Gericht wurden zwölf Geschworene und sechs Vertreter benannt. Vier Männer und acht Frauen würden über den Fall Shalimar der Narr zu Gericht sitzen. Das Durchschnittsalter betrug neununddreißig Jahre. Tillerman hatte eine junge Jury mit weiblicher Mehrheit favorisiert. Er hielt sich für einen Kenner der menschlichen Natur, war aber fraglos ein Stammtischphilosoph der durchschnittlichen, desillusionierten Sorte. Seiner Ansicht nach besaßen junge, sich selbst gewöhnlich für unsterblich haltende Leute weniger Respekt vor dem menschlichen Leben, weshalb sie sich Mördern gegenüber nicht allzu rachsüchtig zeigten. Außerdem – dies war der Grund, weshalb er ein weibliches Übergewicht in der Jury haben wollte – handelte es sich bei Shalimar dem Narren um einen höchst attraktiven Mann, der eine tragische Geschichte von Herzschmerz und Verrat zu erzählen hatte. Zwar gehörte das Verbrechen aus Leidenschaft in Kalifornien in keine eigene Rechtskategorie, doch konnten solch mildernde Umstände nur der Verteidigung dienen.

Janet Mientkiewicz und Larry Tanizaki, die beiden etwa dreißig Jahre alten Vertreter der Anklage, wirkten neben dem viel älteren, korpulenten, weltgewandten Tillerman wie unschuldige Milchgesichter, doch waren sie erprobte Anwälte und fest entschlossen, ihren Mann nicht entkommen zu lassen. Tanizaki hatte privat Zweifel an der Todesstrafe geäußert, da er wusste, dass die Juroren sie meist nur ungern verhängten, doch Mientkiewicz stärkte ihm den Rücken. «Wenn man für so etwas nicht gehängt werden kann, kann man für nichts gehängt werden», sagte sie eines Tages bei den Vorverhandlungen auf der Treppe zum Gericht. Tanizaki und Mientkiewicz' größte Sorge galt der Befürchtung, dass die Verteidigung das Verbrechen einfach abstreiten könnte. Obwohl der Mord an Maximilian Ophuls an einem strahlend sonnigen Tag in Los Angeles verübt worden war, gab es merkwürdigerweise keinen einzigen Augenzeugen. Es war, als hätte die ganze Straße dem Geschehen den Rücken zugekehrt, ganz so wie die Insassen des Zentralgefängnisses in der Nacht des Rachemordes. Die Staatsan-

waltschaft hatte das Messer mit den Fingerabdrücken, die blutge-
fleckten Kleider, sie kannte Motiv, Gelegenheit und die Aussagen
von Mr. Khadaffy Andang, der uneingeschränkt mit dem Staat
kooperierte, einen Tatzeugen aber hatte sie nicht. Während der
Vorverhandlung jedoch gab William Tillerman bekannt, dass sein
Klient keineswegs die Verantwortung für den Tod von Botschafter Ophuls bestreite, fügte allerdings hinzu, sollte die Anklage
auf Mord ersten Grades nicht fallen gelassen werden, würde ein
Antrag auf «nicht schuldig» gestellt. «Mein Klient ist ein überaus verstörter Mann», behauptete er. Woran er denn leide, wollte
Richter Weissberg wissen. «An den Folgen», erwiderte Tillerman
ernst, «von Hexerei.»

Eine Frau, meine Mutter, schrieb Kaschmira, starb für das Verbrechen, dich verlassen zu haben. Ein Mann, mein Vater, starb
dafür, dass er sie aufnahm. Dein Egoismus, dein erstaunlicher
Egoismus, der die Ehre höher wertete als ihr Leben, hat dich
zwei Menschen umbringen lassen. Du hast deine Ehre in ihrem
Blut gebadet, aber reingewaschen hast du sie damit nicht, denn
jetzt ist sie blutig. Du wolltest sie auslöschen, aber du hast versagt, niemanden hast du umgebracht. Hier bin ich. Ich bin meine
Mutter und mein Vater, bin Maximilian Ophuls und Boonyi Kaul.
Nichts hast du erreicht. Sie sind tot, aber nicht vergessen. In mir
leben sie weiter.

Spürst du, dass ich in dir bin, Mister Attentäter, Mister Komiker? Nachts, wenn du die Augen schließt, kannst du mich dann
sehen? Wer hindert dich daran einzuschlafen, und wer, wenn du
schläfst, stößt dich so lange an, bis du wieder wach wirst? Schreist
du, Mister Killer? Schreist du, Mister Narr? Nenn mich nicht deine Stieftochter, ich bin nicht deine Stieftochter, ich bin die Tochter meines Vaters, Kind meiner Mutter, und wenn ich in dir bin,
sind sie es auch. Meine Mutter, die du niedergemetzelt hast, quält

dich nun, ebenso mein abgeschlachteter Vater. Ich bin Maximilian Ophuls und Boonyi Kaul, und du bist nichts, weniger als nichts. Ich zermalme dich unter dem Absatz meines Schuhs.

✳

Anfang 1993 versuchte sie kurzzeitig, wieder zu arbeiten, da ihre Freunde sie gedrängt hatten, ihr Leben wieder aufzunehmen, und eine Weile fuhr sie die US-101 auf und ab, nach Süden bis San Diego, wo die Route im Presidio Park begann, und nach Norden bis hinauf zur Sonoma Mission, vorbei an den hakenförmigen Masten mit ihren Betonglocken, die jenen alten Trail markierten, den Fray Junipero Serra um 1770 genommen hatte, und suchte nach Geschichten, die sie in ihrem Dokumentarfilm *Camino Real* erzählen wollte. Doch sie war mit dem Herzen nicht bei der Sache, und nach einigen Wochen gab sie das Projekt auf. Das Unterwäschemodell meldete sich und lud sie zum Essen ein. Unter dem Druck ihrer Freundinnen willigte sie ein, doch obwohl er Blumen mitbrachte, einen Blazer trug, sie ins *Spago* ausführte, ihr sagte, dass sie hübscher sei als jede Schauspielerin, und sich Mühe gab, nicht nur über sich zu reden, hielt sie es nicht bis zum Ende aus, entschuldigte sich – «Ich eigne mich gegenwärtig nicht für menschliche Gesellschaft» – und floh.

Sie beschloss, dass es an der Zeit war, aus ihrer Wohnung auszuziehen, und so kehrte sie in das große Haus am Mullholland Drive zurück, um von nun an mit dem Geist ihres Vaters zusammenzuleben. Olga Simeonowna, deren Töchter heimgekommen waren und eine der vielen leeren Wohnungen des Mietshauses bezogen, verabschiedete sich laut und übermäßig tränenreich und versprach, zu ihr «in den Schoß des Luxus» zu kommen, sooft sie konnte. Im Schoß des Luxus führte Kaschmira ein ziemlich zurückgezogenes Leben. Das Personal war mit seinen Aufgaben vertraut, weshalb der Haushalt sich gleichsam von selbst führte, dreimal am Tag stand Essen auf dem Tisch, zweimal die Woche wurde ihr Bett frisch bezogen. Die schwer bewaffneten Sicherheitskräfte von Jerome, der Firma für Risikoberatung, gingen wortlos ihren Aufgaben nach und erstatteten täglich dem zuständigen geschäftsführenden Vizepräsidenten Bericht. Die Tagesschicht konzentrierte ihr Augenmerk auf Vorder- und Hintereingang in der Umfassungsmauer, während die zahlreicher besetzte Nachtschicht das Gelände mit Hilfe von Nachtsichtbrillen patrouillierte, wobei die Strahlen ihrer Taschenlampen das Haus wie einen Kinopalast am Abend einer Premierenfeier aussehen ließen. Es war nicht nötig, dass Kaschmira ihnen Befehle gab. Sie dagegen erteilten ihrerseits Anweisungen, etwa derart, wie Kaschmira den Panikraum zu nutzen habe – eigentlich der ziemlich lang gezogene, meist leere und begehbare, für die Garderobe eines Filmstars gedachte Wandschrank, in dem sie ihre wenigen, unpassend glamourösen Kleider aufbewahrte – oder wie wichtig es sei, dass sie sich, sollte das Sicherheitssystem versagen, gar nicht erst mit dem Eindringling anlegte. «Spielen Sie nicht die Heldin, Ma'am», sagte einer der Jerome-Leute. «Schließen Sie sich hier in das Ankleidezimmer ein und überlassen Sie uns alles Nötige.» Kürzlich hatte es bei Jerome einen Skandal gegeben. Eine ihrer Spitzenkräfte hatte zwei enorm reiche Frauen verführt, Klientinnen der Firma, eine in London, die andere in New York. Beiden hatte er denselben Kosenamen gegeben, «Rabbit», frei nach «Jessica», wie Rabbits sexy Frau in dem Film *Falsches Spiel mit Roger Rabbit*, um das Risiko, sich auf den Laken zu verplappern, möglichst zu minimieren. Letzten Endes war er dann aber doch erwischt worden, und die Aufdeckung seiner Affären mit den beiden Jessica Rabbits zog ein Gerichtsverfahren nach sich, das für den Ruf der Firma ebenso schädlich war wie für ihren Gewinn, weshalb drakonische neue Regeln erlassen wurden, die den Spezialisten verboten, mit ihren «Auftraggebern» über etwas anderes zu reden als über im strikten Sinne berufliche Angelegenheiten, und auch dann nur in Anwesenheit eines Dritten. Kaschmira hatte damit keine Probleme. Distanz war, was sie suchte. Als sie einmal einen Jerome-Mitarbeiter um eine Nachtsichtbrille bat, «einfach nur so», gab er sie ihr heimlich, schuldbewusst, wie ein Junge, der sich verstohlen mit einem Mädchen verabredet. «Das muss aber unter uns bleiben, Ma'am», sagte er. «Ich darf nämlich nicht mal in Ihre ungefähre Richtung schauen, falls ich nicht gerade einen hinter Ihnen stehenden Ganoven erschießen muss.»

Manchmal wachte sie mitten in der Nacht auf und hörte eine Männerstimme das Lied einer Frau singen. Sie brauchte stets einige Augenblicke, um zu begreifen, dass sie einer Erinnerung lauschte. In einem verzauberten Garten sang ein Mann, der sie liebte, ein melodiöses *lol*. Habba Kahtoon hatte ursprünglich Zoon geheißen, was «Mond» bedeutet. Sie lebte vor vierhundert Jahren in einem Dorf namens Chandrahar mitten zwischen Safranfeldern und Chinarbäumen. Als Yusuf Shah Chak, der spätere Herrscher von Kaschmir, eines Tages an ihrem Dorf vorbeikam, hörte er Zoon singen und verliebte sich in sie. Als sie heirateten, änderte sie ihren Namen. 1579 erhielt Yusuf Shah dann vom Herrscher Akbar den Befehl, nach Delhi zu kommen, und als Yusuf dort eintraf, wurde er verhaftet und eingesperrt. *Komm und tritt durch meine Tür, mein Juwel,* sang Habba Khatoon, allein in Kaschmir, *warum meidest du den Pfad zu meinem Haus? Meine Jugend ist erblüht,* sang sie, *dies ist dein Garten, komm und erfreue dich daran. Dass du gegangen bist, war ein schwerer Schlag für mich, o du Grausamer, ich hege meinen Schmerz.* Yuvraj, dachte sie. Verzeih mir, ich selbst stecke auch in einer Art Gefängnis.

Sie schwamm im Pool, nutzte ihren privaten Fitnessraum, trainierte daheim mit einer neuen Trainerin, obwohl sie wusste, dass sie dadurch ihre Freundin verletzte, die Eierspenderin, die jahrelang mit ihr trainiert hatte, und dreimal die Woche spielte sie mit einem Tennisprofi Tennis auf eigenem Platz. Wenn sie das Gelände verließ, dann nur, um zu kämpfen oder zu schießen. Mit den Monaten wurde ihr Körper fester und härter, die straffe

Haut legte Zeugnis von ihrem erbarmungslosen Regime ab, der mönchischen Askese einer reichen Frau sowie der wachsenden Stärke ihres selbstverleugnenden Willens. Nach einem mit Bogenschießen, Boxen oder diversen Kampfsportarten verbrachten Tag oder einer Fahrt zu Saltzmans Schießstand kam sie heim und zog sich wortlos in ihren Flügel zurück, wo sie Briefe schrieb, ihren Gedanken nachhing und abgeschieden lebte, während draußen die Kampfhunde an der Leine möglichem Ärger nachspürten, während die Suchscheinwerfer suchten und Männer mit Nachtsichtbrillen über das Gelände streiften. Sie wohnte nicht mehr in Amerika. Sie lebte in einem Kampfgebiet.

Der Bote, der die Vorladung brachte, mit der sie aufgefordert wurde, bei der Verhandlung gegen den Mörder ihres Vaters als Zeugin der Anklage zu erscheinen, wurde am Tor zum Anwesen abgefangen und von Frank zu ihrem Quartier begleitet, demselben Jerome-Mitarbeiter, der ihr das Nachtglas geliehen hatte. «Das hier ist für Sie, Ma'am.» Da musste ihr jemand einen Streich spielen, dachte sie, aber das stimmte nicht, die Briefe fielen auf ihre Urheberin zurück, sie waren wichtige Beweisstücke in William Tillermans Verteidigung, und er wollte sie dazu befragen. Tillerman hatte einen Therapeuten namens E. Prentiss Shaw aufgespürt, der eine diagnostische Methode entwickelt hatte, die bei Opfern einer Gehirnwäsche Anwendung fand. Zur Methode gehörte das Abfragen einer Checkliste, mit deren Hilfe eine Art psychologisches Profil erstellt werden konnte. Es war durchaus bekannt, dass sich die Führer der Hamas im Nahen Osten psychologische Profile erstellen ließen, nach denen sie ihre Märtyrerkandidaten aussuchten. So geht es eben zu in dieser Zeit, in der wir leben, argumentierte Tillerman vor Gericht, einer Zeit, in der unsere unsichtbaren Feinde wissen, dass nicht jeder ein Selbstmordattentäter, nicht jeder ein Killer sein kann. Psychologie war wichtig. Charakter war Schicksal. Gewisse Persönlichkeitstypen konnten besser beeinflusst werden als andere, konnten von äußeren Kräften geformt und von ihren Herren wie Waffen gegen jedes Ziel gelenkt werden, das einen Angriff lohnte. Die Shaw-Methode identifizierte Shalimar den Narren als eine in diesem Sinne formbare Persönlichkeit. Shalimar der Narr schrie nachts in seiner Zelle, weil er glaubte, verhext zu sein, sagte Tillerman. Als Beweis legte die Verteidigung über fünfhundert Briefe vor, die eine Miss India resp. Kaschmira Ophuls an den Angeklagten geschrieben hatte, Briefe, die deutlich Miss Ophuls' Absicht bekundeten, während des Schlafes in die Gedanken seines Mandanten einzudringen und ihn zu quälen. Eine Bekannte von Miss Ophuls, eine Frau sowjetischer Herkunft, nenne sich selbst gar eine Hexe und sei Mitglied der Wicca, wie ein ehemaliger Bewohner des Mietshauses in der Kings Road, Mr. Khadaffy Andang, bestätigen konnte. «Ist es die Absicht der Verteidigung, Mr. Tillerman», unterbrach ihn Richter Weissberg und schob sich die Brille auf die Nase, «uns weismachen zu wollen, dass es so etwas wie Hexerei gibt?»

William Tillerman schob seine Brille ebenso tief auf die Nase. «Das ist es nicht, Sir», erwiderte er. «Doch ist es nicht von Belang, was Sie oder ich hier im Gerichtssaal glauben. Wichtig ist allein, woran mein Mandant glaubt. Ich bitte das Gericht daher um Nachsicht für etwas, das wie Effekthascherei wirken könnte, doch möchte ich die extreme Anfälligkeit meines Mandanten für externe Manipulation verdeutlichen. Die Verteidigung wird Zeugen aus dem Geheimdienstmilieu aufrufen, die berichten, dass sich mein Mandant über viele Jahre an verschiedenen als Schulen des Terrorismus bekannten Orten aufhielt, wahren Zentren der Gehirnwäsche, und wir sind der Auffassung, dass mein Mandant im Fall des Botschafters Maximilian Ophuls nicht mehr Herr seiner Handlungen war. Sein freier Wille wurde durch Techniken der Gedankenkontrolle untergraben und in ein Geschoss verwandelt, das auf ein einzelnes menschliches Herz zielte, eben auf das Herz des angesehensten Anti-Terror-Botschafters unseres Landes. Ein mandschurischer Kandidat, wenn Sie so wollen, ein auf Mord programmierter Todeszombie. Die Verteidigung wird nachweisen, dass das Attentat durch einen unbekannten ‹Hexer› oder ‹Marionettenspieler› ausgelöst worden sein könnte, der bislang nicht gefasst wurde. Nach gründlicher Konditionierung wäre es nicht einmal vonnöten, dass sich Marionette und Marionettenspieler treffen, um die Tat auszulösen. Das Kommando könnte über Telefon gegeben werden, und die konditionierte Reaktion ließe sich durch ein so gewöhnliches Wort wie, ach, ich weiß nicht, wie ‹Banane› oder ‹Solitär› aktivieren. Ich bin mir nicht sicher, ob Euer Ehren und die Mitglieder der Jury den etwa dreißig Jahre alten Film *Botschafter der Angst* kennen, auf den ich anspiele. Falls nicht, könnte eine Videovorführung ohne weiteres arrangiert werden.»

«Es liegt diesem Gericht fern», sagte Richter Weissberg streng, «Ihnen Effekthascherei zu unterstellen. Gewiss, ich habe den Film gesehen, und ich zweifle nicht daran, dass die Jury versteht, worauf Sie hinauswollen. Doch hier geht es um Mord ersten Grades, Mr. Tillerman, und ich werde nicht zulassen, dass mein Gericht in einen Kinosaal verwandelt wird.»

In den Tagen, die auf Tillermans Eröffnungsplädoyer folgten, stand das ganze Land im Bann seiner «Hexer-» oder «Mandschu»-Verteidigung. Der Fernsehklassiker wurde von Network Television ins Programm genommen und ein Remake angekündigt. Die Bombenleger in den Zwillingstürmen, die palästinensischen Selbstmordattentäter und nun die schreckliche Möglichkeit, dass ferngelenkte menschliche Roboter unter uns wandelten, bereit, einen Mord auszuüben, sobald eine Stimme am Telefon auch nur «Banane» oder «Solitär» sagte ... all das ergab, wie Tillerman in den Augen der Jury sehen konnte, auf sinnlose Weise einen neuen Sinn, und immer wieder schien die Anklage seine Sicht noch zu stützen. Ja, der Angeklagte war ein Terrorist, sagte die Anklage.

Ja, er hatte sich an abgelegenen, schaurigen Orten aufgehalten, an denen Menschen düstere Taten planten. Unter einer Vielzahl von Tarnnamen war er viele Jahre lang in die Ausübung solcher Taten verwickelt gewesen. In Anbetracht dessen aber, dass das Opfer von der geliebten Frau des Angeklagten verführt worden war, durfte man in diesem Fall annehmen, argumentierte die Anklage, dass Shalimar der Narr allein vorgegangen war. Als Janet Mientkiewicz dies vorbrachte, die Theorie vom rachsüchtigen Gatten, meinte sie tatsächlich zu sehen, wie die Augen der Jurymitglieder glasig wurden, und sie begriff: Die schlichte Wahrheit konnte dem Vergleich mit Tillermans paranoidem Szenario nicht standhalten, das so genau dem Zeitgeist entsprach. Die Jury wollte einfach daran glauben und wollte es zugleich auch nicht, sie fürchtete, die Welt sei so geworden, wie Tillerman sie beschrieb, während sie sich zugleich wünschte, sie wäre es nicht. «Könnte sein, dass wir angeschissen sind», gestand sie Tanizaki eines Abends, doch der schüttelte den Kopf. «Vertrau auf das Gesetz und mach deine Arbeit», sagte er. «Wir sind nicht bei *Perry Mason*, und das hier ist nicht das Fernsehen.» – «O doch, ist es wohl», sagte sie, «aber ich dank dir trotzdem für den Versuch, mir den Rücken zu stärken.»

Da oben im Himalaja heißt es jeder gegen jeden, meine Damen und Herren, die indische Armee gegen von Pakistan unterstützte Fanatiker; wir haben Männer ausgeschickt, um die Wahrheit herauszufinden, und die Wahrheit haben sie uns mitgebracht. Sie wollen diesen Mann kennen lernen, meinen Mandanten? Die Verteidigung wird Ihnen berichten, wie sein Dorf von der indischen Armee vernichtet wurde. Man hat es dem Erdboden gleichgemacht, sämtliche Gebäude wurden zerstört. Den Leichnam seines Bruders warf man der Mutter vor die Füße, die Hände hatte man ihm abgehackt. Dann wurde seine Mutter vergewaltigt und ermordet, sein Vater dahingemetzelt. Anschließend hat man seine Frau getötet, seine geliebte Frau, die beste Tänzerin im Dorf,

Kaschmirs größte Schönheit. Um zu begreifen, was das bedeutet, werden Sie kein psychologisches Profil brauchen, meine Damen und Herren Geschworenen, so etwas könnte die Besten unter uns um den Verstand bringen, und genau das war er, einer der Besten unter ihnen, ein Star in seiner Truppe umherziehender Schauspieler, ein Komödiant des Hochseils, ein Artist, auf seine Art berühmt, Shalimar der Narr. Eines Tages dann ging die Welt in die Brüche und mit ihr sein Verstand. Das ist genau die Art Mensch, die sich ein Marionettenspieler aussucht, das ist die Art Verstand, die auf Hexerei anspricht. Sein Bild von der Welt war zerbrochen, und so wurde ein neues für ihn gemalt, Pinselstrich um Pinselstrich. Wie der Mann in dem Film schon sagte, den Sie in Richter Weissbergs Gerichtssaal nicht zu sehen bekommen werden: Die werden nicht bloß einer Hirnwäsche unterzogen, die werden regelrecht chemisch gereinigt. *Sie sehen einen Mann vor sich, gegen dessen ganzes Dorf eine Bluttat verübt wurde, die er nicht rächen konnte, eine Bluttat, die ihn um den Verstand gebracht hat. Und wenn ein Mensch seinen Verstand verliert, können andere Kräfte in ihn eindringen und ihn formen; und so wurde seine Rachlust gepackt und in die gewünschte Richtung gelenkt, nicht auf Indien, sondern hierher, auf Amerika. Auf ihren wahren Feind. Auf uns.*

Wie Larry Tanizaki seiner Kollegin Janet Mientkiewicz versprochen hatte, platzte die Mandschu-Blase, und sie platzte an dem Tag, an dem Kaschmira Ophuls von der Verteidigung aufgerufen wurde. Eine Zeugin der Gegenseite aufzurufen ist stets ein gewagtes Spiel, und Tillermans Entscheidung, das Ophuls-Mädchen vorzuladen, war in Tanizakis Augen eine schwache Wahl, eine Wahl, die bewies, was für ein wackliges Kartenhaus er aufgebaut hatte. Im Kreuzverhör durch Janet Mientkiewicz verriet Kaschmira, was Shalimar der Narr seinem Anwalt verschwiegen hatte, was Tillermans Nachforschungen nicht entdeckt hatten, was die Besetzer in Pachigam nicht wussten und die Yambarzals in

Shirmal nicht erzählen würden. Eine einzige, kurze Aussage, mit der Gelassenheit einer Scharfrichterin vorgebracht, bedeutete das Aus für die Verteidigung. «So ist meine Mutter nicht gestorben», sagte sie. «Meine Mutter starb, weil der Mann, der auch meinen Vater getötet hat, ihr den schönen Kopf abschnitt.»

Sie drehte sich zu Shalimar dem Narren um, und er verstand nur zu genau, dass sie keine Worte brauchte, um ihm zu sagen: *Jetzt habe ich dich umgebracht. Jetzt steckt mein Pfeil in deinem Herzen, und ich bin zufrieden. Wenn der Augenblick deiner Hinrichtung naht, werde ich kommen und zusehen, wie du stirbst.*

Am Tag nach seiner Verurteilung wurde Shalimar der Narr auf dem Landweg ins kalifornische Staatsgefängnis von San Quentin gebracht, da sich dort die Todeszellen für männliche Gefangene befanden. Wieder galt die höchste Sicherheitsstufe; er saß nicht im normalen Gefängnisbus, und die Kolonne von elf Wagen, die von donnernden Motorrädern begleitet und von Hubschraubern überwacht wurde, erinnerte auf ihrem Weg nach Norden, vorbei an den stummen Betonglocken des Camino Real, an die Reise eines Monarchen ins Exil, an Napoleon in Lumpen auf dem Weg nach St. Helena. Während der gesamten zwölfstündigen Fahrt wirkte er teilnahmslos. Seine Gesichtszüge hatten etwas von der grauen, teigigen Farbe und Eigenart des Gefängnislebens angenommen, sein Haar war weißer und etwas schütterer geworden. Er sprach nicht mit den Wachen, die vor ihm und neben ihm in dem weißen gepanzerten Lieferwagen saßen, nur einmal bat er um einen Schluck Wasser. Er sah aus wie ein Mann, der sich mit seinem Schicksal abgefunden hatte, und bewahrte seine ruhige Haltung auch, als er die Aufnahme in den Todestrakt über sich ergehen lassen musste, als man ihn fotografierte, die Fingerabdrücke nahm, ihm Decken und den «Knastblaumann» gab und ihn dann mit Hüftkette zum Eingewöhnungszentrum brachte, dem

A/C, wo er klassifiziert werden sollte. Hier musste er seine Habseligkeiten abgeben, und nur einen Stift und ein Blatt Schreibpapier ließ man ihm sowie einen Kamm und ein Stück Seife. Eine Zahnbürste wurde ihm ausgehändigt, deren Stiel man bis auf zwei Zentimeter gestutzt hatte, dazu etwas Zahnpulver. Dann sperrte man ihn in einen Käfig, ließ ihn sich nackt ausziehen, und die Wärter sahen, wie sie es gewohnt waren, auch unter den Hoden und in allen Körperöffnungen nach, *Reiß die Kimme auf*, sagte einer, doch verstand er nicht, was gemeint war, also packte ihn die Wache am Nacken und beugte ihn vor, bis sein After untersucht werden konnte. Handschellen wurden angelegt, dann überprüfte man ihn mit einem Metalldetektor und brachte ihn in seine Zelle. Die Wache schrie die Zellennummer, und die Tür öffnete sich mit einem Zischen, denn die Türen öffneten und schlossen sich nur mit Pressluft. Dann ging die Klappe einer Durchreiche auf, er streckte die Hände vor, und man nahm ihm die Handschellen ab. All das ließ er widerspruchslos über sich ergehen. Von Anfang an erstaunte die Wachen seine eigenartige Ruhe, *er war wie auf einem Meditationstrip*, sagten sie, und nachdem ihm seine unmögliche Flucht gelungen war, klang bei seinen Wärtern fast ein wenig Respekt durch, *es ist wie mit Ufos*, argumentierte einer von ihnen, *wer sie nicht sieht, glaubt nicht daran*, *aber ich und meine Kollegen hier, wir haben gesehen, was wir gesehen haben.*

Die meisten zum Tode verurteilten Männer wurden in den Ostblock oder ins «Nord-Seg.» gesteckt, den ursprünglichen Todestrakt, in dem sich auch die Gaskammer befand, doch wen man Grad B einstufte – Bandenmitglieder beziehungsweise Männer, die im Gefängnis in Messerstechereien verwickelt gewesen waren, jene also, denen andere Insassen einen möglichst raschen Tod wünschten – musste im A/C bleiben, wo es auf drei Stockwerken an die hundert Einzelzellen gab. Das Klassifikationskomitee ordnete Shalimar den Narren Grad B zu, da er unter den Insassen möglicherweise viele Feinde besaß. Im Nord-Seg. befanden sich knapp fünfunddreißig Männer, im Ostblock über dreihundert, und Notzucht und Gewalt waren an der Tagesordnung; alles konnte eine Waffe sein, selbst mit einem Bleistiftstummel ließ sich ein Auge ausstechen. In Gruppen zu sechzig, siebzig Mann ließ man die Gefangenen in den Hof. Das war eine gefährliche Zeit. Wenn ein Streit ausbrach, konnte eine Wache schon mal in den Hof schießen, und das Risiko, von einem an den Betonwänden abprallenden Querschläger getroffen zu werden, war nicht gerade gering. Selbst nach den Maßstäben des Todestraktes musste die Unterkunft im A/C als ziemlich ungemütlich gelten, doch entschied sich Shalimar der Narr lange dagegen, am Hofgang teilzunehmen. Er blieb in seiner Zelle, machte Liegestütze oder Stunde um Stunde seltsame, zeitlupenhafte, tanzähnliche Bewegungen; weitere Stunden saß er einfach nur mit überkreuzten Beinen auf dem Boden, die Augen geschlossen, die Hände offen auf den Knien, die Handflächen nach oben gekehrt.

Seine Zelle maß drei Meter in der Länge und anderthalb Meter in der Breite, und darin schlief er auf einer Stahlplatte, Waschbecken und Toilette waren ebenfalls aus rostfreiem Stahl. Zweimal im Monat wurden ihm vom Gefängnis Schreibpapier, Toilettenpapier, ein Stift und etwas Seife zugeteilt. Eine Tasse wurde ihm nicht gestattet. Jeden Morgen reichte man ihm zum Frühstück einen Becher Milch, und wenn er Kaffee wollte, musste er den Becher in die Durchreiche halten, damit die Wache heißen Kaffee einschenken konnte. Zielte die Wache schlecht, verbrannte sich Shalimar der Narr die Hand, aber er schrie nie auf. Das A/C war voll mit den Geräuschen hundert verdammter Seelen und ihren Gerüchen. Die Männer schrien, fluchten und rissen obszöne Witze, aber sie steckten auch voller Philosophie und Religion, und es gab welche, die sangen *Es kommt der Tag, an dem wird alles schön, erst aber müssen wir die schlimmen Zeiten überstehn*, und manche redeten schnell und im Takt, fast eine Art Knast-Rap, *Ich geh vor und zurück auf geradem Strich, denk an nichts, schlag tot*

*die Zeit und Dunkelheit hüllt ein den schönsten Tag, Kälte dringt mir
bis ins Mark,* viele flehten Gott an, *Hocke ich auch in meiner Zelle,
in meinem neuen Haus, tagein, tagaus, weiß ich in meinem Herzen
doch, auch in der Not noch bin ich nie allein, denn Jesus ist mein bes-
ter Freund.* Darauf hatte sich das Leben von Shalimar dem Narren reduziert, doch fluchte er nie, sang auch nicht, redete weder
schnell noch im Takt vor sich hin und flehte auch nicht zu Gott.
Er nahm, was ihm gegeben wurde, und wartete, doch als William
T. Tillerman ihn im Stich ließ und fortging, hörte er die Stimmen
der meistgehassten Insassen des Todestraktes, die sagten, Mann,
hab vier Jahre gebraucht, um einen Anwalt zu finden, der Berufung für mich einlegt, ist keine Kleinigkeit, ihr Schisser, hat mich
fünfeinhalb gekostet, und es gab Männer, die neun oder zehn Jahre gewartet hatten, auf Gerechtigkeit gewartet hatten, wie sie sagten, denn viele von ihnen beteuerten noch immer ihre Unschuld,
viele hatten sich auch schlau gemacht und kannten die Statistiken,
die Prozentzahl der Begnadigungen war im Todestrakt hoch, viel,
viel höher als im übrigen Gefängnis, und mit Gottes Hilfe, falls
man denn auf Gott vertraute, schickte er dir seine Liebe und rettete dich, bis dahin aber hieß es einfach warten, und man konnte
nur hoffen, dass die eigene Nummer nicht gezogen wurde, wenn
irgendein wahlfreudiger Gouverneur einen Mann zu Tode brutzeln wollte.

Auf einer Wand seiner Zelle hatte ein früherer Insasse folgende chemische Gleichung notiert: $2NaCn + H_2SO_4 = 2HCN +
Na_2SO_4$. Das, begriff Shalimar der Narr, war sein wahres Todes-
urteil. «Keine Angst, mein Süßer, wegen der zehn Jahre musst du
dir keine Sorgen machen», höhnte eine der Wachen. «Man sagt,
in deinem Fall, Kumpel, soll alles ziemlich *pronto* gehen.»

Das sollte sich als falsch erweisen. Monate zogen sich zu Jahren
hin. Fünf Jahre vergingen, mehr als fünf Jahre, zweitausend lang-
same, stinkende Tage. Das Gefängnis zerfiel, genau wie seine Insassen. Bei einem Gewitter stürzten Stücke der Umfassungsmau-

er herab und verletzten Wachen wie Gefangene. Die Männer im Todestrakt wurden alt, krank, erstochen, erschlagen, erschossen. Es gab viele Todesarten, die nicht von jener Gleichung abgedeckt wurden, die an der Zellenwand von Shalimar dem Narren stand. Am Ende des dritten Jahres beschloss er, die Zelle zu verlassen, ließ eine Leibesvisitation über sich ergehen und trat nur in Unterhosen nach draußen auf den Hof, um geschehen zu lassen, was geschehen wollte. Am ersten Tag starrten ihn Gruppen von Männern an, forderten ihn heraus. Er gab sich Mühe, nicht zurückzustarren. Er lehnte sich an eine Wand und blickte hinauf zum riesigen grünen Schornstein, der aus dem Dach der Gaskammer aufragte. Nachdem man die Gaskammer benutzt hatte, wurde das giftige Gas, die Blausäure, HCN, über dieses Entlüftungsrohr in die Atmosphäre geblasen. Er wandte den Blick ab.

An zwei Tischen spielten Männer Karten. Andere Männer spielten unter dem Basketballring jeder gegen jeden. Er trat an die Reckstange, und nachdem er hundert Klimmzüge gemacht hatte, hörten die Basketballspieler auf zu spielen. Als er die zweihundert erreichte, legten die Pokerspieler ihre Karten hin. Bei dreihundert starrten ihn alle Gefangenen an. Er ließ sich fallen und lehnte sich wieder an die Wand. Allen fiel auf, dass er nicht mal schwitzte. Einer der mächtigsten Gangster kam auf ihn zu, ein Brocken von über hundertfünfzig Kilo. Er hielt eine scharfe Plastikklinge in der Hand, die er durch den Metalldetektor geschmuggelt hatte. Der Bandenboss beugte sich zu Shalimar dem Narren vor und sagte: «'ne Muskelshow rettet deinen Terroristenarsch jetzt auch nicht mehr.» Die Bewegungen von Shalimar dem Narren wirkten fast bedächtig, führten aber dazu, dass er den Koloss plötzlich in schmerzhaftem Schwitzkasten hielt. Shalimar der Narr drückte ihm die Plastikklinge an die Kehle, doch ehe die Wachen auf ihn feuern konnten, stieß er den Bandenboss beiseite und warf die Klinge in die Hoftoilette. Anschließend ließ man ihn ein Jahr lang in Ruhe. Dann sprachen sich sechs Männer untereinander ab und fielen über ihn her. Er wurde zusammengeschlagen und brach sich zwei Rippen, doch brach er drei Männern die Beine, und einem vierten stieß er die Augen aus. Die Wachen mischten sich nicht ein. Wallace, der Beamte, der ihn schon vier Jahre zuvor verhöhnt hatte, sagte: «Haben dich bloß nicht abgeknallt, weil wir dich drüben in dem ollen Gaskocher brutzeln sehen wollen.»

Er fand einen Anwalt, einen Mann namens Isidore «Schnarch» Brown, der die Interessen einiger der ärmsten A/C-Insassen vertrat und zu jenen aberhundert Anwälten für Todeskandidaten gehörte, die in der Nähe von San Quentin wohnten. Hin und wieder trafen sie sich im Besucherkäfig. Bei diesen Begegnungen schien sich Shalimar der Narr nie sonderlich für den Fortgang des Berufungsverfahrens zu interessieren. Einer der Insassen warnte ihn auf dem Hof vor dem schlechten Ruf seines Anwalts. Offenbar hatte man ihm den Spitznamen verpasst, weil er vor Gericht schon öfter eingeschlafen war. Bei einer dieser Gelegenheiten hatte der Anwalt bemerkt: «Die Verfassung sagt, dass jeder ein Recht auf einen Anwalt seiner Wahl hat. Die Verfassung schreibt aber nicht vor, dass der Anwalt immer wach zu sein hat.» Shalimar zuckte die Achseln. «Ist doch egal», sagte er. Fünf Jahre vergingen, und schließlich hatte Brown einen Termin für die Berufung erwirkt. «Lassen Sie den Termin verfallen», sagte Shalimar der Narr. «Sie wollen nicht in Berufung gehen?», fragte der Anwalt. Shalimar der Narr wandte sich von ihm ab. «Genug ist genug», sagte er. Als er in jener Nacht die Augen schloss, merkte er, dass er Pachigam nicht mehr deutlich sehen konnte, seine Erinnerungen an das Tal in Kaschmir wurden unscharf, sie zerbrachen unter dem Gewicht seines Lebens im A/C. Er konnte die Gesichter seiner Familie nicht mehr genau erkennen. Er sah nur noch Kaschmira, der Rest war Blut.

In diesem Jahr wurde in San Quentin das Todesurteil gegen einen Mann vollstreckt. Er hieß Floyd Grammar und war anerkanntermaßen schizophren; er redete mit seinem Essen und glaubte, die Bohnen auf seinem Teller würden ihm antworten. Ein Doppelmord in Corte Madera an einem Geschäftsmann und seiner Sekretärin hatte ihn in den Todestrakt gebracht; nach der Tat war er heimgefahren, hatte sich bis auf die Socken nackt ausgezogen und auf der Straße gewartet, bis die Polizei kam. Niemand fand je heraus, warum er es getan hatte. Er wusste es selbst nicht. Vielleicht hatten Marsianer dabei eine Rolle gespielt. Am Abend vor der Todesspritze glaubte er, er sei begnadigt worden, und so weigerte er sich, die Wunschliste für seine Henkersmahlzeit auszufüllen. Die Wachen gaben ihm Kekse und belegte Brote und brachten ihn fort. Eine Stunde später stand Shalimar der Narr nackt vor seiner Zellentür und wurde vor seinem Hofgang von Wärter Wallace untersucht. Wallace war in guter, fast vergnügter Laune. Das Interesse an der Hinrichtung war groß. Man hatte ein Medienzentrum im Gefängnis eingerichtet und Passierscheine an einhundert akkreditierte Personen ausgegeben. «Wir sind im landesweiten Fernsehen, Mann», sagte Wallace, während er die Hoden von Shalimar dem Narren, in seiner behandschuhten Hand hielt. «War aber nur eine Übung. Die Hauptattraktion gibt's erst, wenn du dran bist. Heute haben wir bloß einen Blödmann beseitigt, eine Art Probelauf, verstehste?» In diesem Moment zerbrach etwas in Shalimar dem Narren, und nackt, wie er war, die Eier in der Hand eines anderen Mannes, rammte er ihm das Knie in den Leib, hieb mit gefesselten Händen zu und drosch eine Weile auf ihn ein, ehe zwei andere Wachen mit Holzkugeln auf ihn schossen und ihn betäubten. Die Wachen umstellten ihn und traten mehrere Minuten lang gegen seinen bewusstlosen Körper, brachen ihm erneut sämtliche Rippen und verletzten ihn so stark am Rücken und in der Leistengegend, dass er eine Woche lang nicht laufen konnte, außerdem brachen sie ihm die Nase an zwei Stellen; seither war es vorbei mit dem hübschen Aussehen.

Als er wieder auf den Hof konnte, winkte ihn der Gangsterboss zu sich. «Biste okay?», fragte er. Shalimar der Narr hinkte leicht, die rechte Schulter hing tiefer als die linke. «Ja», antwortete er. Der Gangsterboss bot ihm eine Zigarette an. «In dir steckt der Teufel, Terrorist», sagte er. «Wenn du was brauchst, frag mich.»

Ein sechstes Jahr verging.

✳

Kaum war der Prozess gegen Shalimar den Narren vorbei, wurde Kaschmira Ophuls wieder sie selbst. Sie rief ihre Freunde an, entschuldigte sich für ihr Benehmen und gab in ihrem Haus am Mullholland Drive eine Party, um ihnen zu beweisen, dass sie nicht länger verrückt war; dann rief sie ihre alte Filmcrew an und sagte: «Kommt, machen wir uns an die Arbeit.» Im Laufe der nächsten sechs Jahre schoss sie *Camino Real*, zeigte den Film auf allen wichtigen Filmfestivals und brachte ihn schließlich beim Fernsehen unter, danach folgte *Art and Adventure*, ein dramatisierter Bericht über das untergegangene Vorkriegs-Straßburg und dessen Zerstörung. Daheim änderte sie das Sicherheitsabkommen mit der Firma Jerome und setzte die Sicherheitsstufe auf gewöhnlichen Einbruchschutz herunter. Außerdem verliebte sie sich. Wie versprochen, war ihr Yuvraj Singh nach Amerika gefolgt und gab, als er eines Tages vor ihrer Tür auftauchte, ein ziemlich lächerliches Bild ab, hielt er doch einen Strauß Blumen in einer Vase aus Papiermaché in der Hand, ein aus Walnussholz geschnitztes Porträt ihres Gesichts, eine Auswahl bestickter Tücher sowie einen Teppich mit goldgelbem Kettenstich. *Du siehst aus wie ein wandelnder Flohmarkt*, sagte sie in die Gegensprechanlage, ehe sie auf den Summer drückte, um ihn einzulassen, und in ihrer neuen, euphorischen Post-Prozess-Stimmung senkte sie ihre Abwehr und erlaubte es sich, glücklich zu sein. Sie stand auch nicht mehr ganz so oft im Ring und ließ Kampfsport und Waffentraining ein wenig schleifen.

Die Beziehung hatte ihre Tücken. Kaschmira kehrte nach Kaschmir zurück, in Yuvrajs verzauberten Garten, um so oft wie möglich mit ihm zusammen zu sein, doch meist musste er im Winter heim, denn die Arbeit der Kunsthandwerker, die zeitaufwendige Stickerei, das Schnitzen sind Winterarbeit, und die Kälte der himalajischen Winter kniff ihr in die Wangen und weckte Sehnsucht nach der kalifornischen Wärme, über die sie doch stets geklagt hatte. Außerdem war da die politische Lage, die sich nicht verbesserte, sondern eher verschlechterte. Oft drohte Krieg, und er riet ihr, nicht zu kommen. Er fand wachsenden Absatz für seine Waren in den Vereinigten Staaten, musste aber trotzdem immer wieder für längere Zeit verreisen, und die Tatsache, dass sie sich mit seiner Abwesenheit abfand, dass sie einfach mit ihrer Arbeit fortfuhr und sich freute, sooft sie ihn sah, ärgerte ihn, denn er wollte, dass sie heftiger unter seinen Abwesenheiten litt, wollte, dass sie Angst um ihn hatte, vor allem aber, dass sie sich nach ihm verzehrte, denn wenn sie getrennt waren, sagte er, könne er nicht schlafen, die Einsamkeit sei erdrückend, jede Minute eines jeden Tages denke er an sie, es mache ihn verrückt, bei keiner Frau sei es ihm je so gegangen. «Das kommt daher, weil ich in unserer Beziehung der Mann bin», sagte sie beschwichtigend, «und du, mein Lieber, bist das Mädchen.» Diese Bemerkung war nicht gerade hilfreich. Doch trotz der Probleme einer interkontinentalen Liebesbeziehung sowie der Tatsache, dass Kaschmira dem Thema Heirat auswich, sooft er es zur Sprache brachte, und obwohl sie das Kästchen mit dem Ring beiseite schob, das er auf den Tisch stellte, als er sie zu ihrem dreißigsten Geburtstag zum Essen ausführte, waren sie die meiste Zeit miteinander glücklich, weshalb der Brief von Shalimar dem Narren, der schließlich eintraf, einfach anachronistisch wirkte, ein Tiefschlag, lange nachdem die Schlussglocke geläutet hatte.

Ich bin, wozu mich deine Mutter macht, begann der Brief. *Dein Vater teilt jeden Schlag aus, der mich trifft.* In diesem Ton ging es weiter, und der Brief endete mit dem Satz, den Shalimar der Narr sein Leben lang mit sich herumgetragen hatte. *Dein Vater verdient den Tod, und deine Mutter ist eine Hure.* Sie zeigte Yuvraj den Brief. «Schade, dass sich sein Englisch in San Quentin nicht verbessert hat», sagte er und versuchte, die bösen Worte mit einem Achselzucken abzutun, ihnen ihre Macht zu nehmen. «Er drückt die Vergangenheit in der Gegenwart aus.»

Die Nacht war im A/C etwas ruhiger als der Tag. Erst hörte man noch ein wenig Geschrei, aber nach der Ein-Uhr-Inspektion wurde es ruhiger. Um drei Uhr morgens war es fast friedlich. Shalimar der Narr lag auf seinem Stahlbett und versuchte, das Plätschern des Muskadoon heraufzubeschwören, versuchte, sich an den Geschmack von Pandit Pyarelal Kauls *gushtaba*, *roghan josh* und *firni* zu erinnern, versuchte, an seinen Vater zu denken. *Wenn du mich doch noch in deiner hohlen Hand halten könntest.* Abdullah hatte versprochen, nach dem Tod als geflügeltes Geschöpf wiederzukehren, aber Shalimar der Narr hatte nie danach Ausschau gehalten, ob irgendwo ein völlig unmusikalischer Wiedehopf herumhüpfte, denn er hatte den menschlichen Löwen an seinem Vater geliebt und nicht irgendeinen bescheuerten orangefarbenen Vogel. Er beschwor die Erinnerung daran herauf, wie sein Vater Vögel unter seiner Haut fand, doch das Gesicht seines Vaters verschwamm und wurde zum verzerrten Gesicht eines anderen Vogelfinders, zu dem von Maximilian Ophuls. Shalimar der Narr wandte den Blick ab. Seine Brüder traten in die Zelle, um hallo zu sagen. Sie sahen so verwackelt aus wie Amateurfotos und verschwanden bald wieder. Genau wie Abdullah. Der Muskadoon verrann, und der Geschmack der Köstlichkeiten des *wazaan* wurde zum gewohnten, bitteren, blutfleckigen Scheißgeschmack, an den er sich im Laufe der Jahre gewöhnt hatte. Plötzlich ertönte ein zischendes Geräusch, und die Zellentür schwang auf. Rasch sprang er von der Pritsche und harrte leicht vornüber gebeugt der Dinge, die da kommen mochten. Niemand trat ein, doch hörte er das Geräusch rennender Füße. Männer in Gefängnistracht hasteten über die Flure. *Ein Ausbruch*, begriff er. Noch konnte er kein Gewehrfeuer hören, aber das würde sich bald ändern. Wie gebannt von der leeren Fläche, starrte er auf die offene Zellentür. Dann stand die riesige Gestalt des Gangsterbosses im Türrahmen. «Ziehst du es vor, in diesem Etablissement zu bleiben?», fragte der Boss. «Falls nicht, wir haben gerade für einen vorgezogenen Entlassungstermin gesorgt.» Shalimar der Narr fragte nicht, wie sie die Türen aufbekommen hatten. Das Gefängnis verfiel, und vielleicht waren einige Wärter bestechlich. Es kümmerte ihn nicht. Er lief.

Zwischen dem Hauptgebäude des Eingewöhnungszentrums und dem ummauerten, als Blutallee bekannten Hof war ein kurzer Außengang, die Seitenwände aus Maschendraht, das Dach aus solidem Stahl. Als der Gangsterboss diesen Gang erreichte, zog er aus seinem Overall einen riesigen Bolzenschneider, den Shalimar der Narr sehr beeindruckend fand. Der Gangsterboss sah das *Wie?* in seinem Gesicht und grinste breit. «Hat mir meine Mama reingeschmuggelt», sagte er. «In einem selbst gebackenen Kuchen.» Jetzt tauchten Wärter auf und schossen mit Holzkugeln, die ersten der etwa dreißig am Ausbruch beteiligten Männer sanken zu Boden. Noch waren es nur drei Wachen. Sie durften längst den Alarmknopf gedrückt haben, der etwa sechzig weitere bewaffnete Männer herbeirief, aber die waren im ganzen Gebäude verteilt und würden ein paar Minuten bis zu ihnen brauchen. Einige Gefangene griffen die Wärter an. Shalimar der Narr wartete den Ausgang des Kampfes nicht ab. Er folgte dem Bandenboss durch den offenen Zaun, und sie rannten. Eine Mauer tauchte auf. Sie kletterten hinauf, liefen auf der Mauerkrone lang. Hundert Schritt vor ihnen konnten sie eine Doppelreihe Zäune in drei Meter Abstand sehen, und hinter den Zäunen lag eine freie Fläche, die an eine Wasserfläche grenzte: das Ufer der San Pablo Bay. Der Anblick des dunklen Wassers war berauschend, die stille Bucht und der Mond, der wie ein Schatz darin schwamm. Shalimar der Narr lief immer schneller auf diese Vision zu. Der Bandenboss, der sich gefährlich schwankend über die Mauer vorantastete, rief ihm etwas zu; er klang wie ein von seinen Eltern verlassenes Kind. «Was glaubste denn, wohin du läufst?», schrie er. «Wart auf mich, Kumpel. Lass mich nicht fallen, lass mich jetzt bloß nicht fallen.» Der Lärm des Gewehrfeuers wurde lauter: viele Gewehre, viel näher. «Das sind keine Holzkugeln», sagte der Bandenboss. Dann zerplatzte die Vorderseite seines Overalls, Blut schoss hervor, und er sah jung aus und irgendwie irritiert, als er fiel. Shalimar der Narr drehte sich um und rannte noch schneller. Er dachte an seinen Vater. Er brauchte seinen Vater jetzt an seiner Seite, scharf fokussiert, Abdullah Noman in der Blüte seines Lebens. Er musste seinem Vater jetzt vertrauen. Solange sein Vater ihn in seiner Hand hielt, konnte er nicht fallen. Die Mauerkrone war wie ein Seil. Sie war kein Sicherheitsnetz im Raum, sie war verdickte Luft. Mauer und Luft waren dasselbe. Wenn er das begriff, konnte er fliegen. Die Mauer würde dahinschmelzen, und er würde durch die Luft laufen und wissen, dass sie sein Gewicht hielt und ihn trug, wohin er wollte. Er rannte über die Mauer, so schnell er nur rennen konnte. Es war schnell genug. Sein Vater hielt zu ihm. Sein Vater lief neben ihm her über die Mauer. Er konnte nicht fallen. Es gab keine Mauer. Es gab sie nicht.

In San Quentin gab es keine Nacht. Nachts glich das Staatsgefängnis einer Ölraffinerie. Reihen von Flutlichtern vertrieben die Dunkelheit, strahlten die Zellenblöcke an, die Höfe und das vor dem Haupttor gelegene Dorf Point San Quentin, in dem viele Angestellte der Strafanstalt wohnten. Und da die Nacht so hell erleuchtet war, schworen hinterher zahlreiche Wärter und Dorfbewohner, dass sie das Unmögliche gesehen hatten, sie schworen es ihren Freunden, der Polizei und den Medien, und trotz der allgemeinen Skepsis weigerten sie sich, von ihrer Geschichte abzurücken, dass nämlich beim A/C am Todestrakt ein Mann über die Ecke der Ummauerung hinausgerannt und einfach in die Luft aufgestiegen war, dass er seinen Weg fortgesetzt hatte, als reichte die Mauer bis in den Himmel, eine Art Chinesische Mauer oder so, dass er hinauf in die Luft geflitzt war, als liefe er auf einen Hügel, die Arme ausgestreckt, nicht wie Flügel, nein, eher wie um das Gleichgewicht zu halten, jedenfalls schien es so. Höher und höher war er hinaufgerannt, bis ihn die Gefängnisscheinwerfer nicht mehr erfassen konnten, vielleicht rannte er bis ins Paradies, denn falls er doch in der Nähe herabgefallen sein sollte, hatte niemand in San Quentin je etwas davon gehört.

Die Kojoten waren fleißig. Aus vielen Canyons wurden fehlende Haustiere gemeldet. Kaschmira freute sich, dass sie nie einen Schoßhund oder einen Kanarienvogel hatte haben wollen, dass ihr nie der Gedanke gekommen war, sich um eine Kreatur zu kümmern, die zu blöd war, für sich selbst zu sorgen. Ihr hatte die Einsamkeit schon immer gefallen, und mit einem dummen Tier um sich herum war man nie allein. Yuvraj war fort, und sie lag im Bett, sah sich das Spiel der Lakers an, ein Glas Chardonnay in der Hand, eine Schale mit frisch gemachtem Popcorn im Schoß. Das Jahrhundert ging zu Ende, natürlich ging es schlecht aus, und sie machte sich Sorgen um Yuvraj, natürlich tat sie das, auch wenn es ihr nicht leicht fiel, das zu zeigen, seit elf Wochen tobten Kämpfe entlang der LoC zwischen Indien und Pakistan, und man redete von einer nuklearen Option, natürlich machte sie sich Sorgen, aber Angst aß die Seele auf, lautete ihre Einstellung, und für die Seele war es nötig, dass ihr Besitzer tat, als gebe es nichts, worum man sich sorgen musste, und alles sei in Ordnung. Das erzählte sie Yuvraj, aber der hielt dies für ein emotionales Versagen ihrerseits, und manchmal dachte sie, sie könne seiner Liebe nicht gerecht werden, sie enttäusche ihn, und wie sollte er sie weiterhin lieben können, wenn er sie für eine Versagerin hielt, also würde auch dies schlecht ausgehen, genau wie das Jahrhundert, wie das gottverdammte Jahrtausend. Zu viel Chardonnay, dachte sie und befahl der abwärts führenden Spirale Einhalt. Alles war gut. Er war ein guter Mann. Sie liebte ihn. Draußen vor ihrem Fenster hingen japanische Laternen in den Bäumen. Dahinter leuchtete unten aus dem Tal die Stadt zu ihr herauf. All die Elektrizität, nur ihr zu Gefallen, nur um ihr allabendlich im Bett diesen schönen Anblick zu gewähren. Sie sollte Ruhe geben, ihr Popcorn essen und sich über Kobes Hintern freuen, über Lenos Kinn und dann über diesen neuen Jungen, über Kilborn, den großen Kerl mit dem Schmollmund. Alles würde gut.

Sie hatte die Nachricht vom Gefängnisausbruch gehört. Alle hatten die Nachricht gehört. Yuvraj hatte sie besorgt aus Kaschmir angerufen. Sie solle die Leute von Jerome anrufen und die frühere, höhere Sicherheitsstufe zurückverlangen, hatte er gesagt. Dieser Mann, dieser Noman, war skrupellos, und zwei Wachtposten, einer am Tor und einer, der auf dem Anwesen mit einem Schäferhund patrouillierte, würden vielleicht nicht genügen. Nicht mal wenn der Schäferhund Achilles heißt, fragte sie, nicht mal, wenn der größte Kämpfer der Geschichte in Gestalt eines Hundes über meinen Rasen läuft? Er lachte nicht. Ich meine es ernst, sagte er. Sie rief nicht an. Shalimar der Narr war Geschichte, ein Mann von gestern. Sie hatte ihn bereits getötet, und vor Geistern kannte sie keine Angst. Auch hatte sie es nicht eilig, sich wieder in die Fänge der Hochsicherheit zu begeben. Niemand, der sechs Jahre im Todestrakt verbracht hatte, blieb lang auf freiem Fuß. Soll er frei herumlaufen. Er war mehrere hundert Meilen weit fort, und man würde ihn gewiss bald wieder einfangen.

Zwei Stunden später wachte sie auf, der Fernseher lief noch, das ungegessene Popcorn lag auf der Steppdecke verstreut. Sie machte sauber, stellte die Schale auf den Boden und schaltete mit der zentralen Fernbedienung den Fernseher und das Licht aus. Verdammt, dachte sie, jetzt kann ich nicht wieder einschlafen. Vielleicht sollte sie ein Buch lesen. Vielleicht sollte sie aufstehen, spazieren gehen und Frank hallo sagen, ihrem Risikoberater, der die Nacht mit dem Hund im Garten verbrachte. In Kaschmir war es schon Nachmittag. Vielleicht sollte sie Yuvraj anrufen. Sie wusste nicht, was sie wollte. Morgen würde wieder ein schöner Tag anbrechen, hier im Paradies, in der Stadt der knallharten Engel. Sie wollte schlafen.

Als der Alarm losging, warf sie einen Blick auf den in die Wand neben ihrem Bett eingelassenen Monitor. Die Meldung kam weder vom Tor noch von der Umfassungsmauer. Jemand war im Haupthaus durch einen Lichtstrahl gelaufen. Die Bediensteten hatten sich für die Nacht zurückgezogen. Das Personal wohnte in Quartieren auf der anderen Seite des Rasens. Man wusste, dass sie ihre Einsamkeit schätzte, und hätte ihren Flügel nicht betreten, ohne ihr vorher Bescheid zu geben. Entsprechend strikte Anweisungen waren erteilt worden. Sie bewegte sich rasch, schnappte sich Jeans und Sweatshirt und lief zum begehbaren Wandschrank, ihrem Ankleidezimmer. Ein zweiter Alarm wurde ausgelöst, wieder im Haus, näher am Schlafzimmer. Wie konnte das geschehen, fragte sie sich, die Lichtschranken entlang der Umfassungsmauer ließen sich nicht umgehen, wer es auch war, musste also durch das Haupttor gekommen sein, und das sollte unmöglich sein, es sei denn, der Wachtposten am Tor war ausgeschaltet, war bewusstlos geschlagen oder getötet worden, und zwar so schnell, dass er keinen Alarm auslösen konnte, und dann musste der Eindringling einfach das Tor geöffnet haben und hereinspaziert sein, und der Schäferhund, Achilles, ihr Schäferhund im Garten, den sie trotz der Keine-Haustiere-Klausel ein wenig ins Herz geschlossen hatte, war der mächtige Achill auch erschlagen? Der mächtige Achill und sein Kumpel Frank? Lagen sie auf dem Rasen, Pfeile in den Kehlen, denn das mit der Ferse hatte sie nie ernst genommen, man zielte besser auf die Kehle, bei der Kehle ging man auf Nummer sicher. Sie wusste, sie benahm sich etwas hysterisch, und die Nachwirkungen des Chardonnay pochten hinter ihren Schläfen.

Da war der Schlüssel zum Schrank, in dem sie die Waffen aufbewahrte. Da waren die Pfeile und der goldene Bogen. Sie sollte die Tür zum Ankleidezimmer abschließen, die gepanzerte Tür, und diesen Knopf da drücken, der die Polizei rief. Hier in der Wand war ein weiterer Monitor. Ein dritter Alarm wurde ausgelöst. Er wollte sie wissen lassen, dass er kam. Er war lautlos an den Wachen vorbeigekommen, aber jetzt, da er die Männer ausgeschaltet hatte, wollte er, dass sie Bescheid wusste. Auf dem Mullholland Drive patrouillierten ständig Streifenwagen, aber die würden es nicht rechtzeitig zu ihrem Haus schaffen. Trotzdem drückte sie den Polizeiknopf. Dann öffnete sie den Schrank mit den Sicherungen für diesen Teil des Gebäudes und legte den Hauptschalter um. Auf dem Regal lag ihre Nachtbrille. Sie setzte sie auf. Es war eine Weile her, seit sie regelmäßig mit Pfeil und Bogen geübt hatte oder zu Saltzmans Schießstand gefahren war. Ihre Schüsse gingen gern ein wenig daneben. Der Bogen war die Waffe ihrer Wahl. Sie sollte die Tür ihres Schutzraumes abschließen und auf die Polizei warten, das wusste sie, aber irgendwas war am Grab ihrer Mutter in sie gefahren, und dieses Etwas hatte jetzt das Sagen, und sie würde nicht widersprechen. Sie nahm einen Pfeil aus dem Köcher und ging in Position. Die Tür des nachtschwarzen Raumes wurde geöffnet, und ihr Stiefvater kam herein, ein Messer in der Hand, nicht das Messer, das ihre Mutter getötet hatte, auch nicht das Messer, das ihrem Vater das Leben genommen hatte, sondern ein drittes Messer, eine jungfräuliche Klinge, ihr stummer Stahl allein für sie gedacht. Sie war bereit. Sie dachte an das Ende ihrer Mutter in der Nähe der Gujar-Hütte, heißes Essen auf dem Herd, dachte an die blutige Glastür, an der ihr Vater herabgeglitten war. Sie war Eis, nicht Feuer, und auch sie hielt eine lautlose Waffe in der Hand. Sie würde nur einen Schuss haben, mehr nicht, einen zweiten würde er ihr nicht gewähren, und jetzt war er im Schlafzimmer, sie spürte, wie er hereinkam, und dann sah sie ihn durch die Nachtbrille an der offenen Tür zum Wandschrank vorbeigehen. Plötzlich verharrte er, und sie wusste, er hatte gespürt, dass etwas im Dunkeln nicht stimmte, also ging er vom Angriff zur Verteidigung über, schaltete vom Modus des unerbittlichen Jägers auf die selbsterhaltende Vorsicht des Gejagten um. Er wandte den Kopf, kniff die Augen zusammen und versuchte, sie aufzuspüren, die Stelle zu entdecken, an der sich die Dunkelheit zu einer anderen Art Schwärze verdichtete. Die Kakophonie der Alarmsirenen erfüllte die Luft, darunter mengte sich das laute Jaulen der näher kommenden Streifenwagen. Er ging auf das Ankleidezimmer zu. Sie war bereit. Sie war kein Feuer, sie war Eis. Der goldene Bogen war so weit wie nur möglich gespannt. Sie spürte die straffe Sehne an den geöffneten Lippen, spürte den Pfeilschaft an den zusammengebissenen Zähnen, eine letzte Sekunde verstrich, dann atmete sie aus und ließ los. Sie konnte ihn unmöglich verfehlen. Es gab keine zweite Chance. Es gab keine India. Es gab nur Kaschmira und Shalimar den Narren.

Glossar der wichtigsten Begriffe

aab gosh – in Milch gegartes Lamm
achkan – knielanger, geknöpfter Mantel
afim – Rohopium
afsar – Verballhornung des englischen Wortes *officer*
arré – he da!
asli-ghee – Butteröl
azaan – Ruf des Muezzins
azad, azadi – Freiheit
barasingha – Hirschart
barfi, auch *burfi* – Süßigkeit aus Milchprodukten
 und Zucker, meist mit Kardamom oder Nüssen verziert
beedi, auch *bidi* – handgerollte Zigarette
ben – Schwester
bhaj – verehren
bhajans – andächtige Lieder, nach einem Begriff
 aus dem Sanskrit, *bhajana*
bhand – Schauspieler
bhand pather – Narrenstücke
bhoot – Monster, Ungeheuer
bibi – Anrede
boti kabab – marinierte Lammfilets am Spieß
braand - Hauseingang
brinjal – Aubergine
bund – Straßendamm

burqa – Umhang oder Schleier, der den Körper
   von Kopf bis Fuß verhüllt
chappals – Ledersandalen
charas – Haschischsorte
chugha – traditionelles, mantelähnliches Kleidungsstück
   mit Schlitzen
Dassehra – Zehnter und letzter Tag des Hindu-Festes
dastarkhan – traditionelle Bodentücher bei Festessen
dhol – Trommel
Dogra – Rajputenstamm
dosa – Pfannkuchen aus Reismehl mit gewürzter Gemüsefüllung
dum aloo – dampfgegarte Kartoffeln, meist mit Curry
Durga – Frau von Shiva, identisch mit Kali, gewöhnlich
   auf einem Tiger oder Löwen reitend dargestellt, wie sie den
   Büffel-Dämon erschlägt, hat acht oder zehn Arme
firni – süßer Nachtisch aus angedickter Milch,
   getrockneten Früchten und Reis
ghee – Butter aus Büffel- oder Kuhmilch
gopi – Hirtenmädchen; Gefährtinnen Krishnas und seiner
   Gemahlin Radha
gurdwara – Betstätte der Sikhs
gushtaba – gewürzte Fleischbällchen in Joghurt
haandi – Kochtopf
haligandun – reich verzierter Gürtel einer kaschmirischen Braut
hamal – wörtlich: Lamm; Hausjunge, Gespiele
hookah – Wasserpfeife
indrajal – Magie
isband – Steppenraute; gilt als Rauschmittel
jadoo – persisches Wort für Zauberei
jawan – Soldat
jihad – Heiliger Krieg
kabailis – Volksstamm, mit den Türken verwandt; auch:
   Räubervolk

kabargah, auch *qambargah* – kaschmirisches Gericht
  aus Lammrippchen

kafir – Nichtmuslim, Ungläubiger

kameez, auch *kamiz* – langes, hemdartiges Obergewand

kangri – kleiner Topf mit glühenden Kohlen,
  zum Warmhalten gedacht

kany – Stein

karah parsad – zeremonielles Gebäck der Sikhs

karakuli topi – Schaffellmütze

khwaja – weiser Mann im Sufismus

korma – mild gewürztes Fleisch- oder Fischcurry,
  in Joghurt oder Molke mariniert

kulfi – eine Art Eiscreme

kurta – weites, kragenloses Oberhemd

langar – eigentlich: Gemeinschaftsküche; gemeinsames Essen

lathi – langer, eisenbeschlagener Knüppel
  der indischen Polizei

lavas – luftiges Brot, ursprünglich aus der Türkei stammend

lehenga – kurze Bluse mit langem weitem Rock,
  typische Bekleidung einer Tänzerin

maej – Anrede: Mutter

mahaseer – Forellenart

maidan – Parade- und Exerzierplatz

masala – Gewürzmischung

mehndi – zeremonielle Bemalung der Hände
  einer Braut mit Henna

methi – Bockshornkleesamen

mritak – Gemeinschaft der lebenden Toten

murk makhani – scharf gewürztes Huhn mit Reis

mynah – Hirtenstar

nautch – Ensemble eines traditionellen indischen Tanzes

Navaratri – Fest, meist im Oktober, an dem des Sieges von
  Rama über den Dämonenkönig Ravana gedacht wird

neem – Holz einer indischen Baumart, dessen anti-
bakterielle Wirkung seit Jahrhunderten genutzt wird

numdah – bestickte Decke (oder Teppich) aus Filz oder
grober Wolle

Odissi – Tanzstil, der seinen Ursprung im Osten Indiens,
dem heutigen Bundesstaat Orissa, hat

paan – Kautabakpäckchen mit Betelnuss

paisa – Münze im Wert einer hundertstel Rupie

panchayat – Dorfrat

pari – Fee

phiran – langes Gewand

pista-ki-lauz – Süßspeise

puja – Anbetung, religiöses Fest; Opferandacht
der Hindus für ihre Schutzgottheit

pukka – fest

pulao, auch *pilaf* – gewürzter Reis oder Weizen mit Gemüse,
meist zu Fisch oder Fleisch

purohit – hinduistischer Priester für die höheren Kasten

pyjama, auch: *pajama* – weite, um die Hüfte gebundene Hose

rabab – afghanisches Saiteninstrument

rakshasa – Riese; dunkle Macht

rishi – Weiser, Seher

roghan josh – mit Joghurt angerichtetes Lamm

sadhu – heiliger Mann; Hinduasket

samadhi – wörtlich: Sammlung, Konzentration; Teil der
Meditation

sandesh – aus Kichererbsen und Zucker gemachte,
in Vierecke geteilte Süßigkeit

santoor – Instrument, ähnlich eines Zimbals, wird mit
löffelähnlichen Holzhämmerchen gespielt

sarangi – bogenförmiges Saiteninstrument, etwa 60 Zentimeter groß, mit drei bis vier Haupt- und bis zu fünfunddreißig
Nebensaiten

sarpanch – Dorfvorsteher

shahtush, auch *shahtoosh* – Wolle aus dem Nackenfell
  des Steinbocks des Himalajas

shalwar, auch *salwar* – weite, an den Fesseln
  eng abschließende Hose

shalwar-kameez – Hosenanzug, bestehend aus Pluderhose
  und langem Hemd

shamiana – großes, offenes Zelt

sher – Mittelname: «Löwe»

sherwani – knielanger, bis zum Hals zugeknöpfter Mantel

shikara – gondelähnliches Boot

sikh kabab – Fleischspieß

singharé – Wassernuss

sonf – Anissamen

sur – kaschmirisches Wildschwein

surahi – Krug

swarnai – Blasinstrument

syce – Stallbursche

tabak maaz – doppelt gegartes Lamm

tandoori – nach *tandoor*, Lehmofen, benannte Zubereitungsweise

tarang – traditionelle Kopfbedeckung einer kaschmirischen Braut

tiffin – Snack, leichte Mahlzeit

tooba – Baum des Lebens

ustadz – wörtlich: Lehrer; Anführer islamistischer Gruppen

vasta waza – Chefkoch

wallah – Partikel, die die Tätigkeit einer Person bezeichnet

waza – Koch

wazwaan – Bankett, Festessen

wuri – Art Ofen